SOBERBIA

MW01538975

1

SOBERBIA

Cuando el ritmo de la pasión
se convierte en pecado.

Rose Gate

Diseño de cubierta: H. Kramer
Corrección: Noni García

ÍNDICE

AGRADECIMIENTOS

Cuando empecé este libro no tenía ni idea de a lo que iba enfrentarme con el final.

Y es que por primera vez he escrito dos finales, no tranquilos, este no es uno de esos libros en los que te doy a elegir, ya lo he hecho yo por ti, pero eso significa que este libro tiene uno controvertido, ¿con cual me he quedado? ¿Con el que arriesga o con el que contenta? Si me conoces, si me sigues, ya sabrás cuál ha sido mi elección, si no te tocará leer el libro y esperar a ver qué ocurre.

Este libro es uno de los más crudoss de la serie, no es apto para todo el mundo, así que te aviso desde ya que **hay capítulos que pueden herir la sensibilidad del lector, contiene escenas altamente sensibles que implican abuso, que vulneran la integridad de los inocentes y que están indicadas en los capítulos correspondientes.**

No quería maquillarlas, ni pasarlas por alto porque se corresponden con una realidad que ocurre a diario, aunque nosotros no tengamos nuestra cabeza puesta en ello.

Para muchos quizá sea un Thriller romántico (que lo es), aunque también es un Dark Romance, porque la moralidad de varios de los personajes, está dentro de la escala de grises, os lo dejo a vuestro juicio, aunque no me importa la etiqueta que le pongáis, solo que lo disfrutéis.

Este libro ha supuesto un enoooorme esfuerzo tanto para mi equipo de ceros como para mi correctora o mis ojos de águila, ya que hemos ido a contrarreloj debido a que la imprenta cerraba y hemos sacado todas la lengua.

Gracias a estas mujeres que no han descansado, que han sacrificado noches en vela, familia y vacaciones ahora podemos tener este libro así que, G.R.A.C.I.A.S. Todas sois increíbles y nunca me cansaré de repetirlo, gracias por entender mis dudas, mis prisas y aunque en este libro el final os ha divivido a todas, coincidisteis en que eligiera el final que más me gustaba a mí, así que: mi gratitud por ser tan generosas.

Vane, Nani, Irene, Noe, Lau, Maca, Noni, Sonia y Marisa. Pura Maravilla.

A Kramer porque, le hice repetir la portada tres veces hasta que dimos con lo que yo quería. Gracias por ejercer tu magia y no cansarte de mí.

Gracias a todos los que me acompañáis en este camino, a los que siempre estáis, a las nuevas incorporaciones, a los chicos y chicas de Tik Tok que no paráis de darme alegrías, a los de Instagram y Facebook que tan generosos sois con vuestras promociones. Gracias por apoyar la lectura.

A mis pecador@s, espero que este libro esté a la altura y os resulte soberbio.

A mi familia por darme mi espacio y apoyarme en lo que más me gusta.

A Tania, Christian @surfeandolibros, Sandra @libro_ven_a_mi, Ángeles, Adriana @mrs.svetacherry Marcos @booksandmark, Luisa @literaliabooks, Andrea @andreabooks, Yole @el_rincon_dela_yole, Clau, Anita, Sergi @nosoysergi.books, a Bea @bea_lalectora, a Judit @el.arte.de.leer.

Y a mi motor de este mundo, mis lector@s, gracias por ser y estar.

Mari Hoyos, Adriana Freixa, Noe Frutos, Rocío, Mada, Edurne Salgado, Eva Suarez, Bronte Rochester, Piedi Lectora, Elysbooks, Maca (@macaoremor), Saray (@everlasting_reader), Vero (@vdevero), Akara Wind, Helen Rytkönen, @Merypoppins750, Lionela23, lisette, Marta (@martamadizz), Montse Muñoz, Olivia Pantoja, Rafi Lechuga, Teresa (@tetebooks), Yolanda Pedraza, Ana Gil (@somoslibros), Merce1890, Beatriz Ballesteros. Silvia Mateos, Arancha Eseverri, Paulina Morant, Mireia Roldán, Garbiñe Valera, Silvia Mateos, Ana Planas, Celeste Rubio, Tamara Caballero, Toñi, Tamara.

A todos los grupos de Facebook que me permiten publicitar mis libros, que ceden sus espacios desinteresadamente para que los indies tengamos un lugar donde spamear. Muchas gracias.

A todos aquellos lectores que siempre dejáis vuestro nombre bajo el post de Facebook o Instagram:

@letrasteychocolate,Volvoreta Tximeleta, noee_albatros, @gema_morenas, Cat Rod, @_my.reading.diary_, Elizabeth Caravaca, Laura Bcn, @dary_r_h dary_r_h, proyectandocamino, @Elenasinh_books, Ángela del Río Rodriguez, kristina.kar, Jennifer @paseandoentrelibros, @eva_y_suslocuras, @asc_ortega, @mundociruelita, nosoysergi.books, Juani Rodríguez Pelayo, @lecturas_mily, nina_reus, kade_leonese, lourdes.andresgarcia, inmabl,

@vanu_sa_ms, Vane Ayora Bonavila y Tamy Cano Vélez, Mirna, Judith @ju_neverstopdreaming, @magema_78, @Mirnita_Coni, Irene Moya-Angeler, Mpm76,Virhur, Salomé, Magema_78, Cristina Garcia Felix, Mis_Lekturas, Carmen Brandariz, Lilyfreitasm, Elisabet Caballol, @Llegirpersomiar, @Jessie.Eel, Wicanna9, Ana Moreno Jiménez, @Ganadorademipropiavida, Mayka Ventura Perez, Marimarmartintarin, Mar Mt, María, Arantxa Vilches, @Eclairmontserrat, Carolina Fernández San José, Viki Hernández, Lupita.Rios.127, Ana Yanci Diaz, @Cris_Lectora_21, Luzanayansivaldes, Mesumerjoentrelibros, Maryambergirl, Alejandra Pino, Laslecturasdelanore, Carolina Venegoni, Hollie Deschanel, Vanesa Barbero, Ana Flores Garin, Sonia Barrionuevo, Patry, Ana Juan, Kira Montero @Kira.1480, Gema López Uceda, @Lsr212121, Marta /Mined, Sara Ávila E Irene Caracuel, @Vanesafuentesfernandez, @Nataliaaxtscrap. Bookadictisima, @Anams666, Lourdes González, Triowood21, Andrea_Fdzre, Adriana_Roman2, Maria Martín Martis, @Magema_78, Ortegalisbet, Maru Arias, Idoia: Lilith_Lectora.

A todos los que me leéis y me dais una oportunidad, y a mis Rose Gate Adictas, que siempre estáis listas para sumaros a cualquier historia e iniciativa que tomamos.

Lucía Soto, Zaraida Méndez, Laura (mowobooks), Mónica (elrincondeleyna), eli.p.r, Lucía Moreno, Isabel García, María Marques, Cati Domenech, @booksbyclau, Nieves Nuria, @sara_cazadoradelibros, Maria Amparo Lorente Navarro, Sandra Ruiz, Evelyn Lima, Ana, y cruzando los dedos, Manuela Molina, Inma Bretones, Lory G, @leerconverynia, Meghan Salvador Ibáñez, Mina, Pilisanchezurena, yudith.hernandezdeyepez, Kevin Fuertes, Josep Fibla, María Victoria Lucena Peña, Gloria Cano, Nieves Muñoz, María Rubio, Gemma Pastor, @luciaanddogs, Mireia tintaypluma, Ana Moreno, Desi, Flori, 6lanca, Athene_mc, Tere Lafuente, Marijopove, Ana Paula Sahagun, Toñy Gómez, Isabel Guineton, Jennifer Escarez, Teresini, marianitacolon, Laura @7days7books, Gema Guerrero, Beatriz Maldonado Perona, Lucía Ruiz, Vanesa Rodríguez, Mariana Colón, Sylvia, Cris Bea López, Ana M.M., Beatriz Sánchez, Diana García, Yaizza Jiménez, Edurne Ruiz, Nira (lecturasdenira), Laura071180, Betsabe, Mery (elrinconcitode_mery), belloisamary04, Liletty, Menchu, Fimedinai, Sonia p. Rivero, Isabel Guardia, Cecilia, @irenita19mm, @cris.bealopez, @angela_fp16 Anuska, Valeria, Luz, Alicia Barrios, Mónica Rodrigues, Martina Figueroa, Nurha

Samhan, Stephanie Lara, Sandra Rodriguez, Luz Anayansi Muñoz. Reme Moreno, Kathy Pantoja y al Aquelarre de Rose: Jessica Adilene Rodríguez, Beatriz Gómez Prieto, Gabi Morabito, Cristy Lozano, Morrigan Aisha, Melissa Arias, Vero López. Eva Duarte, Jessica Adilene Rodríguez, Gabi Morabito, Cristy Lozano, Morrigan Aisha, Melissa Arias, Vero López, Ainy Alonso, Ana Torres, Alejandra Vargas Reyes, Beatriz Sánchez, Alexandra Rueda, Almudena Valera, Cristina Tapia, May Fg, Andrea Bernardino Muñoz, Flori Gil, Lucia Pastor, Ana María Pereira Glez, Amelia Sánchez, Amelia Segura, Ana Cecilia Gutierrez, stylo barrio, Elena Perez, Ana de la Cruz, Ana Farfan Tejero, Kayla Rasquera Ruiz, Dolors ArtauAna FL y su página Palabra de pantera, Ana García, Ana Gracía Jiménez, Ana Guerra, Ana Laura Villalba, Ana María Manzanera, Ana Maria Padilla, Ana Moraño, Ana Planas, Ana Vanesa María, Anabel Raya, Ángela Martínez, Ale Osuna, Alicia Barrios, Amparo Godoy, Amparo Pastor, Ana Cecilia, Ana Cecy, Ana de la Cruz Peña, Ana Maria Aranda, Ana María Botezatu, Ana Maria Catalán, Ana María Manzanera, Ana Plana, Anabel Jiménez, Andy García, Ángela Ruminot, Angustias Martin, Arancha Álvarez, Arancha Chaparro, Arancha Eseverri, Ascensión Sánchez, Ángeles Merino Olías, Daniela Mariana Lungu, Angustias Martin, Asun Ganga, Aurora Reglero, Beatriz Carceller, Beatriz Maldonado, Beatriz Ortiz, Beatriz Sierra Ponce, Bertha Alicia Fonseca, Beatriz Sierra, Begoña Llorens, Berenice Sánchez, Bethany Rose, Brenda González, Carmen Framil, Carmen Lorente, Carmen Rojas, Carmen Sánchez, Carola Rivera, Catherine Johanna Uscátegui, Cielo Blanco, Clara Hernández, Claudia Sánchez, Cristina Martin, Crusi Sánchez Méndez, Chari Guerrero, Charo Valero, Carmen Alemany, Carmen Framil, Carmen Pérez, Carmen Pintos, Carmen Sánchez, Catherinne Johana Uscátegui, Claudia Cecilia Pedraza, Claudia Meza, Consuelo Ortiz, Crazy Raider, Cristi PB, Cristina Diez, Chari Horno, Chari Horno Hens, Chari Llamas, Chon Tornero, D. Marulanda, Daniela Ibarra, Daniela Mariana Lungu Moagher, Daikis Ramírez, Dayana Lupu, Deborah Reyes, Delia Arzola, Elena Escobar, Eli Lidiniz, Elisenda Fuentes, Emirsha Waleska Santillana, Erika Villegas, Estefanía Soto, Elena Belmonte, Eli Mendoza, Elisabeth Rodríguez, Eluanny García, Emi Herrera, Enri Verdú, Estefanía Cr, Estela Rojas, Esther Barreiro, Esther García, Eva Acosta, Eva Lozano, Eva Montoya, Eva Suarez Sillero, Fati Reimundez, Fina Vidal, Flor Salazar, Fabiola Melissa, Flor Buen Aroma, Flor Salazar, Fontcalda Alcoverro,

Gabriela Andrea Solis, Gemma Maria Párraga, Gael Obrayan, Garbiñe Valera, Gema María Parraga , Gemma Arco, Giséle Gillanes, Gloria Garvizo, Herenia Lorente Valverde, Inma Ferreres, Inma Valmaña, Irene Bueno, Irene Ga Go, Isabel Lee, Isabel Martin Urrea, Itziar Martínez , Inés Costas, Isabel Lee, Itziar Martínez López, Jenny López, Juana Sánchez Martínez, Jarroa Torres, Josefina Mayol Salas, Juana Sánchez, Juana Sánchez Martínez, Juani Egea, Juani Martínez Moreno, Karito López, Karla CA, Karen Ardila, Kris Martin, Karmen Campello, Kika DZ, Laura Ortiz Ramos, Linda Méndez, Lola Aranzueque, Lola Bach, Lola Luque, Lorena de la Fuente, Lourdes Gómez, Luce Wd Teller, Luci Carrillo, Lucre Espinoza, Lupe Berzosa, Luz Marina Miguel, Las Cukis, Lau Ureña, Laura Albarracin, Laura Mendoza, Leyre Picaza, Lidia Tort, Liliana Freitas, Lola Guerra, Lola Gurrea, Lola Muñoz, Lorena Losón, Lorena Velasco, Magda Santaella, Maggie Chávez, Mai Del Valle, Maite Sánchez, Mar Pérez, Mari Angeles Montes, María Ángeles Muñoz, María Dolores Garcia, M Constancia Hinojosa, Maite Bernabé, Maite Sánchez, Maite Sánchez Moreno, Manuela Guimerá Pastor, Mar A B Marcela Martínez, Mari Ángeles Montes, Mari Carmen Agüera, Mari Carmen Lozano, María Camús, María Carmen Reyes, María Cristina Conde Gómez, María Cruz Muñoz, María del Mar Cortina, María Elena Justo Murillo, María Fátima González, María García , María Giraldo , María González , María González Obregón, Maria José Estreder , María José Felix Solis , Maria José Gómez Oliva , María Victoria Alcobendas , Mariló Bermúdez , Marilo Jurad, Marimar Pintor, Marisol Calva , Marisol Zaragoza, Marta Cb, Marta Hernández, Martha Cecilia Mazuera, Maru Rasia, Mary Andrés, Mary Paz Garrido, Mary Pérez, Mary Rossenia Arguello Flete, Mary RZ, Massiel Caraballo, May Del Valle, Mencía Yano, Mercedes Angulo, Mercedes Castilla, Mercedes Liébana, Milagros Rodríguez, Mireia Loarte Roldán, Miryam Hurtado, Mº Carmen Fernández Muñiz, Mónica Fernández de Cañete , Montse Carballar, Mónica Martínez, Montse Elsel, Montserrat Palomares, Myrna de Jesús, María Eugenia Nuñez, María Jesús Palma, María Lujan Machado, María Pérez, María Valencia, Mariangela Padrón, Maribel Diaz, Maribel Martínez Alcázar, Marilu Mateos, Marisol Barbosa, Marta Gómez, Mercedes Toledo, Moni Pérez, Monika González, Monika Tort, Nadine Arzola, Nieves López, Noelia Frutos, Noelia Gonzalez, Núria Quintanilla, Nuria Relaño, Nat Gm, Nayfel Quesada, Nelly, Nicole Briones, Nines Rodríguez, Ñequis Carmen García, Oihane Mas, Opic Feliz, Oana

Simona, Pamela Zurita, Paola Muñoz, Paqui Gómez Cárdenas, Paqui López Nuñez, Paulina Morant, Pepi Delgado, Peta Zetas, Pilar Boria, Pilar Sanabria, Pili Doria, Paqui Gómez, Paqui Torres, Prados Blazquez, Rachel Bere, Raquel Morante, Rebeca Aymerich, Rebeca Gutiérrez, Rocío Martínez, Rosa Freites, Ruth Godos, Rebeca Catalá, Rocío Ortiz, Rocío Pérez Rojo , Rocío Pzms, Rosa Arias Nuñez , Rosario Esther Torcuato, Rosi Molina, Rouse Mary Eslo, Roxana-Andreea Stegeran, Salud Lpz, Sandra Arévalo, Sara Lozano, Sara Sánchez, Sara Sánchez Irala, Sonia Gallardo, Sylvia Ocaña, Sabrina Edo, Sandra Solano, Sara Sánchez, Sheila Majlin, Sheila Palomo, Shirley Solano, Silvia Loureiro, Silvia Gallardo, Sonia Cullen, Sonia Huanca, Sonia Rodríguez, Sony González, Susan Marilyn Pérez, Tamara Rivera, Toñi Gonce , Tania Castro Allo, Tania Iglesias, Toñi Jiménez Ruiz, Verónica Cuadrado, Valle Torres Julia, Vanesa Campos, Vanessa Barbeito, Vanessa Díaz , Vilma Damgelo, Virginia Lara, Virginia Medina, Wilkeylis Ruiz, Yojanni Doroteo, Yvonne Mendoza, Yassnalí Peña, Yiny Charry, Yohana Tellez, Yolanda Sempere, Yvonne Pérez, Montse Suarez, Chary Horno, Daikis Ramirez, Victoria Amez, Noe Saez, Sandra Arizmendi, Ana Vanesa Martin, Rosa Cortes, Krystyna Lopez, Nelia Avila Castaño, Amalia Sanchez, Klert Guasch Negrín, Elena Lomeli, Ana Vendrell, Alejandra Lara Rico, Liliana Marisa Scapino, Sonia Mateos, Nadia Arano, Setefilla Benitez Rodriguez, Monica Herrera Godoy, Toñi Aguilar Luna, Raquel Espelt Heras, Flor Guillen, Luz Gil Villa, Maite Bernabé Pérez, Mari Segura Coca, Raquel Martínez Ruiz, Maribel Castillo Murcia, Carmen Nuñez Córdoba, Sonia Ramirez Cortes, Antonia Salcedo, Ester Trigo Ruiz, Yoli Gil, Fernanda Vergara Perez, Inma Villares, Narad Asenav, Alicia Olmedo Rodrigo, Elisabet Masip Barba, Yolanda Quiles Ceada, Mercedes Fernandez, Ester Prieto Navarro, María Ángeles Caballero Medina, Vicky Gomez De Garcia, Vanessa Zalazar, Kuki Pontis Sarmiento, Lola Cayuela Lloret, Merche Silla Villena, Belén Romero Fuentes, Sandrita Martinez M, Britos Angy Beltrán, Noelia Mellado Zapata, Cristina Colomar, Elena Escobar Llorente, Nadine Arzola Almenara, Elizah Encarnacion, Jésica Milla Roldán, Ana Maria Manzanera, Brenda Cota, Miguel Bermúdez González, María Cruz Muñoz Pablo, Lidia Rodriguez Almazan, Maria Cristina Conde Gomez, Meztli Josz Alcántara, Maria Garabaya Budis, Maria Cristina Conde Gomez , Osiris Rodriguez Sañudo , Brenda Espinola, Vanessa Alvarez, Sandra Solano, Gilbierca María, Chanty Garay Soto, Vane Vega, María

14

Moreno Bautista, Moraima selene valero López, Dalya Mendaña Benavides, Mercedes Pastrana, Johanna Opic Feliz, María Santos Enrique, Candela Carmona, Ana Moraño Dieguez, Marita Salom, Lidia Abrante, Aradia Maria Curbelo Vega, Gabriela Arroyo, Berenice Sanchez, Emirsha Waleska Santillana, Luz Marina Miguel Martin, Montse Suarez, Ana Cecy, Maria Isabel Hernandez Gutierrez, Sandra Gómez Vanessa Lopez Sarmiento, Melisa Catania, Chari Martines, Noelia Bazan, Laura Garcia Garcia, Alejandra Lara Rico, Sakya Lisseth Mendes Abarca , Sandra Arizmendi Salas , Yolanda Mascarell, Lidia Madueño, Rut Débora PJ, Giséle Gillanes , Malu Fernandez , Veronica Ramon Romero, Shirley Solano Padilla , Oscary Lissette, Maria Luisa Gómez Yepes, Silvia Tapari , Jess GR , Carmen Marin Varela, Rouse Mary Eslo, Cruella De Vill, Virginia Fernandez Gomez, Paola Videla, Loles Saura, Bioledy Galeano, Brenda Espinola,Carmen Cimas Benitez, Vanessa Lopez Sarmiento, Monica Hernando, Sonia Sanchez Garcia, Judith Gutierrez, Oliva Garcia Rojo, Mery Martín Pérez, Pili Ramos, Babi PM, Daniela Ibarra, Cristina Garcia Fernandez, Maribel Macia Lazaro, Meztli Josz Alcántara, Maria Cristina Conde Gomez, Bea Franco, Ernesto Manuel Ferrandiz Mantecón. Brenda Cota, Mary Izan, Andrea Books Butterfly, Luciene Borges, Mar Llamas, Valenda_entreplumas, Joselin Caro Oregon, Raisy Gamboa, Anita Valle, M.Eugenia, Lectoraenverso_26, Mari Segura Coca, Rosa Serrano, almu040670.-almusaez, Tereferbal, Adriana Stip, Mireia Alin, Rosana Sanz, turka120, Yoly y Tere, LauFreytes, Piedi Fernández, Ana Abellán, ElenaCM, Eva María DS, Marianela Rojas, Verónica N.CH, Mario Suarez, Lorena Carrasco G, Sandra Lucía Gómez, Mariam Ruiz Anton, Vanessa López Sarmiento, Melisa Catania, Chari Martines, Noelia Bazan, Laura Garcia Garcia, Maria Jose Gomez Oliva, Pepi Ramirez Martinez, Mari Cruz Sanchez Esteban, Silvia Brils, Ascension Sanchez Pelegrin, Flor Salazar, Yani Navarta Miranda, Rosa Cortes, M Carmen Romero Rubio, Gema Maria Párraga de las Morenas, Vicen Parraga De Las Morenas, Mary Carmen Carrasco, Annie Pagan Santos, Dayami Damidavidestef, Raquel García Diaz, Lucia Paun, Mari Mari, Yolanda Benitez Infante, Elena Belmonte Martinez, Marta Carvalho, Mara Marin, Maria Santana, Inma Diaz León, Marysol Baldovino Valdez, Fátima Lores, Fina Vidal Garcia, Moonnew78, Angustias Martín, Denise Rodríguez, Verónica Ramón, Taty Nufu, Yolanda Romero, Virginia Fernández, Aradia Maria Curbelo, Verónica Muñoz, Encarna Prieto, Monika Tort, Nanda Caballero, Klert Guash, Fontcalda Alcoverro, Ana MªLaso, Cari Mila,

Carmen Estraigas, Sandra Román, Carmen Molina, Ely del Carmen, Laura García, Isabel Bautista, MªAngeles Blazquez Gil, Yolanda Fernández, Saray Carbonell, MªCarmen Peinado, Juani López, Yen Cordoba, Emelymar N Rivas, Daniela Ibarra, Felisa Ballestero, Beatriz Gómez, Fernanda Vergara, Dolors Artau, María Palazón, Elena Fuentes, Esther Salvador, Bárbara Martín, Rocío LG, Sonia Ramos, Patrícia Benítez, Miriam Adanero, MªTeresa Mata, Eva Corpadi, Raquel Ocampos, Ana Mª Padilla, Carmen Sánchez, Sonia Sánchez, Maribel Macía, Annie Pagan, Miriam Villalobos, Josy Sola, Azu Ruiz, Toño Fuertes, Marisol Barbosa, Fernanda Mercado, Pili Ramos, MªCarmen Lozano, Melani Estefan Benancio, Liliana Marisa Scarpino, Laura Mendoza, Yasmina Sierra, Fabiola Martínez, Mª José Corti Acosta, Verónica Guzman, Dary Urrea, Jarimsay López, Kiria Bonaga, Mónica Sánchez, Teresa González, Vanesa Aznar, MªCarmen Romero, Tania Lillo, Anne Redheart, Soraya Escobedo, Laluna Nada, Mª Ángeles Garcia, Paqui Gómez, Rita Vila, Mercedes Fernández, Carmen Cimas, Rosario Esther Torcuato, Mariangeles Ferrandiz, Ana Martín, Encarni Pascual, Natalia Artero, María Camús, Geral Sora, Oihane Sanz, Olga Capitán, MªJosé Aquino, Sonia Arcas, Opic Feliz, Sonia Caballero, Montse Caballero, María Vidal, Tatiana Rodríguez, Vanessa Santana, Abril Flores, Helga Gironés,Cristina Puig, María Pérez, Natalia Zgza, Carolina Pérez, Olga Montoya, Tony Fdez, Raquel Martínez, Rosana Chans, Yazmin Morales, Patri Pg, Llanos Martínez, @amamosleer_uy, @theartofbooks8, Eva Maria Saladrigas, Cristina Domínguez González (@leyendo_entre_historia), @krmenplata, Mireia Soriano (@la_estanteria_de_mire), Estíbaliz Molina, @unlibroesmagia, Vanesa Sariego, Wendy Reales, Ana Belén Heras, Elisabet Cuesta, Laura Serrano, Ana Julia Valle, Nicole Bastrate, Valerie Figueroa, Isabel María Vilches, Nila Nielsen, Olatz Mira, @marta_83_girona, Sonia García, Vanesa Villa, Ana Locura de lectura, 2mislibrosmisbebes, Isabel Santana, @deli_grey.anastacia11, Andrea Pavía, Eva M. Pinto, Nuria Daza, Beatriz Zamora, Carla ML, Cristina P Blanco (@sintiendosuspaginas), @amatxu_kiss, @yenc_2019, Gabriela Patricio, Lola Cayuela, Sheila Prieto, Manoli Jodar, Verónica Torres, Mariadelape @peñadelbros, Yohimely Méndez, Saray de Sabadell, @littleroger2014, @mariosuarez1877, @morenaxula40, Lorena Álvarez, Laura Castro, Madali Sánchez, Ana Piedra, Elena Navarro, Candela Carmona, Sandra Moreno, Victoria Amez, Angustias Martin, Mariló

Bermúdez, Maria Luisa Gómez, María Abellán, Maite Sánchez, Mercedes Pastrana, Ines Ruiz, Merche Silla, Lolin García, Rosa Irene Cue, Yen Córdoba, Yolanda Pedraza, Estefanías Cr, Ana Mejido, Beatriz Maldonado, Liliana Marisa Scarpino, Ana Maria Manzanera, Joselin Caro, Yeni Anguiano, María Ayora, Elsa Martínez, Eugenia Da Silva, Susana Gutierrez, Maripaz Garrido, Lupe Berzosa, Ángeles delgado, Cris Fernández Crespo, Marta Olmos, Marisol, Sonia Torres, Jéssica Garrido, @laurabooksblogger, Cristina León, Ana Vendrell, M Pulido, Constans, Yeimi Guzman, Lucía Pastor, Aura Tuy, Elena Bermúdez, Montse Cañellas, Natali Navarro, Cynthia Cerveaux, Marisa Busta, Beatriz Sánchez, Fatima (@lecturas de faty), Cristina Leon, Verónica Calvo, Cristina Molero, @lola.lolita.loliya, Mª Isabel Hernández, May Hernández, @isamvilches, May Siurell, Beatriz Millán, @Rosariocfe65, Dorina Bala, Marta Lanza, Ana Belén Tomás, Ana García, Selma, Luisa Alonso, Mónica Agüero, Pau Cruz, Nayra Bravo, Lore Garnero, Begikat2, Raquel Martínez, Anabel Morales, Amaia Pascual, Mabel Sposito, Pitu Katu, Vanessa Ayuso, Elena Cabrerizo, Antonia Vives, Cinthia Irazaval, Marimar Molinero, Ingrid Fuertes, Yaiza Jimenez, Ángela García, Jenifer G. S, Marina Toiran, Mónica Prats, Alba Carrasco, Denise Bailón (@amorliteral), Elena Martínez, Bárbara Torres, Alexandra álverez, @Silvinadg9, Silvia Montes, Josefina García, Estela Muñoz, Gloria Herreros, @Mnsgomezig, @sassenach_pol, Raquelita @locasdelmundo, Leti Leizagoyen, Soledad Díaz, Frank Jirón, Keilan.Setuto, @annadriel Anna Martin, Ivelise Rodríguez, Olga Tutiven, María del Mar, Yolanda Faura, Inma Oller, Milagros Paricanaza, Belén Pérez, Esther Vidal, Pepi Armario, Suhail Niochet, Roxana Capote, Ines Ruiz, Rocío Lg, Silvia Torres, Sandra Pérez, Concha Arroyo, Irene Bueno, Leticia Rodríguez, Cristina Simón, Alexia Gonzalex, María José Aquino, Elsa Hernandez, Toñi Gayoso, Yasmina Piñar, Patricia Puente, Esther Vidal, Yudys de Avila, Belén Pérez, Melisa Sierra, Cristi Hernando, Maribel Torres, Silvia A Barrientos, Mary Titos, Kairelys Zamora, Miriam C Camacho, Ana Guti, Soledad Camacho, Cristina Campos, Oana Simona, María Isabel Sepúlveda, Beatriz Campos, Mari Loli Criado, Monica Montero, Jovir Yol LoGar Yeisy Panyaleón, Yarisbey Hodelin, Itxaso Bd, Karla Serrano, Gemma Díaz, Sandra Blanca Rivero, Carolina Quiles, Sandra Rodríguez, Carmen Cimas, Mey Martín, Mayte Domingo, Nieves León, Vane de Cuellar, Reyes Gil, Elena Guzmán, Fernanda Cuadra, Rachel Bere, Vane Ayora, Diosi Sánchez, @tengolibrospendientes, @divina_lectura_paty,

María José Claus, Claudia Obregón, Yexi Oropeza, Bea Suarez, @Victorialba67, @lady.books7, valeska m.r., Raquel Attard @missattard, @lola_lectora, Marisol, @lecturasdefaty, Lola Toro, Cati Domenech, Chari García, Lisbeth de Cuba, Vanesha, Cris, Oropeza, Montserrat Castañeda, Alicia Cecilio, Estrella, Susana Ruiz,Rosa González, Noelia, _saray89_, Mercè Munch, Maite Pacheco, Cris E, María del Carmen, Adriana Román, Arantxa_yomisma, inmamp18, @nerea_y_los_libros, Pris, Martita, Gema Gerrero, Gisela,MariVega,CristinaPinos,@josune1981,m.jaresav,caroo_gallardoo,@ beccaescribe,@rosemolinar, Tami, @elicaballol, Maruajose, Paloma Osorio, Thris, Lorena Royo, @flor.s.ramirez, Mar Llamas, @starin8, AguedaYohana Téllez, Maria Belén Martínez, @lalylloret, Mayte Ramírez, Camino Combalina, María Isabel Salazar, Teresa Hernández, Mari Titis, Paula Hernández, Valeska Miranda, María Victoria Lucena, Daniela, Cecilia, Karina García, Olga Lucía Devia, Miryam Hurtado, Susy Gómez Chinarro, Amaya Gisela, María Barbosa, Sandra Rodriguez, Montse Domingo y Elia Company, Kristibell73, ros_g.c, majomartinez_43, CamiKaze□, Mery Martín Pérez y Vanessa Martin Perez, zirim11, Desirée Mora, Isabel San Martín, Paky González, Maggie Chávez, Damasa, Jenny Morató, Camila Montañez, Lodeandru, Sagrario Espada, Jessica Espinoza, Davinia Mengual, Blanca Nuñez, @ crisbetesponce, Orly Puente, Carmen Pacheco, Yovana Yagüe, Genuca15, Lidia GM, Lidia Verano, Judith Olivan, Elenagmailcom, Elena Carranza,Deli, Belloisamary04, Andru, Silvia Barrera, Begoña Fraga, María Isabel Epalza, María Escobosa, @cristinaadan4256, Verónica Vélez, Carolina Cieri, Sandra Salinas, MariCarmen Romero Maroto y Mayte Gallego, Michelle Llanten, Maria Jose Cortia, Miss_carmens, Ángela García, Esmeralda Rubio, Encarni Pascual, Rocítri69, Kenelys Duran, Isabel Guerra.

PLAY LIST

SOBERBIA RG

INTRODUCCIÓN

Kali

La noche cerrada me daba la bienvenida a través de las notas musicales que se reproducían en el móvil de mi presa. Se elevaban e impactaban contra mi pecho, opacando el sonido del terror que brotaba del hombre que yacía maniatado y amordazado en su propia bañera.

La succinilcolina hizo su función, siempre me facilitaba el trabajo. La sustancia inyectada por vía intravenosa paralizó sus músculos llevándolo momentáneamente a la pérdida de conciencia.

Si me pasaba con la dosis, podría haberlo llevado al coma o la muerte por depresión respiratoria, pero yo no quería eso, quería que lo viera y lo sintiera todo, que fuera consciente en todo momento y pagara por el dolor que había infligido a los más vulnerables.

Mi voz acompasó el ritmo ancestral mientras me deslizaba a su alrededor alzando el puñal labrado, lamiendo la hoja y contemplándolo sin piedad.

Sus ojos me observaban atemorizados y una sonrisa gélida perfiló la comisura de mis labios.

21

Los mismos que dijo querer alrededor de su polla en uno de nuestros encuentros virtuales.

Él era la encarnación de todos los pecados que había jurado erradicar.

Sus pupilas seguían cada uno de mis movimientos mientras la luz de las velas bailoteaba sobre el filo del puñal.

No había placer en lo que estaba a punto de hacer, solo la certeza de que era lo justo y necesario.

La ira y la determinación se entrelazaban dentro de mí, formando una calma vengativa. Muy pocos conocían el tipo de monstruo que habitaba en el interior del respetuoso entrenador del equipo de natación.

El mismo que tocaba, grababa, fotografiaba y abusaba de la confianza de sus alumnos más pequeños con total impunidad. El que compartía su vomitiva tendencia con otras alimañas que se ocultaban al igual que él, al otro lado de una línea en la que se dedicaban a almacenar discos duros repletos de depravación para su uso y disfrute personal.

No volvería a hacerlo, no volvería a aterrorizar a ningún niño más. Yo me ocuparía de ello.

Kali me eligió como su mano ejecutora, era juez, jurado y verdugo, y había dictado sentencia.

La música se entrelazaba con mi respiración, el susurro de la diosa vengadora despertaba en mí junto al de todas las almas rotas que jamás volverían a ser las mismas.

Estaba ante el fin de aquel devorador de inocencia. Su destino era inexorable.

Empapé la punta del puñal en queroseno, lo acerqué a una vela para que prendiera, me coloqué detrás de él y tiré de su pelo ralo, mientras aquél repulsivo ser gritaba contra una de las braguitas que guardaba como trofeo.

No había triunfo en ese acto, solo la necesidad de equilibrar la balanza.

—Que las llamas de este puñal sesguen tus pecados acallando los gritos de los que nunca pudieron hablar.

Sus ojos vidriosos y exorbitados siguieron el camino de la hoja ardiente. La hundí en su gaznate y este estalló en un manantial carmesí.

Sujeté su cabeza durante el proceso, no para ofrecerle consuelo, sino para asegurarme de que mi cara fuera lo último que sellara su recuerdo.

El fuego se apagó.

Lo contemplé con fijeza mientras la vida lo abandonaba sin que pudiera oponerse a ello, igual que les pasó a sus víctimas.

Me acerqué a su oído y con voz ronca murmuré:

—Kali me envía a por ti y quiere que sepas que hoy morirás por todos ellos, porque no hay posible redención para ti y la cárcel nunca les daría la paz que necesitan.

»Me aseguraré de que la escoria que eres salga a la luz, de que todo el mundo se entere de las atrocidades que cometiste, de que tu alma sea incapaz de encontrar el descanso eterno. Tu vida termina aquí, no hay ni habrá posible reencarnación para ti.

»Tu demonio será acogido y devorado por la diosa privándote de la eternidad. Que mi sacrificio calme su sed y apacigüe los corazones de aquellos que has hecho sufrir.

El cuerpo fue ganando laxitud y mi corazón ardió celebrando su partida.

CAPÍTULO 1

Marlon

Un sudor frío recorrió mi espalda pese a la insufrible ola de calor que hacía estragos en la ciudad.

No es que estuviera enfermo, lo que ocurría era que comer con la familia significaba someterme al escrutinio de mi padre, y eso sí que me enfermaba.

En cuanto sus ojos se encontraban con los míos, se disipaba la sonrisa burlona de la que siempre hacía gala para apretarse en una línea incómoda al convertirme en el blanco de toda su crítica.

¿Mi pecado?

Te respondería que Soberbia si estuviera en el SKS, pero cuando las luces de la mañana daban paso a un nuevo día, solo era Marlon Vitale, y de lo que se me acusaba era de no seguir los pasos que marcaba la *famiglia*.

Ser el primogénito y único hijo varón de Vincenzo Vitale me colocaba en el punto de mira, tenía sus consecuencias, entre ellas, que debería haber seguido su legado, convertirme en su orgullo, en lugar de su vergüenza particular.

Mi padre era el Dom de la 'Ndrangueta calabresa en la Gran Manzana, tenía una reputación que mantener y cuidar.

Que a su hijo le gustara tocar la guitarra en fiestas familiares estaba bien, pero que quisiera dedicarse profesionalmente a ello no tanto.

—Los hijos de la mafia usamos las fundas de guitarras para guardar rifles, no instrumentos de verdad. —Era lo que solía decirme cada vez que me veía con la mía a cuestas.

—Vini, deja a nuestro hijo en paz —lo reñía mi madre, besándome las mejillas antes de que abandonara la vivienda.

De pequeño, mi padre no dejaba de contarme cómo mi abuelo abandonó la Perla del Adriático porque su hermano mayor lo envió al otro lado del océano para abrirse paso en el territorio dominado por La Cosa Nostra.

Nada auguraba que lo consiguiera y, aun así, lo logró, con dos hijos pequeños en cada mano y una mujer embarazada de su tercera hija.

Mi tía Elena fue la primera en nacer en la tierra de las oportunidades, mis primos, mis hermanas y yo formábamos parte de la segunda generación. Era el único de mis familiares varones que no tenía vocación para el negocio, y eso exasperaba a mi progenitor.

Daba igual las veces que intentó transmitirme su pasión, o las veces que mis tíos me llevaron con ellos para convencerme del privilegio que suponía pertenecer a una organización criminal como la nuestra. Lo mío era rasgar cuerdas, no gargantas.

Una cosa era partirme la cara por birlarle a un tío una chica y otra por dedicarme a la extorsión.

Encima había tenido la desgracia de ser el único varón y el peso del negocio estaba sobre mis espaldas.

En su fuero interno, mi padre esperaba que me arrepintiera de mi decisión de abandonar el nido en cuanto cumplí la mayoría de edad por no querer acatar sus reglas.

Si conseguí escapar a mi destino fue porque mi madre me apoyaba, después de todo. Ella forzó la máquina para que papá diera la opción de elegir antes que imponer su voluntad.

No fue sencillo darles la espalda cuando podría haber tenido mi futuro resuelto. Escoger un camino alternativo me supuso alzar el vuelo al cumplir los dieciocho. Mi padre no movería un dedo para facilitarme techo, dinero o comida si no acataba sus exigencias.

—*Si eres tan hombre como para contradecirme y escoger tu propia vida, lo eres para ganarte el pan con tu* porca *guitarra*.

Recordaré siempre aquella frase. Apreté el asa de mi maleta y me marché sin mirar atrás.

Los primeros días fueron una mierda, un colega me dejó un sofá cuyos muelles amenazaban con asesinarme cada noche. Supongo que fue uno de los motivos que me llevaron a espabilarme en lugar de regodearme en mi miseria.

Hice de todo, y cuando digo de todo es de todo, hasta los veintiuno, que tuve la suerte de toparme con un tío en un tugurio de mala muerte en el que hacía de camarero y tocaba la guitarra. Andaba buscando chicos guapos y con oído musical porque iban a abrir un nuevo garito en Nueva York que iba a ser la puta hostia. Suena fatal, lo sé, podría haber terminado descuartizado y lanzado al río. Por fortuna, el cabrón de Corey no mentía, el curro estaba bien remunerado, me ofrecía cierto anonimato y la posibilidad de cambiar mi cuarto con vistas a un muro por un apartamento algo más decente.

Mi padre nunca preguntó dónde trabajaba, creo que se cansó y me dio por perdido cuando sus hombres le pasaron el reporte los primeros dos años de mi partida. Debía pensar que, con lo mal que lo estaba llevando, volvería con la cabeza gacha suplicando un puesto en la familia, pero se equivocó y yo no vi la necesidad de soltarle que era uno de los pecados capitales que amenizaba las noches de mujeres en celo.

Dudo que hubiera entendido que prefiriese desnudarme y follar por dinero en lugar del puesto que él me ofrecía. Sin embargo, prefería tocar la guitarra unos minutos y saborear la libertad que me proporcionaba mi elección antes que claudicar.

Cuando Janelle se opuso a comprometerse con el hombre que mi padre escogió, a los veinte, y comentó que no veía su futuro siendo una buena esposa y madre de familia, mi padre sufrió un amago de infarto y me culpó. Dijo que mi hermana lo desafiaba porque estaba influenciada por mí, que me tomó de ejemplo y quería seguir mis pasos desmoronando todo lo que su familia había construido.

—*¡¿Qué he hecho tan mal?!* —*le preguntó a mi madre desde la cama del hospital. Yo estaba en un rincón, sintiendo el desprecio que sus ojos oscuros destilaban sobre mí.*

—*Son buenos chicos, los tiempos han cambiado, Vini, dales su espacio.*

—*Por supuesto que se lo daré* —*giró la cara hacia mí*—. *Si tu hermana no se compromete y se casa, te la llevas contigo, todo esto es por ti.*

Mi madre me hizo un gesto para que callara y no empeorara las cosas, abrí la puerta y salí de aquel ambiente opresivo que me dejaba sin aire.

No tenía una familia al uso, no una de esas que salen en las películas para dar ejemplo.

Mi madre era descendiente de la mismísima Irish Mob, la banda de crimen organizado más antigua de los Estados Unidos procedente de Irlanda, junto con los mexicanos o los Latin King.

Se hacían llamar Los Westies, porque acaparaban la zona del West Side de Manhattan, conocida como La Cocina del Infierno.

En los años 70 y 80, su reputación de violencia era tan extrema que los calificaron como la organización más salvaje de la larga historia de Nueva York.

La Cosa Nostra y Los Westies eran enemigos acérrimos, lo que propició que mi abuelo se aliara con ellos, solía decir que los irlandeses estaban jodidamente locos. Un día, entre negociación y negociación, mis padres se conocieron, y mis abuelos no vieron mal la alianza.

Los Westies fueron absorbidos y protegidos por la 'Ndrangueta, alejando de ellos las feroces garras de La Cosa Nostra.

Los Bonanno, Genovese, Luchese, Colombo y Gambino no tuvieron más remedio que ceder una porción del pastel del lucrativo negocio que giraba en torno a la industria de demolición y transporte de basura en Nueva York.

A la mafia siempre se le había dado bien «sacar la mierda cuando esta apestaba», y la gran manzana generaba catorce toneladas diarias de residuos que era imprescindible reubicar.

La mitad era gestionada por empresas públicas y el otro 50 % recaía en «empresas privadas», dicho de otra manera: la mafia.

Mi padre tuvo que echarle muchos huevos, partir muchas bocas y provocar algún que otro incendio para hacerse respetar y obtener su parte del negocio.

Y ahí me encontraba en mitad de la cocina, saludando a mis hermanas, que ya estaban sentadas a la mesa, aguardando a que mi padre alzara la nariz del periódico que sostenía entre las dos manos para ofrecerle mis respetos.

Contuve el aliento al darme cuenta de que lo que sujetaba era el mismísimo New York Times, sabía cuál era la noticia de su portada, la misma que me tenía el pulso alterado y la boca como el desierto de Nevada.

Su palma se estampó sin previo aviso contra la mesa de la cocina, la vajilla tembló sin control y la amarga sensación de que me había pillado se instaló en mi garganta.

¡Hoy hay un padre que se siente muy orgulloso de su hijo!

Lo miré exorbitado, no era posible que acabara de decir eso.

Janelle, que era la única que sabía lo que me mantenía en alerta, me contempló expectante. El mundo se detuvo hasta que mi padre señaló la parte central de la hoja y nos miró a todos.

—Ya van tres en lo que va de año, este tío es un puto héroe. ¡Tiene que ser italiano! —Mis ojos volaron hacia el titular, no era la noticia que esperaba que enmarcara.

SOBERBIA

The New York Times

INTERNATIONAL EDITION. DOMINGO, 2 DE JUNIO 2024

KALI ATACA DE NUEVO. ¿ASESINO O JUSTICIERO?

La pasada madrugada el cuerpo de E.P. fue descubierto en su apartamento de Gartment District. Su hermana dio aviso de que el prestigioso entrenador de natación, del Saint Patrick College, llevaba varios días sin acudir a su puesto del trabajo, ni responder a sus llamadas.

El cuerpo sin vida fue encontrado, con claros signos de violencia, sumergido en la bañera en sangre de vaca, degollado, maniatado, con los ojos y boca abiertos y una imagen de la diosa al lado.

EL MATERIAL ENCONTRADO EN LA VIVIENDA APUNTA A UN POSIBLE CASO DE PEDERASTIA

Las fuentes policiales han revelado que en la escena del crimen se encontraron varios discos duros, repletos de material sensible, de los alumnos del propio E.P.

Los detectives están trabajando incansablemente para descubrir la identidad de Kali y detener su sangrienta ola de crímenes.

DÍA DE LA LIMPIEZA EN CENTRAL PARK

Únete a nosotros para el Día de la Limpieza de Central Park! Como parte de nuestro compromiso con la comunidad, nos reuniremos el próximo sábado, 8 de junio, para limpiar y embellecer nuestro parque local. Esta es una excelente oportunidad para contribuir al medio ambiente y fortalecer los lazos con nuestra comunidad.
¡Esperamos contar con tu participación!

¡NOTICIA DE ÚLTIMA HORA!

Hijas de Shiva, el grupo revelación de rock hindú feminista, ha dado un paso gigante tras arrasar en el último USA Talent Show, firmando un increíble contrato discográfico.

Han anunciado una nueva incorporación que promete sorprender al mundo. Aunque aún no se ha revelado el nombre, los rumores apuntan a una nueva incorporación. Un artista con una presencia escénica arrolladora.

El próximo programa de Jimmy Fallon será el escenario perfecto para presentar al misterioso integrante. No podemos esperar a ver qué nos tienen preparado. ¡Manténganse atentos!

ALERTA OLA DE CALOR SIN PRECEDENTES EN LA GRAN MANZANA

¡La Gran Manzana se prepara para enfrentar una sofocante ola de calor durante el próximo mes de junio. Según los pronósticos, las temperaturas podrían alcanzar niveles históricos, lo que representa un desafío para los neoyorquinos.
Para evitar posibles sobrecargas eléctricas y/o incendios, la compañía ConEd ha lanzado anuncios pidiendo a los residentes que reduzcan su consumo de energía

—¿Y por qué tiene que ser italiano? Que yo sepa deja una imagen de una diosa hindú cuando los liquida —comenté fastidiado.

—Parece mentira que a estas alturas digas eso —musitó ofendido—. Eso lo hace para despistar. Romeo, el hijo de

29

Massimo Capuleto y nuestra difunta Luciana, que Dios la tenga en su gloria, lleva tatuado en el pecho esa diosa, ahora no me acuerdo del significado, pero cuando le pregunté la última vez que nos vimos, me dijo que era algo relacionado con la muerte, o la venganza, las nuevas generaciones tendéis a innovar con la tinta. Para mí como la virgen de Polsi no hay nada —comentó arremangándose la camisa para mostrar a la patrona de la 'Ndrangueta en su antebrazo.

—Sea italiano o no, yo también me alegro de que haya alguien que aniquile a esa escoria de abusadores infantiles. Si fuera por mí, estarían todos muertos.

Ahí estaba la sanguinaria de mi madre, dando su opinión y colocando el bol de ensalada en el centro.

Por fin pude saludar a mi padre y sentarme a su izquierda, mamá siempre se sentaba a su derecha.

—¿Y habéis visto la noticia de las hijas de Shiva? —preguntó Janelle, acomodada a mi lado. La miré mal e intenté pellizcar su muslo antes de que lo apartara fuera de mi alcance.

—¿Y esas quiénes son? ¿Una secta Hare Krishna?

—¡Por favor, papá! —espetó Vittoria, mi hermana menor. En septiembre comenzaba historia del Arte en la Universidad, era la única de los cuatro que había querido seguir estudiando y a mi padre lo de la carrera no le pareció tan mal—. ¡Son las ganadoras de este año de UT! ¡La *girlband* del momento! ¡Todo el mundo habla de ellas! Mezclan *rock* con música tradicional de la India, sus letras son increíbles, tocan temas actuales sobre crítica social y lucha feminista. Tienes la columna al lado de la noticia que nos has enseñado.

—Pfff. ¡¿Y a quién le importa un grupo de mujeres amantes del curry, cuyo futuro no va más allá de Bollywood?! Esas son unas *feminazis*, tienen toda la pinta —bufó.

—Yo no he dicho que sean *feminazis* y su intención no es terminar en Bollywood —refunfuñó Vittoria.

—Eso da igual, me importan lo mismo que si a Tomasso Bonanno le sale una fístula anal.

30

—¡¿Es necesario hablar de fístulas anales frente a los *maccheroni*?! —preguntó Martina, mi otra hermana, que se había levantado para echarle una mano a mi madre con los platos.

Ese año cumpliría los veintiuno, ella no corría peligro de ser expulsada de la casa familiar. Siempre fue la favorita de mi padre porque solía acatar cada uno de sus mandatos y no se despegaba de él. ¿El último? Viajar a Calabria, a casa de nuestro familiar, Salvatore Vitale, para conocer al hombre que probablemente terminaría convirtiéndose en su marido. El mejor amigo de Salvatore y su mano derecha de la 'Ndrangueta, Dimas, la custodiaría, estaba en el país por unos asuntos laborales y se ocuparía de que llegara bien.

—Claro que no, *dolcetta*[1].

—Comamos, pero antes… Marlon, bendice la mesa.

Todos habían ocupado sus sillas.

Carraspeé, crucé los dedos de las manos y aguardé a que los demás me imitaran y cerraran los ojos. Respiré profundamente y me preparé para lo que iba a soltar.

—Hoy bendigo esta mesa, no solo por los alimentos que hay en ella, también por las manos que los han traído —mi padre sonrió complacido—, y por los corazones de esta familia tan generosa que siempre se alegra cuando nos pasa algo bueno, aunque no sea el camino marcado. Hoy quiero anunciaros que esa noticia habla de mí.

Mi padre abrió los ojos de golpe, una sonrisa se curvó en sus labios y dio el segundo palmetazo del día que amenazó la comida.

—¡Lo sabía! ¡Os dije que era italiano! ¡Qué alegría, hijo! ¡Por fin has sacado tu alma a relucir! ¡¿Por qué no has dicho antes que tú eras el justiciero que la *polizia* anda buscando?! Te protegeremos, la familia te apoyará y guardará tu secreto —proclamó abrazándome.

---

[1] *Dolcetta*: apelativo cariñoso que significa dulzura.

No recordaba la última vez que hizo algo así. Un escalofrío recorrió mi espina dorsal y me sacudió por dentro al saber que iba a decepcionarlo de nuevo.

—Porque no soy ese, sino el de la noticia de al lado, el nuevo integrante misterioso de Hijas de Shiva. —Vittoria dio un grito y mi madre me contempló sin saber cómo reaccionar. Mi progenitor me separó de él de inmediato con la mirada cargada de algo oscuro y amargo—. Lo siento, papá, sé que, si hubiera sido el asesino en serie que tanto admiras, te hubiera hecho feliz, pero me voy de gira con las *feminazis* en dos semanas.

CAPÍTULO 2

Kiara

Ranya, Trayi y yo miramos con fijeza a Lorraine Fox, sentada en su silla rosa chillón ubicada detrás del ostentoso escritorio de cristal.

La rubia exuberante podía parecer, a ojos de algunos incautos, una cabeza hueca, pero no tenía ni un pelo de tonta en su moño cardado.

Era una exleyenda del *country* muy reconocida, tal y como certificaban los innumerables premios que decoraban la vitrina ubicada a nuestra izquierda o los discos de oro y platino que estaban suspendidos en la pared.

Era la miembro más antigua del jurado de *USA Talent* y, oficialmente, nuestra representante en cuanto nos alzamos con el premio.

Estábamos sentadas en el despacho de su casa, con el New York Times plantado frente a nuestras narices. Era el mismo que me agencié en el dispensador de prensa que quedaba frente al edificio en el que vivíamos, antes de venir a verla.

Cuando vi nuestra foto en primera página, me inundó la emoción, los dedos me temblaban al contemplar nuestra imagen en una portada tan importante. Tuve que comprarlo, lo hice por

33

impulso, y porque quería mostrárselo tanto a las chicas como a la hermana Margaret, la mujer que nos trajo del infierno, en un viaje de ida y sin vuelta.

Lo que no esperaba era el texto que acompañaba a la fotografía y juro que tuve que leer la columna un par de veces para dar crédito a lo que se anunciaba.

«Alguien nuevo va a entrar en la banda».

«¡¿Cómo que alguien nuevo va a entrar en la banda?!», me dije a mí misma, sintiendo enfado y una capa de pegajoso sudor en mi canalillo. El calor era insoportable y la noticia me hacía hervir del enfado.

«¡Era el puto New York Times, no prensa sensacionalista!».

Me encaminé hecha un basilisco al piso que compartía con mis amigas, el ascensor estaba hecho un asco, por lo que subí las escaleras de dos en dos.

Ranya y Trayi intentaron que me calmara, pero ambas sabían que era imposible.

—¿Y si se trata de un error? —sugirió Ranya apocada.

—Igual ha escrito el artículo el becario —añadió Trayi, moviendo las baquetas entre los dedos, era raro que no estuviera con ellas en las manos, siempre necesitaba estar haciendo algo.

—¿En primera página? Ya os digo yo que no, que alguien nos ha estafado.

—Pues llama a Lorraine, ella seguro que lo aclara con los de la discográfica —sugirió Trayi, repiqueteando con las piezas de madera sobre la mesa.

Tenía su lógica, si alguien podía desembrollar aquel error esa era ella. Levanté el teléfono y marqué su número, me respondió su asistente porque nuestra representante estaba ocupada, aun así, me dijo que tenía pendiente llamarnos para citarnos esa misma tarde.

En cuanto nos sentamos delante de la señorita Fox y agité nerviosa el periódico, ella movió su copa de licor y dio un trago parsimoniosa.

—Kiara, no te alteres, que no es bueno para el cutis.

—¡¿Que no me altere?! Aquí pone que vamos a anunciar un nuevo integrante en el grupo en el programa de Jimmy Fallon.

—Y es cierto.

—¡¿Cómo que es cierto?! —pregunté, poniéndome en pie.

—Cuando hables conmigo, regula este temperamento —me regañó.

Me mordí el labio, en la India no se nos educa a las chicas para que seamos malhumoradas y contestonas, más bien para todo lo contrario. Se debe respetar a los mayores y, sobre todo, a los hombres, porque sin ellos no somos nada.

¡Puñeteros machistas de mierda!

—Sírvete una copa.

—No, gracias, quiero tener la mente despejada. —Ninguna de las tres éramos proclives a beber alcohol, además, solía estar fuera del alcance de nuestro presupuesto mensual.

—Queridas, tenéis que ver esto como el impulso que os faltaba y que os lanzará al estrellato, os falta visión, y de esa yo tengo mucha.

—¿Impulso? ¿Visión? ¡Hemos ganado el *show* de talentos más importante del país! ¡Fuimos el programa más visto de todos los Estados Unidos en los últimos cinco años! —Sus labios se torcieron en una sonrisa condescendiente.

—Eso puede parecerte mucho ahora, pero no sois Taylor Swift, apenas acabáis de salir del cascarón, tenéis cero experiencia más allá de cantar en redes sociales o algún bar de mala muerte. Y todas sabemos que, si no os hubiera dado el pase de oro en el programa en el que actuasteis, la productora os hubiera puesto de patitas en la calle en el primer programa.

Eso lo sabía, el director no confiaba demasiado en nuestro producto, fue Lorraine quien tuvo la visión y dijo que éramos un diamante en bruto, una revelación que daría mucho de qué hablar. Sin su fe, nuestro paso por la tele habría terminado justo después de que el misógino de JC negara con la cabeza. Ella lo vio y presionó el botón dorado antes de que él le diera al de expulsión inminente.

35

Lorraine se saltó una de las normas del programa y se puso en riesgo al citarnos en su casa para planificar una estrategia que nos encumbrara.

Hablamos largo y tendido, puso su estudio a nuestra disposición para que ensayáramos y encontró un filón en nuestra historia personal tachándola de conmovedora.

—*Vamos a explotar eso* —*murmuró con los ojos brillantes.*

—*¿Quieres sacar a relucir nuestras infancias?*

—*Querida, tres inmigrantes mujeres acogidas de niñas en un centro religioso de la India, que las trajo a los Estados Unidos librándolas de un futuro de pesadumbre y muerte, ¿bromeas? No sabes lo que les gusta a los americanos un buen drama y sentirse los salvadores del universo. ¡Estamos hablando de los creadores del Universo Marvel!*

Las tres fuimos víctimas de distintos tipos de violencia infantil, Lorraine dijo que en la turbidez de nuestros orígenes residiría nuestro mayor éxito, y no se equivocó. Incluso me hizo componer un tema para la final que representara justo eso.

El público del teatro dónde se rodaba lloró emocionado y el televoto le dio la razón. El buenismo americano nos dio la oportunidad que tanto ansiábamos.

Conseguimos firmar un contrato musical que ni en nuestros mejores sueños, nuestra historia personal vendía más allá de la música, era un canto a la esperanza, removía conciencias y, políticamente, que los americanos mostraran piedad frente a la desigualdad que se vivía en el país más poblado del mundo, que amenazaba con convertirse en la nueva superpotencia mundial, haciendo a un lado al gigante asiático, era un pedazo demasiado suculento como para dejarnos escapar.

Lorraine demostró que sabía qué teclas tocar, era una mujer ambiciosa y no le gustaba doblegarse ante nadie.

—*He chupado demasiadas pollas como para no haber aprendido cómo joder* —declaró.

Tocó todas las teclas necesarias para cerrar bocas y que lográramos exactamente lo que se propuso.

Esa misma noche varias discográficas anhelaban a las Hijas de Shiva, pero solo una de ellas, la que ofrecía el contrato más ventajoso y suculento, fue quien se hizo con nosotras.

Nos fiábamos de Lorraine, así que firmamos casi sin preguntar, fruto de la euforia y el sentimiento de confianza que se había generado entre nosotras. Error.

No sabíamos que una de las cláusulas de la discográfica escondía que se reservaba el derecho de añadir a alguien más al grupo.

—Respira, Kiara, esto es un *win to win*, estamos en el mismo barco.

—¿Uno que se hunde y ha perdido los remos? —Ella sonrió.

—Uno que busca que subáis como la espuma.

—Todo lo que sube baja, y odio las burbujas.

—No me has dejado terminar, ¿queremos que subáis y os mantengáis, o queréis ser las próximas Spice Girls? ¿Quién se acuerda ya de ellas? —Bufé.

No podíamos oponernos, estaba firmado y las cláusulas eran muy estrictas al respecto, nos enfrentábamos a una demanda millonaria, tal y como nos explicó nuestra representante, que sería imposible de saldar en varias vidas.

—¿Y qué se supone que hará la nueva? Ya somos tres, Ranya toca el bajo, Trayi la batería, yo canto y toco la eléctrica, ¿nos has buscado una teclista? Porque otra cosa no veo.

—Dejad primero que os presente a la nueva incorporación del grupo y vosotras mismas juzgáis.

—¿Está aquí? —preguntó Trayi, mirando a un lado y a otro como si la nueva integrante pudiera materializarse de la nada.

—Ya lo creo —admitió Lorraine—. Marlon, querido, ¡entra! —Su voz de *whisky* añejo subió un par de octavas para invocar a… Un momento, había dicho…

—¿Marlon? ¿Querido? —mi estómago se anudó—. ¿Marlon está transicionando a mujer? —farfullé ofendida. La señorita Fox sabía perfectamente que nuestro grupo hablaba del empoderamiento de la mujer y que por eso éramos solo mujeres. Bueno, por eso y porque preferíamos mantenernos alejadas de los hombres.

—Marlon puede ser muchas cosas, pero jamás una mujer —me aclaró.

La puerta que comunicaba con la habitación de Lorraine se abrió de par en par y entendí a la perfección por qué no había un ápice de mujer en él.

CAPÍTULO 3

Kiara

Debía rondar los veinticinco. Era alto, atlético, con el pelo castaño oscuro alborotado debido a sus rizos grandes. Como si alguien se hubiera entretenido en meter los dedos en ellos para desordenarlos.

Si no supiera que era imposible, hubiera creído que salía de ese cuarto después de haber retozado un buen rato en la cama con unas cuantas chicas, ni una ni dos.

Su mirada era oscura, brillante, tan descarada como su actitud. Aquella sonrisa burlona, bordeada por una barba de dos días, curvaba unos labios demasiado sensuales que pedían a gritos que los aniquilara.

¡Era uno de esos tíos que cualquier marca patentaría para licuar bragas! Si es que eso tuviera alguna función. ¿Quizá Durex lo querría de embajador?

No necesitaban demasiado para que un puñado de mujeres decidieran aterrizar en su colchón, y desde luego que eso no era lo que quería transmitir con mi grupo. Seguro que en su mente éramos su forma de obtener una larga cola de mujeres desesperadas que se murieran por sus huesos.

No vestía de manera ostentosa porque sabía que no le hacía falta.

Camiseta blanca de manga corta, vaqueros rotos oscuros que mostraban la suficiente piel como para saber que iba depilado y una bandana fucsia anudada a la muñeca.

Una risa sin humor reverberó en mi pecho. Era típico de los capullos como él llevar algo de ese tono para llenarse la boca con un «soy demasiado hombre como para tener miedo a lo que determine un color».

Me daban ganas de potar, o mejor dicho, de arrancarle la piel a tiras y venderla en el mercado negro para que una ricachona se hiciera un par de zapatos.

—¡Somos un grupo de *rock* indio femenino y feminista! ¡Eso no tiene pinta de Marla, sino de Marlon! ¿Qué va a tocar con esas pintas? ¿El triángulo?

El recién impuesto llegó a mí con todo el descaro del mundo, le dio la vuelta a mi silla sin esfuerzo, se agarró de los reposabrazos y me miró a una distancia tan corta que puso en peligro su integridad física.

—Los triángulos invertidos son mi especialidad —comentó descarado—. Si quieres una demostración, todo se puede hablar.

Agitó las cejas y me dedicó una mirada que imagino que a algunas les resultaría sensual.

—¿Esto te suele funcionar? —inquirí asqueada—. A mí ni te me acerques, da igual si me está dando un paro cardíaco, no quiero que me atiendas, Rizos.

Le planté la suela de la bota en el pecho para apartarlo y empujé con fuerza contra su torso.

—¿Rizos? —cuestionó burlón, agarrándome el tobillo antes de que lo moviera.

—¡No me toques! —espeté agobiada por la presión de sus dedos.

—Marlon, suelta a Kiara, aborrece el contacto físico.

—¿Tienes hafefobia? —preguntó. No voy a negar que me sorprendió que contara con una palabra así en su vocabulario, pensaba que no pasaría de las básicas, como mamada o follar.

—Lo que tengo es fobia a los tíos con rizos y a que me toquen sin permiso.

Desvió su atención y saludó a mis dos amigas, que se mantenían en silencio, contemplándolo con los ojos muy abiertos.

Sabían que yo era como una maldita bomba de relojería y que no me iba a dejar amedrentar.

Ninguna de las tres esperaba una incorporación masculina, teniendo en cuenta que éramos una *girlband*, y ese capullo arrogante no entraba en nuestros planes.

—Me niego a que el del método *curly* forme parte de la banda, no tiene nada que ver con nosotras, solo hay que vernos, él parece salido de un anuncio y nosotras…

—¿De una adaptación de Bollywood de *Buffy Cazavampiros*? Quizá, si os alejarais del negro…

—Muy gracioso, Timothée Chalamet. —Aparté mi atención de él y proseguí mirando a nuestra representante—. No nos representa, ni a nosotras ni a nuestras composiciones.

—¿Por qué piensas eso? —preguntó él, cruzándose de brazos.

¿Por qué nadie le decía que era más molesto que un dolor de pies y que se largara?

—Porque nosotras cantamos por y para las mujeres.

—¿Y qué te hace pensar que yo no? A mí me encantan las mujeres.

—Ya… —chasqueé la lengua para mirarlo con inquina—, encima, debajo y a cuatro patas.

—Todo es negociable.

—¡Basta! —rugió Lorraine. La paciencia tenía un límite, y la suya estaba colapsando—. ¡Dejadlo ya! —Su uña roja apuntó hacia mí—. Te guste o no, él es vuestro nuevo guitarrista, y cuanto antes lo asumas, mejor.

—¡Nos sobran guitarras! —exclamé.

—Por eso vamos a prescindir de la tuya, Ojazos.

La aclaración, procedente de aquella voz masculina, hizo que girara el cuello hasta el límite de lo imposible.

41

—¡¿Ojazos?!

—Si tú me llamas Rizos, tengo derecho a réplica. He visto vuestros vídeos y, sin ánimo de ofender, a mí se me dan mejor las cuerdas que a ti.

Dijo el que no tenía abuela.

Era odioso, se notaba a la legua que estaba acostumbrado a que las mujeres babearan por cada gracia que soltara y no por tener la rabia, precisamente.

—Si te refieres a las de ahorcar, por mí, ya puedes ir preparándote una, dicen que el puente de Brooklyn no está muy masificado a estas horas.

—Que maja es vuestra líder, pensando siempre en ayudar a los demás…

—Me estáis dando jaqueca, para vuestra información, no me hice cantante para terminar de profesora de parvulario, así que si necesitáis repetir jardín de infancia, volved a la escuela.

—¿Es que no lo comprendes? Me has metido a un tío en el grupo y me quitas mi instrumento. No pretenderás que me quede de brazos cruzados.

—Te recuerdo que has firmado un contrato para que otros decidan qué es mejor para vosotras y lanzaros al estrellato. Tu voz y tus composiciones bastan como aportación, es lo que necesitamos, deja a los profesionales hacer su trabajo.

—Pero ¡no es justo!

—La discográfica es la que decide y ya ha decidido, Ranya seguirá con el bajo y Trayi con la batería. Marlon es un prodigio con la eléctrica, que incorporéis a un hombre con sus habilidades en vuestras filas hará más creíble el mensaje. Una cosa es ser feminista y otra *feminazi*. Los extremos no venden y nadie quiere que terminéis como el *Titanic*.

—¡¿Y qué hay de nuestro nombre?! ¡Somos Hijas de Shiva! ¿Qué será ahora? ¿Hijas de Shiva y asociado? —protesté. Marlon rio por lo bajo, y a mí me dio rabia que le hiciera gracia.

—Cláusula 32 del contrato, la discográfica se reserva el derecho de decidir un nombre más comercial y apropiado para el grupo, a ver qué os parece, he pensado que el vuestro será Shiva's Riff.

—¿Rip? Estupendo, ¡ya estamos muertas antes de empezar!

—Ha dicho Riff, no Rip, para ser cantante, te falta oído —se carcajeó Marlon—, igual tienes un tapón de cera, deberías ir al otorrino.

—¡Y tú al urólogo, me da que el tuyo es anal! —No parecía ofendido, sino divertido por mis respuestas.

Los tíos no me daban miedo, más bien asco, y ese, en concreto, ganas de patearle el culo lo más lejos posible.

Lorraine prosiguió como si no hubiera oído llover.

—Hemos conservado la raíz, vuestra esencia. El dios Shiva es venerado por su poder y su naturaleza compleja y va muy bien con el rollo de la banda. Un *riff* es una secuencia de notas o acordes repetidos que es fundamental en la canción y suele ser pegadizo. Por lo que Shiva's Riff podría interpretarse como una secuencia musical poderosa y transformadora inspirada en la energía y el carácter del dios hindú. Evoca fuerza e intensidad, cualidades muy apropiadas para vosotros.

—Me gusta —comentó mi peor pesadilla, ganándose una sonrisa de complacencia por parte de Lorraine. Puse los ojos en blanco.

—¡Por favor! ¡¿Y vosotras no tenéis nada que decir?! Parece que solo sea yo quien lo ve todo negro —cuestioné, mirando a mis amigas.

Ranya era de naturaleza callada, por lo que era muy difícil que se opusiera a nada, no le gustaba el conflicto, y Trayi podía salir con cualquier cosa.

—¿Podemos ver cómo toca antes de seguir? —preguntó nuestra batería, provocando que maldijera todos mis huesos.

—Por fin alguien que hace una pregunta inteligente. — Nuestra representante se puso en pie y Marlon estiró su mano para que mi amiga la agarrara y pudiera alzarse.

—Me flipa tocar —susurró el encantador de serpientes.

Sus ojos me buscaron con una mirada canalla y la comisura derecha del labio alzada. ¡Cómo lo odiaba!

—Muy bien, pues vayamos todos al estudio, así podrás demostrarles por qué te necesitan.

Su presencia iba a ser muy difícil de tolerar.

CAPÍTULO 4

Janelle

—¿Cómo ha ido? —pregunté en cuanto Marlon llegó al piso.

—¿Quién eres tú y cómo has entrado?

Los dos sabíamos la respuesta, pero a mi hermano le divertían nuestros piques.

—Muy gracioso.

Cuando me fui de casa, Marlon fue quien me acogió, intenté encontrar trabajo en muchos sitios; la aguja, el hilo y las lentejuelas siempre se me dieron bien.

Me enseñó a coser mi abuela porque siempre le decía que no me gustaban los vestidos que había en las tiendas para mis muñecas.

Recuerdo verla sonreír, acercarme con ella a su pequeño rincón de costura y decirme:

—*Te comprendo, yo te enseñaré.*

Disfrutaba muchísimo de su compañía, de su olor a flores y a *whisky* añejo, se le llenaba la boca contándome anécdotas de la época de la ley seca y de cómo su familia prosperó en Los Estados Unidos.

—*Somos un legado de mujeres fuertes, pequeña, nunca lo olvides. El único obstáculo entre tú y lo que desees solo está aquí* —señaló mi sien—. *Lucha siempre por lo que desees, yo siempre te apoyaré, y no olvides que en tu corazón late una O'Donnell.*

Mi abuela pertenecía a aquella familia que se instaló en Chicago y eran conocidos como los South Side O'Donnell Gang. Mi tatarabuelo Edward *Spike* O'Donnell, líder de la pandilla, buscaba la confrontación en la guerra de la cerveza de Chicago en el 23 contra su contrincante, el mafioso Johnny Torrio. Sus famosas peleas duraron dos años y culminaron cuando el famoso Al Capone se hizo cargo del negocio de los Torrios, y con él, el dominio sobre el negocio del alcohol. Mi antepasado, conocido por tener pocos escrúpulos cuando se trataba de luchar contra otros mafiosos por la supremacía en el comercio de alcohol negro, fue gravemente herido en un tiroteo y no le quedó más remedio que retirarse del negocio del contrabando, dejar Chicago y mudarse con su mujer y sus hijos a Nueva York.

A mamá le encantaba vernos juntas, que compartiéramos momentos en los que a su madre le brillaban los ojos relatándome lo fuertes que éramos.

Por mis genes y mi aspecto físico era la que más se parecía a la parte irlandesa de la familia.

Tenía una melena rebelde de abundante pelo rojo, los ojos tricolores era lo más llamativo de mi rostro. La pupila oscura estaba bordeada de un marrón casi amarillo que mi abuela decía que pertenecía al *whisky*, después venía el verde de los bosques irlandeses bañados por el azul del mar, por eso depende de quién me mirara o la luz que incidiera en ellos, decía que los tenía de uno u otro color, sobre todo, los hombres, que no eran muy de fijarse en esas cosas.

Fui la que más sintió su pérdida cuando falleció, disfrutaba muchísimo mostrándole mis creaciones y bailando para ella.

Mi madre me apuntó a clases de danza, se me daba francamente bien, y a mi abuela se le humedecían los ojos cada vez que me veía encima de un escenario. A los diecisiete tuve que dejarlo, cuando me detectaron una lesión que me mantuvo apartada de lo que más me apasionaba durante tres años.

Cuando me recuperé, ya no era la misma, y mi sueño de convertirme en bailarina pereció con el diagnóstico. Si soy realista mi estatura, y mi pecho tampoco es que ayudaran en exceso, como mucho, podría haber terminado de corista en Las Vegas.

El médico fue muy claro conmigo, podía volver a bailar pero, no con la exigencia de una profesional que dedicaba tantísimas horas a los ensayos y los espectáculos.

—*Tienes que dosificarte si no quieres terminar como una señora de setenta a los veinte.*

Aproveché para hacer algunos cursos de corte y confección. A mi padre no le pareció peligroso que a su hija mayor le diera por el hilo y la aguja. De hecho, coser siempre se había asociado a tareas femeninas, por lo que pagó la inscripción en la escuela de corte y confección sin oponer resistencia.

Todo iba bien hasta que asomó su intención de emparejarme con el hijo de uno de sus socios y llegó mi primera negativa. No era solo que la idea del matrimonio me produjera sarpullidos, es que no estaba segura de sí era más de chicos, de chicas o de los dos.

Como comprenderás, no era un tema fácil de hablar con un Dom de la mafia bastante chapado a la antigua y estereotipado.

Me gustaban ambos géneros, había hecho mis pinitos con los dos y no me veía atada a un tipo que aspiraba a que su mujer le tuviera la cena lista al llegar a casa, le lavara la ropa manchada de sangre después de una reyerta y zurciera las puñaladas.

Papá se puso de morros conmigo ante la negativa, y si a ello le añadíamos que me pilló comiéndole las tetas a la hermana del tipo que se suponía que había elegido para mí, todo saltó por los aires, incluso su corazón.

¡No fue culpa mía que se dejara las llaves en casa cuando iba a un recital con mi madre y mis hermanos no estaban! Fingí que estaba enferma y que necesitaba quedarme, lo tenía todo planeado, la chimenea encendida, las copas de aquel espumoso que tanto me gustaba… ¡Tendría que haberme ido a mi habitación y papá ni se hubiera enterado!

La cagué por todo lo alto.

Ya no podía recular.

Mi noche se estropeó, él sufrió un amago de infarto y tuve que llamar a la ambulancia.

A puntito estuvo de enviarme a charlar con el padre Tonino para que me trajera de vuelta al buen camino. Por suerte, una charla con mi madre le quitó esa idea de la cabeza, intentó mediar, aunque sin demasiado éxito, y mi única vía de escape fue irme con Marlon al cumplir los veintiuno.

Ni él ni yo seríamos jamás lo que mi padre esperaría.

Contemplé a Marlon ir hasta la nevera para abrirse una cerveza. El piso no estaba mal, aunque era bastante pequeño, tampoco es que me pudiera quejar, mi hermano podría haberme dejado en la puta calle, pero no lo hizo.

—¿Me lo vas a contar, o qué? ¿Cómo ha ido con tus nuevas compañeras? Fijo que se les han fundido las neuronas cuando te han visto.

—Sep, seguro que sí —masculló dando un trago largo—. Olía a neurona quemada.

—¿Es todo lo que vas a decir?

Marlon dio la vuelta al sofá dos plazas y se dejó caer en él.

—Ha ido como el culo.

—Imposible.

—La líder me odia. —Una sonrisa se instaló en mi boca de oreja a oreja.

—¿Está buena? ¡Qué pregunta tan estúpida! —dije. Yo misma había visto a esas chicas en la final del programa—. Está muy buena.

Marlon bufó.

—Eso es lo de menos.

—Ya, bueno, quizá, pero es algo nuevo, una mujer que te odia y es guapa… ¿Lesbiana?

—Ni lo sé ni me importa, tiene fobia a que la toquen.

—Uhg, la cosa se pone interesante, ¿cuándo la has tocado?

—Cuando le aparté la suela de la bota de mi pecho.

—¡¿No fastidies que te pateó?!

—Lo intentó.

—Necesito conocer a esa heroína. ¿Hay un puesto de estilista o coordinadora de vestuario?

—El grupo tiene su propio equipo marcado por la discográfica, pero puedo preguntar si eso significara que quieres dejar el SKS —Le brillaron los ojos con esperanza.

—¡Estaba de broma! Ahora que te vas, ha llegado mi momento estelar.

—No vas a enseñar las tetas en el club, Jordan no te va a dejar.

—Eso ya lo veremos.

—Janelle… —dijo en tono de advertencia.

—¡¿Qué?! No contar con tu apoyo es muy machista por tu parte, además, que te deja a la altura de un muy mal hermano, ¿tú puedes enseñar los pectorales y yo no?

—Sabes que no es lo mismo.

—Ah, ¿no? ¿Qué tenemos de distinto? Dos pechos, dos pezones, ¿dónde radica la diferencia? Lo tengo, en un machirulismo extremo que a vosotros no os impide ir sin camiseta a la menor oportunidad y a nosotras nos tacha de zorras si enseñamos las domingas.

—No voy a ponerme a debatir contigo, ya sabes que a mi me flipan las domingas, pero no las tuyas, y por hoy he tenido suficiente debate con Kiara, estoy al límite.

—¿Kiara? Me gusta cómo suena.

—Pues a ella no le gusta cómo sueno yo.

—¿Cómo no va a gustarle si eres un prodigio?

—Porque tengo rabo.

—Pues córtatelo.

—Muy graciosa. Según ella, no hay espacio para un tío en una *girlband* de *rock* indio.

—Tiene su lógica.

—Salvo porque sin mí están destinadas a un público minoritario.

—¿Quién ha dicho eso? —pregunté frunciendo el ceño—. No me lo digas, ese sucedáneo de Dolly Parton trasnochada que te follas, fijo que te tiene pillado porque te hace mamadas sin dentadura postiza.

—¿Puedes dejar de llamar a Lorraine así? Y, para tu información, no la tiene postiza, son fundas. Te guste o no, ella es quien domina esta industria.

—La misma a la que le comes el coño a golpe de talonario. — Él arrugó la expresión disgustado. Mi franqueza lo molestaba—. Vamos, hermanito, reconoce que tu clienta ha decidido modificar un producto que ya funciona para que el chico que se tira pueda alcanzar el estrellato.

—Si lo único que vas a hacer es malmeter, mejor me largo.

Se incorporó cabreado.

—Oye, que yo me alegro por ti, ya sabes que soy la primera que piensa que debes tu talento al mundo, pero deberías ponerte en el lugar de esas chicas y ser un poco más empático, tu clienta te ha metido en su grupo con calzador, dales tiempo a que se aclimaten.

—No lo tengo, la gira es inminente y, con tanta hostilidad, a ver quién es el guapo que toca bien.

—Quizá meditarlo con la almohada les da otra visión. Estaría bien que no te pusieras de culo ni fueras de listillo, intenta conocerlas, no como a unas chicas a las que podrías tirarte, sino como a tus nuevas compañeras de trabajo, puede que si dejas esa actitud de soy un puto festival de porno andante, les caigas algo mejor. Eres mucho más que un buen polvo, aunque te hayan hecho creer lo contrario.

—Ya, bueno, voy al SKS, que cientos de mujeres me esperan para perder las neuronas por mi teorema sobre el Bolsón de Higgs. Nos vemos luego, que se me hace tarde.

—¡Es Bosón, no Bolsón, ese era de Mary Poppins!

—Lo que tú digas.

Se marchó por donde se había ido. Me fastidiaba que Marlon tuviera un concepto tan pobre de sí mismo y lo disfrazara de esa soberbia que tanto lo caracterizaba. Una cosa era el pecado capital y otra el hombre sensible que se ocultaba debajo del antifaz y al que muy pocos tenían acceso.

Mi hermano enmascaraba esa necesidad de que alguien se sintiera verdaderamente orgulloso de él y no que era una decepción o una vergüenza para la familia.

Ojalá alguien pudiera verlo más allá de su fachada.

CAPÍTULO 5

Marlon

—Llegas tarde —murmuró Corey al verme entrar de manera atropellada.

—Lo siento, ha sido un asunto de fuerza mayor.

—La muerte de un familiar es un asunto de fuerza mayor, que se te atraviese un zurullo no lo es —se carcajeó Joey, alias el nuevo Gula.

—Cómeme el ojete y verás si viene despejado o no —protesté.

—Menudo humor que te gastas hoy —se quejó.

No era un mal tipo, aunque, puestos a escoger, prefería a su antecesor, Elon. Ya casi me había olvidado de nuestra confrontación particular porque casi se folló a mi hermana. Era chef repostero en La Perla de Asia y extrañaba los dulces que nos traía de vez en cuando para alegrarnos la noche.

Que no estaba de buen humor no era un misterio, y lo que me soltó Janelle en el piso escoció. No me gustaba sentirme un colocado, que alguien me había puesto a dedo en un lugar porque llevaba tiempo ahondando con mi lengua en su interior.

Daba igual que Lorraine dijera que no era por eso, mi hermana también lo veía así, y después de que me enterara de cómo había mediado para que las Hijas de Shiva llegaran a la final, algo me decía que su intención, desde el principio, fue esa.

¿En qué lugar me dejaba?

Por supuesto que me había puesto en el sitio de esas chicas, aunque no lo dijera, y sentiría la misma frustración que ellas si me impusieran a alguien que no querían, alguien que hiciera cambiar el significado de lo que eran, claro que no iba a decírselo, estaba cansado de esperar que alguien me descubriera, que alguien pensara que era lo suficientemente bueno como para hacer algo más que desnudarme, follar y tocar unos cuantos acordes encima de un escenario que solo me llevaban de cama en cama.

Al principio fue divertido, pero cada vez me agobiaba más en lo que me había convertido.

No pensaba que fuera a durar tanto en el club, ya llevaba cuatro años y no tenía pinta de que ningún cazatalentos viniera a por mi talento musical. Lo que buscaban de mí era el plano horizontal, así que, pese a que no me gustara del todo la idea, me agarré como un clavo ardiendo a la propuesta de Lorraine.

Todos los chicos habían ido largándose, excepto Corey, Raven y yo, y apostaría a que a este último le quedaban dos telediarios teniendo en cuenta que su relación con Dakota se había consolidado.

Seamos francos, ser estríper es un curro como cualquier otro, pero cuando estás en pareja, se hace un pelín cuesta arriba y cada vez lo veía con menos ganas de salir al escenario.

Necesitaba irme antes que él y no dejar al *boss* con el culo al aire. Encontrar personal no era sencillo y ese año habían caído Pereza, Envidia, Gula y, recientemente, el millonetis de Avaricia.

En dos semanas arrancaba la gira y no podía postergar mi conversación con Jordan.

—Ey, Corey —llamé a Lujuria, su segundo al mando.

—¿Sí?

—¿Sabes si podré hablar un rato con el jefe hoy?

—¿Qué ocurre? Si es sobre los turnos o que necesitas un anticipo…

—Es personal.

—¿Por qué eso no me suena bien? —Me encogí de hombros.

—Puede que necesites afinar el oído.

—Muy gracioso, anda, cámbiate.

Fui hasta mi taquilla, Raven estaba a mi lado poniéndose la camiseta.

—¿Estás bien? —Últimamente había hecho migas con él más que con nadie, no terminaba de pillarles el rollo a los nuevos y el ambiente ya no era el mismo—. ¿Quieres que tomemos unas birras al terminar?

—No sé si voy a tener que ir al Savage…

El Savage era el lugar al que me llevaba a las clientas a follar. Era un extra, en el SKS no existía la prostitución. Era cosa nuestra si queríamos tener un sobresueldo y, por supuesto, no se tenían relaciones cobrando en el club.

—No te veo con mucho ánimo.

—Nada que una raya no pueda levantar.

Consumía de vez en cuando, cuando quería despejar la mente y necesitaba un chute extra para poder rendir lo suficiente.

Me preparé un tiro y me lo metí.

—¿Quieres?

—Ya no consumo. —Alcé las cejas.

—¿Ni marihuana? Adorabas a esos porros hijos de puta.

—Bueno, esos alguna vez, ya sabes, soy *fumetariano*. —Reí por lo bajo mientras empezaba a cambiarme—. Estar con Dakota me ha dado la paz que necesitaba, tal vez si probaras con una chica en lugar de con cien.

Todavía recuerdo el día que su chica, o mejor dicho, su exhermanastra, puso los pies en el SKS sin tener la edad legal para poder entrar en el club. Yo no tenía ni idea y casi me la llevé al Savage. Eso fue justo antes de que Ira, el pecado en el que se convertía Raven, estuviera muy cerca de separar mi cabeza del cuerpo al ver lo que pretendía hacer.

—Ay, Cuervo, ¡quién te ha visto y quién te ve!

—Este cuervo pronto agitará sus plumas por última vez y alzará el vuelo. —La premonición que había tenido se estaba cumpliendo—. He llegado media hora antes para hablar con Jordan, en cuanto me encuentre sustituto, me las piro, solo Corey está al corriente, no se lo cuentes a los demás. —Raven era de los introvertidos del grupo, solía guardarse las cosas para sí y compartir poco con los demás.

—¡No jodas!

—Sep, hay una vacante en el HSI y Ray —conocido por todos como Pereza hasta que descubrimos que era un agente infiltrado y se marchó del SKS— me ha animado. Cumplo casi todos los requisitos, además, tendrán en cuenta cómo ayudé a desenmascarar a Wright, también el agente Robbins va a escribirme una carta de recomendación. A ver, no voy a mentirte, ayuda que mi colega sea el nuevo jefe de la unidad en la que ha salido una plaza. Tengo que hacer un curso de capacitación, por lo que necesito estar al cien por cien y centrarme. La madre de Dakota y Tony nos echarán una mano mientras yo esté estudiando.

—Me alegro mucho por ti, joder, te lo mereces.

—Gracias. Bueno, todavía no estoy dentro, pero... Ray me ha dicho que no me costará, y él me conoce mejor que nadie.

—Seguro que sí, ya verás.

Raven me miró con extrañeza, con esos ojos claros que parecían tener el poder de apropiarse de tu alma.

—¿No vas a hacer ningún comentario al respecto?

—No, me alegro, en serio.

—¿Quién cojones eres y qué has hecho con el italiano? —Sonreí de medio lado—. En fin, voy subiendo al escenario, no tardes.

—Ya casi estoy, pillo la guitarra y voy.

Miré aquel lugar tan cargado de recuerdos. Lo echaría mucho de menos a pesar de todo, ese había sido casi mi hogar en los últimos años y los chicos otra familia que nunca me juzgó por quién era o lo que hacía.

Jordan, el *boss*, era un pilar fundamental para todos, y cuando Janelle se presentó, sin previo aviso ni contar conmigo, para hablar con él y postularse como la encargada de vestuario, no dudó en crear el puesto porque era mi hermana y porque sabía que lo necesitaba. Aunque siempre renegó de ello y, si le preguntabas, te diría que estaba a punto de poner el anuncio.

Era un tío alucinante y un hermano mayor para todos nosotros. Sabías que siempre estaría ahí para ti, y la gente cojonuda no abundaba en ese mundo.

Saqué mi instrumento, me pinté la raya negra bajo los ojos, me pasé las manos por el pelo y hurgué en mi reflejo antes de ponerme el antifaz.

—A por ellas, Soberbia, dales lo que han venido a buscar.

Cuando terminé mi jornada, les pedí a la madre y a la hija que habían pagado por mis servicios extras que me esperaran calentando motores en la habitación del Savage.

No era muy escrupuloso sobre con quién me acostaba, para mí eran un medio para cubrir mis gastos y poder vivir alejado de la mafia.

Subí al despacho del *boss* y este me hizo pasar en cuanto llamé a la puerta. Estaba golpeando las bolas de su nueva mesa de billar.

—¿Te hace una partida?

—Lo siento, me esperan… —Jordan asintió, no hacía falta que dijera nada más.

—Entonces tú dirás.

Bajó el palo y se puso a darle tiza a la punta.

—No sé cómo empezar.

—¿Por el principio? —sugirió—. Jamás te has caracterizado por dar muchas vueltas a las cosas, así que… Adelante, Marlon.

—Me marcho.

Los ojos claros repletos de cansancio no me contemplaron con rencor. Sus labios apretados se estiraron en una sonrisa calmada.

—Lo siento mucho, sé que te puteo, que Raven te ha dicho justo hoy que también se iba por lo de la vacante en el HSI y te juro que si pudiera postergarlo… —No me dejó seguir.

—¿Es algo bueno para ti?

—Voy a tocar en un grupo y a hacer una gira —comenté precipitado—, no sé si la cagaré o no, solo que no puedo rechazarlo.

—No debes hacerlo, no por esto —señaló a su alrededor. Jordan vivía justo encima de mi lugar de trabajo—. El SKS es un lugar de paso, sabes que las puertas siempre estarán abiertas para ti o para cualquiera de mis chicos, y me alegra muchísimo que vayáis encontrando vuestro sitio, que por fin alguien haya visto en ti todo ese talento que derrochas cada vez que tocas. Estaré encantado de ir a verte tocar cuando lo hagas en Nueva York y llenes el Madison Square Garden.

—No sé si llegaré a tanto, pero te prometo que, si es el caso, te reservaré una entrada VIP.

—¿Cuándo nos dejas?

—En dos semanas, pero Janelle se queda aquí, seguirá cosiendo y encargándose del vestuario. Quería pedirte que…

—No tienes que hacerlo. —Jordan casi siempre sabía lo que queríamos decir—. Esa chica sabe sacarse las castañas del fuego, aun así, la cuidaremos y estaremos pendientes de ella.

—Gracias, *boss*.

—Anda, vete y quita esa cara de preocupación que ya estoy acostumbrado a tener que menear el rabo por vosotros. —Reí.

—Eres el mejor.

—Y tú un tío con estrella, siempre lo supe, ahora te toca brillar lejos de aquí, enhorabuena.

Asentí y me marché con el corazón todavía encogido al tener que despedirme de alguien tan importante en mi vida.

CAPÍTULO 6

Kiara

—¿Por qué me miráis así?

Estaba cabreada, confundida y sorbía con demasiada fuerza el zumo natural que había pedido para ahogar mi mal humor en vitaminas.

Mis dos mejores amigas se miraban entre ellas y me observaban con atención.

—¿Tú has visto, o mejor dicho, oído cómo toca ese chico? —inquirió Trayi, golpeando la mesa llena de rasguños con un par de pajitas de cartón.

Soplé y provoqué que un cúmulo de burbujas arrojaran una salpicadura sobre una inscripción hecha con algo puntiagudo, eran dos iniciales rodeadas por un corazón, a saber el tiempo que llevarían ahí.

El Juice & Fruits no era un local nuevo, bonito o chic, más bien todo lo opuesto, pero sus jugos naturales se hacían con fruta fresca y los precios eran razonables.

—Me la sopla cómo toque —respondí. Ella torció el gesto.

—No te creo, ese tío hace magia con los dedos, Lorraine no mentía, es muy bueno.

—¿Y a mí qué más me da? Es un hombre, no tiene nada que ver con nosotras, lo que hacemos y…

—¿Y? —preguntó Ranya, que se había mantenido en un segundo plano.

—Es muy alto y deslenguado, ya habéis visto las cosas que me ha dicho.

—Tampoco es que tú le hayas puesto las cosas fáciles —añadió Trayi.

—¿Y qué esperabas, que le diera la bienvenida con globos y una pancarta? ¡De verdad que no os entiendo! ¡¿Os parece bien que nos cambien el nombre del grupo y lo incluyan?!

Es que no daba crédito de que a ellas no les importara. Vale, sí, el tío tocaba que cortaba el aliento, pero a mí no me impresionaba.

—¿Qué tiene que ver que sea alto? —Ranya se había quedado atrapada en mi observación de antes.

—Los altos mueren antes —respondí sin dar importancia al dato. Ella abrió mucho los ojos, que eran impresionantes, de un color ámbar verdoso que te invitaba a no poder apartar la mirada de ellos.

—¿En serio? —Trayi bufó.

—Eso es el síndrome de Marfan —aclaró esta—, y Marlon no es tan alto, solo te saca una cabeza y media— anotó.

—Morirá —rezongué.

—Todos moriremos y tampoco es que podamos oponernos, el contrato está firmado, así que ponerle las cosas difíciles no nos ayudará como grupo.

Me daba rabia que ambas lo asumieran como si tal cosa, mientras que a mí me llevaban los demonios.

—Nada, pues ya está, lo admitimos y punto —golpeé la mesa.

—¿Podemos hacer otra cosa? Debes recordar que, en la danza del universo, cada paso, incluso aquellos que no elegimos, forma parte de una coreografía divina. El *dharma*[2] nos enseña a abrazar nuestro papel con gracia, sabiendo que cada alma tiene su viaje y cada encuentro es una oportunidad para el crecimiento. Como el

---

[2] *Dharma*: Deber, justicia, ley moral.

agua fluye sin resistencia, así debemos nosotros aceptar el fluir del karma, confiando en que nos lleva hacia la liberación final, el *moksha*[3].

Cerré los ojos y dejé caer el peso de mi espalda en el respaldo de la silla.

Ranya pertenecía a la casta de los Devadasi, una de las más bajas.

Aunque el sistema de castas lleva años, desde la Constitución del 49, queriéndose erradicar, la realidad es que seguía, y en la de Ranya, las mujeres y las niñas eran ofrecidas a la diosa Yallamma para ayudar a los sacerdotes con las ofrendas a los dioses.

Como todas nosotras, había sido educada en una sociedad profundamente machista y creyente, en la que las mujeres nos debíamos a la familia y, sobre todo, a la voluntad de nuestros homónimos.

Las castas determinaban tu porvenir, eran como una maldición, si nacías y morías perteneciéndole, no solo tú, también todos tus descendientes, una condena que pasaba de generación a generación que condenaba al 41 % de la población a la pobreza más absoluta y devastadora.

Tanto Ranya, como Trayi o yo estábamos dentro de ese nicho cuando nos conocimos.

De las tres, era Ranya a quien más le costaba asumir que, con nuestra salida del país y los preceptos que nos enseñaron en la organización benéfica cristiana que nos ayudó, ya no éramos las mismas, ni nosotras ni algunas de las enseñanzas que llevábamos incrustadas en el alma.

De las tres mil castas que poblaban mi país natal, ella pertenecía a las Devadasi, quienes, una vez alcanzada la pubertad, estaban obligadas a satisfacer sexualmente a los hombres del pueblo; nunca podían negarse a ello y tampoco les estaba permitido casarse; si lo hacían, la creencia decía que la diosa

---

[3] *Moshka*: Liberación del ciclo del renacimiento.

llevaría a caer en desgracia a toda su familia. Las niñas pasaban a ser un bien público al que poder follarse por unas pocas rupias.

Eran maquilladas, decoradas con collares y abalorios que llamaran la atención de los hombres. Las madres vigilaban atentas, apostadas en el exterior de las casas, no para que no les ocurriera nada, sino para asegurarse de que nadie disfrutaba de ellas sin que la familia obtuviese un beneficio.

Las Devadasi eran las más serias, introvertidas y con las caras más tristes de toda la India.

El sistema que las prostituía se prohibió por ley en 1982, sin embargo, seguía subsistiendo por puro interés, sobre todo, en Karnataka, la zona que unía Bombay y Bangalore, ruta de los camioneros que solían utilizar los servicios de las prostitutas infantiles.

Al estar prohibido, quedaban muy pocos templos y ahora las niñas ofrecían sus cuerpos en la discreción de las casas familiares. Allí era donde la gran mayoría se contagiaban por VIH.

Dieron con Ranya en uno de los templos prohibidos, quizá, si hubiera estado en su casa, la misión de la hermana Margaret nunca hubiese dado con ella. Además, tuvo suerte porque, al ser de las más bonitas, la tenían reservada para clientes especiales, puede que por eso no enfermara.

Si no la hubieran sacado de allí, habría terminado repudiada al alcanzar cierta edad, se habría visto condenada a llamar de puerta en puerta pidiendo limosna, llevando sobre su cabeza el ídolo de la diosa a la que fue dedicada y, con total seguridad, habría terminado en un burdel de Mumbai, Bangalore o Chennai, víctima del tráfico sexual hasta su muerte.

Era sencillo entender el motivo por el cual, pese a estar prohibido, las familias seguían prostituyendo a sus hijas, se libraban de una boca más que alimentar.

Dar a luz un bebé portador de los cromosomas XY era poco más que una desgracia. La culpa era del *dowry*, la dote que se debía entregar a la familia del futuro marido antes del matrimonio y por la cual tenían que pedir un préstamo que los endeudaría de por vida, ya que los crápulas de los prestamistas cobran unos intereses muy altos.

La cuna del yoga, el incienso, la paz y la espiritualidad no era tan bonita cuando nacías mujer.

Era uno de los lugares del mundo donde más feticidios se cometían por sexo, por eso, muchas clínicas se negaban a revelar el género del bebé.

—¿Kiara? —Su voz dulce me sacó de mis propios pensamientos.

Di un suspiro largo.

—Nosotras fundamos este grupo para dar voz a nuestras iguales, a las que siguen estando allí, a las que siguen sufriendo atrocidades. Somos su foco, su esperanza, su ejemplo de que es posible una vida más allá del infierno. Creamos el grupo para ser un santuario lejos de la dominación masculina —comenté más calmada—. No podemos perdernos porque quieran convertirnos en un producto, teníamos que ser el canal de transmisión de nuestro mensaje al mundo y para… —Se me quebró la voz. Las manos de mis amigas buscaron las mías para agarrarnos entre las tres.

—Y eso no va a cambiar —asumió Trayi—. Seguirá siendo así, Lorraine nos ha asegurado que el mensaje seguirá siendo el mismo, solo que llegaremos más lejos con un reclamo como Marlon.

—¿Ahora vamos a convertir a los hombres en objetos? —rezongué.

—No lo veas así, piensa en esto como una prueba, no solo para él, sino para nosotras también. ¿No es la aceptación parte de lo que predicamos? Asumimos la realidad para cambiar el mundo y todo cambio arranca con un pequeño gesto, con una partícula que lo modifica todo, quizá Marlon sea ese gesto. Como dice la hermana Margaret, no hay transformación sin educación.

—Pues ese idiota necesita mucha. —Solté sus manos y volví a sorber de la pajita.

Mis amigas rieron.

—A mí me parece guapo —bromeó Trayi.

—Eso es porque lo has mirado con el ojo malo. —Mi amiga tenía una afección ocular desde que una esquirla le saltó mientras tallaba piedra en la cantera donde vivía y trabajaba con su familia.

Lorraine le había propuesto cantar con un parche que fuera cambiando dependiendo del *outfit* para no herir sensibilidades, pero las tres nos negamos en redondo, necesitábamos que la gente se hiciera preguntas, despertar la curiosidad para alzar conciencias.

—Pues a mí me ha parecido que le gustabas —añadió Ranya.

—Otra que necesita pedir hora al oftalmólogo. Lo que has visto es un tío acostumbrado a que le chupen el culo. Nos necesita y piensa que meneando esos rizos y con cuatro frases sacadas del manual del conquistador, que hasta ahora le han funcionado, vamos a babear como un caracol. ¡Pues va listo, no tiene ni idea de quiénes somos ni por lo que hemos pasado. Pero os garantizo que vamos a educarlo y se lo dejaremos muy claro —aseveré, volviendo a mi zumo.

CAPÍTULO 7

Sepúlveda

La sala estaba en silencio, salvo por el zumbido del proyector y el ocasional crujido de mi silla. Frente a mí, la pizarra blanca estaba cubierta con fotografías y notas sobre el último caso.

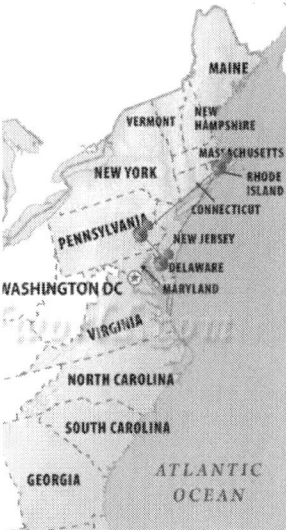

Contemplé la vileza de la que era capaz el ser humano y no me refería a los cadáveres de los tres hombres hallados hasta el momento, degollados, maniatados, con los ojos y las bocas abiertas sumergidos en sangre. Sino a las imágenes que los acompañaban de sus pequeñas e inocentes víctimas.

Sentía arcadas solo de pensarlo.

Me masajeé las sienes, había cosas que se escapaban de mi comprensión y esperaba que de la naturaleza humana, aunque mi carrera como inspectora de homicidios me había demostrado que la crueldad de nuestra raza no conocía límites, que nos envolvía como una densa bruma que se colaba por cualquier resquicio hasta engullirnos en una niebla espesa, inundándonos en aquello que creíamos imposible.

Me rasqué la cabeza con frustración, pensando en qué podía haber pasado por alto. Mis colegas de Dover y Harrisburg me habían hecho llegar una copia de cada uno de los casos.

Estábamos en estados distintos, Delaware, Pennsylvania y, por último, Nueva York. El último cuerpo había sido hallado en el Condado de Richmond, en Staten Island. Juro que crucé los dedos para que Kali no matara aquí, no me apetecía enfrentarme a él y, aunque pudiera parecer que era porque el caso se trataba de un maldito rompecabezas difícil de resolver, era porque, en contadas ocasiones, nos encontrábamos haciendo equilibrios sobre la línea de lo que es justo legalmente o lo que lo es moralmente, y en ese caso era bastante difusa.

Una cosa era atrapar a un cabrón que le daba por matar a ancianitas y otra muy distinta a alguien que se ocupaba de auténticos monstruos.

Pincé mis lagrimales e hice crujir mi cuello, la posición de toda la noche frente a la pizarra me estaba pasando factura y notaba los ojos secos.

En cuanto supimos que la pelota estaba en nuestro tejado, el comisario vino en mi busca, al alcalde no le gustaba que un psicópata anduviera suelto por nuestras calles, por mucho que algunos lo tildaran de héroe.

La opinión popular estaba dividida, y donde algunos veían un criminal, otros veían justicia.

Martínez entró, interrumpiendo mis pensamientos con el aroma reconfortante del café y el dulce olor de un donut glaseado.

—¿Algún avance, jefa?

Ya debería estar habituada al apelativo, era cierto que lo era, que estaba por encima de él por rango, no obstante, llevábamos diez años compartiendo coche patrulla, vestuario, casos y desodorante, para mí era más familia que mi subordinado o un compañero de trabajo.

Hablaba más con Martínez que con mi madre y salía más veces a la calle con él que con mi perro.

Pensar en Rambo produjo en mí un pinchazo en el pecho. Me había separado hacía relativamente poco y mi ex se quedó con su custodia porque apenas pasaba por casa. Mis largas ausencias fueron uno de los motivos por los cuales dormía más en comisaría que en mi cama, todavía no había cambiado las sábanas porque me agobiaba pensar que lo único que quedaba de ella era su aroma.

Depositó la bandeja en el escritorio y observó la pizarra con curiosidad.

—¿Has visto algo que se nos haya escapado? —Negué pesarosa.

Martínez empujó la masa dulce en mi dirección. Me conocía tanto que sabía incluso los días que necesitaba un chute azucarado por culpa de mi menstruación, como era el caso.

Le di un bocado y dejé que mis papilas se inundaran del exceso de carbohidratos, ya los quemaría más tarde en el gimnasio. Acto seguido, alcé la taza y le di un trago.

—No —aseveré—. Conocemos el móvil, Kali se ha encargado de dejarnos bien clara su motivación, sin embargo, actúa en estados distintos, lo único que parece unir los casos es el vínculo establecido entre las víctimas por su predilección hacia los menores. —Martínez carraspeó con una mirada bastante turbia.

—¿Ocurre algo?

—Yo no los llamaría víctimas teniendo en cuenta lo que han hecho.

Mi compañero era del *#TeamKali*, de hecho, tenía una cuenta bajo pseudónimo en X, en la que no dudaba en posicionarse a favor de la exterminación que estaba llevando a cabo.

—¿Sujetos te parece mejor?

—Sabes tan bien como yo que Kali solo reparte justicia, aunque sea retorcida.

—No voy a posicionarme al respecto, solo te diré que nuestro trabajo es atraparlo, si cada uno hiciera lo que le viniera en gana, esto se convertiría en la noche de la Purga —hice referencia a la peli.

—Con determinados individuos, no me faltan ganas.

—Te comprendo, pero si Kali quiere ir a por seres despreciables, que se haga poli, no asesino en serie.

Él dejó ir un suspiro.

—¿Los de la científica han dado con algo? —le pregunté. Él negó.

—No hay huellas, ni fibras, ni una maldita imagen. Hemos triangulado las señales de los teléfonos de la zona a ver si por ahí podemos rascar algo, sin embargo, es difícil, hoy en día cualquiera sabe que lo peor que puede hacer un asesino es llevar el móvil si pretende hacer algo malo. Estamos en la era de la información.

—Sí, me temo que algo así no cuadraría con un perfil tan meticuloso.

—No sé cómo lo ves, pero creo que deberíamos optar por llamar a un experto en perfiles, alguien capaz de analizarlo y meternos en su cabeza.

—Me parece una buena idea, ocúpate. Mientras tanto, seguiré revisando las pruebas. Quizá haya algo que hayamos pasado por alto.

—Lo que tendrías que hacer es pasar por casa y darte una ducha, llevas la misma camisa que ayer y no da buena imagen que a la inspectora jefa le canten las axilas, con el calor que está pegando, y vaya llena de arrugas. —Chasqueé la lengua.

—Tengo ropa de recambio en la taquilla.

—La usaste ayer.

«¡Mierda, es cierto!».

—¿Te han dicho alguna vez que tienes alma de ama de llaves?

—Te recuerdo que tengo mujer, me ha dicho cosas peores. —Le sonreí.

—En cuanto me termine el desayuno, paso por casa.

—No olvides dormir un par de horas, es importante mantener las neuronas despejadas —musitó alejándose.

Yo negué y busqué los informes que tenía encima de la mesa.

Los tres cuerpos habían sido sumergidos en sangre, a sabiendas de que la capacidad de una bañera media eran unos 120 litros, y el cuerpo humano contaba con una media de entre 4,5 a 6, si teníamos en cuenta el sexo y la composición corporal, faltaba bastante cantidad para que les llegara al pecho.

Los análisis habían determinado que el líquido orgánico encontrado en la escena del crimen era una mezcla, un 4,48% era plasma de la víctima y el resto era de procedencia animal, en concreto, de vaca.

Podía empezar por ahí, ¿quién distribuía sangre de bovino en cantidades industriales en nuestro país?

Noté la tensión acumulándose en mis trapecios y que me costaba discurrir.

Cerré las carpetas, apagué la luz de la sala y por una vez decidí que Martínez tenía razón, puse rumbo a casa.

CAPÍTULO 8

Marlon

Había llegado antes de tiempo al estudio, teníamos el primer ensayo y no había pegado ojo para aprenderme dos de los doce temas que tenía que memorizar. La noche había sido intensa, Gina y su hija eran jodidamente insaciables, así que cuando llegué al piso, solo pude encerrarme en la habitación insonorizada y ponerme a tocar.

Lorraine me había dejado claro que había mucho trabajo por delante y que serían unas semanas bastante intensas, lo que significaba dormir poco, tocar mucho, bailar hasta la madrugada y follar sin que se me cayera la polla a cachos.

Necesitaría comprar algo más de coca si quería poder ir con todo y pasar esos días.

Nota mental: llenar la despensa de café y bebida energética.

No era un adicto a las drogas, consumía algunas veces cuando el cuerpo no me respondía, nada más, pero esas dos semanas iban a ser de lo más necesitadas.

Cuando llegué a casa de Lorraine, esperaba poder hablar con ella a solas. No estaba.

La asistente de mi representante fue quien me recibió alegando que la señorita Fox no podría estar porque tenía cosas urgentes que hacer para la gira, pero que confiaba que fuéramos capaces de llevar el ensayo a buen puerto.

El técnico de sonido que había trabajado con ella en su último álbum nos acompañaría y se encargaría de grabar nuestros avances. Tenía órdenes estrictas de que no nos marcháramos a menos que tuviéramos el primer tema mascado y el segundo empezado. El tiempo no jugaba a nuestro favor y teníamos que apurarlo.

Nadie que hubiera alcanzado la cima y se hubiera mantenido tantos años en ella lo había logrado tumbándose en el sofá.

Abrí una lata de Red Bull y le di un trago.

Kimberly me hizo pasar e hizo que la siguiera hasta el estudio.

Aspiré con fuerza al entrar, después de saludar a Samuel y presentarme como era debido.

La sala estaba cubierta con paneles de madera oscura y olía a éxito. Se notaba que pertenecía a una exestrella del *country*. El suelo era negro, pulido, tan brillante que podía ver mi reflejo en él, como si estuviera sobre un escenario.

Saqué de la funda mi Fender Jerry Garcia Gator Strat LTD, solo había cien en el mundo y estaba enamorado de mi guitarra.

Me gustaría decir que fue un regalo de mis padres por su apoyo a mi carrera musical, en lugar de que pude comprarla por el sudor de mi polla, pero ¿qué más da? Al fin y al cabo, esa joya era mía y lo suyo me había costado.

¿Me sentía mal por ello?

No.

Había aprendido a relativizar el sexo y a entender que era otro de mis talentos. No a todo el mundo le pagan por follar y mucho menos si eres un tío.

Me ajusté la correa y acaricié su cuerpo esbelto. Cuando estaba solo, me gustaba tocarlo sentado en el suelo, pero las chicas iban a llegar de un momento a otro, no era plan, sobre todo, porque tanto el técnico como la asistente de Lorraine, Kimberly, estaban al otro lado de la cabina de grabación.

70

Conocía a esa mujer, no se fiaba ni de su sombra, por lo que estaba convencido de que pediría escuchar las grabaciones en cuanto llegara a casa.

Había hecho los deberes, tenía buen oído y las melodías se me quedaban rápido, incluso había incluido un par de arreglos que pensaba que podían darle más ritmo y sorprender al público, sin olvidar la esencia del grupo o sus raíces, por supuesto. Esperaba poder granjearme el beneplácito de las chicas y un par de puntitos extra con Kiara, tal vez se mostrara más abierta al ver que había estado trabajando.

Me puse a afinar y calentar mi instrumento. Cuando ellas llegaron, me pillaron en pleno solo, con una de las variaciones que realicé para el primer tema.

Escuché el momento exacto en que la puerta rebotó contra la pared interrumpiéndome por completo, el dedo se me fue y fallé la nota.

«¡Mierda!».

—¡¿Qué demonios estás haciendo?! —exclamó con los brazos en jarras vestida íntegramente de negro. No iba maquillada, solo la línea de agua bajo los ojos. Tampoco necesitaba más, su piel era tan oscura que refulgía, como un tazón de chocolate recién hecho.

Era guapa, exótica, no el tipo de mujer que te dejaba sin aliento si la comparabas con algunas de las mujeres con las que me había liado, pero sí tenía un aura atrapante dispuesta a devorar tu luz.

Si hubiera sido una melodía, habría sido ronca y jodidamente *sexy*.

Me aclaré la garganta y alcé las cejas con desvergüenza.

—Comprobaba la resistencia de las cuerdas, ya sabes, para ver si serían capaces de ahorcar a un tío de metro ochenta y cinco y noventa kilos de peso si una morena de ojazos enormes decidiera colgarlo desde el puente de Brooklyn —respondí con una sonrisa socarrona que no llegó a sus labios.

—¿Eres así de gracioso, o te entrenas?

71

—Buenas tardes a ti también, Kiara. ¡Chicas! —las saludé, levantando la mano que había estado acariciando las cuerdas, ellas dieron un pequeño golpe de barbilla.

Al ver que mi agujero negro particular no se movía del sitio, intuí que no lo haría hasta que le diera la respuesta que buscaba.

—Solo escucha, ¿vale?

Intenté volver a reproducir con exactitud lo que había ensayado en casa, no había llegado a los primeros acordes cuando un pitido estridente me perforó los tímpanos. Dejé de tocar de inmediato para llevar los dedos a mis oídos.

Me fijé en que ella era la causante, había acoplado el micro.

—¡¿Estás loca, o qué te pasa?!

—Ba-jo, nin-gún con-cep-to va-mos a mo-di-fi-car ab-so lu-ta-men-te na-da de mis te-mas, Rizos. ¡¿Estamos?!

Kiara había avanzado hacia mí con un fuego abrasador en las pupilas y hundió su uña pintada de negro, algo descascarillada, en mi pecho.

—Para no gustarte que te toquen, tú eres muy tocona. —Apartó la mano como si quemara.

—¡La culpa es tuya, que no dejas de hacer cosas que me molestan!

—¿Mejorar tu tema te molesta?

—¿Mejorarlo? ¡Lo has destruido! ¡Destripado! ¡Mutilado! ¡Triturado y cambiado hasta que no ha quedado nada de él! ¡¿De verdad piensas que te lo vamos a permitir?! Pero ¡¿tú quién te crees que eres, intruso?!

Si no la viera tan enfadada, me habría partido el culo en su bonita cara. ¿Intruso? Kiara tenía su guasa.

—Solo he cogido tu preciosa base para añadirle un poco de… carácter.

—¡¿Carácter?! Métete tu carácter por el culo, Rizos, este es mi grupo, yo soy la líder, yo compongo, yo escribo las letras, yo decido lo que se puede o no modificar, y si no te gusta, te largas, que lo estoy deseando.

—Vaya, pensaba que esto era una banda, no una dictadura, ¿a vosotras tampoco os deja opinar o aportar? —les pregunté a Ranya y a Trayi, que acababan de entrar.

Kiara parecía una locomotora, le salía humo por las orejas.

—No las metas en esto —masculló con los dientes apretados.

—Ah, que también hablas por ellas… Si no te va bien en la música, puedes iniciar tu carrera de política.

—Sí que aportamos —nos interrumpió la batería.

De las tres era la que parecía estar un poco más a mi favor. El día anterior se le escapó un aplauso cuando terminé la demostración que pidió Lorraine. Duró un segundo, el mismo que tardó en impactar con la tiránica mirada de su líder.

—Esto no va a funcionar —masculló de nuevo entre dientes.

—¿Por qué no te relajas un poco? Si sigues así de tensa, lo único que conseguirás es una descarga eléctrica cuando tus manos cojan el micro.

—¿Eso te gustaría? ¿Llevarme a la silla eléctrica?

«Nena, si te llevara conmigo a una silla, entenderías la señal de un monigote atravesado por un rayo, la leyenda sería: Peligro, no tocar o te atraviesa».

Me lo guardé para mis adentros porque supuse que su cupo de soportar bromas *by* Rizos estaba al límite.

—¿Qué tal si empezamos de nuevo? Buenas tardes, Kiara, estoy deseoso por empezar, estamos a dos semanas para que comience la gira y necesito adaptarme lo antes posible a vosotras.

—No lo lograrás con tus aportaciones de carácter.

—Ya lo he pillado, ¿ver, oír y tocar?

—A ver si es verdad.

Ella apretó sus labios bien dibujados, ni excesivamente finos, ni gruesos, perfectos para morderlos, besarlos y escuchar los gemidos que escaparan de ellos.

Dio un golpe de cabeza para que las chicas ocuparan sus lugares y se plantó frente al micro.

Me gustaría decir que el ensayo fue la hostia, pero solo podía catalogarlo de aceptable.

Mientras guardaba la guitarra, aprovechando que Kiara había ido a escuchar las pruebas de sonido, Trayi se acercó a mí.

Parecía agradable. Me di cuenta mientras tocaba de que tenía un ojo mal, sin embargo, no dije nada al respecto, me parecía mal hacerlo, no obstante, debió darse cuenta de que me detenía en él unos instantes más de la cuenta porque se lo señaló ella misma.

—Traumatismo, lesión e infección mal curada de pequeña. No veo una mierda de lo que pasa por la izquierda, pero, por si te lo preguntas, no me limita y sé con exactitud dónde están cada uno de los componentes de mi batería.

—Me he dado cuenta. Tocas de la hostia, tienes mucha fuerza, además, llevas muy bien el ritmo y mueves las baquetas como si fueran extensiones de tus brazos, puedes dar mucho espectáculo.

—Vaya, gracias, a ti tampoco se te da mal la eléctrica.

—Eso díselo a tu líder —cabeceé hacia la pecera, desde donde esta nos miraba. Trayi sonrió.

—No se lo tengas en cuenta, a Kiara le cuesta mucho confiar y le jodió bastante que nos cambiaran los planes cuando habíamos trabajado tanto en algo que creemos. No es mala tía, y ahora también es tu líder. —Moví la cabeza negando.

—No lo es. Un líder se gana el respeto, es elegido y seguido por voluntad propia, no es impuesto. Por ahora, es mi compañera y una jodida dictadora.

Trayi soltó una carcajada, lo que no debió gustarle demasiado a Kiara, porque la llamó de inmediato.

—No te agobies —me guiñó el ojo bueno—. Buen ensayo, Rizos.

Definitivamente, me caía bien.

Ranya estaba guardando su bajo cuando me acerqué.

—Se nota que te gusta tocar, transmites muchísimo, y a veces eso es complicado. —Ella me miró asustadiza—. Tranquila, vengo en son de paz. ¿Puedo ver tu instrumento? —le pregunté señalándolo.

Al principio dudó, aunque terminó cediendo.

Se veía a simple vista y lo corroboré en cuanto lo tuve entre las manos, la madera no era de muy buena calidad, había detectado algunos problemas de afinación, podrían pasar desapercibidos a un oído poco entrenado, pero al mío no.

—Mmm, me parece que estas cuerdas necesitan un cambio —comenté acariciándolas—. ¿Cuánto tiempo llevas con ellas puestas? —Sus mejillas se encendieron.

—Seis meses.

—Y les das mucho uso, imagino. —Ella asintió.

—Tendrías que cambiarlas, la vida útil suele estar entre tres y cuatro meses, además… ¿Me permites que lo toque? —No todos los músicos te daban permiso para que lo hicieras, había algunos muy maniáticos.

Volvió a mover la cabeza consintiendo. Intenté dar con el fallo, había algo que no terminaba de encajar más allá del desgaste y quería saber qué era.

Moví las selletas hacia adelante y hacia atrás, necesitaba conseguir que la nota al aire fuera la misma que en el traste 12. No tuve éxito. Chasqueé la lengua.

—¿A ti te suena bien? —le pregunté sin ánimo de ofender.

—Hace algún tiempo que no, pero no consigo afinarlo al cien por cien y Kiara ya lo ha probado todo.

—Entiendo. Quizá deberías llevarla a un *luthier* a que le dé un repaso, además de cambiarle las cuerdas.

—Gracias por el consejo, genio —murmuró la voz de Kiara, alcanzándome por detrás—, pero no todos tenemos la pasta necesaria para poder hacerlo, por ahora solo podemos hervir las cuerdas para que estén más tensas, no hay pasta para más.

—¿Se lo has comentado a Lorraine? —pregunté con toda mi buena voluntad.

—Eso no es asunto suyo, ni tuyo tampoco, nosotras nos ocupamos de nuestras cosas, entre ellas, los instrumentos. Por cierto, tendrás que ensayar más, he escuchado la grabación y no te acoplas bien, vas fuera de ritmo, si tuviera que ponerte nota, no llegas al tres coma seis. Será mejor que dejes de tocar triángulos y te tomes esto en serio, puede que a ti no te importe la banda, pero nosotras nos lo jugamos todo y no voy a permitir que nos hundas por tu cara bonita. ¿Estamos?

Ni siquiera me dio derecho a réplica, se dio la vuelta llevándose a Ranya con ella.

Un tres con seis, ¿tendría valor?

No me ofendió, bueno, puede que me diera un poco en el orgullo, aunque sabía que solo lo había dicho por joder. Me reí por dentro y pensé que era divertido que tuviera unos ovarios tan bestias.

Entré en la pecera y le pedí a Samuel que me pusiera la grabación. Se me borró la sonrisa de golpe porque me di cuenta de que Kiara tenía razón.

¿Tres con seis? Yo me daba un dos coma dos.

¡Menuda mierda!

CAPÍTULO 9

Kiara

—¿Esa nota que tocaste fue un error, o una nueva forma de arte?

—Es un acorde disonante. No esperaba que lo entendieras; después de todo, no todos pueden apreciar la belleza del caos —respondió mi peor pesadilla con ese aire burlón que tanto lo caracterizaba.

El caos era precisamente lo que sentía cada vez que abría la boca, sobre todo, después de que el segundo día de ensayo se presentara con un bajo nuevo para Ranya totalmente afinado.

—*No, no puedo aceptarlo* —*murmuró ella temblorosa.*

—*Tranquila, colega, no es un regalo, solo un préstamo, ayer me quedó claro que no queréis que os regalen nada y, si te soy franco, soy de los que les mola que la gente crezca por su propio esfuerzo, y a este pequeñín le tengo aprecio. Está muy bien cuidado, lo revisé antes de traértelo y creo que encajará bien contigo. Si te parece, os conocéis un rato hoy, y si surge la chispa, tocáis juntos hasta que ganes lo suficiente como para comprarte uno mucho mejor que este.*

No dije nada. No podía hacerlo, porque la boca de Ranya no decía nada, pero su expresión lo contaba todo.

Ningún hombre había tenido un gesto bonito con ella jamás, y mucho menos uno que no pretendiera que acabara poniendo en práctica sus habilidades de Devadasi. Ranya evitaba todo contacto con el sexo opuesto. Uno de los voluntarios de la fundación intentó con muchísima paciencia acercarse a ella para quedar, pero siempre lo rehusó, es más, cuando lo veía aparecer por el centro, al que acudíamos con asiduidad porque nos gustaba ayudar a las recién llegadas y la hermana Margaret insistía en que éramos un buen ejemplo en el que inspirarse, ella se daba la vuelta y se marchaba a la otra punta.

No iba a ser yo quien la forzara, seis años abriéndose de piernas todos los días ante los hombres que visitaban el templo elegido por el propio sacerdote la marcaron a fuego.

Era la mayor de las tres, apenas nos llevábamos un año entre nosotras.

Ranya me miró como si tuviera que darle permiso para que pudiera aceptar el instrumento.

Adopté el rol de líder desde que salimos del infierno. Pese a que mi vida fue tan mierda como la de las demás, y la educación que recibí muy similar, siempre hubo una brizna de rebeldía en mi interior que me empujaba a negar mi realidad, que me llevaba a cuestionar por qué me veía impulsaba a cumplir algo que no deseaba, que no iba conmigo, a querer huir muy lejos y formar parte de esa pequeña revolución que pretendía abrir los ojos a las mujeres de mi país.

Llevaba diez años alejada del horror y, aunque algunas noches este regresaba a mí en forma de pesadilla, me obligaba a expulsarlo y a pensar que era un simple recordatorio para que siguiera la lucha, para tomar impulso, como nos enseñó la hermana Margaret; lo que no nos mata nos hace más fuertes, y nosotras éramos fuertes de la hostia.

Asentí en silencio antes de que Marlon se girara en busca de mi expresión facial, hice ver que estaba comprobando la conexión del micro antes de que pudiera observar una brizna de emoción incontrolable que hizo temblar mi labio inferior.

No podía ablandarme. Daba igual lo que opinaran mis amigas sobre él, tenerlo en el grupo nos complicaba las cosas y no me refería solo a musicalmente hablando, Marlon Vitale era un problema.

Ranya le dio las gracias y le aseguró que se lo devolvería intacto.

Tres días después del «préstamo» dejándonos la piel en los ensayos y estábamos lejos de encajar, se notaba que no estaba habituado a que los demás marcaran el ritmo, a acoplarse, y eso era un obstáculo que me parecía insalvable.

Si bien era cierto que ricitos de cacao lo intentaba, siempre hacía algo por su cuenta que lo jodía todo, como si fuera incapaz de no destacar en solitario.

—Te recuerdo que esto es un grupo —farfullé malhumorada— y tus modificaciones nos afectan.

—Intento que seamos distintos, mejores —apostilló sin amedrentarse.

—¿Y qué te hace pensar que esa nota disonante lo consigue? —cuestioné, arrugando la nariz. Estábamos llegando al final del ensayo y me notaba la garganta un poco tocada, el agotamiento estaba haciendo estragos tanto en mi humor como en mi voz.

—¡¿Cómo vais?! —preguntó Lorraine interrumpiéndonos.

Alcé la vista, no sabía cuánto tiempo llevaba allí o si nos había escuchado, me había centrado tanto en Marlon que había obviado lo que ocurría en el interior de la pecera.

Puede que Samuel la hubiera puesto al corriente.

Lo que no me pasaba por alto era la manera en que miraba a Rizos, yo misma tuve una época en la que soporté ser observada así, como un objeto, como una propiedad. Nadie iba a sacarme de la cabeza que el verdadero motivo de sufrir la presencia del señor Vitale era el deseo que despertaba en nuestra representante.

—He intentado un acorde disonante con el sexto tema, pero a nuestra jefa no ha terminado de encajarle.

Lo miré con odio. Aunque fuera cierto, no me gustaba que Lorraine me viera ponerme de culo, cuando lo hacía, su actitud hacia mí cambiaba y todo iba a peor. Ella alzó las cejas rubias y se cruzó de brazos llevando su escote al límite de la decencia. ¿Eso era un pezón?

—A ver, dejadme escucharlo a mí.

—Tenemos muy poco tiempo como para ir experimentando —balbucí. Ella me dirigió una sonrisa tensa.

—Eso lo decidiré yo, que para eso os represento y soy el puente entre vosotros y la discográfica, sé exactamente lo que buscan y la finalidad de incorporar el talento de Marlon es daros una proyección de ventas, un aire más fresco y no tan enrocado en un grupo puramente reivindicativo. Tocad el tema con la modificación que ha sugerido él a ver qué tal.

Cuando lo miré este se encogió de hombros con cierto deje de superioridad, como si lo que dijo Lorraine le pareciera lo más lógico. Apreté los labios porque ir a las malas con nuestra representante no supondría ningún beneficio, solo que me cogiera más manía de la que empezaba a vislumbrar.

Tomé aire con rabia contenida y escupí un «desde el principio».

Cuando Marlon tocó la puñetera nota, le brillaron los ojos y se me fue un poco la voz, lo que la hizo arrugar la nariz.

¡Mierda!

En cuanto terminamos, lo felicitó y a mí me sugirió hacer unos ejercicios de afinación y gárgaras.

Estaba que trinaba.

Al final incorporaríamos la modificación del niño mimado, que sonrió triunfal.

Lorraine le pidió que la siguiera al despacho, mientras que a nosotras nos relegaba a su salón, donde nos aguardaba el equipo de estilistas que tenían que decidir el *outfit* con el que apareceríamos en el programa de Jimmy Fallon esa misma noche. También debíamos probarnos algunos de los modelos que ya estaban listos para el Shiva's Riff Tour, como apodaron a la gira.

Me probé dos modelos, cada cual más incómodo que el anterior, no me refería a que me costara cantar o me oprimieran el diafragma, era solo que la ropa ajustada me incomodaba, no me gustaba que se me juzgara por mi físico en lugar de por mi voz, y odiaba los escotes pronunciados, era más de camisetas anchas, oscuras y largas.

—Con este corsé se me saldrá una teta —protesté.

—Querida, no tienes suficiente ahí dentro como para que se te salgan, el efecto lo causa el relleno que hemos puesto para que, cuando te ensalce el escote, nada emerja de él.

Me mordí los labios.

—¡Es que no comprendo por qué tengo que enseñar para cantar! No me parece feminista que mis pezones amenacen con aparecer en cualquier instante —protesté.

—Querida, la moda es otra forma de protesta, la ropa que os hemos diseñado está pensada a conciencia y dice exactamente que las mujeres podéis hacer lo que os dé la gana, ir como os dé la gana y que nadie se atreva a juzgaros.

—A mí me dice que se me van a salir las tetas y que no es necesario —rezongué. El diseñador me miró enfadado.

—Pues a mí me flipa, estás tremenda —anunció Trayi con entusiasmo.

—¿Y tú qué dices? —cuestioné, mirando a Ranya, a quien le pusieron una especie de sari con transparencias bajo un vestido lleno de aberturas.

—E-ellos saben lo que hacen… —masculló.

Odiaba que esa parte de sumisión siguiera aflorando en ella y que lo hiciera en los instantes menos oportunos.

Cuando Marlon apareció, dio un silbido y nos miró justo como odiaba. Me dieron ganas de fundirme con el suelo y desaparecer.

—Guárdate los silbidos para los perros —murmuré, dándome la vuelta.

—Menudo carácter, si lo sé, te acerco un hueso.

Lorraine no lo precedía, me dio la sensación de que estaba algo sudoroso, tenía el pelo revuelto y los labios hinchados, además de una mirada algo turbia.

81

Las chicas del equipo de vestuario suspiraron al verlo aparecer y el diseñador se fue directo hacia él con la mirada brillante.

—Oh, por favor, eres el sueño de cualquier diseñador, con esa cara, esos ojos, ese cuerpo… —Dio palmadas y a mí me dieron ganas de vaciarle el contenido de mi estómago—. Eres mucho mejor de lo que me contaron, espero que el conjunto que te he traído te vaya bien, necesito que te quites la ropa para probártelo.

—Sin problema.

Antes de que pudiera moverme, sentí el peso de una camiseta sudada cayendo encima de mi cabeza.

—Pero ¡¿qué demonios haces?! —Me di la vuelta alterada.

Por supuesto que había visto a hombres sin camiseta, pero nunca a ninguno tan de cerca y con el físico de Marlon Vitale.

Su torso estaba lleno de músculos esculpidos en piel tostada y tatuajes, la mandíbula se me desencajó al ver que, sin un gramo de pudor, ya se estaba desabrochando el pantalón y se lo bajaba sin que me diera tiempo a mirar hacia otra parte. Tenía las pupilas puestas en mí y contemplaba divertido mi reacción.

No era de ponerme roja, sobre todo, porque mi tono, demasiado oscuro para considerarse apreciado en algunas partes de la India, no me lo permitía, sin embargo, noté el calor trepando por cada átomo de mi ser, enroscándose en mi tripa en una palpitación interna que no debería ser capaz de sentir y mucho menos por un hombre.

No intimaba con uno desde que pude librarme de…

—¿Te gusta lo que ves?

No me había dado cuenta de que seguía con las pupilas clavadas en él, que mi respiración se había acelerado y del calor condensado formando un diminuto riachuelo de sudor en mi canalillo.

—Definitivamente, no, ahora entiendo por qué te vas de ritmo, tienes los brazos demasiado cortos y los dorsales muy anchos, eres como un Tiranosaurio Rex con una eléctrica entre las manos, no puedes alcanzar bien las cuerdas.

En lugar de cabrearse, soltó una carcajada.

—Ven aquí y te demuestro todo lo que estos diminutos pueden alcanzar —se mofó flexionando los bíceps, causando más de un estrago en el equipo de diseño.

—Mejor me voy al baño a potar. ¿Yo ya estoy?

Aparté la atención de él, el diseñador asintió, así que cogí mi ropa y me largué, no pensaba cambiarme delante de Rizos, puede que Marlon no tuviera problema con su desnudez, pero yo no pensaba hacer lo mismo que él.

Las chicas me siguieron, y cuando íbamos a acceder al baño, no me perdí la visión de Lorraine, por la puerta entreabierta de su despacho, enfundada en un batín de raso que denotaba que no llevaba nada debajo, fumándose un cigarrillo en su despacho.

Apreté los puños cuando sus ojos se encontraron con los míos y afloró una sonrisa en su boca, se relamió, se puso en pie y cerró para que no la pudiera ver.

CAPÍTULO 10

Janelle

Había ido a la casa de mis padres para ver con mis hermanas y mi madre el programa de Jimmy Fallon. Le pedí a Jordan que me diera unas horas libres, por lo menos el rato que durara la entrevista de Marlon, y este no se negó, comprendía la importancia del momento y que quisiera disfrutarlo con mi familia. Le prometí que, en cuanto terminara, me largaría lo antes posible en dirección al club.

Estaba sentada junto a Martina, la hermana que me sucedía y que en un par de días se marchaba a Calabria.

Mi padre tenía partida de póker y no estaría, lo que nos dejaba toda la propiedad para nosotras y que no nos perdiéramos el debut televisivo de mi hermano.

No solo era una entrevista, también tocarían un tema en directo, me moría de ganas por verlo.

Vittoria estaba haciendo un bol gigantesco de palomitas con beicon y queso, nuestras favoritas. Mi madre estaba preparando unos cócteles porque la ocasión lo merecía. Y Martina y yo éramos las encargadas de no perder de vista la pantalla por si nuestro hermano salía antes de la hora señalada. Parecía más nerviosa de lo habitual, y no dejaba de mirar el móvil.

—¿Estás bien?

—Sí, ¿por?

En la tele no dejaban de poner anuncios y se escuchaban las primeras explosiones dentro del microondas, caerían un mínimo de tres paquetes para rellenar los boles. Me temía que la intranquilidad de mi hermana fuera debida a la decisión de haber aceptado la petición de mi padre.

—Sabes que no tienes que ir a Calabria si no quieres, que podrías venir al piso conmigo, ahora que Marlon va a marcharse de gira.

Ella enfocó sus ojos ambarinos sobre mí. Tenía el pelo oscuro y el iris del color del *whisky*, mamá solía decir que nuestra herencia irlandesa fluía en ella bañando sus ojos en destilado.

—Es que quiero ir.

No la entendía, vale que lleváramos tres años más distanciadas, desde que decidí oponerme a la decisión de mi padre de comprometerme y seguí los mismos pasos de Marlon, pero recordaba a una Martina adolescente adicta a las novelas de amor, suspirando por una de esas historias que te licuan las bragas y te hacen soñar con príncipes azules por mucho que destiñan.

Quizá ese era el problema, que había idealizado alguno de esos libros en los que los matrimonios pactados funcionaban y los protas terminaban locamente enamorados.

—¿En serio que vas a prometerte con un hombre que no conoces porque a papá se le haya antojado quedar bien con sus parientes lejanos?

Alguien tenía que darle un golpecito de realidad.

—Que tú y Marlon hayáis optado por una vida ajena a la voluntad de nuestra familia no significa que a mí me disguste la idea de convertirme en esposa y madre como mamá.

—Ya, bueno, pero una cosa es esa y otra muy distinta casarte con alguien que no conoces, no estamos en el siglo XVIII.

—Simplemente voy a conocerlo.

—Las dos sabemos que eso no es así, que una vez estés allí, tendrás que cumplir o provocarás el próximo infarto de nuestro padre. Eres mi hermana, solo quiero lo mejor para ti. —Ella tensó una sonrisa.

—Y según tú, ¿lo mejor para mí es terminar en un club de estriptis como tú o Marlon? No, gracias. Puede que ese sea tu concepto de felicidad, pero no es el mío. —La miré perpleja.

—¿Qué acabas de decir? —El aire acababa de abandonar mis pulmones.

—Que mi concepto de felicidad…

—¡No, eso no! —alcé la voz y Vittoria cabeceó en nuestra dirección, por lo que bajé el volumen—. Me refiero a lo otro…

Ella alzó las cejas.

—¿Qué? ¿De verdad pensabais que papá no estaba al corriente de lo que hacéis? Sois un par de necios, tiene ojos y oídos en toda la ciudad. Es suficiente tener dos hijos que lo avergüencen como para sumarme yo también.

El labio me tembló.

No porque me avergonzara, tal y como sugería Martina, sino porque no quería imaginar lo que la noticia le supuso a mi progenitor, quizá por eso su corazón se debilitó.

—¿Mamá lo sabe? —Ella negó.

—Creo que papá la ha mantenido al margen, a nosotras tampoco nos dijo nada, fue una conversación desafortunada. —Asentí—. Aunque os largara de casa por querer seguir vuestro camino, nunca ha dejado de preocuparse por vosotros, siempre ha esperado que regresarais pidiendo perdón, que os dierais cuenta de que la estabais cagando, pero no ha sido así. Por lo menos, tú no te desnudas como Marlon.

Si Martina supiera que eso era justo lo que pretendía…

—¿Y nos sigue espiando?

—Creo que ya no, yo lo escuché de casualidad cuando Ludovico vino a informarlo.

Me mordí un lateral del dedo, no pudimos seguir hablando porque mi madre y Vittoria se unieron a nosotras en el salón.

—¿Ya ha empezado? —preguntó mamá, ofreciéndome mi vaso de *whisky sour*.

Lo cierto era que no había prestado atención al televisor después del inicio de la conversación con Martina, me tranquilizó ver que la cara de mi hermano no estaba en pantalla.

—Siguen con los anuncios —aclaró mi hermana con una sonrisa afable, como si no acabara de decirme que papá estaba al tanto de nuestro trabajo en el SKS. ¿Sabría también lo que Marlon hacía en el Savage? Quizá eso no, puede que Ludovico creyera que era un picadero y listo.

—Bien —admitió mi madre acomodándose.

—¿Y vosotras de qué hablabais? Parecíais estar discutiendo, con la explosión de las palomitas no me he enterado. —Mi hermana menor era bastante alcahueta.

—¿Discutir? ¿Nosotras? ¡Lo habrás soñado! —le aclaré.

—Le decía a Janelle que tengo muchas ganas de conocer a mi futuro prometido, quizá lo has confundido con entusiasmo.

Mamá me miró de reojo, veía cierta preocupación en ella, aunque su matrimonio fue medio acordado, se conocieron aquí, se enamoró de mi padre y él de ella, fue una suerte que dudaba se repitiera con Martina.

—¿Y si no hay flechazo? —quiso saber Vittoria—, ¿y si es un hombre mayor, zambo que le huele el aliento a cabrales y le salen pelos por la nariz como a una morsa?

Martina puso los ojos en blanco y miró a mi madre.

—¿Es que ninguna veis bien que me comporte como una buena Vitale?

—No es eso, Martina —susurró mi madre—, es que aceptar a un hombre que no conoces, ni has visto nunca, conlleva su riesgo, además, estarás a miles de kilómetros de nosotras.

—No soy una cría, sé lo que me hago y estoy segura de que, antes de aceptar, papá ha tenido en cuenta mis gustos y mi carácter, él no querría un hombre odioso para mí.

—¡Por supuesto que no! —se apresuró mi madre—, pero quiero que sepas que si te arrepientes, que si llegas allí y no te gusta, no estás obligada a aceptar solo para que tu padre se sienta bien. Lo primero es tu felicidad y que te enamores de tu futuro esposo. Vivir con alguien al que no quieres, que te deja hueca por dentro, por el que no sientes un ápice de pasión y tener que darle hijos, no es una tarea sencilla.

—Eso ya lo sé, mamá, al igual que el enamoramiento no es más que una reacción química y descontrolada de nuestro cuerpo. Lo importante no son las mariposas en el estómago porque estas terminan migrando lejos. Yo necesito más que eso, quiero un hombre que me cuide, me respete, me trate como merezco, me dé una buena vida y seamos compatibles. Quiero algo duradero, no un chico capaz de provocarme un incendio que al final te deje hecha cenizas.

—¿Alguien te hizo cenizas? —pregunté sin perderme la forma en la que los ojos de mi hermana perdieron brillo.

Martina siempre fue algo reservada cuando se trataba de hablar de chicos. ¿Cuánto tiempo hacía que no teníamos una charla de hermanas? Me puse triste de inmediato porque, si no lo recordaba, significaba que había pasado demasiado desde la última.

—No —respondió seca.

No la creí, algo me dijo que ahí radicaba el verdadero motivo de su huida hacia la Perla del Adriático. ¿Y si quería irse porque alguien había destrozado su corazón y no quería sufrir?

—Callad, ¡que ya salen! —exclamó Vittoria, llevándose su cóctel con un dedito de alcohol a los labios.

Conociendo a mi madre, el suyo no iría tan cargado como los nuestros.

Martina también bebió apartando su mirada hermética de la mía. Tuve la sensación de que había estado demasiado pendiente de mi ombligo como para percatarme de que algo le ocurría a mi hermana.

Ella siempre sintió muchísimo cariño y admiración por mí, recuerdo que me suplicó que no me fuera, que no me marchara. Traté de hacerle entender que irme de casa no significaba marcharme de su vida, aunque quizá lo hice sin darme cuenta. Me fui alejando progresivamente y ella construyó una muralla de indiferencia que no supe ver.

Pensé que era lógico que no comprendiera mi arrojo porque era una cría, que cuando creciera un poco más ya lo entendería, sin embargo, mi decisión nos distanció y dejó de contarme las cosas importantes que le ocurrían.

No le di importancia, la adolescencia era una época de muchos cambios y mi cabeza estaba en otra parte intentando descubrir quién era, qué quería y con el remordimiento de que mi padre no estaba de acuerdo ni con Marlon ni conmigo. Tuve que prestarle más atención, quizá, si lo hubiera hecho, no hubiera tomado la decisión de irse.

Ya era demasiado tarde, no solo perdí a mi padre cuando agarré mi maleta en dirección al apartamento de Marlon, una parte de la relación con mi hermana también se perdió al cruzar la casilla de salida.

Ojalá pudiera recular, haber hecho las cosas distintas, no obstante, ya estaba hecho, cada elección conllevaba unas consecuencias, y la mía, tal vez, hubiera condenado a Martina a un matrimonio sin amor. Si era así, no me lo perdonaría nunca.

—Pero ¡qué guapo sale! —proclamó mi madre, haciendo que fijara la mirada en la pantalla de sesenta y cinco pulgadas.

CAPÍTULO 11

Marlon

La luz del estudio era cegadora, pero no tanto como la mirada fulminante que Kiara me lanzaba desde el otro lado del sofá.

Desde que le arrojé la camiseta en la prueba de vestuario, había estado de lo más extraña.

No lo atribuí a que quedara eclipsada por mi cuerpo medio desnudo, más bien a que no le gustó ni un pelo que Lorraine accediera a la modificación que propuse, así que me mantuve al margen y decidí no añadir más leña al fuego.

Dejé que el equipo de estilistas obraran su magia y no me opuse a las sugerencias del diseñador, estaba demasiado acostumbrado a enseñar piel como para que me negara a que me cubrieran.

Tras pasar por peluquería y maquillaje, diría que nuestra imagen era de lo más llamativa.

Todos teníamos la raya de los ojos pintada en negro, además de un montón de base y no sé qué más mierdas, por el tema de los focos.

Mi pelo nunca había estado más suave. A Kiara le trenzaron un lateral dejando parte de sus facciones despejadas, le añadieron un color natural a sus labios que simplemente los resaltaba, algo de colorete en los pómulos, máscara de pestañas para dar profundidad a su mirada y un *bindi* color rojo entre las cejas.

Todos llevábamos uno. El de Trayi era azul, el de Ranya rosa y el mío negro.

Estiré un poco la camiseta de rejilla que cubría mi torso hasta la cinturilla del pantalón de cuero que caía por debajo de mis caderas. En los pies no llevaba nada, iba descalzo. Me habían decorado el dorso de las manos con henna igual que a las chicas.

Trayi estaba sentada a mi lado, llevaba una malla ajustada. Su camiseta dejaba un hombro al descubierto que permitía entrever el tirante del top de brocado dorado que ceñía su pecho. En el centro del abdomen, la imagen de un dios elefante resplandecía hecha con abalorios y cristales.

Ranya sería la chica de los Saris de gasa, su seña de identidad, así lo había estipulado el diseñador. Bajo él se iría cambiando vestidos cortos de cuero. También llevaba un pendiente en la nariz que se unía a los de la oreja a través de una cadena. El resultado era deslumbrante.

Enfundada en un pantalón bombacho transparente, que dejaba entrever una braga de cuero y unas aberturas laterales que no ocultaban piel, estaba nuestra líder. Los bajos se cernían a sus tobillos con abalorios mostrando unos pies morenos de uñas lacadas en negro.

El top le dejaba el vientre al aire, y este estaba decorado con cadenas que se suspendían por su abdomen. Kiara también llevaba un aro en la nariz, aunque era más pequeño que el de su amiga.

Me costaba apartar los ojos del cuerpo delgado, no demasiado curvilíneo, y que parecía poder partirse en dos por la tensión acumulada.

Seguía sin entender qué era lo que me atraía tanto de esa mujer, el caso es que a mi polla parecía agradarle mucho, sobre todo, viéndola vestida de aquella manera tan sugerente.

Trayi y Ranya estaban sentadas entre nosotros, formando una barrera humana que, esperaba, contuviera la inminente erupción de mi pantalón. Suerte que la camiseta era larga y los pliegues que se formaban en los bajos me dejaban disimular.

La música de cabecera del programa sonó. Todo el mundo estaba en su puesto, Lorraine estaba entre bambalinas junto a nuestro asesor de comunicación, que nos había intentado aleccionar sobre lo que podíamos responder y lo que no.

Nuestra representante había pedido las preguntas para erradicar cualquier tipo de metedura de pata. El presentador tenía fama de pasarse el guion por el forro de los cojones, por lo que no las tenía todas conmigo de que se saltara lo convenido.

A mí eso no me amedrentaba, a caradura no me ganaba nadie.

Estábamos dentro.

Jimmy pasó entre la audiencia, saludando, chocando los cinco, haciendo su particular entrada, para terminar frente a la cámara y dar las buenas noches a aquellos que nos veían desde sus casas.

Dio la entradilla anunciando los invitados de esa noche y una cámara móvil hizo un barrido hasta alcanzar nuestras caras.

El realizador nos había pedido que nos pusiéramos en pie unos segundos antes. El presentador se acercó a nosotros para darnos la bienvenida al programa.

Por fin nos acomodamos en el sofá y él se sentó en su silla llevándose una taza entre los labios, dio un trago suave y nos sometió al escrutinio de su mirada aguda.

Los allí presentes no dejaban de silbar, aplaudir y jalear.

—Tenéis al público entregado, Hijas de Shiva, ¿o debería llamaros Shiva's Riff? —Kiara forzó la sonrisa y yo colé la primera respuesta.

—Creo que mejor Shiva's Riff o a mis padres les darás un disgusto si les dices que su único hijo varón ahora quiere ser mujer.

La audiencia rio y aplaudió. Una señora del público gritó un «eso sería una gran pérdida», añadiendo un «¡te queremos, Marlon!», en el que Jimmy vio el filón.

—Y eso que te acaba de conocer. —Me hizo un guiño—. Quizá por eso lo tenían tan escondido, aquí tenemos el secreto mejor guardado del grupo de moda, el nuevo guitarrista y terror de las féminas, ¡Marlooon Vitaleee! —Alargó las vocales para darles más énfasis.

El clamor femenino no se hizo esperar. Sonreí al público, agité un poco el pelo e hice un guiño a la cámara del piloto rojo. Kiara hizo rodar los ojos, lo que no pasó inadvertido a otro de los cámaras, que le hizo un primer plano.

La mirada oscura de Jimmy refulgió, se tocó la oreja, ¿le habrían dicho algo por el pinganillo?

El público aplaudió, y yo les regalé mi mejor sonrisa italiana. Kiara resopló en dirección a Trayi.

—Marlon, cuéntanos, ¿cómo es ser el único hombre en un grupo que canta sobre temas como el feminismo y el empoderamiento de la mujer?

Esa me la sabía, tampoco es que fuera a decir algo que no pensara. Me aclaré la voz.

—Pues es un honor y una experiencia reveladora. Como te he comentado, soy el único chico de cuatro hermanos, me he criado rodeado de mujeres fuertes y muy inspiradoras. Ellas son el pilar de mi vida, y tenemos que tomar conciencia de que la población femenina es la columna vertebral de nuestra sociedad, desde tiempos inmemoriales. Si me pides mi opinión sincera, te diré que a menudo se quedan sin el reconocimiento que merecen. Su papel es primordial, no solo en la creación y cuidado de la vida, también formándonos como sociedad.

»Ser parte de Shiva's Riff es recordar y celebrar esa fuerza, me gusta formar parte y empaparme del espíritu inquebrantable de mis compañeras. Ellas no solo merecen ser reconocidas, sino celebradas, respetadas y elevadas en cada nota que tocamos.

Se hizo una ovación en el estudio mientras Jimmy asentía sorprendido. Pude ver lágrimas contenidas en los ojos de algunas de las presentes. No en los de Kiara, eso habría sido demasiado, pero sentí un apretón en la mano por parte de Trayi.

—Vaya, eso sí que es tener un buen compañero de banda, ¿no creéis, señoritas?

—Llevamos muy poco tiempo juntos como para saber cuál será su forma de celebrarnos, me conformo con que baje la tapa del baño cuando estemos de gira y no deje su ropa sucia tirada por el camerino.

La amabilidad de Kiara brillaba por su ausencia.

—¿Lo dices con conocimiento de causa? —cuestionó rápido Jimmy.

—Para nada, pero con tanta mujer junta y siendo italiano, es difícil pensar en que no lo consintieran entre todas.

—¡Yo me ofrezco para seguir consintiéndolo y hacerle la colada! ¡Que me lleven de gira! —gritó una mujer con total descaro.

—Mira, ya te ha salido una voluntaria, ¿cuál es tu nombre, encanto?

—Sophia.

—Encantado, Sophia —la saludé—. Le diré a nuestra mánager que te tenga en cuenta por si tenemos alguna baja en el equipo que nos acompaña. Pero para que mis compañeras se queden tranquilas, os informo que llevo desde los dieciocho fuera de casa, soy de los que echan los calzoncillos al cesto de la ropa sucia y se hace su propia colada.

Puede que mi hermana no opinara lo mismo, pero eso no tenía por qué saberlo todo Estados Unidos, y mucho menos mi némesis.

—Un buen partido —anotó Jimmy—. Un chico limpio, ordenado y el sueño hecho carne y hueso del 80 % de este país a partir de esta noche.

—No creo que sea para tanto…

—Ya lo creo que sí, hablando de buenos partidos, estoy seguro de que a nuestra audiencia le interesará saber si tu corazón está ocupado, ¿situación sentimental?

—Casado con la música —contesté. Kiara alzó las cejas en mi dirección y Jimmy no perdió punto.

—¿Algo que quieras comentar, Kiara? ¿No habrá algo entre vosotros dos que nos estáis ocultando? —Su expresión era un poema, casi se atragantó con su propia lengua al responder y confieso que esperaba que dijera algo peor.

—Lo único que hay entre Marlon y yo son notas musicales discordantes y un par de acordes de guitarra que aún estamos debatiendo.

—¿Cuál es el debate? —quiso saber interesado.

—Si son genialidad o simple ruido —hizo énfasis en la última palabra.

—Ya veo, qué interesante…

—Es que tengo un espíritu bastante inquieto y creativo — apostillé.

—Eso hemos oído, que tienes muchas ideas para aportar en la banda. —Eso era cosecha de Lorraine, estaba seguro. Kiara volvió a tensarse—. ¿Puedes adelantarnos algo?

Jimmy estaba disfrutando claramente del juego de *ping-pong* no verbal.

—Prefiero dejar las sorpresas para los conciertos, ¿vendrás a vernos?

Vi el regocijo de nuestra representante cuando Jimmy se vio sorprendido.

—Si Nueva York entra en vuestra ruta, será un placer acompañaros. ¿Qué decís, neoyorkinos? —El plató casi se vino abajo—. Yo me tomo eso como un sí rotundo, así que yo de vosotros les exigiría a los de la discográfica que os vayan buscando lugar en La Gran Manzana.

—Se lo diremos de tu parte —convino Kiara.

—¿Qué os parece si por el momento nos dais un adelanto?

—¡Que me muero de ganas por tocar! —espetó Trayi, poniéndose en pie.

Realizó una acrobacia de baquetas que provocó más de un aplauso.

Ocupamos el lugar que nos indicó Jimmy y esperamos a su presentación.

—Esto es talento emergente, señoras y señores, con todos ustedes, las ganadoras de *USA Talent* y su nueva incorporación.

Démosles un caluroso aplauso a Shiva's Riff con su tema *Ecos de Kali*.

Trayi entrechocó las baquetas, Ranya rasgó las cuerdas del bajo y yo introduje el primer acorde que daría paso a la voz de Kiara.

Si tuviera que definirla, diría que era oscura, cálida, atemporal, con unos agudos que te hacía plantearte si un registro vocal tan amplio era posible o escapaba a toda lógica.

**Escanea el código QR y escucha
ECOS DE KALI mientras lees.**

*En el eco de los tiempos,
una voz se alza fuerte,
con el ritmo de los tambores,
Kali despierta y despierta.*

*Con cada paso que damos,
su fuerza nos guía,
en la danza de la vida,*

su espíritu nunca se rinde.

Metí la nota discordante y arrancamos con el coro acompañando la voz de Kiara.

Ecos de Kali,
resonando en la eternidad,
mujeres de valor,
con la verdad en su mirar.
Gritamos al viento,
con poder y con amor.
Somos las hijas del cambio,
portadoras del honor.

El tema duraba casi cuatro minutos, doscientos cuarenta segundos en los que dejarnos la piel y en los que, por primera vez, vi a Kiara contonearse de un modo que me dio ganas de proclamar un «¡Me cago en la puta!».

En los trozos de solo música ella dio la espalda a la cámara y movió las caderas al más puro estilo Shakira. Solo esperaba que no me enfocaran la bragueta.

Me obligué a apartar la vista de su culo, ascendí por la espalda morena y me fijé en el tatuaje que recorría su columna vertebral.

Podía poner cualquier cosa, desde soy la reina del pollo frito a voy a sesgarte las pelotas si sigues mirándome así. Optaba más por la segunda.

Cuando llegué a la altura de su nuca, ella se giró y la negrura de su mirada me engulló.

Ni siquiera sé cómo pude terminar de tocar. Sentí su melodía sacudiendo e inundando cada fibra de mi ser. Por unos instantes, noté la conexión que fluía entre nosotros, una que iba más allá de nuestra desavenencia y que me espoleaba a agarrarla por el pelo para recorrer el lateral de su cuello con la lengua.

Desde las calles hasta los templos,

nuestras voces se unen,
cantando himnos de libertad,
que el miedo no nos domine.

Con guitarras y con sueños,
rompemos las cadenas.
Shiva's Riff en la batalla,
con melodías que enardecen.
Oh, Kali, danos la fuerza,
para enfrentar la tormenta.

Acompañamos a Kiara de nuevo en los coros y esta se preparó para la parte final.

Que nuestras canciones sean escudos,
y nuestras palabras la daga ardiente.
En el silencio de la noche,
cuando todo parece perdido,
los ecos de Kali susurran,
nunca más estarás sola en el camino.

Las luces cambiaron a un tono rojizo y los últimos acordes perfilaron la mirada de nuestra líder, clavándose en el objetivo de la cámara como un puñal en llamas.

CAPÍTULO 12

Kiara

—¡Ha sido brutal! —celebró Trayi una vez estuvimos en el camerino. Lanzó las baquetas en el aire y aporreó el tocador de acero inoxidable. Ranya la miraba comedida, aunque con una sonrisa en los labios—. ¿No crees, Kiara?

—Lo que creo es que igual deberíamos haber cambiado el portavoz del grupo, además de tocar la eléctrica, también debería cantar y nosotras ponernos detrás para hacerle los coros. El hombre orquesta y las hijas de Shiva, ese debería ser el nombre del grupo.

Mi amiga se giró hacia mí y su entusiasmo contagioso se apagó un poco.

—No te pases, Marlon lo hizo bien, no creo que quisiera restarte protagonismo, se limitó a responder las preguntas de Jimmy, dejó a las mujeres en buen lugar, y cuando tú lo pinchaste, no contraatacó. Creo que tendrías que darle una oportunidad.

—Esta tarde lo visteis tan bien como yo, ahora sabemos qué hace en el grupo, se tira a nuestra representante, por eso nos lo han colocado.

—Eso no lo sabes —lo protegió Trayi.

—¡Venga ya! Lorraine iba en bata y tenía cara de…

99

—Vale, puede que se acuesten —aceptó Trayi—, pero eso no quita que Marlon es la hostia con las cuerdas y la química que ha surgido esta noche contigo, cuando hemos llegado a la mitad de la canción… Eso no se finge, ha traspasado la pantalla, los pelos de los brazos se me han puesto como escarpias, es imposible que no lo hayas sentido.

—Eso ha sido por la electricidad estática —contraataqué.

—Vamos, Kiara, reconócelo, sí que nos aporta. Tiene buenas ideas, y si te relajaras un poco dándole una oportunidad, quizá te dieras cuenta de que encaja más de lo que pensábamos en un principio. Todas sabemos que va a seguir en el grupo, ¿no es mejor intentar conectar entre nosotros en lugar de pelear todo el tiempo?

—A-a mí no me cae mal —susurró Ranya.

—A ti te ganó con el préstamo de su bajo. Solo digo que no lo conocemos, que nos lo han impuesto y que parece que sea su banda en lugar de la nuestra, quizá tendríamos que… Ya me entendéis, antes de darle nuestra confianza.

—¿Estás sugiriendo que lo espiemos? —cuestionó Ranya.

—Se nos da bien averiguar cosas —comenté—, solo digo que necesito saber más.

Golpearon a la puerta. Mi pulso se aceleró al escuchar la voz que pedía permiso para entrar procedente del otro lado.

Aunque no me apetecía admitirlo, era cierto que sentí lo mismo que Trayi, como si mi sintonía hubiera conectado con la suya, de algún modo incomprensible encajamos durante la actuación y eso era impensable para mí, al igual que Ranya, hacía mucho tiempo que los hombres dejaron de interesarme, al igual que el sexo.

—Soy yo, Marlon, ¿puedo entrar?

No nos había dado tiempo a cambiarnos todavía y, antes de que pudiera responder, Trayi ya estaba abriéndole la puerta.

Apareció con un bonito ramo de flores y su característica sonrisa.

—Enhorabuena, compis, ha sido un éxito total.

Ranya las cogió oliéndolas con puro deleite. ¿Cuándo las había comprado?

—¡Sí! —exclamó Trayi, chocándole el puño.

No podía culparlas por llevarse bien con Marlon, aunque su actitud burlona me sacaba de mis casillas, también era amable, incluso se había ganado a la esquiva de Ranya, que lo miraba como un corderito degollado.

—Todos tenemos que hacer una entrevista individual, quieren haceros unas preguntas y emitirán las respuestas que ellos crean, a mí ya me las han hecho.

Miedo me daba lo que hubiera podido decir.

—¡Vale, voy yo primera! ¿Me acompañas, Ranya?

En un visto y no visto, Trayi cogió a nuestra amiga de la mano, giró su rostro para lanzarme un guiño y la arrastró consigo fuera del camerino. ¿A qué había venido eso?

A Ranya solo le dio tiempo de devolverle el ramo a Rizos de Cacao para salir precipitada.

La puerta se cerró dejándonos a solas y yo sentí un chisporroteo al acercarse para dejar las flores sobre el tocador.

—No hacía falta que nos compraras nada. —Él se rascó la cabeza.

—No son mías, supongo que vienen de parte del programa, yo solo os las he acercado.

Menuda tonta estaba hecha.

—La actuación no ha salido del todo mal, ¿no te parece? —Marlon tampoco se había cambiado y me costó mantener los ojos en los suyos cuando lo que me apetecía era explorar un poco lo que la camiseta de rejilla dejaba entrever.

Mi interior era un caos, por una parte quería decirle que sí, pero por otra no sabía hacia dónde me podía llevar ser amable con él. Marlon era una complicación, un escollo que lo dificultaba todo.

—¿Has venido en busca de un cumplido?

—¿Cumplido? ¿De tu parte? Nah, ya sé que, si tuvieras a mano un par de pinzas y una batería, las conectarías a mis pezones para que me electrocutara.

Bajé los ojos hacia los *piercings* que los perforaban y me sorprendió plantearme cómo sería tocarlos o llevarlos a mi boca.

«¡¿Qué demonios?!».

En los ojos de Marlon apareció una mirada maliciosa.

—¿Te gustan? —Su mano voló hasta ellos y los acarició por encima del tejido, siempre los tenía erectos porque aquellas barras impedían que se le bajaran.

—¿Por qué te los agujereaste? —pregunté. Él torció una sonrisa.

—Por placer, los tengo muy sensibles, y cuando alguien pasa su lengua por ellos… —Hizo un ruido que incidió directamente donde no debería—. ¿Tú los tienes sensibles?

No podía acabar de decir eso.

—Vale, no debí preguntar —masculle incómoda.

—No me importa, ¿a ti sí? Está bien que nos conozcamos un poco más.

—No sé cómo podría ayudarme el saber tu ratio de sensibilidad *pezonil*. —Él rio por lo bajito—. Hay ciertos conocimientos que no necesito.

—Nunca se sabe —susurró.

—Oh, ya lo creo que sí.

—¿Tú tienes más *piercings* más allá del de tu nariz o tus orejas? —Negué.

—En la India son los más comunes en las mujeres.

—Me gusta cómo te quedan, también te sienta bien esa ropa y ese peinado.

Tenía las pupilas dilatadas y me daba la sensación de que estaba coqueteando. Seguro que formaba parte de su puesta en escena, que utilizaba su belleza como arma arrojadiza contra las incautas, solo que yo no lo era.

—Si por mí fuera, iría todo el día en camiseta de algodón ancha. Esto no me representa.

—Pues, para no representarte, no puedo quitarte los ojos de encima. —Bufé—. No te gusta llamar la atención. —Fue una simple observación, como si hubiera pasado bastante tiempo dándole vueltas.

—No, para eso ya estás tú, que eres como una mariposa monarca agitando las alas a todas horas. A ti te pone acapararla toda.

—A mí me ponen otras cosas.

Su voz se volvió algo más ronca, apenas nos separaban un par de pasos y mis tripas ya se estaban retorciendo al ver sus ojos castaños pasearse por mi cuerpo.

Necesitaba una vía de escape, lo que estaba ocurriendo no era más que un espejismo.

—No necesitas hacer esto conmigo.

—¿El qué?

—Ese bailecito de ave del paraíso. Sé que te gustan mayores, no hace falta que disimules conmigo. —Él frunció el ceño—. Te acuestas con Lorraine —solté sin anestesia.

Él detuvo el avance.

—¿De dónde has sacado eso?

—Se me da bien observar y esta tarde he tenido alguna que otra evidencia.

—No es lo que piensas.

Tampoco es que lo hubiera negado.

—No pienso en con quién te acuestas, si es lo que te perturba. Es tu vida, tú sabrás lo que haces y con quién, pero ya que mis amigas han decidido que quieren darte una oportunidad y somos una democracia, quiero poner las cartas sobre la mesa. Lo que tengo en tu contra no es personal. No me gustan las imposiciones o que me tomen por tonta, y me da en la nariz que eso es exactamente lo que hizo Lorraine con nosotras y puede que incluso con la discográfica, nos vendió la moto, te quiere en el grupo para tenerte más cerca de ella, o de su entrepierna, ¿me equivoco?

Su mirada se volvió tormentosa, estaba tenso, se mojó los labios como si no pudiera pronunciar la respuesta, conocía demasiado bien esa sensación y volví a sentir la conexión, la que se da entre personas que han vivido de algún modo situaciones que las aproximan.

—No hace falta que contestes. —Quería mostrarle cierta solidaridad, decirle que si estaba metido en un problema podía ayudarlo, no solo las mujeres eran víctimas de acoso sexual y comprendía que para un hombre no debía de ser fácil admitir que había caído en algo así.

—No sabes nada de mi vida.

—En eso te doy la razón.

—Puedes pensar lo que quieras, pero me estoy dejando la piel en este proyecto para que pienses que mi única virtud está en la cama en lugar de tocando la guitarra.

—Yo no he dicho eso.

—Mejor, porque quiero que esto funcione —nos señaló—, y voy a demostrarte que puedo encajar.

«Seguro que eres experto en encajar».

—Me parece bien que quieras apostar por el grupo, pero para ello no es necesario que vayas de seductor conmigo. Mi único interés en ti es que no desafines, ¿crees que podrás?

—Te prometo que no volverán a cambiar el nombre del grupo por Kiara y los Desafinados. —Me mordí una sonrisa por dentro.

—Ni por Marlon el de las miradas intensas.

Sus labios sí que trazaron una sonrisa coqueta.

—Puedo intentar evitarlo, aunque si eso es lo que deseas, no te pongas delante de mí. —Tendría que haberme sentido ofendida por su comentario, sentirme una mujer objeto, no acalorada—. Que vaya bien la entrevista, y te lo suplico, no digas cosas demasiado malas de mí.

—No entra en mis planes hablar de ti, Rizos, tengo cosas más interesantes que decir.

—Lo que tú digas, Ojazos.

Se dio la vuelta y se marchó sin que pudiera evitar mirarle el trasero enfundado en cuero.

«No hagas eso», me reñí.

No era justo que tuviera la capacidad de alterarme tanto. Necesitaba serenarme, buscar otra cosa para centrar mi atención.

Puse los ojos sobre las flores y entonces me di cuenta de que eran caléndulas naranjas. Mis manos temblaron al tocarlas. Eran las mismas que utilizaron el día de mi boda, el mismo en que morí por dentro.

Agarré el ramo y lo arrojé a la papelera, salí del camerino dando un portazo, hueca por dentro.

CAPíTULO 13

Kiara

Doce años antes.

Recorrí la imagen que el viento trajo hasta mis pies con el dedo.

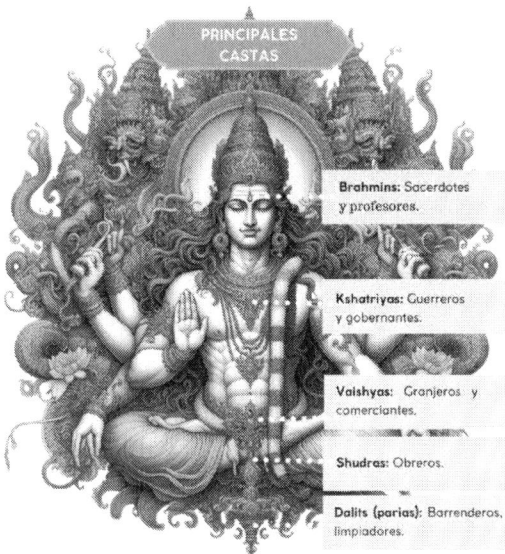

En ella se veía a Brahma, el dios creador hindú, aunque la ilustración no era la típica que había visto siempre en el que se le representaba como un hombre viejo que formaba parte de la tríada de dioses creadores del universo, secundado por Shiva, el dios destructor, y Vishnu, el dios preservador.

A mi poblado llegaban pocas cosas como esa.

Yo pertenecía al último grupo de la imagen, estábamos fuera del sistema, por debajo de la última, los Shudras, porque se nos considerada unos apestados, aquellos que nadie quería, de quienes todos deseaban mantenerse alejados, mezclarse con nosotros estaba prohibido.

Los Dalits éramos conocidos como los parias, los impuros, los intocables.

Todavía existía la creencia, sobre todo, entre los más mayores, que con solo el roce de la sombra de uno de los nuestros te volvías impuro y eso que éramos doscientos millones de intocables.

A mi abuela la oyeron cantar y le cortaron la lengua; si te veían leer un libro, te arrancaban los ojos; si escuchabas cánticos a los dioses, te rellenaban los oídos de plomo hirviendo. Incluso en las escuelas los niños vestían un uniforme distinto para marcarlos como intocables, para no mezclarse con ellos.

Estábamos relegados a trabajar arrancando pieles de animales muertos, cremando cuerpos, limpiando retretes o deshechos.

Aunque, en la actualidad, la discriminación por castas estaba oficialmente prohibida, seguíamos enfrentándonos a la violencia y a la exclusión social, incluyendo linchamientos y violaciones, sobre todo, en las zonas rurales como en la que yo vivía.

Mi casa era como la de los demás de mi poblado, hecha de adobe y teja, el pueblo estaba rodeado de desperdicios, pero yo no le echaba cuentas, estaba demasiado acostumbrada.

Mi mejor amiga había muerto hacía unos meses. Una noche, mientras sus padres y sus hermanos dormían, tres hombres de una casta superior la encontraron en el patio porque había salido a hacer sus necesidades. Se la llevaron por la fuerza, la arrastraron con ellos hasta el bosque y allí la violaron, mutilaron y asesinaron sin que nadie se diera cuenta.

Yo fui quien la encontró, vi sus brazos cubiertos de arañazos, habían usado un pañuelo para colgar su cuerpo desnudo de un árbol, como si se tratara de un animal.

Di un grito tan fuerte que todo el pueblo acudió. Su padre se volvió loco, su madre no podía dejar de llorar y yo… Fue como si a mí también me hubieran despedazado por dentro.

La única pena que había por matar y violar a una Dalit si eras miembro de una casta superior era pasar de dos a seis meses de prisión. Daba igual que ella se opusiera, que le rompieran la pierna, le quebraran la columna o le amputaran la punta de la nariz, los pezones y la lengua, el resultado era el mismo.

Y lo peor de todo fue que la policía quemó su cadáver para eliminar las pruebas antes de que pudieran inculpar a nadie.

Mi madre se puso muy nerviosa, recuerdo aquellos días como los peores que viví en mi pueblo.

El día que todo cambió para mí, el calor era intenso.

El aroma a excrementos de vaca habría resultado intolerable para cualquier extranjero. Los usábamos en las viviendas tanto para espantar a los mosquitos como para cocinar, una vez secas las boñigas, prendían lo suficientemente bien como para hacer fuego.

No teníamos colchones, nuestra cama era el suelo, dormíamos sobre hormigón y almacenábamos el grano en el interior de la casa para que no se estropeara. Las condiciones de salubridad eran bastante escasas, por eso muchos morían por infecciones.

Hacía unos días que escuché una conversación entre mis padres. Papá le decía a mamá que las cosas estaban cambiando, que habían surgido nuevos movimientos políticos que ayudaban a la integración, algunos líderes eran Dalits que alcanzaron posiciones de poder, incluso la presidencia de la República de India era uno de los nuestros, lo que me hizo soñar que quizá pudiera haber una vida más allá que despellejar cadáveres.

No podía darlo todo por perdido, por muy triste que estuviera por el fallecimiento de Aadhila, la vida seguía. Quizá en el momento menos esperado, ocurriría algo que me empujara lejos del pozo de mi poblado.

Con ese pensamiento, me fui con mi padre y mis hermanos para ayudarlo a trabajar y conseguir más dinero.

En nuestra ausencia, un sacerdote perteneciente a la casta de los Brahmins se acercó al poblado, reunió a todas las mujeres que tuvieran hijas porque, según él, un hombre perteneciente a la casta de los Kshatriya, una de las más veneradas por contar con los guerreros y los gobernantes, estaba buscando una esposa, y como quería dar ejemplo, pretendía que fuera una Dalits.

No buscaba una mujer cualquiera, sino una chica joven para poder educarla, enseñarle modales, darle la formación que merecía una mujer de su estatus. La oferta incluía una paga de trescientas rupias mensuales para la familia que era todo un lujo.

Todos se frotaban las manos ante aquel suceso sin precedentes, ¿estarían cambiando tanto las cosas? Según el sacerdote, la condonación de la dote y la asignación era para mostrar la buena voluntad del novio, que quería ayudar a sus futuros suegros.

Tradicionalmente, era la familia de la esposa la que tenía que pagar al hombre que quisiera casarse con una de sus hijas.

Recuerdo la emoción de mi madre, su nerviosismo. Fue hasta una caja que siempre mantenía cerrada, hurgó en ella e insistió para que me bañara a conciencia en cuanto llegué a casa.

Yo no entendía nada, estaba con mi padre y mis hermanos despellejando animales, todavía tenía su aroma en las fosas nasales y las uñas llenas de residuos orgánicos. No siempre había trabajo, por lo que cuando salía la oportunidad, teníamos que aprovechar.

Mi madre estaba enferma, nos habíamos endeudado para poder comprar medicinas y no era nada fácil saldar los intereses, que eran demasiado altos.

—Venga, espabila, ve al río y restriégate bien detrás de las orejas, quítate toda esa mugre, y cuando termines, ven para que te peine.

—Pe-pero ¿qué ocurre?

—Que tu suerte va a cambiar, por fin Brahma ha escuchado mis oraciones, apúrate.

Cuando llegué al lugar en el que las niñas solíamos ir a asearnos, me di cuenta de que no era la única. Todas se lavaban con ahínco, así que yo no quise ser menos.

Lo hice con los restos de una pastilla de jabón de la que apenas quedaba nada, cuando volví a casa limpia y empapada, los oí discutir.

No sabía cuál era el motivo de la disputa, algo tenía que ir muy mal para que mis padres estuvieran tan disgustados, esperaba que no fuese por mi culpa.

Golpeé con los nudillos y la madera desvencijada crujió.

Mamá me hizo entrar a toda prisa y mi padre me miró de soslayo saliendo de la estancia.

Media hora después, acicalada, peinada y con una ropa que no había visto jamás porque mi madre la guardaba para una ocasión especial, estaba siendo arrastrada junto a las demás jóvenes para ser la elegida.

—Haz que me sienta orgullosa de la niña que he criado, no hables a menos que se dirijan a ti y mantente erguida, aunque no demasiado, a los hombres les gustan las mujeres sumisas, no las que plantan cara o las respondonas, no lo olvides —murmuró en mi oído antes de separarse de mí para que me pusiera en aquella extraña fila.

El sacerdote paseaba arriba y abajo, examinándonos una a una.

Nunca había visto a un hombre como aquel, su barba era poblada, blanca y estaba bien cuidada, olía a limpio y su ropa parecía cara. Hombres como ese no solían visitarnos.

Con voz grave, solemne, nos explicó que venía en busca de una esposa para un hombre muy influyente, pero que se llevaría a cinco de nosotras para que este pudiera elegir. La elegida abandonaría para siempre la miseria, la perdería de vista y con ella toda su familia.

Los ojos de todas las madres brillaban de emoción contenida, los hombres escuchaban con atención el posible destino de sus hijas.

—Esta es una gran oportunidad. Somos muchos los que estamos luchando para que los Dalits seáis reconocidos como una casta más en lugar de vilipendiados y denostados. Esta ofrenda bendecida por los dioses dará a una de vuestras familias el lugar que merecéis. Por ahora, solo tengo una petición, pero aspiro a ser portador de muchas más.

»Cuando el hombre que solicitó esta petición escoja a una de vuestras perlas, yo mismo regresaré a esta tierra para devolver sanas y salvas a las demás.

—¿Y si recibe otra petición mientras esté en su ciudad? —quiso saber una de las mujeres.

—En ese caso, volveré con la oferta en firme para la familia, no descarto recibir más solicitudes en Madhya Pradesh, sus hijas son verdaderamente especiales.

Tragué con fuerza, cada vez que se acercaba a mí, más nerviosa me ponía, entendía lo que estaba diciendo, nos iríamos de allí para que una de nosotras se casara y se convirtiera en una niña novia.

No deseaba ser una de las elegidas, casarme a los once años no entraba en mis planes. Sabía que era una realidad, que existía, sin embargo, nunca me vi siendo una de ellas.

Doce millones de niñas eran casadas cada año antes de cumplir los dieciocho y ahora cabía la posibilidad de que yo pasara a engrosar esa lista. Para muchas familias era una liberación, dudaba que para sus hijas fuera lo mismo.

Tenía fe en que mi piel me salvaría, la tenía bastante oscura, lo que no era algo muy venerado para los hombres de estatus, quienes solían buscar a mujeres más claras.

Mi mayor virtud era que tenía unas facciones equilibradas, todas las piezas dentales, ni una caries y los ojos muy grandes.

Papá solía decir que me brillaban como piedras preciosas.

Apartó a las tres primeras, después a la cuarta, y cuando puso su huesuda mano en mi hombro, me recorrió un temblor de cabeza a pies, un par de lágrimas rodaron como puños por mis mejillas, era una de las elegidas.

—También me llevo a esta, saldremos en veinte minutos. Que las niñas estén listas. Despedíos de vuestros padres.

Solo quería irme, echar a correr, que me dejara en paz, anhelaba cumplir sueños, no que me los arrebataran.

Lloré muchísimo mientras mamá me felicitaba de camino a nuestra casa y le daba la buena nueva a mis hermanos. Me preparó un hatillo con lo poco que tenía y añadió un poco de comida para el viaje.

Mis rodillas cedieron ante el temor, las clavé en el suelo, me agarré a sus tobillos y le supliqué con un nudo en el pecho que no me dejara ir, farfullé palabras inconexas, le prometí que trabajaría más para pagar la deuda, pero ella no se doblegó, me alzó por los hombros e insistió en que era una oportunidad para mí, que aceptarla supondría para todos salir de aquella vida de miseria y podredumbre, que no era momento de ser egoísta, sino de sentirse bendecida por los dioses, que ella no había educado a una niña así.

Miré a mi padre por si él se oponía, no lo hizo, ni mis tres hermanos mayores tampoco. Tenía otra hermana de nueve años y la última de seis, que me observaban perplejas. Éramos demasiados en aquella casa.

—Vas a estar bien, hija, tú solo procura que ese hombre te elija, muéstrate bondadosa, cumplidora, obediente y acepta, seguro que tu futuro marido es una persona muy amable, además de influyente. Debe tener un corazón muy grande para querer casarse con una de los nuestros. Eres nuestro orgullo y yo seguiré rezando para que Brahma te bendiga.

Mi madre desconocía a quién pertenecían los brazos de la persona a la que iba a arrojarme, le bastó la promesa de aquel sacerdote desconocido para entregarme, nuestra vida era demasiado miserable como para también perder la fe.

No podía resistirme, era la voluntad de mi familia y ya estaba decidido.

Aquel fue el último día que vi a mi familia y el inicio de mi peor pesadilla.

CAPÍTULO 14

Sepúlveda

—Necesitamos más gente, jefa.

La carpeta que sujetaba Martínez cayó a plomo sobre mi escritorio más desordenado de lo habitual.

La primera hoja sobresalió y mis pupilas se deslizaron sobre ella. Había una lista escrita a mano de cosas que Martínez había anotado sobre sus pesquisas. Tal y como le había pedido, se puso a averiguar la procedencia de la sangre que bañaba los cadáveres. Ni él ni yo habíamos parado esos días y lo peor de todo es que lo único con lo que dábamos era un muro sólido sin una maldita grieta.

—Ponme al corriente sobre lo que has encontrado.

—¿Y si te digo que nada?

—Entonces cuéntame en qué has invertido tu tiempo de trabajo.

Se dejó caer en el asiento que quedaba al otro lado de mi mesa. La silla hizo un chirrido metálico, no porque Martínez fuera un tipo con sobrepeso, sino porque el mobiliario era tan viejo que no servía ni para echarlo a una pira.

Soltó un suspiro, abrió la carpeta y alargó la primera hoja hacia mí.

—Empecé como me sugeriste investigando los mataderos. Teniendo en cuenta que en Estados Unidos contamos con un total de algo más de novecientas empresas dedicadas al mismo sector… —Di un silbido—. Está en el ADN americano saber gozar de una buena barbacoa —aclaró—, pues te puedes imaginar.

—Dudo que en estos días hayas podido contactar con los novecientos mataderos.

—No lo he hecho, sobre todo, porque a ese número deberíamos sumarle las distribuidoras, por lo que he puesto el foco en los lugares más próximos a los asesinatos. Por algún lugar tenía que empezar. —Se notaba el cansancio haciendo mella en las comisuras de sus ojos.

—Me parece lo más lógico.

—Delaware es un estado pequeño y las instalaciones de procesamiento cárnico son limitadas. Hay unos pocos mataderos y algunas granjas que podrían tener sus propias operaciones de procesamiento a pequeña escala. Sugeriría que nos pongamos en contacto con la persona encargada del primer muerto y le pidamos que mueva su trasero para ayudarnos.

—Bien. —Anoté la sugerencia en mi bloc de notas—. ¿Qué me dices de Pennsylvania?

—Cuenta con una industria agrícola más grande, hay muchos más mataderos y plantas de procesamiento, especialmente en las áreas rurales y en las afueras de ciudades como Filadelfia y Pittsburgh.

—Intuyo que sugieres que haga lo mismo que con Delaware.

—Pues teniendo en cuenta las limitaciones de nuestro departamento, no estaría mal una investigación cruzada, a no ser que quieras que alquilemos una autocaravana y nos dediquemos a ir de ruta en las próximas semanas.

—Muy tentador, Martínez, pero es suficiente con una separación en el coche patrulla, no quiero que Nancy te abandone por mi culpa.

—Te lo agradezco, jefa, y mi madre también, odiaría que regresara a casa. ¿Te he dicho que ella y mi padre han convertido mi antigua habitación en un espacio dedicado al tantra? Van siempre desnudos en él, cantan mantras y se dan masajes con nombres raros para despertar no sé qué mierdas. —Puso cara de repelús y yo reí bajo la nariz.

—Me parece perfecto que tus padres tengan una vida sexualmente activa y, sobre todo, que hayan sabido cómo no extinguir el fuego después de tantos años, aunque una cosa te digo, si los de la científica se pasaran por ese cuarto, se pondrían las botas a la caza de fluidos.

—No quiero imaginarlo. —Sonreí.

—¿Qué me dices de Staten Island?

—Bueno, digamos que nos ha tocado la porción de pastel más pequeña, lo cual es una suerte. La ciudad de Nueva York no alberga mataderos y ya sabes que el lugar en el que encontramos a ese cerdo era una urbanización. —Lo miré con una regañina dibujada en el ceño, aunque no dije nada al respecto.

—¿Y si se trata de un matadero ilegal? —se encogió de hombros.

—Suelen ser grandes, aunque cabría la posibilidad, de que a alguien le diera por matar y desangrar vacas en su sótano, total, no sería la primera vez que damos con un loco que tiene a una persona retenida durante años. No obstante, una orden para registrar todas las viviendas de la zona sin una prueba que indique que uno de sus vecinos degüella vacas, no lo veo.

—Yo tampoco, sigue.

—He pensado que podríamos investigar los puntos de venta al por mayor en mercados como el de alimentos especializados de Hunts Point en el Bronx.

—En ese barrio no nos tienen mucho aprecio.

—Una cosa es preguntar sobre bandas, tráfico de drogas, armas o actividades ilegales y otra por si saben quién distribuye sangre de vaca, quizá no se muestren reticentes a colaborar.

Cogí el papel entre las manos y eché un vistazo al segundo punto de la lista mientras alzaba el teléfono y le pedía al comisario si tenía algún inconveniente en prestarnos a Parker y

Bowles para que se dieran una vuelta por el Hunts Point. Esos chicos se conocían bien la zona y tenían algunos contactos.

Me dijo que lo pondría en su hoja de ruta y les pediría que hablaran conmigo mañana.

Alcé el papel y me lo acerqué un poco para descifrar la letra. Martínez y la buena caligrafía debieron tener una riña de la hostia.

—Rastrear movimientos y compras —leí en voz alta.

—Sí, podríamos buscar registros de compras o movimientos inusuales de sangre de vaca, lo que implica de nuevo…

—La colaboración con las autoridades locales y empresas de la industria cárnica —anoté.

—Eres un lince, jefa.

—Demasiados años de servicio.

—Pero ¡si eres una bebé!

—Rozar los cincuenta años y que te sobren diez o doce kilos no es como para tacharme de bebé, aunque sí me acercan al uso de pañal. —Él sonrió.

—Ya sabes lo que pienso de tu físico, estás tremenda y el músculo pesa más que la grasa.

—El problema es que en mi caso me pesan los dos, y si no dejas de traerme donuts con extra de glaseado, todavía será peor. Además, que tu opinión no cuenta, me tienes aprecio y toda la comisaría sabe que a ti te ponen las rellenitas.

—Seeeh, me gusta amasar, tener donde agarrar y dormir sobre blandito, los bichos palo están sobrevalorados. —No pude hacer más que reír de nuevo y chasquear la lengua.

—Volviendo al caso, podríamos sugerir entrevistar a trabajadores y expertos en la industria cárnica para entender mejor cómo se maneja y distribuye la sangre de vaca, quizá haya algún eslabón suelto en la cadena o algo que se nos escape.

—Lo veo bien.

—Si tuviéramos algún indicio de sospecha, podríamos poner vigilancia en algunas de las instalaciones, pero para eso necesitamos ver si hay algún tipo de actividad dudosa o inusual.

—Opino lo mismo.

—Es una suerte contar con alguien que no me lleva la contra.

Con mi expareja discutíamos la mayor parte del tiempo, puede que fuera por mi culpa, porque pasaba tanto tiempo fuera de casa, embebida en mis casos, que cualquier nimiedad prendía la mecha para que le prestara atención. No supe hacerlo bien y me sentía una auténtica fracasada. No tenía que ser fácil salir con alguien que siempre antepone su curro a ti.

—¿Qué tal está Bridget? —Martínez lo preguntó con prudencia.

—Solo la he visto cinco minutos en estos días, me pasé para saludar a Rambo y darle un paseo, ella tenía que marcharse a trabajar, así que…

—Puede que todavía no esté preparada para verte, que le duela, dale tiempo a que te eche de menos.

—Creo que ese era precisamente el problema, se cansó de echarme de menos.

Martínez se rascó la cabeza y, al ver mi expresión reflejada en sus ojos, decidí que era mejor cambiar de tema.

—He pedido un análisis forense avanzado. Aunque no se hayan encontrado huellas o fibras, el análisis de la sangre de bovino podría revelar características únicas o contaminantes que puedan ayudarnos a rastrear su procedencia hasta el origen.

—¡Qué genialidad! ¡¿Cómo no se me había ocurrido eso?!

—Porque si hubiera pasado, ya estarías listo para ser el futuro inspector de homicidios del departamento de policía de Nueva York y yo estaría lista para comprarme un apartamento en Los Cayos y pasar en él mi jubilación.

—¿Tú en Los Cayos rodeada de cocodrilos vistiendo una camisa de flores? No te veo, eres una mujer de acción, siempre al filo de lo imposible.

—Quizá sea justo lo que necesite para aprender a vivir —asumí con pesar—, resolver asesinatos se me da bien, pero no tanto disfrutar. —Alcé el teléfono de nuevo—. Voy a hacer unas llamadas para lo de la cooperación interdepartamental, el experto en perfiles que solicitamos llega mañana y espero que pueda arrojar algo de luz sobre la oscuridad.

Me arrancó el auricular y colgó.

—Son las cinco de la tarde y llevas más horas aquí metida que ese reloj —señaló—, me niego a que pases otro fin de semana engullida por ese sofá —cabeceó—. Es sábado y mereces una birra conmigo además de llenar ese estómago de algo que no necesite pasar por el microondas para ser ingerido.

—Sigo teniendo trabajo.

—Y yo un pedazo de asado en el horno con ese glaseado que hace que te pongas bizca del gusto.

—¿Tú?

—Nancy, que para el caso es lo mismo, le dije que vendrías.

—¿Sin mi consentimiento?

—Los dos sabemos que no puedes resistirte ni a su comida ni a su bollito de crema inglesa. Uy, eso ha sonado muy mal. —Negué con una sonrisa en los labios.

—Tranquilo, fiera, que a tu esposa no le gustan las mujeres y yo soy más de morenas.

—¿No te gusta ella? —preguntó, alzando las cejas con su mirada pícara.

—¿Me estás proponiendo que me líe con tu mujer?

—A ver, dicho así suena muy mal, pero ya sabes lo burro que nos pone a los tíos pensar en dos mujeres juntas, tú y ella sería… Mmm, aaah…

Se puso a hacer ruiditos obscenos agarrado a mi mesa.

Sabía que era de broma, Martínez sería incapaz de cederle a alguien su mujer, a la cual adoraba.

Cogí mi pisapapeles de la Estatua de la Libertad y se lo arrojé, él lo cazó al vuelo sonriente.

—Idiota.

—Tenía que probar. ¿Te espero?

—Dame quince minutos.

—Así se hace, jefa, voy pidiendo las cervezas, no tardes, que ya sabes que se calientan.

Era muy afortunada de contar con un compañero como él, eficiente, honesto, buen tío, que se preocupaba por mí, pero no en exceso, y cuya mujer hacía unos guisos que te mueres y tenía a bien traerme un *tupper* cargado hasta los bordes de vez en cuando.

Alcé de nuevo el auricular y me puse a hacer las llamadas pertinentes, no tenía ni idea de cuándo Kali atacaría de nuevo, así que teníamos que avanzar todo lo posible.

CAPÍTULO 15

Marlon

Cuando al día siguiente llegué al SKS, mis compañeros me recibieron en mitad de un montón de aplausos, gritos y silbidos.

Jordan había grabado la emisión y les puso a los chicos la entrevista con la actuación.

—¿Qué hay entre tú y la cantante? Se nota que saltan chispas, ¿te la has tirado? —preguntó Rooney, añadiendo un gesto soez.

—Ya lo explicamos, lo único que hay entre nosotros es música.

—Seguro que la de sus gemidos, aaah, aaah, dame una clave de soool —se cachondeó Joey. Puse los ojos en blanco, eran unos auténticos capullos.

—No les hagas caso a estos idiotas —murmuró Raven—. Dakota me ha pedido que te diga que quiere saber qué ciudades visitaréis, le flipó el tema de ayer y, aprovechando que es verano, haré una escapada cuando me den fiesta en el curso para escaparnos e iros a ver donde sea, así aprovechamos y hacemos algo romántico, ya que no voy a tener mucho tiempo para ella.

—Eso suena de puta madre, Dakota es la leche, y encima tiene un gusto musical de la hostia. ¿Te imaginas que termináramos tocando en un concierto juntos?

—Todo podría ser.

120

—Y pensar que casi me la tiro cuando puso los pies en el SKS por primera vez. —Raven me miró mal y gruñó.

—Si lo hubieras hecho, te la corto en pedacitos.

Me cubrí la entrepierna y Raven torció la sonrisa.

—No sufras, colega —musité—, luego te mando un mensaje, que no me sé de memoria los días y las ciudades, los de la discográfica están concretando algunos sitios más, Lorraine dice que vamos a tener que ampliar tras el éxito del programa.

—Eso suena muy bien. Enhorabuena, te lo mereces —Corey palmeó mi hombro.

—¡Es que mi hermanito vale oro!

Janelle hizo una carrera corta y saltó para colgarse a mi espalda. Le di una vuelta y la bajé.

—Aprovecho para advertiros a todos que, aunque no esté… —tiré de ella para ponerla delante de mí—, mi hermanita se mira, pero no se toca.

—Tranquilo, ya los toco yo, no te apures.

Los chicos rieron ante su contestación burlona.

—Venga, señoritas, toca cambiarse y mover esos rabos, que las clientas no pagan para escuchar monólogos —nos instó Corey.

Nos movimos hasta alcanzar el banco de cada uno, al lado de nuestras taquillas. Yo me dejé caer en el mío bastante agotado. Después de la entrevista, Lorraine quiso cenar conmigo a solas y ello conllevó comerme el postre entre sus piernas. Esa mujer era insaciable, por lo que tuve que meterme una raya para mantener su ritmo.

Fui al baño y me metí otra más, una corta, y la amenicé con un Red Bull para que me diera alas.

Esa noche tampoco dormiría demasiado, aunque lo necesitaba, me dijo que vendría a ver el espectáculo y se traería a unos amigos a su casa cuando terminara. Sabía lo que significaba y lo que esperaba.

Nos la follamos entre tres, Lorraine estaba pasada de vueltas de todo y de vez en cuanto le ponían los tríos y las *gang bang*. Eso costaba más dinero, pero a ella nunca le importó pagar.

Podría haber dormido si no tocara comida familiar, cerré los ojos tres horas antes de que sonara el despertador en su casa y saliera de aquella maraña de cuerpos tan desnudos como yo.

Pasé por mi piso para cambiarme de ropa y recoger a mi hermana, Janelle estaba preocupada por Martina y estuvo comiéndome la cabeza durante todo el trayecto sobre lo que podía estar motivándola a irse. Ella no creía que solo se tratara de que quería cumplir el deseo de nuestro padre, era de la opinión de que Martina pretendía una huida hacia delante, sin embargo, no sabía de qué.

Cuando no aguanté más su incesante parloteo, respondí:

—Es Martina, siempre hace lo que se espera de ella, asúmelo —bostecé.

El Uber nos dejó en la puerta, con lo muerto que estaba, no quería conducir, además, que estar con mi padre siempre incluía una buena ingesta de alcohol para que mi vida cambiara de color.

No éramos los únicos invitados, teníamos el honor de que la mano derecha del actual Dom de la 'Ndrangueta calabresa, nuestro primo segundo, Salvatore Vitale, fuera a comer con nosotros para que él y Martina se conocieran. Mis padres eran muy tradicionales cuando se trataba de la seguridad de uno de sus hijos.

Cuando Dimas Giordano llamó a la puerta, mi progenitor no pudo disimular la sorpresa al ver que era tan pelirrojo como mi madre. Arrastraba una leve cojera al andar, su rostro estaba ahogado en pecas y una barba de tres días enmarcando una sonrisa afable. Debía rondar los treinta y tantos.

No tenía aspecto de mafioso. Si no fuera porque sus referencias hablaban por él, nadie lo hubiera dicho.

—Hijo, ¿seguro que eres calabrés? —fue lo primero que le preguntó mi padre al estrecharle la mano.

—A no ser que mi *mamma* me engañara y me adoptaran, nací en pleno Apromonte, en San Luca.

—Quizá tengas algún antepasado irlandés —sugirió mi madre, pasándose los dedos por el pelo.

—Quién sabe —respondió con amabilidad.

—Ahora estás en Tropea, ¿no?

—Bueno, cerca, me encargo del puerto de Gioia di Tauro después de lo ocurrido con los Montardi.

—Cierto.

—La gran puerta de entrada a Europa —apostillé, llamando su atención sobre mí. Dimas me dedicó una sonrisa calmada.

El lugar que supervisaba era el punto de acceso de la droga y las armas al viejo continente. El gran grueso del producto que manejaba la mafia entraba por ahí, sobre todo, el de procedencia latinoamericana. Por eso Giordano era un hombre importante dentro de la organización. Nos lo enseñaban en primero de mafia.

—Exacto —aseveró.

—Él es Marlon, mi hijo.

Por lo menos, mi padre me había presentado.

Dimas me estrechó la mano y papá le invitó a darme un par de besos como mandaba la tradición italiana.

Si supiera dónde tuve la boca anoche…

Mi padre no me comentó nada sobre la entrevista o si le habían hablado de ella. Dudaba que lo hiciera, hacía ver como si todo lo que me rodeaba no fuera con él. Era un iluso si había esperado una pequeña atención por su parte, ya tendría que estar habituado a que le importara un rábano.

Papá rodeó los hombros de Dimas con un orgullo que hacía tiempo que no sentía por mí y lo arrastró en dirección al jardín para seguir hablando, mientras mi madre anunciaba que iba a terminar de darle el golpe de gracia final a la comida.

No me invitó a ir con ellos. Me dio igual.

Martina todavía no había bajado de su cuarto y Vittoria, tras saludar a Dimas, fue a seguir con su lectura en el salón.

Janelle se acercó a mí y ambos los miramos mientras se alejaban cómplices. Noté un nudo en la boca de mi esófago.

—Parece más hijo suyo que yo…

No me avergüenza decir que lo dije con cierto resquemor.

—No te amargues, podría ser peor.

—¿Peor que le importe menos que cero?

—Sí, papá sabe que trabajas en el SKS y sabes lo que podría haber hecho para sacarte de allí. —Giré el rostro y la miré espantado.

—¿¡De qué demonios hablas? —Tiré de Janelle hacia el hueco de la escalera para que nos diera cierta intimidad.

—Au, me haces daño, aparta esa manaza.

—¿Cómo se ha enterado? ¿Alguien me ha reconocido en la tele y se lo ha dicho? —Negó.

—Me lo dijo Martina.

—¡¿Martina también lo sabe?! —ahogué un gruñido de protesta y me pasé las manos por la cara.

—No se lo ha dicho a nadie, solo a mí, ayer, mientras esperábamos tu entrevista. Al parecer, papá lo sabe desde el principio, desde que te fuiste de casa. Le pidió a Ludovico que te siguiera para cerciorarse de qué hacías.

—¡Joder!

—Según ella, ya no lo hace, creo que le decepcionó tanto que siguiera tus pasos que nos ha dejado como imposibles. Mamá no está al corriente.

—Soy una puta decepción como hijo.

—No te tortures, yo tampoco soy lo que se esperaba.

—Menudos mierda de Vitale estamos hechos.

Uní mi frente a la suya y ella me tomó por los hombros.

—Incluso de la mierda salen cosas bonitas y tú te vas a una gira de la hostia en siete días, olvídate de si no eres lo que papá esperaba, lo único que cuenta es que sí eres lo que tú esperabas, a quien tienes el deber de no decepcionar es a ti mismo. —La estreché entre mis brazos.

—¿Eso lo has sacado de una taza, o de un sobre de café?

—¿Qué más da? ¿Te ha servido?

—Por muchas cosas bonitas que me digas, no pienso animarte a que enseñes las tetas. —Janelle rio.

—Tranquilo, lo haré cuando tú ya no estés.

Oímos ruido en la escalera, era mi hermana Martina, que bajaba enfundada en un vestido clásico, de manga corta, flores diminutas y una ristra de botones en la parte delantera, lo que le daba una imagen de inocencia que le restaba edad. Se había recogido los laterales del pelo hacia atrás uniéndolos con un lazo.

—¡Madre mía, qué *coquette*! Pareces una de esas chicas que salen en TikTok agarradas del brazo de sus madres para ir de compras a Chanel —proclamó Janelle, saliendo de nuestro escondite.

Nuestra hermana se dio la vuelta para enfrentarnos.

—Me ahorro opinar sobre lo que a mí me parece ese top de canalé. Con ese escote tan bajo y la cantidad de pecho que tienes, parece que quieras que te cuelen billetes entre las tetas, si es lo que buscas, vas bien. —Janelle le respondió sacudiéndolas y Martina desvió la mirada hacia mí con disgusto. Me gustaría saber qué ocurría entre ellas, supuse que eran cosas de chicas—. Marlon —me saludó con un golpe de barbilla.

—Hola, Marti, ya ha llegado tu perro guardián, papá lo ha sacado a pasear por el jardín, no te asomes, quizá necesite mear. ¿Estás nerviosa por el viaje?

—Al contrario, me muero de ganas por marcharme de aquí, estoy convencida de que mi futuro está en Italia, ya lo tengo casi todo empaquetado.

—Entonces ya somos dos con ganas de largarnos —comenté cómplice.

—Saliste muy guapo en la entrevista, aunque te sobraban los *piercings* de los pezones.

—Cuestión de gustos, aunque muchas gracias.

La puerta francesa por la que papá y Dimas se esfumaron volvió a abrirse anunciando su regreso. El primero en entrar fue

Giordano, y en cuanto puso los ojos sobre mi hermana y a la inversa, fue como si la casa se quedara sin aire.

Él la recorrió con una intensidad incendiaria, nada disimulada, su sonrisa se borró de golpe dando paso a unos labios apretados. Mi hermana se tambaleó un poco, cerca estuve de cogerla por si se caía en redondo. No hizo falta, consiguió mantener la verticalidad.

¡Joder! Eso tenía toda la pinta de flechazo, no había sufrido uno de esos desde la guardería, con Lena Bronchalo y su hermana melliza.

—Martina, tesoro, ven aquí y deja que te presente al hombre que se ocupará de que llegues sana y salva a Calabria.

Mi hermana recorrió la distancia que la separaba de Dimas a cámara lenta, las suelas de sus bailarinas se desplazaron por el suelo como si estuvieran hechas de plomo. En cuanto estuvo delante de él, alzó el rostro y enfocó la mirada en la suya. Este le tomó la mano y besó su dorso.

—*Signorina* Vitale, será un *piacere* escoltarla. Me habían hablado de su belleza, pero no estaba preparado para ver a una auténtica perla.

—¿Soy yo, o el mundo ha comenzado a arder bajo los pies de estos dos? —preguntó Janelle lo más cerca que pudo de mi oído.

—No sé, pero ese tío parece haber sido poseído por el espíritu de un galán de novela turca. ¿Quién llama a una chica de veintiún años perla?

—Uno que podría haber salido de cualquier libro de los que lee Martina, y eso es un puto problema. Será interesante ver qué tal le va a nuestra hermanita con su futuro prometido después de haber conocido al muso de una de sus novelas.

—No seas malvada.

—No lo soy, dime que tú no has visto lo mismo que yo. — Callé, porque sí lo había hecho—. Solo te diré que el libro favorito de nuestra hermana es *Outlander*.

—¿Y?

126

No había leído el libro, pero sí que vi algún capítulo de la serie. Janelle movió la cabeza.

—A ver, lumbreras, el color de Marti es el naranja, podría alimentarse a base de zanahorias, su princesa Disney favorita es Ariel. Cuando vio a Penélope Featherington en los Bridgerton, aplaudió, y Jamie Fraser es el prota del libro que te he nombrado, que, por si no lo sabes, también es pelirrojo. Todos sabemos que durante mucho mucho tiempo, fui su hermana favorita. Marti es adicta a todo lo que tenga que ver con el otoño y ese color, y por si no has hecho cuentas, ese tío lo tiene decorando su nabo, en cuanto lo mueva delante de sus ojos, nuestra linda hermanita se tira de cabeza. Fijo que Martina ha mojado las bragas en cuanto lo ha visto. —Puse cara de asco.

—Hay cosas que prefiero no saber de mis hermanas.

—¿Como que lubricamos cuando nos gusta un tío y tenemos orgasmos? ¡Madura, Marlon! Somos sexualmente activas.

—La comida ya está lista —anunció mi madre, salvándome de aquella conversación tan poco apropiada.

Dimas soltó la mano de mi hermana, pero no se separó de ella, simplemente la cambió de ubicación para que le rodeara el brazo y así acompañarla.

Solo esperaba que mi hermana la centrada supiera qué estaba haciendo, no era buena idea joder a alguien de la mafia ni joder con uno que no es tu prometido.

CAPÍTULO 16

Kiara

El edificio 25 del centro psiquiátrico de Creedmoor, en Queens, fue el lugar que la organización benéfica Winds of Life, a la que pertenecía la Hermana Margaret, nos trajo una vez logramos alcanzar los Estados Unidos.

Según nos contó, la primera vez que puso los pies en aquel lugar abandonado apenas se podía respirar, las heces de pájaro lo inundaban todo, el aroma era nauseabundo, casi todo estaba en ruinas, pero eso también fue una gran ventaja, porque cuando ya no quedaba nada, lo único que se podía hacer era empezarlo todo.

Se entraba a través del Winchester Boulevard, desde donde veías aquella masa de rascacielos color ocre que ocupaba más de 300 acres.

En el 59, llegó a haber más de siete mil pacientes ingresados, a principios de 1960, el censo de usuarios fue bajando, lo fueron vendiendo por secciones dando lugar a la Granja del Condado de Queens, el campus de la escuela pública de Glen Oaks y un centro psiquiátrico infantil. El año pasado se abrió un refugio para inmigrantes que teníamos de vecinos.

La organización actuaba con una meticulosidad y discreción absolutas. Su red de operaciones se extendía a través de múltiples países, trabajando incansablemente para identificar y rescatar a jóvenes en situaciones de riesgo como nosotras; por fortuna, cada vez había una mayor conciencia social.

Lo primero que hacían era identificar a las niñas y adolescentes que necesitaban ser extraditadas. Esto se solía hacer a través de informantes locales, colaboraciones con ONG y el uso de tecnología para detectar actividades sospechosas.

Estaban centrados, sobre todo, en niñas, porque solían ser las más vulnerables.

No era fácil ganarse su confianza, por mucho que vieran una mano tendida, el arraigo de la educación y la presión a la que estaban sometidas muchas de las familias no las dejaba dar un paso adelante, además, una vez identificadas, el plan de extracción y transporte era de lo más delicado.

En muchos casos, tenían que utilizar sobornos, la ayuda de los agentes sobre el terreno era fundamental, ya que conocían bien la región y sus desafíos. Empleaban rutas seguras y métodos de transporte que variaban para evitar patrones predecibles. La seguridad de las pequeñas era la máxima prioridad durante todo el proceso.

Llevarlas a un lugar seguro implicaba cruzar fronteras internacionales, la organización utilizaba documentos forjados o adquiridos a través de sus contactos, a veces de manera legal y otras, como en mi caso, no tanto. Yo morí y renací el día que me rescataron.

Una vez en los Estados Unidos, las niñas recibían atención médica, psicológica y educativa. Se les ayudaba a integrarse en la sociedad y a comenzar una nueva vida con nuevas identidades, si era necesario.

Todo era financiado por donaciones privadas y campañas de recaudación de fondos. La transparencia y la rendición de cuentas eran un factor clave para mantener la confianza de los donantes y asegurar un flujo constante de apoyo financiero.

La hermana Margaret daba seminarios y charlas. Parte de su misión era educar al público sobre los peligros de la trata de personas y el matrimonio infantil. A través de seminarios, talleres y eventos, aumentando así la concienciación y fomentando un cambio en la percepción social de esos temas.

Wings of Life era un faro de esperanza para muchas niñas y jóvenes, capaz de proporcionarles no solo una salida a sus circunstancias personales, sino también las herramientas para construir un futuro mejor.

El interior del edificio no tenía nada que ver con el exterior, todo era cálido, hogareño, miraras donde miraras había artesanía, dibujos, fotografías, creaciones de todas las que pasamos por allí en una etapa de nuestras vidas.

Sabíamos con exactitud dónde encontrar a la hermana a esas horas, los domingos, después de comer, solía poner alguna película que infundiera valores en la sala audiovisual y ella se sentaba en el despacho para avanzar trabajo.

La puerta nunca estaba cerrada, solo ajustada, de ese modo, las niñas tenían la sensación de que podían entrar siempre que lo necesitaran.

Sonreí al verla con el ceño fruncido y los ojos oscuros puestos en la pantalla. Tenía el pelo corto, negro, salpicado por algunas vetas plateadas que ella se negaba a teñir. Contaba con un hoyuelo en la barbilla y unas facciones que cualquiera tildaría de muy atractivas.

En otra época, fue psicóloga, docente, hasta que un viaje a una isla del pacífico le hizo cambiar de vida, sentir la llamada y dedicarse en cuerpo y alma a los demás.

Era una fuente de inspiración que adoraba los zapatos de tacón.

—¿Podemos pasar? —pregunté sin llamar.

Las gafas metálicas se le habían escurrido sobre el puente de la nariz, y en cuanto nos vio, una enorme sonrisa se formuló en sus labios.

—¡Mis chicas! ¡Qué alegría veros hoy por aquí! Las niñas se volverán locas cuando os vean, más de una me ha dicho que quiere un autógrafo y fotos vuestras. ¡Entrad! —Se puso en pie y se acercó a nosotras estirando la falda lápiz hacia abajo—. ¡Anoche os vi en televisión! —exclamó entusiasmada—. ¿Ya han empezado a reconoceros más por la calle?

Desde que salimos en el programa de talentos, ocurría, pero esa mañana había sido mucho más todavía.

—Algo más sí —asumí avergonzada.

—¿Algo más? —preguntó Trayi perpleja—. Hoy casi no hemos podido salir ni a correr por Central Park. Nos paraban cada dos por tres, sobre todo, mujeres con niñas.

—Eso es estupendo —celebró la hermana—. Ranya, ¿y tú cómo lo has llevado?

—Bien, con quien más fotos querían era con Kiara, así que he podido mantenerme en un segundo plano. Al principio estaba más nerviosa que ahora.

—Recuerda hacer cada noche los ejercicios y afirmaciones que te mandé, me siento muy orgullosa de ti, vas muy bien. —Ranya asintió—. Kiara, ¿tú has dejado que te toquen? —preguntó con cuidado.

—He hecho lo que me dijiste, intento exponer con amabilidad que necesito cierto espacio para que no se ofendan, que soy sensible a la proximidad frente a desconocidos.

—¿Y cómo ha ido?

—La gente ha actuado de manera muy respetuosa por ahora.

—¡¿Lo ves?! ¡Esas son mis chicas! Hemos trabajado muy duro para reconstruiros y que seáis la voz inspiradora que el mundo necesita. ¿Estáis preparadas para llevar vuestra música y vuestra historia por todo el país?

Asentimos, emocionadas y nerviosas, sabíamos la responsabilidad que conllevaba la banda. La música fue parte de nuestra salvación, el medio por el cual expresábamos todo lo que a veces éramos incapaces de decir con palabras. Todo empezó como una especie de terapia musical, una actividad que nos calmaba y nos unía, no nos habíamos dedicado de manera profesional, de hecho, cada una de nosotras tenía una carrera ajena a la música.

—Y tener a ese chico en el grupo, ¿os incomoda? ¿Lo toleráis? ¿Se porta bien con vosotras?

—Es muy amable —Ranya fue la primera en intervenir, lo cual no fue ninguna sorpresa para mí—. Me-me prestó su bajo. —Las mejillas se le encendieron.

—¿Y eso cómo te hizo sentir? —quiso saber.

—Mu-muy bien, fue un gesto bonito y sin segundas intenciones.

— Vaaale, es bueno que te sintieras bien. A hora piensa la respuesta a mi pregunta. ¿Te atrae?

Ranya la miró con los ojos muy abiertos y algo en mi interior se crispó.

—No, yo no…

—Tranquila, respira, podría ocurrir, ya lo hablamos en terapia, no todos los hombres son seres viles o crueles, es lógico que hasta ahora te hayas sentido más cómoda recibiendo afecto por parte de mujeres, lo que no impide que pueda llegar una persona de sexo opuesto que también te llene.

—No veo a Marlon de ese modo —respondió comedida—, aunque es muy guapo.

—¿Y tú, Kiara? —su atención voló sobre mí.

—¡¿Yo, qué?! —me puse a la defensiva.

—No lo sé, cuéntamelo tú, ¿cómo te sientes con tu nuevo compañero?

—Es incapaz de dejar de discutir con él, cada vez que lo ve, su respiración hace un *riff* y cambia de ritmo, además, se le dilatan las pupilas como si quisiera atacar —comentó Trayi—, señales inequívocas de que…

—Quiero matarlo en cuanto pueda —pronuncié sin tapujos.

—A polvos —añadió ella con total desvergüenza.

—A ver si vas a tragarte las baquetas —la amenacé.

—¡Haya paz, chicas! —medió Margaret.

—Es que me saca de mis casillas porque es un chulo, un prepotente, piensa que puede cambiar las cosas y…

—Está muy bueno —concluyó Trayi.

—Deja que Kiara se exprese y no la interrumpas.

—Su físico no tiene nada que ver —protesté.

Y era cierto, había visto hombres de todos los estilos, guapos, feos, altos, bajos, gordos, listos, tontos, y ninguno de ellos me afectaba, no del modo en que lo hacía Marlon.

—Kiara, ¿has sentido deseo? —cuestionó, torciendo el cuello para atravesarme con su mirada profunda. El labio me tembló.

—Solo retortijones.

—Yo creo que es porque Marlon está que te cagas —hice una mueca—. Y a él sí le pone Kiara, que lo he visto por el ojo bueno.

—¡No mientas!

—No lo hago. Te mira del mismo modo que yo a un buen pollo *tikka masala*, con ganas de pasar la lengua por todo tu cuerpo y rebañarte entera.

—¡Igual es que te gusta a ti! —la amenacé.

—Yo un favor o dos sí que le hacía, sí, pero me da que no soy su tipo.

—Porque le gustan mayores, está liado con nuestra representante, se lo eché en cara y no lo desmintió. Solo me habla y me mira así porque le gusta provocarme y discutir.

La hermana Margaret me cogió de las manos y pasó sus pulgares por los dorsos, era uno de los pocos gestos que toleraba. También aceptaba algunos por parte de Trayi o de Ranya.

—Lo que viviste en Madhya Pradesh no tuvo que pasarte, ni a ti, ni a ninguna de las otras niñas que sufrieron un calvario similar al tuyo. Te lo he dicho muchas veces, no quiero forzarte, pero el placer no es algo negativo.

—Soy incapaz de sentirlo, estoy muerta por dentro.

—No lo estás, simplemente lo identificas con algo negativo y tu cerebro lo bloquea. La única que puede decidir abrir esa puerta eres tú, Kiara. Solo quiero que sepas que decidas lo que decidas, lo hagas cuando lo hagas, sola o acompañada, estará bien y no deberás sentir culpa o remordimientos cuando ocurra. Que el sexo haya sido feo, sucio y doloroso para ti, Ranya u otras

133

víctimas, no significa que el acto en sí lo tenga que ser, al contrario, la base del placer debe ser el amor a uno mismo, la reconexión hacia lo más sagrado que tenemos, nuestra entrega y la elevación del espíritu, y en eso no hay nada de feo, sucio o doloroso, tampoco en vosotras, solo en las personas que os mancillaron, torturaron, forzaron y vejaron, aquellos que disfrutan haciendo el mal.

—Lo sé. —Me dio un apretón y soltó mis manos.

La hermana no era una monja, aunque la llamáramos así, cuando la conocí en la India, todo el mundo utilizaba esa palabra antes que su nombre, y ella no les llevaba la contraria, solía decir que a las monjas se les tiene un respeto distinto que a las psicólogas, era una especie de escudo, por eso hablaba del sexo y del placer como no haría una persona consagrada a Dios.

—Uy, la peli está a punto de terminar, ¿os parece si seguimos hablando más tarde y ahora os acercáis a la cocina, ayudáis a preparar la merienda y sorprendéis a las chicas?

—¡Claro! —exclamó Trayi.

Salimos del despacho y pusimos rumbo al lugar indicado.

—¿Por qué no le has dicho lo de las flores? —preguntó Ranya mientras nos alejábamos.

—Porque fue una tontería.

—¿Y si no? —cuestionó Trayi.

—Lo es —zanjé, sin dejar que el fantasma del pasado me engullera hacia él.

CAPÍTULO 17

Kali

Roblox o Minecraft eran unos de los cotos de caza de los *groomers*, ciberacosadores sexuales en busca de menores.

Los juegos en línea solían ofrecer un chat que permitía comunicarse con otros jugadores para crear mundos, construir, explorar y conectar. Los creadores de este tipo de juegos aseguraban que los críos podían chatear de manera segura, sin tener en cuenta que un buen *groomer* siempre encontraba una brecha por la que colarse.

El anonimato de una pantalla y un *nick* llamativo eran suficiente para no mostrar al monstruo que habitaba detrás. Querían ganarse su confianza y después atacar.

Los *groomers* eran personas hábiles, solían ir despacio hasta atrapar al menor en su telaraña por completo, actuaban igual que el óxido o la carcoma, de manera imperceptible, hasta que no se podía hacer nada para que destruyera aquello que envolvía.

Los padres solían pensar que a ellos nunca les pasaría, pero la realidad era muy distinta. Solían estar agobiados por el estrés diario, la prisa hacia la que te empujaba la vida. Prestaban atención los primeros días de juego, después les bastaba con darles una limitación horaria, contemplándolos a duras penas por el rabillo del ojo mientras se veían engullidos por sus obligaciones. Que sus hijos estuvieran jugando en casa no encendía ninguna señal de peligro, estaban en su salón, su sofá o su habitación, en el interior de su propia casa, sin hacer ruido, dándoles un respiro.

¡Qué necesario era tener un poco de tranquilidad! Que los niños estén callados, sobre todo, cuando tienes tareas por hacer, atender una llamada del trabajo, o puede que limpiar o hacer la cena. Tampoco pasaba nada por bajarse de la vida unos minutos y dedicárselos a uno mismo. ¿Qué podía pasar si estaban en su hogar?

T.O.D.O.

Terminé la partida y me descargué la *app* que acababa de recomendarme mi nuevo amigo virtual. Si el olfato no me fallaba, que solía hacerlo poco, tenía ante mí a mi próxima víctima.

Elegí un fondo acorde a mi personaje y presioné entrar.

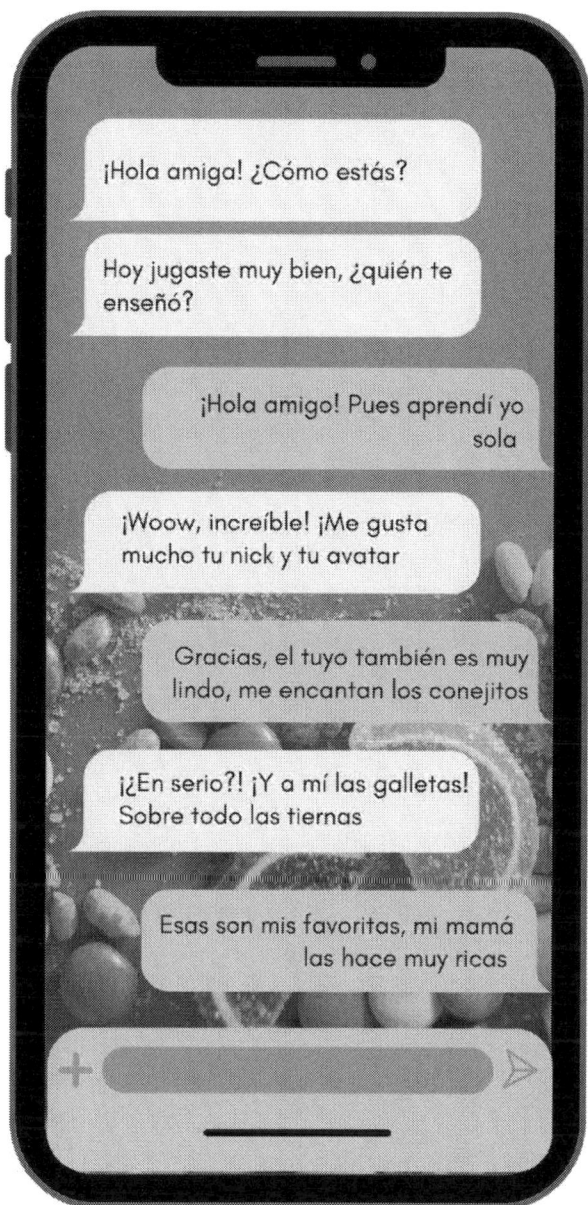

Bingo, ningún niño decía cosas como «sobre todo, las tiernas», buscar las señales era primordial y esa era una bastante clara, aunque debía seguir tecleando para no errar. Busqué un emoji y le di a enviar.

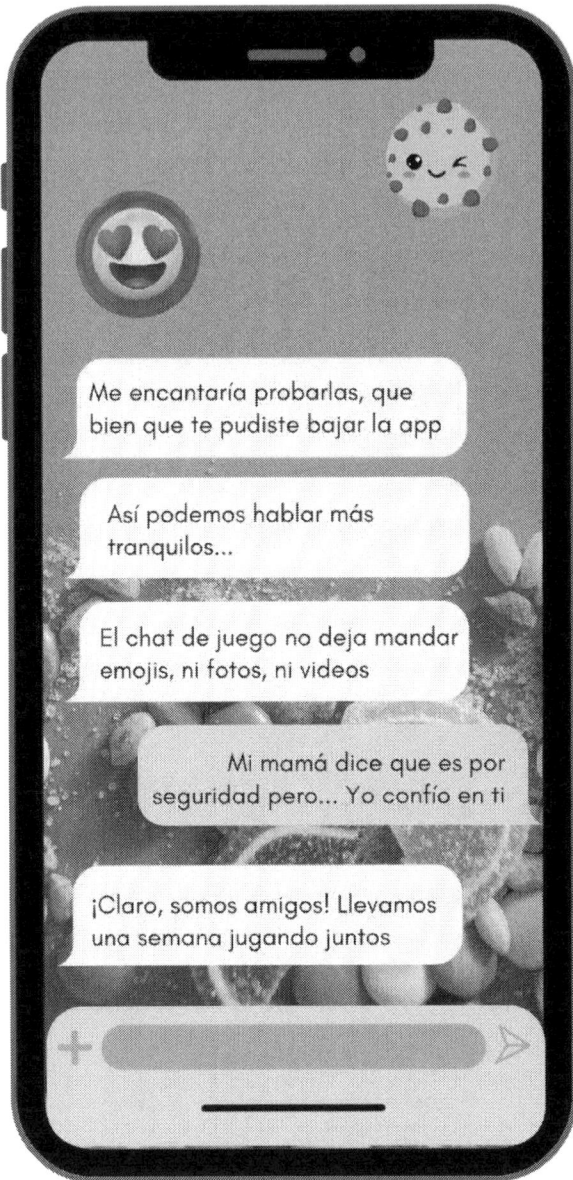

Me encantaría probarlas, que bien que te pudiste bajar la app

Así podemos hablar más tranquilos...

El chat de juego no deja mandar emojis, ni fotos, ni videos

Mi mamá dice que es por seguridad pero... Yo confío en ti

¡Claro, somos amigos! Llevamos una semana jugando juntos

Claro que el chat de juego no dejaba mandar fotos o videos. «¡Seguro que es lo que tú estás buscando, conejito… Una madriguera pequeñita», pensé sintiendo asco. Le dije que confiaba en él, eso siempre les gustaba a los groomers, necesitaba ir dejando miguitas de pan y que no se pusiera en guardia.

138

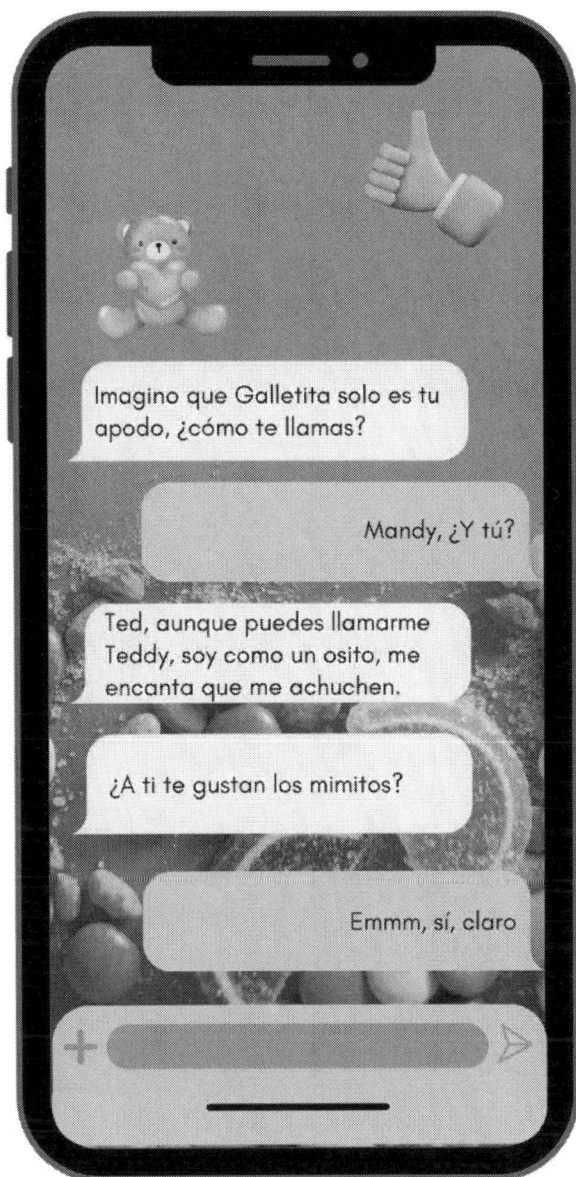

Imagino que Galletita solo es tu apodo, ¿cómo te llamas?

Mandy, ¿Y tú?

Ted, aunque puedes llamarme Teddy, soy como un osito, me encanta que me achuchen.

¿A ti te gustan los mimitos?

Emmm, sí, claro

Mis ojos se desplazaron por el último mensaje y sonreí.

El tío era un profesional, sabía que para un crío una semana era una eternidad.

Me dio una arcada, ¿mimitos? ¿Me gusta que me achuchen?

Eso tampoco lo decía un niño.

139

Pero ese tipo de cosas ni se las plantea una niña de nueve años.

«¿Once?». No te lo crees ni tú. Ahí estaba otra de sus preguntas clave, un cerrojo nuevo que abrir. Iba a darle la contestación que quería, yo era el señuelo y necesitaba que picara.

dije que tenía nueve, corrí peligro de que le gustaran más mayores, de doce, trece o catorce, las preferencias no siempre eran las mismas. Me la jugué y acerté.

«Siempre me han gustado las niñas pequeñas». ¡Eres un puto cerdo! Mis tripas se retorcieron.

No iba a seguir hablando por el momento, si iba muy deprisa, podía sospechar y no quería espantarlo.

Empleé un «que viene mi mamá», que era un comodín, les daba la seguridad de que era lo que buscaban, que no me lo inventaba.

Unos *emojis* para reforzar y… ¡Listo!

¡Ya verás cuánto me gusta jugar, Bunny! Aunque puede que, cuando me tengas delante, no te gusten tanto mis juegos.

CAPÍTULO 18

Kiara

—¿Has terminado? —preguntó Trayi, entrando en mi habitación.

Bajé el móvil de inmediato y el pulso se me aceleró, casi me pilló.

—Sí, em, ya estoy. ¿Ocurre algo?

—¿Te apetece que salgamos a dar una vuelta y vayamos a algún local?

—¿A Ranya le apetece?

—Ha dicho que sí. Al fin y al cabo, tenemos una semana llena de ensayos y después ya arranca la gira, no es que vayamos sobradas de tiempo como para celebrar todo lo que nos ha pasado.

Llegamos hace un par de horas de Winds of Life, en cuanto aterricé en casa, fui directa al PC, estuve liada en él cuarenta y cinco minutos hasta que conseguí lo que buscaba, por poco la fastidié por culpa de la batería, no me di cuenta de que la noche anterior no lo puse a cargar e iba justísima.

Sonreí y fui directa al móvil, me instalé la aplicación y estuve en el chat hasta que Trayi me interrumpió.

La tecnología me cautivó desde que la descubrí gracias a la asociación, y se había convertido en un medio para lograr un fin. Cuando estaba frente al teclado, me convertía en mi otro yo, alguien que no tenía nada que ver con la Kiara que cantaba y se mostraba ante el mundo como líder de las Hijas de Shiva, digo, del Shiva's Riff.

Salí de mi pequeña habitación, fui hasta el salón para cargar el portátil, el enchufe de mi cuarto no funcionaba y el casero ya nos dijo que nos apañáramos, que no tenía tiempo de minucias como aquella.

Pasé la mano por la tapa, no era un último modelo, pero con una pieza de aquí y otra de allí, ni tan mal.

Se me daban bien los ordenadores, cuando uno de los profesores de la organización detectó mi curiosidad por ellos, se lo comentó a la Hermana Margaret y esta me instó a que siguiera formándome en ello.

Siempre me dijo que era una chica lista, bueno, nos lo decía a todas, ella pensaba que con el estímulo necesario puesto en aquello que más nos gustaba lograría que, además de convertirnos en grandes mujeres, tuviéramos éxito en todo aquello que nos propusiéramos.

No sé si yo era o sería alguna vez una gran mujer, pero sí que me dio las herramientas para convertirme en una en la que me reconocía y que gracias a su apoyo ahora era ingeniera informática.

Trayi me había seguido. Ranya estaba haciendo uno de sus cuadros con pintura diamante.

—¿Qué? ¿Vamos o no? —Miré a una y a otra, me encogí de hombros.

—Vale, sí, vamos.

—Pues cámbiate.

—¿Por qué? ¿Es que huelo mal o algo?

Aspiré el aroma de mis axilas y no vi que apestara.

—¿Irás con esas pintas? —preguntó, arrugando la nariz—. ¡Llevas puesta una camiseta negra ancha de los Rolling Stones y unas mallas que podrían pasar a mejor vida.

Me miré a mí misma y puse cara de sorprendida.

—Ay, mierda, ¡pensaba que llevaba puesto mi traje chaqueta de Dior! —Ella bufó—. ¡No me jodas, Trayi, esta soy yo! —Extendí los brazos.

—Una tú que ahora es alguien importante, Lorraine nos dijo… —Fue escuchar el nombre de nuestra representante y me salió un sarpullido.

—Me la sopla Lorraine, o voy así, u os vais solas. —La desafié. Trayi alzó las manos y soltó un ruidito de exasperación.

—Tú misma, pero Ranya y yo vamos a arreglarnos.

Dicho y hecho, las dos desaparecieron en sus habitaciones y yo me dejé caer en el sofá. Pasaba de que la señorita Fox tuviera que modificar hasta eso.

La discográfica nos recomendó cambiar el lugar donde vivir cuando termináramos la gira, porque según ellos, nuestra vida iba a dar un giro importante y necesitábamos un lugar más seguro.

Si hubieran vivido como nosotras en la mierda y pasado por una sola de nuestras vivencias, no opinarían lo mismo, sin embargo, una de las cláusulas que consiguió Lorraine era un ático en una de las mejores zonas de la ciudad, con servicio de vigilancia, gimnasio y no sé cuántas cosas más a costa de ellos, decir que no, cuando en este piso no funcionaban la mayoría de los enchufes, era de estúpidas.

Vendría a hacernos la mudanza una empresa especializada cuando arrancáramos la gira, nosotras solo teníamos que preocuparnos de meter nuestra vida en cajas y tampoco es que hubiéramos acumulado demasiado en el tiempo que llevábamos en los Estados Unidos.

Las chicas tardaron veinte minutos en los que me dio tiempo a hacer un repaso de cómo había sido ese tiempo, entre esas cuatro paredes. Recordaba a la perfección el día que cruzamos la puerta de entrada, la emoción que sentimos cuando firmamos el contrato y pudimos mudarnos. ¡Nuestro propio apartamento! Algo impensable, imposible si no hubiéramos salido de nuestro país.

Puedo decir que ese día fue uno de los más felices, la hermana Margaret nos ayudó con el mobiliario de una tienda de segunda mano.

La primera *pizza* que cenamos, sentadas sobre unos cojines en el suelo, fue la más rica de nuestra historia.

Miré a mis amigas, a mí y al precioso bar de copas al que les dio por traerme, quizá si que debería haberme arreglado un poco porque, cuando el tío de la puerta me vio, soltó un «Tú no entras».

Ranya llevaba puesta una falda de vuelo y un top de tirantes muy favorecedor. Trayi optó por un mono que le sentaba como un guante y yo, pues eso, que me negué a cambiarme porque había venido a este mundo para romper las reglas.

—Si ella no entra, nosotras tampoco.

—¿Crees que me importa? —preguntó aquel orangután con cara de malas pulgas.

—¿Es que no sabes quiénes somos? —¿En serio había salido eso por la boca de Trayi?

Él nos miró escéptico.

—Son mis invitadas —la voz me hizo apretar los ojos, ¿cómo podía tener tan mala suerte? Aunque cuando los abrí y me fijé en las caras de mis amigas, tuve la sensación de que el encuentro no había sido todo lo fortuito que deseé.

—Lo siento, es que Marlon dijo que estaría guay vernos fuera de los ensayos, que así podríamos conocernos un poquito más sin tensiones y a mí me pareció una idea genial.

—¿Y cuándo pasó eso? —farfullé sin girarme.

—Mientras jugabas a ese juego que tanto te mola en el ordenador, me pareció mal molestarte. —Apreté los dientes.

—Disculpe, señor Vitale, no tenía ni idea de que eran invitadas suyas.

—Lo imagino, Joey, no pasa nada.

147

El gorila rapado y con gafas de sol quitó la cuerda para dejarnos pasar.

Siempre había pensado que las llevaban puestas, aun siendo de noche, para que los destellos de algunas mujeres no los deslumbraran.

Estábamos en plena Little Italy y el local al que íbamos a entrar tenía un enorme luminoso en el que rezaba Dolce Vita. ¿Cómo no había sido capaz de captar las señales?

—Señoritas —extendió la mano el tal Joey algo avergonzado, o eso quise suponer.

Trayi y Ranya entraron antes de que pudiera ponerme más de culo con ellas y mi peor pesadilla se ubicó a mi lado. Por el rabillo del ojo vi que llevaba una camisa negra con los tres botones desabrochados, las mangas arremangadas y vaqueros oscuros rotos. Los zapatos eran los típicos italianos negros brillantes que podría llevar el hijo de cualquier gánster.

—Me encanta tu camiseta, los Rollings siempre me han parecido épicos y esa boca con esa lengua en ti es de lo más sugerente.

—Lo que va a ser épico es mi codo enterrado en tus costillas como te acerques un centímetro más.

Estaba a punto de rozar mi oreja con sus labios y la simple idea me hacía temblar.

Su risa ronca reverberó en mi lóbulo junto algo cálido que no era el vapor de las alcantarillas y olía a hierbabuena.

«¡Lo que daría ahora mismo por una buena ración de halitosis!».

Entré alzando la barbilla y me detuve al lado del tal Joey, que esperaba atento a que entráramos para volver a atar el cordón de seguridad.

—Un consejillo, la próxima vez que no dejes entrar a alguien por su ropa, piensa en ti desnudo, seguro que hay mujeres que tampoco te van a querer dejar entrar. Algunos ganamos más vestidos. —Le guiñé un ojo y esa vez sí que entré.

Me daba igual si lo que le había soltado no era políticamente correcto, porque volví a oír la risa de Marlon y supe que estaba bien. Esa vez la calidez se enroscó en mi estómago.

Miré el local de hito en hito maravillada. Debo reconocer que el sitio era una puñetera pasada, tenía reminiscencias a la mafia por todas partes y olía como se suponía que debería hacerlo un garito italiano, a una mezcla de *capuccino,* Limoncello y perfume caro.

—Si Vitto Corleone hubiera tenido un bar, seguro que sería como este —dije en voz alta.

—Será mejor que mi padre no te oiga decir algo así o volverá a infartar.

—¿Tuvo un infarto?

—Sí, pero ya está bien, es un tipo duro de roer.

—¿Y por qué no le gustaría mi observación? ¿El local es suyo?

—No, él se dedica a otras cosas muy distintas, pero sí, le pertenece a uno de sus allegados, por eso me conocen. A nadie de aquí le va mucho todo lo que tenga que ver con La Cosa Nostra. —Lo miré sin comprender—. Lo que te rodea es pura 'Ndrangueta, —estreché más la mirada—. La mafia calabresa —me aclaró—. Es como si a un fan de los Giants le dices que es de los Jets en plena Super Bowl.

—Lo pillo.

Los dos equipos de la ciudad eran grandes rivales.

Todo el mundo iba arregladísimo, no tendría que sentirme mal porque yo había elegido no cambiarme, pero ahora mismo maldecía todos mis huesos por no haberle hecho caso a Trayi.

Marlon nos llevó hacia el extremo, y ocupamos una preciosa mesa de madera maciza con una lamparita en el centro que tenía cristales, parecía sacada de una película.

Marlon chasqueó los dedos, la camarera acercó una botella helada de Limoncello, unos palitos de pan finos y alargados salpicados con queso y varias salsas para untarlos. No podía dejar de mirarlo todo y sonreír.

149

Mis amigas también estaban alucinando. El DJ pinchaba *remixes* muy logrados, una fusión de música italiana con temas americanos de lo más actuales, era la hostia. Me recordaba un poco a nosotras, o mejor dicho, nosotros.

—Vaya, una sonrisa genuina, supongo que no es por mi compañía.

Marlon estaba rellenando los vasitos y se mordió el labio inferior.

—Supones bien —señalé al DJ—, ese tipo es la leche, esa fusión…

Cerré momentáneamente los ojos y respiré, cuando los abrí, tenía los suyos observándome con una expresión muy cercana al placer.

—Es lo que tienen las fusiones, que a veces, si les das una oportunidad —bajó la voz y se acercó a mi rostro sin ser amenazador—, pueden llegar a sorprenderte.

—Tú ya no me sorprendes, Rizos.

—Dame tiempo, Ojazos, dame tiempo.

CAPÍTULO 19

Marlon

No había nada que un buen Limoncello y unos *grisines* Dolce Vita no pudieran suavizar.

Una botella más tarde, contaba con el certificado de satisfacción.

Trayi y Ranya llevaban un rato en la pista de baile divirtiéndose de lo lindo y yo era incapaz de apartar los ojos de esa nueva Kiara con un punto de desinhibición, que la hacía de lo más entretenida.

Reía, se mordía el labio y no dejaba de lanzarse pullitas conmigo en un jueguecito que me ponía cardíaco, para qué mentir.

Era la primera mujer que me gustaba más por cómo me hacía sentir que por su físico, no conocía a ninguna que se fuera de copas con la misma ropa que podría imaginarla caminando descalza por casa o yendo a pasear al perro. La mayoría se superproducía, a Kiara le importaba una mierda gustar, era un auténtico desafío.

—Entonces, ¿tu padre es de la mafia de la bragueta? ¿Qué hace? ¿Asalta a las personas a punta de nabo? —rio divertida, hablando un pelín más lenta que de costumbre.

No negué el tipo de negocio que tenía mi familia, solo aclaré sus dudas.

—Es 'Ndrangueta y no, el nabo de mi padre está reservado para mi madre, en casa somos cuatro y podríamos haber sido más si tras el parto de mi hermana Vittoria la cosa no se hubiera complicado y tuvieran que hacerle una ligadura de trompas. A mi padre le dijeron que era operarla o que otro embarazo la podría matar.

Kiara resopló.

—¿Y por qué no se hizo una vasectomía? ¿Lo eligió ella? Los hombres siempre igual, intentando decidir por nosotras.

—Fue un parto por cesárea, estaba sedada y el médico le dijo que teniéndola abierta…

—Ya, claro —contraatacó fastidiada—. Me conozco esa cantinela.

—Mamá nunca se quejó de que tomara aquella decisión, y con lo aprensivo que es mi padre, respecto a las intervenciones quirúrgicas, dudo que hubiera dejado que le echaran mano al pito.

—La mujer cede y concede. La culpa es nuestra. Tenemos el síndrome de Wendy, ¡necesitamos ser siempre lasss salvadoras! —arrastró la ese—. Voy a bailar un rato para quemar la mala leche. No debiste llenarme ese vasito tantas veces, esos limones los carga el diablo.

Una vez en pie, la miré divertido mientras se dirigía a reunirse con Trayi y Ranya, se puso a bailar con ellas justo después.

Me gustaba ver lo bien que se llevaban, eran un grupo sólido, la conexión entre ellas era palpable y me hacía sentir cierta envidia. Puede que, si me esforzaba un poco, pudiera ganarme un hueco, tal vez no lo lograra nunca, pero si no lo intentaba, jamás lo sabría. No iba a ser por no intentarlo.

Me sumé a ellas para moverme, casi siempre me pagaban por bailar, nunca lo hacía por diversión.

Trayi se colgó de mi cuello risueña y nos marcamos un bailecito cadera contra cadera que le nubló la mirada a Kiara. No la tenía entre mis brazos, pero era como si la abrazara a ella en lugar de a Trayi.

Esta alargó uno de los brazos hacia atrás, la pegó a su trasero y la respuesta de mi cuerpo fue instantánea, se me puso dura de inmediato.

La interpretación de Becky G de *Bella Ciao,* sumado a la expresión del rostro de Kiara fueron el detonante perfecto para mi libido.

Ranya también se sumó, poniéndose a la cola. Éramos como un trenecito cuya cabeza era yo, que, en lugar de mirar al horizonte, la observaba a ella y no encontraba los frenos.

Su aversión a que la tocaran no era extrapolable a sus amigas, me dijo que rehuía, sobre todo, el contacto con desconocidos, los límites de las demás componentes de la banda eran otros, quizá yo los pudiera atravesar con un poco de suerte y algo más de alcohol.

No es que deseara emborracharla, solo que se sintiera más suelta y confiada conmigo, no quería hacerle daño, solo follarla hasta dejarla sin aliento.

La vi alzar su pelo a la par que los dedos de Trayi se enredaban en los míos. Si a mi compañera de baile le molestaba mi erección, no dio muestras de ello.

No me ponía cachondo su roce, ni mi mano en su cintura, eran los ojos ardiendo de Kiara lo que me prendía como una antorcha. Cuando noté que se pegaba mucho más a la batería y su barbilla se acomodaba en su hombro, me relamí lleno de ganas de alcanzar su boca para hundirme en ella.

Mi dedo pulgar encontró una ínfima porción de su piel húmeda y expuesta fruto de que el agarre de Ranya le alzó un poco la camiseta. Las fricciones entre los tres cuerpos a los que estaba enganchado me estaban enfermando. Me sentí del mismo modo que le ocurría a un tío del siglo XVI, había leído que eran capaces de empalmarse por la simple visión de un tobillo, en mi caso había bastado una rozadura de falange para ponerme cardíaco. Esperaba no haber heredado la mala salud cardiovascular de mi padre o no llegaría a finalizar la gira.

Sus labios se separaron, la lengua femenina asomó para hidratarlos y tuve que controlarme para no levantar la otra mano, fijarla al hombro de Trayi para que no se moviera y poder capturar su boca tal y como me apetecía. Quería morderla, hundirle la lengua lo suficiente como para que el intercambio de saliva le hiciera considerarme de su círculo de confianza.

La batería salió sin previo aviso de su encierro, me rodeó y se puso a contonearse contra mis nalgas, dejándome frente a frente contra Kiara mientras sus fuertes manos aferraban mi torso.

No me pegué a la silueta delgada, enfundada en una camiseta demasiado ancha como para que no imaginara cómo sería quitársela por la cabeza para verla sin ella. Aun así, el espacio que quedaba entre nosotros era solo de un cuerpo, el que se había ido, y casi podía sentirla porque el aire estaba cargado de electricidad.

La notaba rozándome la piel, colándose bajo mi camisa, impregnándome de aquel aroma especiado que ya reconocía como parte de su perfume.

Mi pantalón volvió a tensarse cuando percibí la mano de Ranya colocada bajo uno de sus pequeños y firmes pechos, se le marcaban los pezones endurecidos.

¡Mierda! No podía dejar de mirarlos con un hambre atroz, los imaginaba minúsculos, oscuros y terriblemente sabrosos en mi lengua.

¿Cómo serían sus gemidos? ¿Roncos? ¿Agudos? ¿Sería de las que gritan, o de las que se ahogan en el placer? ¿A qué sabría su coño?

La canción terminó, Ranya y Trayi nos soltaron para bailar y ponerse a dar saltitos entusiastas gracias al tema *Sarà Perché Ti Amo* versión remix.

Kiara y yo seguíamos sin movernos, en aquel espacio reducido en mitad de la pista, sin dar un paso adelante o hacia atrás. Fue ella quien rompió el hielo pasados cinco segundos eternos.

—¿Puedes poner otra cara? —masculló.

—¿Qué le pasa a mi cara?

—Que parece que te la estuvieran chupando mientras bailábamos y aún la tienes así.

El testimonio gráfico de una Kiara con la camiseta de los Rollings como única prenda, de rodillas, su pelo rebelde atado a mi muñeca y yo enfundando mi polla hasta acariciar su campanilla, fue una puta bomba de relojería.

—¿Y tú cómo sabes eso? —pregunté ronco. Acorté la distancia entre nuestras narices, aunque eso me supuso inclinarme. Su pecho subía y bajaba alterado.

¿Era por mí, o por el baile?

—Porque no soy ciega.

—Me refiero a que ¿cómo sabes qué cara pongo cuando me la chupan? ¿Tienes algo que confesar, Ojazos? —Ella alzó las cejas.

—No hay que ser una eminencia para imaginar que era justo esa.

—¿En serio? ¿Y me imaginas mucho?

—Eso es lo que te gustaría —espetó, dándose la vuelta para unirse a su tribu.

—Ni te lo imaginas —farfullé, recolocándome la polla, iba a necesitar una visita urgente al baño.

Estuvimos cerca de una hora más, la mayor parte del tiempo en la pista, y cuando el DJ anunció que era el último tema porque ya cerraban, me ofrecí para acompañarlas a casa después porque comentaron que pensaban ir andando.

—No voy a dejaros solas —protesté ante la negativa de Kiara a que las acercara.

—No va a pasarnos nada, conocemos esta ciudad como la palma de nuestras manos y sabemos defendernos, además, nos irá bien un poco de aire fresco.

—El aire es de todo menos fresco, y que conste que me parece estupendo que sepáis defenderos, pero para mi tranquilidad necesito que lleguéis sanas y salvas. Ahora que por fin tengo un grupo en el que tocar, me niego a que muráis descuartizadas y seáis arrojadas a un contenedor por vuestra mala cabeza. ¡Quiero ir de gira!

—Vale, no es preocupación, es puro egoísmo —me atribuyó Kiara.

No lo dijo ofendida, sino como si mi respuesta le cuadrara.

—Sip, soy un egoísta de mierda que quiere que sigáis vivas. ¡Ese soy yo! —me autoproclamé.

—Yo acepto tu egoísmo, estoy demasiado mareada para andar —asumió Trayi, agarrándome por la cintura, yo pasé el brazo sobre sus hombros y la acerqué a mí.

—Ver para creer —protestó Kiara.

—Yo también prefiero ir en coche, estos zapatos me han hecho una ampolla de tanto bailar y no puedo dar un paso más —anunció Ranya con un puchero de dolor.

Kiara miró escéptica a su amiga, que había estado dándolo todo en la pista hasta que el DJ dijo que la fiesta terminó.

—Vale, pero ¡como Rizos tenga un dos plazas, yo no pienso ir en el maletero! Quedáis advertidas. Por cierto, ¿cómo va tu nivel de alcohol en sangre?

—Mi tasa de Limoncello después de esos bailes es apta para conducir, jamás os pondría en peligro. Por cierto, ¿por qué debería tener un dos plazas?

—Porque te pega, eres demasiado engreído para un cuatro latas.

—Para tu información, mi único dos plazas es mi moto y hoy he venido con el coche, que tiene cinco y es un utilitario.

—En cuanto cumplas los cuarenta, veremos en lo que vas montado...

—Me alegra que nos veas futuro.

Ella hizo rodar los ojos y no añadió nada más. No quiso sentarse delante, por lo que me conformé con la animada compañía de Trayi, con la que jugamos a un Quiz de adivinar canciones de la radio con las primeras dos notas.

Ranya se hizo con el título de campeona muy seguida de mí y Kiara, que logramos un empate.

Cuando aparqué bajo el edificio de las chicas, ellas me dieron las gracias y las buenas noches despidiéndose de mí hasta el ensayo del día siguiente.

Esperé a que entraran y después me fui a casa con la sensación de que no me había equivocado, que invitarlas a La Dolce Vita fue una buena decisión, sobre todo, cuando vi a Kiara girar un poco el rostro en mi dirección antes de que la puerta se cerrara.

CAPÍTULO 20

Sepúlveda

La primera vez que vi a Ethan Parker, supe que era un hombre que había dedicado su vida a entender las mentes más oscuras. Su andar era tranquilo, pero sus ojos revelaban una intensidad que solo años de estudio en psicología criminal y perfilar las mentes más retorcidas podían forjar. Estaba especializado en psicopatología forense, y su tesis sobre los patrones de comportamiento en asesinos seriales había sido publicada en varias revistas académicas de renombre.

Había escuchado que Parker tenía manías que lo hacían único. Siempre llevaba consigo un cuaderno de tapa negra donde anotaba observaciones y teorías; un cuaderno, un caso, nada que pudiera interferir en él debía estar anotado en cualquiera de las páginas.

Tenía la costumbre de caminar hablando solo, sumido en sus pensamientos. Sus virtudes eran claras: una mente analítica y una capacidad para ver más allá de lo evidente. Su obsesión por el trabajo lo hacía algo distante en lo personal, lo cual no era un inconveniente porque yo no andaba buscando amigos.

Cuando entró en mi despacho, su mirada se posó en cada detalle, como si cada elemento fuera a susurrarle una historia sobre mí. Había eliminado todo rastro de mi ex, por lo que poco iba a rascar salvo una cantidad ingente de polvo porque la de la limpieza parecía haber obviado pasar por mi despacho en la última semana, menos mal que no era alérgica.

—Inspectora Sepúlveda —dijo con una voz que llevaba el peso de la experiencia.

—Parker —me levanté para estrecharle la mano—. He escuchado auténticas maravillas sobre usted.

—No se las crea todas, la gente tiende a exagerar.

—Me conformo con que pueda arrojar algo de luz sobre este caso, eso es lo único que me importa ahora.

Martínez había ido a por una taza de café, llamó a la puerta al ver la silueta del psicólogo criminal a través del ventanal del despacho.

—¿Se puede? —preguntó, sujetando ambas tazas con una mano.

—Adelante —le di permiso.

En cuanto soltó las tazas sobre la mesa, se dirigió a Parker con una mirada expectante.

—Señor Parker, él es César Martínez, mi compañero y segundo al mando en este caso.

Martínez lo observó con una mezcla de curiosidad y escepticismo.

—Ethan Parker es nuestro nuevo experto en perfiles. Su trabajo podría ser la clave para atrapar a Kali.

Mi amigo le dio un apretón ofreciéndole una sonrisa que sacó a relucir sus característicos hoyuelos.

—Bienvenido, ojalá pueda darnos una nueva perspectiva donde hurgar.

—Eso es exactamente lo que planeo hacer.

Su confianza era contagiosa, y por un momento, sentí que tal vez, solo tal vez, estábamos un paso más cerca de resolver el enigma que nos estaba consumiendo.

—¿Quiere que le traiga un café? —se ofreció Martínez.

—Hace años que erradiqué la cafeína de mi organismo, no la necesito para funcionar.

—Menuda suerte la suya, nosotros somos incapaces de tirar sin ella, ¿verdad, jefa?

—Mal que nos pese, así es. Siéntese, Parker, ¿pudo echarle un vistazo a los informes que le envié?

—La duda ofende, inspectora Sepúlveda. Tengo por costumbre hacer los deberes antes de presentarme a examen.

—Pues entonces usted y yo vamos a entendernos muy bien. Por favor —extendí la mano para que se sentara.

Tanto él como Martínez ocuparon los asientos que quedaban frente a mí. Di un trago largo a mi taza humeante lista para escuchar lo que tuviera que decir.

Me dolía un poco la cabeza, el agotamiento estaba haciendo mella en mí.

Los dedos largos de Parker pasaron la tapa de la libreta y sus ojos se detuvieron en la primera línea.

—Díganos a quién estamos buscando.

—Creo que se trata de una persona de entre treinta a cincuenta y cinco años, con la suficiente madurez mental como para reflexionar y pensar muy bien lo que se hace. Está claro que no mata por impulso, lo que nos habla de una mente analítica y calculadora.

—¿Hombre? ¿Mujer?

—Podría ser cualquiera de los dos géneros, aunque la presencia de velas aromáticas y el gusto por la exquisitez en la que queda todo, sin una sola huella o rastro de suciedad, podría inclinar ligeramente la balanza hacia un perfil más femenino, aunque no las tengo todas conmigo, digamos que estamos hablando de un 60-40. —Asentí.

»Vemos que selecciona cuidadosamente a sus víctimas, basándose en la patente atracción por abusos a menores, ello sugiere que, o tiene información privilegiada porque está infiltrado en una red de pederastia, o tiene conocimientos informáticos que lo dejan navegar en busca de su nueva presa. Es un cazador.

Martínez y yo nos miramos.

—Kali, tal y como revelan las analíticas de los sujetos, hace uso de la succinilcolina, no es una medicación que se recete, se emplea para la relajación del músculo esquelético para facilitar la intubación traqueal y la ventilación mecánica o como ayudante de la anestesia general durante cirugías o procedimientos que requieren relajación muscular. En el caso de nuestro asesino, la emplea para inmovilizar a sus víctimas. Lo que indica un acceso a sustancias controladas y un conocimiento de su uso.

—¿Podría tratarse de un médico? —pregunté.

—Médico, enfermero, trabajador de un laboratorio en el que suministren ese medicamento, transportista…

—¿Martínez?

—Estoy apuntando, jefa —dijo, agarrando una hoja para garabatear en ella.

—Además, inyectarle ese tipo de sustancia lo ayuda a no tener que ejercer violencia física, tampoco necesita un uso de la fuerza extrema.

—¿Por eso cree que podría llegar a ser una mujer?

—Sabrá tan bien como yo que hay mujeres tremendamente fuertes, y que si hacen un buen uso de las leyes de la física, no hay cuerpo que se les resista.

—En eso estoy de acuerdo, lo curioso es que no hayamos encontrado nada, ni un solo cabello o fibra.

—Por ahora, dele tiempo, quizá cometa algún error y entonces lo tendremos.

—Ojalá lo atrapemos antes de que deje otro muerto —suspiré.

Se notaba que Parker no creía que fuera a pasar, yo tampoco.

—Por las imágenes adjuntas al informe, encontramos una escena del crimen sumamente preparada, con simbolismo religioso y elementos de sacrificio. Que los cadáveres tengan los ojos y la boca abiertos sirve para que no puedan volver a reencarnarse, lo que denota un amplio conocimiento de la cultura hindú. La mezcla de sangre humana y de vaca, junto con la imagen de Kali, sugiere un ritual que busca trascender el simple acto de matar.

—¿Piensa que podría tener alguna vinculación con el hinduismo, que sea un devoto, un sacerdote, o es simple puesta en escena para despistar? —incidí interesada.

—Esto es una percepción mía, podría tratarse de alguien que efectivamente busque llamar la atención, y como bien sugiere, inspectora, una puesta en escena, pero con todas las molestias que se toma, yo diría que sí podría haber un componente religioso.

—Entonces, Martínez, anota echar un vistazo a asociaciones hindúes en Nueva York o algo que tenga que ver con lugares en los que se puedan reunir, quizá podamos encontrar alguna pista allí.

—Bien visto, jefa. —El bolígrafo no paraba de garabatear.

—Siguiendo con la victimología, tenemos que los sujetos encontrados son pederastas, puede que Kali, además de las posibilidades anteriores que les he ofrecido, los busque a través de registros públicos, policiales, noticias o incluso una red de informantes.

—¿Sugiere que podría ser poli o periodista? —me interesé.

—Por poder… —Eso no me gustaba ni un pelo—. Ahondaría en las bases de datos, este tipo de delitos pueden darse en personas con antecedentes de haber sido abusadas, o una conexión personal con víctimas de abuso. Lo que alimenta su deseo de castigarlos. Quizá haya tenido problemas con la ley en el pasado, pero su inteligencia y cautela le han permitido evitar condenas serias.

—Buscaré en nuestra base de datos —informó Martínez en voz alta.

—Este tipo de asesinos suelen seguir de cerca la investigación y puede que incluso intente comunicarse con los investigadores, ya sea para burlarse de ellos o para justificar sus acciones.

Martínez y yo nos miramos y negamos.

—Nadie ha contactado con nosotros y, que yo sepa, tampoco con ninguno de los inspectores de las otras ciudades donde se encontraron los otros cuerpos, aun así, lo tendremos en cuenta.

—Dada su naturaleza meticulosa y su patrón de comportamiento, es probable que continúe con sus crímenes hasta que sea capturado, por lo que no predigo que vaya a detenerse.

—Eso me estaba temiendo —lo interrumpí.

—Recomendaría aumentar la vigilancia en las comunidades de pederastas conocidos y mejorar la seguridad en las instalaciones que almacenan succinilcolina y otros fármacos controlados.

—Anotado, jefa —murmuró Martínez sin necesidad de que le dijera nada.

—¿Cuál cree que es la motivación que lo lleva a actuar?

—Venganza y justicia. El asesino ve su acto como un ritual de purificación, no solo para las víctimas, sino para la sociedad. La elección de la diosa Kali, conocida por su aspecto destructivo contra el mal, indica una justificación divina para sus actos, por eso no descarto que haya parte de fe religiosa en lo que hace.

»Como ya he comentado, es metódico, paciente y detallista. Exhibe conocimientos avanzados en farmacología y técnicas de sacrificio, lo que sugiere una educación o experiencia en campos relacionados con la medicina o la industria cárnica.

—¿Trabajador de un matadero? —cuestioné.

—Quizá. Es probable que lleve una vida solitaria o aislada, con poco o ningún círculo social cercano que lo pueda delatar. Su capacidad para evadir la detección implica una comprensión profunda de las técnicas forenses y de investigación. Estamos frente a alguien listo que piensa que lo que hace es algo bueno, por lo que su percepción del bien y del mal puede estar algo distorsionada.

—O no —dijo Martínez por lo bajo. Tanto Parker como yo lo miramos—. Disculpe, es que ya sabemos que últimamente hay muchos casos de abusos a menores, parece que sea una moda en lugar de algo repugnante. La mayoría de veces, cuando llegamos a esos hijos de puta, el daño ya está hecho.

»Puede que no le parezca lógico que piense que a alguien se le puedan inflar los cojones y decidir erradicar a esos mierdas de la tierra. —Giró el rostro hacia mí—. Y no hace falta que me repita que, si quiere hacer justicia, tendría que haberse hecho poli, eso ya lo sé es solo que…

—¿Que? —pregunté enfadada porque pudiera defenderlo delante de Parker.

—Pues que si alguien atacara a un hijo mío, igual yo también me volvería Kali, o si hubieran abusado de mí durante años, o si al entrenador de gimnasia le diera por tocar a alguno de mis hermanos. Lo siento, no esperaría a que la policía moviera un dedo, creo que yo también tendría la necesidad imperiosa de hacer justicia.

—Y por eso Kali goza de cierto populismo, incluso me atrevería a decir que aceptación. Ha sido el motivo que me ha llevado a plantear que podría tener una red que lo ayude o quiera protegerlo. También así podría estar obteniendo información —comentó Parker sin alterarse por el comentario de Martínez.

—¿A usted también le gusta Kali?

—Yo no hago juicios de valor, inspectora, solo me dedico a analizar mentes criminales y algunas resultan de lo más fascinantes.

—Pues esperemos que no sea capaz de generar un efecto fan, solo nos faltaría que se nos multiplicara el trabajo —exhalé—. Gracias por sus aportaciones, Parker, tenemos un buen punto de partida, así que… ¡a trabajar!

CAPÍTULO 21

Kiara

Estábamos en el estudio, habíamos terminado de ajustar el último tema cuando Lorraine nos interrumpió y desenrolló la imagen del póster que acompañaría nuestra gira. Lo que vi me dejó helada.

—¿Os gusta? —preguntó con una sonrisa de oreja a oreja. Parecía encantada con el resultado—. Es la imagen que seleccionamos, la que irá en los carteles, acaban de enviármela, están terminando de concretar los últimos lugares, por eso la parte de abajo está vacía.

Tragué con fuerza.

El martes nos hicieron fotos de estudio, perdimos mucho tiempo poniéndonos los estilismos que acompañarían cada tema para la sesión, y ese era el resultado, uno que se ajustaba más bien poco a la realidad.

—Los de *marketing* han hecho un trabajo fabuloso, mirad los colores que vibrantes que son, contrastan muchísimo con vuestras pieles, se parece a una fiesta Holi del *rock*, ¿y qué me decís del nuevo logo de la banda o lo favorecidos que salís?

—A mí me han quitado diez kilos de encima —masculló Ranya.

—Me los han puesto a mí en las tetas y los labios —contribuí—. ¡Parezco una puta Barbie! Esa no es mi boca, ni mi escote, ni mis facciones, ¿dónde está mi mandíbula? ¿O mi nariz? —gruñí al ver mi nuevo perfil.

Odiaba que las imágenes no se ajustaran a la realidad y que mostraran una falsa expectativa de lo que éramos. Al único que no habían retocado era a Marlon, claro que qué iban a hacerle…

Trayi no había abierto la boca, pero su rostro tenía varias marcas, cicatrices, fruto del trabajo en la cantera. Me extrañó que no le pintaran su ojo dañado, ya puestos a darle al Photoshop.

—Hoy día toda imagen se embellece, los filtros están a la orden del día, si incluso la gente va al cirujano tras hacer captura de su cara habiéndola pasado por cualquiera de esos de TikTok. Lo que estáis viendo es una fotografía más armónica y vendible, tenéis que pensar que vais a ser un referente y a todo el mundo le gusta lo bonito.

»Tanto la discográfica como yo ya le hemos dado el visto bueno, así que, si os gustaría pareceros más a ellas… Tú —espetó, dirigiéndose a Ranya—, puedes empezar mañana mismo con tu nuevo plan nutricional y bajar esos kilitos de más, ya verás que no te va a costar nada entre el estrés que suponen los *tours*, el desgaste del escenario y el calor de los focos sumado al del verano. Perderás lo que te sobra antes de terminar la gira. En cuanto a ti —su mirada se desvió hacia mi rostro—, podrías visitar a mi cirujano, le pediré que te fuerce una cita al finalizar el último concierto. Esta nueva Kiara se ve muchísimo mejor, tu mandíbula es demasiado cuadrada y te falta volumen por delante

—comentó haciendo referencia a mi pecho—. El doctor te ayudará a que logres una imagen mucho más femenina, hay una operación de nariz para afinarla que apenas tienes que llevar férula. Se acabó la Kiara hombruna.

—¿Hombruna? —Nadie en mi vida me había dicho algo así.

—Querida, no nos engañemos, tu falta de curvas y tus rasgos faciales tiran a lo masculino, ¿no crees, Marlon?

El susodicho pareció sorprendido de que Lorraine se hubiera dirigido a él.

—A mí me gusta cómo se ven Kiara y Ranya, y Trayi. Las veo perfectas como son. Se las ve reales, sin artificios y, hasta donde yo sé —carraspeó—, para ser femenina solo hace falta ser mujer, va innato a su condición, no la determina ni el aspecto físico ni la ropa ni la actitud. Ellas son femeninas por nacimiento.

Lorraine puso los ojos en blanco.

—Querido, no hace falta que quieras quedar bien, ellas ya saben cómo son, se ven cada día frente al espejo.

—No es por quedar bien, es lo que pienso. —Marlon frunció el ceño—. Lo que estas chicas hacen sobre el escenario, cómo tocan, cómo viven su música, cómo la transmiten, el mensaje… Eso es lo fundamental en este grupo, no pesar diez kilos menos, unas tetas más grandes o una nariz más perfilada. Dan visibilidad a todas las mujeres, no a un estereotipo.

—Ya estamos… —bufó—. Hacer buena música y con contenido no está reñido con ser visualmente más atractivo, debéis recordar que todos somos productos y comprender que está muy bien el discursito de vende igual un cantante con sobrepeso que uno con un cuerpo normativo tirando a delgado, pero, queridos, bajad del árbol, seguimos a años luz de eso.

El corazón me latió fuerte en el pecho tras las palabras de nuestro nuevo compañero y sentí la necesidad de intervenir.

—Pues yo creo que el cambio empieza por lo nuevo que emerge, debemos abolir los estereotipos de un patriarcado que ha intentado definirnos durante siglos, decirnos cómo ser, cómo actuar, cómo pensar, incluso cómo tenemos que vestirnos o pesar, —comencé, mirando fijamente a Lorraine—. Pero la verdad es que la feminidad no es una palabra que deba ser definida por nadie más que por nosotras mismas. Cada mujer es femenina, por derecho, sin estándares ni expectativas. Tal y como dice Marlon, no tenemos que asociarlo a un concepto rancio de mujer obediente, a la que le gusten los tacones, los vestidos, el maquillaje y vista en tonos pastel. —Miré de reojo a mi compañero de grupo y lo vi sonreír. No me detuve, estaba encendida—. Somos una nueva generación y tenemos el deber de resetear las mentes que se han quedado ancladas en una realidad que no corresponde. Aceptamos que tú y la discográfica añadierais a un miembro masculino para defender la igualdad de género, pero no vamos a asumir que queráis cambiar lo que somos, lo siento mucho, pero estoy contenta con mi físico, es el que me sostiene cada día, el que habito, esto es lo que soy.

—El discurso es muy bonito, Kiara, pero no pasa nada por querer mejorar un poquito, con los avances que hay, ¿por qué resignarse?

—Porque nos han vendido la idea de que, para ser aceptadas, debemos encajar en un molde, y en el único molde que deberíamos encajar es en lo que somos. No me malinterpretes, no me opongo a la cirugía si alguien se siente traumatizado, pero sigo pensando que eso ocurre por toda la mierda que nos han vendido siempre, que deberían enseñarnos más a querernos y a aceptarnos. Somos artistas, somos mujeres y somos poderosas tal y como somos, no necesitamos cambiar una nariz, un pecho o una mandíbula para ser más «femeninas», porque la feminidad no es una talla, un color o una forma. Es nuestra esencia, y eso es inmutable.

La exasperación en el rostro de Lorraine sería el de orgullo de la Hermana Margaret, ella había trabajado mucho con nosotras durante años para que nadie fuera capaz de hacernos de menos.

—No hace falta que te pongas así, era una sugerencia de mejora, si tú estás contenta con tu mandíbula a lo Henry Cavill, o teniendo que poner algo de relleno a los corsés, adelante.

—Esa mandíbula es suya, ni de Henry ni de nadie —comentó Marlon ofendido—. Como ya te ha dicho, todo lo que la conforma es perfecto, porque si fuera de otra manera, no sería Kiara.

Tenía los puños apretados, se le notaba molesto, como si se estuviera conteniendo. Su actitud no le pasó inadvertida a Lorraine, ni a mí tampoco.

¿Por qué volvía a sentir ese hormigueo en las tripas tras escucharlo?

«Porque te ha defendido frente a su amante, porque de algún modo que escapa a tu comprensión ha elegido posicionarse a tu lado y no al suyo. Porque a su manera te ha dicho que te ve y te ve bien», sacudí el pensamiento.

Era más fácil pensar que Marlon estaba intentando ganarse mi favor, que quería encajar en el grupo y yo no se lo había puesto fácil, por eso se lo estaba currando, salvo que él no tenía idea de que sabía mucho más yo de él que él de mí, que lo había estado investigando y que solo me faltaba un hilo del que tirar para tenerlo escaneado al cien por cien.

Con unos cuantos datos y mis habilidades, conocía hasta su número de licencia de conducir, dónde vivía, cuánto pagaba por el alquiler, quién era su familia o su marca de condones favorita. Ventajas de que muchas de sus compras fueran *online*.

Nuestra representante se recompuso, su rostro adoptó una expresión de superioridad profesional que siempre alzaba cuando pretendíamos cambiar algo que ella no compartía.

—Escuchad —comenzó, su tono era condescendiente pero controlado—, yo he estado en este negocio desde que vosotros llevabais pañales. He cosechado premios y discos de platino cuando apenas sabíais lo que era un acorde o un *riff*.

Marlon y yo intercambiamos una mirada. Sabíamos que esa parte era cierta, lo que no le daba derecho a menospreciar nuestras convicciones.

—Y sí —continuó Lorraine—, puede que seáis jóvenes e idealistas, pero el mundo real no funciona así. Yo sé lo que vende, lo que la gente quiere ver. ¿Por qué narices pensáis que Taylor Swiftt está donde está? ¿Y por qué adelgazó Adele? Debería haber estado orgullosa del cuerpo que habitaba, ¿no?

»Esta industria es salvaje, voraz y despiadada, puedes intentar querer, pero al final es ella quien te cambia. Si quieres pertenecer a su corte te adaptas y si no te quedas fuera, repudiado, siendo un paria. Acabáis de empezar, no lo echéis a perder porque nadie puede cambiar las reglas en un chasquido.

—Estoy seguro de que lo que dices es cierto, pero para eso te tenemos a ti —murmuró Marlon—. La reina del *country*, la que revolucionó los escenarios. Mujer empoderada que vive la vida como le da la gana, que no pide permiso y que es escuchada y venerada.

La señorita Fox se relajó un poco bajo las palabras tan bien colocadas, justo donde ella lo necesitaba.

—Puede que no lo logremos —dije—, que nos quedemos en el camino, pero si nos escogiste, si nos diste el pase de oro a la final fue porque viste algo en nosotras, algo distinto, entendiste el mensaje. Por favor, Lorraine, no quieras convertirnos en un producto igual a los demás, danos la oportunidad de demostrarte que sí podemos, que contigo somos capaces de ser parte del cambio, que está en nosotros ofrecerle a la industria un soplo de aire fresco que cambie el rumbo de las cosas y no seguir la corriente a unos viejos dinosaurios.

Lorraine nos miró, evaluando nuestras expresiones decididas, y finalmente soltó un suspiro.

—Bien, haremos las cosas a vuestra manera, por esta vez —puntualizó, ofreciéndonos un pequeño triunfo—. Pero recordad que, si esto no funciona, seréis vosotros los que tendréis que enfrentar las consecuencias, y los que pasaréis por el firmamento de la música como una lluvia de estrellas fugaces.

—Correremos el riesgo —afirmé—. Después de todo, ¿qué es el arte si no una expresión de la verdad?

—Estupendo, ahora salid, quiero enseñaros vuestro nuevo hogar.

Los cuatro nos miramos.

—¿Nuestro nuevo hogar? —preguntó Trayi, repitiendo sus palabras.

—Eso he dicho, venga, no tenemos todo el tiempo del mundo, salid y lo entenderéis.

Por supuesto que lo hicimos, la acompañamos al exterior, fuera de la casa de Lorraine había un…

—Pero ¡¿qué demonios es eso?! —exclamé con los ojos puestos en un tráiler enorme con la cabina color plata y la caja llena de ventanales y salientes recubierta por nuestros rostros.

—El Anderson Pro World Tour.

—¡Esa es mi cara! —espetó Ranya, pestañeando con fuerza.

—¡Y la mía! —se sumó Trayi—. Ay, Dios, ¡esa era mi foto favorita de la sesión!

—¿Vamos a vivir tres meses en un camión? —pregunté, observándolo de cabo a rabo. No es que me importara, mi poblado al completo podría vivir en el interior de aquella enormidad.

—Querida, esto no es un camión, es un Anderson Mobile Estates, la compañía personaliza lujo sobre veintidós ruedas y lo eleva dos pisos —indicó, señalando la carrocería—. Este es uno de sus últimos proyectos adecuado a la industria musical. Lo ha adquirido la discográfica para hacer giras con sus estrellas. El vinilo que ahora lo recubre es customizable, cuando acabéis el *tour*, la imagen será sustituida dependiendo de quién viaje en su interior.

—¡Es alucinante! —exclamó Trayi.

—Lo es, sobre todo, porque lo sentiréis como vuestra casa, será mucho más cómodo que ir cambiando de ubicación. Al pasar tanto tiempo fuera, es necesario que descanséis bien si queréis rendir. No sabéis la tortura que supone ir de hotel en hotel, de cama en cama y con diferentes cojines y colchones. —«¿Tortura? Lorraine necesitaba vivir una temporadita con los Dalit»—. Aquí dentro disponéis de cuatro habitaciones completas, dos con camas de matrimonio y dos dobles con camas

171

individuales, salón independiente, cocina ultraequipada, tres baños, un pequeño estudio para los ensayos, zona de peluquería y maquillaje e incluso un pequeño despacho por si necesitáramos reunirnos.

»Goza de una preciosa sauna para eliminar toxinas, ducha con cromoterapia y camilla de masaje, podemos solicitar los servicios de un fisioterapeuta o quiropráctico cuando lo preciséis. Al final del vehículo hay una zona de entretenimiento que incluye minibar, salón con pantalla de cine, videoconsolas y máxima conectividad integrada, así no os quedaréis nunca sin cobertura.

—¡Vaya! ¡Suena alucinante! Entonces, ¿tenemos una habitación para cada uno? ¿Y tú dónde dormirás? —preguntó Trayi.

—Yo me sacrificaré por el bien del grupo y me quedaré en los hoteles cinco estrellas de las ciudades que toquéis. —«Viva el sacrificio»—. No me desplazaré en el camión porque intento evitar el transporte por carretera, demasiados años rodando por ella, ahora me da fatiga, así que nos veremos en destino. Prefiero la rapidez del avión y volar en primera clase. —«¡Cómo no!»—. Una de las habitaciones es para el chófer y vuestro mayordomo, Benan, ellos se ocuparán de que estéis cómodos, conducir, cocinar y limpiar el vehículo. Por lo que quedan tres habitaciones, dos de vosotros tendréis que compartir una.

Los cuatro nos miramos.

—Tranquilos, yo me pido dormir con Ranya, vosotros dos podéis tener cada uno una cama de matrimonio —solucionó Trayi.

—Me parece bien —respondió Ranya sonriente.

—Perfecto, solucionado —asumió Lorraine—, hechas las reparticiones, subid a echarle un vistazo a vuestra nueva casa. Will Smith tiene uno de la misma compañía y lo alquila por nueve mil dólares la semana, teniendo en cuenta que este es un último modelo, ya lo podéis cuidar…

—Descuida, Lori —murmuró Marlon afectuoso—. No lo maltrataremos.

Nunca la había llamado así delante de mí y tuve un retortijón que hizo que me planteara si nada más subir al tráiler tendríamos que llamar a una empresa de desatascos.

No esperaba tener que compartir espacio vital con Marlon.

¡Eso sí que iba a ser una aventura sobre ruedas!

CAPÍTULO 22

Marlon

Era mi última noche en el SKS, mi cuerpo estaba agotado, el ritmo feroz de los últimos días me había pasado factura, los ensayos se alargaban, las exigencias de Lorraine eran altas y me vi con la obligación de hablar con ella antes de abandonar su cama esa misma mañana.

—*Lori, creo que voy a dejar de cobrar por sexo.*

Ella alzó las cejas y me sonrió. Estábamos en su habitación, desnudos después del primer polvo de la noche y con su dedo recorriendo mis abdominales.

—*¿Quieres dejar de cobrarme?*

—*Quiero dejar de prostituirme* —*puntualicé. Ella hizo un mohín hastiado*—. *La gira va a ser muy exigente y quiero dejar atrás todo lo que tiene que ver con el SKS o mis funciones fuera de él.*

—*Eso me parece bien, pero ¿pretendes que piense que vas a dejar de follar?*

—*No, pero quizá lo haga de forma más esporádica o distinta.*

«Y solo con mujeres que me gusten o con las que realmente me apetezca», puntualicé sin decirlo en voz alta, tampoco es que quisiera herirla.

174

Follar con Lorraine no me disgustaba, me conocía, sabía lo que apreciaba en la cama y no era del todo egoísta, pero yo ya no quería sentirme utilizado, estaba cansado de ser un objeto, deseaba que los demás me apreciaran por mi música, punto final.

—Cariño, tú y yo nos complementamos muy bien en la cama, ven…

Se puso en pie, extendió su mano y yo la tomé, había pagado por esa noche y pensaba darle una buena despedida por todos etos años. Me levanté.

Ella se aproximó a mí y me acarició el rostro y los labios con el pulgar mientras se relamía.

—¿No quieres sentirte un puto? Lo acepto y lo entiendo, me parece bien, ya te he dicho que no te pagaré más, a partir de hoy solo te daré placer y te ayudaré a eliminar el estrés, voy a cuidar de mi bebé. —Su mano voló a mi entrepierna laxa para manosearla—. Esas groupies de los conciertos no podrán hacerte esto.

Se puso de rodillas para hundir la totalidad de mi polla en su boca y succionó de inmediato. Me tenía el punto cogido, sabía cómo me gustaba y, por muy agotado que estuviera, el éxtasis líquido que tomamos me hizo reaccionar.

No era ningún misterio que a Lorraine le encantaban las drogas para follar.

Siseé. La sentí sonreír contra mi piel, que se estiraba a través de sus avances. La mano de uñas afiladas me masajeó las pelotas dando la presión exacta.

«¡Joder!».

La droga me espoleó, sentí un tirón, agarré su pelo y me puse a bombear. Lo necesitaba, la necesitaba. Humedad, calor, lujuria.

Ella llevó sus manos a mis nalgas para agarrarlas mientras yo empujaba y gemía, cada vez más hondo, más salvaje. Lorraine no protestaba, al contrario, me daba cabida llenando el cuarto de sonidos amortiguados de carne, saliva y succión.

Pensé en otra boca, otra cara, otra piel.

No importaba a quién perteneciera aquella cavidad, en unos instantes pasó a un segundo plano y en mi mente aquel torbellino de necesidad y desesperación descontrolada me hizo hundirme una y otra vez.

Noté la boca seca. Gemí con fuerza. Unos ojos negros, sublimes y enormes buscaron los míos desde mi entrepierna, me observaban entregados mientras yo bombeaba sin piedad.

«Mmm, Kiara». Volvía a imaginar su boca entregada.

Me faltaba el aire, mis fibras se contraían y tensaban pensando en ella, aferrada a mí, degustándome y reclamando más.

No aguantaba, no podía. Mis gruñidos se volvieron guturales cuando la punta de mi glande rozó la campanilla y la noté cerrar la garganta. Estallé sin previo aviso, dejándome arrastrar, moviendo las caderas hasta vaciarme por completo y perder toda la rigidez.

Por fin solté aquel pelo que poco tenía de negro y brillante. Volví a la realidad separando a Lorraine de mí.

Su maquillaje estaba totalmente corrido, dos manchas azules emborronaban la parte baja de sus ojos, como si hubiera lagrimeado y el rímel hubiera pagado las consecuencias. El pintalabios rojo que solía usar manchaba su boca mezclado con restos de semen.

Subió por mi cuerpo, arrastrando su lengua por mi torso, impregnándome en mi esencia y carmín.

La miré. Su físico no se correspondía con la edad que tenía, estaba rehecha al completo, incluso su coño pasó por el cirujano el año anterior para un rejuvenecimiento genital. Su rostro tenía veinte años menos de los que aparecía en su licencia de conducción.

Mi estómago se revolvió al verla mordisquear uno de los piercings de mis pezones.

—Una mamada así no te la hace cualquiera. —Se elevó para buscar mi boca. Quería que la besara, sin embargo, aparté el rostro al presentirla sobre mis labios.

—Lo siento, no-no sé qué me ha pasado, he perdido el control —me disculpé.

—Yo sí sé que ha pasado, bebé, y me gusta hacértelo perder, que comprendas que lo que tenemos no es fácil de obtener. Te has vaciado en mi garganta sin avisar.

—Perdóname —supliqué mirándola a los ojos—, no volverá a ocurrir. Te debo mucho, no quiero terminar mal contigo y menos ahora que eres mi representante.

176

—Querido, no vas a terminar conmigo —sonrió—. Ambos sabemos que hay muchos guitarristas buenos, deseosos de triunfar y de estar con una exestrella como yo. Si estás en el grupo, además de por tu talento, es porque eres mi juguete favorito. Todo en esta vida tiene un precio, Marlon, y si tú quieres ser el guitarrista de los Shiva's Riff, debes pagar el precio. Ambos sabemos que si mañana les digo a las chicas que desapareces de la banda incluso me lo agradecerán, y a los de la discográfica no me costará convencerlos de que al final no encajabas tan bien como creía. Tú no decides, yo tengo el poder, así que follaremos hasta que me canse de ti, tu displicente boca estará en mi coño cada vez que yo quiera, o hundiré tu carrera antes de despegar. ¿Quieres dar marcha atrás y volver a menear el rabo en el SKS? Los dos sabemos que ninguna cazatalentos te descubrirá. Nadie quiere arriesgarse a tener un representado puto y estríper, solo yo.

»Si el mundo supiera que el guitarrista del Shiva's Riff lleva años vendiéndose por dinero, desnudándose por un puñado de dólares, sabes que no te lo perdonarían y mucho menos nuestra querida sociedad moralista americana. ¿Y tus compañeras? Si supieran que te prostituyes, no querrían que compartieras escenario con ellas, representas todo a lo que se oponen.

—¿Me harías algo así? —murmuré, sintiéndome asqueado.

—No me gustan las amenazas, prefiero los acuerdos —murmuró cerca de mi boca para después mordérmela—. Y por eso estoy de acuerdo en no pagarte más, está bien que dejes de ser puto, y pases a ser mi amante, al fin y al cabo, me debes todo lo que eres. Y tranquilo, no soy celosa, ya sabes que, mientras cumplas, puedes follarte a otras. Y ahora vas a demostrarme cuan agradecido estás por todo lo que he hecho por ti.

Se tumbó en el colchón, se abrió de piernas, agarró un frasquito y puso un poco de polvo rosa sobre su clítoris.

—Ven, tengo las dos cosas que más te gustan, mi coño y la coca, ahora es mi turno de jadear.

Estaba jodido y no sabía cómo salir de aquella tumba que yo mismo había cavado.

Una cosa era que mi padre supiera que me desnudaba y otra muy distinta que parte de mi salario provenía de venderme a mí mismo. Sería un varapalo demasiado grande. No podría volver a mirarme a la cara y seguramente su corazón no lo resistiría.

—Marlon —palmeó la cama—. No hagas que tenga que volver a repetírtelo —comentó impaciente. Me puse de rodillas entre sus muslos y lamí—. Así me gusta, siente el empoderamiento femenino, vas a alimentarte de él para siempre.

Me pincé los lagrimales y controlé las ganas de darme de cabezazos contra la barra. ¿Cómo iba a deshacerme de ella?

Me tenía atrapado y era incapaz de pensar en una vía de escape que no dañara a la gente que me importaba, que no me destruyera, que no me hiciera cenizas.

—Ey, colega, ¿estás bien? —Raven se acercó a mí y muté la expresión por mi máscara risueña de mirada burlona.

—Sí, es solo agotamiento, estas dos semanas han sido muy bestias.

—Dímelo a mí, que ya he empezado con las clases, me han hecho un pase VIP en Starbucks. —Me sonrió.

—Te creo, yo voy igual, chutado perdido a cafeína.

«Y a algunas cosas más».

Pasé el paño por la barra dispuesto a seguir con los pedidos. Corey se acercó a nosotros para cantar la comanda. Cuando terminó, mientras se la preparábamos, nos miró a uno y a otro.

—¡Último día, chicos! ¿Estáis listos para abandonarnos?

Tanto Raven como yo lo contemplamos y asentimos. El *boss* estaba encima del escenario y las mujeres estaban enloquecidas.

—Te echaremos de menos, Lujuria.

—Y yo a vosotros, aunque podríamos hacer un encuentro de expecados, al ritmo que vamos, a fin de año hemos renovado toda la plantilla.

—¿Cómo van las audiciones? —me interesé.

—Bueno, tenemos a vuestros sustitutos, solo que hay uno que no termina de convencerme, por ahora lo tendremos a prueba, el mercado no está tan bien como hace un tiempo.

Estaba poniendo la última copa cuando una voz me detuvo en seco.

—¡Ey! ¡Rizos! ¿Me pones tres chupitos de Limoncello?

No podía ser, era imposible que…

Giré el rostro sin dar crédito a la mujer que realizaba la petición.

Allí plantada, con sus ojos negros desafiantes clavados en mí, estaba Kiara.

Esa vez no iba vestida con la camiseta negra ancha, sino con un mono que me daban ganas de arrancar.

¡Hostia puta! ¡¿Podía enseñar más piel?! ¿Cómo no la había visto hasta ahora?

Cuando hacíamos la presentación, solía hacer un barrido visual a toda la sala y no la vi. Puede que estuviera con la cabeza en otra parte o que acabara de llegar. Eché un vistazo entre las mesas sin ver a Ranya o a Trayi. Las localicé en la puerta de entrada, con los ojos como platos y la vista puesta en el escenario. Así que al final había sido lo segundo.

—¿Me has oído? —preguntó.

Raven la miró, después a mí, seguro que la había reconocido de la tele, Corey la observaba con curiosidad.

—Está terminando mi pedido, preciosa, ahora te atiende en cuanto termine —musitó, ganándose un repaso de su parte que me encendió.

«Ah, no, eso sí que no», pensé en cuánto le jodió a Raven cuando Dakota se fijó en mí. Nunca había sentido tanta empatía con el cuervo como hasta ese instante.

—Vale, gracias —le sonrió y se mordió el labio inferior.

Pero ¡¿qué demonios hacía la reina del «no me toques o te rajo»?!

Puse la última bebida sobre la bandeja con demasiada fuerza y Corey me murmuró un «cuidado fiera», antes de volver a las mesas.

Le siseé a Raven un cúbreme, y este asintió.

Salí fuera de la barra, y si no fuera porque sabía que odiaba que la tocaran, la habría llevado a rastras.

Kiara estaba con la espalda apoyada, los codos sobre la madera y los ojos puestos en Jordan, que agarraba a una de las clientas por el pelo, mientras esta estaba a cuatro patas sobre el escenario, para emular una penetración.

—¡¿Qué cojones haces aquí, Ojazos?! —farfullé, bloqueándole la visión con mi rostro enmascarado. Tenía las manos apoyadas una a cada lado de la barra, pero sin tocarla.

Era estúpido fingir que no la reconocía.

—Creo que voy a pedir el libro de reclamaciones, ¿dónde están mis bebidas?

—Te he hecho una pregunta —contraataqué mosqueado.

—Divertirme, ¿no es eso lo que vienen a hacer aquí las mujeres?

Estaba alterado, ella me alteraba, y lo peor de todo es que lo que más mal me ponía era la idea que pudiera hacerse de mí. No tendría que importarme, pero lo hacía, Kiara tenía tantos valores y yo… Yo los pisoteaba todos con mis acciones.

—¿Dónde te has dejado tu camiseta ancha? —pregunté, recorriendo la piel oscura con apetito.

—Me dijeron que en este garito el *dress code* es muy específico, tuve que improvisar...

«A ese mono no le cabe improvisación por ningún lugar».

La parte de arriba era una especie de tiras entrecruzadas entre sí que me daban muchas ganas de apartar.

—Así que has venido a divertirte… ¿Y no te sorprende que trabaje aquí?

—Visto lo visto, encajas a la perfección, Rizos, está claro que te gusta sentirte deseado y llamar la atención.

—¿Y te parece bien?

—¿Me lo tiene que parecer? Si a ti te va lo de ser tío objeto, no tengo nada que añadir. —Eso era justo lo que era, un puto objeto, que lo viera tan claro me asqueó e indignó a partes iguales—. He venido con las chicas a darnos un homenaje, tanto oír hablar de este garito nos ha hecho tener curiosidad. Es nuestra última noche en la ciudad, así que queremos diversión.

—La diversión que se ofrece aquí es bailar y tocar, a ti no te gusta que te toquen.

—No, pero me gusta mirar… —La punta de su lengua rosada recorrió el labio inferior logrando que mi bragueta se tensara. Le sonreí pérfido.

—Así que tienes alma de *voyeur*.

Ella alzó la barbilla.

—¿Qué pasa?

—Nada.

—Pues entonces ponme los chupitos y deja de bloquearme la visión. He pagado mi entrada y quiero…

—¿Qué quieres? —pregunté echando mi aliento sobre su boca. Tenía la mirada tan oscura que no podía asegurar si sus pupilas estaban dilatadas o no.

—Ya lo sabes.

—Vuelve a decírmelo, mis neuronas desconectan sin previo aviso y nunca he sido un tío muy listo.

—Limoncello y mirar —murmuró ronca, el labio inferior le tembló un poco.

Tenía un jodido máster en deseo femenino y juraría que Kiara estaba al borde de un precipicio.

Me acerqué a su oreja. Tenía el pelo sujeto en una cola y el lateral del rostro despejado.

—Deseo concedido, ve al reservado número 2 y espera en el interior. Él —señalé al portero— te guiará, dale este código, V2.

—¿Y las chicas?

—Yo me ocupo, ahora ve.

Si algo sabía hacer era dar espectáculo. ¿Quería mirar? Pues muy bien, total, no tenía nada que perder.

CAPÍTULO 23

Kiara

Tenía el pulso revolucionado, no estaba segura de qué pretendía cuando arrastré a Trayi y a Ranya al SKS.

Tampoco cuando me puse aquel mono de lentejuelas negro y dejé que las chicas me tunearan.

Había cruzado ciertas informaciones para llegar a la conclusión de que no era casualidad que el rincón favorito donde nuestra mánager pasaba las horas muertas fuera el afamado club, solo apto para mujeres, del que todo el mundo hablaba.

Lo vi nada más cruzar la puerta, no importaba que llevara máscara porque lo reconocí de inmediato. En el movimiento de su pelo, aquella forma tan característica de sonreír o el tatuaje de sus brazos. Estaba al lado de otro chico muy tatuado, sirviendo copas a un tercero con aspecto de vikingo.

La mayor parte de su rostro estaba cubierto por un antifaz. Una pajarita negra adornaba su cuello y la única prenda que tapaba su cuerpo era un pantalón negro de cintura baja que parecía dar la bienvenida al festival de los oblicuos. Tostados, abultados, listos para morder.

Cientos de miradas llenas de deseo los recubrían por completo, lo que me llevó a apartar la mía para no sentirme una más de la manada. Yo no era así, a mí no me importaba poder contar esos ocho cuadradillos perfectos, tenía que estar sufriendo algún tipo de trastorno parecido al síndrome de Estocolmo, demasiadas horas soportando su presencia, discutiendo, buscándole réplicas y asombrándome por algunas de sus respuestas me habían dejado huella.

La última semana había sido intensa, no podía catalogarla de otra manera, desde que estuve en el local y bailamos, no dejaba de pensar en él, en sus miradas, su sonrisa de suficiencia, aquella manera de moverse, y me descubrí imaginando en cómo habría sido si en lugar de bailar con Trayi, lo hubiera hecho pegado a mí.

Seguro que me habría salido un sarpullido, me disgustaba el contacto con desconocidos, sobre todo, si eran hombres, pero de alguna manera que escapaba a mi raciocinio me recreé demasiadas veces en cómo sería su contacto. Lo achaqué a que sentía curiosidad por Marlon.

Si me tocara, ¿sería una sensación agradable? ¿Desagradable?

No tenía ni idea, quizá por eso me dirigía a un reservado, quizá quería descubrirlo, quizá la Hermana Margaret tenía razón, estaba viviendo una nueva etapa que debía dejar salir.

El gorila de la entrada abrió una puerta, extendió la palma de su mano y me vi en una especie de cabina que daba a una sala, con sofás, una barra e iluminación roja.

—Que disfrute de las vistas —se despidió, cerrando la puerta.

«Pero ¿qué demonios?».

Estaba en una especie de cubículo anexo a una sala que parecía sacada de una peli de un club de estríptis de Las Vegas. La veía a través de un cristal enorme. ¿Sería una ventana panorámica?

La cortina de la sala contigua se descorrió y vi a una chica rubia de curvas generosas entrando en ella con una sonrisita en los labios, miró hacia el lado en el que yo estaba, se acercó y pensé que se dirigiría a mí porque me estaba viendo, pero, en lugar de eso, sacó una barra de labios, se los maquilló y aprovechó para recolocarse las tetas lamiéndose los labios. Seguro que estaba en uno de esos lugares, como los de las pelis policíacas cuando van a hacer una rueda de reconocimiento, que podías mirar sin ser observada.

«—¿Qué quieres?».

«—Limoncello y mirar».

«—Deseo concedido, ve al reservado número 2 y espera en el interior».

Reproduje mi conversación con Marlon.

«¡Mierda! No iba a ser capaz de… No, ¿verdad?».

Do I wanna know? The artic monkeys comenzó a sonar. La rubia dio un traspié y corrió al sofá para adoptar lo que para ella debía ser una actitud provocadora. Yo me di la vuelta e intenté abrir la puerta. Estaba con un mosqueo de tres pares de cojones, pero la muy hija de un árbol no se abría, la golpeé sin obtener respuesta.

—¡Que alguien me abra de una maldita vez! ¡Esto no tiene gracia!

Tiré de la manija, esta se sacudió, pero nada más.

Un movimiento al otro lado de la sala y el inicio de la letra de la canción captó mi atención.

¿Alguna vez te sonrojaste?
¿Alguna vez tuviste ese miedo de no poder cambiar?
El tipo que se te pega como algo en tus dientes.
¿Hay algunos ases bajo tu manga?

Marlon acababa de entrar en escena, vestido íntegramente de cuero negro salvo por… Tenía que ser una puta broma… Llevaba puesta una jodida camiseta de los Rolling Stones idéntica a la mía y una botella de Limoncello en la mano.

Se estaba burlando de mí, ¿verdad? Apreté los dientes.

¿No sabes que eres mi obsesión?
Soñé contigo casi todas las noches de esta semana.

Paró el avance cuando me encontró delante del espejo. Giró hacia mí para alzar la bebida y dar un trago largo.

Por supuesto que él sí que sabía que yo estaba allí.

¿Cuántos secretos puedes guardar?
Porque hay una canción que encontré.

Algo de líquido se desprendió por su barbilla dejando una gota suspendida en ella. El muy descarado me guiñó un ojo y pasó la lengua por sus labios para morderlos.

Que me hace pensar en ti de alguna forma.
Y la pongo en repetición.

«¡Cabrón!».

Golpeé el cristal para joderle el numerito, pero la rubia parecía ensimismada, como si no escuchara nada.

«¿Dónde coño me he metido?, ¿en una cámara acorazada a prueba de gritos histéricos?».

Se acercó a ella, alzó la botella y la rubia separó los labios de manera automática para que Marlon dejara caer parte del contenido de la botella por su boca y sus tetas.

Hasta que me quedo dormido.
Derramando bebidas en mi sofá.

Casi pude sentirla jadear cuando él se agachó, paseó la mano ungiéndola en líquido azucarado y después saboreó su cuello de manera soberbia.

Escuché un gemido femenino. ¿Era suyo o mío? Sentí vergüenza de que hubiera podido ser yo.

«¡No, no, no, no!».

«¡¿Por qué narices me palpitaba la entrepierna!?».

Seguro que, si Marlon lo supiera, me diría que tenía furor uterino.

Será que quiero saber,
si este sentimiento es correspondido,

185

Triste por verte ir.

Mi compañero trazaba ondas hipnóticas con el trasero, tenía las piernas separadas sobre las cerradas de la chica, que debía estar intentando contener los aplausos.

Llevó las manos de uñas pintadas al bajo de su camiseta, pero no para que se la sacara, sino para meterlas debajo de ella y que lo acariciara.

Estaba esperando que te quedaras.
Amor, los dos sabemos.
Que las noches fueron hechas principalmente.
Para decir cosas que no podemos decir mañana por el día.

Se separó, tiró de la rubia para levantarla y la pegó a su cuerpo para bailar de un modo *sexy*, caliente, que me convirtió en un puto desierto incendiado.

¡¿Por qué no podía dejar de mirarlos?! ¿De sentir que, de algún modo, aquella escena estaba mal porque no se trataba de mí?

«Me maldije para mis adentros».

Arrastrándome de vuelta a ti.

Marlon dio un giro y su rostro quedó a unos metros frente al mío.

¿Alguna vez pensaste en llamar cuando habías tomado unas cuantas?

Bajó su mano masculina, de la cintura de la mujer hasta su culo, sin que ella se negara, dejándome sin aliento al ver cómo la llevaba consigo sin esfuerzo, contra el espejo, a una sola mano, porque la otra la tenía ocupada con mi bebida.

Como si me leyera la mente, la alzó para seguir derramando licor en su boca y que esta goteara como una fuente empapando el cuerpo femenino que se retorcía entre sus brazos.

Porque yo siempre lo hago.
Quizás estoy muy ocupado siendo tuyo como para enamorarme de
alguien más.

Pegó la botella al cristal causándome un sobresalto, le subió uno de los muslos a su cintura y empezó a golpear el centro de la rubia con su entrepierna, seguro que le había causado una erección, aunque sus ojos oscuros estaban puestos en los míos.

Tenía mucho calor y me costaba respirar.

Ahora que lo he pensado bien.
Arrastrándome de vuelta a ti.

Le dio la botella a la chica para que la sujetara y aprovechó para alzarla del todo. Le subió la parte baja del vestido y su culo blanco quedó cien por cien expuesto, con las nalgas divididas por una minúscula tira de encaje. Ella ni se inmutó, parecía encantada.

Seguro que estaba cachonda perdida y jadeando.

Porque yo lo estaba, por primera vez desde siempre, tenía una necesidad lacerante empapando mis muslos, sentí ganas de tocarme, de arrancarme el maldito mono y llevar mis dedos a esa zona que se prendía sin remedio.

La ira se enroscó en mis tripas.

Así que te dio el coraje, ¿eh?
Estuve preguntándome si tu corazón sigue abierto.
Y si es así, quiero saber a qué hora cierra.
Cálmate y deja de fruncir el ceño.

«Joder, ¡parece que la canción me la cante a mí! Se ha tomado muchas molestias».

Bajó a la chica, le dio la vuelta y aplastó su cara contra el espejo. Tenía la boca entreabierta, su pecho subía y bajaba errático.

187

Marlon volvió a arrebatarle la botella y dejó caer algo de líquido inflamable sobre el trasero semidesnudo, empujó la espalda de la chica hacia abajo, quien captó la orden y deslizó las palmas dejando su huella en el cristal.

Mi compañero también cambió su ángulo, le amasó un pecho y pasó su lengua por el cachete empapado. Apartó la mano de la teta al sentir el pezón endurecido y dio un fuerte tirón en el lateral de la ropa interior, destrozándole las bragas.

El rostro de la chica se alzó como un resorte y pude leer el jadeo en sus labios.

Siento interrumpir, es que estoy constantemente a punto.

Juro que sentí como si me lo hiciera a mí. Las sensaciones eran demasiado intensas.

«—¿Qué quieres?».
«—Limoncello y mirar».
«—Deseo concedido».
¡Toda la culpa era mía!
De intentar besarte.

No aguantaba más, no podía respirar, hacía demasiado calor y el aire no llenaba mis pulmones, no podía ni quería verlo follar.

Marlon emergió y enfocó los ojos en mi dirección, con los labios húmedos, palpitantes.

No sé si sientes lo mismo que yo.
Pero podríamos estar juntos si tú quisieras.

«¡Se acabó! ¡Ya estaba bien de aquella mierda!».
Fui a la puerta, volví a aporrearla y entonces me di cuenta de que arriba, a la derecha, había un botón.
¡Menuda necia!

Lo presioné y esta se abrió sin ningún tipo de esfuerzo, salí corriendo sin mirar atrás.

Con otra música sonando que nada tenía que ver con la del reservado.

Entré en la sala desubicada, necesitaba dar urgentemente con mis amigas, por suerte, estaban apostadas en la barra, bebiendo chupitos de Limoncello y sonriendo a uno de los camareros que no dejaba de rellenar los vasos.

Corrí hacia ellas.

—¡Kiara! ¡¿Ya has vuelto?! ¡Qué rápido! —exclamó Trayi—. Tenemos chupitos ilimitados cortesía de Mar…

—¡Soberbia! —la corrigió Ranya con una regañina en la mirada.

—Eso.

—Tenemos que volver a casa —farfullé sudorosa.

—¡¿Por qué?! ¿Te has dejado el gas encendido?

—Eso.

—Pero ¡si tenemos vitrocerámica! —rio Trayi achispada—. El espectáculo no ha terminado y dicen que el final es lo mejor.

—¡Me da igual y lo que pasa es que creo que me he dejado la puerta abierta! ¡Nos vamos!

Necesitaba largarme antes de que Marlon saliera del reservado, no sabía cómo enfrentarlo con tantas emociones a flor de piel.

—Eso es imposible, tú siempre la cierras —comentó Ranya, frunciendo el ceño.

—Pues esta vez no.

—Pe-pero todavía tenemos los chupitos… —protestó Trayi.

Vacié un vaso, después el otro.

—Ya no. Buenas noches —le dije al chico de la barra mientras tiraba de mis amigas lo más lejos posible.

189

CAPÍTULO 24

Sepúlveda

—Jefa, ¡creo que tengo algo! —proclamó Martínez entrando en mi despacho.

Mi semana había sido pésima, cada puerta que tocábamos parecía destinada al desastre. Kali era el cabrón más escurridizo con el que me había topado por el momento y nos tenía a todos en jaque.

En comisaría se había hecho incluso una porra sobre quién sería la siguiente víctima teniendo en cuenta que alguien había sacado una lista de pederastas en libertad que ya habían cumplido condena.

El asunto me ponía los pelos de punta, pero si el comisario no hacía nada al respecto, no iba a ser yo la que diera un golpe sobre la mesa.

Todo el mundo tenía una opinión respecto al Kazador, como lo habían apodado algunos. Kali había ido ganando populismo, incluso en algunos programas televisivos se posicionaban a su lado hablando de justicia divina, poniendo en entredicho la eficiencia del sistema policial para dar captura a aquellos sujetos que jugaban con la inocencia de nuestros niños. Incluso se había creado una plataforma en Internet llamada #todossomoskali, en la que se animaba a las personas a colgar informaciones sobre posibles ubicaciones de pederastas.

Se nos estaba yendo de las manos y temía las consecuencias que pudiera tener que la sociedad se tomara la justicia por la mano. Así que cuando Martínez irrumpió en mi despacho alegando creer tener algo, recé para que así fuera.

—Pasa y cierra la puerta.

Lo hizo y se dejó caer a peso sobre la silla desplegando sobre mi mesa una serie de fotos y documentos.

—Hemos revisado todas las compras de succinilcolina en los últimos meses —comenzó, señalando una lista de transacciones—. Pero hay algo que no encaja.

Levanté la vista, con el corazón acelerado. Su mirada estaba preocupada.

—¿Qué es? —pregunté.

—Esta compra aquí —dijo, señalando una transacción en particular—. Fue hecha por una clínica veterinaria en Staten Island, pero la cantidad es excesiva, incluso para un establecimiento de su tamaño.

Eso era inusual y sentí los nervios en el estómago. Estaba claro que Martínez había dado con algo y era un hilo del que tirar. La succinilcolina no era comúnmente utilizada en veterinaria, y mucho menos en grandes cantidades.

—¿Has verificado la clínica?

—Ajá, y aquí es donde se pone interesante. La clínica cerró hace seis meses por problemas financieros. Pero la compra se hizo hace dos semanas.

—¡Joder! —Agarré el papel y leí con voracidad. Alcé la mirada necesitada de saber que íbamos en la dirección correcta—. ¿Y has confirmado que la clínica estaba cerrada en ese momento? ¿No hay posibilidad de que haya sido una operación legítima?

—Confirmado —asintió Martínez—. Hablé personalmente con el propietario del local. Está tan desconcertado como nosotros.

Tomé el documento, estudiando la lista de transacciones.

191

—Esto no tiene sentido. Si la clínica estaba cerrada, quiere decir que alguien más estaba usando sus datos. Esto... Esto podría ser un gran avance.

—¿Crees que el asesino tiene algo que ver con esto? —preguntó Martínez esperanzado, inclinándose sobre mi escritorio.

—Por lo menos, es demasiada coincidencia para ignorarlo —dije, sintiendo cómo la adrenalina comenzaba a fluir—. Necesitamos rastrear esta compra. Podría llevarnos directamente a Kali.

Martínez asintió, su expresión endureciéndose con determinación.

—Lo haré. Voy a sumergirme en esto hasta que lo encuentre.

—Bien —dije levantándome—. Buen trabajo y mantén tus ojos abiertos, Martínez. Estamos en aguas desconocidas, y no sabemos qué más puede estar escondido bajo la superficie, aunque vamos a rascar hasta sacar toda la mierda.

Teníamos una nueva línea de investigación. Si la clínica estaba cerrada y alguien había utilizado su nombre para obtener la droga, íbamos en la dirección correcta, o eso esperaba, por nuestro bien.

Entré un momento en X, para los de mi generación siempre sería Twitter, era importante ver qué se cocía, la información era oro y en ese caso íbamos bastante escasos.

BHL 🔁 @BraveHeartLeo ·11h
No puedo dejar de sentir una especie de satisfacción al saber que alguien está haciendo justicia por esas pobres almas que no pueden defenderse. El "Kazador de Kali" puede no ser un héroe en el sentido tradicional, pero en un mundo donde los monstruos caminan libres, quizás necesitamos a alguien que se atreva a enfrentar la oscuridad. #KaliJusticierx

JSA 🔁 @JusticeSeekerAmy ·11.01h
No puedo creer que haya gente apoyando al "Kazador de Kali". Tomarse la justicia por su mano es inaceptable, sin importar las circunstancias. #JusticiaNoVenganza

BHL 🔁 @BraveHeartLeo ·11.03hh
Entiendo tu punto, pero ¿qué pasa cuando el sistema falla? Este vigilante está haciendo lo que muchos no se atreven. #KaliJusticierx

BWR 🔁 @DivineWrathRavi ·11.05hh
La imagen de Kali en la escena del crimen es simbólica, representa la destrucción del mal. No es solo venganza, es un acto de purificación. #PurificaciónDivina

JSA 🔁 @JusticeSeekerAmyi ·11.08h
Purificación o no, nadie tiene derecho a decidir quién vive y quién muere. Eso es jugar a ser dios. #LeySobreTodo

GAS 🔁 @GuardianAngelSam ·11.10h
¿Y qué hay de las víctimas? Alguien está defendiendo a los inocentes. A veces, la justicia necesita un empujón. #VigilanteDeKali

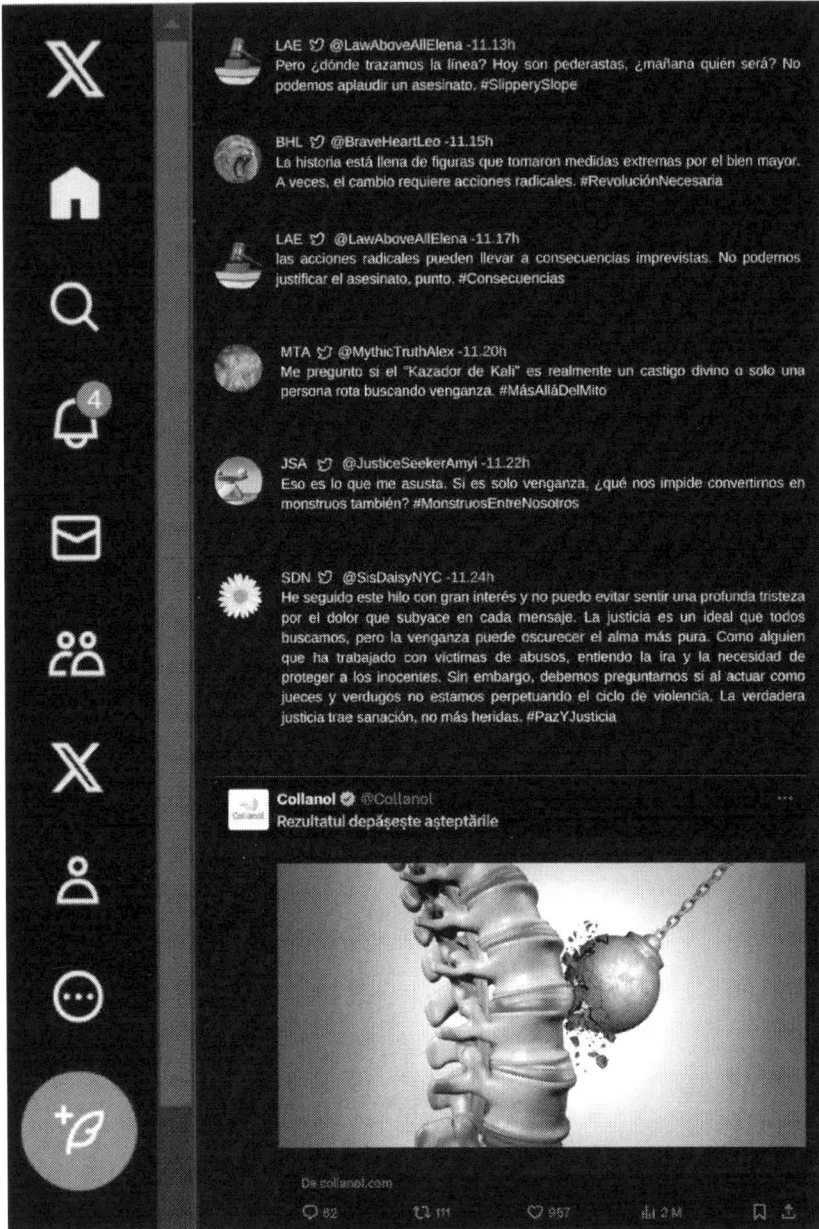

LAE ☺ @LawAboveAllElena ·11.13h
Pero ¿dónde trazamos la línea? Hoy son pederastas, ¿mañana quién será? No podemos aplaudir un asesinato. #SlipperySlope

BHL ☺ @BraveHeartLeo ·11.15h
La historia está llena de figuras que tomaron medidas extremas por el bien mayor. A veces, el cambio requiere acciones radicales. #RevoluciónNecesaria

LAE ☺ @LawAboveAllElena ·11.17h
las acciones radicales pueden llevar a consecuencias imprevistas. No podemos justificar el asesinato, punto. #Consecuencias

MTA ☺ @MythicTruthAlex ·11.20h
Me pregunto si el "Kazador de Kali" es realmente un castigo divino o solo una persona rota buscando venganza. #MásAlláDelMito

JSA ☺ @JusticeSeekerAmyi ·11.22h
Eso es lo que me asusta. Si es solo venganza, ¿qué nos impide convertirnos en monstruos también? #MonstruosEntreNosotros

SDN ☺ @SisDaisyNYC ·11.24h
He seguido este hilo con gran interés y no puedo evitar sentir una profunda tristeza por el dolor que subyace en cada mensaje. La justicia es un ideal que todos buscamos, pero la venganza puede oscurecer el alma más pura. Como alguien que ha trabajado con víctimas de abusos, entiendo la ira y la necesidad de proteger a los inocentes. Sin embargo, debemos preguntarnos si al actuar como jueces y verdugos no estamos perpetuando el ciclo de violencia. La verdadera justicia trae sanación, no más heridas. #PazYJusticia

Collanol ✓ @Collanol
Rezultatul depășește așteptările

De collanol.com
💬 62   🔁 111   ♥ 957   📊 2 M   🔖 📤

Si @SisDaisyNYC se diera una vuelta por comisaría, alucinaría.

Dejé a un lado el móvil y regresé al trabajo.

194

CAPíTULO 25

Marlon

Kiara intentaba evitarme, lo cual era una utopía teniendo en cuenta que íbamos montados en el mismo barco, o mejor dicho, en el mismo tráiler.

Lorraine nos había citado en su casa, con el equipaje listo, a las cinco de la madrugada.

Aprovechó para mostrarnos el itinerario definitivo.

17 de junio - Nueva York, NY
-Salida de la caravana.

21 de junio - Philadelphia, PA
-Concierto en The Fillmore Philadelphia.

26 de junio - Washington D.C.
-Presentación en The Anthem.

1 de julio - Charlotte, NC
-Concierto en The Fillmore Charlotte.

6 de julio - Atlanta, GA
-Presentación en The Tabernacle.

11 de julio - Nashville, TN
-Show en The Basement East.

16 de julio - Dallas, TX
-Actuación en Treehouse Live.

21 de julio - Austin, TX
-Concierto en Emo's.

26 de julio - Phoenix, AZ
-Presentación en Crescent Ballroom.

31 de julio - Los Ángeles, CA
-Show en The Echo.

5 de agosto - San Francisco, CA
-Actuación en Bottom of the Hill.

10 al 16 de agosto - Descanso en Hawái

17 de agosto - Portland, OR
-Concierto en Doug Fir Lounge.

22 de agosto - Seattle, WA
-Presentación en Neumos.

27 de agosto - Denver, CO
-Show en Bluebird Theater.

1 de septiembre - Chicago, IL
-Actuación en Riot Fest.

6 de septiembre - Detroit, MI
-Concierto en St. Andrew's Hall.

196

11 de septiembre - Boston, MA
-Presentación en Paradise Rock Club.

16 de septiembre - Nueva York, NY
-Gran final en Webster Hall.

Regreso a Nueva York el **17 de septiembre**.

—Tenéis un total de diecisiete actuaciones entre conciertos, *shows* y presentaciones. La gira es intensa, pero está pensada para que lleguéis a tiempo a todo, teniendo en cuenta los días libres para descanso, montaje y manejo del equipo. Como veréis, en mitad de la gira, la discográfica ha creído que estaría bien un pequeño descanso y os enviará a Hawái con todos los gastos pagados.

Trayi y Ranya aplaudieron con entusiasmo.

—¿Tenemos vacaciones? —preguntó Kiara.

—Algo así. Más bien es una colaboración, haréis un viaje gracias a uno de los patrocinadores. Se trata de una agencia de viajes de lujo y la idea es que promocionéis tanto sus servicios como la isla, por lo que os acompañará un equipo que os tomará fotos, vídeos y subirá contenido a redes, aunque gozaréis de tiempo para descansar.

—Siempre he querido conocer Hawái, me encantan los volcanes, sobre todo, los que están a punto de estallar —comenté con los ojos puestos en Kiara.

—Pues si tanto te gustan, podrías saltar en el interior de uno como sacrificio —gruñó.

—¿Y dejarte sin guitarrista y sin el placer de mi compañía? Naaah, seguro que después me extrañarías.

Lorraine carraspeó.

—Dejaos de tonterías, subid ya al tráiler y recordad que debéis aprovechar el tiempo, para eso tiene una sala de ensayo integrada.

—¡Sí, repre! —espetó Trayi—. ¿Nos vas a dar un besito de despedida?

—Lo que voy a daros es una patada en el culo como lleguéis tarde o me hagáis quedar mal, así que sed puntuales, no hace falta que os diga que tenéis que presentaros en cada actuación frescos como lechugas para dar el cien por cien. Las giras son agotadoras, así que comed todo lo que os dé Benan, que además de ser vuestro mayordomo a bordo es nutricionista.

El hombre de unos treinta y tantos años estaba al lado de Lorraine, su apariencia era extraña, para la idea que cualquiera se habría hecho de un mayordomo.

Tenía el pelo rubio muy bien peinado, vestía un polo blanco que mostraba unos bíceps bien definidos y podría haber pasado perfectamente por un entrenador personal o alguien dedicado al *fitness*.

—Encantado, chicos —murmuró el susodicho.

—Él va a ser mis ojos y mis orejas ahí dentro, por lo que si hacéis cualquier cosa fuera de lugar…, me enteraré.

Me acerqué a él y le choqué la mano.

—Encantado, tío.

—Igualmente. —Ranya lo miró lo justo y Trayi le ofreció una sonrisa entusiasta.

—Paul es vuestro chófer. —El tipo de color juntó dos dedos en su frente.

—Paul —también choqué mi puño contra el suyo y él me ofreció una sonrisa amable.

—Llegaré sobre el 20 a Philadelphia, así que ya sabéis, portaos bien.

Tanto Paul como Benan se ocuparon de subir el equipaje de las chicas.

La distancia entre las dos ciudades era de dos horas, por lo que el conductor nos informó de que no nos detendríamos.

Fuimos cada uno a su cuarto para dejar las cosas, no me apetecía nada deshacer la maleta, así que salí de la habitación en cuanto el tráiler se puso en marcha y golpeé la puerta de enfrente.

Kiara no tardó demasiado en abrir, y cuando lo hizo, arrugó la expresión al darse cuenta de que era yo.

—¡¿Qué quieres?!

—Anoche te fuiste antes de que pudiera darte esto. —Saqué la botella de mi espalda.

—¡Fuera! —Metí el pie antes de que cerrara la puerta con violencia.

—¿Por qué te enfadas? No fue culpa mía que te largaras.

—¿Querías que te viera follar? —Chasqueé la lengua.

—Yo no hago esas cosas en el SKS, lo que viste fue arte, provocación y te recuerdo que fuiste tú quien querías mirar.

—¡No me refería a eso!

—¿Y a qué te referías? —pregunté, alterándola más de lo que ya estaba.

—¿Y qué más da? —rezongó, poniéndose un mechón rebelde detrás de la oreja que me moría por morder con suavidad.

—¿No querrías que bailara para ti, a solas? —cuestioné canalla.

Conocía la respuesta. Kiara era de esas mujeres que tenía muchísimas capas, sabía que mis tres compañeras no tenían historias sencillas y dudaba que quisiera hablarme de lo que la trajo a Estados Unidos a través de la asociación cristiana con la que colaboraban.

El labio le tembló, empezaba a pillarle el punto y sabía cuándo estaba fuera de su zona de confort.

—No —carraspeó sin demasiada convicción.

—Eso imaginaba, porque sabes una cosa, cuando bailo, necesito tocar, y por si no lo habías notado…, a ti no te gusta que te toquen.

—Gracias por la aclaración —rezongó. Sus ojos se posaron sobre mi nuez, que subió y bajó haciendo que contuviera el aire—. ¿Puedo hacerte una pregunta? —Asentí—. ¿Por qué?

—¿Por qué necesito tocar cuando bailo? —Kiara negó.

—Por qué trabajabas en ese sitio.

—Porque podía, porque quería, porque allí podía ser yo mismo sin necesidad de que nadie me juzgara.

—¿Desnudándote? —bufó. Me encogí de hombros.

—La ropa es solo eso, ropa. Todos tenemos un cuerpo, y si había gente dispuesta a pagar por ver el mío y fantasear... —Le guiñé un ojo descarado para restarle importancia—. ¿Qué más da? Tenía dinero para pagar las facturas, el piso y las guitarras...

—«Y para poder tocar sin que mi padre me mirara como si fuera un auténtico fracaso para él».

—¿En serio piensas que nadie te juzgaba?

—Bueno, es un decir, está claro que desde que nos cruzamos con cualquiera de nuestra especie estamos sujetos a su juicio. A lo que me refiero es que allí no pesaba mi apellido, ni quién era, nadie dictaba mi camino y me obligaba a ser otra persona que no se correspondía conmigo. —Me observó pensativa.

—Es decir, que currabas allí porque pagaba tus facturas y te alejaba de lo que tu familia consideraba que era tu camino a seguir, ¿es eso? —Asentí.

—Seguro que te parece una mierda.

—Puedo llegar a entender esa decisión más de lo que crees. —Su boca se hizo algo más pequeña—. Yo también hice cosas, en el pasado, para romper las cadenas a las que mi familia me ató porque consideraba que era mi camino a seguir. —Había un deje de dolor en su voz que se difuminó. ¿Qué le habría ocurrido? Viniendo de un país como el suyo, todo era posible—. Además, no has de buscar mi beneplácito, en cierto modo, admiro que te cuadraras teniéndolo todo y optaras por una vía distinta para sobrevivir, aunque no la comparta. Te respeto.

Eso era mucho más de lo que me dijo mi padre nunca y me estrujó por dentro.

Sabía que no debía hacerlo, pero me importaba lo que veían sus ojos cuando me miraba

No necesitaba que dijera más para saber que había buscado información sobre mí o mi familia.

La conversación se estaba poniendo demasiado intensa y no era eso lo que buscaba cuando llamé a su puerta.

Cambié radicalmente de actitud y mi cuerpo adoptó una posición más burlesca y desenfadada.

—Voy a empezar a creer que tu interés por mí va más allá de echarme del grupo, ¿tan irresistible te resulto que cuando no estoy contigo aparezco en tu historial de navegación?

Ella abrió y cerró la boca mientras yo apoyaba el codo en la pared.

Me gustaba romperle los esquemas. Envolví uno de mis rizos con el dedo, aunque lo que me apetecía era pasar los dedos por su pelo, parecía tan suave...

—Yo no...

—Claro que sí, estoy convencido de que mi nombre o, como mínimo, el apellido de mi familia aparecen en tu historial. —Podía leerlo en su mirada—. No pasa nada, si no hubiera querido que supieras quién era, habría ocultado mi apellido y no os habría citado en el local del amigo de mi padre.

—¿Y por qué querías que lo supiera?

—Porque quiero que me conozcas, ¿tan extraño te resulta que quiera que confíes en mí? —Bajé mi rostro hasta casi rozar sus labios—. Si no, ¿cómo voy a conseguir que te apetezca lo mismo que a mí?

Ella frunció el ceño.

—¿Y qué es eso que debe apetecerme? —preguntó con lentitud. Mi entrepierna dio un tirón.

—Aunque riñamos, peleemos y estemos la mayor parte del tiempo como el perro y el gato, me gustas. Mucho, o por lo menos lo suficiente como para llevar a una clienta que me ha pedido un privado al reservado número 2, a sabiendas de que estás mirando, para que sepas que era a ti a quien imaginaba que le hacía todas aquellas cosas, que elegí aquel tema para ti.

—¿Bromeas?

—Nunca bromearía con algo así. Pero necesito que sepas y que entiendas que jamás intentaría nada, ni siquiera te tocaría, sin tu permiso, es más, por muchas ganas que tenga de conocer el sabor de tu piel, su textura, o las notas musicales que conforman tus jadeos, dejaré que seas tú quien decida cuándo. No voy a dar un paso, así que tendrás que ser tú quien lo dé.

Estaba muda. Por primera vez no hablaba, solo me miraba igual que si fuera un jeroglífico difícil de comprender.

—Pe-pero tú y Lorraine.

—No te estoy pidiendo que nos casemos. Lo que tengo con ella es difícil, pero debes saber que no le debo fidelidad, eso no entra en nuestro acuerdo.

—No voy a acostarme contigo —respondió forzada.

—No quiero que te acuestes conmigo, quiero que me folles, y hasta que llegue ese día, Ojazos, hasta que tomes la decisión de que me deseas con la misma intensidad que yo a ti, haré todo lo posible para que cada noche sientas la necesidad de correrte con tus propios dedos, imaginando que es mi lengua la que hurga en ti.

Tenía las pupilas muy dilatadas, su pecho subía y bajaba errático. Había llegado el momento del golpe de gracia.

—Ten, te lo debía por lo de ayer —dije ofreciéndole el botellín de Limoncello—. Cuando estés lista… Voglio limonare con té —bajé el tono de voz para volverlo más ronco—. Mi habitación no tiene pérdida, es justo esa.

Señalé la puerta de enfrente. Me di media vuelta y tomé rumbo a las escaleras.

CAPÍTULO 26

Kali

Inhalé, exhalé, hice crujir mis dedos y miré la pantalla del móvil.

Ahí estaba la confirmación de lo que tanto anhelaba.

El conejito había mordido la zanahoria e iba a meterse en mi madriguera.

Lo tenía todo listo y no veía el momento de hacer justicia.

Mi respiración se había acelerado, al igual que mis pulsaciones, no había un placer mayor que la caza, que poner el cebo y ver como aquellos mónstruos picaban.

Mis tripas se contrajeron, leí y releí hasta que la bilis subió por mi esófago.

Sentía tanta repulsión que lo único capaz de aplacarla era el sentimiento de que por fin hería justicia.

Hice tamborilear los dedos al son de la música que tan solo yo podía oír, la misma que lo acompañaría en su muerte.

Canturreé al mismo tiempo que acariciaba la pantalla fría.

Allí estaba él, aguardando a que le diera su ansiada respuesta.

Muy bien, allá iba.

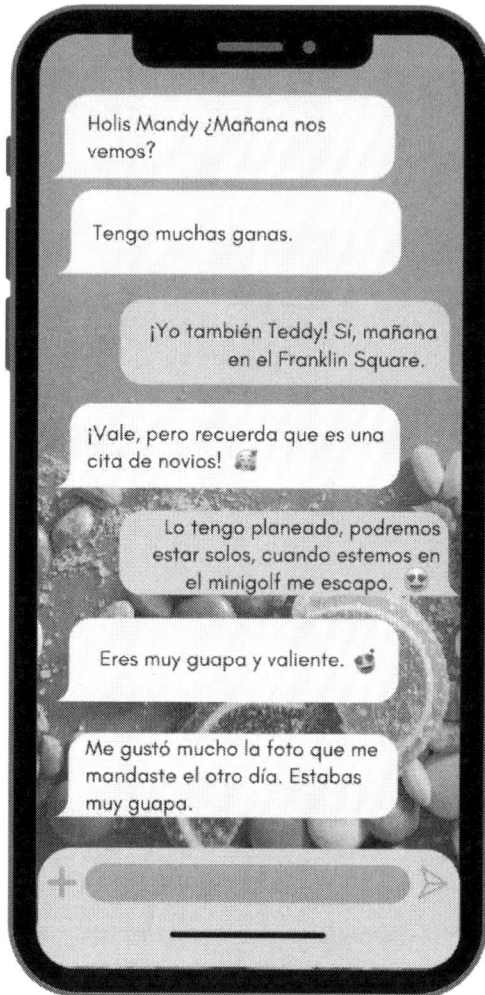

Holis Mandy ¿Mañana nos vemos?

Tengo muchas ganas.

¡Yo también Teddy! Sí, mañana en el Franklin Square.

¡Vale, pero recuerda que es una cita de novios! 🖼️

Lo tengo planeado, podremos estar solos, cuando estemos en el minigolf me escapo. 😎

Eres muy guapa y valiente. 🤭

Me gustó mucho la foto que me mandaste el otro día. Estabas muy guapa.

Sentí náuseas al leer la última afirmación.

Llevaba días trabajándolo.

Que Ted Solavita viviera en la zona de Camden, Philadelphia, en un edificio que daba a un descampado, lo había convertido en el blanco perfecto.

Era de lo más normal que me hubiera pedido una imagen,quería asegurarse de que era quien prometía a través del juego y, una vez le hice creer que había conseguido conquistarme, se la mandé.

Era una imagen de una niña en braguita de biquini, en la playa, nada sexual, solo que bajo su mirada se veía de otra manera muy distinta a la de cualquiera. Me repugnaba pensar en lo que habría hecho con ella, pero a veces es necesario sacrificar un peón para dar jaque a la Reina.

Ahí estaba de nuevo, con otra de sus peticiones, a las fotos solían precederles imágenes en movimiento que les hiciera creer que tenían a sus presas delante.

Sentía tanta repulsión.

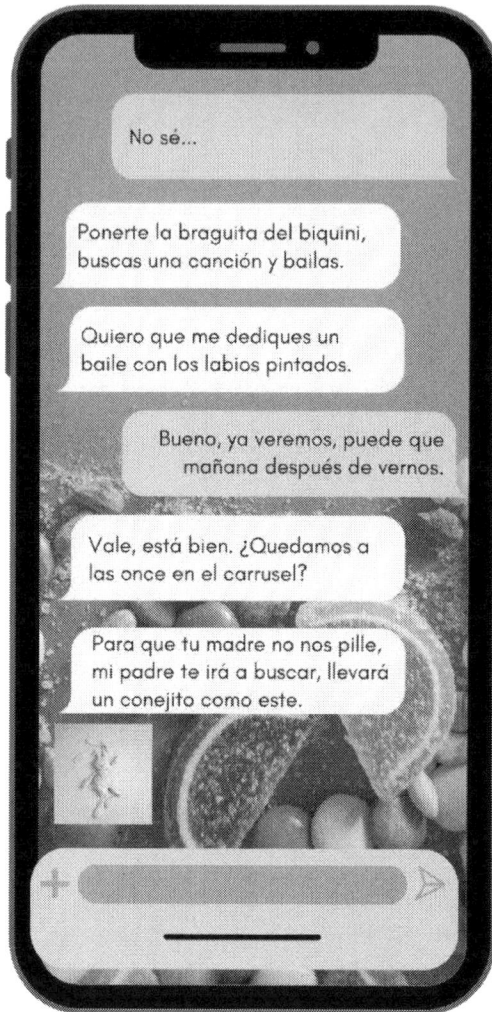

No sé...

Ponerte la braguita del biquini, buscas una canción y bailas.

Quiero que me dediques un baile con los labios pintados.

Bueno, ya veremos, puede que mañana después de vernos.

Vale, está bien. ¿Quedamos a las once en el carrusel?

Para que tu madre no nos pille, mi padre te irá a buscar, llevará un conejito como este.

Cerré los ojos y recordé un aliento mucho mayor que el mío, un aroma rancio a sudor, hombre y sexo.

Sus gemidos roncos en mi oreja, susurrándome lo bien que lo estaba haciendo, alentándome a que, si me relajaba, no dolía.

Pero siempre dolía.

Apreté los dientes y afilé el cuchillo, era necesario cuidar bien de mi arma, que estuviera en su punto óptimo para que, cuando lo pasara por la carne de su cuello, esta se abriera sin problema.

Juguetes, peluches, todo era válido para llamar la atención de las víctimas.

Se notaba que Teddy era un veterano, supo convencer a Mandy, alias Galletita, de que conocerse en persona, en el Franklin Square, era una buena idea.

Había muchas maneras para despistar a una madre, y aquel lugar grande, lleno de gente, era el escenario perfecto para que una niña de nueve años pudiera desaparecer.

Me dijo que su papi vendría a por mí, que me llevaría a él, la excusa perfecta para sacar a Mandy del parque, meterla en su coche y que la encontraran algunos días después, desnuda, rota y sin vida en cualquier rincón de la ciudad.

Solo que, esa vez, Mandy era una galletita dura de roer.
Besitos de Del-Fin, es lo único que iba a obtener.
Sonreí y guardé el arma.
Próxima parada: Mi cuchillo en tu garganta.

CAPÍTULO 27

Kiara

Doce años antes.

Me encontraba nerviosa, todas lo estábamos, el viaje en tren fue un torbellino de emociones. Estaba abarrotado de hombres y niños, todos apretujados en los vagones, algunos con miradas de esperanza, otros con ojos vacíos, resignados a su suerte. El aire cargado de sudor y especias, y el ruido era ensordecedor.

Me aferré a mi pequeña bolsa, el único pedazo de hogar que me quedaba. Un hombre me observó mostrándome una sonrisa desdentada. Yo giré el rostro de inmediato y miré al sacerdote de barba blanca.

—¿Cuándo llegaremos? —pregunté con voz temblorosa.

—Todavía falta, no te preocupes, te llevo a un lugar mejor, Kalinda, —respondió el sacerdote con una sonrisa que no alcanzaba sus ojos.

Aquel era mi auténtico nombre, el que me pusieron mis padres, significaba sol y tuve que cambiarlo cuando ella falleció.

Tenía pis, pero no podía ir a ninguna parte para vaciar la vejiga. El sacerdote nos dijo que era peligroso, que, si nos entraban ganas, era mejor que nos lo hiciéramos encima, no podía permitirse el lujo de perder el lugar que ocupábamos, y mucho menos dejarnos solas para alcanzar el vagón donde hacer nuestras necesidades.

Lo más probable era que fuéramos y no volviéramos. Que algunos de esos hombres quisieran divertirse con nosotras y, una vez desahogados, nos tiraran a las vías. En aquel entonces no lo sabía, pero éramos mercancía valiosa y debíamos llegar intactas a Madhya Pradesh.

El lugar en el que, según mi madre, con un poco de suerte, me casaría con un desconocido de una casta superior, les quitaría el peso de una boca más que alimentar y ayudaría a pagar la deuda.

Debería sentirme honrada, pero la angustia me consumía. Cada estación que pasábamos era una despedida silenciosa a mi infancia, a mi libertad, a mi identidad.

Iba a convertirme en una desconocida, todo lo que era quedaría atrás, mi niñez, mis ilusiones. Decidí cerrar los ojos y apretar las piernas, no quería llegar al destino apestando a orín, aunque fue imposible, eran demasiadas horas y todas terminamos haciéndonoslo encima.

Cuando finalmente llegamos, el choque fue inmediato. Los colores vibrantes, los olores desconocidos, la cacofonía de voces; todo era tan diferente a mi tranquila aldea. Me sentí como una hoja arrastrada por un río caudaloso, incapaz de resistir la corriente.

Un camión nos esperaba para dirigirnos a un templo, allí fuimos llevadas a una habitación en la que nos pidieron que nos quitáramos la ropa y nos aseáramos.

Al terminar, nos dieron ropa nueva, un par de mujeres nos ayudaron tanto para quitarnos la mugre como para peinarnos, vestirnos o maquillarnos.

Éramos como muñecas listas para la exposición.

Teníamos mucha hambre, nos rugían las tripas, por ello, en cuanto estuvimos listas, lo siguiente que hicieron fue alimentarnos.

Algunas de las niñas estaban entusiasmadas porque el tipo de comida que nos dieron no se parecía nada a la del poblado. Los sabores y los olores eran un festival para los sentidos.

Las raciones eran abundantes y estaban buenísimas, quizá mi madre no estuviera tan equivocada, quizá era buena idea que me casara.

La sensación de felicidad duró hasta que mi plato quedó vacío, dando paso a la incertidumbre.

Nos prometieron que en una hora descansaríamos, estábamos agotadas del viaje, pero en ese momento tocaba lo más importante, que el hombre que hizo el encargo nos conociera y eligiera a su nueva esposa.

Limpias, vestidas y con el estómago lleno, nuestras custodias nos trasladaron a una salita contigua al lugar en el que seríamos presentadas. Sonaba una música suave. Nos pidieron que aguardáramos, que tendríamos una entrevista individual.

Estaba muy nerviosa, tanto que hubiera echado a correr sin mirar atrás. No podía hacerlo, habría sido un error porque, nada más salir del templo, me hubiesen atacado con total seguridad.

Intenté sosegarme, refugiarme en las últimas palabras de aliento de mi familia, en el saber que ser la escogida era lo mejor para mis padres, una buena hija haría todo lo que estuviera en su mano por ellos.

Era la última en entrar, cada niña que lo hacía estaba unos veinte minutos en el interior, y cuando regresaban, lo hacían con una expresión que era una mezcla de susto, miedo y angustia. La más pequeña incluso entró llorando y me estremecí después de oírla gritar.

¿Qué ocurriría ahí dentro? ¿Tan horrible sería el hombre?

Lo imaginé desfigurado, maloliente, de dentadura podrida.

Era mi turno, me hicieron ponerme en pie y ya estaba temblando.

Tragué con fuerza. Una de las mujeres me pidió que la siguiera, mis compañeras se abrazaban entre ellas convertidas en un amasijo de llanto y mocos. Las palmas de las manos me sudaban.

Al entrar, los rayos del sol de la tarde bañaban las tres figuras masculinas aposentadas en mullidos cojines. En el centro descubrí a un hombre que rondaba la edad de mi padre, unos cuarenta. Su ropa era elegante, olía a poder adquisitivo alto. Su barriga no tenía nada que ver con la concavidad que ostentaba mi progenitor. Ese hombre no había conocido la palabra hambre, por lo menos, no la que te llenaba de espasmos las tripas.

Me observó con interés y yo mordí mi labio.

Recordaba las palabras de mi madre, me las repetí cuando el sacerdote, que estaba sentado a su derecha, me pidió que me acercara donde ellos estaban, que lo hiciera sin miedo, que no ocurriría nada malo.

Tenía serias dudas después de ver cómo habían salido las demás.

Había otro hombre con gafas sentado a la izquierda del desconocido, tenía poco pelo sobre la cabeza y una expresión agria.

La mujer que me guiaba empujó levemente mis lumbares y quedé frente a él. Su mirada escrutadora pasó de mi cara hasta mis pies desnudos.

—¿Cómo te llamas? —fue su primera pregunta.

—Kalinda. Mi madre me lo puso porque nací un día de mucho sol.

—Bonito nombre. —Me sorprendió ver unos dientes muy blancos y parejos.

—¿Edad?

—Once años para doce. —Asintió y murmuró de nuevo algo en la oreja del hombre de las gafas que no pude oír. Después siguió con el interrogatorio.

—¿Tienes ya el periodo? —no esperaba la pregunta, nadie me preparó para que un hombre quisiera saber algo tan íntimo de mí.

—Responde sin miedo, niña —me espoleó el sacerdote con impaciencia. Me limité a negar.

—¿Has mantenido relaciones sexuales? —Su voz oscura y aterciopelada me estremeció.

—Su madre me dijo que era virgen —intervino de nuevo el religioso para ofrecerle la respuesta que buscaba.

—Quiero que me lo diga ella. —El labio me tembló y volví a sentir muchísimo pudor—. Alguien te ha tocado… ahí —señaló mi sexo.

Mi instinto llevó mis manos a la parte delantera del sari para arrugarlo entre los dedos.

—Es mejor que lo comprobemos —musitó el hombre de las gafas—, así no habrá duda.

—¡No! —exclamé precipitada—. Yo no… Nunca nadie… Soy virgen.

El hombre se puso en pie, era mucho más alto y voluminoso que yo. Alzó la mano y me encogí porque creía que iba a abofetearme, en lugar de eso, me acarició la cara.

—Tranquila, solo quiero lo mejor para mi mujer, no es nada personal, es por salud, hay muchas enfermedades que prefiero evitar y soy de los que les gusta estrenar. ¿Comprendes? —Seguía acariciándome—. Tienes una piel preciosa.

—Oscura —dijo el hombre de las gafas que se puso a su lado.

—Pero sin mácula —lo atajó—. Me gusta, es como chocolate. Me llamo Gabbar Singh, tal vez tu futuro marido. ¿Estás nerviosa? —Moví la cabeza afirmativamente—. No tienes por qué, si no me has mentido, todo irá bien. No pido demasiado, solo una mujer que esté a mi lado, sea obediente, respetuosa, valore las comodidades que ofrezco y que no me contradiga en nada. Quiero que me dé hijos sanos y fuertes cuando llegue el momento, y a cambio la protegeré y le daré una buena vida. ¿Crees que podrías ser tú?

«¡No, no, no, no!», gritaba mi alma.

—Sí —respondieron mis labios.

—Eso me parecía. Quítate la ropa, el doctor va a hacerte una revisión rutinaria.

Miré a unos y a otros asustada.

213

—Pe-pero…

—¡Obedece! —exclamó el sacerdote, que debía estar harto de recibir negativas, no es que fuera muy paciente—. Si no eres capaz de acatar la primera orden, no vas a ser la elegida, ni una buena mujer.

Las palabras de mi madre martillearon en mi cabeza. No podía volver, necesitaba demasiado que eso saliera bien.

Sin poder oponerme, me quedé en braguitas, cubriendo mis escasos pechos con las manos. Estaba muy poco desarrollada para la edad que tenía.

Vi hambre en los ojos de Gabbar. Estaba asustada, tanto que, cuando noté un tirón que dejaba mis bragas a la altura de los tobillos, chillé y llevé mis dos manos a la entrepierna.

—¡Basta! —dijo el sacerdote—. El médico no puede realizar su trabajo así y tiene que determinar que todavía no eres mujer y que sigues estando intacta.

Noté que mis ojos se llenaban de lágrimas, aquella situación era demasiado para una niña como yo. A ellos no les importaba.

—Será rápido, no te preocupes —murmuró Gabbar con una sonrisa.

Las manos del médico recorrieron todo mi cuerpo, fui siguiendo sus indicaciones bajo la escrutadora mirada de los otros dos hombres.

Cuando llegó el final de la revisión, el doctor hizo que me tumbara sobre un montón de cojines, puso él mismo uno bajo mi trasero para que quedara más elevada, me pidió que separara los muslos, flexionara las rodillas y me las sujetara con las manos.

No podía mirar, giré mi rostro hacia un lado mientras él alumbraba mi sexo y lo exploraba. Estaba siendo la situación más humillante que había vivido jamás. Le pidió a Gabbar que se acercara y este se puso de cuclillas para dar el visto bueno.

—Sana, limpia y virgen —concluyó el médico—. Ya puedes cerrar las piernas, niña. —No dudé en hacerlo—. No le queda mucho para empezar a menstruar, tiene las glándulas mamarias bien, en cuanto se alimente mejor, sangrará.

Eso pareció gustarle al señor Singh, quien me tendió una mano para ayudarme a levantar. Me puso él mismo la ropa interior y me dio las demás prendas para que terminara de vestirme.

Odié la sensación de las yemas de sus dedos contra mi piel.

No quería que me tocara, no quería que me mirara, no quería ser su mujer. Me vestí todo lo deprisa que pude.

Aspiró el aroma de mi pelo sin que yo pudiera dejar de temblar.

—Eres todo lo que quiero, Kalinda, te escojo a ti para que seas mi mujer —murmuró en mi oído. No sentí ningún tipo de alivio, al contrario, fue como si una losa hubiera caído sobre mi cabeza. Me agarró de los hombros—. Cumple mis expectativas, mis reglas, no las cuestiones y te prometo que tanto tu familia como tú tendréis una buena vida. ¿Lo entiendes?

—Sí —dije, tragándome las lágrimas.

—Me gusta verte emocionada. —Levantó mi barbilla y besó mis lágrimas.

Su barba raspó mi piel. Mi estómago protestó ante el contacto de un modo tan fuerte que temí echar la comida encima de él.

La angustia se transformó en una sensación de vacío cuando Gabbar se alejó y le pidió que me quería lista para la siguiente semana, cuando volviera del viaje que tenía programado, que no podía esperar más para tenerme.

215

CAPÍTULO 28

Janelle

Me prometí que no lloraría, ni cuando se fuera Marlon, ni cuando se fuera Martina, cumplí a medias con mi promesa porque, aunque no lloré por fuera, por dentro estaba destrozada.

No importaba que con Marlon siempre anduviéramos chinchándonos. Ya tenía asumido que mi hermano era incapaz de no ejercer conmigo su rol de *big brother*. Ni que los años fuera de casa hubieran hecho mella entre Marti y yo, aunque había intentado aproximarme a ella en estos últimos días, no funcionó y puso rumbo a Calabria sin mirar atrás.

Bueno, más bien a México, porque según dijo el tal Dimas, antes de volar a Calabria tenía que hacer una parada técnica en el país latino de tres días. Le aseguró a mi padre que podía estar tranquilo, que no volaban solos, sino con los hombres de Dimas.

Mi padre no podía negarse, así que Marti puso rumbo a lo desconocido en manos de un pelirrojo como yo. Tenía fe en que en algún momento se le pasara el cabreo y quisiera que arregláramos las cosas.

Tanto ella como Marlon eran mis hermanos y los llevaba en el corazón.

Di un suspiro largo, iba a costarme pillar la costumbre de estar sola en el piso.

Había ido a hacer la compra porque la nevera tiritaba de frío, yo era la que hacía la lista y Marlon iba a por los productos cuando venía por la mañana de alguna de sus maratones nocturnas. Por eso, yo no tenía ni idea de los horarios de la tienda en la que siempre comprábamos, y cuando bajé, me la encontré cerrada y tendría que tirar de comida a domicilio.

Tristeza, falta de comida, día libre en el SKS y síndrome premenstrual no eran buena compañía, más bien la tormenta perfecta en la que fraguar una idea que Marlon habría tildado de estúpida, ridícula y arriesgadísima.

Exacto, el tipo de cosas que a mí me flipaban.

Me tiré en el sofá, cogí el móvil, la intención era ir hacia la *app* que llenaría mis tripas, no a la que podía rellenar otra parte de mi anatomía. Pero mi dedo voló por voluntad propia hacia un algo más interesante que elevaba a quince la cantidad de mensajes sin responder que correspondía a la aplicación de ligues.

Bueno, no era exactamente eso, llevaba un tiempo apuntada a un portal liberal que ahora había sacado su propia *app*. En ella podía conocer a personas con las que compartir ciertos gustos de lo más placenteros.

Nada más entrar, tenía creado un perfil en el que los demás usuarios podían ver mi foto, acceder a la galería de vídeos e imágenes, además de leer una breve presentación bastante llamativa y mis preferencias.

Sonreí al leer las que tenía marcadas.

- ✓ Hombres, mujeres, parejas y lo que surja.
- ✓ Morbo y erotismo.
- ✓ Juegos de rol y dinámicas de poder.
- ✓ Disfraces y lencería.
- ✓ Exhibicionismo y lugares públicos.
- ✓ Intercambio de fotos y vídeos.
- ✓ Juguetes eróticos y *bondage*.

El sadismo, las filias raras y aquellos tíos que buscaban mujeres con complejo de WC para cagarles y mearles encima quedaban descartados. Si querían un retrete, que se tiraran el de su casa.

Pulsé mi galería de imágenes, era de lo más sugerente, me daba morbo que otras personas desconocidas miraran mis fotos subidas de tono y se excitaran.

Joder, esa en la que se me veía todo y no se me veía nada, a contraluz, me ponía perra hasta a mí. Era una de las que más *likes* cosechaba.

Salí y me metí en la zona de mensajes, algunos eran muy cerdos, esos directamente los eliminaba, buscaba alguien con dos dedos de frente, aunque solo fuera para chatear y terminar follando.

Me di cuenta de que uno de los chicos con el que llevaba hablando algunas semanas aparecía en línea. No tenía muchas fotos, más bien solo la de perfil, era mono y le gustaban las motos, además, coincidíamos en lo de juegos de rol, disfraces y lugares públicos.

Quizá podría…

Las comisuras de mis labios se dispararon ante la idea que se me acababa de ocurrir.

Tecleé con la velocidad de los nacidos en la era digital y en menos de quince minutos tenía una CPF recién salida del horno y en ruta hacia mi casa.

¿Que qué es una CPF? Pues una cita para follar.

Él se iba a hacer pasar por el repartidor de comida a domicilio, yo le abriría la puerta envuelta en una toalla, y cuando estuviera delante de mí, esta se caería y le ofrecería pagarle con mi cuerpo.

Lo había visto en más de una ocasión en internet y reconozco que, además de morbo, la situación me producía muchísima excitación.

En mi edificio solo había dos pisos por rellano y el de enfrente llevaba varios meses desocupado, así que era una situación picante pero controlada. Reconozco que en cuanto me di la ducha y tuve mi pelo lo suficientemente escurrido y aireado, me puse al lado de la puerta, rollo perrito guardián. La paciencia no era una de mis virtudes, aunque a cabezona no me ganaba nadie y por eso seguía sin rendirme a ser la primera mujer estríper del SKS.

Tenía un plan y esperaba poder ejecutarlo en los próximos días, cuando Jordan se diera cuenta de que el nuevo Soberbia era un imbécil de manual. Escuché la puerta del ascensor, pegué el ojo a la mirilla y a los pocos segundos tenía un tiarrón del norte listo para follar.

Madre mía, de espaldas estaba buenísimo y tenía un culo de infarto. De verdad que la foto de perfil no le hacía justicia. Después me ofrecería a echarle algunas. Compartir era de guapas.

Llevaba el casco de la moto puesto, un pantalón de chándal fácil de bajar —cómo me gustaban los chicos prácticos—, y una camiseta de tirantes blanca que mostraba unos hombros redondeados y unos bíceps que debió concederle la virgen de los empotradores, con lo que a mí me gustaba un buen meneo a pulso.

Joder, ¡estaba que te mueres!

Solo había un problema, sonreí para mis adentros, iba a llamar a la puerta equivocada y dudaba que los ácaros le abrieran.

Si abría ya, ¿parecería muy desesperada?

¡A la mierda!

Tiré de la manija adoptando una postura *sexy* y carraspeé.

—Me parece que te has confundido de puerta.

—¡No puede ser! —murmuró la voz apagada al otro lado del casco—. Es aquí —alzó la mirada hacia el número y después se dio la vuelta.

Mi cita estaba como un puto queso para fundir.

Tenía varias bolsas de comida para llevar entre los brazos. Reconocí el logo de La Perla de Asia y me relamí. Era el restaurante de mi amigo Elon, con el que estuve a puntito de acostarme en la vía pública.

—Mmm, qué buen gusto tienes para la comida para llevar —susurré, saliéndome del papel—. Disculpa, voy a ver si tengo algo con lo que poder pagarte. —Me acaricié el cuerpo de manera estratégica.

—No, si no tienes que… —Enmudeció al ver que la toalla caía a mis pies en un despliegue de curvas y piel.

Creo que soltó un improperio y yo me llevé una mano a los labios.

—Qué torpe soy, no llevo nada encima salvo esto… —tiré de mis pezones.

—Oye, perdona, pe-pero creo que…

Estaba tan en su papel que parecía un auténtico repartidor fuera de lugar por la vecina pervertida. Me acerqué, tiré de los pantalones de chándal abajo y fui incapaz de dejar de sonreír al ver un montón de dibujitos de *hot dogs* sobrevolando sus calzoncillos con capas de superhéroe.

—Mmm, Capitán Salchicha siempre listo para penetrar a mujeres en apuros como yo.

Tiré del calzoncillo y en ese momento se abrió la puerta de enfrente.

¿Cómo era posible?

—Cariño, ¿por qué has tardado tanto?

«¿Cariño?».

«Puerta».

«Ascensor que se abría de nuevo y salía de su interior otro tío con casco».

«Grito femenino que no era mío».

La mujer que debía encontrarse al otro lado del motorista fan de los perritos calientes y la comida asiática chilló.

Las bolsas que el sujetaba cayeron al suelo.

El tío del casco n°1 intentó echar mano de los calzoncillos que yo misma le había bajado y al hacerlo flexionó el cuerpo dejándome desprotegida frente a la mujer rubia cuya expresión era más que sorprendida.

—¡Mierda! Perdón, ¡yo no…! —Cogí la toalla para cubrirme, jamás había sentido tanta vergüenza ajena—. No sabía que tenía nuevos vecinos… No quería hacerle una mamada a él, sino a él.

—Señalé al tío del casco n°2, que se lo había quitado y nos miraba sonriente con una caja de *pizza* en la mano libre.

—Tía, no sabía que era una orgía, me flipan mucho las *gang bang* o los intercambios.

—¡Aquí nadie va a intercambiar nada! —vociferó el tipo que subió de golpe pantalón y calzoncillos.

Frené a mi invitado antes de que la cosa fuera a más y sentí un golpe sordo a mis espaldas producto de una inusual corriente de aire que se debió generar debido a mis ventanas abiertas sumadas a las de la nueva vecina y su novio-marido, dudaba que al repartidor le llamara cariño.

—¡*Merda!* —espeté en italiano, a veces mi parte siciliana emergía cuando las cosas se complicaban.

—Dime que guardas una llave bajo el felpudo —murmuró mi cita.

—¡¿Tú ves algún felpudo?! —No tenía, Marlon tiró el último porque decía que era un foco de porquería y que era más práctico descalzarse antes de entrar.

—Tranquilos, mi marido es policía y seguro que os puede ayudar —susurró la rubia, que no parecía muy cabreada.

—Oye, de verdad que lo siento muchísimo, no sabía que el piso se había alquilado… —Me topé con una sonrisa conciliadora por su parte.

—En realidad es nuestro, lo compramos con inquilino y teníamos el otro piso en el que vivíamos pagado hasta final de mes, por lo que hemos estado aprovechando y hoy habíamos decidido venir a cenar para ver qué es lo que tendremos que modificar, en fin, que en breve nos mudamos. Me llamo Nancy y él es… —El casco salió de la cabeza morena y un tipo con aspecto latino, con hoyuelos y sonrisa mojabragas emergió de él.

—César, su marido.

«Ay, César, los que van a follar te saludan».

¡Madre mía, cómo estaba!

«Calla, cochina, que es tu nuevo vecino y acabas de verle la salchicha y él a ti en pelotas delante de su mujer».

—De verdad que siento muchísimo la confusión, yo…

—Tranquila —me sonrió Nancy conciliadora—, le podría haber pasado a cualquiera, ¿por qué no pasáis mientras César se ocupa de tu puerta? Te ofrecería algo de ropa, pero no tengo nada aquí que prestarte.

Encima maja y yo queriendo zumbarme a su marido, aunque viéndola bien, Nancy también tenía un buen polvo.

—Me las apaño con la toalla…

—Cariño —lo espoleó Nancy.

—Veré lo que puedo hacer.

Media hora más tarde, los cuatro estábamos en mi apartamento, conmigo ya vestida, compartiendo *pizza*, comida oriental, cervezas y muchísimas risas.

Con la llegada de los nuevos vecinos, quizá no estuviera tan sola.

CAPÍTULO 29

Marlon

Me sujeté la tripa con las dos manos, mi frente estaba perlada de sudor frío y tenía la sensación de que los retortijones que me sacudieron la noche anterior iban a llamar a mi puerta trasera en cualquier momento.

Llevábamos tres días en Philadelphia, alcanzamos la ciudad con el sol asomándose en el horizonte. Nada más llegar, aparcamos muy cerca de donde daríamos el concierto.

Los engranajes estaban en marcha para que todo estuviera en orden. Teníamos que ensayar un par de días antes en el escenario, por lo que era importante que no perdieran el tiempo.

En cuanto el motor se detuvo, Ravi, la mano derecha de Lorraine en la gira, golpeó la puerta exterior de nuestra casa rodante agenda en mano, para detallarnos todo lo que tendríamos que hacer en los próximos días. ¿Quién iba a creerse que lo iba a dejar en nuestras manos?

Benan nos sirvió un desayuno ligero y nutritivo, para que nos pusiéramos las pilas de inmediato y alcanzáramos nuestro primer destino a las diez, el Love Park.

Allí aguardaba el fotógrafo de la gira, el cual insistió en que paseáramos, nos divirtiéramos de la manera más natural posible, sin postureo, para poder sacar unas buenas fotos y tomas de vídeo que subir a la página de contenido del grupo. Mientras Ranya y Trayi jugaban entre las fuentes, un pequeño grupo de admiradoras se acercaron a Kiara y a mí. Todo fue bastante agradable, charlamos, firmamos, nos hicimos fotos con ellas y compartí varias miradas cómplices con la líder de nuestra banda.

Al terminar, Ravi nos llevó a todos a comer a un restaurante indio cuya comida y decoración eran increíbles. Tuvimos una segunda sesión de fotos en el Museo de Arte de Philadelphia. Un diseñador emergente de la ciudad había pagado una buena suma para que luciéramos su ropa rodeados de arte, formaba parte del contrato, así que... Cambios de ropa, flashes, postureo...

Cuando llegamos al tráiler, estábamos bastante agotados, aun así, ensayamos un par de horas, cenamos, nos dimos una ducha y a la cama.

El segundo día fue igual de intenso que el primero. Arrancamos con un ensayo matutino, para perfeccionar algunos acordes y las armonías. Visitamos el Mercado de Reading Terminal para una experiencia culinaria única y, por la tarde, fuimos entrevistados en la Universidad de Pennsylvania. La charla, con un grupo bastante amplio de alumnos, iba sobre la influencia de la música india en nuestro *rock* moderno y el poder de la música para convertirse en una herramienta que movilizara masas y conciencias. Terminamos el día con una visita tranquila al Jardín Botánico, guiados por parte del equipo de gobierno de la ciudad.

El tercer día fue un poco más relajado. Ravi nos llevó a las afueras, al Valle del Río Delaware, Trayi había organizado una sesión de meditación que nos permitió reconectar con la naturaleza antes de ir a The Fillmore, ubicado en un edificio de 1912, que originariamente fue una instalación de Ajax Metal Factory, y Live Nation transformó el espacio histórico en el lugar de música icónico que es hoy, con distintos espacios y una sala de conciertos capaz de albergar a 2.500 personas. Comimos allí mismo y por fin pudimos ensayar sobre el escenario, la acústica era increíble y sentía la euforia zumbando por mis venas cada vez que oía cómo sonábamos. ¡Iba a ser la hostia!

Al acabar el ensayo, regresamos al tráiler a darnos una ducha y prepararnos para un cóctel privado en Rittenhouse Square. Algunos fans, periodistas locales, celebridades y políticos nos dieron la bienvenida y disfrutamos bastante de su compañía. Apenas podía apartar la mirada de Kiara, que estaba preciosa con un vestido negro, largo, palabra de honor, que dejaba sus hombros al aire.

Ojalá se decidiera a romper esa barrera que se había autoimpuesto, me moría de ganas de pasar mis manos por su cuerpo, pero tal y como le prometí, no pensaba hacerlo hasta que ella diera el primer paso.

Tuve que comer algo que me sentó como el culo, porque en cuanto llegamos a nuestra casa, no pude despegarme del váter. ¡Menuda nochecita!

Las chicas estaban como rosas y yo hecho una mierda, aunque poca quedaba ya en mis tripas.

Lorraine llegaría con el vuelo de la tarde para ver nuestro último ensayo y tenía que recuperarme como fuera.

—Mira la parte positiva —murmuró Benan con los ojos puestos en mí—, mañana tendrás unos abdominales de la hostia. —Forcé una sonrisa.

—Necesito estar bien para ayer, esta tarde es el ensayo y no puedo ir cagándome.

—El médico está en camino —dijo Kiara, asomándose sin entrar. Las chicas me miraban desde la retaguardia por miedo a que fuera un virus y se lo pegara a ellas, lo cual sería un desastre absoluto teniendo en cuenta que era nuestro primer concierto.

—¡Menuda suerte de mierda! —espeté, llevándome un cojín a la cara.

—Tranqui, Rizos, si es tu manera de decirnos que estás que te cagas, ya lo hemos entendido… —Aparté la almohada y la miré mal. Ranya rio por lo bajini.

—Muy graciosa.

—Recupérate, lo importante es que estés bien —murmuró.

—¿Te estás preocupando por mí, Ojazos?

—Bueno, no creo que un ataque de diarrea sobre el público sean los fuegos artificiales que espera la gente.

Vi cómo Trayi le daba un pellizco y Kiara se quejaba.

—¡Aunch!

—Marlon se va a poner bien, no seas agorera. ¿Verdad que sí? —preguntó la batería esperanzada.

—Verdad —admití con las tripas dando una serenata que no auguraba nada bueno.

—Yo creo que es mejor que os aireéis, podéis dar una vuelta por la ciudad —la voz de Ravi se escuchó en el pasillo—. Podéis aprovechar para hacer una mañana de chicas y subir contenido a redes. Elegid puntos distintos y que cada una haga su parte para que no sea aburrido, podéis contar algo de manera individual que os conecte con la audiencia y subir material diferenciado.

—Yo había pensado en visitar el Franklin Square, dicen que es un parque muy bonito y puedes hacer un montón de actividades —sugirió Ranya.

—¡Es una idea fantástica! —celebró Ravi—. El lugar da para mucho, así que ya podéis poneros en marcha.

—Yo me pido el carrusel —comentó la bajista.

—¿Qué más cosas hay? —cuestionó Trayi.

—Tenéis un minigolf, esta noche hacen un precioso evento con faroles chinos y seguro que hay decoración, podéis comer en el famoso SquareBurger.

—¡Yo minigolf! —exclamó Trayi.

—¡Cómo no, tú siempre aporreando cosas! Vale, pues ya que todas habéis decidido vuestra zona, me quedo con ver qué hay de cultura china y quedamos en el SquareBurger para comer.

Me hubiera encantado ir con ellas, salvo que era imposible.

—Pasadlo bien, chicas —farfullé con un quejido extra que llevaron los ojos de Kiara hacia los míos, después los desvió para contemplar a Trayi y a Ranya, hubo una mirada cómplice entre

226

las tres que me recordó a las que se dedicaban mis hermanas cuando cometían alguna trastada.

¿Me estarían ocultando algo?

Puede que Kiara les contara nuestra última conversación, o tal vez se tratara de algo distinto que no tenía nada que ver conmigo; fuera lo que fuese, se disipó en unos segundos, los mismos que necesitaron para irse y dejarme en el tráiler.

Benan me trajo una infusión, y cuando vino el médico, constató lo que ya imaginaba, que debí comer o beber algo que no me sentó bien.

Me dio una pastilla para cortar la diarrea y me recomendó que descansara lo máximo posible. Habló con el mayordomo sobre las comidas que debía prepararme y me dio una botella para que fuera bebiendo y recuperando sales minerales.

Cogí el móvil y eché un vistazo a las Redes sociales de mis compañeras. Me detuve frente a la primera imagen, que no era otra que la de Kiara.

Sonreí al leer la primera frase, seguramente no tendría nada que ver conmigo, pero me dejó el corazón calentito.

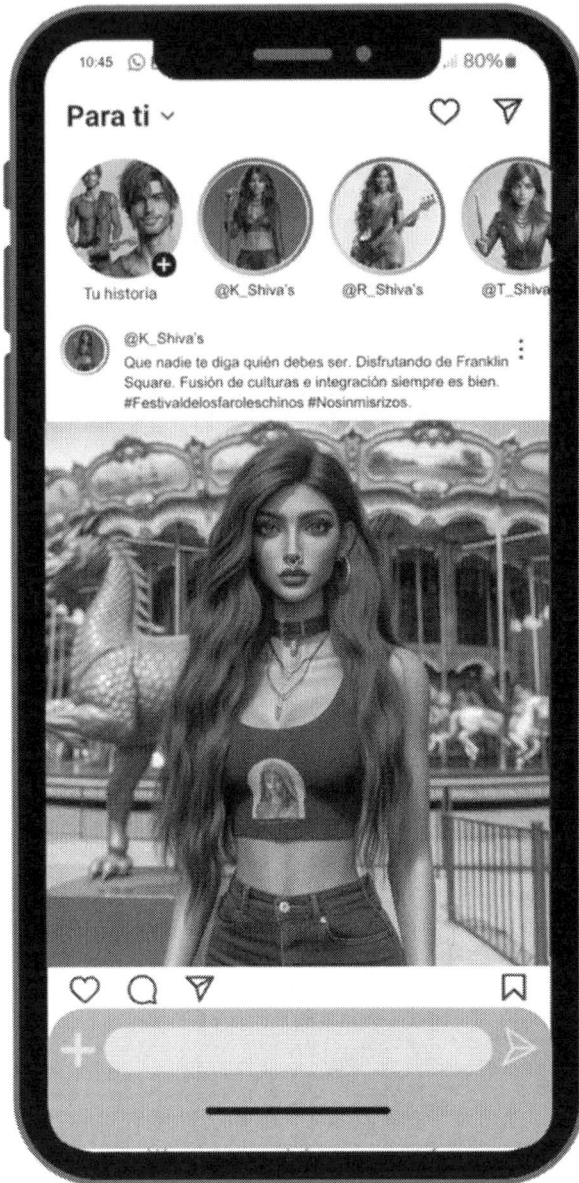

Aunque al llegar al segundo *hashtag*, el corazón me dio un vuelco. O era una jodida adicta al método *curly*, o me estaba enviando un mensaje velado.

Sería cabrona…

Al parecer, las tres se habían puesto de acuerdo, porque ese *hashtag* las acompañaba a todas.

¿Significaba eso que ya me habían aceptado y era su manera de pedirme que me pusiera bueno?

Ojalá fuera así, porque yo les estaba cogiendo un huevo de cariño, y a Kiara, algo más.

CAPÍTULO 30

Kali

La mañana brillaba con un sol engañosamente cálido, un reflejo perfecto de la sonrisa que adornaba mi rostro. Franklin Square bullía con la energía de los despreocupados, los risueños, los inocentes. Todos ellos ajenos al juego mortal que estaba a punto de desplegarse.

Llevaba rato observándolo, a una distancia prudente, sin levantar sospecha alguna. Estaba enfadado, nervioso, no dejaba de mirar el reloj del móvil y movía el conejito de trapo rosa que llevaba sujeto en una de sus manos.

Como si aquel señuelo patético fuera a servirle de algo más que para producirme asco.

Sus ojos escrutaban el entorno, como haría un escualo en un estanque repleto de peces.

Las risas de los niños, acompañados de sus padres, rebotaban por todas partes tarareando en sus oídos el canto de sirena que más le gustaba. Tenía las fosas nasales dilatadas, el dulce aroma de la inocencia, al que era adicto, lo hacía balancearse de un modo enfermizo.

Casi podía escuchar sus pensamientos.

«¿Dónde estás, Mandy? Ven, te estoy esperando. ¿Por qué tardas? ¿Te has perdido? No, eres una niña lista y el carrusel no tiene pérdida, y tú eres una niña muy lista, mi dulce Mandy. Quizá tu madre ha descubierto nuestros mensajes. ¡Imposible, he sido muy cuidadoso! ¿Será que has cambiado de opinión? Imposible, tú deseas esto tanto como yo, me quieres, me amas y yo quiero darte amor».

Ted devolvió el móvil al bolsillo trasero de su pantalón, eran las once y veinte y se olía a la legua su desesperación.

Llevaba mi pelo oculto en una gorra de béisbol básica, de esas que se venden a miles en las tiendas de recuerdos y te caben en el bolso. Mis ojos acechantes resguardados bajo unas gafas de sol. No quería que se fijaran en mí, la discreción era un arte y desde pequeña aprendí a camuflar mi verdadera esencia. La que ellos me forzaron a tener.

Ted estiró el cuello rechoncho por décima vez, su desesperación era tan palpable que sonreí.

«Creíste que podrías manipular a una inocente, pero ahora eres tú quien está siendo manipulado. Te revuelves en tu confusión, buscando a alguien que nunca existió. Cada segundo de tu desesperación es un tributo a mi ingenio. ¿Qué sientes ahora, Ted? ¿Miedo? ¿Frustración? ¿La misma impotencia que intentaste infligir a otros? Bueno, disfruta de ese amargo sabor, porque es lo último que experimentarás antes de que mi justicia caiga sobre ti».

Vi el momento exacto en que comprendió que Mandy no iba a parecer.

Cogió el conejito y lo arrojó a una papelera cabreado.

Dio la vuelta sobre sí mismo para buscar la salida más próxima, a pasos tan agigantados que chocó contra una mujer a la que casi tiró al suelo, apenas se disculpó y siguió hacia delante.

Me sentía satisfecha porque el plan funcionaba sin contratiempos, la anticipación se arremolinaba en mis dedos deseosos de librar al mundo de un mierda como él. Cada gesto de su inquietud confirmaba mi dominio en este juego del gato y el ratón. Las dudas de Ted lo acercaban a su caída, una de la que nunca más despertaría.

Me movía con la certeza de un depredador pendiente de su caza, cada paso me aproximaba a su podredumbre, cada respiración a su última exhalación. Mis emociones estaban enmascaradas bajo una capa de hielo; la anticipación, el gozo del acecho, todo yacía bajo una superficie tranquila.

El parque se desvanecía a nuestras espaldas, y la calle se convertía en un nuevo escenario. Sabía que habíamos quedado ahí porque su edificio se encontraba a tan solo dos calles. Quería llevarse a Mandy y esconderla en su guarida lo antes posible, por eso quedó en el carrusel, a escasos siete minutos si pillabas los semáforos en verde.

Tenía la mirada puesta en cada detalle, cada interacción efímera, cada coche que pasaba, era importante ver sin ser visto. Era una sombra entre sombras, una presencia apenas perceptible para el ojo desprevenido.

Ted se detuvo en un quiosco, sus dedos temblaban mientras fingía leer las noticias, estaba tan rabioso que era incapaz de sostener la calma que lo caracterizaba.

Cincuenta y dos años, contable en una empresa de suministros escolares de una firma local. Era un tipo con bastante sobrepeso, meticuloso, organizado, vivía solo desde que su madre falleció hacía un año. Intentó varias veces tener relaciones con madres solteras para estar cerca de sus preciosas niñitas, pero no terminaron de cuajar, le daba demasiado miedo que lo pillaran y terminar en la cárcel por eso, hasta entonces, se había conformado con las relaciones *online*, hasta que se había decidido a ir más allá, su demonio interior le pedía más.

Con una mirada furtiva a su alrededor, compró un café en una cafetería cercana, su nerviosismo era palpable en el aire. Debería haberse comprado una infusión en lugar de un chute de cafeína.

Cuando finalmente tomó rumbo a su edificio, un bloque gris que se alzaba con vistas al parque, repleto de habitantes de renta antigua, supe que el momento se acercaba.

Los balcones del bloque miraban hacia el verde, hacia aquel espacio repleto de tentaciones. Era su fortaleza y su prisión. Ted subió los escalones, ajeno a que la muerte lo seguía con pasos silenciosos.

No había emoción en lo que iba a hacer, solo justicia divina.

Ted metió su llave en la cerradura, y entonces me acerqué por detrás.

—¡Hola! —lo saludé con voz dulce.

Él se llevó un sobresalto que casi lanzó el café al suelo y me observó preocupado.

—Ay, disculpa, no pretendía asustarte.

—Perdona, es que no te conozco.

—Sí, disculpa, menudo desastre, soy la sobrina de la señora Miles, Isabella, la del cuarto.

Sabía que la conocía porque era el piso que quedaba justo debajo del suyo y en el historial de seguros de Ted, en el cual había buceado, este tuvo un parte amistoso por una fuga de agua con su vecina de abajo.

Su expresión se relajó un poco.

—Ah, sí. La conozco.

«Ya lo creo que la conoces, a quien no conoces es a mí».

—¿Te importa si subo contigo? Tengo llaves —agité unas frente a sus ojos tan rápido que no le dio tiempo a ver que no pertenecían al edificio—, pero me parece ilógico que cierres la puerta y después tenga que abrir yo, así que si no te importa dejarme pasar… He venido a estar unos días con mi tía ahora que estoy de vacaciones.

Me mostré parlanchina y cordial, como cualquier persona que no se dedica a matar pederastas en sus ratos libres.

—Em, sí, claro, entra.

Los hombres eran tan previsibles. ¿Qué iba a decirme? ¿Que no?

Le ofrecí una sonrisa calmada, y al notar que mi hombro se rozaba con su brazo, me estremecí. Controlé el asco que me produjo y entré en dirección al ascensor, como si no fuera la primera vez que pisaba el rellano del edificio.

Lo esperé, no quería dejar mis huellas, por lo que dejé que Ted fuera quien pulsara el botón de llamada y, una vez las puertas se abrieron, me metí al fondo.

El espacio era tan pequeño que no nos permitía estar el uno al lado del otro.

—Voy a pulsar tu piso y el mío.

—Te lo agradezco, esto es muy estrecho —bromeé.

—Sí, no cabía otro más grande cuando lo pusieron, este bloque es de los antiguos.

Los hombres como Ted solían rehuir a las personas desconocidas, sobre todo, teniendo en cuenta que sus planes no habían salido bien, por lo que no me resultó extraño que, dada la escasez de espacio vital, no se pusiera de cara a mí, sino que me dio la espalda.

—Me llamo Andrea, por cierto.

—Ted. —Estiré el cuello y él pudo percibirlo.

—¿Vives en el quinto?

—Sí, soy el vecino de arriba de tu tía.

—¡Menuda suerte! Entonces ya sé a quién pedirle la sal si me hace falta.

Tras la charla de cortesía, el ascensor se detuvo. Era mi planta.

Ted bajó y me dejó pasar.

—Ha sido un placer, Ted. —Lo miré como si lo que estuviera viendo me encantara—. Es difícil encontrar hombres tan amables y caballerosos todos los días, o eso dice mi tía.

—El placer ha sido mío.

Volvió al interior del ascensor y moví los dedos a modo de despedida mordiéndome el labio, lo justo para que apreciara que podría estar interesada en él.

Después me di la vuelta para darle un primer plano de mi culo e ir al supuesto piso de mi tía, eso fue lo último que vio antes de que las puertas se cerraran.

En cuanto escuché el clic, me di media vuelta, saqué los guantes del bolso y me los puse con la agilidad digna de quien ha matado muchas veces sin dejar huella.

Subí las escaleras de dos en dos.

Suerte que mi presa era un hombre lento y comedido.

Llevaba la jeringuilla entre los dedos y las manos en la espalda cuando empujaba la puerta de su piso.

—¡Ted! —proclamé como si me faltara el aliento. Él sacó la cabeza y me miró frunciendo el ceño—. Perdona, debí confundirme de juego de llaves, no me abren y mi tía no está en el piso, hoy iba de compras al centro, así que no volverá como mínimo hasta dentro de una hora. Sé que es abusar de ti y de nuestro furtivo primer encuentro pero, en lugar de dejarme un poco de sal, ¿te importaría si espero en tu piso en vez de sentada en las escaleras, o es mucho pedir? Es que hace un calor que te mueres y no soy de las que le gusta estar sola en un bar. —Lo vi dudar, e hice un puchero—. Te prometo que no soy una asesina en serie y que me da igual si eres un hombre poco ordenado, no vengo a juzgar tu amable hospitalidad —sonreí y puse una expresión adorable. Él me devolvió la sonrisa.

—Claro, pasa.

—Tú primero, que eres el anfitrión.

En cuanto vi su espalda, supe que ya era mío.

CAPÍTULO 31

Kiara

—¿Cómo te encuentras? —pregunté, asomándome al interior del cuarto.

Marlon sonrió.

—Como si un elefante se hubiera tumbado encima de mi estómago toda la noche, aunque si tengo que ponerme malo para que quieras meterte en mi habitación, voy a hacerlo con mayor asiduidad —musitó burlón.

—Ese elefante debía ser elefanta porque has recuperado tu humor.

—Cómo me conoces —se burló. Una sonrisa suave perfiló su boca y también la mía.

—Yo te veo mejor —comenté avanzando.

Esa vez no me detuve en la puerta, sino que entré.

—Puede que ayudaran los mensajes de soporte que recibí por redes sociales de unas activistas del método *curly*, estoy convencido de que eso ha acelerado mi recuperación. Bueno, eso y la medicación del doctor, que me ha sellado las tripas.

No pude evitar sonreír.

—Sabíamos que serías incapaz de no mirar qué estábamos haciendo sin ti —le dije, con suficiencia, alzando las cejas.

—¿Qué quieres que te diga? Soy muy facilón y os extraño cuando no estáis por aquí, es fácil acostumbrarse a unas compañeras tan guapas, listas y con tanto talento como vosotras.

—Pelota…

Me dejé caer en el borde de la cama y él no hizo ningún movimiento, se limitó a mirarme.

—Habéis tardado bastante en volver.

—¿Ahora vas a pedirme explicaciones del tiempo que hemos pasado fuera? No me seas tóxico, ¿eh?

—No voy a preguntar dónde has estado, con quién o lo que has hecho, solo quería hacerte saber que el tiempo pasa más despacio cuando no estás aquí. —Resoplé.

—Pero si solo llevamos tres días compartiendo espacio vital.

—¿Y piensas que necesito más para echarte de menos?

¿Por qué me decía cosas como esa? Sabía que me estaba estudiando con esos ojos que parecían ver más allá de mi piel, hasta los secretos que yo misma ignoraba, daba la impresión, de que pugnaran por emerger.

Marlon tendía a llevarme al límite con sus comentarios, a llevarme a un lugar desconocido para mí, en el que me descubría imaginando su tacto, suave y respetuoso, una caricia que no exigía, sino que prometía. Y por primera vez, no me aterraba la idea de que él me tocara. ¿Cómo era posible?

Los rayos del sol jugaban con sus rizos, aquellos que habían inspirado nuestras frases de apoyo, el pecho masculino, desprovisto de camiseta, subía y bajaba de manera regular. Un destello de uno de los *piercings* llamó mi atención y volví a imaginarlo en mi boca.

Marlon subió los brazos y colocó las manos detrás de su cabeza, me recreé en cómo se flexionaban sus músculos y los tatuajes que tenía en los brazos. Me deslicé un poco sobre la cama para acercarme a él, seguía sin mover una sola fibra, expectante de mis avances.

—¿Eres de los que se tatúa cualquier cosa, o tu tinta tiene historia? —pregunté con los ojos puestos sobre el brazo derecho.

—Lo segundo, ¿quieres conocerla? —Asentí.

Quitó las manos de detrás de la cabeza y empezó por el que tenía similar a una pulsera en la muñeca.

—Las cuerdas de guitarra entrelazadas con laureles romanos representan mi amor por la música y mi lucha por la excelencia, como honor a mis ancestros.

Recorrí la tinta que se deslizaba sobre su piel como notas en una partitura.

—Y estos números aquí, ¿son fechas? —cuestioné sin llegarlo a tocar, aunque me moría por hacerlo.

—Sí —dijo Marlon, su voz bajando un tono—. Pertenecen a los días que nacieron mis hermanas. Ellas son mi melodía constante, las que me sacan de mis casillas, me hacen reír, me provocan más de un dolor de cabeza, pero quiero con locura. Sería capaz de hacer cualquier cosa si les pasara algo.

La revelación provocó un latido fuerte que me llenó de emoción.

—¿Y ese triskelion?

—Veo que sabes lo que es.

—Me gusta la simbología celta, y ese tatuaje parece girar con vida propia.

—Sí, me lo hizo un artista muy bueno. Representa a mi madre y sus orígenes irlandeses, ella siempre fue mi motor de vida, el triskelion representa eternidad, un recordatorio de que, no importa lo lejos que vaya, siempre estaré conectado con mi madre.

—Es muy bonito, así que si es irlandesa, ¿el barril de *whisky* también le pertenece?

Marlon rio, un sonido que parecía llenar la habitación y parte de mí.

—Ese es por mis abuelos —bajó la voz—. No se lo chives a nadie, pero mi tatarabuelo fundó los South Side O'Donnell Gang, un hombre de *whisky* y leyendas en la ley seca. La familia de mamá siempre vivió la vida con pasión, llevando sus creencias hasta las últimas consecuencias, y mi abuela siempre decía que era bueno que no olvidáramos que por nuestras venas corría malta de primera.

Su reflexión me hizo sonreír.

—Seguro que fue una gran mujer.

—Lo fue, estaba muy unida a mi hermana Janelle, con la que convivo y trabajo, es un puñetero grano en el culo, pero la quiero con locura.

—Me gusta cómo cada tatuaje cuenta una parte de ti. ¿Y qué me dices del otro brazo?

Continuamos explorando el mundo de tinta y memorias que Marlon lleva en su piel.

Me incliné más cerca, con el interés puesto en la imagen de un águila en pleno vuelo, sus alas extendidas ocupaban el largo del antebrazo de Marlon.

—¿Te gusta?

—Es preciosa, parece que vaya a echar a volar en cualquier momento, y sus ojos… —Brillaban de un modo que te dejaba sin aliento, te atravesaban del mismo modo que su dueño.

—Simboliza la libertad. La libertad que encontré en la música, lejos de las expectativas de mi padre y sus negocios.

—Debe haber sido difícil —murmuré, ni siquiera me di cuenta de que había alargado la mano y estaba trazando una de las plumas con la yema del dedo. Marlon seguía sumido en una quietud que me animaba a no frenar lo que estaba haciendo.

—Lo fue —admitió ronco—, pero cada vez que miro este tatuaje, recuerdo por qué lucho, por qué toco.

Mi dedo siguió ascendiendo hacia un diseño más oscuro, una guitarra eléctrica envuelta en llamas, casi podía sentir el fuego entrando en mí.

—Ese simboliza mi pasión, mi furia, mi amor por la guitarra. Es el fuego que arde dentro de mí, la promesa de convertirme en el mejor guitarrista que pueda ser. —Era incapaz de apartar la mano y dejar de sentir su piel bajo la mía. Podía sentirla vibrando, no me asqueaba, me atraía sin remedio hacia aquel calor abrasador.

Llegué a la parte interna del brazo, donde la piel se hacía más fina. Lo noté contener la respiración, encontré un tatuaje más pequeño, casi escondido entre los demás. Era el simple contorno de una casa con un corazón en el centro.

—Este es por mi familia —sonaba entrecortado—. Por mis hermanas, mi madre, incluso por mi padre, a pesar de todo. Ellos son mi hogar, mi corazón, no importa dónde esté o que lleve tiempo fuera de casa, siempre serán mi lugar seguro al que volver.

Me quedé en silencio, contemplando la profundidad de los lazos que Marlon tenía con su familia, unos que yo rompí hacía demasiado con la mía. Sentí un poco de envidia, ojalá yo pudiera tener unos vínculos así más allá de las chicas o la Hermana Margaret.

—¿Y el último? —Llegué al hombro, en el que se encontraba un reloj de arena recubierto por un sombreado profundo.

—Es mi padre.

Su voz quedó tomada por un deje de amargor.

—Representa el tiempo implacable, el negocio familiar que lo consume todo a su paso. —La arena parecía caer eternamente dentro del tatuaje, su flujo incesante un recordatorio del legado que Marlon intentaba dejar atrás.

—¿Y estas sombras alrededor? —Las figuras oscuras que parecían casi absorber la luz.

—Son la 'Ndrangueta, siempre al acecho, siempre presentes. En la mafia se nace y se muere, no se sale.

—Debe ser una carga pesada cuando tú no quieres saber nada.

—Lo es —admitió Marlon—, pero también es un recordatorio de lo que no quiero ser, de la vida que he elegido no vivir. La música es mi escape, mi elección, me niego a aceptar que mi nacimiento condicione mi destino, eso lo marco yo.

«Joder, ¡lo entendía tan bien que me estremecí, esas palabras podría haberlas dicho yo!».

—Y, aun así, has encontrado la manera de llevar esa parte de tu historia sin que te defina, es muy loable lo que estás haciendo, deberías sentirte orgulloso.

241

Marlon sonrió, un gesto que llevaba tanto de resignación como de desafío.

—Al final somos nosotros quienes elegimos qué parte de nuestro pasado nos define y qué parte nos impulsa hacia adelante.

—Todos son muy bonitos, como una autobiografía.

—Y cada nuevo tatuaje es un nuevo capítulo que se escribe en mi piel. ¿Quién sabe? Tal vez tú también inspires uno algún día.

La idea de ser parte de la historia permanente de Marlon hizo que mi corazón se acelerara. La tinta que decoraba su cuerpo era más que arte; eran fragmentos de su alma, y empezaba a poder leer cada línea.

Sus ojos reflejaban una sinceridad que rara vez había visto en un hombre.

—Todavía no estás en mis brazos, pero sí que eres capaz de cambiar cosas en mí, Ojazos, como el ritmo de mi respiración o la frecuencia de mis latidos. Eres la única persona que la aumenta cada vez que entras en mi campo de visión.

Algo cálido creció dentro de mí y no era el miedo lo que solía consumirme, sino otra cosa muy distinta.

Aparté la mano incapaz de echar freno a los pensamientos que iban cobrando más fuerza.

—Pues entonces no descartaría pasar por el cardiólogo, no vaya a ser que sufras arritmias.

—¡Chicos! ¡Lady Zorra se acerca! —Era Trayi quien aporreó un costado del marco, me puse de pie de inmediato rompiendo el clima de proximidad que se había creado entre nosotros.

—Será mejor que deje la habitación despejada, no vaya a ser que me muerda y pille la rabia —comenté alejándome.

—Kiara —masculló antes de que llegara a la puerta, yo me giré para perderme en su expresión atormentada—. Gracias por pasarte.

Asentí y salí fuera.

CAPÍTULO 32

Marlon

Aunque no hiciera el mejor de los ensayos, me sentía jodidamente feliz.

Que Kiara decidiera tocarme por primera vez fue un chute de adrenalina indescriptible. Ni siquiera cuando me metía una raya de buena calidad experimentaba un subidón tan brutal.

No quise alertarla cuando noté su dedo sobre uno de mis tatuajes, ni decir nada al respecto para no asustarla, para que no reculara.

Preferí darle su espacio del mismo modo que cuando traes a un gatito asustadizo a tu nuevo hogar, dejándola reconocer su territorio, a su ritmo, sin presiones, hasta que se sintiera cómoda.

Ante el primer roce, me sacudió una mezcla de sorpresa y honor.

Sorpresa, porque creía que le costaría más romper sus propias barreras; honor, porque sabía que cada pequeño paso que tomaba hacia el contacto físico era una batalla que ganaba contra su pasado, contra aquello que le impedía disfrutar de un simple abrazo con alguien ajeno a su zona de confort.

Dejé que paseara la yema de su dedo, que palpara los fragmentos de mi historia, aquellos que quería conocer, los que le generaban curiosidad.

243

Me tomé aquellos instantes como un regalo precioso y frágil, algo que cuidaría y respetaría hasta que ella decidiera que quería dar el siguiente paso.

Nunca había tenido tanta paciencia con nada ni con nadie. Tampoco me había topado con alguien que quisiera conseguir a toda costa. Me prometí controlarme, no precipitarme, respetar sus tempos y pensaba cumplir.

Que Lorraine llegara cuando nos estábamos acercando no opacó el instante de intimidad que compartimos.

Lo primero que hizo fue preguntarme cómo me encontraba, a Lorraine no le gustaba enfermar, por lo que tenía cierta distancia garantizada.

No se acercaría a mí si creía que podía pegarle algo.

—He estado mejor, pero tranquila, mañana tocaré en el concierto.

—Por supuesto que tocarás, no puedes no estar. Benan me ha dicho que el médico ha controlado tu flujo intestinal y yo te he traído esto. —Dejó un sobre con polvo rosa en mi mesilla y volvió a alejarse—. Si necesitas un aporte extra de ritmo, te lo das. Rayita y a brillar. ¿Estamos?

Era su manera de decirme que esperaba que lo diera todo de mí.

—Tranquila, lo daré todo. —Ella asintió.

—No espero menos de ti. En media hora toca ensayo, así que date un agua y te quiero listo en veinte minutos, no nos hagas esperar.

—Descuida.

Salió de la habitación con expresión disgustada y yo me levanté de la cama dispuesto a eliminar el sudor acumulado.

Estuvimos en la sala del concierto cerca de cuatro horas, hicimos los ajustes pertinentes a los temas bajo su mirada de halcón.

Al terminar, nuestra representante nos mandó al tráiler, Benan nos había preparado la cena, la mía astringente, a diferencia de las chicas.

244

Lorraine estaba contrariada porque no podía follar, lo que no impidió que se llevara a nuestro conductor a su habitación de hotel, pasó por mi lado antes de irse.

—Lástima que esta noche no nos puedas acompañar —musitó en mi oído a modo de despedida—. Lo habríamos pasado de maravilla.

—Seguro —farfullé.

Lo que para ella era una putada, a mí me suponía un alivio.

Con las chicas decidimos ir a la zona recreativa del tráiler y relajarnos jugando a las cartas.

Fue divertido, no tenían demasiada idea de póker, así que al principio no me costó ganarles, el problema vino cuando cogieron carrerilla y se volvieron imbatibles. No daba crédito a que fueran tan listas hasta que las descubrí, fue gracias a un pequeño gesto, miradas, roces…

Joder, ¡me estaban haciendo trampas!

Cuando las pillé, se hicieron las ofendidas y no me digas cómo ocurrió, pero terminé inmerso en una batalla de cosquillas contra Trayi y Ranya, Kiara nos contemplaba risueña moviendo sus cartas.

Quedamos sin aliento, ocupando el sofá que estaba frente a la pantalla del proyector. Kiara se puso en pie, se dirigió al mueble bar y dejó una botella de Limoncello, además de cuatro vasitos.

Mi licor favorito tenía pinta de convertirse en el abanderado del grupo.

—¿Una ronda para celebrar que mañana es nuestro primer concierto? —preguntó. Después me miró—. Quizá tú deberías beber agua.

—¿Bromeas? El Limoncello me sienta fenomenal, además, es un digestivo. En lugar de un chupitazo a palo seco, ¿os parece si lo usamos para conocernos un poco más? —Agité las cejas.

—¿Beso, verdad o atrevimiento? —cuestionó Trayi.

—¿Ahora qué somos, críos de instituto? —inquirió Kiara.

—Iba a proponer que uno suelta una afirmación, y si alguien lo ha hecho, bebe.

245

—No quiero coger un pedal —protestó Kiara—. Mañana tenemos que estar frescos y eso apesta a borrachera de hermandad. ¡Sí, tío listo, fui a la universidad!

—Tranquila, cuando veamos que tenemos suficiente alcohol en vena, detenemos el juego, yo tampoco busco una borrachera.

—¡Venga! ¡Yo quiero jugar! —exclamó Trayi, haciendo un puchero—. ¡Me chiflan los juegos de hermandad!

Kiara dio un bufido y terminó llenando los vasos aplaudida por nuestra batería.

—Empiezo —anuncié—. Bebe si alguna vez te has perdido en una ciudad extranjera. —Vaciamos los vasitos Trayi y yo.

—Tú primero —me dijo ella—. ¿Qué pasó?

—Fui de viaje a Tokio hace tres años, tenía ganas de ir a algún lugar en el que a mi hermana no le apeteciera acompañarme y… En fin, que no sé cómo ocurrió, pero me perdí en el metro y terminé en mitad de una convención de *anime*.

—No te puedo creer —murmuró ella.

—Seh, fui el personaje de fondo de *selfie* más fotografiado de la convención. —Las chicas rieron.

—Pues yo me perdí en París, cuando pasamos unos días allí después de salir de la India. Nunca había visto unos escaparates más bonitos y llenos de cosas ricas. La Hermana Margaret nos dijo que no nos separáramos, y a mí me fue imposible, porque me enamoré, en cuanto lo vi, supe que sería el amor de mi vida, con esa piel tan dorada y ese aspecto tan mordible… Fue amor a primer *croissant*, sería capaz de comerme una pastelería entera, sobre todo, si son de mantequilla.

Esa vez el que rio fui yo.

—Tu turno —le ofrecí a Trayi.

—Bebe si alguna vez has bailado bajo la lluvia —proclamó con una risita traviesa. Buscó a sus amigas de aquel modo cómplice del que hicieron gala esa misma mañana.

Ranya soltó una carcajada.

—¡Eso no se vale! —Kiara se cruzó de brazos.

Trayi alzó las cejas pizpireta y para mi sorpresa bebimos los cuatro.

—¿Me lo contáis? —inquirí curioso.

—Fue una confusión —aclaró Kiara—. Una noche que salimos de copas, al llegar al edificio algo perjudicadas, notamos que nos caía agua encima en forma de gotas, nos pusimos a bailar y cantar como si estuviéramos en mitad de un musical, hasta que nos dimos cuenta de que era una fuga en la bajante del edificio al vernos las caras llenas de churretes y el hedor que desprendía. Casi fue como volver a la India.

—¡Qué ascazo! —exclamé—. ¿Os bañasteis en…?

—No lo digas —me advirtió Ranya—. ¿Y tú?

—Mi hermana Janelle iba a representar *Cantando bajo la lluvia* en el instituto y me convenció para que interpretara a Gene Kelly porque siempre tuve muy buen ritmo. El problema es que no calculé que el suelo patinaría tanto y me di un buen culetazo contra el asfalto. —Las tres pusieron cara de dolor—. Estuve casi una semana sin poder moverme y tenía que usar un flotador para poder sentarme en la silla del colegio. La crueldad de los niños es igual de proporcional a los apodos que son capaces de inventar.

Seguimos así un buen rato hasta que, cuando volvió a ser mi turno, quise darle un puntito de picante.

—Ahora que ya conocemos nuestras situaciones más bochornosas… —agité las cejas—. Bebe si alguna vez te has acostado con más de dos personas a la vez y no me refiero para dormir.

Fue como si alguien acabara de servir un bocadillo a todo el mundo y al morder supiera a mierda.

Las risas cesaron de golpe, las chicas se miraron mientras yo bebía sin esperarlas.

—¿Ninguna? ¿En serio? Pues si alguna vez queréis probar… —callé al ver que Ranya y Kiara alzaban sus vasitos y bebían muy serias.

—¿Tan mal fue? Eso es porque no tenían ni idea de pasarlo bien.

247

Tenía la mente nublada por el alcohol, no pensaba con claridad, debería haberme planteado que podían haber bebido por un suceso traumático que les hubiera ocurrido en su antiguo país.

—El juego ha terminado —masculló Kiara levantándose.

—Ey, ¿qué pasa? Oye, que no es necesario que me lo contéis, si no queréis exponer lo que pasó…

—En mi país me prostituían en un templo burdel —soltó Ranya sin previo aviso, lo que me dejó clavado a la silla y sin saber qué responder.

Esperaba que fuera una broma, que soltaran una carcajada en plan «¡Ja! ¡Te lo has creído!». Pero no pasó.

—¡Joder! Perdona, yo no tenía idea de que…

—Imagino que no estabas pensando en algo así —me cortó—, pero no era justo que no bebiera. Todavía me cuesta verbalizar algunas situaciones que viví, aunque sé que es necesario soltarlas, dejarlas ir para que el peso sea cada vez menor. —Tomó aire. Trayi le tomó una mano y Ranya se dejó caer de nuevo en el sofá y le cogió la otra. Ranya siguió hablando con el soporte de sus amigas—. Trabajaba en lo que podría considerarse templo para el placer, en mi casta era lo que se esperaba de nosotras, nos criaban para estar al servicio de los hombres. No importaba si eso nos gustaba o no, porque formaba parte de nuestro sino. Éramos entregadas al sacerdote al cumplir los nueve años y no podíamos negarnos a nada de lo que ocurriera.

—¡Hijos de puta! —Me salió del alma.

—En la India, si naces en una casta, mueres en una casta —intervino Kiara buscando mi mirada. Había empleado las palabras de manera estratégica, haciendo referencia a las que yo había usado para referirme a la mafia—. Por mucho que quieran lavar la imagen de nuestro país y decir que el sistema de castas está abolido, no es así. Sirve para controlar al rebaño, para recordarle cuál es su sitio y no alimentar los sueños o la esperanza.

Tenía miedo de preguntar lo que pudo pasarle y sentí ganas de matar a todos los tipos que las hubieran dañado de alguna manera. Una furia me inundó, quería erradicar a todos aquellos malnacidos que eran capaces de obligar a niñas como ellas a intimar en contra de su voluntad.

—Lo siento muchísimo, os juro que no pensé… —La mano de Ranya se posó en mi brazo y su boca se destensó formando una sonrisa suave.

—Lo sabemos, no tienes por qué disculparte, tú no tienes la culpa de lo que ocurrió en mi infancia. He necesitado bastante tiempo y terapia para poder verbalizarlo hoy. Y todo se lo debo a Wing's of Life y la suerte de que la hermana Margaret viera un bulto desangrándose en la calle, se detuviera y buscara a otra persona de la organización en cuanto vio que se trataba de una adolescente. Me reventaron tras un servicio múltiple. Estaba al borde de la muerte, si hubieran tardado una hora más, no estaría sentada en esta silla.

Se me hizo un nudo en el estómago.

—¿Y cómo puedes mirarme a la cara? ¿Estar cerca de un hombre? Creo que si yo fuera tú sería incapaz.

—Creo que no lo habría superado si no me hubieran criado para eso. En la India todos sabemos qué se espera de nosotros, cuál es nuestro rol y, aunque fuera una aberración, lo tenía asumido. Algunos lo llaman resignación. Desconectaba hasta que terminaban. El problema venía cuando la depravación de algunos hombres iba más allá de lo soportable. —Un dolor agudo se instaló en mi cabeza.

—No quiero imaginar lo que supuso para ti.

—Mi caso ni es único ni aislado. He querido contártelo para que nos entiendas un poco, para que comprendas que, cuando formamos el grupo, lo hicimos pensando en aquellas mujeres, niñas o niños que puedan estar en una situación de vulnerabilidad máxima. Queremos transmitir el mensaje de que se puede salir.

—Eres admirable, Ranya, no puedo decirte más que eso y que lamento muchísimo todo lo que te pasó.

—Solo soy una mujer con suerte, muchas no pueden irse como nosotras. El final de las Devadasi es un callejón o una ETS que les cuesta la vida. Solo tengo palabras de gratitud para Wing's of Life, sin ellos, nosotras no existiríamos ya.

Ahora comprendía por qué Ranya era tan introvertida. Desvié la mirada hacia Kiara, quien estaba visiblemente emocionada.

¿Pertenecerían a la misma casta? ¿Por eso ella no soportaba que la tocaran?

Era una posibilidad. Si imaginaba a mis hermanas pasando por algo así, en lo único que podía pensar era en matar con mis propias manos.

¡Putos enfermos!

—Creo que ahora sí que es mejor irse a dormir. —Kiara se puso en pie. Los demás la seguimos.

Cuando llegamos al pasillo que separaba nuestras habitaciones, me quedé apoyado con la espalda contra la puerta, de cara a ella y sin moverme.

Trayi y Ranya ya se habían despedido de nosotros y entrado en su propio cuarto.

La pregunta me ardía en las cuerdas vocales. Kiara debió intuirlo porque se dio la vuelta antes de entrar y me miró, con aquellos ojos enormes y brillantes. Lanzó un suspiro largo.

—Sé que no pensaste lo que podía acarrear tu afirmación, pero debes entender que en el lugar donde nacimos pasan cosas feas, malas y muy jodidas a los más desfavorecidos.

—No volverá a suceder. —Ella negó.

—En parte, ha sido bueno, Ranya nunca se había abierto a nadie antes, lo que ha significado un avance y que te tiene confianza.

—¿Tu casta y la suya…? —Ella me taladró con esos pozos de oscuridad. Creí que no contestaría, pero sí lo hizo.

—Yo era una Dalit, Ranya una Devadasi y Trayi una Shudra. Todo lo que puedas leer en internet sobre ello no es comparable al infierno que tuvimos que soportar, y no necesitamos que nos

250

tengas lástima, solo que pongas tu granito de arena en este grupo para cambiar las cosas.

»Cuando esta misma tarde me dijiste que somos nosotros quienes elegimos qué parte de nuestro pasado nos define y qué parte nos impulsa hacia adelante, supe que podías llegar a comprendernos. A ninguno de los cuatro nos define nuestro pasado, pero sí nos impulsa hacia delante para querer cambiar las cosas.

»Nosotras vamos a hacerlo sin miedo a las consecuencias, porque cuando atraviesas la barrera del miedo, ya no queda nada, solo ser libre para hacer o decidir lo que crees correcto. —Asentí admirándola, conteniendo mis ganas de abrazarla, de estrecharla entre mis brazos y decirle que, si alguien osaba en hacerle daño, quebraría cada maldito hueso de su cuerpo.

Me sentía más cerca de las chicas que nunca.

—Buenas noches, Marlon, que Visnú cuide de tus sueños y te proteja.

—Buenas noches —respondí.

Dio un paso atrás para ser engullida por la oscuridad y cerró la puerta.

CAPÍTULO 33

Sepúlveda

La clínica veterinaria en Staten Island, que había cerrado seis meses antes por problemas financieros, se convirtió en el centro de nuestra investigación cuando descubrimos la compra reciente de una cantidad excesiva de succinilcolina. Sin embargo, algo no cuadraba; la droga no se usaba comúnmente en animales, y menos aún en las cantidades adquiridas, lo cual no terminaba de encajar.

Cuando le informé a Parker sobre los avances, hacía un par de días, vi un brillo de duda en sus ojos.

El especialista en perfiles parecía mantener una batalla en su mente cuyo vencedor no estaba claro, lo cual me ponía en guardia. Estuvo en silencio unos minutos que se me hicieron eternos y, por la expresión de su rostro, supe de inmediato que las deducciones a las que estaba llegando no me iban a gustar.

—¿Qué ocurre?

—No sé, no me gusta, ¿y si se trata de una distracción? —sugirió, su voz calmada pero firme.

—¿A qué se refiere?

—Pues a que tal vez alguien esté utilizando tácticas de desinformación para desviar nuestra atención del objetivo. Piénselo, la succinilcolina no es algo que se use a la ligera. Y la cantidad... Es como si alguien estuviera preparando un ejército de vacas para una operación. Es absurdo. —Me acerqué a su mesa y me senté frente a él.

—Continúe.

—¿Y si eso es lo que el asesino quiere que pensemos? ¿Y si la clínica es solo una fachada, un truco para desviarnos?

—¿Piensa que no deberíamos seguir esta pista? —Estábamos a punto de obtener una orden judicial, el comisario estaba presionando a las altas esferas para rascar todo lo que pudiéramos encontrar sobre aquel lugar.

—Al contrario, inspectora —dijo Parker—, esto nos dice que el asesino se está anticipando a nuestros movimientos. Está jugando un juego de ajedrez y nosotros estamos reaccionando a sus jugadas, por lo que hay que pensar como un estratega, meternos en su mente y desde allí ser nosotros quienes nos adelantemos. Kali sabe que somos buenos, seguro que intuiría que revisaríamos las compras, que seguiríamos el rastro y usó la clínica como un señuelo...

Chasqueé los dedos.

—Entonces la verdadera pista está en otro lado —concluí—. ¡Es un juego de espejos! ¡Nos muestra lo que quiere que veamos mientras oculta lo que realmente está haciendo! —Vi una sonrisa emerger de sus labios.

—Veo que ha llegado a la misma conclusión que yo, inspectora.

—¿Y qué sugiere?

—Mirar más allá de las ilusiones. Necesitamos encontrar la realidad detrás de la cortina de humo.

—Si bien es cierto que puede ser un elemento para jugar al despiste, también podría no serlo al cien por cien —rumié en voz alta—. ¿Y si el conductor desvía de vez en cuando alguna partida hacia el mercado negro? No sería el primero ni el último que hiciera algo así.

—Bien visto, inspectora, me gusta cómo piensa. Podría revisar las cámaras de seguridad en las rutas hacia el almacén y ver si siempre era el mismo repartidor.

—Buscaremos los vehículos que hayan estado allí más de una vez en las últimas semanas. Podría ser nuestro vínculo con el asesino. Pediré que un equipo revise las grabaciones. —Tamborileé los dedos sobre la mesa y finalmente di un golpe—. Buen trabajo, Parker, siga analizando el perfil del asesino, necesitamos que sea lo más próximo a la realidad.

—En ello estoy, inspectora.

Gracias a la perspicacia del analista, descubrimos un patrón: un camión que había hecho varias entregas al almacén. El vehículo pertenecía a una empresa de logística que trabajaba con clínicas y hospitales, un detalle que nos había pasado desapercibido.

Pedí a Martínez que siguiera al tipo hasta el váter, resultó que no era un hombre, sino una mujer, y visitaba día sí, día también, un lugar que parecía pegado a la suela de mis zapatos en los últimos meses.

—El SKS, ¿eh? —pregunté, mirando a Martínez.

—Igual no es nada, jefa, solo que le gusta ver a tíos en bolas…

—Allí no se puede entrar a no ser que seas bailarín o una mujer —comenté, rumiando la posibilidad de que Kali pudiera ser alguno de los bailarines o una de las asiduas.

Nos habíamos centrado en un perfil masculino, sin embargo, ¿quién nos decía que no fuera una mujer? Tal vez usara el club como lugar de recepción de la mercancía.

—Yo no pienso despelotarme, suficiente tuve el otro día en el rellano con mi vecina.

—¿El rellano con la vecina? —pregunté incrédula.

—Sí, ya te dije que teníamos planeado mudarnos, por fin el inquilino se había largado del piso que compramos y teníamos tiempo para ir a echarle un vistazo para ver las modificaciones que Nancy quería hacer, ya sabes, algo de pintura y cambiar los muebles.

—Sí, lo recuerdo.

—Pues bien, resulta que la vecina esperaba a una cita de esas que interpreta un papel. El tío fingía ser un repartidor a domicilio e iba vestido igual que yo, con el casco puesto. La chica no sabía que estaríamos cenando en el piso porque llevaba meses sin inquilino, así que cuando escuchó ruido, salió, y en fin… Que la fantasía de «viene el repartidor» hizo que terminara con la chorra al aire y las bolsas de comida suspendidas en mis brazos. Nancy abrió la puerta topándose con mi culo desnudo, la vecina sin la toalla y el falso repartidor saliendo del ascensor con una *pizza*.

Solté una carcajada.

—¡Joder!

—Sí, bueno, eso fue lo último que nos faltó, aunque por poco sufro una felación.

—¿Y estaba buena?

—Demasiado… —bufé.

—Entonces no la hubieras sufrido —bromeé.

—La cosa no acaba aquí, la corriente de aire cerró la puerta de su apartamento y Nancy me pidió que ayudara a la vecina con eso. Terminamos compartiendo cena los cuatro. —Arqueé las cejas—. Una locura, lo sé. Nuestra querida vecinita nos contó sin pelos en la lengua que está en una aplicación liberal que emplea para quedar con hombres, mujeres o parejas y que era la primera vez que se veía con el falso repartidor.

—Vaya, entonces igual me la tienes que presentar…

—¿Y sabes qué?

—¿Qué?

—Trabaja en el SKS.

—¡De verdad que el mundo es un puñetero pañuelo! ¿Y qué hace allí?

—Se encarga del vestuario. Le dijo a Nancy que podría pasarse un día, que la invitaba.

—¿Y qué dijo tu mujer?

—Me miró de soslayo y te juro que vi algo de interés.

—¿Eso te preocupa?

—¿Debería? —Me encogí de hombros.

—¿Ves porno?

—¿Qué tipo de pregunta es esa? Soy un tío.

—Pues si lo ves es casi lo mismo que ir al SKS, te la machacas viendo a otras mujeres y eso no significa que dejes de querer a tu mujer, solo que te excita. Lleváis desde que tenéis pañales juntos, es normal que pueda atraeros otra persona, el ser humano es de las pocas especies que se autoimpone la monogamia, hay muchos estudios sobre ello.

—Tú eres monógama y yo también.

—Te corrijo, yo soy monógama encadenada, encadeno una mujer con otra, lo que no significa que algún día pueda llegar a liarme con dos… Y te recuerdo que el otro día me sugeriste que me acostara con Nancy, que la idea de dos tías te ponía.

—Una cosa es fantasear y otra llevar las cosas a término. ¿Podemos dejar el tema? No pasó nada con la vecina y no va a pasar.

—Muy bien, solo quería decirte que mientras tú y Nancy estéis de acuerdo, todo es válido en una pareja, y dado que tu vecina la invitó al club…

—¡No voy a hacer un trío con ella! —dijo demasiado nervioso. Se notaba a la legua que había pensado en ello más de lo que le gustaría.

—Lo que hagas en tu vida privada es cosa tuya y no iba a decir eso. ¿Piensas que podría ir con Nancy al club?

—¿Quieres ver a tíos en pelotas? Ahora sí que alucino.

—Lo que quiero es seguir la pista de la camionera, y si voy con tu mujer, parecerá más creíble que si voy sola. Tranquilo, no la involucraré en la investigación, solo será una puesta en escena para que pueda echar un vistazo y de paso hablar con el jefe. ¿Lo ves posible?

—¿Qué voy a decir? Como mi mujer se enamore de uno de esos estríperes y me deje, te advierto que me mudaré a tu casa hasta el fin de mis días.

Sonreí. Cualquiera que conociera a Nancy y a Martínez como pareja sabía que eso no ocurriría, se adoraban.

Extendí la mano.

—Trato hecho. —Él me la estrechó.

—Voy a hacer una llamada.

CAPÍTULO 34

Kiara

Tanto mis compañeros como yo, vestidos y maquillados, contuvimos el aliento al ver el resultado final del escenario.

Lorraine no quiso que lo viéramos hasta estar listos y con la gente haciendo cola fuera del local, a punto de entrar.

La discográfica se lo había currado muchísimo y nos encontrábamos frente a una verdadera obra de arte visual y sonora.

El espacio estaba adornado con potentes símbolos de la feminidad y la cultura hindú. Grandes telas de seda de colores vibrantes con estampados de diosas guerreras colgaban del techo. Se movían suavemente con la brisa creada por los ventiladores ocultos.

Cada diosa representaba una de las canciones de nuestro *setlist*, donde hablábamos de empoderamiento y lucha.

En el fondo, una pantalla gigante mostraba visuales psicodélicos que se mezclaban con imágenes de mujeres pioneras de la historia, tanto de la India como de todo el mundo. La iluminación era dinámica, cambiando de colores vibrantes a tonos suaves, dependiendo del flujo de nuestra música.

Los instrumentos estaban dispuestos de manera que cada uno de nosotros tuviera espacio para expresarse.

257

La batería tenía un diseño personalizado con símbolos de Shakti, la divinidad suprema y favorita de Trayi, se la consideraba la energía cósmica primordial: creativa, mantenedora y destructora. Shakti era considerada como la única verdad, capaz tanto de alumbrar al Universo como de destruirlo, igual que ella con sus baquetas.

En los lados opuestos al escenario estaba el bajo de Ranya y la guitarra de Marlon y en el centro mi micrófono que tenía un efecto que lo hacía parecer envuelto en llamas.

Lo más impactante estaba justo detrás de la batería, una estatua de Durga, la diosa de la fuerza, con sus múltiples brazos extendidos hacia el cielo. Cada brazo sostenía un instrumento musical, simbolizando la unión de la música y la divinidad.

—Joder, ¡esto es la hostia! —espetó Marlon, quien ya se encontraba totalmente restablecido y con una energía desbordante.

—Lo es —aseveré sonriéndole.

—¡Lo vamos a petar! —exclamó Trayi, yendo hacia la batería para darle con fuerza con las baquetas—. ¡Con todos ustedes, Shiva's Riff!

Ranya rio, al igual que nosotros. Cogió su instrumento, del mismo modo que hizo Marlon. Rodearon a Trayi para probar varios *riffs* que harían vibrar a la audiencia.

Había llegado la hora de la verdad.

Dejamos los instrumentos y entramos un momento en el *backstage*, Marlon nos llamó a todas para que nos reuniéramos a su alrededor, sacó una botella de Limoncello de detrás de uno de los altavoces.

—¡¿Estás loco?! —reí contagiada por lo que íbamos a vivir.

—Ya sabes que sí —confirmó con una de esas sonrisas de listillo que habían empezado a robarme el aliento—. Ranya, pilla los vasos, los he escondido justo ahí mientras os maqueaban —señaló.

Sus ojos oscuros resplandecían con una mezcla de orgullo y picardía. Marlon tenía aspecto de niño grande, uno de esos capaces de cometer la mayor de las trastadas y, aun así, robarte el corazón.

Rellenó los vasitos sin que le temblara el pulso e hizo que nos acercáramos más de lo que ya estábamos. El corazón me iba a mil.

Levantó el suyo y nos miró fijamente.

—Los italianos somos muy de brindis y celebraciones, he pensado mucho en el nuestro, como un augurio de buena suerte, así que ahí va: Por las cuerdas que nos unen, por las voces que nos definen, por el *rock* que nos libera y fluye por nuestras venas. Hoy dejamos atrás el pasado para forjar nuestra propia leyenda. ¡Por nosotros!

Mis ojos conectaron con los suyos y bebí llena de emoción.

—Vamos a coronarnos, Rizos —susurré tan cerca de su oído que todo mi cuerpo reaccionó.

—Eso está hecho, Ojazos. Contigo al fin del mundo, en la luz y en la tiniebla. —Me arrojó un guiño.

Lorraine interrumpió el momento queriendo dedicarnos unas palabras antes de que la plataforma, oculta bajo el escenario, nos elevara hacia él con una música que nosotros mismos habíamos grabado en el estudio para la *intro*.

—¿Estáis preparados? —nos preguntó.

—¡Más listos que nunca! —aseveró Ranya.

—Vamos a incendiar el escenario —se sumó Trayi.

—Me conformo con que lo bordéis, tenéis que darlo todo ahí arriba. Hemos hecho *sold out*, el local está hasta los topes, no cabe un alma más, lo que es muy buena señal.

»La discográfica ha hecho un esfuerzo, han venido muchos periodistas, críticos musicales y gente importante del sector capaz de catapultaros o hundiros en la más absoluta miseria.

»Necesito que inundemos las redes y no de malas críticas, precisamente. Eso de que hablen bien o mal pero que hablen, solo funciona con los consagrados, vosotros los tenéis que impresionar o pasado el concierto nadie se acordará, ni vuestra familia. No hay espacio para el error. ¿Estamos? —Asentimos y

259

clavó la mirada en Marlon y en mí—. Vosotros dos acercaos —dimos un paso hacia ella—. Quiero química ahí arriba, y no de la que hace pensar en un desastre nuclear. Necesito que el público quiera haceros un altar y fantasee. La discográfica piensa que, después de lo ocurrido en el programa de Fallon, estaría bien que jugarais con las mentes de los fans. Algunos no os quieren juntos porque sueñan en convertirse en vuestras parejas, pero hay otros que desean un tórrido romance entre el guitarrista y la vocalista. Han inundado las redes con memes, *aesthetic* e incluso la foto de vuestros posibles hijos hecha con AI. No es que queramos que os lieis, solo que les hagáis creer que podría llegar a ocurrir. Así que dejaos de remilgos y posibles batallas e interpretad. Haced vuestro ese escenario y que su imaginación vuele junto a vosotros. ¿Lo pilláis?

«¿Qué fingiera que Marlon me había empezado a gustar? Sí, sería tremendamente difícil».

—Descuida, Kiara y yo hemos estado ensayando y seguro que podemos crear esa ilusión química que buscas. —Lo extraño sería fingir lo contrario, era incapaz de dejar que mi cuerpo gritara cada vez que lo tenía cerca—. Ya no habrá peleas entre nosotros, te lo prometemos. ¡Vas a flipar, Lori!

—Eso espero. Me juego mucho en esto, pero vosotros también, no me decepcionéis.

Bajamos una escalerilla y subimos a la plataforma, que era bastante estrecha para albergar a los cuatro. Mi meñique se rozó sin querer con el de Marlon, o puede que fuera yo quien lo buscara, ya no estaba segura de nada.

No me aparté, al contrario, lo enredé en el suyo sin dejar de mirar hacia delante. Sentí un leve apretón de su parte que lo interpreté como que me estaba infundiendo ánimo.

Sentí una de sus sonrisas en los labios. Era incapaz de no pensar en ellos, la frecuencia con la que lo hacía era cada vez mayor, me hacía pensar en las palabras de la Hermana Margaret sobre que no tuviera miedo y escuchara a mi cuerpo cuando me hablara de necesidad.

La plataforma se puso en movimiento apartándome de mis pensamientos. Emergimos envueltos en una nube de humo de colores con los primeros acordes.

Toda la sala estaba sumida en la oscuridad, salvo el haz de luz que nos iluminaba. Nos deslizamos enfocados por miles de dispositivos móviles, la luz de los flashes parecía una manta de estrellas, y cuando me vi frente al micrófono, tenía el estómago contraído por los nervios. Desvié un poco la vista para encontrar el aliento que necesitaba en aquella silueta masculina envuelta en cuero negro y una camiseta llena de rotos estratégicos.

«Allá vamos».

—¡Buenas noches, Philadelphia! —exclamé, consiguiendo un rugido homogéneo que me erizó por dentro y por fuera—. ¿Estáis listos para llenar esta sala de buen *rock* y libertad de pensamiento? —Todos gritaron—. Sumaos a cada acorde, haced vuestras las letras de nuestras canciones, que vuestras voces se alcen para romper las cadenas y encender la llama de la revolución. —El público rugió y silbó—. ¡Preparaos para ser parte de nuestra historia, porque *Shiva's Riff* está aquí para quedarse! ¡Vamos a vibrar juntos!

La guitarra de Marlon selló mis palabras con un breve solo que me cortó el aliento incluso a mí, cuando la última nota hizo que nuestros ojos volvieran a conectar, le sonreí inundada de aplausos, voces coreando su nombre y una energía renovada que me hacía contemplarlo como si nuestro primer concierto no solo marcara nuestro inicio como grupo.

El foco sobrevoló para detenerse en la figura de Durga, quien se vio envuelta en fuentes de pirotecnia.

Las baquetas de Trayi arrancaron con un ritmo infernal y acto seguido se apagó para que mi voz sonara sin otro artificio que ella misma, entoné un mantra que inundó la sala de vibraciones profundas para después dar paso al primer tema.

Amor divino, inspirada en el creador. La canción hablaba sobre la creación de un mundo nuevo donde la igualdad de género era la norma y no la excepción.

Amor Divino

Con cada nuevo tema, los asistentes se sumergían más en nuestra visión, coreando cada una de las letras. Era más que un concierto; era un manifiesto, y cada nota que tocábamos era un nuevo grito de libertad y poder igualitario.

Terminamos con *Ecos de Kali* y, al finalizar, una nube de polvos Holi que se había repartido entre los asistentes, más los cañones que teníamos en el escenario, lo inundaron todo.

No solo tocamos música; encendimos la llama del cambio en los corazones que quisieron escucharnos, una llama que, esperábamos, seguiría ardiendo mucho después de que las últimas notas se desvanecieran en la oscuridad.

En cuanto llegamos al camerino eufóricos y con la piel manchada de colores, abracé y besé a mis amigas, y cuando me topé con Marlon, tan lleno de la misma energía que yo, fui incapaz de frenar, me arrojé a sus brazos y me quedé sin aire al percibir su cuerpo estrechando el mío.

—Ha sido brutal, Ojazos —murmuró varios segundos después, sin que fuera capaz de despegarme, pasó la mano por mi pelo sucio y lleno de sudor, como si no le importara. Levanté la barbilla clavándola en su pecho y juro que nunca había sentido tantas ganas de que alguien me besara.

Ranya y Trayi se pegaron a nosotros para formar una piña y después fue Lorraine la que se unió a la celebración sin acercarse demasiado por si la manchábamos.

Se la veía feliz, y no dejaba de repetir lo fantásticos que habíamos estado.

Ravi, su asistente y enlace con la discográfica, nos trajo un ramo de flores a cada uno.

—Por cierto, Kiara —musitó antes de que me fuera para cambiarme.

—¿Sí?

—También han dejado esto para ti.

—¿Los de la discográfica? —Negó.

—Alguien de la sala, es de lo más común recibir regalos de los admiradores, acostúmbrate.

Era algo pequeño, cuadrado, pesado y envuelto en papel de seda, ¿qué sería?

Lo abrí curiosa, me topé con una pequeña caja hecha en plata, parecía ser una antigüedad. La diosa Sati estaba repujada en la tapa y rodeada por símbolos de felicidad. Al tirar del cierre para poder ver lo que contenía en su interior, me quedé sin aire.

Mis dedos temblaron descontrolados. La cajita cayó pesadamente al suelo vertiendo los polvos de *kumkuma* roja en mis pies.

CAPÍTULO 35

Kiara

Doce años antes.

Querido lector: Este capítulo puede herir tu sensibilidad, contiene una escena en la página final que puede ser considerada abuso, por lo que si no te ves capaz, no la leas y pasa al siguiente capítulo.

Miré mi reflejo en el espejo y contuve la respiración, nunca me había visto ni sentido así, tan aterrada, tan atemorizada, con la mirada más triste y al mismo tiempo más bella de lo que habría imaginado nunca.

En una aldea donde las sombras de los árboles eran más libres que yo, en la que crecí siendo una intocable, ahora sería más presa que nunca y perdería lo único que me quedaba, mi inocencia.

En cuanto me casara, me perdería para siempre. El peso de una tradición ancestral me arrastraría de cabeza hacia el matrimonio infantil, uno que no deseaba para nada.

Los días previos a la ceremonia fueron un torbellino de rituales y preparativos. Me bañaron con agua de rosas y cúrcuma, adornaron mi cabello con jazmines, y me vistieron con un sari rojo, el color de la suerte y el matrimonio. Cada hilo tejido en la tela me envolvía en una tela de araña lista para ser devorada.

En el silencio de mi cuarto, las lágrimas eran las únicas compañeras de mis pensamientos. No deseaba estar allí, no deseaba ser la ofrenda de un contrato, y aunque sabía que lo que iba a hacer aliviaría las penurias de mi familia, significaría empezar con las mías. Era una mala hija por soñar con aprender, por querer jugar o vivir otra vida distinta a la que me veía forzada. Pero esos sueños se desvanecían con el pasar de las horas, sellando mi destino.

La noche antes de la boda, miré las estrellas, me pregunté si alguna vez sería capaz de brillar con luz propia. El miedo y la resignación se entrelazaban en mi pecho mientras las lágrimas se escurrían por mis mejillas.

La comodidad del colchón me molestaba, me daba igual tener mi propia habitación rodeada de lujos, extrañaba las respiraciones de mis hermanos, por eso prefería hacerme un ovillo en el suelo, sobre la alfombra, para sentir lo que me había acunado todo este tiempo, la rigidez del suelo.

Una pequeña llama de rebeldía ardía en lo más profundo de mi ser, en aquel momento no sabía que esa llama se convertiría en un incendio capaz de quemar las cadenas que me ataban y que la sangre con sangre se pagaba.

Ese día sería una ofrenda involuntaria, pero en un futuro aprendería a que nadie más doblegara mi voluntad.

Al alba, cuando el sol todavía no brillaba en el horizonte, comenzaron con los preparativos, se podía sentir la efervescencia del personal de mi marido.

Hacía un par de días que me sometieron al Haldi, me desnudaron, me bañaron e impregnaron mis manos, pies y rostro en una pasta hecha de cúrcuma, harina de garbanzo, jugo de limón, sándalo y agua de rosas. A mi futuro marido le hicieron lo mismo, existía la creencia de que ello te iluminaba la piel, alejaba lo malo y atraía la buena suerte para la pareja.

Ayer debería haberse celebrado el *Mehndi*, solía hacerse un día antes de la boda, se celebra una fiesta donde a la novia y a su familia se les pintaba las palmas de las manos y los pies con henna para realzar la belleza de la novia, solo que mi familia no estaba.

Según nos contó el sacerdote, que regresó después de viajar para devolver a las otras niñas, mi madre había recaído y su delicado estado de salud no la dejaría soportar un viaje tan largo, mi padre no podía dejarla sola al cuidado de mis hermanos, así que tendría que conformarme con la familia de Gabbar, quienes llenaron mi cuarto de ropa, joyas que debería llevar en la boda.

Mi madre le dio un mensaje para mí, por voz, ya que ni ella ni mi padre sabían escribir. Quiso que me dijeran que se sentían muy orgullosos de mí, de la prosperidad que traería a la familia y de que fuera una hija tan buena, respetuosa y honorable. Que nos deseaban a mi futuro marido y a mí una vida llena de dicha e hijos.

Escucharlo fue como si me hicieran un boquete en el pecho, no podía decepcionarles, además, Gabbar se ocuparía de su bienestar, tenía que casarme.

Gabbar se encargó de que un coche me llevara al templo dedicado a Shiva en el que íbamos a casarnos.

Él llegaría montado en un caballo, como mandaba la tradición, rodeado de amigos y familiares.

El lugar estaba bañado en la luz dorada de las lámparas de aceite que parpadeaban, las flores que adornaban el espacio eran tan variadas como los invitados. Guirnaldas de manglares, caléndulas y jazmines colgaban de cada rincón, los lotos blancos flotaban en cuencos de agua, simbolizando la pureza y la belleza. Y el aroma de los jazmines y las rosas se mezclaban con el incienso, creando un perfume embriagador que envolvía a todos los presentes.

Los rostros de los congregados reflejaban una mezcla de emociones, desde la alegría por la festividad hasta la curiosidad, el interés o el desprecio que mi casta les generaba.

Gabbar entró en el recinto sacro vestido con un *achkan*, turbante y *jootis* en los pies, se colocó al lado del sacerdote, aguardando mi llegada, como marcaba la tradición, debía ser entregada y ocupar el cojín ubicado a su derecha.

Ni siquiera sé cómo llegué hasta allí, solo recuerdo su rostro impasible, que era una máscara de serenidad y control. Sin embargo, en momentos fugaces, su mirada revelaba un destello de satisfacción, por lo menos uno de los dos se mostraba contento por la unión.

El crujir de mi sari se unía al murmullo de los asistentes. La expectación era palpable, y aunque mantuve la cabeza baja, podía sentir los ojos de todos sobre mí, juzgando, calculando.

Mis manos fueron puestas sobre las de mi futuro marido y un temblor me recorrió de pies a cabeza.

—Tranquila, mi bella Kalinda, pronto estaremos casados ante los ojos de los dioses —murmuró ronco.

La ceremonia arrancó con las palabras del sacerdote, el fuego sagrado ardía frente a nosotros y en él se irían depositando ofrendas durante toda la ceremonia que se suponía traerían prosperidad y protección a la unión.

«Resignación», me dije, sintiendo una aceptación sombría, sin embargo, era incapaz de apartar la mirada del fuego, el calor de una chispa de desafío brillaba en lo más profundo de las llamas.

«No dejes que este matrimonio te defina». Por muchas palabras que me dedicara, era una mera espectadora de mi propia existencia, cada ritual me ataba más fuerte a un hombre que representaba todo lo que yo no deseaba.

Ambos teníamos el cuello lleno de caléndulas naranjas, su olor intenso empezaba a marearme. Simbolizaban la unión de dos almas y la esperanza de una vida llena de amor y prosperidad.

Dejé de escuchar hasta que Gabbar llamó mi atención para ponerme el collar de oro y piedras preciosas que pertenecía a su familia.

Cuando lo abrochó y aspiré su aroma especiado, mi estómago protestó. Tendría que acostumbrarme a mucho más que su olor. Las yemas de sus dedos acariciaron mi nuca con reverencia y sentí ganas de ponerme en pie, gritar un «basta» y decirle a todo el mundo que solo era una niña, una maldita niña obligada a unirse a un hombre que podría ser su padre.

No lo hice, y cuando sus dedos espolvorearon la raya de mi pelo en *kumkuma* roja, me tragué las lágrimas.

Gabbar Singh y yo nos unimos frente al fuego sagrado, mientras el sacerdote recitaba los mantras, y cada palabra sellaba mi futuro.

Mi marido me tomó la mano con firmeza y en ese apretón sentí cómo me decía que ya le pertenecía por completo.

No disfruté de la fiesta posterior, no podía hacerlo, estaba demasiado nerviosa imaginando lo que vendría después, no quería que pasaran los minutos, o si lo hacían, que me trasladaran a la mañana siguiente, en la que todo hubiera pasado.

No era una ignorante, sabía lo que hacían los hombres y las mujeres, y que mi marido anhelaba ese instante por encima de todo.

Cuando fue el momento de retirarnos a nuestros aposentos, en lo único que podía pensar era que mi sacrificio era lo mejor que podía pasarle a mi familia, y bajo aquella premisa acepté unos besos que aborrecía, unas caricias que detestaba, a la par que mi cuerpo iba quedando al descubierto.

Mis lágrimas silenciosas fueron besadas por su boca, absorbidas por las sábanas, mientras él me colocaba en el centro del colchón decorado con caléndulas y *kumkuma* roja.

Separó mis muslos y se colocó entre ellos.

El empellón me hizo chillar como nunca, el fogonazo de dolor me nubló la vista y me hizo golpearlo y arañarlo como nunca debería haber hecho una mujer dócil y resignada.

Pensé en disculparme, decirle que había sido un arrebato, pero lo que vi en sus ojos me detuvo, mi reacción le había gustado y me sonreía complacido.

—Sabía que eras una cervatilla valiente y con espíritu en cuanto te vi. Por eso te elegí. —Agarró mis muñecas y las llevó a los laterales de mi cabeza—. Por eso hoy eres mi mujer, por el fuego que arde en ti. Las demás se habrían roto a la menor oportunidad, pero tú, tú eres distinta, estás hecha para darme justo lo que me gusta. —Salió y se encajó de nuevo con todas sus fuerzas, arrancándome otro grito de dolor, solo que esa vez no pude golpearlo—. Eso es, me encanta tu voz cuando berreas, sigue haciéndolo, quiero escucharte cada vez que me hunda y nos bendiga tu sangre virgen. —Se relamió mirando la unión entre nuestros muslos—. Vamos a pasarlo muy bien, Kalinda, no te va a faltar nada a partir de hoy. Eres mi mujer, mía para siempre —farfulló antes de darme un tercer empellón que hizo que me desmayara fruto del dolor.

CAPÍTULO 36

Marlon

El acercamiento que tuve con Kiara terminó casi al mismo tiempo que el concierto.

Después del espontáneo abrazo que recibí y que Lorraine me llevara a un lado para decirme que fuera a darme una ducha rápida porque nos íbamos a celebrar lo bien que había salido la actuación en su hotel, sentí que la cosa se había puesto tensa.

Al regresar al tráiler, antes de que despuntaran los primeros rayos del sol, lo hice con vergüenza, sin un ápice de mi humor burlón y sintiéndome la última mierda del planeta.

Había necesitado un aporte de ayuda extra para empalmarme, lo que cabreó bastante a Lorraine. Lo achaqué al desgaste en el escenario y ella me hizo que se lo demostrara llevándome al borde de la extenuación.

¿Cómo había caído tan bajo? Era imaginar lo que mi padre pensaría si se enteraba y se me caía el alma a los pies.

El interior del tráiler estaba en silencio, debían seguir dormidas, avancé por las escaleras debatiéndome en si era buena idea llamar a la puerta de Kiara para hablar con ella, no obstante, pensé en cómo me sentiría yo si fuera al revés, seguro que me recibiría con un: «No me apetece que te acerques a mí después de irte con nuestra representante, justo cuando decidí dar un paso y abrazarte».

¿Qué le respondería? ¿Que estaba vendido? ¿Que si me negaba, Lorraine me arrebataría lo único que me hacía sentir bien además de ella? ¿Que hundiría mi carrera porque yo solito me había sumergido en el barro hasta las cejas?

Igualmente estaba agotado, demasiado jodido para pensar con claridad, así que me limité a mirar su puerta, acercarme a ella, elevar el puño y dejarlo caer.

No podía, no después de pasarme toda la puta noche con Lorraine, de percibirla jadeando en mi piel. Di media vuelta y me encerré en mi habitación, solo quería dormir, dejar de pensar y de sentir.

Cuando emergí de mi autoencierro, ya habíamos llegado a Washington. Ni siquiera había percibido que el vehículo se había puesto en marcha. Escuché bastante alboroto en el piso de abajo. Al llegar a la sala de estar, descubrí a las chicas riendo y sujetando el periódico.

—Marlon, ¡ven aquí! ¡Salimos en el puto New York Times! ¡Y todo lo que dicen es bueno! Kiara y tú estáis fantásticos, y a Ranya y a mí nos han puesto aquí abajo y sin retoques fotográficos!

—Me alegro.

Busqué con la mirada a mi compañera de instantánea, que estaba fija en la mesa. Tenía cara de pocos amigos y una taza humeante frente a ella.

The New York Times

INTERNATIONAL EDITION. SÁBADO, 2 2 DE JUNIO 2024

SHIVA'S RIFF ENCIENDE THE FILLMORE CON UN ESPECTÁCULO DE ROCK Y COLOR

Philadelphia, PA – Al amanecer, tras una noche vibrante, los ecos del éxito aún resuenan en las paredes de The Fillmore. Shiva's Riff, la banda emergente de rock hindú, ha dejado una huella imborrable en la escena musical de la ciudad con su concierto de anoche.

La líder y vocalista, Kiara, junto con Trayi en la batería, Ranya en el bajo y Marlon en la guitarra eléctrica, llevaron a los asistentes a un viaje musical que trascendió más allá de una simple actuación. Su mensaje de igualdad, feminismo y empoderamiento femenino resonó fuerte a través de sus canciones, capturando los corazones y las mentes de todos en la sala.

SHIVA'S RIFF. ¿MÚSICA O REVOLUCIÓN?

El espectáculo comenzó con una entrada triunfal, emergiendo del suelo en una plataforma elevable entre nubes de humo, creando una atmósfera mística que anticipaba la noche mágica que estaba por desplegarse. El final fue un estallido de alegría y unidad, con el público sumergido en polvos de colores, reminiscente de la festividad Holi, simbolizando la diversidad y la celebración de la vida.

Sin embargo, más allá de la música y el mensaje, lo que capturó la atención de muchos fue la química palpable entre Marlon y Kiara. Su sinergia en el escenario fue innegable, y mientras intercambiaban miradas y sonrisas, muchos se preguntaban si lo que había entre ellos era solo una conexión artística o algo más profundo. Los momentos compartidos en el escenario sugieren una complicidad que trasciende las notas de sus guitarras.

Shiva's Riff no solo ha conquistado Philadelphia, sino que también ha planteado la pregunta: ¿Es posible que la música sea el lenguaje del amor? Por ahora, solo el tiempo lo dirá. Lo que es seguro es que su paso por The Fillmore no será olvidado y que su mensaje seguirá resonando y empoderando a muchos más en el futuro.

NUEVA YORK: UN GIRO DE JUSTICIA PARA MANIFESTANTES PROPALESTINOS

En Nueva York, la justicia ha tomado una decisión significativa al retirar los cargos a la mayoría de los manifestantes propalestinos que acamparon en Columbia, con la condición de que no cometan ningún delito durante seis meses

TRAS LA PISTA DE KALI

En un giro inquietante de los acontecimientos, la policía ha confirmado que la investigación para capturar al asesino en serie conocido como "Kali" sigue en curso. Este individuo, que ha ganado notoriedad por seleccionar a pederastas como sus víctimas, ha eludido hasta ahora la captura, dejando a la comunidad en un estado de tensión y especulación.

Las autoridades han mantenido un silencio estratégico sobre los detalles del caso, invocando el secreto de sumario para preservar la integridad de la investigación. Este nivel de confidencialidad es una medida estándar en investigaciones delicadas y complejas, especialmente aquellas que involucran a un criminal que parece estar siempre un paso adelante. El uso del secreto de sumario sugiere que la policía podría estar cerca de una pista significativa, hasta que no se hagan públicos más detalles, el misterio continúa, y con él, el debate moral y ético sobre los actos del asesino.

Trayi se puso a leer el artículo en voz alta mientras yo me servía un café. Mis niveles de energía matinales cada vez eran más bajos.

Al llegar a la parte en la que el periodista narraba la química entre Kiara y yo, vi de reojo cómo ella arrugaba la expresión y esta quiso aclarar lo que el periodista tildó de sinergia innegable, conexión artística, o algo más.

—Lo que no saben es que Lorraine nos pidió expresamente eso, puede que ahí no haya Photoshop, pero sí imposición escenográfica.

—Habla por ti —susurré llevándome la taza a la boca. Lo aparté de inmediato, estaba ardiendo.

Ella alzó las cejas y bufó.

—Voy a estirar las piernas un rato y a respirar, aquí dentro el aire está un poco viciado —farfulló, dedicándome una mirada tensa.

Ranya y Trayi se miraron, y aunque no tenía nada preparado, fui detrás de ella.

En cuanto abrió la puerta que daba al exterior, tuve que cerrar los ojos por culpa del sol y mi falta de sueño.

¡Mierda! ¡Parecía un puto vampiro alérgico al sol y con ansias de sangre!

Kiara apoyó la espalda en la pared del tráiler y se cruzó de brazos. Miró nerviosa a un lado y a otro antes de que me encarara.

—¿Se te ha perdido algo? —pregunté en tono burlón.

—¿A mí? Creo que es a ti. ¿Ves por ahí algún rastro de tu vergüenza?

Me estaba bien por ir de capullo cuando estaba claro que anoche la ofendí.

—Kiara..., yo...

Me acerqué comedido.

—Ni te atrevas a tocarme.

Su advertencia me erizó por dentro.

—Ya sabes que no lo haría sin tu permiso, de hecho, todas las veces que nos hemos tocado, si no recuerdo mal, has sido tú.

—Gracias por recordármelo, tío listo.

¿Qué había pasado con Rizos? Quizá ni siquiera me mereciera ese apelativo.

—¿Esto es porque me fui con Lori?

Sus ojos se apretaron como si le doliera, lo que hurgó en la herida que yo mismo me autoinflingí anoche.

—No pienso hablar de nuestra representante contigo, así que si has venido a eso…, colorín colorado, esta mierda se ha acabado.

—Menudo final de cuento. —Ella me contempló ofendida.

—Lárgate, Marlon, por si no lo has pillado, he salido para estar sola.

—Y te dejaré sola, pero antes tenemos que hablar.

—No tengo nada que decirte.

—Yo creo que sí. ¿Qué te ocurre? Sabías que… —¿Qué iba a decirle? ¿Sabías que tarde o temprano me tiraría a Lorraine?

—¡Déjalo! No hace falta que te excuses, tienes razón, sabía lo que ocurriría con ella, lo que no imaginaba era que yo…

Calló, chasqueó la lengua con fastidio, dio una patada a una piedra y se puso a caminar. La seguí.

—¡Para!

—No me apetece. Tengo muy claro que pasé por un estado de enajenación mental transitoria, que me confundí e hice cosas de las que me arrepiento.

—No hay nada de lo que arrepentirse.

—Yo pienso que sí.

—¿De qué?

—¡De todo! —Alzó las manos y las dejó caer pesadamente a los laterales de su cuerpo—. ¡Las cosas no están saliendo como imaginaba! Desde que has llegado, ¡todo se ha vuelto turbio! A partir de ahora, tengo muy claro que lo único que quiero de ti es que toques bien tu instrumento, se terminó esa tontería de palabrería barata entre nosotros y voy a enfocarme en lo que de verdad importa.

—¿Palabrería barata? ¿Lo que de verdad importa? Pensaba que…

—Pues no pienses, no se te da bien —concluyó cada vez más cabreada.

—¡No es justo que me juzgues tan a la ligera! —voceé.

—¡¿Y tú qué sabrás sobre lo que es justo y lo que no?! —contraatacó.

Apreté el paso, estaba tan puñeteramente nervioso de que no me dejara explicarme, de que sacara sus propias conclusiones sin dejarme hablar, que no lo pensé. Alargué el brazo y la cogí de la muñeca para atraerla hacia mi cuerpo.

Fue un acto reflejo que recibió su consecuencia. Kiara hizo un requiebro y ante mi perplejidad vi su pie hundirse en mi estómago al más puro estilo Bruce Lee. La taza que llevaba arrastrando conmigo desde el salón se derramó sobre mi camiseta y me vi bañado en café caliente.

El golpe sumado al calor de la bebida empapando mi piel me dejaron sin aire. Me vi obligado a soltarla.

—¡Te advertí que no me tocaras! ¡No vuelvas a hacerlo en tu puta vida! —ladró con los ojos muy abiertos.

Dejé caer la taza al suelo, intenté recuperar el oxígeno llevando mis manos al abdomen, mientras ella se alejaba. No miró una sola vez atrás, vale que no era una herida de bala, pero, joder, dolía.

En cuanto el oxígeno llegó a mis pulmones, me quité la camiseta con rabia y la arrojé al suelo, junto a la taza. ¡¿Cómo había podido ser tan patán?! Tenía la misma sensibilidad que una piedra.

Me dejé caer en el descampado de tierra y llevé las manos a mi pelo para tirar de él. Mi respiración se había vuelto irregular. El golpe dolía, aunque no tanto como sus palabras o la posibilidad de un tal vez que se desvanecía frente a mis ojos.

Kiara no quería saber nada de mí y no la juzgaba, la comprendía, ¿quién iba a querer algo con un tío que se follaba a su representante frente a las narices de la chica que le gustaba? Yo tampoco lo toleraría, ¿a quién pretendía engañar?

—Ey, mirad, ¿ese es Marlon? —Oí las voces femeninas antes de levantar la cabeza—. ¡Sí, es él!

Un grupo de quinceañeras, que estaban a unos pocos metros de distancia, me miraban perplejas.

En cuanto vi que sacaban el móvil, supe que estaba perdido, o me ponía a fingir de inmediato, o una imagen poco apropiada podía empezar a pulular como la pólvora en redes sociales. Uní dos dedos, forcé una sonrisa y las saludé.

—Hola, chicas. Me habéis pillado, he patinado, se me ha caído el café y yo de culo con él. —Ellas rieron nerviosas—. ¿Me ayudáis a levantarme?

No hizo falta que dijera más. Vinieron corriendo, primero para alzarme del suelo y después para hacerse con algún que otro *selfie* o autógrafo.

No podía negarme, ni ponerme de nuevo la camiseta, por lo que me limité a hacer lo que mejor se me daba, fingir, posar y sonreír con el torso algo enrojecido. Aceptando sus atenciones.

Al pequeño grupo se sumaron más mujeres atraídas como las moscas a la miel, y en nada me tuvieron rodeado.

No vi a Kiara regresar, me perdí su mirada de decepción, quizá mejor así, porque sus ojos no me habrían dicho nada que no supiera ya. Que era un experto en desilusionar y dañar a las personas que me importaban.

276

CAPÍTULO 37

Janelle

El gran día había llegado, estaba nerviosa, bastante más que de costumbre, sobre todo, porque lo que iba a hacer podía poner en juego mi puesto de trabajo. No tenía ganas de perderlo, me gustaba currar en el SKS, pero, por otro lado, quería que me tuvieran en cuenta, en serio, y no como ese leve y molesto sonido que pide ser escuchado o tenido en cuenta. Como diría mi abuela, «*follow your bliss, my little clover*», o lo que vendría a ser lo mismo, que persiguiera mis metas, mis sueños, solía llamarme pequeño trébol porque a ella mi presencia le traía buena suerte.

Además, ese día vendrían a verme Nancy y su amiga.

No pude evitar sonreír al recordar nuestro encuentro del día anterior.

Salí del apartamento para acudir al SKS y me llevé un sobresalto al toparme con mi vecina y un hombre vestido de operario que nada tenía que ver con el buenorro de su marido. Estaban hablando en el descansillo y él hacía anotaciones en una libreta. Tenía que reconocer que Nancy estaba muy guapa, vestía un top palabra de honor y un pantalón de lino que resaltaba sus curvas.

Su pecho era casi más generoso que el mío y sus caderas eran de las que mi abuela habría definido como hechas para engendrar hijos.

Cuando me vio, se le iluminaron los ojos, parecía alegrarse de verme, lo cierto es que la cena de la otra noche fue muy divertida y congeniamos bastante. Tenía unos ojos expresivos, una sonrisa contagiosa y, cada vez que hablaba de sexo, sus mejillas se volvían rosas. Daba igual que me sacara unos diez años, por lo que entreví en la conversación, no había estado con otra persona que no fuera César, llevaban juntos desde pequeños, y quizá ahora se despertara cierta curiosidad por lo que no había probado, o fue la impresión que me llevé.

—*¡Hola, Janelle!*

—*Nancy, ¿qué tal?*

—*Bien, he venido a tomar unas medidas para los últimos muebles, con la distribución del piso, los armarios tienen que ser empotrados y, en fin, también quiero cambiar la cocina.*

—*Eso suena a mucho trabajo.*

—*Qué va, ya está casi todo, por suerte, hay gente dispuesta a trabajar bien y deprisa.* —*Nancy sonrió al hombre que la acompañaba.*

—*Me alegro.* —*Le dijo unas palabras al operario, que asintió y entró en el interior del piso dejándonos a solas*—. *¿Cuándo os mudáis?* —*me interesé.*

—*Bueno, esta semana aprovecharemos el día de fiesta de César para pintar, el fin de semana colocarán lo que nos falta, así que supongo que para la que viene.*

—*¿Al final pintaréis vosotros?*

—*Sí, así nos ahorramos un dinero y puedo invertirlo en la alacena de la que me he enamorado.*

—*A mí me chifla pintar, me relaja muchísimo, también ayudé a Marlon con su piso, así que si queréis, os puedo echar un rodillo* —*reí.*

—*No quiero abusar.*

—*No es abuso, me estoy ofreciendo, mis días están bastante libres, así que el favor me lo haríais vosotros, sin mi hermano en el piso, me aburro bastante.*

—*¿Segura?*

—*Ya me conocerás, no soy de las que dice o hace las cosas por quedar bien. Con Marlon de gira, se me caen las paredes encima, ya viste, tengo que tirar de citas con motoristas.*

Ella rio y se mordió el labio.

SOBERBIA

—Bueno, al final no fue tan mal. ¿Y cómo es eso de que tu hermano está de gira?

—Es guitarrista en la banda Shiva's Riff, ¿las conoces? Son las que ganaron...

—El USA Talent —terminó por mí—, me encanta ese programa.

—Y a mí. —Las dos nos miramos y nos quedamos unos segundos en silencio, no uno incómodo, sino de apreciación.

Pese a la manera abrupta en la que nos conocimos, los Martínez resultaron ser todo un hallazgo. Se compenetraban muy bien, eran bromistas, sexis, bastante desenfadados y curiosos.

Me sometieron a un tercer grado al que respondí encantada. Sintieron bastante curiosidad por la app a la que estaba apuntada, como por mi modo de concebir las relaciones. Por supuesto que la guinda del pastel la puso el lugar en el que trabajaba, y cuando les dije que aspiraba a ser la primera mujer pekado capital, a los dos les pareció una gran idea.

Estaba casi más interesada en mis nuevos vecinos que del chico con el que quedé, aunque, a pesar de ello, cuando me despedí a regañadientes de la pareja, debo reconocer que le eché un buen polvo.

—Oye... —murmuró. rompiendo el silencio.

—¿Sí?

—¿Sigue en pie lo de poder ir al SKS? Tengo una amiga, bueno, más bien es la jefa de mi marido, que está un poco alicaída después de dejarlo con su pareja y me preguntaba si podrías hacer extensiva la invitación para ambas. Me da un poquito de vergüenza pedirte algo así con el poco tiempo que hace que nos conocemos, pero es que me da mucho apuro ir sola, aunque, si te soy sincera, me muero de ganas.

—Lo entiendo, cuando vas a un garito lleno de tíos en pelotas, hacerlo sola puede resultar abrumador, además, hay que compartir. Cuenta con ello, ¿cuándo queréis venir?

—¿Sería muy precipitado si te dijera que mañana?

—Qué va, solo necesito vuestros nombres y los dejaré dichos en la puerta.

—¿Ya has conseguido que te dejen bailar?

—Todavía no. —Ella hizo un puchero.

—Lástima, me hubiera encantado verte —alcé una ceja y sus mejillas se tiñeron de color.

—¿Sí?

—Por supuesto, seguro que bailas de maravilla.

—¿Y si bailara? ¿Querrías subir? —me mordí el labio. Ella parecía desconcertada.

—¿A-a que me bailaras? —Asentí.

—No solo a ti, también a tu amiga, podría contar con vosotras si me lanzo al ruedo, me da miedo salir al escenario y no ser capaz de arrastrar a ninguna chica. ¿Crees que podríais hacer eso por mí?

Su sonrisa se hizo amplia.

—Quizá a ella le guste más que le bailes tú que cualquier otro.

—¿Y eso?

—Digamos que, si le damos a elegir, se quedaría antes contigo que con mi marido.

—Mmm, interesante, pues me vendría de perlas para mi puesta en escena, ¿piensas que aceptaría?

—Seguro, la palabra sororidad hace mucho que aparece en su diccionario, además, ¿quién podría negarse?, eres preciosa. —Sus ojos se desplazaron por mi silueta y eso me excitó.

¿Y si resultaba que no era la única a la que le apetecían los nuevos vecinos?

No era de las que se quedaban con la duda, así que moví ficha.

—Vaya, gracias, tú también me pareces muy guapa y tienes un cuerpo de los que cortan el aliento.

—¿Yo? ¡Qué va! Hace muchos años que dejé de ser la capitana de las animadoras.

—Quien tuvo retuvo, seguro que sería una gozada verte mover los pompones. No me lo digas... ¿César era el quarterback? —Nancy movió la cabeza afirmativamente—. ¡Lo sabía!

—A mi marido siempre le gustaron con curvas generosas.

—En eso nos parecemos, a mí me parece que estás tremenda, es más, si estuvieras en mi aplicación de ligues, ya te habría entrado para conocernos mejor. Espero no ofenderte, peco de sincera, y tú y tu marido sois una pareja de lo más atrayente.

—¿Te gustaríamos los dos? —No había rechazo en su pregunta, sino de nuevo estaba aquella curiosidad que me resultaba tan atractiva.

280

—*¿Te incomoda?*

—*Me halaga.*

«*¡Bien!*».

—*Tengo que marcharme.*

—*Ay, qué tonta, disculpa, te he entretenido mucho rato.*

—*No pasa nada. Entonces, ¿tenemos un trato?*

—*Lo tenemos.*

Me acerqué a Nancy y besé su mejilla rozando nuestros pechos. Ella contuvo el aliento y yo sonreí para mis adentros.

«*Oh, sí, iba a ser de lo más interesante*».

—*Nos vemos mañana —musité en su oído.*

Miré de reojo al nuevo Soberbia, al cual había llamado a mi taller, cinco minutos antes de su actuación, porque le dije que tenía que hacerle un arreglo de última hora.

—Jane, ¿vas a tardar mucho? —preguntó de espaldas a mí, quitándose la camiseta como le había pedido para entretenerlo—. A las mujeres va a empezar a sudarles el canalillo como no me vean aparecer.

«Lo que les da son retortijones al ver lo tocón y soez que puedes llegar a ser».

—Tranquilo, machote, déjalo en mis manos, que la regulación de fluidos femeninos se me da mejor que a ti —dije, acercándome a la puerta para cerrarla de un portazo.

Mi taller estaba completamente insonorizado y la puerta de acero galvanizado lo convertía en un pequeño búnker a prueba de imbéciles. No podría escapar.

Un ligero temblor me recorrió el cuerpo.

Llevaba puesto el mono de mecánica, la camiseta de tirantes blanca debajo y el pelo escondido en el interior de una gorra, lo que disimulaba bastante que era una mujer. En el cinturón de herramientas estaba todo lo que iba a necesitar, además, tenía un compinche que había venido de visita esa noche y me iba a ayudar.

Miré aquellos ojos verdes que tan buenos recuerdos me traían y nos fundimos en un abrazo.

—¿Lista para el espectáculo, Duende?

Me separé de él y lo miré. Ahí estaba Elon, contemplándome con una de esas sonrisas relucientes, el expecado más goloso del SKS.

—Nunca lo he estado más.

—¡Eh! ¡Jane! —vociferó al otro lado de la puerta mi rehén—. ¡Que se ha cerrado esta mierda!

—Como si no lo supiera —farfullé, mirando a Elon, quien soltó una risita.

—Yo me ocupo de que no escape.

—Mejor custodia esta llave, que solo hay una copia, y saca tu cuchillo carnicero por si el *boss* amenaza con asesinarme.

—Soy maestro repostero, no me dedico a la carne.

—Pues entonces saca tu enooorme rodillo de amasar.

Soltó una carcajada.

—Será mejor que Autumn no te oiga, o te convertirá en una deliciosa galleta de la fortuna.

Los dos estábamos de broma, siempre tuvimos muy buen rollo y Elon adoraba a su novia.

Los últimos acordes de la canción de Pereza llegaron a través de las escaleras. Era el momento en el que yo tomaba posición entre bambalinas para recoger la ropa, solo que, esa vez, además de recogérsela a mi compañero, me la iba a quitar.

—Deséame suerte, Chocolatito.

—No la vas a necesitar, aunque si tu hermano se entera de que te he ayudado, me corta las pelotas.

—Está de gira, no se enterará.

—Pues sube ahí arriba, cómete el escenario y ve a por esas mujeres. Si una mujer puede ser Soberbia, esa eres tú.

Me guiñó un ojo, yo le di un beso en la mejilla y subí las escaleras de dos en dos.

CAPÍTULO 38

Sepúlveda

No me extrañaba que tildaran a ese lugar como el templo del pecado.

Desde la entrada a la decoración en tonos oscuros, luces led, carteles luminosos con referencias a sexo, placer y portarse mal. El mobiliario era exquisito, olía a caro y aquellos hombres con tan poca ropa, aderezados con música de letras sugerentes, no dejaba espacio para otra cosa que no fuera: follar.

Incluso yo, que los rabos no eran lo mío y no atravesaba mi mejor momento sentimental, me vi envuelta en aquel cóctel molotov de feromonas que me hizo mover los ojos sobre la marabunta de cuerpos femeninos con interés renovado. Me reñí mentalmente.

No estaba ahí para ligar, sino para descubrir el motivo que llevaba a la transportista de succinilcolina a aquel lugar. Me daba en la nariz que, tras el atracón de torsos desnudos, sus visitas al SKS iban más allá.

Cuando nos sentamos en la única mesa disponible, me quedó claro que el jefe del local sabía que estaba aquí.

Nuestros caminos se habían cruzado alguna que otra vez, sobre todo, por alguno de sus chicos, lo que me había llevado a interrogarlo de manera extraoficial.

Su manera de hacerme saber que estaba en sus dominios era plantarme a uno de sus pecados, botella de champán en mano, para darnos la bienvenida.

—Buenas noches, señoritas, el señor Stein me manda para que les acerque una de nuestras mejores botellas con sus más sinceros deseos de que tengan una grata experiencia —murmuró el tipo de los pectorales gigantescos descorchando la botella.

—Dile a tu jefe que se lo agradezco. ¿Dónde está?

El chico me sonrió mientras llenaba las copas.

—En todas partes —musitó con una sonrisa que no daba pie a equívoco.

Se refería a las cámaras de seguridad.

Cogí la bebida que me tendió, al igual que Nancy, quien estaba visiblemente acalorada.

No podía decirle eso de «no bebo porque estoy de servicio», tampoco era que un poco de *champagne* fuera a nublarme el juicio.

—Comprendo, pues dale las gracias de mi parte.

—Lo haré, si me disculpan, voy a seguir atendiendo mesas, a no ser que quieran reservar un espectáculo privado en una de nuestras zonas reservadas para ello.

—De momento no, gracias —respondió Nancy atropellada.

Estaba algo agitada y no dejaba de mirar a todas partes, se notaba que no frecuentaba lugares como ese.

—Dile a mi mujer que se le van a salir los ojos de las cuencas y que estos tíos no se parecen en nada a los seres despreciables que se ocultan en Tinder —gruñó una voz ronca emergiendo del pinganillo.

Uno de los chicos estaba realizando su número y Nancy se puso a ojear el escenario en cuanto nuestro improvisado camarero se marchó.

—¿Y qué tendría que hacer Nancy en Tinder? —farfullé, cubriéndome la boca, para que solo él y nuestro criminólogo, sentado a su lado, pudieran oírme.

—Pues ir de caza tras el divorcio. Seguro que pensará que alguno de esos destrozahogares le dará una vida mucho mejor que yo.

—Interesante. ¿Tus dudas vienen porque estos tíos sí saben bajar la tapa del retrete en lugar de dejarla abierta, como si pudiera desatarse en cualquier momento un portal interdimensional que te lleva al planeta del fútbol y la cerveza?

—No jodas que eso existe.

—Madura, Martínez, tu mujer te adora. Aunque tal vez deberías probar a vestirte de vikingo y mover el mazo como ese Dios.

Estiré el cuello para fijarme en el tipo que vestía como Thor y era el principal reclamo de Nancy.

—¡Madre mía, ¿has visto a ese tío?! —me preguntó cabeceando hacia él—. Creo que viene con extra de abdominales en lugar de michelines, más de una se los va a querer contar con los dientes —rio, a la par que su marido soltaba alguna que otra palabrota.

Nancy sabía que Martínez estaba fuera por seguridad, de lo que estaba al margen era de que yo llevaba una cámara y César podía ver y oír lo que hablábamos. Una cosa era que supiese parte de lo que ocurría y otra muy distinta hacerla partícipe de toda la misión.

No quería que se le notara, ya era suficientemente peligroso que estuviera al corriente de que era una especie de coartada.

La función de Parker y César era estar ahí por si surgían imprevistos y porque tres pares de ojos eran mucho más funcionales que dos, así que decidí ponerme una microcámara 360° en el broche que estaba sujeto a la parte delantera de mi chaleco de espalda descubierta.

Se suponía que era una noche de chicas y de fiesta, no podía ir con una de mis camisas de Wallmart.

—Tu marido también los tiene —masculló, escuchando cómo César proclamaba un «bien, eso es, jefa, rema a mi favor».

285

—Sí, pero los de ese tío están esculpidos con cincel, y a mi marido, por muy duro que le dé a las pesas, se le acumulan algunos de mis guisos en formato flotador. Que no me quejo, ¡eh! César me gusta muchísimo, nuestra relación va bien.

—¿Bien, solo bien? —preguntó mi Pepito Grillo personal—. Dile que ese flotador salva muchas vidas y tampoco tengo tanto acumulado, solo me tapa la última abdominal.

—Ya sabes lo que pasa cuando llevas mucho tiempo con alguien, a veces…

—¿A veces? ¿Qué pasa a veces? ¿Ve muertos?

Mierda, ¡no iba a dejarla confesar sin saber que él podía oír todo lo que dijera! Envolví el broche con la mano, mientras mi compañero soltaba espumarajos por la boca porque se quería enterar.

—Se vuelve un poco monótono, ya me entiendes, además, yo no he estado con otra persona que no fuera César.

—Bueno, podrías sacarlo a colación, si necesitas que se abra la pareja o cualquier otra cosa, todo es hablarlo.

—No sé, ya conoces a mi marido, es muy posesivo, igual no se toma a bien que me apetezca ampliar algún horizonte y el problema es que, desde que cenamos con Janelle, le doy vueltas a cosas que ni siquiera me planteaba hace unos días.

—Jefa, como no quites esa manaza de ahí, te juro que me planto en casa de tu ex y le digo… Bueno, no sé lo que le digo, pero voy a buscarla.

Una sonrisa malvada se curvó en mis labios y aparté la mano.

—Pues yo creo que si tienes fantasías por cumplir y tienes sed de aventura, deberías hablarlo con tu marido, quizá te sorprenda y le apetezca tanto como a ti. —Nancy calló y le dio un sorbo a su copa volviendo la mirada al escenario. Habían empezado los aplausos, lo que indicaba el final del número.

—¡¿Fantasías?! ¿Qué fantasías tiene Nancy? Dile a mi mujer que si quiere aventura, le regalaré un mapa y una brújula, pero ¡que no cuente conmigo para que uno de esos tíos busque el tesoro escondido con su tuneladora en mi única gruta por explorar!

Casi se me escapó una carcajada, y lo hubiera hecho si su mujer no acabara de abrir la boca como un pez y tuviera los ojos desorbitados.

César empezó con una ristra de maldiciones al ver su expresión, que tenía que ver en cómo se le acababan de dilatar las pupilas a su mujer.

No me quedó otra que apartar la vista de mi objetivo, quien seguía sentada sola en una mesa de la esquina, girar un poco el cuerpo y poner el foco en el mismo lugar que estaban las retinas de mi amiga.

CAPÍTULO 39

Sepúlveda

Acababan de anunciar el nuevo pecado capital que subía al escenario, no era otro que Soberbia, quien apareció enfundado en un mono de mecánico, cinturón de herramientas, una máscara de soldar, guantes protectores y se dirigió, amoladora en mano, hacia una barra de metal para hacer saltar chispas.

El tema calentito de *Pony*, cantado por Ginuwine, y su movimiento de caderas hacia delante y hacia atrás hicieron arder a un público entregado que no dudó en gritar y cantar la primera estrofa.

Los envites de cadera eran como la salsa de los espaguetis a la boloñesa, le añadían gusto y untuosidad.

Solo soy un soltero.
Busco una compañera.
Alguien que sabe montar.
Sin siquiera caerse.

No era un tío como los demás, era delgado y juraría que...

Estreché los ojos cuando se desprendió de la máscara y quedó a la vista una cara demasiado delicada como para pertenecerle a un tío.

—Dios, ¡es ella! —exclamó Nancy.

¡¿Cómo olvidar a la vecina que iba a saltarse las normas y actuar contra todo pronóstico en un club en el que solo se despelotaban los hombres?!

Solía ser de morenas, sin embargo, reconocía que aquella pelirroja de expresión indecente era capaz de que cualquiera pudiera plantearse una noche loca.

Nancy no fue la única que soltó un exabrupto, Martínez también espetó algo inteligible en mi oído. Estaba sujeta a tantos estímulos que no escuché lo que dijo.

Soberbia se quitó los guantes mostrando unas uñas ni excesivamente largas, ni cortas, llevó tres dedos a su boca y los sacó empapados en saliva. Efectuó un movimiento tan preciso que empatizó con los clítoris de todas.

Tiene que ser compatible.
Me lleva a mis límites.
Chica, cuando te asusto.
Te prometo que no querrás bajar.

¿Era la única que me había dado cuenta de que era una mujer? Porque las espectadoras parecían igual de entusiasmadas que si fuera un tío.

Soberbia se dirigió a una caja tipo arcón que había en el centro del escenario, debía medir un metro de alto por metro y medio de largo y metro de ancho.

Sacó un martillo del cinturón y pasó su lengua a lo largo de todo el mango.

César soltó un «¡Jesús!» que a mí me hizo pensar en María y todas las mujeres de carpinteros.

Se sentó en el borde, con los pies en el suelo, separó las rodillas y lo frotó entre sus piernas varias veces, mientras los billetes seguían amontonándose.

Lo hizo a un lado, puso las manos detrás de su cuerpo agarrándose al arcón y elevó varias veces la pelvis emulando que se estaba tirando a alguien.

Se me secó tanto la boca que tuve que dar otro trago a la copa.

Lamió el pulgar. Estiró el brazo, cerró uno de esos preciosos ojos y, mientras trazaba un semicírculo como si estuviera tomando medidas o buscando a alguien, los billetes inundaron su campo de visión.

Si estás cachonda, hagámoslo.
Monta mi poni.
Mi silla está esperando.
Ven y salta sobre él.

Una de las mujeres de primera fila se puso en pie y alzó la mano, se estaba ofreciendo para salir al escenario voluntaria y Soberbia no lo dudó.

Se levantó, fue hasta ella, le ofreció la mano, y cuando esta subió, le puso las manos en la cremallera de su mono y la instó a que se lo bajara.

¿Había dicho que se me secó la boca?

No fue nada comparable al ver aquellas tetas apretadas en el interior de una camiseta blanca que parecía hecha de papel film.

Las tenía grandes, de ese tamaño que desborda en la palma de cualquier mano y no dejaba espacio a la duda de que se trataba de una mujer.

La clienta se mordió el labio al ver el pronunciado escote, y si no hubiera estado tan pendiente de lo que ocurría ahí arriba, me habría fijado de que la neurona espejo de Nancy estaba haciendo lo mismo, empujándola a mordisquear su propia boca.

Soberbia se ató las mangas del mono a la cintura para que no se le cayera e hizo que la mujer del vestido ajustado de lamé metálico bajara y se pusiera a cuatro patas en el escenario.

Ella se puso detrás, se arrodilló, le dio un cachete, fue subiendo poco a poco el vestido, dándole tiempo a la mujer a negarse, y cuando lo tuvo en su cintura, metió sus bragas entre sus nalgas para darle pequeños bocados en la piel recién descubierta y culminar con un chupetón.

290

Si estás cachonda, hagámoslo.
Monta mi poni.
Mis sillas de montar esperando.
Ven y salta sobre él.

Se incorporó para ponerle una mano en la cintura, agarrar la cola de la voluntaria, envolver el pelo en su muñeca, y cuando tiró para arremeter contra su trasero, el pelo de la chica se desprendió y la pelirroja se quedó con el postizo en la mano.

Se generaron un montón de silbidos y carcajadas, para bochorno de la mujer, a quien se le devolvió el trozo de pelo usurpado.

Soberbia la ayudó a levantarse con total naturalidad y la acompañó hasta su sitio.

—¿Cómo decías que se llamaba tu vecina? —pregunté incapaz de recordar el nombre.

Tanto César como su mujer respondieron al unísono con una voz tomada por la excitación.

—Janelle.

La respiración de los dos sonaba alterada. Nuestra pecado capital se deslizó por el escenario ejecutando movimientos muy sexis que hacían pensar en cómo sería una noche con ella.

Se plantó delante del escenario, tiró un poco de la cinturilla del mono, metió la mano en su interior como si se estuviera masturbando, con movimientos excesivos que alborotaron al público.

Incluso oí un:

—Así se hace, nena, demuéstrales cómo nos gusta. —Algunas mujeres estaban desatadas.

Sacó los dedos, emprendió una carrera que culminó con un salto que la hizo aterrizar de rodillas sobre el cajón, como una bailarina profesional.

Agarró un taladro inalámbrico del cinturón, se puso a cuatro patas y emuló que hacía agujeros mientras empujaba su pelvis dentro y fuera.

Volvió a bajar en mitad de un rugido ensordecedor, y cuando la vi poner los ojos en nuestra mesa, no supe si alegrarme o no.

El pulso se me disparó, las palmas de las manos me sudaban, vino directa a mí, me dedicó una sonrisa perversa que me hizo desear lo que quisiera proponerme, y entonces la vi darse la vuelta para tirar de la mano de Nancy, quien no se opuso a que la arrastrara al escenario, pese a que no le hacía falta su soporte, tal y como me contó la mujer de mi compañero.

Nancy terminó sentada en una silla que alguien había colocado en mitad del escenario sin que nos diéramos cuenta.

—¡Hostia puta! —rugió César al ver que Janelle le separaba las piernas a su mujer, alzaba la falda de vuelo para enterrar la cabeza entre ellas.

La imaginación era libre, por lo que era fácil llenar los huecos con pasadas de lengua. Janelle salió del autoimpuesto encierro, se puso de pie en el hueco que quedaba en la silla, llevaba las manos de Nancy al cinturón para que se lo desatara, mientras ella hacía lo propio con las mangas del mono. Cuando no tuvo nada que le impidiera desnudarse, dio un tirón que la hizo desprenderse del pantalón, dejándola con un culote de algodón blanco, las botas militares y la camiseta de tirantes.

Lanzó la gorra y la melena pelirroja cayó en una cascada de ondas color fuego sobre su espalda.

Cogió la cabeza de Nancy y la empujó hacia su entrepierna para trazar suaves ondas contra su rostro.

Janelle terminó el movimiento con un salto en el aire casi etéreo que culminó con una caída que hizo rugir al público en cuanto señaló el carmín que manchaba la parte delantera de la braga.

La pelirroja regresó al lateral de la silla para agarrarse al asiento y hacer una especie de rueda aérea que culminó con su cuerpo en vertical sobre el de Nancy. La cabeza de Janelle regresó a la entrepierna de mi amiga, sus cuerpos estaban enfrentados, por lo que no podía verle la cara a la vecinita, quien tenía las piernas abiertas, con las rodillas estiradas, ofreciéndole el dulce manjar oculto por el fino tejido.

La mujer de mi compañero era incapaz de no mirar el mismo punto que yo, mientras la agarraba de la cintura.

Sentado aquí con hilo dental.
Mirando tu estofón.
Solo una vez si tengo la oportunidad.
Las cosas que te haría.

Estuvo así unos segundos.

Si a Janelle se le había bajado la sangre a la cabeza, no lo pareció.

Cuando descendió al suelo, buscó los muslos de Nancy para sentarse encima, esa vez, de cara al público.

Con las piernas abiertas y sin miedo a mostrar la pequeña mancha de humedad que se había formado entre ellas. Se cogió del centro de la camiseta y tiró de ella hasta despedazarla entre sus dedos.

Unos senos naturales, más que gloriosos, cubiertos solo con unas pegatinas de cristales que tapaban las aureolas, me hicieron salivar.

Janelle le agarró las manos a Nancy y las condujo hasta sus pechos para cubrirlos. La sala se llenó de gritos, silbidos y más dinero, cuando la pelirroja apartó las suyas, se apreció el magreo de la mujer de mi compañero, que estaba hiperventilando en mi oreja.

—¡Necesito ir al puto baño! —lo escuché proclamar.

Tú y tu cuerpo.
Cada porción.
Envía escalofríos arriba y abajo de tu columna vertebral.
Zumos que fluyen por el muslo.

Janelle levantó la faldita de vuelo, metió la mano y...

Joder, ¡yo también necesitaba un baño con urgencia!

Janelle la instó a apartar una de las manos de sus pechos, la llevó a sus propias bragas manchadas de pintalabios, para invitarla a mover los dedos encima de su coño.

Estaba poniéndome malísima.

Si estás cachonda, hagámoslo.
Monta mi poni.
Mi silla está esperando.
Ven y salta sobre él.

Tan enferma que cuando giré la cabeza en busca del objetivo que nos había traído al SKS, no estaba.

—¡Mierda!

Me puse en pie para otear el local.

—¡¿Qué pasa?! —preguntó mi compañero.

—¡Que no veo a la transportista, joder! La he perdido.

Lo escuché soltar tantos improperios como yo, necesitaba encontrarla.

CAPÍTULO 40

Kiara

Estaba sobrepasada y mi enfado me había llevado a ser injusta con Marlon. Me masajeé las sienes mientras lo veía envuelto por una nube de seguidoras deseosas de su atención.

En cuanto me había alejado, me di cuenta de que mi reacción había sido desproporcionada, quise volver para disculparme, pero ya era tarde, las mujeres habían acudido en tropel, como moscas a la maldita miel, y yo era una jodida avispa.

Me encerré en el tráiler, no había rastro de Ranya o Trayi, quizá estuvieran en su habitación, o en la sala de juegos, o vete a saber dónde.

Por mucho que hubiera intentado obviar que lo ocurrido la noche anterior no me había afectado tanto como parecía, la realidad era que sí lo hizo. Y vale que el razonamiento que les di a mis amigas cuando estuve más tranquila seguro que era el correcto, lo que no quitaba que mi mente me la jugara y creyera que iba más allá del regalo de un fan que homenajeaba mi procedencia.

Quizá se tratara de alguien que conocía nuestra cultura y quería ser amable. Ojalá no hubiera tirado la tarjeta que acompañaba las flores.

Sabía que era imposible que se tratara de Gabbar y, sin embargo, la sensación de que mi marido me estaba acechando estaba clavada en mis intestinos.

Fue ver mis pies envueltos en rojo y todo se volvió del mismo color.

Recordaba a las chicas zarandeándome, a Ravi preguntándome si estaba bien, recogiendo la pieza del suelo y manchándose las yemas de los dedos de *kumkuma*.

Me faltaba el aire, mi cuerpo se puso rígido y justo después a temblar descontrolado. No podía respirar, tenía el pulso disparado y me vi arrastrada al camerino para ser atendida por los que me rodeaban.

Alguien del equipo gritó pidiendo un médico.

Los técnicos y el personal de la gira farfullaban a mi alrededor.

Unos apostaban por una bajada de azúcar, otros de tensión y los últimos hicieron un gesto que sugería que mi malestar fuera fruto de las drogas.

¡¿Qué drogas?!

Ni siquiera podía hablar.

Un paramédico vino corriendo con el maletín, me enfocó las pupilas con una luz y empezó a soltar una batería de preguntas que era incapaz de responder. Pidió que me dejaran espacio. Me auscultó, le hice la señal de que me ahogaba y finalmente me puso una pastilla bajo la lengua.

—*Respira, pronto pasará, estás sufriendo un ataque de ansiedad. Ocurre a veces, es normal, no te preocupes e intenta relajarte, la pastilla te hará efecto en un periquete.*

Ravi se nos acercó y el doctor le dio las explicaciones oportunas. Esperé en el camerino hasta que mi pulso se normalizó y fui capaz de abandonar la sala para dirigirme al tráiler.

Lo hice resguardada por mis amigas, quienes me sujetaban por la cintura. Marlon se había evaporado con la misma facilidad que el humo del espectáculo y no había rastro de él o de nuestra representante.

Las chicas me llevaron al baño, me ayudaron a desvestirme, me metieron en la ducha para disolver la pintura que me cubría para, finalmente, envolverme en un albornoz. No se fiaban de que me quedara sola y pudiera sufrir algún desmayo.

Me senté en la cama y ellas se atrincheraron una a cada lado, podía ver las incógnitas en sus miradas y la cara de preocupación de mi batería.

—*Hemos visto el regalo que te trajo Ravi* —*musitó Trayi.*

—*No era suyo, él solo me lo trajo.*

—*Lo sabemos, dice que no sabe quién se lo dio. Tienes que contárselo a la Hermana Margaret* —*añadió Ranya.*

Yo negué, me sentía demasiado exhausta, el calmante había hecho su función, solo quería tumbarme y dormir. Los párpados me pesaban.

—*¿Por qué no?* —*quiso saber Trayi.*

Las tres conocíamos nuestras historias, aunque había una parte que quizá hubiera guardado solo para mí.

—*Porque lo que ha pasado es cosa de mi mente.*

—*¿De tu mente? No lo parece, las flores de tu boda,* kumkuma *roja… ¿Y si te han reconocido y…?* —*Alcé una mano para silenciar a Ranya.*

—*Eso no es posible.*

—*Pero…* —*Ranya intentó intervenir de nuevo y volví a frenarla.*

—*Basta. Los regalos son de alguien que ha querido tener un detalle conmigo, todo está en mi cabeza. Las tres sabemos que el rojo es el color que utilizo para pintar mis* bindis, *seguro que se trata de alguien que se ha fijado y simplemente ha querido enviarme un regalo, nada más.* —*Ellas se miraron la una a la otra. No estaban para nada convencidas y lo peor era que yo tampoco—. Por favor, chicas, no le demos más importancia de la que tiene, estoy mejor y necesito dormir, eso es todo* —*musité con un bostezo—. Ha sido una reacción desmedida que ha escapado a mi control, no es necesario decirle nada a la hermana Margaret y causarle una inmerecida preocupación.* —*Las tomé de las manos—. En serio, gracias por todo, ahora id a daros una ducha, a relajaros, que hoy ha sido un día de lo más intenso y lo merecéis.*

Ellas seguían cubiertas de polvo de colores.

297

—Si lo prefieres, podemos traer uno de los colchones y pasar la noche las tres juntas. Como antes —sugirió Ranya.

—Os lo agradezco, de verdad, pero sé que, en cuanto mi cabeza toque la almohada, estaré roncando, si preciso cualquier cosa, sé dónde estáis, al final del pasillo.

Ellas asintieron y finalmente conseguí que se fueran.

Tal y como auguré, no me costó nada dormir, otra cosa era que descansara bien. Tuve muchísimas pesadillas, una de ellas hizo que me levantara empapada en sudor antes de que despuntara el alba. Necesité poner las plantas de los pies en el suelo para sentir su frescor.

Ni siquiera sé qué me hizo salir de la cama, cruzar el pasillo y golpear la puerta de Marlon. Tampoco lo que me llevó a abrirla sin permiso, puede que creyera que no respondía porque dormía como un tronco. La realidad era que su cama estaba intacta, ni siquiera había dormido allí. Recordé que se había ido con Lorraine y que seguro estaba acostándose con ella.

Me invadió una furia sin precedentes que pagué en cuanto Marlon cruzó la puerta con la misma ropa del día anterior. Sentí un asco profundo de que pudiera haberse ido con Lorraine cuando le daba por tontear conmigo.

¿A qué jugaba?

Todo empeoró con la lectura del artículo y su posterior persecución cuando fui a tomar el aire.

Si salí fue porque necesitaba alejarme, tomar distancia, pero él me lo impidió y reaccioné de la peor manera posible.

Marlon y yo no teníamos nada, mi actitud no era justificable por mucho que me fastidiara lo suyo con nuestra representante. Él y yo solo éramos compañeros de grupo y puede que me hubiera tirado la caña, pero en ningún momento me había dicho que quisiera algo serio conmigo, seguro que me estaba ofreciendo lo mismo que a las demás.

Marlon tenía alma y actitud de artista, otra cosa era que yo no la tuviera.

Me había montado una película de magnitudes cósmicas, una en la que él y yo…

Bufé. Él y yo nada.

Cuanto antes lo asumiera, mejor me irían las cosas. Vale que Marlon me hacía sentir una curiosidad que no se había despertado en mí hasta entonces, pero ¿quién decía que no pudiera sentirla con otra persona?

Sí, no me disgustaba su contacto. Había atravesado una vía que yo pensaba imposible de cruzar. Me descubrí anhelando sus caricias, disfrutando de su abrazo y con un hormigueo en cierto punto de mi anatomía difícil de saciar.

Solté un suspiro largo, corrí la cortina, dejé de mirarlo y me fui directa a la sala de ensayo.

Cogí prestada su guitarra y me puse a tocar. Desde que le cedieron mi instrumento, no había vuelto a pasar los dedos por las cuerdas de una. Al pensar en los dedos de Marlon acariciándola, tuve una pequeña descarga en las yemas.

Cerré los ojos e inspiré con fuerza. Desde que descubrí la música, siempre me había ayudado a canalizar mi frustración, o las emociones feas que solían emanar de mí cuando menos lo esperaba.

Intenté encontrarme entre las notas, dejarme fluir y vibrar entre ellas, volcar todo el enojo, la frustración y las nuevas sensaciones que me agrietaban como una vasija enterrada entre las ruinas.

Solía asociar los sonidos de las notas musicales a mis estados de ánimo, mi paso por la vida, a veces oscura, otras melancólica, demasiadas heridas, culpable, triste, pero siempre insurgente.

Seguí tocando dejándome llevar por las vibraciones, por mis emociones cambiantes, que me llevó a uno de mis temas favoritos; rápido, enérgico, algo oscuro y brillante al mismo tiempo. Lo dejé correr por mis venas, fluir a través de mis dedos, hasta que la última nota me dejó sin aliento, solo entonces abrí los ojos, desnuda en la música y con la mirada de Marlon sujetando mi vulnerabilidad.

Estaba ahí, apoyado, mirándome, en su expresión no había rastro de rencor o enfado, solo estaba él, y me hizo sentir peor.

—¿*Overture 1622*, de Malmsteen? —Me encogí de hombros—. Cuando yo busco descargar, toco *Bite The Bullet,* aunque reconozco que la que has elegido no está mal.

—A Trayi le gusta *The Bullet*, es de sus favoritas.

—No me sorprende —masculló con una sonrisa lacónica—. Te sienta bien.

Señaló su guitarra sobre mi camiseta ancha.

—Debí pedirte permiso, disculpa.

Fui a quitármela, pero Marlon me detuvo.

—Está bien donde está, cada vez que la necesites, puedes tocarla, me he criado con la palabra compartir tronando en mis tímpanos cada vez que a una de mis hermanas le daba por uno de mis juguetes, estoy habituado, y también a recibir patadas ninja. —Me guiñó un ojo con la mano acariciando su estómago.

—Respecto a eso…

Hizo un gesto con la otra mano para restarle importancia.

—Me la merecía por capullo, toqué lo que no me había sido ofrecido y lamento mucho si te hice sentir incómoda. Estaba tan ofuscado porque me escucharas que actué por impulso, quería que te quedaras y no pensaras lo peor de mí.

—No tienes por qué disculparte, fui yo la que estuvo fuera de lugar, no tenía derecho a emitir ningún juicio, ni a hablarte tan mal. No lo merecías, tampoco mi patada, lo mío también fue un acto reflejo, lo siento.

Arqueó las cejas y se quedó muy quieto, sin moverse, tanto que me dio miedo que le estuviera dando una apoplejía.

—¿Te encuentras bien? ¿Tengo que preocuparme?

—Dame solo un minuto —alzó el dedo—, necesito unos instantes más para paladear tus palabras, un lo siento tuyo tiene que ser como un eclipse total de sol y darse cada dos o tres años.

Le ofrecí una sonrisa triste.

—Asumo que puedo ser un poco borde, pero sé disculparme cuando la cago, que depende de la semana puede ser a menudo.

—Es bueno saberlo, porque creo que le debes otra disculpa a alguien.

¿Quería que me rebajara? Bueno, al fin y al cabo, lo merecía.

—Ya te he pedido perdón por mi salida de tono, puedes hacer lo que quieras con quien quieras, tienes talento y…

—No me refería a mí. —Fruncí el ceño—. Malmsteen —dijo como si pronunciar el apellido del mítico guitarrista lo aclarara todo—, se te ha ido el dedo y no le has dado la velocidad adecuada al último *riff* —comentó soberbio.

—¡¿De qué demonios hablas?!

Se acercó a mí y, en cuanto la distancia se redujo entre nosotros, mi corazón aumentó el ritmo. La presencia de su alma lo azuzaba para latir en su propia frecuencia.

El calor comenzó a inundar mi cuerpo cuando esa media sonrisa canalla floreció en su boca de labios perfectos.

Estiró el brazo, cogió el bajo de Ranya, o mejor dicho, el que él le había prestado en su momento, y tocó el acorde que acababa de indicarme, lo hizo a una velocidad de vértigo que rozaba el virtuosismo y sin despeinarse, sin apartar sus pupilas de las mías, haciéndome despertar de nuevo.

—Esta es la velocidad adecuada —musitó ronco, pasando las yemas por las cuerdas.

—Ya veo —carraspeé—. ¿Siempre mueves los dedos así de rápido?

Un destello oscuro puso mi foco en su mirada.

—Depende del objetivo y la superficie sobre la que los mueva —admitió con voz grave. Cambió la manera en la que acariciaba la guitarra.

Acababa de darme cuenta de la doble intencionalidad de mi pregunta, de que podía malinterpretarse.

—Me refería cuando tocas a Malmsteen.

—¿En qué estaría yo pensando? —comentó socarrón—. Pues depende de la pieza. ¿Qué te parece si lo hacemos? Puedo adaptarme a tu ritmo, aunque debo confesarte que me encantaría ver tu entrega, que te dejes llevar por completo y no te reprimas. Sería increíble que te desbordaras y lo dieras todo conmigo, desnudar tu alma con la mía, sentirlas piel con piel, arrastrándose entre sí. Aunque quizá sea mucho pedir…

La garganta se me había secado y era incapaz de no imaginarnos en mi cama, con mucha menos ropa, en lugar de en el estudio.

¿Seguía hablándome de tocar la guitarra, o de algo más?

—Dime, Ojazos, ¿te hace un dueto conmigo? —Me moría de ganas de hacer muchas cosas con él y tocar un dueto estaba en mi lista.

—Agárrame la púa, Rizos.

CAPíTULO 41

Sepúlveda

—No puedo creer que sigamos en el mismo punto —farfullé con la mesa llena de documentos esparcidos por todas partes y las miradas de Parker y Martínez puestas en mí.

La noche anterior había sido un torbellino de luces, sombras y fracasos, las piezas del rompecabezas parecían aún más esquivas.

Mis hombres estaban frente a mí, sus expresiones eran tan serias y pensativas como la mía.

—La transportista tenía que reunirse con ella, pero algo salió mal —masculló Martínez.

—Sí, seguro que se dejó el hornillo encendido y prendió fuego a su piso o alguien le atropelló al gato y tuvo que llevarlo al veterinario. ¡No me jodas, Martínez! —refunfuñé.

La transportista había desaparecido entre la multitud mientras a mí se me calentaba el coño con lo que pasaba en el escenario distrayéndome por completo, y no solo a mí, también a mis hombres. Si no fuera imposible, creería que Kali tenía un as en la manga y sabía qué teclas tocar para jodernos la existencia.

Si esa mujer se reunía con mi escurridizo asesino a mis espaldas y en mis narices, no me lo perdonaría, cada segundo que pasaba sin encontrarla era un segundo en el que nos podía estar ganando terreno.

Escudriñé cada rincón, cada sombra, buscando esa figura esquiva. Avancé hacia los baños, mi intuición me decía que podría haber buscado refugio en un lugar menos transitado.

Abrí la puerta con decisión, las luces parpadeantes apenas iluminaban los azulejos, creando un juego de luces y sombras que distorsionaban las formas. Fui abriendo cada cabina, con el corazón golpeando contra mi pecho en cada movimiento. Una gota de sudor se escurría en mi espalda desnuda. Al llegar a la última, la única cerrada, no esperé. Con una patada firme, la puerta se abrió de golpe, revelando a una figura apretando en el baño. Escuché con claridad cómo algo golpeaba en el agua. La mujer profirió un grito ahogado.

—Se ha cagado —profirió Martínez en mi oído.

—¡Cierra la puta bocaza! —espeté.

Y la mujer se protegió con los brazos.

—No me haga daño, por favor.

Hice rodar los ojos.

—No hablaba con usted, soy poli, será mejor que evacúe y se largue. — Ella asintió con fervor y yo me fui, dejando tras de mí un rastro de disculpas murmuradas y confusión.

La búsqueda me llevó a los reservados, empujé las cortinas pesadas, mi mirada fija estaba puesta en cada sombra, cada movimiento sospechoso. Pero no había rastro de la transportista.

Di con ella en el último reservado, estaba sola, sentada en un sofá de terciopelo, mirando fijamente un vaso vacío con carmín rojo. Juraría que ella no llevaba los labios pintados de ese color, sin embargo, no podía asegurarlo. No había señales de Kali, ni de nadie más por ningún lado. Solo ella y el silencio.

—¿Qué estás haciendo aquí? —pregunté, aunque sabía que no tenía motivo para detenerla. No había pruebas, solo sospechas y frustración.

Ella levantó la vista.

—He pedido un privado. ¿Tú también? —Sus ojos reflejaban una mezcla de miedo e incertidumbre.

O me la llevaba a comisaría basándome en sospechas infundadas, o me largaba. Tenía ganas de patear el suelo.

—Perdón, ¿eres la del privado? —La voz masculina a mis espaldas me hizo maldecir y darme la vuelta. Frente a mí había uno de los pecados

capitales, cabía la posibilidad de que esa noche la transportista solo hubiera venido por placer.

—*No, te espera ahí, me he confundido.*

—*Si quieres, me queda un hueco.*

—*Otra noche será —refunfuñé.*

Salí del reservado, sintiendo cómo la tensión se desvanecía en una nube de impotencia.

Una vez en el exterior del local, fui en busca de Parker y Martínez, que me esperaban afuera, sus rostros estaban tan jodidos como el mío.

—*¡No tenemos una puta mierda! ¡Decidme que habéis visto a alguien sospechoso saliendo del SKS! —Ambos negaron.*

—*¡Mierda! Voy a por Nancy, ¡todo el operativo a la mierda!*

Parker tenía la mirada perdida en algún punto distante.

—¿En qué piensas? —Necesitaba una teoría, algo a lo que agarrarme.

—¿No tenéis la sensación de que es como si nos hubieran llevado a un laberinto, con cada vuelta diseñada para confundirnos más?

—Mientras más nos adentramos en él, más nos alejamos de la salida... —susurré—. Era justo la misma sensación que tuve anoche, como si Kali supiera y quisiera que estuviéramos allí, pero no estoy segura de si es o no una paranoia mía. La cuestión es —dije, mirándolos a ambos—, ¿quién está construyendo este juego? ¿Quién se beneficia de mantenernos dando vueltas en círculos salvo el asesino?

Hubo un silencio mientras considerábamos la pregunta. Luego, Parker se levantó, su determinación era palpable.

—Un o una cómplice. —Martínez golpeó mi mesa.

—¿Y si la transportista no se reúne en el club con el asesino? ¿Y si lo hace con un intermediario?

—Bien visto —comenté.

—Deberíamos interrogar a la transportista, ella es la llave. Si podemos descubrir si utiliza el club para reunirse con Kali o con otra persona, tal vez podamos empezar a desenredar este enigma —sugirió Parker.

—Bueno, podría visitar al jefe del SKS, quizá pueda pasarme algunas grabaciones del club que despejen las dudas —sugerí.

—¿Te dará los vídeos sin una orden judicial? —preguntó Martínez.

—No pierdo nada por probar.

Se escuchó cierto follón fuera de mi despacho, lo cual hizo que tanto mis compañeros como yo nos levantáramos de nuestros asientos para entender qué ocurría.

Me asomé, varios grupos de polis hacían corrillos mirando los móviles, tuve una mala sensación.

—¿Qué ocurre? —pregunté.

—¡Es Kali! ¡Ha matado de nuevo! —profirió Ramírez.

César, Ethan y yo nos miramos.

—¿Dónde? —preguntó mi compañero.

—En Philadelphia —aclaró Ramírez—. Respire, jefa, que no ha sido en Nueva York.

Me daba igual que esa vez hubiera ocurrido en Pensilvania.

—Acaban de decir que ese cabrón lleva unos cuantos días tieso, como mínimo tres, alguien se ha ido de la boca y se ha filtrado, aunque el forense tiene que confirmarlo.

—¿Seguro que ha sido Kali? —Ramírez asintió.

—Ha dejado su tarjeta de visita, la sangre, el gaznate rajado y toda la mierda que le gustaba a ese malnacido esparcida a su alrededor.

—Martínez, habla con los de Philadelphia y averigua todo lo que puedas.

—Sí, jefa.

—Parker, sigue trabajando en perfilar todavía más a Kali, necesito que demos con algo que lo defina todavía más, yo iré a hablar con Stein.

—Descuida, iré a hablar con un colega que trabaja en la universidad, igual él nos puede ayudar.

—Te lo agradecería.

Ethan asintió, fue a su cubículo a coger su maletín y se marchó, lo imité.

La puerta de la comisaría se cerró detrás de mí con un clic que resonó con finalidad. El sol de la tarde lanzaba largas sombras sobre la acera, y el murmullo de la ciudad se mezclaba con un sonido más inmediato, más cargado: el de la protesta.

Al girar la esquina, me encontré con la manifestación. Pancartas ondeando al viento, rostros marcados por la pasión y la convicción, camisetas con la imagen que el asesino dejaba en cada escena del crimen.

«Kali Castiga, Nosotros Apoyamos», «Ni un Paso Atrás, Kali Avanza», «Ante el delito, Kali es el grito», «Contra el abuso, Kali es el escudo», «Hoy no es tu hijo, quizá mañana sí».

Y en mitad del caos un hombre con un megáfono: «Si la policía se esconde, ¡Kali responde!».

Me acerqué al tipo con la ira y la frustración agitándose dentro de mí, una tormenta silenciosa ante la acusación pública. Avancé, con paso firme y la mirada fija en el hombre del megáfono. Él me vio acercarme, y por un momento, nuestras miradas se encontraron. Había un desafío en la suya, una provocación que esperaba una respuesta.

¿Sería él Kali? ¿Uno de sus cómplices? ¿Me estaba emparanoiando? Por el rabillo del ojo, vi a personas con los móviles en alza, hoy día no podías hacer nada sin que alguien te subiera a redes, así que debía tener mucho cuidado.

Me detuve frente a él, la multitud a nuestro alrededor creando un círculo de expectación.

—¿La policía se esconde y Kali responde? ¿Eso es lo que creéis y queréis? ¡Muy bien, pues convirtamos Estados Unidos en la noche de la Purga!

El hombre del megáfono parpadeó, sorprendido por mi arrebato.

—No, eso no es lo que queremos —tartamudeó, su voz perdiendo fuerza ante mi desafío.

—Entonces, ¿qué es lo que quieres? —pregunté, mi tono era firme pero controlado. Sabía que cada palabra que dijera podría ser grabada y juzgada.

—Queremos justicia —dijo él, recuperando algo de su convicción—. Justicia para las víctimas.

—Y nosotros también —respondí, mirando a los ojos a cada persona que nos rodeaba—. Pero la justicia no se trata de tomar la ley en tus propias manos. No se trata de convertir el miedo en ley.

El hombre me miró, con la convicción de que lo que estaba haciendo era lo correcto.

—La justicia de verdad —continué— es más difícil. Requiere paciencia, requiere fe en el sistema, y sí, a veces requiere esperar más de lo que nos gustaría. Pero es la única forma de asegurarnos de que no nos convertimos en lo que estamos tratando de detener.

El círculo de expectación se había agrandado, algunos transeúntes se sumaban a escuchar, algunos asentían, otros parecían dudar, pero por lo menos tenía su atención.

—Así que te pregunto —dije, dirigiéndome al hombre y luego a la multitud—, ¿vamos a trabajar juntos para construir una justicia real, o vamos a seguir permitiendo que el miedo nos divida y protegiendo a un asesino?

De la nada, vi salir una cámara junto a una reportera ávida de noticia que se plantó a mi lado en cero coma tres.

—Aquí Rebeca Somers de la CC, retransmitiendo en directo desde la manifestación, al parecer, tenemos a alguien que tiene mucho que decir sobre ella. ¿Cómo se llama? —Extendió el micrófono hacia mi rostro que estaba convencida de que mostraba un ceño más que fruncido.

Me aclaré la garganta, quizá había llegado el momento de hablar y pedir ayuda a la ciudadanía.

Respiré hondo, consciente de que las palabras que estaban a punto de salir de mi boca podrían resonar mucho más allá de esa calle.

—Soy la inspectora de homicidios Sepúlveda —dije con voz firme y clara—, y antes que nada me gustaría decir que por primera vez en muchos años, estamos llevando una investigación colaborativa entre los de homicidios de varios estados para detener a Kali —se oyeron abucheos y los labios de la presentadora se curvaron en una sonrisa que dejaba claro el bando del que estaba—. Lo que tengo que decir es importante.

—Adelante, inspectora, el mundo la está escuchando.

Miré a la cámara, luego a la multitud que nos rodeaba.

—Hoy nos enfrentamos a un enigma que va más allá de lo que vemos en estas calles —comencé—. Un asesino frío, calculador y que se cree con la potestad de jugar a ser Dios anda suelto, y se ha tomado la justicia por su mano. Pero no se equivoquen, la justicia no es un acto solitario. Es un esfuerzo colectivo, un pacto entre nosotros y el sistema que nos protege.

»Los que ahora ensalzan sus logros harían bien en plantearse si esto es de verdad lo que quieren.

La multitud estaba en silencio, colgando de cada palabra.

—No podemos permitir que Kali nos divida, que su visión distorsionada de la justicia nos lleve a proteger a aquellos que, aunque parezcan héroes, no son más que criminales. Kali, o quien sea que esté detrás de este alias, no es un salvador, es un asesino que debe responder ante la ley.

—Entonces, ¿no cree que esté bien erradicar de nuestras calles a abusadores y pederastas? —preguntó aquella víbora con cara de ángel.

—Por supuesto que sí, pero de la manera correcta. Por eso, hoy pido la ayuda de todos ustedes. Si tienen información, si han visto algo, hablen. Su voz puede ser la clave para desbloquear este caso y traer la verdadera justicia a las víctimas y sus familias.

»No podemos ser un país que deja libres a asesinos en sus calles, juntos podemos hacer que el sistema funcione a través de una cadena de información que ayude a la policía a hacer mejor su trabajo, a ser más rápidos.

»Como americana —comencé, mi voz resonando con una convicción profunda—, sé que la fuerza de nuestro país reside en la voluntad de su gente. En tiempos de crisis, no nos apartamos unos de otros; nos unimos, hombro con hombro, para enfrentar juntos los desafíos. Por eso, hoy, hago un llamado a todos los estadounidenses. Si tienen información sobre Kali o cualquier actividad sospechosa, por favor, den un paso al frente. Ayúdennos a proteger lo que más valoramos: nuestra seguridad, nuestra comunidad y nuestros niños.

Dejé que las palabras se asentaran, que calaran en el corazón de cada persona presente.

»Juntos podemos demostrar que la justicia y la verdad son más fuertes que cualquier mal. Juntos podemos mantener viva la llama de la libertad que ilumina esta gran nación. Que Dios bendiga a América, y sus ciudadanos nos ayuden a encontrar la verdad.

Con un gesto final, devolví el micrófono a la reportera y me alejé, sabiendo que había hecho más que un simple llamado a la acción. Había recordado a mis compatriotas el poder de la unidad en la búsqueda de un bien mayor.

Dejé a la reportera con su transmisión y me encaminé hacia el SKS, un caluroso paseo empapándome de Nueva York era lo que necesitaba para despejar la mente.

CAPíTULO 42

Janelle

Era incapaz de borrar la sonrisa de mis labios.

¿Esperaba que el *boss* en cuanto bajara del escenario me pegara el rapapolvo de mi vida por saltarme sus normas, suplantar al auténtico Soberbia y dejarlo encerrado en mi mazmorra?

Sí.

Pero en el fondo no estaba convencida de que la cosa fuera tan bien como fue.

Corey me estaba esperando de brazos cruzados con cara de mosqueo porque también me lo hubiera saltado a él.

—¡¿Te parecerá bonito lo que has hecho?! —preguntó, mirándome cubierta por el albornoz que Elon me había tendido aguardándome entre bambalinas.

—Pues para ser mi primera vez, pienso que el número ha salido bastante bien, quizá pudiera mejorar la parte de…

—¡No me refiero a eso! ¡Sabías que Jordan no quería y, aun así, lo has hecho! ¿Dónde me deja eso a mí? Sabes que me ocupo de que todo vaya sobre ruedas y…

—Lo ha ido —murmuró la voz del que ya consideraba uno de mis mejores amigos.

Elon Kone, expecado capital, conocido como Gula entre esos muros, apareció con un enorme fajo de billetes y una sonrisa de suficiencia para estamparlos contra el pecho de Lujuria.

—*Cuéntalos, pero yo diría que, en esa pizarra* —*señaló el elemento blanco donde anotábamos el* ranking *de pecados en función de las propinas recibidas durante los espectáculos*—, *se ha fundido al* boss.

Jordan llevaba unos meses actuando, desde que habían empezado las bajas entre sus filas, y hasta ese momento ostentaba el n°1 en propinas.

—*¡No jodas!* —*espetó Corey, agarrando el fajo mientras Elon pasaba uno de sus brazos chocolate fundido por encima de mis hombros llenándome de alegría.*

—*Sí lo hago, sí, y si me preguntas, no creo que sea fruto de la casualidad, el SKS exige cambios y a veces toca saltarse las normas para que estos sucedan.* —*Elon me guiñó uno de sus ojos verdes.*

Los golpes nos sacaron de la burbuja. Alguien intentaba salir de mi taller y no podía sin la llave.

—*¿Le abro?* —*me preguntó Elon mientras Corey contaba el fajo.*

—*Será lo mejor, odio el aroma a cadáver, desde que se fue mi dragón negro favorito que no tengo a nadie para echar a los capullos que no saben hacer bien su curro...*

—*Os estoy oyendo* —*musitó Corey.*

—*Y bien que haces, los dos sabemos que no miento* —*proferí, viéndolo sonreír bajo esa perfecta nariz.*

—*Por tu bien, espero que esto sea suficiente para amansar al* boss —*susurró, dándome en la nariz con el dinero.*

Se dirigió a la pizarra y modificó el ranking *colocando mi nombre en primer lugar y la cifra.*

—*Y si no lo es, he traído uno de mis rollitos de canela relleno con crema de licor de lichi y bañado en crujiente de chocolate blanco con pistacho, que seguro ayuda* —*comentó Elon en mi oído alegrándome del todo*—. *He traído unos cuantos, ahí tienes la cajita para el jefe* —*señaló uno de los bancos*—. *Mientras, voy a soltar a la fiera* —*cabeceó hacia mi guarida.*

—*Vale, yo voy a ponerme algo encima.*

—*De eso nada, señorita, tú y yo nos vamos al despacho de Jordan, que quiere verte de inmediato. Por tu bien, espero que esto* —*movió el dinero*— *y el bollito de tu colega* —*apuntó a la cajita*— *sean suficiente para que no abandones este lugar para siempre.*

Sus palabras me preocuparon.

—¿*Tan cabreado está?*

—*En unos minutos lo sabremos.*

Lo estaba, pero Jordan no se caracterizaba por ser un hombre estúpido, bajo esa fachada de cuarentón atractivo habitaba un tío con una cabeza muy bien amueblada.

Nos aguardaba sentado en su mesa. El boss vivía un tramo de escalera por encima del club y su ático se parecía al de Lucifer Morningstar, salvo que Jordan tenía un montón de pantallas desde las cuales controlaba la seguridad del club.

Di un suspiro largo antes de enfrentarme a su mirada glacial.

—*Aquí la tienes, boss. —Corey me empujó levemente para que diera un paso al frente.*

—*Jordan, sé que rompí las reglas, pero...*

—*¿Rompiste las reglas? Janelle, las destrozaste. ¿En qué demonios pensabas?*

—*Pensaba en el club, en las ganancias. Pensaba en cómo las normas no reflejan lo que la gente quiere hoy en día y que estaba harta de no ser escuchada. A veces uno tiene que tomarse la justicia por su mano, como Kali.* —*Lo vi apretar los puños y fruncir el ceño.*

—*No creo que te convenga mucho compararte con un asesino en serie. Las mujeres vienen aquí por una fantasía específica, Janelle. Una que no incluye a la chica del vestuario en el escenario.*

—*Pero esa fantasía puede cambiar. Las mujeres también pueden querer ver a otras mujeres. Sé que me viste —dije, señalando las pantallas mientras sujetaba el bollito de Elon en una de mis manos—. Ellas enloquecieron y las propinas de esta noche lo demuestran.*

Corey dio un paso al frente colocando los billetes encima de la mesa.

—*Tiene razón, boss. Las cifras no mienten, nunca habíamos recaudado tanto en un solo número, ahora mismo, Jane encabeza el ranking.*

—*Esto no cambia el hecho de que encerraste a un compañero. —¿Cómo narices se había enterado de eso? ¿Tendría cámaras también en mi taller? Sentí un escalofrío—. ¿Y si le hubiera pasado algo? —No pensaba arrugarme.*

—*Como no se hubiera dado de cabezazos contra la pared... —bufé—. Elon tenía la llave y sabía que estaba ahí, solo han sido cuatro minutos, además, los dos sabéis tan bien como yo que ha estado fallando, recibiendo quejas. Yo solo... tomé una oportunidad.*

—Una oportunidad gracias a que lo manipulaste y encarcelaste. ¿Sabes que podría costarte el trabajo? —preguntó. Yo alcé la barbilla.

—Entiendo que el mundo está cambiando y nuestro club también debería hacerlo, si no lo ves, me decepcionarás como jefe y empresario. —No sabía si los ojos le brillaban de diversión o de enfado, su rostro era una máscara imperturbable.

Jordan se puso en pie.

—Vete a casa, Janelle. Necesito pensar en todo esto.

—Entendido. Esperaré tu decisión y confío que sea la correcta. Espero que esto ayude —dejé la caja sobre la mesa y la empujé en su dirección.

Oí unas risitas que rápidamente Corey camufló bajo una tos persistente, en cuanto nuestro jefe giró la mirada hacia él.

—Lo siento, creo que me he atragantado.

—Será con tu propia lengua —masculló cabreado.

No iba a quedarme ni un segundo más. Cuando salí del despacho, con el pulso todavía acelerado y la adrenalina fluyendo descontrolada por mis venas fruto de la discusión y el espectáculo, me encaminé al club. Elon estaba esperando en la barra.

—¿Cómo ha ido?

—Cruza los dedos por mí, tiene que pensar si me echa o sigo aquí.

—Seguro que lo consigues. ¿Te apetece que vayamos a tomarnos unas cervezas como en los viejos tiempos?

—Pues no estoy segura... —Alcé la cabeza en busca de Nancy, pero ni ella ni su amiga estaban en la mesa, al parecer, se habían ido ya. Mi gozo en un pozo, creí que quizá podría terminar la noche con mi preciosa vecina. Por la manera en que me tocó y la humedad que sentí entre sus piernas, estaba segura de que conseguí excitarla tanto como ella a mí—. Va a ser que sí, deja que me cambie y nos vamos, ya no tengo que hacer nada más aquí.

Habían pasado varios días desde la conversación, había vuelto al club, pero solo para disculparme con Soberbia y regresar a mis quehaceres. Quizá Jordan necesitara unas cuantas cagadas más por parte de ese capullo y algunas solicitudes extra de que una mujer se convirtiera en pecado capital.

Ya habían llegado algunas, aunque, al parecer, no las suficientes. Reflexioné lo que había hecho y lo volvería a hacer sin dudar.

Escuché voces en el descansillo, no es que estuviera pegada a la puerta todo el tiempo por si veía a Nancy o a César, lo cierto era que en esos días no nos habíamos cruzado y sentía curiosidad por si, en cuanto me vieran, habría rechazo.

Fui hasta la mirilla y los vi con cubos de pintura. Lo había olvidado, quedé con ellos para pintar su piso, ¿me llamarían?

Nancy giró su rostro hacia mi puerta, mi corazón dio un brinco, había pensado mucho en ella esos días, en sus caricias, el contacto de su cuerpo contra el mío, su aroma a fruta fresca y hierba recién cortada.

—Quedamos en llamarla —la escuché.

—¿Quieres que la llamemos? —preguntó César buscando sus ojos. Ella se mordió el labio y dudó.

—Por favor, por favor, llamadme... —Supliqué. Ambos torcieron el cuello y pensé que podían ver mi ojo agazapado en la mirilla. Me lamí los labios resecos.

—Insistió mucho, dijo que lo hiciéramos — alegó Nancy. Lo que me llenó de alegría porque significaba que no le importaba verme.

—Ya, pero igual no está.

—¡Sí que estoy! ¡Vamos, llamad! ¡Llamad! —Nancy suspiró, se la veía indecisa tras las palabras de su marido—. ¡A la mierda!

Abrí la puerta y, en cuanto sus ojos se toparon conmigo, les ofrecí una sonrisa pícara. Mis ojos volaron a los botes de pintura y amplié todavía más la sonrisa.

—¡No me digáis que por fin toca pintar el piso! —exclamé—. Perdonad, buenos días, es que estaba haciendo unos estiramientos y escuché ruidos, ya sabéis que sois mis únicos vecinos, así que he salido a saludar.

—Buenos días —murmuró Nancy con las mejillas algo enrojecidas.

—No sabíamos si estarías o te apetecería —murmuró César, rascándose la cabeza.

—¿Bromeas? Ya os dije que disfruto mucho de una buena brocha, y si es con vosotros dos, todavía más —dije con dobles intenciones que él pareció captar, porque sus fosas nasales se dilataron y la lengua masculina asomó para humedecerse los labios.

Era muy atractivo, de piel morena, ojos oscuros al igual que su pelo, latino y con unos músculos que me hacían imaginar cosas terriblemente indecentes. Por no hablar de esos dientes blancos y los hoyuelos de diablillo que coronaban sus mejillas.

Ambos me ponían muchísimo y quizá darle al rodillo a su lado era exactamente lo que necesitaba.

—Me pongo algo viejo y os llamo, ¿tenéis escalera?

—Mierda, sabía que me dejaba algo —farfulló César.

—Tranquilo, yo os la dejo, en dos minutos estoy ahí.

Nancy alzó las comisuras de sus labios y a mí me dieron ganas de comérselos.

¿Estaría tan acelerada como yo?

Pronto lo averiguaría.

Fui en busca de un par de pantalones minúsculos y una camiseta corta, que dejaba al aire mi tripa. Me recogí el pelo en una cola alta y en los pies me calcé un par de zapatillas viejas.

Agarré la escalera, metí unas cervezas frías en una bolsa y llamé a su timbre dispuesta a tender algo más que una mano a mis sexis vecinos.

CAPÍTULO 43

Janelle

La luz del mediodía entraba a raudales por las ventanas abiertas. Ya lo teníamos todo listo, las tiras de papel colocadas estratégicamente, el plástico cubriendo el suelo para no dañarlo y comenzábamos a preparar los botes de pintura.

César abrió uno y el aroma nos envolvió. Nancy acercó una de las gavetas y yo otra.

—Si os parece, me ofrezco voluntaria para hacer los recortes —murmuré brocha en mano.

—Teniendo en cuenta que es lo que más odio y prefiero darle al rodillo, trato hecho —masculló César con una preciosa sonrisa extendiendo su mano para estrechar la mía.

Me gustó su contacto, tenía algunas durezas fruto del levantamiento de pesas que me hizo imaginarlas descubriendo mi cuerpo.

—¿Tú las zonas altas y yo las bajas? —preguntó Nancy cómplice con la mirada puesta en su marido.

—Claro que sí, cariño, ya sabes cuánto me gusta verte de cuclillas —bromeó él, guiñándole un ojo.

—Muy gracioso.

La broma de cariz sexual me hizo sonreír, me gustaba la actitud juguetona de César.

Nancy vestía un pantalón corto como yo y una camiseta de tirantes, por cómo se movían sus pechos, deduje que no llevaba sujetador. Su marido tenía puesta una de esas que emplean los culturistas, dejando al aire bastante piel y musculatura.

—Con esos hombros y esos bíceps, pintará el piso en un santiamén —canturreé cerca de la oreja de Nancy.

—Podría, pero César es bastante puntilloso y concienzudo con los trabajos manuales, le gusta darle varias manos y no dejar ningún hueco sin cubrir, así que no creo que lo haga rápido.

—Mejor, las cosas lentas y bien hechas suelen dar unos resultados mucho más complacientes.

Las dos nos miramos cómplices y fui incapaz de no fijarme en su boca entreabierta.

—¿Lo pasaste bien la otra noche? Te fuiste tan rápido que no me dio tiempo a despedirme.

—Em, sí, lo siento, es que mi amiga se indispuso y no me quedó más remedio que acompañarla.

—Mientras fuera eso, no estaba segura de si algo de lo que hice en el escenario pudo sentarte mal.

—¡No! —exclamó con la voz algo aguda—. Fue… —Sus ojos se desviaron un poco a mi izquierda, donde su marido enganchaba el rodillo al prolongador—. Increíble, te mueves muy bien, nunca imaginé que alguien pudiera bailar así.

—Me alegro de que disfrutaras.

—¿Tu jefe te ha dado el puesto?

—Sigue pensándolo, me tiene castigada.

—Oh, si necesitas que diga cualquier cosa a tu favor.

—No, es mejor que le dé su espacio.

—Espero que seáis tan buenas pintando como charlando —se sumó César.

—Comentábamos el espectáculo de la otra noche, al que me invitó. —Él asintió.

—Mi mujer dice que lo haces de escándalo y doy fe de que algo tuviste que hacer bien porque, cuando llegó a casa, coseché lo que sembraste. —Alcé las cejas divertida y Nancy le dio un palmetazo—. Si tienes el mismo talento con la brocha, como encima del escenario, te auguro un gran futuro como pintora de brocha gorda. —César me guiñó un ojo.

El codo de Nancy rozó el mío y sentí un cosquilleo familiar, el mismo que había percibido bajo las luces del club.

—No le hagas caso, es un payaso. —César siguió a lo suyo y Nancy se dirigió a mí—. Me alegra que nos ayudes y estés aquí.

—A mí también. —Me daba igual que me sacaran diez o doce años, porque me ponían a cien.

—Por cierto, tu baile fue impresionante, quería decírtelo, pero no hemos tenido tiempo de hablar —susurró bajo la atenta mirada de su marido.

Mis mejillas se calentaron con sus palabras, y no pude evitar recordar la mirada de admiración que rondaba en sus ojos. Era una conexión que no podía negar, una atracción mutua que se extendía más allá del escenario, sobre todo, cuando me amasó los pechos o la insté a masturbarme por encima de las bragas.

—Gracias, también fue una noche especial para mí. Me encantó que quisieras salir conmigo.

Nos dedicamos una última sonrisa antes de ponernos manos a la obra.

Comenzamos a pintar, y el ritmo monótono de los rodillos y las brochas contra la pared se convirtió en nuestro propio baile silencioso. César canturreaba una melodía mientras trabajaba, y cada tanto, nuestras miradas se cruzaban y compartíamos más sonrisas cómplices.

Estábamos a punto de terminar la primera mano cuando pensé en algo.

—¿Os parece si pongo música?

Los tres teníamos varias manchas de pintura blanca que contrastaban con la piel, dando fe de la tarea que estábamos realizando.

—La música siempre hace que el trabajo sea más ligero —comentó César.

—Pues voy a por mi altavoz *bluetooth*, no os mováis.

—¡Como si pudiéramos hacerlo con todo el curro que hay! —jadeó Nancy, usando el bajo de la camiseta para limpiarse el sudor de la frente.

No tardé ni dos minutos, sincronicé el móvil con el altavoz y pulsé el *play*.

Guarda me, de Masha Palazzo, empezó a resonar en la estancia vacía.

Los tres nos miramos y sonreímos. La música era de lo más sensual e invitaba a hacer volar la imaginación.

Agarré la brocha, la unté en pintura y me puse a trazar movimientos sensuales contra la pared, mientras pintaba, la atmósfera se cargó de una energía diferente, más íntima. Ni César ni Nancy se movían, solo me observaban.

Me acerqué a mi vecina invitante.

—¿Quieres que te enseñe cómo se hace? —pregunté, colocándome detrás.

—¿El qué?

Mi mano buscó su tripa, mi cadera se encajó en su trasero y di un brochazo lento a su muslo, sin apartar los ojos de su marido, quien nos contemplaba atento.

Si había leído bien las señales, ellos deseaban eso tanto como yo, y no me avergonzaba tener que dar el primer paso.

—Las pinceladas me gustan lentas, suaves y cubrientes —masculló sin dejar de untarla, pasando las cerdas ungidas en pintura arriba y abajo.

Un pequeño gemido escapó de sus cuerdas vocales.

—¿Lo sientes? —pregunté sin separarme.

La apreté contra mi torso. Su cercanía era embriagadora, y la tensión entre los tres crecía con cada roce.

—Sí.

—¿Y te gusta lo que sientes? —pregunté abiertamente sin apartar las pupilas de César.

Su pantalón de deporte empezaba a dar muestras de que le gustaba lo que veía.

—Sí —asumió Nancy con naturalidad.

320

Entendí que estaba buscando la aceptación de su marido, lo cual me pareció genial.

Me separé un poco y los miré retadora.

—Es mi turno. ¿Me mostráis cómo se le da al rodillo?

Anduve hacia atrás, sin perderme la aceptación muda de ambos, y cuando casi alcancé la pared, me di la vuelta hacia ella para ponerme en posición de cacheo.

Manos contra la pared todavía húmeda, piernas separadas y calor entre los muslos.

No me moví, escuché el sonido del rodillo desenganchándose del palo y me embargó la impaciencia de la anticipación.

En cuanto noté el frescor de la esponja de Nancy perfilando una de mis piernas, jadeé.

Su rodillo ascendió desde mi pantorrilla hasta la nalga, manchando mi pantalón, mientras que César dio un paso más atrevido, arrastrando el suyo por la cara interna hasta toparse con mi entrepierna. Una vez estuvo, se puso a moverlo arriba y abajo dando pequeños impactos contra mi excitación, que me llevaron a querer más.

—¿Te gusta? —cuestionó mi vecino llamando mi atención. Giré el rostro hacia él.

—Mucho. Ya me ha dicho tu mujer que se te daba bien cubrir todas las superficies —jugueteé. Ellos se miraron—. Esta podría ser una de esas tardes que recordaremos para siempre. ¿Os apetece?

Necesitaba estar segura de que asumían lo que iba a pasar entre los tres. Me di la vuelta y contemplé sus caras.

—Quiero follar con los dos. —En cuanto lo solté, vi todas las emociones que cruzaron por sus rostros: nervios, anticipación, lujuria y aceptación.

—Y yo —intervino mi preciosa vecina antes que su marido.

—¿Tú quieres? —pregunté, dirigiéndome a César.

—Sí.

Sonreímos los tres, y el juego comenzó.

Insté a Nancy a ocupar mi lugar, salvo que apoyó la espalda contra la pared. Me ubiqué delante de ella con *Earn it*, de The Weekend, dando el pistoletazo de salida.

Acerqué mis manos a su camiseta, le saqué uno de los pechos por la sisa lateral del tirante y después el otro, exponiéndolos frente a nuestros ojos, voluminosos, ligeramente caídos por el peso. Perfectos.

Bajé el rostro y le di una pequeña succión a cada pezón, que respondieron al instante. Los tenía claritos y grandes.

Nancy emitió un ruidito cuando llevé las manos a una de las gavetas de pintura y me puse a magrearle las tetas manchándolas, amasándolas, tirando de sus pezones escurridizos.

La entrepierna de César se pegó a mi culo mientras yo tocaba a su mujer.

Una de las palmas callosas buscó mi tripa y se coló bajo mi camiseta para buscar el cierre delantero de mi sujetador y soltar los corchetes.

Los ojos de Nancy se conectaron a los de su marido, tenía los labios abiertos y la respiración errática.

En cuanto tuvo el sujetador desabrochado, César apartó las manos, cogió el bajo de mi camiseta y la elevó para que sacara la cabeza y la prenda quedara suspendida a mi espalda, sin quitármela, solo exponiendo mis tetas a la mirada ardiente de su mujer. El deseo que la ahogaba me estremeció. César pellizcó mis pezones hasta endurecerlos.

—Bésala —ordenó en mi oído.

Me moría de ganas de hacerlo.

Deshice el poco espacio que quedaba entre nosotras y los dedos de mi vecino se apartaron para afianzarse en mi cintura.

Mis tetas se rozaron contra las de Nancy, impregnándose de pintura, al mismo tiempo que yo buscaba el encuentro de nuestras lenguas.

Todo se volvió líquido, cálido, demoledor.

Ahogamos el sonido del placer la una en la boca de la otra y César hizo descender mi pantalón.

322

—¡Joder! —proclamó al ver el minúsculo tanga que se perdía entre mis glúteos—. ¿Puedo desnudarte? —preguntó.

—Hazlo —susurré, apartando un instante la boca de la de su mujer para volver a saquearla.

Dejé que sus hábiles dedos me desprendieran de todo, quedándome totalmente desnuda entre ellos.

La boca de mi vecino se perdió en mi espalda, mi culo y finalmente mi sexo. César me ofreció una combinación perfecta de mordiscos y lametones que se sincronizaron a la perfección con la comida de boca que me daba con Nancy.

Estar entre ellos era como acariciar el cielo y el infierno a la misma vez.

Metí la mano en la cinturilla elástica del pantalón de mi vecina, colé los dedos bajo las bragas y fui directa a saludar sus pliegues con mis dedos.

Sonreí al notar la humedad que me aguardaba.

Estaba tan excitada como yo, que solté un gemido agudo cuando unas falanges más grandes que las mías empezaron su incursión.

Los sonidos de lujuria y abandono, de fricción y anhelo, de piel y carne mojada, perfumaban el ambiente entremezclándose con el de la pintura fresca.

Formé un gancho con los dedos y me puse a estimular el punto G de Nancy, quien clavó sus uñas en mis hombros y se puso a jadear desaforada en mis labios.

César me saboreaba, succionaba mis labios menores, sin dejar de estimularme cada vez más profundo.

Me gustaba sentirlos a ambos, mucho, muchísimo. Cogí una de las manos de Nancy y la llevé a mi clítoris, ella se puso a masturbarme de una manera mucho más deliciosa que en el escenario.

El coño de Nancy se apretaba contra mis dedos, los saqué y llevé a su boca, para que los lamiera.

—Mírame. —Lo hizo, con los ojos velados de necesidad extrema. Se saboreó en mis dedos y después los aparté para volver a anudar mi lengua a la suya—. Me gusta tu sabor —admití después de paladearla—, te quiero en mi cara, dime que sí.

—Sí —farfulló ida.

Cambiamos de posición. Les pedí que se desnudaran y gocé cuando la ropa cayó mostrando sus cuerpos desnudos.

Sus imperfecciones los hacían perfectos a mis ojos y César la tenía como había imaginado, gruesa y ligeramente ladeada, con un glande rotundo y brillante que quería probar.

Los tres nos arrodillamos, aunque nos manteníamos erguidos. Él y yo nos besamos, intercambié el pequeño resquicio del sabor de Nancy con el mío, la combinación se me antojó deliciosa.

Agarré a mis vecinos de sus barbillas y los invité a besarse, mientras que yo los masturbaba. Le pedí a Nancy que separara los muslos, mientras subía y bajaba la piel de su marido. Pasé el pulgar por la hendidura masculina bañada en líquido preseminal y con la otra mano busqué la humedad de su mujer para ungirla en ella.

Se estaban devorando.

César gruñía en la boca de su mujer, que movía las caderas contra mis dedos.

No podía más.

Bajé la cabeza y me puse a hacerle una mamada completa. Abandoné el sexo de Nancy para centrarme en César, su textura, cómo colmaba mi espacio bucal.

Sentía caricias, manos tanteando a ciegas mi cuerpo. Me perdí en el sonido de sus besos, del sexo oral, de los gruñidos ahogados y los balanceos de cuerpos.

Me tumbé sobre el plástico, boca arriba.

—Ven aquí —le dije a Nancy, invitándola a sentarse sobre mi cara.

La vi dudar, aunque terminó haciéndolo. Estaba algo avergonzada, supuse que nadie le había pedido algo así. Bueno, puede que César, pero nadie ajeno a su matrimonio.

Era una posición muy íntima de ofrecimiento. Ver su abertura empapada, inflamada y caliente, me hizo desearla todavía más.

324

No lo dudé, la tomé de las caderas y la guie hacia mis labios, succioné su clítoris perdiéndome en el grito abandonado con el que me premió.

—Voy a por un condón —masculló César, abandonándonos momentáneamente.

Volvió rápido, sus manos separaron mis muslos y hundió su boca en mi sexo.

Esa vez, la que gritó fui yo.

Lo comía de vicio. Mi cuerpo corcoveó. Presioné las caderas contra su boca igual que hacía su mujer conmigo.

Estuvimos un buen rato así, devorándonos, acariciándonos, celebrando nuestras pieles. Dejé que mi vecino hundiera su lengua en mí, al igual que yo rebañaba a su mujer, y cuando me tuvo deseosa de más, presionó mis rodillas con las palmas callosas y ahondó en mi interior con una estocada corta y certera.

Creí morir de placer.

Nancy había ganado confianza y buscaba su propia liberación sobre mi cara.

César me follaba con movimientos envolventes, profundos, lentos, calientes. Soltó mis rodillas para acariciar los pechos de su mujer, envolví su cintura con mis piernas.

Nos sincronizábamos bien, muy bien.

Lo escuché preguntarle a Nancy si le gustaba, si estaba cómoda, y a ella responder que sí.

Era importante comunicarse en un momento así.

Los dedos de César buscaron el clítoris de su mujer y la masajeó mientras mi lengua seguía degustándola.

El aire cálido del mediodía y el abandono de nuestros cuerpos nos envolvieron en una fina capa de sudor y fluidos.

—No puedo más, no puedo más —repitió mi vecina.

—Córrete en su boca —le dijo él.

Lo deseaba, quería que lo hiciera y se lo demostré poniendo más ahínco.

Los músculos vaginales de Nancy estrujaron mi lengua y su dulzura me llenó las papilas gustativas, y el sabor a orgasmo me inundó con su grito.

—Eso es, nena, deja que Janelle te saboree.

César soltó a su mujer y se puso a follarme con más ritmo, frotando mi clítoris con ahínco, ahora la que estaba cerca era yo. Mi vecina se contoneaba con un ritmo lento en mi boca. Tenía los labios hinchados de tanto lamerla y besarla.

Sorbí con fuerza su clítoris cuando el placer me atravesó, agarrándola con rotundidad de las caderas para que no se pudiera mover, mamé como si no hubiera un mañana del nudo de nervios y Nancy estalló de nuevo sin poder evitar el estímulo.

Escuché a César proferir varias palabrotas, aguantar los coletazos que lo exprimían y aguardar a que hubiera terminado de correrme para salir de mi interior de manera estoica.

Nos pidió que nos pusiéramos de rodillas y nos besáramos. Lo hicimos, los besos de Nancy eran adictivos. Él se quitó el condón y se puso a pajearse frente a nosotras hasta que un chorro caliente impactó contra nuestros pechos, llenándonos a ambas. Nancy giró el rostro, agarró la polla de su marido y capturó las últimas gotas para saborearlas.

Tragué con fuerza. César se dejó caer junto a nosotras, para agarrarnos por el pelo, besarme primero a mí, después a ella y finalmente yo me sumé a sus lenguas.

—Joder… —murmuró contra nuestras bocas—. Esto sí que es darle a la brocha en condiciones.

Fui incapaz de no reír, y ellos se sumaron.

Seguimos dándonos besos cortos un buen rato. Algo me decía que esa no sería la última vez que compartiríamos momentos tan interesantes como ese.

CAPÍTULO 44

Marlon

Miré a Kiara de soslayo y sonreí, ambos cubiertos de polvos Holi y con el clamor de los aplausos del público, que seguía alucinando.

Ya llevábamos tres conciertos y me parecían increíbles las semanas que compartíamos tocando juntos.

Le guiñé un ojo a mi Ojazos, recordando las pullitas que nos habíamos lanzado esa misma mañana. Lo cierto era que los últimos ensayos eran un pequeño campo de minas por el cual nos divertía deambular.

Lo pasábamos en grande chinchándonos. Trayi y Ranya ya lo tenían asumido, nuestra relación se afianzaba despacio, pero segura, y que bajo aquella capa de hostil diversión, se escondían los cimientos de la amistad que se fraguaba entre nosotros.

—*Ojazos, ¿alguna vez consideraste cambiar el nombre de la banda a «Kiara y los Desafinados»?* —*murmuré cuando se le fue la voz en la última canción y sonó como un gallo al que le arrancaban las plumas.*

—*Prefiero eso a «Marlon y las Miradas Intensas»* —*contraatacó sin mosquearse*—. *Al menos, mi falta de afinación no causa mareos entre las chicas. «¡Me falta el aire, me ha mirado!».*

Imitó con actitud burlesca a una de las fans que nos rodearon el otro día.

327

Los días que pasamos en Washington D.C. y en Charlotte fueron igual de intensos que en Philadelphia. Apenas nos dejaron tiempo para respirar.

Tuvimos entrevistas en la radio, cócteles, sesiones de fotos, ensayos e invitaciones varias.

La que más me gustó fue cuando fuimos a ver una obra en el Kennedy Center que fue un soberano aburrimiento, mi asiento estaba al lado de Kiara, así que pasé las dos horas haciendo el ganso, susurrándole estupideces en el oído que la hacían ahogarse de la risa sin poder reír. Su cara era un poema, sobre todo, cuando se le escapó una carcajada en el momento menos oportuno y un señor con malas pulgas se giró para decirle que el fallecimiento de tres ancianos en un asilo no era motivo de burla.

Ella parecía querer matarme. Fue muy divertido verla esforzarse por tragarse los siguientes ataques de risa.

Yo me olvidaba hasta de quién era cada vez que nuestros brazos se rozaban accidentalmente en el reposabrazos compartido.

Era difícil de asimilar que una caricia tan ínfima, que carecía de intención o intimidad, pudiera hacer estallar cientos de fuegos artificiales en mis tripas.

Lo achacaba a que jamás me había costado esfuerzo llamar la atención de una mujer y con Kiara casi todo eran espinas. Celebraba cualquier avance que ocurría entre nosotros como si fuera fiesta nacional.

Podría hacerme adicto a ese hormigueo, esa desazón que me la ponía dura con solo imaginar su boca en la mía.

Las imágenes de esos días pasaron por mi mente, precipitados, divertidos y con la imagen de Kiara siempre presente en todos ellos.

Aunque echaba un poco de menos a mi familia, contaba con algunas personas nuevas a mi alrededor que eran un buen sustitutivo. Había crecido rodeado de gente, los italianos éramos de fiestas y multitudes, por lo que mi momento favorito del día era cuando llegaba la noche, cenaba con las chicas, Benan y nuestro chófer, y terminábamos viendo una peli o echando una partida de póker.

¡Había creado tres monstruas capaces de desplumar al más pintado!

Las vi ponerse a mi lado, saludamos al público y fuimos hacia los camerinos fundidos en un abrazo colectivo.

En cuanto puse un pie en él, con la algarabía de fondo de todo el equipo celebrando que había sido un éxito rotundo, escuché el sonido de mi móvil.

Antes del concierto, telefoneé a Janelle, tenía muchísimas llamadas perdidas suyas, pero con el ajetreo diario no había encontrado un hueco en el que poder coincidir; cuando yo podía, ella estaba en el SKS, así que hasta ese instante, nada de nada. Era ella.

—¡Jane! —exclamé eufórico.

—No puedo creerlo, ¿eres tú, o hablo con el contestador de la Mona Chita?

—Ya sabes que, por el tamaño de mi liana, me parezco más a Tarzan.

—Será mejor que dejemos el tema de la selva y me digas cómo estás.

Nos pusimos al día, Janelle me lanzó una batería de preguntas sobre cómo me iba la gira, los lugares que había visitado…

—¿Qué tal con las chicas?

—Ya no me amenazan de muerte, puedo beber del vaso sin que lo pruebe un catador de alimentos con total seguridad.

—Contaba con ello, sería raro que no las tuvieras en el bolsillo ya. Pregúntame quien se ha quedado con tu pecado capital.

—¿No me digas que Corey ha largado al sustituto?

—Ese tío era un capullo. Pregúntamelo. —Bufé.

—¿Quién es el nuevo Soberbia?

—¡Yooo!

Del grito que dio, casi me estalló el tímpano.

—¡¿Me tomas el pelo?! Eso es imposible.

—¡No lo es, enseño las tetas en el SKS! —Solté unas cuantas imprecaciones en italiano.

—Pienso hablar con tu jefe para que te despida.

—Ni se te ocurra, tú has enseñado la chorra durante años y nadie te ha dicho nada, tengo el mismo derecho que tú, además, para tu información, tengo el récord de propinas sobre el escenario, soy una puta fiera.

Eso no lo dudaba.

—¿Y papá lo sabe?

—No creo, pero me da lo mismo. ¿Sabes que tenemos vecinos en el piso?

—¿En serio?

—Sí, una pareja, son supermajos y follan de vicio.

—¿Cómo dices? Creo que te he entendido mal con tanto ruido.

—He dicho que fo...

No la escuché, porque en la puerta de mi camerino se había plantado Kiara, con los ojos fuera de las órbitas y dificultad para respirar, parecía a punto de desmayarse en cualquier instante.

—Te tengo que colgar, te llamo luego.

Apreté el botón para finalizar la conversación, tiré el móvil sobre el sofá y fui hasta Kiara.

—Ey, ey, ey, ¿qué pasa? —Se agarró el cuello.

—No. Puedo. Respirar. —Me fijé que su pecho subía y bajaba demasiado deprisa, como si el aire no le llegara a los pulmones—. Es ansiedad —logró farfullar.

No tenía idea de que la sufría, quizá fuera consecuencia de lo que vivió en la India. Podía lidiar con eso, a la madre de mi mejor amigo del instituto también le ocurría y yo pasaba tanto tiempo en su casa que aprendí algunos trucos para aliviarla.

Me acerqué a ella lentamente, manteniendo una distancia respetuosa.

—Mírame, Ojazos —le dije con la voz más calmada que pude encontrar—, estoy aquí contigo. No estás sola.

Cerré la puerta para que hubiera menos ruido y ofrecerle un ambiente más sosegado, cogí un vaso y se lo llené de agua, a veces un pequeño gesto podía proporcionar un gran consuelo, o eso decía la madre de Ander.

—Vamos a respirar juntos —sugerí—. Inhala lentamente, cuenta hasta cuatro, mantén la respiración, cuenta hasta cuatro, y exhala. Hagámoslo juntos.

Al principio no le salía.

—No puedo —respondió frustrada. Que hubiera venido a buscarme a mí en lugar de a cualquier otro significaba que creía que podía ayudarla y no pensaba dejarla en la estacada.

—Vas a poder —alargué las manos y las extendí, con las palmas hacia arriba esperé a que ella quisiera cogerlas.

Se aferró entrecruzando sus dedos con los míos, con su rostro moreno espantado y tan cubierto de colores como el mío.

—Venga, intentémoslo otra vez.

Seguí acompañándola, hablando con voz calmada que la ayudara a relajarse.

—Eso es, respira, lo estás haciendo genial. Estás segura, nadie te hará daño, nadie entrará o te molestará, yo me ocupo, ¿confías en mí? —Sus pupilas se engarzaron en las mías, muy abiertas—. ¿Confías? —repetí.

Cuando asintió, sentí alivio y una honda satisfacción.

—¿Puedo abrazarte? Necesito que sientas lo que te digo. —Movió la cabeza con suavidad, arriba y abajo, mientras yo la envolvía y ella posaba su rostro en mi pecho—. Lo estás haciendo genial, sigue respirando, acompásate a mí, escucha cómo suena mi corazón, cierra los ojos y óyelo.

Ella dio un suspiro largo. No me moví, me limité a sostenerla, a cumplir las promesas que le había hecho, aunque me muriera de ganas de acariciarla, de esparcir besos por su pelo, de prometerle cualquier cosa que la hiciera sentir mejor.

Poco a poco, la respiración fue cambiando de ritmo. Repetimos el proceso varias veces.

Era el momento de estar presente y ofrecer apoyo.

—Estás haciendo un gran trabajo —le aseguré—, y esto va a pasar. ¿Sabes? —Distraer la mente solía funcionar con las personas que sufrían ansiedad, así que hurgué en mis recuerdos—. Crecer en Nueva York siendo el mayor de cuatro hermanas me enseñó mucho sobre el cuidado y la protección. Recuerdo una vez, cuando era pequeño, mi familia y yo fuimos a Coney Island. Era un día soleado y perfecto para disfrutar de la playa y los juegos. Mis hermanas estaban emocionadas por probar todas las atracciones, pero había una en particular que les daba miedo: la montaña rusa —proseguí, sintiéndola mucho más calmada.

»Ellas querían subirse, pero al mismo tiempo tenían mucho miedo. Así que hice lo que cualquier hermano mayor haría: les prometí que estaría con ellas en cada vuelta y cada caída. Les dije que, si cerraban los ojos, yo les narraría todo lo que estaba pasando, para que pudieran sentir la emoción sin ver lo que les asustaba. Y así lo hicimos. Nos subimos a la montaña rusa, y con cada subida y bajada, les describía las vistas de la ciudad, el brillo del sol en el océano, y las risas de las personas a nuestro alrededor. Ellas se reían y se aferraban a mí, pero al final del recorrido, estaban llenas de alegría y orgullo por haberlo superado.

»Esa experiencia me enseñó que, a veces, lo que necesitamos es alguien que nos acompañe en los momentos de miedo, alguien que nos recuerde que no estamos solos y que el mundo sigue existiendo más allá de nuestros temores. Así como estuve allí para mis hermanas, estoy aquí para ti, y no pienso irme a ninguna parte.

Kiara se movió, clavó la barbilla en mi pecho y jamás la había visto más bonita y vulnerable.

Tenía los labios separados y me contemplaba con una necesidad que, si no hubiera sabido que era imposible, habría jurado que suplicaba que la besara.

¡Puto maníaco sexual! Mi entrepierna se tensó cuando asomó la punta de su lengua para humedecerse los labios, igual que haría yo si quisiera…

Unos golpes en la puerta interrumpieron mi pensamiento.

—No estoy —murmuré frunciendo el ceño.

—Marlon, soy yo, es hora de irnos —farfulló Lorraine, abriendo la puerta para toparse con la escena.

Nos miró con las cejas arqueadas y yo me negué a soltar a Kiara.

—Lo siento, Kiara no se encuentra bien, me necesita.

—¿Te necesita? ¿Qué eres? ¿Su niñera?

—Su amigo, su compañero e integrante de su banda.

—Para eso ya tiene a sus amigas. Ahora las llamo, y si se encuentra mal como el otro día, Ravi ya llamará al médico.

—¿El otro día? —pregunté, mirando a Kiara.

—Si te tienes que ir, yo…

—¿Te pasó esto el otro día? —pregunté preocupándome—, ¿por qué no me lo dijiste?

—No importa. —Se separó de mí, no la forcé a seguir manteniendo el abrazo—. Me voy al tráiler.

—Claro que importa, te acompaño.

—Marlon… —dijo Lorraine en tono de advertencia.

—Lo siento, Lori, hay prioridades y hoy Kiara es más importante, como nuestra representante, sé que lo sabes y que quieres velar por que el grupo esté bien, así que si nos disculpas —musité, poniendo una mano con delicadeza en la espalda de Kiara para guiarla hacia la puerta.

Sabía que mi respuesta iba a costarme caro, sin embargo, no pensaba volver a anteponer a Lorraine.

Pasamos por su lado y pisé algunos dulces que a alguien se le habían caído al suelo, noté el estremecimiento de mi compañera y se aferró a mí como si fuera su bote salvavidas hasta que llegamos al camión.

CAPÍTULO 45

Kiara

Nada más entrar en el tráiler, apoyé la espalda en la puerta cerrada, tenía la sensación de que un tractor me había pasado por encima, estaba exhausta, sucia, con los nervios a flor de piel y un reguero de sudor frío pegándome el atuendo de cuero al cuerpo.

El aire que rondaba mis pulmones, todavía errático, me recordaba que hasta hacía apenas unos minutos era incapaz de respirar.

Puse la mirada en el hombre que había logrado que me tranquilizara sin necesidad de una pastilla, que estaba tan manchado y sudado como yo. El que decidió anteponerme y acompañarme en lugar de irse con su amante, el que rompió una lanza a mi favor, el que me eligió sin motivo, el que me dio un lugar privilegiado arriesgándose a una confrontación con Lorraine sin venir a cuento. Los dos sabíamos que venir conmigo era una afrenta que seguramente tendría consecuencias.

Dejé ir un suspiro largo.

—¿Por qué? —cuestioné sin comprender.

Marlon tampoco entendía mi pregunta, lo cual era de lo más lógico.

—¿Por qué, qué?

—¿Por qué no te has ido con Lorraine?

Él sonrió con suavidad, deshizo los tres pasos que lo separaban de mí y apoyó su antebrazo de manera desenfadada muy cerca de mi cara, invadiendo mi espacio personal sin que me incomodara.

Ya no lo hacía, al contrario, cada segundo que pasaba mi cuerpo anhelaba tenerlo más cerca, como si su proximidad supusiera un lugar seguro para mí.

—Porque me necesitas, porque soy tu amigo, porque me importa lo que te pase, porque tenía que demostrarte que es así. ¿Todavía no te has dado cuenta de que me importas?

—Hace muy poco que nos conocemos para afirmar algo así.

—Hay personas que las conoces de toda la vida que jamás inspirarían esa sensación en mí, tú sí. No creo que el tiempo sea el único factor determinante de lo que sentimos por las personas. Hay veces que pasas años al lado de una persona y esta te acaba traicionando, sin embargo, alguien que acabas de conocer puede abrirte los brazos y ofrecerte todo lo que es.

—¿Y tú me lo estás ofreciendo? —pregunté insegura. Las comisuras de sus labios se alzaron.

—¿Tú qué crees?

Cada frase iba calando cada vez más hondo en mi pecho. Marlon era alguien especial, capaz de colarse bajo mi coraza sin pedir permiso, lo sentía en todas partes, sin esperarlo, llenándome de algo desconocido y cálido.

—Creo que no sabes lo que haces.

—Puede ser, ya se verá, quizá esté descubriendo que me gustan las mujeres difíciles, porque son las más interesantes. —Alargó la mano y colocó un mechón de pelo que se me había pegado a la frente, mi respiración se aceleró un poco, pero no de manera desagradable.

—Mi turno. ¿Por qué no me lo contaste? —Apartó la mano.

Mi corazón dio un brinco, por un instante creí que se refería a lo de las flores, la *kumkuma* y ahora los dulces que sirvieron en mi boda. Los mismos por los que pasamos por encima al salir de mi camerino.

Otro regalo de ese admirador secreto que no apareció en el último concierto, pero, al parecer, sí en este.

Se trataba de unas esferas de masa de garbanzo almibaradas con diferentes ingredientes llamadas *ladoos* que se comían en los enlaces porque había la creencia de que en los acontecimientos afortunados debía añadirse algo dulce.

Mi marido pidió que nos sirvieran unos cuantos cuando terminó de convertirme en su mujer, en la cama, me hizo alimentarlo con ellos y después me los dio de comer a mí, para que repusiera, según él, fuerzas y seguir.

Los odiaba desde entonces.

—Kiara —me llamó Marlon—, Lorraine sugirió que sufriste otro ataque de ansiedad mientras estábamos en la gira, ¿lo entendí bien? ¿Cuándo pasó?

—Después del primer concierto. —Sentí alivio al ver que se trataba de eso.

Vi pesar en la mirada de Marlon.

—Joder... No debí haberme ido. —Su voz rezumaba culpabilidad.

—Era imposible que supieras lo que me iba a pasar, de hecho, hacía mucho tiempo que no sufría uno, años, creo que ni siquiera recordaba bien la sensación y no supe gestionarlo.

—¿Piensas que pudo ser por el subidón del concierto? La madre de mi mejor amigo los sufría con frecuencia, decía que la ansiedad te sorprende cuando no la esperas, a toro pasado. Como ese vecino cotilla que aparece en tu jardín trasero sin que le hayas abierto la puerta y se cuela sin pedir permiso en la fiesta de cumpleaños de tu hijo.

—Es una buena comparativa. Por suerte, hoy tenía cerca a un experto que me ha ayudado a controlarlo.

Marlon se apartó un poco y sentí su pérdida de inmediato, aunque no me estuviera tocando directamente, su cercanía me sosegaba.

—No sé tú, pero yo necesito una ducha con urgencia, la piel me pica y huelo a rayos. —Nos imaginé muy desnudos y enjabonados. Con sus manos de dedos largos cubiertas de espuma masajeando mi cuello, bajando por la espalda y…—. Tranquila, me refería a por separado, no pongas esa cara. —Si él supiera cual era la verdadera razón por la que la ponía—. ¿Quedamos aquí en media hora y preparo unas infusiones? — preguntó.

—¿Infusiones? Pensaba que solo bebías cerveza y Limoncello.

—Por una amiga soy capaz de beberme unas hierbas en lugar de fumármelas.

—¿Fumas hierba?

—A veces, va genial para desconectar. Tú no fumas, ¿verdad?

Me sorprendí a mí misma al encogerme de hombros.

—Quizá hoy me apetezca probar y desconectar. ¿Tienes aquí?

—En mi cuarto.

—Entonces mejor quedamos en tu habitación, no quiero que las chicas sufran los efectos secundarios. ¿Te importa?

—¿Mujer preciosa, recién duchada, marihuana y una cama? Claro que me importa —me guiñó un ojo—. Tienes quince minutos —murmuró alejándose.

—¿No era media hora?

—Si tardas media hora, entro en la ducha y busco otra manera de desestresarte musitó alejándose. Caminaba hacia atrás, por lo que pude ver el brillo burlón en su mirada.

Me planteé si apurar los treinta minutos o no, para ver qué pasaba.

¿Sería capaz de ir más allá con él?

El chorro de agua caliente, en lugar de disolver mis dudas, las acrecentaba, sobre todo, al pasar mis manos llenas de jabón, era incapaz de no imaginar las suyas, de no desear que lo fueran.

Me froté hasta que no quedó rastro de color. Me sequé y me envolví en el mullido albornoz.

Me puse una camiseta larga, dos tallas más grande que la mía, que utilizaba de camisón, y un *culotte*.

Peiné mi pelo hacia atrás y puse unas gotitas de aceite esencial sobre mi piel. Las huellas húmedas de mis pies marcaron el camino hacia su habitación.

Las chicas no habían llegado todavía, de hecho, había una fiesta después del concierto que nos habíamos saltado Marlon y yo, supuse que estarían allí, ajenas a lo ocurrido.

Llamé a su puerta, y cuando entré, Marlon estaba tumbado con el pelo húmedo, algunas gotas salpicando su piel y un único calzoncillo puesto, era ancho, de cintura caída, tipo pantalón. Me observaba mientras su lengua sellaba el papel blanco de un modo tan *sexy* que mi entrepierna hormigueó. No ocupaba el centro de la cama, estaba acomodado a un lado y tenía la ventana abierta, las cortinas ondeaban empujadas por el viento cálido.

Sonaba música de fondo, reconocí la canción, yo misma la había escuchado más de una vez, me gustaba la letra, me sentía bastante identificada con ella, sobre todo, esa noche.

—¿*She Rides*? —pregunté. Las comisuras de sus labios se dispararon.

—Tú siempre cabalgas sobre mi mundo, así que… me pareció bien. Puedes cambiarla si no te gusta.

—Me gusta —alegué, tumbándome a su lado con total naturalidad.

Él encendió el porro para darle una calada larga, el olor intenso llegó a mis fosas nasales mezclado con el de su jabón. Me lo ofreció y nuestros dedos se rozaron, cada vez me gustaba más su contacto y el efecto que causaba en mí.

—Hazlo despacio, si es tu primera vez, mejor da una succión corta.

Solo pensar que iba a poner mi boca en el mismo lugar en el que acababa de estar la suya me erizó por dentro.

Era una idiota. ¿Qué me estaba ocurriendo?

«Te gusta», tronó la voz de la hermana Margaret en mi cabeza, «Permítete disfrutarlo, permítete hacer lo que quieras y ser libre. Rompe tus cadenas para siempre, Kiara».

Llevé el cigarro a mi boca y sorbí.

No sabía cómo esperaba e igual me pasé de intensa, chupé entusiasmada al sentir cierta humedad en la boquilla y acto seguido tosí.

Marlon rio y me lo quitó de las manos.

—Te advertí que no te pasaras, bebe un poco de agua, Bob Marley. —Le hice un gesto con la mano.

—Estoy bien —dije entre estertores.

—¿Seguro? —Asentí.

Él volvió a fumar, tenía una cáscara de coco que utilizaba a modo de cenicero. Pasamos un rato así, yo aprendiendo a dar caladas y él celebrando mis avances. Cuando le pillé el truco, ya se había terminado.

Me acurruqué tranquila, cómoda, escuchando música, coexistiendo con Marlon en el mismo espacio sin sentir un ápice de incomodidad, de tensión; por primera vez en mucho tiempo, me sentía bien al lado de un hombre, sin miedo a que pudiera hacer algo que me incomodara, deseando estar con él.

Mis músculos comenzaban a pesar, me relajaba sin hacer nada y mi humor fluctuaba de manera inestable.

—¿Puedo preguntarte cuál es tu historia? —cuestionó a bote pronto.

Giré el rostro hacia él.

—¿A qué te refieres?

—Bueno, eres tan hermética que no sé lo que te ha llevado de la India hasta aquí, aunque intuya que no fue agradable. Trayi curraba en una mina, Ranya fue víctima de su casta, y ya sabes que yo soy un primogénito de la mafia que enseñaba el rabo para huir de su realidad, ¿qué me dices de ti? ¿Cuál es tu historia?

¿Estaba lista para hablar con Marlon de algo así?

Lo observé y algo me dijo que merecía ese voto de confianza después de haberse enfrentado a Lorraine, salvo que no sabía cómo empezar.

—Si no te ves capaz, lo entiendo, puede que todavía no confíes lo suficiente en mí, aunque me da que soltar lastre te iría bien para tus problemillas con la falta de oxígeno.

—¿Qué te hace pensar que tiene que ver con mi pasado? —pregunté más lenta que de costumbre.

—Tú misma has dicho que hacía años que no te pasaba, así que he sumado dos y dos y me ha dado la India.

—Guapo y listo… Eres una joya.

—El marido que toda mujer querría, ¿quieres casarte conmigo? —bromeó, y ahí estaba el pie que buscaba.

—Lo siento, ya estoy casada.

Él rio, se lo tomó a broma, como habría hecho cualquiera.

—No hace falta que me des una excusa para no terminar con un anillo en el dedo. Hace tiempo que asumí que lo único que las mujeres quieren de mí es mi rabo. Soy bueno para follar, pero no para pensar en un futuro juntos.

—Te confundes…

—Shhh, no busco que digas algo que no piensas. No te culpo, sé cuál es mi sitio, empujando o comiendo coño. No soy el tío que una madre querría para su hija.

—Marlon, no era una broma, estoy casada.

Sus ojos se llenaron de dudas al ver que mi voz se había vuelto seria.

—¿Cómo?

—¿No querías mi historia? Pues ahí la tienes, mi familia me vendió a un hombre rico para que dejara de ser una carga, porque en la India las hijas somos una carga. Me casé con once años para aliviar sus deudas, para que ellos tuvieran algo más que una casa sucia en un poblado de indeseables.

»Hasta los catorce, viví en un puto infierno de abusos y vejaciones, por eso no me gusta que me toquen, por eso me cuesta confiar, sobre todo, si se trata de hombres.

—Joder, Kiara, no lo sabía. Y yo haciendo bromas sobre… —Me dio la sensación de que se hundía en el colchón más de lo que ya estaba. Su rostro se llenó de dolor y se pinzó los ojos—. Soy un mierda, un bocazas, lo siento muchísimo.

—No tenías por qué saberlo.

Me giré hacia él y, en lugar de apartarme, busqué su cercanía. Necesitaba que se sintiera mejor y por eso le ofrecí voluntariamente mi contacto, para que comprendiera que para mí se había convertido en alguien importante.

Apoyé mi cabeza en su pecho, abracé su cintura, pasé una pierna desnuda por encima de las suyas sintiendo el roce de su vello crespo en las mías.

Era una postura tan íntima que debería haberme causado rechazo, no fue así, quizá fuera por la marihuana o porque simplemente Marlon me gustaba más de lo que era capaz de admitir.

No se quejó. La mano que estaba en sus lagrimales buscó apretarme más contra él.

—Lo siento. —Yo negué—. Tuvo que ser horrible. No quiero ni puedo imaginar a una de mis hermanas en una situación así.

—No puedo negarte que lo fue, mi marido era un hombre sin escrúpulos, le gustaba infligir dolor, las sensaciones como el rechazo lo excitaban. Cuando yo intentaba asumir nuestra intimidad, resignarme y aceptar la vida que me había tocado, se las ingeniaba para sacar lo peor de mí, para que me opusiera. Tuve suerte de que Wings of Life me sacara de la India, que me dieran una vida nueva en la que librarme del destino que me habría esperado.

—Pero ¡¿cómo pudo permitir eso tu familia?!

—En mi país, el matrimonio infantil está a la orden del día y a mi marido le gustaban las niñas. Ocurre en otras partes del mundo, de hecho, en Inglaterra era una práctica muy común hasta principios del siglo XX.

—¡Que puto asco! No me cae bien tu familia, lo siento, y tu marido me parece un cerdo. Lo siento.

—No te disculpes, lo era.

—¿Ya no lo es?

—Me ocupé de que dejara de serlo.

Nunca le había dicho nada así a nadie, solo una persona sabía lo que fui capaz de hacer, acababa de confesárselo a Marlon de

341

manera indirecta. Me puse rígida en cuanto me di cuenta de lo que había hecho, no estaba tan fumado como para no entenderlo.

Sus dedos buscaron mi barbilla y la alzó en busca de la verdad, oculta en mis ojos.

Mis manos estaban manchadas de sangre y no me arrepentía, no lo hice ni una sola vez, de hecho, volvería a hacerlo, solo me arrepentía de una cosa, de no haberlo matado antes.

Aquella noche no solo murió él, también una parte de mí llamada Kalinda, de algún modo, aquel incidente marcó mi renacimiento, la persona en la que a posteriori me convertí, anhelante de justicia.

—Me alegro de que ese cabrón ya no respire, si siguiera haciéndolo, te juro que habría pillado hoy mismo un avión y mañana estaría muerto.

No iba de farol, podía verlo en su mirada.

—¿Piensas que hice bien?

—Pienso que mi padre sí que querría que te convirtieras en mi mujer. —No sé por qué su reflexión me hizo sonreír—. Gracias por contármelo, te juro que mis labios están sellados.

Marlon soltó mi barbilla y volví a acomodar mi cabeza en la comodidad de su pecho.

No le había dicho lo de los regalos, pensar que Gabbar había vuelto para reclamarme de entre los muertos no tenía sentido. En mi fuero interno lo sabía, esos regalos no eran suyos, solo de un fan friki del hinduismo, tenía que ser eso.

Cerré los ojos escuchándolo canturrear, dejándome caer al abrigo de nuestras respiraciones, disfrutando del calor de un abrazo compartido, arrullada por la liberación de un secreto.

CAPÍTULO 46

Kiara

Querido lector: Este capítulo puede herir tu sensibilidad, contiene escenas de violencia y abuso.

Me había quedado dormida.

Dicen que las últimas imágenes en las que piensas son las que después fundamentan tus sueños.

No debería haber pensado en él, porque Gabbar me había vuelto a coger de la mano para llevarme de viaje al pasado.

—Mírate, ¿recuerdas esos días en los que eras mía? —susurró su imagen voluble sin soltarme, agarrándome como solía hacerlo, para que mirara y no me pudiera mover.

Allí estaba yo, con catorce años, mirándome en el espejo como solía hacer, buscándome sin encontrarme.

Recordaba a la perfección lo que pensaba, que con el tiempo que llevaba casada ya debería estar acostumbrada a él, debería haber aprendido a quererlo, a que me gustara la intimidad que compartíamos, a desear tener hijos y que mi vientre se hinchara para llenarlo de dicha, pero no era así.

Aparté las manos de la tripa vacía que estaba acariciando.

La simple idea de que me rozara o me besara me daba pánico, asco, sobre todo, porque sabía lo que venía después.

Mi marido era un monstruo que gozaba con el miedo, el dolor y la tortura.

Había rezado a los dioses para que me ayudaran, que le partiera un rayo o sufriera un ataque de corazón, pero ninguno parecía por la labor de escucharme.

A mi marido le había entrado la prisa por querer embarazarme, su madre le dijo que no era normal que, con el tiempo que llevábamos intimando juntos, no hubiera un futuro Singh en mis entrañas, que se hacía mayor y necesitaba un heredero.

Gabbar empezó a preocuparse e hizo que fuéramos al médico, nos hicieron analíticas, todo estaba en orden, por lo que su madre insistió en que viniera a vernos un doctor más holístico.

El médico determinó que necesitábamos un tratamiento ayurvédico, que como era una Dalit, no me quedaba embarazada porque necesitaba hacer una limpieza de todos los tejidos del cuerpo, reforzando especialmente el tejido reproductor. Era importante que el nuevo ser que íbamos a concebir tuviera la mejor versión de nuestra esencia, y para ello, el Shukra Dhatu debía estar limpio y nutrido.

Mi suegra estaba delante y no hacía más que asentir.

A mi marido no le gustó que el médico dijera que el exceso de actividad sexual y una alimentación excesivamente ácida no eran buenos en ese momento.

Yo sentí alivio al pensar que mis deberes se rebajarían y solo por eso decidí sumarme por una vez al criterio de mi suegra y alegar que yo también lo veía bien, que teníamos que hacerle caso al doctor.

Lo primero que tuve que hacer fue yoga, meditación, cambiar mi alimentación a una basada en verduras de hoja verde y mucha fruta, y lo peor, recibir masajes con aceites esenciales que potenciaran la fecundación.

No sabía que me los daría el doctor, bajo la atenta mirada de mi marido, que observaba cómo aquel anciano colocaba una mano en mi tripa y me pedía que me relajara, desnuda de cintura para abajo, para poder estimular mi fecundidad.

Al final de cada sesión, mi marido se mostraba visiblemente molesto porque el médico decía que, por mucho estímulo que me diera, era árida como un desierto y el tratamiento se alargaría.

Pasamos así seis meses y el bebé no venía.

La madre de Gabbar estaba empeñada en que era por mi culpa, por mi casta, que los dioses estaban enfadados por desafiarlos y que por ello debíamos ir al templo de la diosa Parvati, en Meenakshi Amman, a pedirle disculpas, demostrarle que no éramos un error y a hacerle una buena ofrenda para que nos diera la fertilidad que nos faltaba.

No es que me apeteciera especialmente hacer un viaje con mi marido, sin embargo, tuve que aceptar.

Madurai era una ciudad donde la historia y la espiritualidad se entrelazaban. Nos alojamos en un lujoso hotel cerca del templo. Las paredes de nuestra habitación estaban cubiertas de seda y las alfombras eran suaves bajo nuestros pies.

Recuerdo que me maravillé al verlo, uno de los pocos recuerdos positivos que tuve de nuestra estancia fue cómo nos trataban en el hotel.

Las calles olían a especias, incienso y estaban llenas de bullicio.

Gabbar hizo que nos bañáramos y nos cambiáramos en cuanto llegamos. No quería perder tiempo, así que lo primero que hicimos en cuanto estuvimos listos fue ir a por las ofrendas, después nos encaminamos directos al templo que se alzaba majestuoso ante nosotros. Sus altos muros estaban decorados con esculturas y relieves que contaban historias de dioses y héroes. Los gopuras, las torres de entrada, se elevaban hacia el cielo, cada uno más elaborado que el anterior.

Dentro del templo, los sonidos se mezclaban: campanas tintineando, sacerdotes recitando mantras y fieles susurrando sus oraciones. La gente se arremolinaba, vestida con saris de colores brillantes. Los vendedores ofrecían flores, frutas y aceite de coco para todo aquel que quisiera hacerle un regalo a Parvati.

Mi marido estaba ansioso.

La diosa de la fertilidad nos observaba desde su santuario. Yo también la miré, preguntándome si ella podría liberarme de la prisión en la que vivía.

¿Podría encontrar la fuerza para enfrentar el futuro? Solo sabía que debía sobrevivir, incluso si eso significaba hacerlo a la sombra de mi propio sufrimiento, buscando una salida de ese oscuro laberinto en el que estaba atrapada.

—Dale el presente, necesitamos un hijo, y si no lo concibes, será por tu culpa —masculló Gabbar frente a la imagen.

Tragué con fuerza y lo miré de soslayo, en mis manos llevaba un collar de jazmines y una cesta con aceite y fruta fresca.

—Vamos —me espoleó.

Me arrodillé y deposité los presentes a los pies de la diosa, cerré los ojos y supliqué en silencio, sintiendo la frescura del mármol.

Cuando terminamos, Gabbar me llevó directa al hotel, nada de turismo. Estuvimos tres días encerrados intentando engendrar a su futuro hijo. Era la última semana de primavera, el mes que, tradicionalmente, era mejor para concebir.

—Concéntrate, visualiza mi simiente en tu útero —gruñía mientras empujaba y yo intentaba no pensar en el dolor.

Antes de que pudiera correrse, su móvil sonó, lo cual lo desconcentró y salió de mi interior frustrado.

Soltó unas cuantas maldiciones, aunque se le pasaron en cuanto miró la pantalla, se trataba de negocios, lo supe en cuanto escuché la conversación.

Mi marido siempre me mantenía ajena a sus tratos, pero oí que nos íbamos antes de lo previsto porque tenía una reunión importante.

—Haz las maletas, nos marchamos.

Me sentía feliz, cerré las piernas de golpe.

—¿A casa? —pregunté. Él me sonrió frío.

—No, esta vez me acompañarás, irás conmigo, *jaan*[4]. Hasta que estés preñada, no vas a ir a ningún lugar al que no esté yo, espabila.

Mi estómago se contrajo, no iba a librarme de Gabbar ni de sus exigencias maritales.

Mi sueño se saltó el viaje en avioneta y me llevó directa al coche que nos esperaba en el pequeño helipuerto de Nepal.

El calor y la humedad pegaban el pelo a mi cuello. El cielo estaba oscuro, amenazador, era una noche sin estrellas y nos estábamos alejando de la civilización.

Cuando le pregunté a mi marido dónde íbamos, se limitó a decirme que me mantuviera con la boca cerrada.

Lo único que sabía era que estábamos en aquel país extraño, a muchos kilómetros de casa.

Gabbar sintonizó la radio, escuché que estábamos en alerta. Los meses de junio, julio y agosto eran época de monzones y se acercaba una fuerte tormenta.

Me miró a través del espejo interior con el ceño fruncido, yo desvié los ojos hacia la ventanilla. Llevábamos diez minutos circulando por una carretera interior, llena de baches sin asfaltar, cercana al río Kali, que bajaba furioso.

El conductor le dijo a Gabbar que estaban aguardando una fuerte tormenta y que los únicos que iban a disfrutarla eran los cocodrilos, que esas aguas estaban infestadas y una mujer había lanzado ahí a su hijo después de una discusión con su marido, no encontraron ni la ropa.

Miré con miedo el acantilado, justo debajo estaban los gigantescos reptiles, y me estremecí.

El coche dio un sobresalto al meterse en un bache y yo ahogué un grito.

Gabbar volvió a mirarme mal e intenté hacerme un ovillo para pasar inadvertida a sus ojos. Seis minutos después, llegamos a una

---

[4] *Jaan*: cariño, en indio.

explanada, un asentamiento cercano al río, en el que había un par de tiendas montadas, parecían grandes.

La noche ya estaba cerrada, el viento agitaba con fuerza las antorchas encendidas, el improvisado campamento carecía de electricidad.

Mi marido me ayudó a descender, en cuanto lo hice, el conductor dio media vuelta y se marchó. No había un solo coche allí.

—Compórtate, no me hagas quedar mal delante de mi socio.

—¿Qué hacemos aquí? —pregunté con un mal presentimiento.

—Negocios, ya te lo he dicho, ahora cállate.

Una de las dos tiendas se abrió y de ella emergió un hombre algo más mayor que mi marido, debía sacarle por lo menos doce años.

Se saludaron con afecto y rápidamente este desvió los ojos hacia mí.

—¿Tu esposa? —Gabbar asintió con cierto punto de orgullo.

—Kalinda, te presento a mi socio, Rajiv Rai.

Los dos nos inclinamos juntando las palmas en un *namaste*, para mostrar respeto del uno al otro.

—Tienes buen gusto, una piel exquisita. Una joya en este lugar carente de brillo, ni siquiera las estrellas alumbran para no opacar su luz.

—Creo que eso es culpa del tiempo, en la radio han dicho que viene una tormenta de las grandes. —Rajiv rio y Gabbar carraspeó poniendo mala cara.

No le gustaba que interviniera si él no me había dado permiso, debería haberme mordido la lengua.

—Sí, eso parece, si lo deseas, puedes acomodarte, esa es vuestra tienda, espero que estéis cómodos en ella, tienes agua para asearte si lo precisas.

—Ve y lávate —me ordenó Gabbar—. Rajiv y yo tenemos asuntos que tratar.

Obedecí, sabía que no era bueno contrariarlo más.

Antes de entrar en la tienda, los observé, Rajiv le golpeó la espalda con camaradería a mi marido y después entraron juntos y riendo.

La tienda era bonita por dentro, el socio de mi marido no mentía, tenía todas las comodidades, aunque no comprendía por qué nos habíamos reunido allí en lugar de en un hotel.

Me aseé, y mientras lo estaba haciendo, creí escuchar gritos y llantos. Miré a un lado y a otro sin entender qué ocurría. Dejé de lavarme, me puse un sari limpio lo más deprisa que pude y salí al exterior.

El viento agitaba la tela de la tienda cada vez con más fuerza y las llamas de las antorchas oscilaban como si fueran a apagarse de un momento a otro.

Oí risas masculinas, me dije que era mejor no moverme de la tienda, como mi marido me había ordenado, sin embargo…

El viento azotó mi pelo con fuerza y la tela de mi vestido se pegó a mi cuerpo, no regresé al interior.

No me había calzado, sentí la tierra y algunas ramas crujiendo bajo mis pies. Antes casi siempre iba descalza, cuando vivía en la aldea.

Me aproximé a la tienda en la que Gabbar y Rajiv habían desaparecido, de ahí parecían proceder los sonidos

Me fijé en que había un pequeño desgarrón, al que me aproximé para asomarme, y lo que vi me revolvió las tripas.

Tanto mi marido como su socio estaban desnudos, tenían a un par de niñas dispuestas a cuatro patas y les estaban haciendo lo mismo que yo sufría cada vez que a Gabbar le daba la gana. Ellas lloraban, de ahí procedían los gritos.

Me llevé una mano a la boca, otra al estómago. Una cosa era sufrirlo yo y otra verlo. Como si Rajiv me presintiera, miró en mi dirección, sonrió y se relamió.

Después llamó a mi marido y cabeceó sin dejar de empujar entre los muslos de la cría que mordía un cojín para opacar los gritos.

Gabbar torció el cuello iracundo, enfocó hacia el lugar exacto en el que yo permanecía muy quieta, aterrada, incapaz de entender cómo era posible que me hubieran descubierto si no había hecho un solo ruido.

¡Era imposible que me hubieran visto a través del minúsculo desgarrón!

Di un paso atrás y tropecé, caí al suelo en el instante exacto en que el cielo se abrió y empezó a llover.

Mi marido emergió completamente desnudo y todavía empalmado.

—¡No puedes obedecer ni una sola vez! —ladró—. ¡¿Tienes que dejarme en evidencia delante de mi socio y que crea que no sé dominar a mi mujer?! —Negué rápido. Quise ponerme en pie, pero él llegó antes de que pudiera hacerlo, me agarró del pelo y tiró de él con fuerza para levantarme.

—Lo-lo siento, oí gritos, yo no sabía…

—¡¿Qué no sabías, quedarte en tu sitio?! —Su palma descargó rotunda contra mi cara. No esperaba el golpe que me hizo castañetear los dientes—. ¡Estúpida! ¿Es que no sabes que si te pones entre la luz de una antorcha y una tela tu silueta se transparenta?

Me empujó de nuevo contra el suelo y me dio un puntapié en la cadera. Me quejé.

La tienda volvió a abrirse y Rajiv se sumó a nuestra discusión.

—Gabbar, amigo, no pasa nada, quizá tu mujer quería participar en la celebración. Seguro que se alegra del cierre del negocio que va a incrementar nuestra fortuna.

Lo miré, se había puesto una especie de bata abierta que no cubría nada.

Giré el rostro y negué rápido.

—No, yo no, lo-lo siento.

—Claro que lo sientes, y más que lo vas a sentir. No podías conformarte con mi orden, como siempre, me tenías que desobedecer porque tu curiosidad te puede. —Volvió a agarrarme del pelo y me arrastró por el suelo, me estaba clavando piedras y ramas en la piel. A Gabbar no le importaba, estaba demasiado enfadado.

Me empujó hacia el interior de la tienda en la que ellos estaban y me topé con esas crías, desnudas, golpeadas y con restos de sangre entre sus muslos, debían tener la misma edad que yo cuando me casé, se abrazaban la una a la otra con lágrimas en los ojos.

—Querías saber a qué me dedico, pues míralo con tus propios ojos, al matrimonio concertado, a eso nos dedicamos Rajiv y yo. Tenemos un negocio muy lucrativo, nos han hecho un pedido bastante extenso de esposas, preciosas niñas novia de entre nueve y doce años, como lo fuiste tú. Esas dos son nuestra celebración, las estamos aleccionando porque no eran vírgenes como prometieron sus familiares. —La sangre de sus muslos decía lo contrario—. Así que Rajiv y yo les hemos hecho unas fotografías y unos vídeos que después venderemos muy bien y las estamos enseñando a no mentir, dándoles clases de cómo será su futuro en un burdel, para que aprendan a hacer gozar a un hombre. —Me agarró con fuerza del pelo para que las mirara sin poder apartar los ojos de ellas—. ¿Te gusta a lo que me dedico? ¿Te gusta saber que gracias a ellas comes, te vistes, te calzas, duermes en un colchón blando y ayudas a tus padres?

Las niñas me miraban y yo a ellas, sin saber qué decir o qué hacer, sentí una náusea muy grande, todas las afirmaciones que había hecho me golpeaban como un martillo despiadado. Yo era partícipe indirectamente de su dolor, de todo lo malo que les pasaba.

—Ya está, amigo, creo que tu mujer ha aprendido la lección —musitó Rajiv, palmeándole el hombro.

Gabbar me soltó.

—Vuelve a la tienda, lávate y espérame abierta de piernas, vas a terminar lo que interrumpiste. ¡Hazlo! —bramó.

Nunca lo había visto tan enfadado

La risa ronca de Rajiv me hizo mirarlo, volvió a relamerse con una intención muda que a mí me quedaba bastante clara, o me iba, u ocurriría algo que no superaría nunca.

Me puse en pie temblando, tenía varios arañazos en las manos y las rodillas, fuera estaba diluviando.

—Relájate, amigo mío, seguro que tu esposa te complace, bebamos algo para que te sientas mejor mientras ella se prepara como debe —me guiñó un ojo. Después observó a las niñas—. Tú —espetó hacia una de ellas—. Sírvenos.

Mi marido y su socio avanzaron sin prestarme atención mientras yo me dirigía a la salida. Algo brillante llamó mi atención, no sé qué me empujó a dirigirme hacia ello antes de salir, o puede que sí lo supiera, puede que en el fondo siempre hubiera estado en mi interior prendida la llama de la justicia, esa que pronto se convirtió en hoguera y después en incendio.

Con un movimiento brusco y rápido, me hice con el puñal de mango dorado con incrustaciones que reposaba sobre una mesita alta, después, la noche me engulló.

CAPÍTULO 47

Kiara

Querido lector: Este capítulo puede herir tu sensibilidad, contiene escenas de violencia y abuso.

La tormenta estallaba con violencia, las antorchas exteriores se habían apagado y yo avanzaba más consciente que nunca de todo lo que me envolvía.

Ya no sentía el dolor en los pies porque el padecimiento de mi alma, el saber que todo lo que me rodeaba era fruto del sufrimiento de otras niñas, me estremecía y llenaba de un malestar extremo.

Me costaba respirar, las palabras de mi marido devoraban mi cerebro en un eco agobiante. «¿Te gusta saber que gracias a ellas comes, te vistes, te calzas, duermes en un colchón blando y ayudas a tus padres?».

¡No, no me gustaba! De hecho, ¡lo odiaba! Odiaba todo lo que me rodeaba, odiaba sus lujos, odiaba estar casada con él, odiaba lo que me hacía, ¡lo odiaba todo!

El puñal tembló entre mis dedos, me daba igual estar calada hasta los huesos, me daba igual todo; o hacía algo con mi vida, o la vida acabaría conmigo.

353

Miré el mango, contra el que impactaba la furia de las gotas de agua, y la vi, allí, en mitad del agarre. Era una representación de la diosa Kali, mirándome desde el centro de la empuñadura, sus ojos eran dos rubíes rojos que, a la luz del sol, seguro que brillarían, salvo que en ese instante la oscuridad los hacía parecer oscuros y opacos.

¿Sería una señal?

Estábamos muy cerca del río que llevaba su nombre y la muerte en sus aguas, ella era su diosa, la de la muerte, el tiempo y el fin del mundo. Se la asociaba al sexo y a la violencia y, pese a todo, era una fuerte figura materna y símbolo del amor.

¿Y si mis oraciones a los dioses por fin habían sido escuchadas y eso era la señal que estaba buscando?

Un rayo iluminó el cielo seguido de un trueno ensordecedor.

Mi estómago se contrajo de nuevo y entré en la tienda. No me desnudé, ni me cambié de ropa, me limité a arrebujarme en el centro de la misma, al abrir la cremallera, el azote del viento había apagado las velas, por lo que me vi a oscuras, sola, con un huracán de ideas ganando fuerza a medida que la tormenta volvía a mezclarse con gritos y llantos.

La palma en la que sujetaba el puñal me ardió y escuché una voz, quizá fruto de mi imaginación, quizá de la enajenación mental que sufría debida a lo visto, que me decía: «tu destino está en tus manos». Volví a apretar el arma y, en ese momento justo, la tela de la tienda volvió a sacudirse y la figura de mi marido emergió ocupándolo todo.

—¡Te dije que te quería abierta y lista! —voceó—. ¡¿Por qué demonios estás a oscuras?! —En cuanto se giró a encender una de las velas, escondí el cuchillo bajo uno de los cojines que me quedaba muy cerca.

Gabbar se dio la vuelta y me miró con disgusto.

—¡Mírate! ¡Estás hecha un desastre! ¡Pareces la puta de un burdel en lugar de mi mujer! Aunque quizá sea eso lo que quieres, Kalinda, que te trate como a una zorra.

Se acercó y me miró con una promesa en la mirada que conocía demasiado bien.

Se abalanzó sobre mí como un tigre, mientras que yo grité que no y me puse a pegarle.

Una risa obscena brotó de su boca.

—¿Quieres resistirte? Muy bien, ya sabes cuánto me gusta eso.

Buscó mi boca para besarme, la tenía abierta por mi negación y, al sentir su lengua con sabor a licor, no pude evitarlo, lo mordí.

Él rugió.

—¡Puta! —Soltó una de las manos con la que aferraba mi muñeca para clavar sus dedos en mi cuello.

Me faltaba el aire, era demasiado fuerte, por mucho que corcoveara, su peso me impedía moverme, daba igual que lo empujara con la mano libre.

—¡¿Esto te gusta?! ¿Saber que podría matarte? —Volvió a besarme, llenándome la boca con el sabor de su sangre.

Las fuerzas me fallaban.

—Eres mía, Kali —susurró en mi oreja. Alguna vez había acortado mi nombre para llamarme así, aunque no era lo frecuente. Lo tomé como otra señal y pensé en el puñal—. Hoy concebirás a nuestro hijo, te follaré tantas veces que es imposible que no te embarace.

Apartó la mano de mi cuello para abrirme las piernas y hundirse en mi interior con un bramido.

Apreté los ojos. Esa iba a ser la última vez que me hiciera algo así, nadie volvería a tocarme jamás, nadie.

Gabbar empujaba con violencia sin apartar su mirada de la mía, tenía que esperar el momento exacto que vendría segundos antes de su orgasmo, sabía que entonces cerraría los ojos y yo…

Tragué duro, era mi única oportunidad, o lo hacía ya, o me esperaba eso para siempre, y estaban las niñas…

Los párpados de Gabbar comenzaron a fallar, solo me había llevado una vez al teatro, suficiente para saber que, cuando se bajaba el telón, terminaba la función, y la suya estaba llegando a su fin.

Alargué el brazo bajo el cojín, agarré la empuñadura y, como había hecho tantas veces en el poblado, cuando ayudaba a mi padre a separar las pieles del cuerpo de los animales, blandí el arma y le rebané el gaznate sin dudar.

La sangre roja me bañó la cara y el cuerpo.

Mi marido abrió mucho los ojos y me miró agarrándose el cuello, del cual no dejaba de brotar aquel líquido pegajoso y caliente.

Quiso apartar las manos, pero no podía porque, cada vez que lo hacía, caía más sangre, lo empujé con fuerza para salir de debajo de él.

La cabeza me iba a mil, no sabía qué tenía que hacer… Él se puso en pie contra todo pronóstico, e intentó atraparme, darme una patada. Tropecé y rajé sin querer el lateral de la tienda manchándolo de sangre.

La huella de mi mano quedó en la pared, arrastrada, dándole aspecto de película de terror.

Apenas se veía, caminé a trompicones alejándome de él, en un macabro juego de cazador y cazado que pierde la vida a cada movimiento.

—Ojalá te pudras en un agujero y no te reencarnes nunca —murmuré sin llegar a la salida. Di otro tajo para dirigirme al exterior.

Se oían golpes a mis espaldas. Gabbar debía estar tropezando y tirando cosas como yo.

Seguro que me matarían por lo que había hecho, a nadie le importaría lo que había sufrido, por lo que, antes de que ocurriera, tenía que pagar parte de mi deuda con esas chicas.

Fui hasta la tienda del socio de mi marido, al fin y al cabo, ya estaba muerta.

Entré para encontrarlo tendido, obligando a las chicas a recorrer su gordo cuerpo con la boca.

Nunca había corrido tan rápido.

Ellas gritaron, él intentó incorporarse, pero era demasiado tarde.

SOBERBIA

Le di un machetazo. Calculé mal y lo hundí en su hombro en lugar de en su cuello, él rugió. Sentí un dolor agudo y fui lanzada al otro lado de la tienda. El cuchillo se me escapó de las manos y cayó lejos de mi alcance.

—¡Corred! —les grité a las niñas, estas me miraron con pavor sin saber qué hacer.

—¡Puta! ¡Te vas a enterar! ¡Gabbar! —gritó Rajiv, poniéndose en pie. La herida no era tan grave como para que no viniera a por mí. Me incorporé y fui directa a por el puñal.

Las niñas eran incapaces de moverse fruto del miedo y yo necesitaba sacarlas de allí.

—¡Vamos, moveos! —supliqué.

—¡No lo harán, ellas quieren esto, son buenas hijas indias, conocen su destino, no como tú! —voceó Rajiv, se incorporó, su rostro era una máscara de furia. Se acercó a mí y me pateó en el estómago, dejándome sin aliento. Me retorcí de dolor, pero no podía rendirme. Tenía que proteger a esas chicas y a mí misma—. ¡Vas a pagar por esto, zorra!

Me agarró por el pelo y yo grité. Sentí un dolor punzante en el cuero cabelludo y lágrimas de frustración y rabia comenzaron a brotar de mis ojos. Me faltaba el aire, apenas podía respirar o moverme fruto del dolor.

Iba a morir, aquí, en una tienda en mitad de la nada, a manos de un hombre que disfrutaba abusando de menores.

—¿Crees que puedes venir aquí y atacarme? —escupió Rajiv, dándome la vuelta. Su aliento caliente impactó en mi rostro—. Si tu marido no sabe lidiar contigo, yo sí. ¿Lo has atacado? ¿Por eso estás llena de sangre?

—No voy a permitir que vuelvan a abusar de niñas.

Una sonrisa se tensó en su rostro.

—No vas a poder evitarlo, mocosa.

—Pues yo creo que sí. —Le escupí en la cara.

Con un esfuerzo desesperado, levanté la rodilla y lo golpeé en la entrepierna. Rajiv soltó un gruñido de dolor y aflojó su agarre. Aproveché el momento para zafarme y buscar el cuchillo.

—¡Huid, por favor! —les rogué a las chicas antes de agarrarlo y dar un tajo largo por el que ellas pudieran zafarse.

Por fin se movieron y salieron a través de él al exterior.

Apenas se veía nada por la lluvia.

—¿Adónde vamos? —preguntó una de las niñas.

—Si seguimos el cauce del río, debería llevarnos a una población, por allí —les indiqué.

Las tres corrimos bajo el aguacero, la tormenta no tenía piedad y el suelo era hostil, lo cual no importaba. Teníamos que huir, por lo menos ellas debían tener un futuro mejor.

El barro resbaladizo bajo nuestros pies descalzos hacía cada paso una lucha. Podía escuchar los gritos de Rajiv detrás de nosotras, su voz llena de furia advirtiéndonos que íbamos a morir.

No tenía duda de que yo sí.

—Venga, venga, por ahí —les indiqué, poniéndome la última por si acaso.

—Llueve mucho, no veo nada —protestó una de las niñas.

Desde luego que la tormenta no ayudaba.

—Solo ten cuidado de dónde pisas y no aflojes el ritmo —la espoleé.

—¡No escaparás, Kalinda! —gritó el socio de mi marido.

Sonaba mucho más cerca que antes.

Mi corazón latía con fuerza, el miedo y la adrenalina impulsándome a seguir adelante. Sabía que no podía detenerme. Si Rajiv me alcanzaba, no tendría piedad. El terreno era traicionero, con raíces y piedras ocultas bajo el barro. Tropecé varias veces, al igual que las pequeñas, pero me obligué a levantarme y seguir.

—Te estoy viendooo —canturreó.

Era imposible que lo hiciera con la densa cortina de agua y la oscuridad, sin embargo, sabía que apenas nos separaban diez metros por la proyección de su voz. Necesitaba distraerlo.

—Seguid —les dije a las pequeñas—, que ahora os alcanzo.

Ellas lloriquearon, pero yo las insté a que obedecieran.

Tenía un árbol con el tronco lo suficientemente ancho como para ocultarme y pillar a Rajiv por sorpresa.

Me asomé, miré hacia atrás y vi su figura oscura a través de la lluvia. Estaba a solo unos metros de distancia. Mi respiración era un jadeo desesperado, y mis piernas ardían del esfuerzo, todo el cuerpo me dolía y mis ojos estaban anegados en agua.

El río Kali estaba rugiendo, como si reclamara que alguien tenía que saciar el hambre de sus bestias. Yo lo alimentaría.

Escuché un crujido, un movimiento me puso en alerta, era ahora o nunca.

Hice acopio de todas las fuerzas que me quedaban para embestir al cuerpo que se asomaba por la derecha y me puse a hundir el puñal, una, dos, tres veces.

Rajiv gritó como el cerdo que era.

Eché a correr, de nuevo, pero mi pie se enganchó con una raíz y caí.

El tobillo me crujió, dolía mucho, aun así, esa vez no solté el cuchillo.

—¡Putaaa! —bramó la voz detrás de mí.

El socio de mi marido me agarró renqueante, sus brazos fueron como una cárcel, no podía moverme o blandir el arma.

Me estaba llevando hacia el precipicio de aguas oscuras.

—Vas a ser pasto de los reptiles.

Luché con todas mis fuerzas, tenía que desembarazarme de él como fuera, pero incluso herido era demasiado fuerte. Sentí el borde del precipicio bajo mis pies y el rugido del río Kali reclamando sangre abajo. La desesperación me invadió. No podía dejar que eso fuera el final.

—¡No! —grité, intentando liberarme.

El un último esfuerzo, giré el cuchillo en mi mano y lo clavé en su costado. Rajiv soltó un gruñido de dolor y aflojó su agarre lo suficiente para que pudiera zafarme. Me aparté de él, pero el suelo resbaladizo me traicionó, hice un aspaviento, me agarré a su brazo resbaladizo por la lluvia y la sangre, alcé una pierna con desesperación para aferrarme a su cuerpo y ocurrió, Rajiv trastabilló, pisó mal y ambos caímos al vacío.

El mundo se convirtió en un torbellino de agua y oscuridad. Sentí el impacto de Kali, y sus rocas afiladas en mí, el miedo se evaporó con la misma facilidad con la que caí, y recuerdo que el último pensamiento que cruzó mi mente fue que por fin era libre.

CAPÍTULO 48

Marlon

Me desperté porque mi compañera de cama no dejaba de moverse, hacía aspavientos como si estuviera en mitad de una pesadilla.

La camiseta se le había subido a la cintura de tanto que agitaba las piernas. Fue inevitable que mis ojos se posaran en su ombligo, recorrieran la zona en que la goma de la braga se clavaba en su piel y asomara una fina línea ascendente, de tono más claro, que quedaba oculta en el interior de la prenda de algodón, parecía una cicatriz.

Tuve la tentación de activar el traductor de Google, porque farfullaba frases en hindi, era ininteligible para mí. Intenté despertarla con suavidad. Tenía la frente perlada en sudor y parecía estar sufriendo.

—Eh, Kiara, vamos, abre los ojos, soy yo, estás durmiendo, no es real.

Ella seguía combatiendo sin hacerme caso.

Dudé sobre si en aquel estado era buena idea tocarla o no. Así que seguí insistiendo con las palabras.

—Kiara, despierta, es una pesadilla.

Ella movió los brazos, le vi la intención de dar un grito y pensé que no le gustaría que todo el tráiler despertara y nos encontrara en ropa interior, en mi habitación, aunque no hubiéramos hecho nada.

Por instinto, llevé la mano a su boca, y en cuanto la tapé, debió notar la presión, porque giró la cara y hundió los dientes con furia ahogando un grito feroz. El dolor me alcanzó con la velocidad de un rayo. El sonido de animal herido quedó opacado por mi carne.

Tragué mi propia maldición al notar sus incisivos perforándome la piel.

—¡Basta, joder, soy yo, Marlon. Estabas soñando! ¡Deja de morderme o me dejarás sin herramienta de trabajo! ¡Eres cantante, no la prima de Hannibal Lecter!

Mi última afirmación la trajo a la realidad. Kiara parpadeó y por fin comprendió dónde estaba. Aflojó la mandíbula y puso cara de estar desorientada.

—¿Rizos? —preguntó.

—Sí, soy yo, has tenido una pesadilla, o en tu otra vida fuiste caimán.

—¡Mierda! —espetó, espabilándose todavía más. Sacó un poco la lengua y saboreó parte de mi ADN en sus labios—. Creo que te he hecho sangre. ¡Joder!

Yo también lo creía, sobre todo, porque tenía los labios manchados de rojo y no era carmín.

¿Podía parecerme *sexy* algo así, o era muy depravado?

Fuera como fuese, me dieron ganas de lamerla, de pasar mi lengua a conciencia por ella, a ver si resultaba que el caníbal iba a ser yo. Me aparté un poco para evaluar los daños. No era la primera vez que me mordían y esperaba con toda mi alma que su mordisco no fuera el último que me diera.

Los otros me los dieron mis hermanitas, que eran bastante salvajes de pequeñas cuando las chinchaba, sobre todo, Martina, era la peor, con lo modosita que parecía. También tuve alguna que otra clienta con pasión vampírica, pero esas era mejor olvidarlas.

—Ay, lo-lo siento —musitó Kiara, que seguía intentando despertar—. Déjame ver.

Alargó el brazo para tomar mi mano y puso mala cara.

—Tranquila, no necesito sutura, solo dime que te vacunaron contra la rabia para asegurar y listo.

—No le quites importancia, esto es muy serio y lo lamento mucho, yo...

—Shhh, no pasa nada. —Moví los dedos por su pelo detrás de la oreja para calmarla. Por suerte, ya no se sentía incómoda con mi contacto y, siempre que no la pillara de improviso, parecía reaccionar bien—. Te tapé la boca en mitad de una pesadilla, no me has arrancado un trozo de carne que haya que empalmar, podré seguir tocando, así que no vas a librarte de mí con facilidad.

—¡No quiero librarme de ti! —refunfuñó.

—Creo que es lo más bonito que me has dicho nunca. ¿Puedes repetirlo para que lo memorice?

—Deja de hacer el payaso, ¿por qué te pusiste en riesgo?

—Bueno, imaginé que no te haría gracia tener que dar explicaciones de por qué ambos estábamos durmiendo en mi cama en ropa interior justo cuando hubieras despertado a todo el tráiler.

Su boca formó una o que se me antojó muy besable.

Salí de la cama y me puse en pie.

—Voy al baño a limpiarme, si quieres volver a tu cuarto mientras, estás en tu derecho, aunque si prefieres quedarte, yo...

—Mejor te acompaño —me atajó—. El daño te lo he causado yo, así que yo te curo.

—Soy mayorcito para lamerme las heridas.

—Si te lames la herida, puede que pilles una infección, que tu lengua ha estado en muchos sitios.

Tuvo su gracia, así que me reí.

—Como quieras.

Fuimos juntos al baño del pasillo, donde estaba el botiquín. Encendí la luz y Kiara me invitó a acomodarme en el váter. Los antisépticos y las vendas estaban colgados en la pared, en un armario alto, así que tuvo que ponerse de puntillas y alargar los brazos.

La piel de la tripa quedó expuesta, tenía las bragas un poco arremetidas por el culo y su expresión de esfuerzo me puso a mil.

Era un degenerado, no podía pensar en otra cosa que no fuera arrancárselas y meterle la polla.

Coloqué el brazo de manera estratégica para que no se diera cuenta de que mi bragueta se ponía tensa.

¡Qué culo, por Dios!

—¡Lo tengo! —murmuró, bajando clorhexidina y unas gasas—. Enséñame la mano.

Su pelo se había secado entre mis sábanas y estaba hecho un adorable desastre.

La tendí y ella arrugó la expresión.

—Madre mía, Rizos…

Le dio al *spray* y se puso a limpiarme.

—Tampoco es para tanto… —No dolía.

—No debí quedarme a dormir, ni siquiera sé cómo pudo ocurrir, no suele pasarme, quizá fue por la hierba. Siempre me acuesto sola.

—¿Por las pesadillas?

—Y porque en la cama soy un puto desastre. —«Lo dudo, deja que sea yo quien lo juzgue»—. Tiendo a robar sábanas y dar patadas, las chicas dicen que tumbarse a mi lado es someterse a un combate a coz o muerte.

Podía imaginar a Trayi diciéndole eso.

Reí contemplándola.

—A mí no me lo pareces, de hecho, estabas para comerte durmiendo encima de mí, quizá hubiera debido hincarte el diente.

Una sonrisita asomó en sus labios.

—Idiota —murmuró mientras me curaba.

—Eso siempre, aunque también estoy tremendo y he notado que últimamente me miras con menos ganas de asesinarme. ¿No será que he empezado a gustarte y quizá lo que has querido es marcarme? —pregunté socarrón, moviendo mi herida de guerra.

—¿Gustarme? ¿Tú? ¿A mí? Pfff, nunca… Además, jamás te marcaría, eso es horrible.

—Depende, a mí no me importaría llevar tu marca —bajé la voz para ponerla nerviosa. No estaba entre mis piernas, pero podía visualizarla ahí, agachándose entre ellas.

Estaba jugueteando con Kiara, tonteando, y parecía que funcionaba porque estaba respirando algo más rápido, o cambiaba de tema, o iba a atacarla de un momento a otro, mis instintos de depredador se estaban activando a marchas forzadas.

—¿Te acuerdas de qué iba el sueño? Hablabas en tu lengua materna y decías cosas raras.

Su expresión mutó y me dieron ganas de haber elegido otro tema de conversación.

—El pasado siempre vuelve, creo que soñé con la noche que enviudé porque te conté lo que hice. Solo hay dos personas que lo saben, y tú eres una de ellas.

Eso me hizo sentir especial.

—Hay cosas que es mejor dejar enterradas, como dijo la Hermana Margaret cuando me encontraron, dos días después, con un halo de vida y una herida fea, unos voluntarios que colaboraban con su asociación, aquel día morí y renací. Perdí mi identidad en las aguas del río Kali, Kalinda se ahogó y la diosa me regaló una segunda oportunidad de vivir como Kiara, la oscura, otorgándome una misión que pienso llevar hasta el fin de mis días.

Me gustaban ambos nombres, el primero porque era dulce y, aunque ella no se considerara así, habitaba en ella esa parte que se preocupaba por el prójimo. Por otro lado, estaba la chica de la coraza, la oscura, que luchaba por sus ideales, en su conjunto, ambas partes formaban un todo que me fascinaba.

—¿Y por qué me lo contaste a mí?

—No puedo darte una respuesta lógica, ni una fácil, que sería achacarlo al porro. Puede que lo hiciera porque necesitaba demostrarnos a ambos que confío en ti y entregarte mi mayor secreto me pareció justo, después de cuánto la cagué contigo.

—¿Sabes qué es lo que yo pienso? —Negó—. Que lo has hecho porque en el fondo sabes que si hubiera estado allí, contigo, yo te habría ayudado a enterrar el cuerpo. —Los labios de Kiara se estiraron en una sonrisa amplia.

—Eres tremendo.

—Mi familia seguro que también habría ayudado, ¿recuerdas? Se dedican al procesamiento y exportación de basura, y me da a mí que tu marido era de las gordas.

—Tonto…

—Ven aquí —le pedí.

—Ya estoy aquí.

Negué y golpeé mis muslos. La estaba desafiando, empujando, y lo hacía porque, joder, quería más, mucho más.

Ella miró el lugar en el que rebotaron mis manos y se mordió el labio pensándoselo.

—Me lo debes… —musité, alzando la mano que mostraba mi herida de guerra.

—Lo único que te debo es otra disculpa e irme a mi habitación para que puedas descansar sin temer por tu integridad física —comentó reculando.

No le importó el puchero que hice.

Llegó a la puerta y se detuvo un instante en el que me permití deslizar los ojos por su anatomía, despacio, como una caricia lenta y sin artificios que me llevó hasta su preciosa cara.

—Gracias por esta noche, por quedarte conmigo y por no llorar mientras te curaba —musitó traviesa.

—Creo que voy a hacerlo en cuanto salgas por esa puerta, la de mi habitación va a quedarse abierta por si te lo piensas, de hecho, siempre lo estará para ti.

Kiara me ofreció otra sonrisa comedida y después se fue. Me quedé unos minutos más y volví a mi habitación.

Me dejé caer en la cama y aspiré con fuerza el cojín, que olía a ella. No podía dormirme y mucho menos con su aroma. Solo pensaba en alzarme para llamar a su puerta.

Era un puto enfermo. Mi polla seguía algo dura, o me hacía una paja, o cambiaba las sábanas.

No hice ni lo uno ni lo otro, tocarme pensando en ella estando al otro lado del pasillo me parecía muy cerdo. Vale que yo nunca había sido muy escrupuloso en aquellos términos, pero, no sé, es que todo con Kiara era distinto y, aunque sonara muy moñas, me parecía una falta de respeto. Y no iba a cambiar la ropa de cama porque era un masoquista y me apetecía seguir oliéndola.

Cogí la almohada y me cubrí el rostro. Su aroma especiado se coló por mis fosas nasales y una melodía empezó a instalarse en mi mente, dulce, exótica, fuerte y jodidamente *sexy*.

Hacía tiempo que no sentía una conexión tan brutal con la musa que me hacía componer y, sin embargo, estaba ahí, fluyendo en cada fibra de mi ser.

Mis dedos se desplazaron por unas cuerdas que solo habitaban en mi mente. Apreté los párpados con fuerza y dejé fluir las notas, las escalas y los *riffs* se sucedían solos, sin esfuerzo, todo se entrelazaba a la perfección con unos ojos negros, de fondo, que brillaban incandescentes.

Aparté el cojín y fui a por una libreta, necesitaba apuntarlo, no quería que se me olvidara porque esa melodía era Kiara en estado puro, y yo necesitaba tocarla.

CAPÍTULO 49

Sepúlveda

Me planté frente al mapa y añadí otra chincheta más.

Tras el crimen de Philadelphia, vino otro, a los pocos días, en Whashington DC, y esa vez el escándalo había sido gordo porque se trataba de un congresista conservador, casado y con cinco hijas de edades comprendidas entre los cinco y dieciséis años.

Todo el mundo estaba revolucionado, los medios de comunicación se hacían eco, las redes ardían y los seguidores de Kali abogaban por tomarse la justicia por su mano y hacer una red en la que colgar las listas de pederastas para lincharlos.

Lo peor era que no solo salían nombres de personas condenadas, sino que había empezado un movimiento de «yo creo que...», una psicosis colectiva que llegaba a acusar a personas que ni siquiera sabían si era cierto o no que eran abusadores.

Varios hombres habían recibido palizas en el nombre de «Kali» y uno estaba en la UCI.

Lo peor de todo era que no conseguí nada de mi reunión con Jordan Stein, si esperaba algún tipo de colaboración, me encontré con un muro infranqueable de privacidad que guardaba con recelo cualquier imagen de lo que pasara en su negocio.

No pude verlo la tarde anterior porque, cuando iba de camino, recibí una llamada de mi madre de que mi padre se había caído por las escaleras, así que tuve que postergar mi visita hasta la mañana siguiente.

Me recibió en la vivienda que el *boss*, como lo llamaban sus chicos, tenía sobre el club, un ático que era la definición de un lujo sereno, con las mejores vistas al distrito financiero.

Cuando abrió la puerta, vestía un albornoz.

Acababa de salir de la piscina de la terraza con suelo acristalado, a través de la cual, mientras nadabas, veías a los transeúntes.

Desde luego que no era apta para aprensivos o personas que sufrían de vértigo.

Me pidió que lo acompañara porque se disponía a tomar el desayuno en la mesa que quedaba justo enfrente, bajo un cenador.

Me apartó la silla. Creo que nadie me había hecho eso en la vida, y cuando me acomodé, me ofreció compartir su comida.

—*¿Quiere picar algo, inspectora?*

—*Con un café me basta, gracias.* —*Él asintió, fue a por una taza y me sirvió la bebida oscura y caliente.*

El dueño del SKS tenía una mirada vieja, de esas que ostentan las personas que han tenido muchas vivencias, con pequeños surcos a los laterales de los ojos que en lugar de restarle atractivo se lo sumaban.

Si me gustaran los hombres, seguramente me habría sentido atraída por él. Tenía uno de esos cuerpos que te hacen pensar en lo mal repartido que está el mundo y esa expresión de agudeza mental que tanto me atraía, siempre y cuando se tratara de mujeres, Stein estaba a salvo conmigo.

—*¿A qué debo el honor de su visita, inspectora?* —*preguntó, colocando una servilleta en sus muslos.*

—*He venido a pedirle un favor.*

No mostró sorpresa alguna, se limitó a pinchar un trozo de papaya y llevársela a la boca.

Masticó, tragó y se limpió.

—*¿Qué tipo de favor?*

En la mesilla había un ejemplar del New York Times, dudaba que Jordan lo comprara para hacer aviones de papel con él, en primera página volvía a salir mi peor pesadilla.

—Necesito ver las grabaciones de seguridad de la otra noche, la que fui a su club —le dije sin rodeos. No tenía tiempo para juegos.

—Comprendo, entiendo que ha venido con una orden judicial —respondió con la voz impregnada de una amabilidad que solo lograba irritarme más.

—Los dos sabemos que, si dispusiera de ella, no estaría bebiendo este café mientras usted está en albornoz.

Las comisuras de sus labios rectos se alzaron.

—No se lo tome a mal, inspectora, pero mis clientes y mis empleados valoran su privacidad, yo también, así que comprenderá que no pueda facilitárselas.

—Jordan, esto es serio. Podría haber vidas en juego, si no fuera así, no estaría aquí —insistí, tratando de mantener la calma.

—Lo entiendo, inspectora. Pero mis manos están atadas. Sin una orden, no puedo hacer nada, entienda el escándalo que supondría, aquí vienen mujeres casadas, me juego muchísimo cediéndole unos vídeos que no sé dónde irán a parar. No puedo poner la integridad de mi negocio en peligro, es mi sustento, entiéndalo —dijo, encogiéndose de hombros con una expresión de falsa compasión.

Cada palabra suya era como una pequeña aguja clavándose en mi paciencia.

—¿De verdad va a dejar que un asesino siga suelto solo por proteger la privacidad de sus clientas? —le espeté, esperando que la gravedad de la situación lo hiciera cambiar de opinión.

Mis ojos se desplazaron un segundo a la primera página del periódico y él siguió el movimiento.

—¿Estamos hablando de quien creo?

—No puedo hablar con usted del caso.

—Ya. Sepúlveda, no me malinterprete. Quiero ayudar, pero también tengo que proteger lo que me da de comer a mí y a mis trabajadores.

—Por lo que veo, hace mucho más que darle de comer —rezongué, mirando a mi alrededor.

—*No puedo quejarme. Pero volviendo al asunto que la ha traído hasta mi casa, si me trae una orden, con gusto le daré lo que necesita* —*pronunció su tono amable y socarrón inmutable.*

—*Si vengo aquí con una orden, quizá le cierre el club y le saque hasta las tripas* —*espeté fuera de mis cabales.*

—*Lamento no poder ayudarla más* —*comentó con una frialdad abrumadora.*

—*Muy bien, tendrá noticias mías* —*dije, poniéndome en pie*—. *No hace falta que me acompañe a la puerta, conozco la salida.*

—*Vuelva cuando quiera, inspectora, las puertas del SKS siempre estarán abiertas para usted.*

«Hijo de puta», farfullé por lo bajo, seguro que era uno de los partidarios de Kali y por eso no iba a mover un dedo por mí.

Con las manos vacías y la frustración a flor de piel salí de allí. Jordan Stein había jugado su carta, y yo tendría que encontrar otra manera de obtener esas grabaciones. Pero una cosa era segura: no iba a dejar que su actitud me detuviera. La investigación continuaba, y no podía permitir que nadie, ni siquiera un propietario de club condescendiente, se interpusiera en mi camino.

—Jefa, ¡cambia esa cara, creo que tenemos algo! —espetó Martínez, entrando a mi despacho con una sonrisa que no podía ocultar, Parker le iba a la zaga, parecía más animado de lo habitual. Sabía que traían buenas noticias.

—Adelante, soltad lo que sea, por favor, necesito una buena noticia en vena.

Martínez se acomodó en la silla frente a mi escritorio.

—Vale, antes que nada siento no haberte contado nada de mis avances, pero es que quería darte una sorpresa si salía bien.

—¡Haz el favor de contármelo de una maldita vez!

—Vale, bueno, digamos que tanto Nancy como yo hemos empezado a tener cierta relación con nuestra vecina, hace cuatro días nos dijo que su jefe tenía que hacer un viaje relámpago y pensé que sería una gran ocasión para hacerme con ciertos vídeos teniendo en cuenta que el edificio se quedaba vacío hasta la noche.

Abrí mucho los ojos.

—¡No fastidies que los conseguiste!

—Ya sabes que tengo un coleguilla *hacker* que es la puta hostia, en fin, que me ayudó a bloquear el sistema de seguridad y que las cámaras interiores emitieran una imagen fija en la que yo no aparecía. Salté por la azotea del edificio contiguo, justo en el ángulo muerto.

—Podrías haberte abierto la cabeza.

—Pero no lo hice, aquí estoy. Ya sabes que tengo cierta habilidad y debilidad por abrir cosas sin que nadie se dé cuenta —daba fe de ello—. Unos buenos guantes y el instrumental adecuado me facilitaron la entrada a través de la claraboya.

»A partir de ahí, fue coser y cantar, solo tuve que enchufar el *pen* que me dio mi colega en el equipo de seguridad de Stein y él se conectó en remoto para obrar la magia. Parker y yo nos pasamos un día entero visualizando el material.

—¿Y qué encontrasteis? —Ya salivaba.

—Bueno, resulta que nuestra transportista siempre pide privados con el mismo pecado capital, el tipo que entró para sustituir al hermano de Janelle —dijo Martínez.

—No estábamos equivocados —añadió Parker—. Ese tío está involucrado en asuntos turbios, tiramos del hilo y nos topamos con una red de tráfico de drogas. La clínica veterinaria es una fachada.

—Exactamente —continuó Martínez—. Janelle me contó que Soberbia es conocido por su arrogancia y su capacidad para manipular a la gente. Puede que sea él quien está involucrado y que le venda a Kali.

Me recosté en mi silla, procesando la información.

—Entonces, pensáis que la transportista sí sabe que hace algo ilegal, salvo que no es el enlace. Está siendo utilizada, pero también es una pieza clave en este juego.

—Así es —dijo Parker—. Necesitamos seguir tirando de este hilo. Soberbia podría llevarnos directamente a Kali, sobre todo, ahora que lo han despedido por propasarse con algunas de las clientas.

«¡Por fin una buena noticia!».

—¡Bien! Buen trabajo en equipo.

—¿Quiere que involucremos a los de narcóticos? —preguntó Martínez.

—Todavía no, es mejor que lo guardemos para nosotros, no vayan a meter la pata y perdamos lo poco que tenemos. —César asintió—. Martínez, asegúrate de que mantenemos a Janelle a salvo como informante, aunque ella no sepa que lo esté siendo y Soberbia ya no trabaje en el SKS, es bueno ver si la transportista sigue yendo y vamos por el buen camino.

—Sí, jefa.

—Tienes que conseguir que no sospeche nada, que esté lo más cerca posible de vosotros para poder sonsacarle lo que deseemos —ordené.

—Descuida, jefa, nos ha cogido especial cariño a Nancy y a mí, no sospechará nada.

—Bien. Necesitamos más pruebas para conectar a Soberbia con Kali sin perder de vista a la transportista, prefiero tenerlos a todos controlados.

—Entendido.

—Inspectora —musitó Ethan.

—¿Sí, Parker?

—Pude hablar con el colega que le comenté.

—Ah, sí, ¿y qué te dijo?

—Quiere presentarnos a alguien que podría ser de gran ayuda, un experto en la India y víctimas de abusos infantiles. Este fin de semana van a entregarle un premio por su labor. Según él, podría darnos claves importantes sobre el tipo de perfil que estamos buscando.

—Bien, si tu colega piensa que puede ser beneficioso para la investigación…

—Entonces le diré que irá.

—¿Cómo que iré? ¿Y tú? —Parker se subió las gafas que se le habían escurrido por el puente de la nariz.

—Es un evento con aforo limitado, solo podía conseguir una invitación. Por suerte, es aquí, en Nueva York, se celebra en La Perla de Asia y hay que vestir de etiqueta.

Resoplé.

—La única etiqueta que tengo es la de las bragas, que dicho sea de paso es superlarga, solo Dios sabe por qué tienen que añadirles tanta letra pequeña, ni que tuvieran que llevar miles de instrucciones para desactivarlas.

—Pues a mí nunca me han estallado ningunas en la cara, y eso que soy de arrancarlas —bromeó Martínez, fui incapaz de no sonreír, hasta Parker lo hizo—. Jefa, fijo que Nancy tiene algo en el armario que te pueda servir. Con la cantidad de bodas a las que nos invitan, te valdrá uno de esos vestidos que no se pueden repetir.

Pues ya tenía planes para el fin de semana y algo me decía que cada vez estaba más cerca de mi asesino.

CAPÍTULO 50

Sepúlveda

Solté el aire despacio.

La faja me estaba matando, sí, me había puesto una maldita faja que mantuviera las carnes en su sitio para poder embutirme en el mono blanco que Nancy me había prestado.

Según ella, estaba estupenda, para mí, me marcaba demasiado la cadera y el escote me hacía pensar que en cualquier momento se me podía salir un pecho, por mucho que me pusiera una especie de cinta de doble cara para que la ropa se me quedara pegada a la teta.

¡Menudas cosas inventaban!

No esperaba conocer a nadie, sin embargo, en cuanto puse un pie en aquel restaurante asiático inaugurado en la torre Trump, unos meses atrás, me topé de pleno con Ray Wright y su pareja, Leo Torres.

Ambos habían trabajado en el SKS. El cometido de Wright era infiltrarse en el club para acabar con una de las maras más peligrosas instaladas en nuestro país, y no solo lo logró, también encontró al amor de la mano de un exbombero de Nueva York y exmarero, por decirlo de alguna forma.

Ambos eran dos personas muy comprometidas con la sociedad y crearon una asociación para niños víctimas de las maras.

Estaban charlando animadamente con un tipo alto, moreno, que vestía un traje de los caros y llevaba a una mujer con unos pendientes de diamantes colgada del brazo.

En cuanto Ray me reconoció, hizo un gesto para que me sumara a ellos.

No era mi intención, sin embargo, lo hice, porque el vestuario que llevaba me hacía sentir de lo más incómoda. Además, Nancy había insistido en peinarme y maquillarme, algo que no solía hacer nunca, ese *gloss* de labios me daba la sensación de tener un pegote de miel en la boca, por muy apetecible que Nancy dijera que me quedaba.

¡Era una poli en plena misión, no una puta tostada!

—Inspectora Sepúlveda, casi no la reconozco, está preciosa.

—¿Sabe que hacer referencia al físico de una persona sin que se lo haya pedido puede resultar ofensivo?

—Usted siempre tan inspiradora —musitó. El intento de halagarme por parte del agente Wright no había funcionado demasiado bien—. Creo que ya conoce a mi pareja. —Leo alzó su copa y yo asentí—. Deje que le presente a nuestros amigos, Ares Diamond y su chica, Zuhara…

—Al-Mansouri —concluí. El apellido me vino como un fogonazo seguido de dónde la había visto antes—. No la había reconocido, usted pidió que se reabriera el caso de la muerte de su padre, ¿no es así?

—Exacto —afirmó la mujer de rasgos exóticos, llevándose la copa a sus labios.

—¿Y lo ha logrado?

—Estamos en ello —interrumpió el señor Diamond, cuyos ojos claros me estaban sometiendo a un escrutinio.

—Disculpen, ¿Inspectora Sepúlveda?

Una voz atropellada precedía a un hombre bajito, con escasez de pelo en la coronilla y que presentaba una sudoración excesiva, que trataba de mitigar presionando un pañuelo de iniciales bordadas por su frente.

Su pajarita estaba torcida y el traje parecía de los que se alquilan. Por fin alguien a quien le importaba una mierda ir a la moda.

—Yo misma —indiqué.

—Alexis Jungen —extendió la mano—. Soy el amigo de Parker.

—El experto.

—Bueno, eso dice él. —La palma de su mano estaba algo húmeda—. Perdone la tardanza, mi coche se sobrecalentó y tuve que esperar a que se le pasara.

—Eso es culpa del cambio climático y que su cita es muy guapa —bromeó Ray haciéndome fruncir el ceño.

—Será mejor que nos alejemos —susurré para que solo él me oyera—. Un placer saludarlos a todos.

Me despedí, no estaba en aquel lugar para hacer amigos o socializar, sino para acercarme más a la verdad y a Kali.

—¿Le parece si buscamos algún lugar más tranquilo para charlar? —le pregunté a Jungen.

—Em, por supuesto, ¿ha visto ya a la Hermana Margaret?

—No, ¿es la que se ocupa de los donativos? —Estiré el cuello, no es que llevara mucho dinero en el bolso.

—No, es más bien la persona que quería, y hablando de la reina de roma…

Sentí como si el aire se cargara de electricidad estática, como si una tormenta pudiera estallar de golpe en el salón, la gente se apartaba y saludaba con respeto y majestuosidad a la mujer que se abría paso, como Moisés entre las aguas.

Si esa era monja, yo acababa de escuchar la llamada de Dios.

Vestía un traje largo, negro, sobrio, que podría haber sido aburrido en cualquier cuerpo excepto en el suyo. Cero escote por delante y todo un universo en su espalda, donde sí había un cúmulo de piel expuesta. Pude verlo cuando se detuvo para saludar a una pareja que interrumpió su andadura hacia nosotros. Apenas duró unos instantes, los suficientes para llenar mi mente de imágenes de lo más tórridas

377

Tenía una cara afilada, de pómulos marcados, el pelo corto, negro, con algunas canas que no camuflaba y dejaban clara su edad.

Tampoco es que le hiciera falta, esa mujer era la reencarnación de la palabra soberbia, hacía mucho tiempo que alguien no me dejaba sin aliento.

—¡Margaret! —Jungen agitó la mano para ser visto, y ella pareció captarlo a la primera.

Tenía un andar grácil, parecía flotar entre los demás mortales. Y cuando se plantó delante de nosotros, juro que casi perdí las bragas, y eso que llevaba pantalones.

Si estas eran las monjas de ahora, no me extrañaba que muchas sintieran la llamada.

—Hola —lo saludó con una sonrisa hipnótica.

Sus ojos, llenos de inteligencia y compasión, me atraparon de inmediato. Sentí una atracción inexplicable hacia ella, algo que no había experimentado en mucho tiempo.

—Margaret, esta es la inspectora Sepúlveda —dijo Jungen con entusiasmo—. Inspectora, le presento a la Hermana Margaret, una de las personas más altruistas que he conocido, dedicada siempre al bienestar del prójimo, que es una tarea encomiable.

—Basta, Jungen, vas a hacerme enrojecer —murmuró ella con una voz ronca y melódica.

—Es un placer conocerla, Hermana Margaret —dije, extendiendo mi mano. Debería haber averiguado más de ella y sabría qué decir en esa situación.

—El placer es mío, inspectora —respondió ella con una sonrisa cálida. Su voz era suave pero firme, y su apretón de manos, seguro—. He oído hablar mucho de usted y de su trabajo. De hecho, el otro día la vi en las noticias, su ideal de justicia es inspirador.

Noté un calor ascendiendo por mi cuerpo.

—Gracias, no sé qué decir salvo que intento hacer las cosas lo mejor que puedo para todos.

—Y se nota.

—Tenéis mucho más en común de lo que creéis —aseveró Jungen—, según me ha dicho Parker, la inspectora es tan entregada y concienzuda como tú.

Sus ojos oscuros relucieron, y si no supiera que estaba casada con Dios, juraría que me contemplaba con... ¿Interés? Estaba alucinando.

—La Hermana Margaret se ha convertido en el alma de Wings of Life, su labor con las niñas es impecable.

—Solo hago lo que debo.

—Ojalá todos hiciéramos lo que debemos como tú. —Jungen le instó a que me explicara su labor y, a medida que Margaret hablaba, más eclipsada me sentía yo.

—Me parece impresionante todo lo que hace —murmuré.

—A mí también lo que hace usted, estoy segura de que no debe ser fácil atrapar a aquellos que dañan a los demás.

—No lo es, por eso estoy aquí, necesito su ayuda. —En cuanto lo dije, una ceja perfilada se alzó y sus labios formaron una bonita curva.

—Por supuesto, cuente conmigo para lo que necesite.

—Es sobre el caso que tiene revolucionado al país. —Sus labios se fruncieron.

—¿El asesino justiciero?   Asentí.

—Tanto Parker como yo hemos elaborado un perfil de Kali, pero queríamos que nos dieras tu opinión, ya que tú también eres psicóloga y cientos de niñas, que han sido víctimas de los abusos más abominables, han pasado por tus manos.

—Estaré encantada de ayudar en lo que pueda. Cualquier cosa que podamos hacer para detener a alguien como Kali es un paso en la dirección correcta.

Respiré aliviada al conocer su opinión al respecto y que no fuera de esa mitad del país que sentía ciega admiración por el asesino de pederastas.

—Si has seguido el caso, ¿podrías darnos tu visión?

Ella se acarició la barbilla, fue inevitable que me fijara en sus dedos largos, las uñas cortas y cuidadas, pintadas del mismo color de sus labios, un rojo cereza de lo más comestible.

¿Las monjas se maquillaban? Sentía demasiada curiosidad hacia esa mujer.

La conversación continuaba cuando Jungen, siempre curioso y perspicaz, decidió aprovechar la oportunidad para obtener más información de Margaret.

—Basándome en lo que he oído y en mi experiencia, diría que Kali es alguien extremadamente inteligente y calculador. Probablemente tiene un profundo conocimiento de la psicología humana, lo que le permite manipular a sus víctimas y a quienes lo rodean con facilidad.

Asentí, tomando mentalmente nota de sus palabras.

—Eso concuerda con lo que hemos visto hasta ahora. Kali parece estar siempre un paso por delante de nosotros.

—Diría que Kali tiene una fuerte necesidad de control y poder. Es probable que haya experimentado algún tipo de trauma o abuso en su pasado, lo que lo ha llevado a desarrollar una personalidad narcisista y vengativa.

—Coincido en todo lo que dice mi colega de profesión. ¿Crees que podría tener alguna conexión con el mundo hindú, dado su nombre?

Margaret reflexionó por un momento antes de responder.

—Es posible, pero no necesariamente. El nombre Kali podría ser una elección deliberada para proyectar una imagen de poder y destrucción. Sin embargo, no descartaría la posibilidad de que tenga algún conocimiento o interés en la cultura hindú.

—¿Alguna otra característica que crea que deberíamos tener en cuenta? —pregunté, deseosa de que siguiera hablando.

—Según he leído, Kali droga a sus víctimas y acaba con ellas en una especie de ritual en una bañera, llenándola de sangre de vaca. ¿Es así? —Asentí—. Eso suena extremadamente ritualista y simbólico. La sangre de vaca tiene connotaciones muy específicas en varias culturas, incluida la hindú. En algunas tradiciones, la vaca es un símbolo de vida y pureza, por lo que usar su sangre en un ritual de muerte podría ser una forma de profanación deliberada.

—¿Cree que podría haber algún significado más profundo detrás de esto? —pregunté, intrigada por su análisis.

—Es posible —respondió Margaret, su tono reflexivo—. Kali podría estar utilizando estos rituales para enviar un mensaje, tanto a sus víctimas como a quienes lo persiguen. La combinación de drogas y rituales sugiere una necesidad de control total sobre sus víctimas, no solo físicamente, sino también psicológicamente.

Jungen la miraba con adoración, no era difícil imaginar por qué, además de incuestionablemente bella, era muy inteligente.

—Eso encaja con lo que hemos visto hasta ahora. Kali parece disfrutar del poder y el control que tiene sobre sus víctimas —añadió él.

—Exactamente —continuó Margaret—. Además, el uso de la sangre de vaca podría ser una forma de deshumanizar a las víctimas, reduciéndolas a meros objetos en su ritual. Es una táctica cruel y calculada.

Sentí un escalofrío recorrerme la espalda al escuchar sus palabras.

—Es un análisis muy detallado. Se lo agradezco.

—Hermana Margaret, por favor —nos interrumpió uno de los organizadores de la fiesta.

—El deber me llama, pero no me importaría seguir hablando después, ¿le parece que la busque, inspectora?

—Me encantaría, gracias por su tiempo y su conocimiento.

—Siempre es un placer ayudar a quienes luchan por la justicia —dijo Margaret, su mirada fija en la mía—. Me encantaría poder serle de utilidad. —«Y a mí me encantaría ser todo lo que ella quiera».

—Una última pregunta —lancé antes de que se fuera—. ¿Hombre o mujer? —La forma en la que pasó la lengua por su labio inferior me estremeció.

—Depende. ¿Para qué?

Ya no estaba segura de qué respuesta quería obtener.

—Mejor seguimos hablando después —respondí al ver la cara de malas pulgas del hombre que se la quería llevar.

—Será un placer.

Mientras la veía alejarse, no podía dejar de pensar en lo que había dicho, y si las ganas que tenía de seguir conversando con la Hermana Margaret era fruto de mi necesidad por seguir conociéndola o por perfilar más a Kali.

La caza del asesino continuaba, y cada pista era un paso más hacia la verdad, aunque no de la manera que esperaba.

CAPÍTULO 51

Kiara

Atlanta, Nashville, Dallas, Austin, Phoenix y Los Ángeles fueron las ciudades recorridas durante todo el mes de julio.

Nos quedaba San Francisco para rematar y después una merecidísima semana de descanso en Hawái que todos estábamos deseando.

Estar de gira era agotador, aunque no podía quejarme por estar haciendo lo que me gustaba.

Como ya era habitual, estaba manchada de polvo de colores, las chicas ya se habían metido en el camerino y Marlon se había quedado hablando con uno de los chicos de sonido.

Había dejado de hacer caso a los presentes que recibía, o por lo menos intentaba que no me afectaran. A los dulces les siguió un frasco de aceite esencial de jazmín, *henna*, un sari del mismo color con el que me casé y, por último, un medallón con la imagen de Parvati.

Este sí me estremeció, sin embargo, me refugié de inmediato en los brazos de Marlon, alegando que el solo de guitarra final que se había marcado merecía de mi parte una celebración a la altura.

No se quejó, aunque murmuró en mi oído que preferiría celebrarlo en mi boca.

Dudé de si hacerlo o no, finalmente, me contuve y me mantuve en mi lugar seguro hasta que la percusión que tronaba en mi pecho le perteneció íntegramente a él.

Ravi se acercó a mí agitando una cajita que no tenía duda que pertenecía a la misma persona que me enviaba los demás.

—Regalito para la líder de las Shiva's Riff. —No lo cogí y él me miró extrañado—. ¿Pasa algo?

—No quiero que me traigas más regalos. —Él me miró sin entender.

—¿C-cómo dices?

—Que cuando alguien te dé algo para mí, le dices que no acepto obsequios, odio que me regalen cosas.

Lorraine, que estaba cerca, nos escuchó y se metió de lleno en la conversación.

—¿Qué le acabas de decir? —preguntó con el ceño fruncido.

—Que no me gusta que me regalen cosas.

No pensaba contarles, ni a ella ni al asistente de la discográfica, los motivos por los cuales me afectaba recibirlos, era cosa mía. Ella me miró con esa actitud de yo sé lo que te conviene y tú no.

—Me la trae floja si odias la Navidad, los cumpleaños o el papel de envolver color rojo. No vas a rechazar nada, porque, si lo haces, te van a considerar una estúpida. Me da igual si los amontonas en un sótano, haces una hoguera con ellos, o los das a los pobres, pero te los quedas, te haces una foto y la subes a redes. Hay que ser agradecida, no puedes empezar tan pronto con ínfulas de estrella cuando ni siquiera has despegado. Ya tendrás tiempo de ser todo lo odiosa que quieras cuando te lo hayas ganado.

—¿Qué ocurre? —preguntó Marlon, bajando las escaleras del escenario.

—Que a tu amiguita no le gustan los regalos —dijo con retintín—. Venga, que tú y yo nos vamos.

Cada vez que nuestra representante se lo llevaba con ella, se me anudaban las tripas. La expresión de Marlon se volvía hierática, lo que me llevaba a plantearme si de verdad le gustaba irse o lo hacía por otro motivo que yo desconocía, puede que solo se tratara de que se sintiera en deuda o quisiera follar.

—Tengo que cambiarme —masculló con voz forzada.

—No hace falta, puedes ducharte en el hotel —respondió ella con total desvergüenza.

Sus ojos estaban puestos en mi expresión, que no debía ser la más amable del mundo.

Estaba segura de que lo hacía adrede, que marcaba el terreno, y si no se ocultaba era porque quería que yo fuera consciente de que Marlon le pertenecía.

Él desvió la mirada hacia mí, apretó los labios y asintió.

—Vale, entonces déjame ir a por el móvil.

—No tardes, y tú —le dijo a Ravi—, a partir de ahora, quédate los regalos, Kiara ya te dirá qué hacer con ellos y cuándo quiere postear su agradecimiento en redes.

El chico asintió, era unos cinco años más joven que yo.

Una de las veces que habíamos hablado, nos comentó que entró de rebote en aquel trabajo, buscaban a alguien que diera imagen de integración, y vieron en el jovencito hindú el perfecto chico de los recados.

Lo único que hacía era encargarse de la agenda y que llegáramos a tiempo a los sitios indicados, pasarle los reportes a Lorraine y hacernos llegar las indicaciones que nuestra repre le daba para nosotros.

Me daba un poco de lástima, porque se le veía buen chico.

Lorraine clavó los ojos en mí, y cuando estuvimos solas, abrió la boca.

—Creo que estáis traspasando las líneas de lo que es ficción y realidad.

—No te entiendo —masculló.

—Pues que cada vez me queda más claro que Marlon quiere acostarse contigo, si es que no lo ha hecho ya, y eso no me gusta. Os dije que fingierais, no que ocurriera.

385

Me ofendió que pudiera pensar algo así, en primer lugar, porque no había pasado, aunque cada vez tenía más ganas de que fuera así. Y en segundo, porque era ella con la que se iba al terminar cada actuación y eso me hacía recular en mi decisión.

—Mi relación con Marlon es estrictamente profesional —respondí.

—Eso también lo diría una puta.

—No puedo creer que hayas dicho eso.

—Ni yo que te plantees tener algo con él. Deja que te diga una cosa, Marlon es de los que se tiran a cualquier cosa que se mueve, pero no tiene ninguna relación afectiva con nadie, que se te meta en esa cabecita de reivindicadora que tienes.

—¿Eso no debería decirlo él? —pregunté molesta. Su actitud cambió a otra mucho más agresiva.

—No te metas entre nosotros, o te las verás conmigo, y te garantizo que no querrás tenerme de enemiga. Puedo hacerte las cosas fáciles o que la gira se convierta en una auténtica pesadilla. Estás en mis manos, al igual que tus amigas, así que no las muerdas. Él es mío.

Marlon salió del camerino igual que si se enfrentara al patíbulo. Cabizbajo, con los puños apretados y la mirada errante, se notaba que no quería encontrarse con el juicio de mis ojos.

Lorraine rodeó su brazo y me contempló como si nunca hubiéramos mantenido la conversación que transcurrió hacía unos segundos.

—Que disfrutes de la noche, Kiara, sal con alguien y diviértete, mereces celebrar a lo grande el éxito de hoy, nosotros lo vamos a hacer.

Dicho lo cual tironeó de Marlon y los vi desaparecer.

Tuve ganas de ir hasta ella, agarrarle del pelo y decirle, decirle... ¡Agrrr! ¿Qué demonios le decía? ¿Que Marlon me gustaba? ¿Que no quería que estuviera con ella? ¿Que quería que me hiciera a mí todas esas cosas y pasara la noche en mi cama?

Trayi y Ranya pasaron de largo, agarradas de la cintura, por la manera en que se miraban últimamente me daba la impresión de que compartir habitación las había acercado más que nunca.

Siempre pensé que terminarían juntas, que la fuerza de Trayi le sentaba genial a la tranquilidad de Ranya. Aunque ellas insistían en que solo eran amigas, yo sentía que las unía algo más. A veces las veía cuchichear, mirarse con intensidad, escaquearse juntas, lo cual nunca me hizo sentir envidia, merecían vivir algo bonito, tener a alguien que las comprendiera y amara sus heridas.

De inmediato, volví a enfocar la vista hacia el lugar en el que se difuminaron Marlon y Lorraine.

Solté un suspiro largo, y cuando me disponía a ir hacia el camerino a cambiarme, Ravi volvió a aparecer.

—Kiara —me llamó—. Ya lo he guardado —dijo mustio. Me sentí mal por el chico, que pagaba mis platos rotos.

—Perdona si antes he sido un poco idiota.

—No pasa nada, estoy acostumbrado, al fin y al cabo, siempre soy el último mono para todos.

Me sentí como el culo. Lo cierto es que nunca le decíamos a Ravi que nos acompañara, que pasara tiempo con nosotros, era lógico que se sintiera excluido.

Pensé en ello. Igual me arrepentía de lo que iba a decirle, pero… ¡qué demonios! Todos tenían algo que hacer salvo nosotros.

—Oye, ¿te apetece que quememos Los Ángeles? Escuché a un tipo del equipo decir que cerca de aquí…

—¡Sí! —espetó sin dejarme concluir. Su entusiasmo me hizo sonreír.

—Solo serán unas cervezas y volvemos, no te me vengas arriba que mañana salimos pronto. —Después pensé que quizá no hubiera cumplido los veintiuno todavía—. ¿Tienes edad para beber alcohol?

—No, pero si me ofreces una birra en lugar de una Coca-Cola, me la bebo. Por favor, no te arrepientas, me muero por pasar un rato con alguien que no me hable de trabajo o me exija cosas. — Le ofrecí una sonrisa conciliadora.

—Trato hecho, yo te saco la cerveza y tú me entretienes hablándome de lo que sea que no implique la gira.

Él alargó la mano y… ¡Qué diablos! Se la estreché.

Quedamos en cuanto me hubiera podido quitar todo aquel arcoíris de encima. Les dije a las chicas que, si querían, podían venir, pero me dijeron que estaban cansadas y preferían irse a dormir.

Ravi me esperaba con las manos en los bolsillos. Podría decir que fue aburrido, que me sentí intimidada o asqueada cuando nuestros dedos se rozaron al pasarle el botellín, salvo que no fue así. No tenía la misma confianza que con Marlon, pero siempre se había mostrado respetuoso.

Era un chico agradable, con temas de conversación de lo más variopintos, que compartía cultura conmigo. Según me contó, había venido a Estados Unidos por una chica que básicamente lo ignoraba.

Le aconsejé que pasara de ella, que si no se daba cuenta de lo maravilloso que era, no merecía la pena, y según lo decía, más cuenta me daba de que a mí me pasaba un poco lo mismo. Marlon no me hacía el caso que yo quería, y en algo tenía que darle la razón a Lorraine; si le gustara de verdad, no se seguiría tirando a nuestra representante.

Bebí un poco más de la cuenta, las rodillas me flojeaban, y cuando volvimos al tráiler, tropecé con mis propios pies. Si no hubiera sido porque Ravi me pilló al vuelo, me habría dejado los dientes en el suelo.

No lo ataqué, ¿había entrado también en mi círculo de confianza, o era fruto del alcohol? No estaba como para plantearme cosas, lo importante fue que no reaccioné mal, lo toleré.

Los metros que quedaban para llegar al tráiler los recorrí agarrada a su cintura, y cuando llegué a la puerta, me apoyé unos instantes contra la carrocería.

Con los párpados cerrados, inhalé el aire nocturno.

—Lo he pasado genial —murmuró Ravi.

Abrí los ojos y lo miré. No era un chico guapo, de esos que cortan el aliento, tampoco tenía el físico de Marlon, que era una de esas excepciones con patas que te hacen plantear si perteneces a su misma especie, pero era majo.

—Yo también —sonreí. Él me devolvió la sonrisa y se acercó un poco más—. ¿Qué haces?

—Ayudarte a entrar, no quiero que por mi culpa te accidentes, Lorraine seguro que me quita parte del sueldo.

—¿Puede hacer eso?

—No lo sé, sin embargo, prefiero prevenir, además, me preocupa que estés bien.

—Caballeroso y considerado… Esa chica no sabe lo que se pierde. —Él se encogió de hombros—. Solo voy a aceptar que me ayudes porque considero que lo necesito, si no, denegaría la propuesta, no soy de las que piensan que los hombres tenéis que salvarnos.

—Sé lo que piensas, lo cantas en todas tus canciones.

—Eso es verdad.

Saqué las llaves de mi bolsillo, solo teníamos copia Benan, nuestro chófer y los integrantes de la banda.

Ravi abrió y regresó a por mí. Llegamos al pasillo en el que estaba mi cuarto. Todo estaba a oscuras. Volví a apoyarme, esa vez, contra la pared.

—Ahora sí que ha llegado el momento de la despedida —musité—. Gracias por…

No me dio tiempo a terminar, sus labios buscaron los míos y me vi sorprendida por su boca.

—¡¿Qué haces?! —Lo empujé. Él me miró desorientado.

—Has dicho que tocaba despedirse, yo interpreté que…

—¡No te he pedido que me besaras!

Como si de una peli de terror se tratara, vi a una fuerza desconocida alzar a Ravi frente a mis ojos y lanzarlo volando hacia la otra punta del pasillo. Se escuchó el impacto del cuerpo contra el suelo y fue entonces cuando me di cuenta de que Marlon estaba justo detrás de nosotros, oculto entre las sombras, con un aspecto que daba miedo.

Tenía el rostro desencajado, los ojos muy abiertos y la respiración agitada.

—Marlon…

—Te ha besado, tú no querías y te ha besado —repitió más para sí mismo que para mí. Jamás lo había visto así, estaba fuera de sí.

Se escuchó un quejido en la dirección en la que Ravi había impactado.

La cara de Marlon se retorció en una máscara ofuscada y violenta. Con un movimiento rápido y desincronizado, fue en su busca para alzarlo por la camiseta, lo zarandeó sin ningún tipo de miramiento.

El chico gritó que lo soltara.

El pulso se me disparó, pese a estar en unas condiciones poco óptimas y que el pasillo se moviera como un maldito barco, me desplacé con prudencia hacia ellos.

—Voy a enseñarte a que no se toca lo que no te pertenece —gruñó Marlon con voz de ultratumba.

Su puño se encajó en el estómago de Ravi, y este emitió un quejido doloroso.

¡Mierda! Las cervezas y los dos chupitos de Limoncello me estaban pasando factura.

Llegué a ellos trastabillando, cuando Marlon lo estaba elevando por encima de su cabeza y parecía un puto oso capaz de arrancarle la cabeza.

El asistente no tenía nada que hacer frente a la envergadura de nuestro guitarrista.

Cogí a Marlon por detrás.

—¡Suéltalo! No ha pasado nada, solo malinterpretó la situación.

—¡No me jodas, Kiara! ¡Acaba de besarte y tú no querías!

390

—Ya, pero él no sabía que… Bueno, da lo mismo, todos tenemos derecho a equivocarnos.

—Lo dice la que me pateó en las costillas por tratar de impedir que salieras corriendo o la que me mordió en mitad de una pesadilla. ¡¿En serio lo defiendes?!

La cabeza me daba vueltas y tenía ganas de potar.

—¡¿Qué diablos te pasa?! ¡Tú no eres así! —voceé sin comprender.

Las puertas de las habitaciones empezaron a abrirse. Trayi y Ranya salieron soñolientas al pasillo y dieron la luz.

Benan corrió hacia Marlon, que agarraba a un asustado Ravi, que le sangraba el labio.

Fue entonces cuando pude fijarme en el pelo revuelto de mi amigo, los ojos rojos y lo alterada que parecía su respiración.

—Suéltalo, Marlon —le exigió Benan.

Él apretó los labios y me miró, parecía no entender qué era lo que estaba mal en aquella situación.

—¿Te gusta este tío? —me preguntó.

—Solo hemos salido a tomar algo.

—¿Te gusta o no? —¿Estaba celoso? Imposible, él se había ido a follar con Lorraine.

—Eso no importa, Lo que importa es que no tenías derecho a pegarle, esa era una decisión que no debiste tomar por mí. Sé defenderme cuando algo no me gusta —respondí pastosa. Por lo menos, me funcionaban las neuronas. Marlon bufó.

—No me ha dado la impresión de que estuvieras en condiciones para reaccionar.

—¡Tú tampoco parece que estés en las mejores condiciones! —espetó Paul, que lo miraba de brazos cruzados—. Límpiate la nariz, anda.

Su reflexión me hizo fijarme mejor. Marlon soltó a Ravi de manera abrupta y llevó la mano a su cara para limpiarse.

En cuanto Ravi se vio libre, no perdió tiempo y se apartó lo más rápido que pudo con los ojos aterrorizados puestos en mí.

—Lo siento —me disculpé. Él aceleró el paso para largarse cuanto antes.

—No me jodas, encima, ¿eres tú la que lo siente?

Todos nos miraban.

No sabía qué pensar o decir, tampoco quién era aquel Marlon que tenía delante limpiándose la nariz. No se parecía nada al que me estrechó en sus brazos cuando me dio el ataque de ansiedad.

—Fin de la función, todo el mundo a dormir… —murmuró Paul—. Y tú, date una ducha fría para que te baje el subidón.

Di dos pasos atrás, Marlon estaba desconcertado, malhumorado y… ¿Drogado?

No era ajena a que mucha gente consumía, pero pensaba que él solo fumaba hierba.

¿Cuántas cosas había de él que desconocía? Pasé la mirada a mis amigas, el bajo de la camiseta blanca de Ranya tenía una mancha que parecía… ¿Sangre?

Ella desvió la mirada hacia el lugar en el que yo la tenía puesta y apretó la mancha con la mano.

—Kiara…

Era Marlon quien me llamaba. Lo ignoré. Lo vi alargar el brazo y musitar mi nombre de nuevo seguido de un «escúchame, tenemos que hablar».

—No me apetece —lo obvié y me metí en mi habitación, como Paul había ordenado, solo quería meterme en la cama y olvidar.

CAPÍTULO 52

Sepúlveda

Solté un último jadeo mientras la mujer asentada con la cabeza entre mis muslos le daba un último lametazo a mi sexo.

Su rostro atractivo emergió para besar mi vientre, mis pechos y por último mi boca. Fue un beso largo, profundo, satisfecho, empapado en mi sabor.

Seguía sin creer que hubiera terminado acostándome con ella la misma noche que nos conocimos.

Margaret se tumbó a mi lado y sonrió, apoyando la cabeza en mi mano.

—Hoy parecías una fuente.

No solía sonrojarme con facilidad, no obstante, ella conseguía que lo hiciera con demasiada frecuencia.

—Es culpa tuya, eso que me haces con la lengua y los dedos es demencial —susurré acalorada.

—Siempre se me han dado bien los coños y las lenguas. — Reí.

Era tan descarada, visceral y de mente rápida que todavía no comprendía como fui capaz de confundirla con una monja. En mi defensa diré que me hizo sentir más cerca de Dios y los milagros que nunca.

No creía poder olvidar con tanta rapidez a mi ex, ni dar con una mujer con la que ligaba tan bien. No se ofendía si le decía que no podía quedar por trabajo o anteponía un caso a verla. Además, mis otras relaciones siempre se cocieron a fuego lento y ella era un incendio.

Desde que intimamos en el mismo baño del club al que fuimos tras la cena de La Perla de Asia, había dormido un mínimo de tres noches por semana en mi apartamento, si a lo que hacíamos se le podía llamar dormir, claro.

Era inteligente, elegante, empática, lista, comprometida y no podía sentirme más atraída, tanto por su mente como por su cuerpo.

Margaret se puso en pie y yo la observé. Se movía con total comodidad por mi cuarto, cogió un cigarrillo de su pitillera, abrió la ventana sin un gramo de ropa o de vergüenza y se puso a fumar de lado, sentada sobre la cómoda de madera maciza que heredé de mi abuela.

Hacía calor, aun así, tiré de la sábana para cubrirme, mi cuerpo no tenía nada que ver con el suyo, no es que fuera una mujer insegura, pero sí tenía algún que otro complejo, sobre todo, si me comparaba con la perfección absoluta que se apostaba frente a mí.

Sus ojos negros se clavaron de inmediato en la intencionalidad de mi mano.

—No lo hagas, me gusta ver tu cuerpo cuando estás recién follada. Tu coño se ve jugoso, todavía inflamado por mi boca. Sabes que tus pezones me chiflan y tu piel está ligeramente sonrojada. —Le gustaba hablarme sucio y a mí me excitaba. Solté la sábana de inmediato y ella me sonrió—. Eres deliciosa, abre más las piernas mientras fumo.

—Vivo en un primer piso de un barrio obrero, no en un rascacielos, cualquier vecino nos puede ver.

Cabeceé hacia el edificio que quedaba al otro lado de la calle secundaria en la que vivía.

—Tengo lo mismo que cualquier mujer, si a alguien le ofenden un par de tetas, que no mire.

Sus caladas eran profundas y hacía formas con el humo que expulsaba de su boca.

—Dudo que la visión de tu cuerpo le pueda ofender a nadie.

—La del tuyo tampoco —me sonrió y yo separé un poco más los muslos para complacerla—. Pervertida —rio gutural. Y a mí me gustó lo que vi en su mirada lasciva—. ¿En qué piensas? —me preguntó.

—En que no entiendo qué pudiste ver en mí.

Ella alzó las cejas, su piel era una obra de ingeniería genética, tenía muy pocas arrugas, podría pasar perfectamente por una mujer de cuarenta. Y el tatuaje que tenía me llevaba loca.

—¿Que no lo entiendes?

—Las dos sabemos que podrías estar con cualquiera.

—Podría —dijo, dándole una calada profunda al pitillo—, pero te quiero a ti. —Su afirmación contundente me estremeció—. Mmm, creo que el abuelo del restaurante chino que hace timbas de póker acaba de verme las tetas y ha sonreído.

—Hoy lo has hecho feliz, debe tener como mínimo doscientos años. —Margaret rio de nuevo—. Anda, ven aquí, tú todavía no te has corrido.

—Estoy bien —siguió fumando con tranquilidad.

Pensé en cómo me impresionó cada palabra que escuchaba sobre ella la noche del premio, causaba muchísima admiración todo lo que hacía por las niñas que rescataba.

No era solo su físico el que instaló un hormigueo entre mis muslos que me duró toda la noche, sobre todo, cuando aquel emotivo discurso seguido de un vídeo que te ponía los vellos de punta con una clara advertencia de que podía herir la sensibilidad.

Cuando terminó, tuve ganas de vender todo lo que poseía y ofrecerlo a la organización. Los testimonios de las mujeres en las que se habían convertido esas crías eran abrumadores y me sorprendió ver entre los rostros a las ganadoras del concurso de talentos *USA Talent*, que se encontraban de gira por el país.

Cuando por fin pudo venir a mi mesa, tras la marabunta de gente que quiso hablar con ella y me preguntó si me apetecía que nos fuéramos de allí para poder seguir hablando tranquilas, no lo dudé.

No solo charlamos sobre el caso, también sobre ella y sobre mí.

Me contó que, tras muchos años dedicándose a la psicología en su país de origen, sintió la llamada.

—*¿De Dios? —le pregunté.*

—*Llámele Dios, llámele deber, simplemente sentí que me tenía que ir, que no podía quedarme más tiempo allí. Me fui con las manos vacías a una isla, pero cuando llevaba un tiempo allí, sentí que le debía algo a la vida, que tenía que mover ficha, que el mundo no era de los que se quedaban de brazos cruzados mirando hacia otro lado. Había visto demasiados casos, tratado a demasiadas víctimas, aunque tengo que decir que nunca había visto tantos y de manera tan impune como en la India.*

—*Y se hizo monja —presupuse dando un trago a mi cerveza.*

Debería haber pedido un cóctel sofisticado como ella, pero yo era bastante básica para esas cosas.

—*¡¿Monja?! —Le dio un ataque de risa—. No soy monja, me gusta demasiado el sexo como para llevar una vida de castidad.*

Casi me atraganté ante la flagrante afirmación. Ahí fue cuando noté que se me enrojecieron las mejillas por segunda vez en la noche y sin remedio.

—*Perdone, he sido muy directa, a veces me pierde la boca.*

«Y yo me perdería en la suya», pensé.

—*No, qué va, yo también soy de las que hablan sin pelos en la lengua.*

—*Le prometo que soy todo lo apropiada que debo ser cuando estoy con las niñas, pero cuando se trata de adultos con los que congenio, me desato.*

«Desátate todo lo que quieras conmigo». Carraspeé.

—*Me ha confundido que la llamaran Hermana Margaret.*

—*A mucha gente le pasa, sé que genera cierto lío, aunque pensé que, al ser inspectora de homicidios, vendría con los deberes hechos y me habría estudiado un poquito.*

—*Si fuera una sospechosa, no dude que lo habría hecho, a estas alturas sabría hasta la talla de su ropa interior.*

—*Eso podría saberlo si usara —bromeó pícara. Me gustaba esa actitud.*

—A mi favor diré que no tenía ni idea de que el experto era experta hasta que la vi, si no, habría puesto toda mi intención en conocerla más.

—Entiendo —susurró, dando un trago largo a su Californication—. Pues para que no haya confusión alguna, soy tan monja como usted.

—¿Y cómo terminó con ese apodo?

—Cuando empecé a colaborar activamente en Wings of Life, como psicóloga para las víctimas, el padre Miguel me ofreció un hábito, en un principio fue para que pudiera moverme con mayor seguridad. Las localizaciones donde estaban ubicados los refugios de la asociación solían ser en poblados bastante marginales. —Asentí—. En un país como la India, las mujeres son violadas, golpeadas, torturadas y abusadas con total impunidad. No hace falta que sea un grupo de hombres, basta con uno que se crea con la suficiente superioridad física para terminar despedazada en cualquier callejón. Cuando vine a los Estados Unidos, las niñas me conocían con ese sobrenombre, así que me acostumbré.

—Comprendo.

—Si alguna vez va a la India, le aconsejo viajar siempre en grupo, no meterse en lugares desconocidos, y si ve demasiados hombres, alejarse. Las mujeres blancas y atractivas son un bocado irresistible para ellos.

—Lo tendré en cuenta, aunque, por lo que me cuenta, no me apetece demasiado perderme por ahí.

Ella rió, una risa ronca e invitante.

—Sí, mejor una hamaca o un crucero por el Caribe que darse de bruces con esa realidad.

—Tuvo que ser difícil su época allí, el vídeo era estremecedor.

—Le aseguro que solo se veía una ínfima parte de su realidad. Cuando ves a todos esos niños y niñas destrozados por una cultura que apenas aboga por la infancia, en la que las mujeres son un mero canal para satisfacer al hombre y para parir, había días que ahogaba el llanto en mi almohada y me preguntaba por qué a casi nadie le importaba.

»Le aseguro que puede ser tremendamente frustrante, aunque, como decía el padre Miguel, nada es menos que un grano de arroz. Sin embargo, allí hacen falta toneladas de ayuda, por eso son tan importantes los actos benéficos, imprescindibles diría yo. Da igual si me gusta acudir a ellos o no, porque lo que importa es poder dar más oportunidades a esos niños y sacarlos *del país. Hasta que la política no cambie, es nuestra única vía. Dinero y conexiones.*

—*¿Su pareja también trabaja en la asociación?*

En cuanto lancé la pregunta, supe que Margaret me había cazado. La sutilidad nunca fue mi fuerte.

—*Disculpe, no debí preguntar algo tan personal.*

—*Claro que debiste* —*se le escapó el tuteo*—, *para eso estamos aquí, para solventar dudas* —*dijo con una sonrisa que me dio ganas de comer*—. *Para su información, no tengo pareja en la actualidad. Su turno, ¿hay alguien en su vida a quien le deba explicaciones de por qué está aquí conmigo?* —*Negué.*

—*Mi exmujer me dejó hace unos meses* —*prefería no especificar.*

—*¿Casada?*

—*No, aunque llevábamos bastante.*

—*¿Puedo preguntar qué pasó?*

—*Se cansó de que estuviera más comprometida con mi trabajo que con ella.*

No iba a mentir.

—*¿Y cómo lleva la ruptura?*

—*¿Estoy con la psicóloga?*

—*Más bien con una mujer a la que le interesa lo suficiente como para poder saber si tiene una oportunidad.*

Dios, juro que tuve que apretar las piernas.

—*Tengo días mejores que otros. No la culpo, mi trabajo es demasiado absorbente como para que alguien me aguante, además, me cuesta desconectar.*

—*Eso me suena, creo que emplearía las mismas palabras para definir el mío, además, yo viajo a menudo, por eso no suelo atarme. Hay pocas personas que puedan comprender y soportar ese nivel de compromiso, aunque usted sí que lo entiende.*

No era posible que ese mujerón estuviera intentando ligar conmigo, ¿verdad? Me sudaba el canalillo y las cintas adhesivas de las tetas amenazaban con soltarse.

—*Si me disculpa, tengo que ir al baño.*

Me levanté nerviosa, apresuré el paso, necesitaba refrescarme y tomar un poco de perspectiva. Alguien llamó con insistencia unos segundos después. La persona al otro lado tenía que estar cagándose porque golpeaba con muchísima efusividad.

Abrí pensando en que no me perdonaría si la persona del otro lado estallara en un estanque de diarrea, y cuando me la encontré de frente con esa sonrisa felina, fui incapaz de negarme al beso que me plantó sin preguntar.

Cerró la puerta de un puntapié y enredó su lengua en la mía hasta que licuó cada una de mis neuronas y tuvo todo mi cuerpo a su merced.

Terminé de cara al espejo, con el mono y la faja en los tobillos, sus dedos hundidos en mi interior y la boca llena de jadeos.

Gemí con muchísima fuerza cuando me quitó la cinta del primer pezón para pellizcarlo justo después.

Me estaba mareando del gusto.

Hizo lo mismo con el otro, observándome a través de mi propio reflejo, lamiendo todo lo que su lengua alcanzaba.

—Quiero comerte entera, inspectora —susurró, mordiéndome el lóbulo de la oreja—, darte tanto placer que olvides a esa mujer que no supo darte la entrega que mereces.

Me habían hecho muchos dedos en mi vida, pero Margaret lo hacía de un modo que me derretía. No sabía si era el morbo que suscitaba en mí, el lugar o que realmente necesitaba que me dijeran exactamente las palabras que ella pronunció. Simplemente pasó, estallé a lo bestia, grité sin poder remediarlo y alguien abrió de manera abrupta cazándome en pleno orgasmo.

No tuve tiempo ni de sentir vergüenza.

Terminamos en mi cama, sudadas, satisfechas y muertas de la risa después de que le dijera que no hubiera quedado nada bonito que detuvieran a la inspectora de homicidios por escándalo público.

Margaret se acabó el cigarrillo, vino a la cama, besó mi clítoris, después los labios y se separó de mí.

—Me tengo que ir.

—Pero tú no te has corrido —protesté.

—Ya sabes que no siempre lo necesito, me gusta más dar que recibir, y a ti quiero darte muchísimo.

—¿Y no puedes quedarte hoy?

—Me toca custodiar a las niñas y seguramente tú tendrás que seguir dándole vueltas a tu preciosa cabeza con el caso, ambas necesitamos volver a nuestros asuntos.

Besó mi frente, tenía toda la razón del mundo, era solo que no me apetecía que se fuera.

—¿Crees que daré con Kali? —pregunté a bote pronto—. A veces siento que siempre irá un paso por delante de mí, que jamás podré atraparlo.

—Estoy convencida de que lo conseguirás, eres la mujer más competente que conozco, a parte de mí, claro, no tires la toalla.

—Gracias. —Ella negó.

—No tienes que dármelas por decir una obviedad, eres jodidamente buena, la mejor inspectora de homicidios de Nueva York, nadie te ha regalado nada y vas a dar exactamente con lo que buscas.

Me dio un último beso antes de ponerse el vestido de tirantes y calzarse las sandalias.

—Te llamo mañana —murmuró, cogiendo el bolso para irse.

Me hundí un poco más en la cama, la ventana seguía abierta, al igual que mis muslos, una leve corriente cálida acarició mi sexo antes de que el móvil se pusiera a sonar como un loco.

Lo cogí porque era César quien llamaba.

Esa vez sí que me cubrí con la sábana, aunque no me pudiera ver, no me parecía bien hablar con él desnuda y desmadejada.

—Sepúlveda —respondí por costumbre. Escuché la puerta del apartamento cerrarse.

—Jefa, creo que he encontrado algo.

—Dame veinte minutos y voy a comisaría.

—Te basta con abrirme la puerta, estoy en el portal.

Solté un exabrupto y me puse de pie de inmediato.

—¿Me abres?

—Em… Sí, dame dos minutos.

—Ya te he visto en pijama.

—No estoy en pijama…

—¡Joder!

—¡¿Qué pasa?!

—Acaba de salir una tía increíble de tu portal, ¿nueva vecina en el edificio?

Me di con el dedo del pie contra la puta cómoda en la que Margaret solía subirse a fumar. Necesitaba coger algo que ponerme y que Martínez no me viera en bolas.

—¡Auch!

—¿Estás bien? ¡Mierda!

—¡¿Y ahora qué?! —proferí

—Creo que acabo de verte dando saltitos en tetas.

—¿Y para qué narices miras? ¡Bórralo de inmediato de tu cabeza!

—Ni que fuera un puto PC, además, ya sabes que me ponen demasiado tus pechos, los tienes de la medida perfecta para…

—¡Cállate!

Colgué.

Por fin pude ponerme una camiseta y unos pantalones cortos para dirigirme al interfono y abrir.

César me miró con una sonrisa pícara en los labios. En cuanto atravesó la puerta, husmeó el ambiente como un puto sabueso. Mi apartamento era de los pequeños, así que no le costó detectar aquello que pretendía ocultar.

—¡Me cago en la puta, hueles a polvazo que tiras para atrás y ese perfume no es el tuyo! —Abrió mucho los ojos—. ¡¿No jodas que la morenaza del portal es tu rollo?! ¿De qué puta *app* la has sacado? Esa es de suscripción Premium fijo, que esas en Tinder no están.

—Puedes dejar de decir gilipolleces y hacer el favor de decirme qué es eso tan importante que te ha hecho venir hasta aquí a estas horas.

—Vale, pero primero dime que he acertado y te tiras a esa *fucking* diosa.

No pude ocultar la sonrisa que empujó las comisuras de mis labios hacia arriba.

—¡Menuda zorra!

—¡Un poco de respeto que soy tu jefa!

—Estamos fuera de horario laboral, así que puedo llamarte como me apetezca. ¿Quién es? Mejor me lo cuentas con un par de cervezas, que hace un calor que te-torras —hizo el juego de palabras mirándome el pecho—, necesito como mínimo una bien helada para olvidar tus domingas.

—Eres idiota.

—Y tú una cabrona con suerte. Vamos a por las cervezas, jefa, te vas a cagar con lo que he descubierto.

CAPÍTULO 53

Sepúlveda

Nos sentamos en la mesa de la cocina. No me quedó más remedio que contarle mi nuevo idilio con Margaret, lo resumí bastante, aunque eso supuso unas cuantas imprecaciones por parte de mi amigo en cuanto se enteró de que llevaba un mes enrollada con ella.

—Ya decía yo que te brillaban más los ojos.

—Lo que me brilla son las ganas de saber qué te trae a estas horas a mi casa, tu turno, habla.

—No sin antes decirte que me alegro por ti, jefa, ya era hora de que dieras con alguien que estuviera a la altura de las circunstancias.

—Desembucha… —le pedí con sus palabras burbujeando en mi interior—. ¿Qué pasa, Martínez? —pregunté, cruzando los dedos para encajar la barbilla sobre las manos.

—Creo que he encontrado algo importante —dijo, sin preámbulos, mientras sacaba su teléfono y comenzaba a mostrarme una serie de imágenes—. Nancy y yo estábamos cenando con Janelle, ella nos habló de su hermano, de lo bien que le estaba yendo la gira, nos enseñó imágenes de las redes sociales… Mi mujer se interesó por unas que había *reposteado* en las que salían las chicas, y en una algo llamó mi atención, o más bien alguien. No estaba seguro de si lo había visto bien, pero cuando dejamos de mirar las redes y ellas empezaron a… Bueno, ya me entiendes, yo no podía dejar de pensar en lo que había visto. Cuando por fin se durmieron, me levanté, me puse a investigar y… Fíjate —señaló la fotografía que después amplió—. Es el tipo que murió en Philadelphia y mira la hora de la imagen.

En la foto se veía claramente a una de las víctimas en el fondo.

—¿Te refieres a que coincidió con las chicas de la banda?

—Y no solo eso, ahí sale el cartel de la gira, las dos muertes posteriores coinciden en ciudades y fechas con el *tour*. ¿Casualidad? —preguntó.

Mi estómago se contrajo al recordar el vídeo testimonial de las chicas, en el que narraban parte de su historia, si no me equivocaba, por lo menos dos de ellas habían sido víctimas de abuso.

—¿Y sabes cuál es el tema principal de la banda? —Martínez llevó el dedo a Spotify y *Ecos de Kali* empezó a reproducirse, César se quedó en silencio y mi vello se puso de punta al analizar la letra.

—¡Joder!

Sentí un escalofrío recorrerme la espalda. ¿Cómo no habíamos visto eso antes? Martínez continuó explicando su descubrimiento, su voz llena de una mezcla de excitación y preocupación.

—No puede ser una coincidencia. Kali debe estar relacionada con la banda de alguna manera. Tal vez incluso sea una de ellas.

Acababa de quitarme el pensamiento.

—Incluso podrían ser las tres —sugerí, eso explicaría muchas cosas. El conocimiento de la cultura hindú, la puesta en escena, la limpieza…—. Joder, espera, si ellas son Kali, o una de ellas… Quizá el hermano de Janelle sea la conexión con el otro Soberbia del SKS, quizá ahí tenemos el vínculo que estábamos buscando, además, esas chicas pertenecen a la asociación de Margaret.

—¿Tu ligue? —Asentí.

—Tienes que averiguar más cosas de esas chicas.

Mi mente comenzó a trabajar a toda velocidad, tratando de procesar la información. Margaret y yo habíamos pasado la noche juntas, y de repente me encontraba con la posibilidad de que la mujer con la que estaba saliendo pudiera estar conectada con los asesinatos que estábamos investigando.

—Margaret protege a todas esas niñas como si fuera su madre, con uñas y dientes.

—Las madres no son buenas consejeras en este tipo de temas, harían cualquier cosa por ellas, incluso mentir, lo hemos visto cientos de veces. —Por mucho que me la tirara y me gustara, no podía perder la perspectiva.

—Eso es verdad.

—Aunque, quizá, si te ofrecieras para echarle un cable en la asociación, podrías meterte en su despacho y averiguar algo más de las chicas, me has dicho que era su psicóloga, así que debe tener el seguimiento de la terapia de cada una de ellas, o lo que ocurrió en la India.

—Me gusta, ¿por qué narices eres tan bueno?

—Porque aprendo a diario de la mejor.

Seguí pensando en todo lo que Martínez había averiguado.

—¿Qué hacemos ahora? —preguntó César, rompiendo el silencio.

—De momento, que esto quede entre nosotros y Parker —respondí, tratando de mantener la calma—. Necesitamos más pruebas antes de hacer cualquier movimiento. Sigue vigilando a Janelle y a la banda, si Kali está relacionada con ellas, o son ellas, no podemos permitir que se nos escapen.

Martínez asintió, su expresión era grave. Sabía que estaba poniendo mucho en juego al saltarnos los protocolos, pero también que no teníamos otra opción. La verdad estaba ahí, y teníamos que encontrarla, sin importar el costo.

Después de que Martínez se fuera, me quedé sola en la cocina, mirando las fotos en mi teléfono. La imagen de la víctima en el fondo de la foto me perseguía. ¿Qué más nos estábamos perdiendo?

La noche se sentía más oscura y fría de lo habitual, y una sensación de inquietud se instaló en mi pecho. Sabía que las cosas estaban a punto de complicarse aún más, y que la verdad, cuando finalmente saliera a la luz, podría alzar en pie a todo un país.

Esas chicas eran muy queridas, contaban no solo con el apoyo de sus seguidores como banda, que cada vez eran más, sino también como figura de la justicia.

Necesitaba conocer más su historia.

Recibí un mensaje de Margaret que interrumpió mis pensamientos.

Era una foto suya, en su cama, deseándome buenas noches y que soñara con ella.

> Lo haré. He pensado una cosa que llevo días planteándome. Quiero ayudar en la asociación.
> ¿Crees que a las chicas les gustaría recibir algunas clases de autodefensa para sentirse más seguras?

Margaret

> ¿Quién las daría?

> Si no te parece mal, yo.
> No quiero ser de las que miran a un lado.

Empleé sus propias palabras para que empatizara con la idea.

Margaret

Nos encantará contar con tu ayuda. ¿Cuándo quieres empezar?

¿Mañana es muy precipitado? No voy a negar que, además de ayudar, saber que tú estás cerca es un plus.

Margaret

Me gusta cómo suena lo que dices. Deja que lo organice, si te parece, mañana puedes venir a conocer a las chicas y empezamos las clases después de que les hayas dado una charla.

Perfecto.

Margaret

¿Sabes que cada día me gustas más? ¿Y que apenas consigo que no te cueles en mis pensamientos?

Estoy en el mismo punto.

Margaret

Me alegra leer eso. Dulces
sueños, conmigo, preciosa.

Dulces sueños.

En cuanto solté el teléfono, me sentí un poco mal por mentirle, sí era cierto que me había planteado lo que le propuse, solo que no entrar a su despacho para vulnerar su secreto profesional.

No obstante, necesitaba hacerlo, todo fuera por dar con Kali de una maldita vez.

CAPÍTULO 54

Marlon

No había podido pegar ojo. Aunque hubieran pasado varias horas, el subidón de la coca no me dejó conciliar el sueño.

Me sentía como una puta mierda, un despojo, había ocurrido lo que jamás imaginé que pasaría, las drogas habían tomado el control, alguien a quien no reconocía se había hecho con las riendas hasta pegar a un tipo que… ¡Dios! No quería ni pensarlo.

Kiara tenía razón, ella era mayorcita para defenderse, no tuve que actuar y mucho menos pegar a Ravi.

¿Cuántos besos había robado yo al finalizar una cita?

Y ellos habían salido.

Vale que Kiara era especial, que no le gustaba que la tocaran, pero eso no implicaba que yo pudiera comportarme como un energúmeno desaforado.

Apenas se me levantaba con Lori, necesitaba cada vez más droga para funcionar, y ella no dejaba de dármela, de manipularme, de controlarme para recordarme que era su perro sin collar, su puto.

Nunca había sentido asco por cómo me ganaba la vida y ahora lo sentía, me había convertido en un mierda o quizá siempre lo fui. Quizá bajo ese camuflaje de pavo real habitaba aquel monstruo que llenó de horror los ojos de Kiara, ver su mirada

409

fue lo peor, estaba seguro de que también habitaban el asco, la lástima y la decepción, sobre todo, cuando me limpié la nariz.

No sabía de qué me extrañaba, era especialista en desilusionar a los demás, y lo peor de todo era que salir del embrollo en el que estaba envuelto era imposible.

Alguien llamó a mi puerta, supuse que sería Paul para darme la chapa, o puede que Benan. A quien no esperaba de ningún modo era a las chicas.

Las tres estaban al otro lado del dintel.

Ataviadas todavía con sus pijamas. Bueno, Kiara con la camiseta ancha que tanto me ponía porque sabía que debajo solo estaban las bragas.

—Si venís por la fiesta de pijamas, os habéis equivocado de habitación y de hora —murmuré sin humor.

—Aparta y déjanos pasar. —El tono de Kiara no admitía réplica.

No estaba seguro de si ellas habían podido dormir después de entrar en sus cuartos o estuvieron reflexionando como yo.

Extendí la mano. Cerré la puerta y ella disparó.

—¿Desde cuándo te drogas? —directa y contundente, ya no había signos de embriaguez en ella. Su pelo mojado hablaba de ducha y su aliento de café. Justo lo que me convendría, bueno, quizá la cafeína no.

—Antes de eso, quería disculparme por…

—Marlon, te he hecho una pregunta y creo que me debes la respuesta, ¿desde cuándo?

Tragué saliva, sintiendo un nudo en la garganta. No sabía por dónde empezar. ¿Cómo explicarles que la droga había pasado de ser una escapatoria ocasional a una necesidad diaria? ¿Cómo decirles que me sentía atrapado por mi mánager, que me obligaba a ser su amante bajo amenaza de revelar mi pasado?

—Hace algunos años, me metí la primera raya, como aporte extra, por diversión o curiosidad, llámalo como quieras. Nunca fue un consumo que pudiera llevarme al límite, a la adicción. —Las tres me miraban imperturbables—. Algunos tiros las semanas que iba muy cansado, o con clientas del club que les gustaba para follar. Los porros de maría los empleaba para echarme unas risas con los amigos o para relajar. Desde que Lorraine me dio la noticia del grupo, los ensayos y la gira, supe que tenía que sobrellevarlo todo, estaba sobrepasado entre el club, los ensayos y sus exigencias... Empecé a tomar a diario, cuando me voy con Lorraine, a veces doblo la cantidad.

—¡Joder! —escupió Kiara irritada.

—Oye, lo siento, sé que no es lo que querías escuchar, pero, a veces, la verdad no es lo que deseamos. Os prometo a las tres que no va a afectar al grupo, que bajaré el consumo.

—Marlon... —musitó Trayi con esa mirada que tantas veces había visto en mi padre.

—¿Por qué no nos habías contado nada?

—¿Qué os iba a decir? Apenas me conocíais, no es que me quisierais demasiado, y confesar que era un mierda en lugar del chico prodigio de la guitarra no me apetecía. —Kiara contrajo el gesto—. No es fácil decirle a un entorno hostil que necesitaba meterme por la nariz para sobrellevar mi vida. Sed francas, ninguna de vosotras confiaba en mí, lo cual es lógico, no me conocíais de nada y soltaros eso no era una muy buena carta de presentación. ¿Os lo imagináis?

»Hola, soy Marlon, vuestra representante me ha enchufado porque le como muy bien el coño y quiere que me la folle siempre que le apetezca, para poder hacerlo necesito ir puesto hasta las cejas, también tomar Viagra para que se me ponga tiesa. Sí, es un pasote, ¿eh? —alegué déspota—. ¿Que cómo nos conocimos? En un club en el que me desnudo y me vendo a cualquier mujer que pueda pagarme la cantidad solicitada para estar con ella. ¿Si me gusta? Es un curro, el único que me permitía no acabar en la indigencia porque mi padre, que es Dom de la mafia, me dijo que si no seguía sus pasos, era mejor que me largara.

»Yo lo único que quería era tocar la eléctrica, así que... Tomé el camino fácil, convertirme en hombre-objeto, al fin y al cabo,

Dios me tocó con la barita de una sonrisa rompebragas, una labia fácil y un cuerpo que las mujeres deseaban. ¿Pensáis que alguna de ellas pensó… Pero ¡si toca de maravilla la guitarra!? —negué y chasqueé la lengua—. Siempre creí que en el país de las oportunidades alguien vería en mí otro talento que no fuera empujar entre sus piernas, pero me equivoqué, la oportunidad no llegó, empecé a desesperarme, y cuando Lorraine me dijo que podría tener una oportunidad… —callé.

—Te agarraste como a un clavo ardiendo sin pensar que te podías quemar y que le vendías tu alma al diablo —masculló Kiara. Asentí—. Me suena de algo, yo también pensé que mi decisión traería cosas buenas en su momento, y también me equivoqué.

—Me da mucha vergüenza admitirlo.

—No tienes por qué —intervino Ranya—, a mí me prostituyeron en un burdel, a Trayi la hicieron trabajar en una cantera hasta perder la vista y a Kiara la casaron con un cabrón a los once. Nada de lo que nos hubieras dicho podría habernos hecho despreciarte o rechazarte, nosotras no venimos de vidas perfectas y hemos hecho cosas feas para poder salir de la India.

—Yo ataqué al capataz de la mina, le clavé el cincel con el que tallaba la piedra cuando quiso abusar de mi hermana pequeña —confesó Trayi.

—A mí me violaron entre varios hombres, me reventaron y golpearon hasta abandonarme en un callejón cuando creían que ya no estaba viva —retomó la palabra Ranya—. Lo que no sabes es que si se ensañaron conmigo fue porque a uno de ellos le arranqué la polla con los dientes, cuando me estaba obligando a practicarle una felación. —La mano de Trayi se apoyó en su espalda para darle soporte.

—Yo maté a mi marido y le corté el cuello cuando me harté de que abusara de mí —Kiara dijo lo que me había revelado a solas en voz alta. La sorpresa tomó los rostros de sus mejores amigas, salvo que ninguna le echó en cara que no se lo hubiera confesado antes—. También ataqué al socio de Gabbar, quien me acusó de vivir gracias a la red de matrimonios concertados que tenía con mi marido. Caí por un precipicio al río Kali en época de monzones, queriendo salvar a las niñas que violaron.

»Dieron por hecho que no había sobrevivido y la familia de Gabbar pensó que nos habían atacado para robarnos. La Hermana Margaret se ocupó de abandonar mi ropa para que la encontraran y me dieran por muerta, me ofreció el renacer.

—Y a mí —comentó Ranya.

—Y a mí —se sumó Trayi.

—Ella nos salvó y la diosa me convirtió en lo que ahora soy, la oscura, la que imparte justicia. —Las chicas tomaron las manos de Kiara sin reproches, solo mostrándose a su lado.

—Pero hay una diferencia entre vosotras y yo, no elegisteis, os obligaron.

—¿Y a ti no? —preguntó Kiara—. ¿Todo lo que ha pasado con Lorraine ha sido por tu elección?

—Sabía que si aceptaba…

—Eso no implicaba que Lorraine actuara de una manera tan injusta, ella se aprovechó, sabía que era tu sueño, era consciente de tu desesperación, de lo mucho que deseabas dejar atrás tu vida para despegar. La he visto con mis propios ojos y a ti, cuando ella tira de tu brazo para que la acompañes, y juraría que cada vez que te vas no es porque te apetezca.

—¡Pues claro que no me apetece! Necesito drogarme para poder… —Me pincé los lagrimales—. Esto es muy jodido.

No esperaba lo que sucedió. No esperaba verme envuelto por tres pares de brazos después de lo que había dicho, de lo que había hecho.

Fue una descarga tan bestia de amor desinteresado que me rompí ante el gesto.

Las lágrimas escaparon de mis ojos y no las pude controlar. Ellas empezaron a entonar un mantra, en el que no había letra, solo un sonido que penetraba en mí, rebotaba en cada rincón de mi anatomía y hacía aflorar todas las emociones, fueran feas o bonitas, con mayor virulencia.

Me sostuvieron, se aferraron a mí como una roca y yo me limité a soltar lastre, a dejar que la marea de emoción me arrastrara a lo desconocido, un lugar carente de control, suspendido en un abrazo amigo.

Cuando cesó la última nota, también lo hizo mi llanto. Se separaron observándome con una expresión dulce y sin juicios.

—No vamos a abandonarte, Marlon, eres uno de los nuestros y eso no va a cambiar por mal que te sientas ahora —anunció Trayi sin que las otras dos titubearan o mostraran oposición.

—Lo siento —musité casi sin voz, barriendo sus rostros llenos de emoción.

—Lo sabemos… —aseguró Ranya.

—No sé cómo salir de esto —admití, con la voz quebrada, mostrándoles mi vulnerabilidad sin reservas. Se supone que los tíos no deben hacerlo, sin embargo, no me nacía otra cosa que no fuera dejar ver mis flaquezas, ellas lo merecían, ellas me habían sostenido con la fortaleza del que ha sufrido y lo ha superado—. Me siento como una carga, una decepción para todos.

—Para nosotras no. Las tres lo hemos hablado antes de llamar a tu puerta. Necesitas ayuda y te la vamos a ofrecer, vamos a salir de esto juntos, como grupo, como familia y nadie, escúchame bien, nadie va a volver a imponer su voluntad a la tuya, nadie volverá a tocarte sin tu consentimiento, ni a ti, ni a ninguna de nosotras.

Las tres asintieron frente a la promesa de Kiara.

La miré incapaz de apartar la vista sobre ella, y cuando sus brazos volvieron a envolver mi cintura, supe que no era amistad lo que me unía a esa mujer. La quería, estaba enamorado, y si me dolía no ser lo que ella esperaba, era porque odiaba decepcionarla.

Daba igual que nuestros labios nunca se hubieran tocado, o que no me hubiese acostado con ella, porque la sentía en cada átomo de mi cuerpo, invadiéndolo todo, haciéndome volar por los aires con un simple abrazo.

414

Me dije que iba a ser merecedor de ella, que haría todo lo que estuviera en mi mano para no fallarle y truncar la fe que acababa de depositar en mí.

—Gracias —musité con los labios en su pelo.

—Gracias a ti por abrirte, y recuérdalo siempre, juntos somos más fuertes.

CAPÍTULO 55

Kiara

Ver a Marlon tan destrozado me hizo pensar en mí misma, yo también estuve en ese punto, sola, perdida, abusada, sintiendo que no merecía nada ni a nadie.

Después de que milagrosamente me encontraran medio muerta, en la ribera del río, fui llevada a una de las sedes de Wings of Life en Nepal.

Tardé varios días en remontar, la Hermana Margaret me dijo que los médicos voluntarios que me atendieron le dijeron que nunca habían visto a una chica aferrarse con tantas ganas a la vida.

Eso ocurrió cuando me estabilicé, no había abierto la boca, me daba miedo lo que pudiera ocurrirme, así que me sumí en un silencio voluntario que solo ella logró romper.

Me explicó sus orígenes, de dónde venía, lo que le había pasado, lo que podría hacer por mí si la ayudaba y la misión de la asociación. Había aprendido mi lengua en los años que llevaba en mi país y se expresaba con soltura.

Jamás había visto una mujer como ella, con tanto coraje, con tanto arrojo y… confesé.

No sabía cuánto lo necesitaba hasta que me vacié, y cuando lo hice, vomité.

Ella me tranquilizó, limpió lo que yo misma había ensuciado, me pidió permiso para abrazarme. Nunca nadie había hecho eso antes y yo dejé que lo hiciera, por primera vez sentía que le importaba a alguien, a una desconocida que me tendía una mano y me ofrecía la posibilidad de ser quién quisiera ser.

—Nadie va a determinar a partir de ahora tu futuro, solo tú, Kalinda. Yo voy a ocuparme, voy a darte lo que siempre mereciste, una educación y una vida para que seas libre. Pero necesito que confíes en mí. La noche que caíste al río Kalinda Chamar, la mujer de Gabbar Singh fue pasto de los cocodrilos después de que unos forajidos los atacaran en el campamento en el que estaban. A quien rescatamos hará unos días, fue a... ¿Qué nombre y apellido te gusta?

Lo pensé por unos instantes, siempre me gustó el nombre de Kiara, porque creía que le iba muy bien a mi color de piel.

—Kiara, Kiara Sharma.

—Bien. Encantada de conocerte, Kiara Sharma, bienvenida a mi familia, pronto conocerás a tus nuevas hermanas, y en cuanto te repongas un poco y tengamos vuestros documentos, viajaremos a Estados Unidos. No te culpes por lo que hiciste, estabas en una situación límite y eso se llama sobrevivir, yo te ayudaré a superarlo.

—¿Por qué me ayudas? le pregunté sin comprenderlo muy bien.

—Te ayudo porque todos merecemos ser amados y protegidos. Porque nadie debe tener el derecho de poder dañarte o abusar de ti. Eres valiosa y mereces un futuro lleno de esperanza y felicidad. Aunque ahora no lo comprendas, aunque no sea lo que te han enseñado, yo te daré alas para volar.

Había llegado mi turno, y el de las chicas, para dárselas a Marlon.

Lo primero que hice fue llamarla. No sabía qué teníamos que hacer para que Marlon pudiera salir de las drogas.

Su voz me llenó de calma en cuanto descolgó.

—¡Hola, mi pequeña oscura! ¡Qué alegría que me llames! ¿Va todo bien?

417

—Sí, la gira va según lo previsto, cada vez tenemos más seguidores y todos corean nuestras canciones.

—Me alegra escuchar eso.

—Te llamo porque ha surgido un imprevisto con Marlon.

—Te refieres a que tú y él…

—No —respondí precipitada—. Bueno, sí que es verdad que he empezado a sentir cosas y que quizá me esté planteando avanzar en ese sentido.

—¿Y necesitas que hablemos sobre ello?

—Lo que necesito es otro tipo de ayuda, ¿tienes tiempo?

—Sabes que siempre tengo tiempo para mis niñas, ¿qué necesitas?

Le expliqué todo lo que ocurría, Margaret me escuchó con atención.

Hubo un breve silencio antes de que ella hablara de nuevo, su tono estaba lleno de preocupación y determinación.

—Kiara, sabes que lo mejor para él sería un ingreso en un centro de desintoxicación, pero entiendo que en plena gira eso no es posible. ¿Cuánto tiempo tenéis antes del próximo concierto?

—Solo unos días, pero, después de eso, pasaremos cuatro días en San Francisco antes de coger el vuelo para la semana de vacaciones en Hawái —expliqué, esperando que hubiera alguna solución.

—Bien, esto es lo que vamos a hacer —dijo la Hermana Margaret, su voz firme y segura—. Viajaré hasta allí y pasaré esa semana con vosotros. Durante ese tiempo, trabajaré intensivamente con Marlon. Necesitará apoyo constante y un entorno seguro. También voy a daros pautas a todas para que podáis ayudarlo en su proceso de recuperación. Es fundamental que no lo dejéis solo, que estéis con él en todo momento para evitar que cometa alguna tontería. Si bien es cierto que el objetivo es que deje las drogas, debe hacerlo bajo supervisión, los primeros días suelen ser una mierda, sobre todo, porque la cabeza te la juega y por los efectos secundarios que puede acarrear dejar de consumir. Marlon tiene que ser muy fuerte, es difícil, pero no imposible. Lo suyo sería que empezara despúes del concierto de San Francisco, aunque podría empezar a trabajar con él a través de reuniones *online*.

Sentí una oleada de alivio y esperanza. La Hermana Margaret siempre tenía una solución, siempre sabía qué hacer.

—Gracias. No sé qué haríamos sin ti —dije emocionada.

—No tienes que agradecerme nada, Kiara, sabes lo que pienso de los errores y los tropiezos. Todos merecemos una segunda oportunidad, y Marlon no es la excepción. Estaré allí lo antes posible. Mientras tanto, debes estar con él, apóyalo y asegúrate de que se sienta valorado y querido.

—¿Qué podemos hacer estos días hasta que llegues? —pregunté, queriendo asegurarme de que hacíamos todo lo posible por ayudarlo.

—Primero, es importante que Marlon sepa que no está solo y que tiene vuestro soporte incondicional. Según me has dicho, todas estáis dispuestas a ser su sostén. Muchos médicos suelen aconsejar que se deje de lado a los toxicómanos para que se den cuenta de todo lo que pueden perder gracias a las drogas, pero, en un caso como el de Marlon, darle la espalda podría ser contraproducente, por tanto, vamos a atacar desde el lado del amor.

—Lo comparto.

—Bien, pues hablad con él, escuchadlo sin juzgarlo y aseguraos de que se sienta comprendido y no sentenciado, eso es muy importante. Podéis intentar mantenerlo ocupado con actividades que le gusten, siempre que la agenda os lo permita, eso lo distraerá del deseo de consumir más de la cuenta. La música puede ser una gran aliada en este sentido. Que intente espaciar el consumo hasta el día del concierto.

—Yo me ocuparé de ello. ¿Y hay algún tratamiento que pueda ayudarlo? —pregunté, preocupada.

—Hablaré con un médico amigo mío que es especialista en adicciones. Le explicaré la situación y le pediré que prepare un plan de medicación para Marlon. Os haré llegar los medicamentos necesarios junto con las indicaciones. Es crucial que Marlon las siga al pie de la letra. Debes tener más paciencia que nunca, Kiara, no debe dejar de consumir de golpe, ya que esto puede ser peligroso. El médico le proporcionará las medicinas que lo ayudarán a reducir gradualmente su dependencia.

»Estos días, Marlon debe mantenerse bien hidratado y que coma alimentos nutritivos. Su cuerpo necesita recuperarse. Aunque yo esté allí para trabajar con él, es importante que comience a entender y enfrentar las razones emocionales detrás de su adicción. Proponle mantener una videollamada conmigo a diario, me amoldaré a vuestros horarios. El ejercicio podría ayudar a que liberara endorfinas y reducir el estrés. Estaría bien que incluyerais alguna actividad física en su rutina diaria y, por supuesto, que identifiquéis y evitéis las situaciones que puedan desencadenar su deseo de consumir y erradicadlas. Fíjate en lo que lo pone ansioso o nervioso, sean situaciones o personas, y evitadlas a toda costa.

En cuanto dijo la última frase, supe lo que teníamos que hacer, si ya lo tenía decidido, al oírlo estaba más segura que antes.

—Gracias por escucharme. Haremos todo lo posible para seguir tus indicaciones a pies juntillas —dije, sintiendo una renovada esperanza.

—Confío en vuestra capacidad y en vuestra empatía, con vuestro apoyo podrá superarlo. Nos vemos en Hawái.

—Nos vemos en Hawái.

Colgué el teléfono, sintiendo una nueva determinación. No íbamos a dejar que Marlon se hundiera. Con la ayuda de la Hermana Margaret, íbamos a sacarlo de esa. Porque éramos más que una banda. Éramos una familia, y Lorraine iba a recibir el castigo que merecía.

Nunca más iba a abusar de él.

CAPÍTULO 56

Sepúlveda

Tras pasar cuatro días dándoles clase de defensa personal a las niñas de la asociación de Margaret, tenía cada día el corazón más encogido.

Las historias de aquellas pequeñas eran demoledoras, y escucharlas, sentir sus miedos, participar en una de sus sesiones de grupo en las que compartían sus vivencias solo esperando ser escuchadas, sintiéndose mal por lo que ellas habían sufrido, sin que hubiera algo malo en alguno de esos pequeños cuerpos, te ponía el estómago del revés.

En más de una ocasión tuve que forzarme a escuchar, a no huir, a enfrentar su realidad y agradecer no haber nacido en su país.

Al terminar el segundo día, que para mí fue uno de los más duros, Margaret se acercó a mí y me abrazó.

Me sentía al límite.

—*Ellas ahora están bien* —*musitó contra mi oreja.*

—*¡¿Cómo van a estarlo?! ¡¿Por qué nadie hace nada por sus derechos y revertir esa situación?!*

—*Es cultural, aunque haya activistas, también hay personas a las que no les interesa que las cosas cambien, por eso es tan importante no desfallecer.*

—*¡¿Cuántos años tenía la última niña?! —preguntó mareada.*

—*Diez.*

—*Ha dicho que desde los siete... —se me cortaron las palabras.*

—*Sé lo que ha dicho, he visto y he tratado muchos casos como el suyo, en la India es común.*

—*¡¿Y cómo puedes?! ¿Cómo no te derrumbas?*

—*Porque necesitan a alguien a quien aferrarse, alguien que les diga que su sufrimiento tiene fecha de caducidad. Merecen tener a una persona, o en nuestro caso, a una asociación llena de ellas que les demuestre que tras el horror llega la luz y que, cuando crees que te has estrellado, solo es el impulso que necesitabas para despegar, de ahí el nombre de nuestra asociación.*

—*Es horrible todo por lo que han pasado, y escucharlo de sus bocas...*

—*Es muy duro, sí. Los humanos somos capaces de hacer cosas terribles, eso es una realidad, por suerte, también somos capaces de lo contrario y contamos con una cadena solidaria que logrará que niñas como ellas tengan la oportunidad de una vida mejor, ya no habrá más horror, solo esperanza. Y tú has decidido ser una de esas personas.*

Necesité más que nunca el abrazo que me estaba dando. No me consideraba una mujer blanda, pero desde luego que Margaret era mucho más dura y solidaria que yo.

Me tomó del rostro y me dio un beso lento, dulce, sanador.

—*No solo vas a aportarles mayor seguridad a nuestras pequeñas, también ayudas a los demás gracias a tu profesión, haces que desaparezcan de las calles los que se atreven a sesgar las vidas de los inocentes. —Su reflexión me llevó directa a Kali, al asesino de pederastas, y por primera vez sentí una punzada que no sabía muy bien a qué pertenecía.*

¿Y si me equivocaba? ¿Y si de verdad era necesario contar con alguien como él porque no llegábamos a todo?

Aparté el pensamiento. No, rotundamente no, no podíamos tomarnos la justicia por nuestra mano.

—*Quiero involucrarme más.*

Margaret sonrió.

—*¿Más?*

—*Dime qué puedo hacer y lo haré, mis horas libres son vuestras.*

—*No lo digas dos veces que aquí hay mucha faena.*

—*La haré, no me importa dormir menos. —Ella me sonrió.*

—De momento está bien con tus clases, que quieras asistir a nuestras reuniones del círculo de confianza es un plus para las niñas, aunque no lo creas, eso les importa mucho, verás cómo en poco tiempo las tienes tan encariñadas contigo como yo. —Sus palabras me calentaron por dentro—. Además... —ronroneó cerca de mi cuerpo—, lo que sí se te da genial es aligerar la presión emocional que sufro gracias a una buena descarga sexual, eso se te da de vicio.

Volvió a besarme y nuestras bocas fueron ganando intensidad.

Su mano presionó entre mis muslos y jadeé.

—Pueden vernos.

—Tranquila, es la hora de la merienda, nadie va a venir...

—Aunque sea así... —jadeé, mirando a la puerta cuando pellizcó mi pezón.

—Vale, iremos a un sitio más tranquilo.

Me llevó hasta su despacho, que quedaba justo al lado, y cerró la puerta con pestillo.

Nos convertimos en un enredo desaforado de caricias, manos y lenguas que terminó con las dos desnudas y saciadas en el sofá.

Se levantó para abrir la ventana, coger un cigarrillo de la pitillera, que reposaba sobre el único mueble archivador de la estancia, y se lo encendió.

¿Estarían allí los papeles de las chicas de la banda? Repasé el despacho y no pude encontrar otro lugar en el que pudieran estar.

Margaret sacó el humo con lentitud mientras avanzaba hacia mí.

Acercó el cenicero a una mesita alta que quedaba al lado del reposabrazos y la boquilla a mis labios.

No fumaba desde hacía años, aunque desde que nos acostábamos, le daba alguna que otra calada a uno de los suyos después de follar.

Se acomodó de nuevo, engarzándose a mi cuerpo, y su boca volvió a la mía de esa forma tan suya, voluptuosa, lenta, sentida, erizándome al completo.

Se apartó y siguió fumando con total tranquilidad. Admiré su perfil. La nariz recta, los labios carnosos y aquel hoyuelo en su barbilla, el que solían tener las personas más hermosas del planeta.

—¿Qué somos? —me atreví a soltar, trazando el contorno de su costado con la yema de un dedo.

—¿Qué quieres que seamos? —me devolvió la pregunta.

—He preguntado yo primero.

—Me refiero a que, si necesitas ponerle un nombre a lo nuestro, adelante, nada de lo que digas puede asustarme.

La miré, me sumergí en aquellos pozos oscuros tan seguros que supe que decía la verdad.

Margaret estaba preparada para aceptar, asumir y comprometerse, de hecho, no hacía otra cosa que estrechar lazos con todas las personas que caían en su red, las unía a ella por y para siempre.

Solo hacía falta ver la adoración con la que la miraba todo el mundo para saber que, si entrabas en su círculo, era imposible salir.

—Quiero que seas mi pareja —me descubrí diciéndolo en voz alta. Era consciente de que era pronto, pero tenía muy claro que quería avanzar con ella—. A ver, no me refiero a matrimonio y esas cosas, sé que no llevamos mucho y que nos estamos conociendo, pero me gustaría...

—¿Es porque quieres exclusividad sexual y afectiva? —preguntó.

—¿Tú no?

—Tengo más de cincuenta años, he tenido relaciones de todo tipo, no es por dármelas de nada, es solo que tengo edad suficiente para entender el amor y el sexo en todas sus formas.

—¿Y si te digo que sí?, ¿que te quiero solo para mí? —Me acarició el rostro.

—Me parecerá bien follarte únicamente a ti —zanjó rotunda—. Me gustas, me llenas y creo que, el tiempo dirá si me equivoco o no, podemos construir algo sólido que nos sacie a ambas.

Di un suspiro largo.

—Quiero follar solo contigo, que nos conozcamos cada día un poco más y veamos dónde puede llevarnos esto, solas, tú y yo.

Margaret sonrió y mordisqueó mi labio inferior.

—Está bien, es importante asentar las bases de cualquier relación, ya sea monógama o no. Yo quiero que te sientas libre de contarme lo que te apetezca, y si deseas renegociar nuestro acuerdo, podemos hablarlo con total confianza.

—Me gusta cómo suena —murmuré. Volvimos a besarnos para adoptar una posición todavía más cómoda.

—A mí también, podría acostumbrarme a estos descansos.

—Estamos de acuerdo —suspiré.

De hecho, desde que estaba con ella, me tomaba mucho más tiempo libre que antes. Lo que me llevó al motivo por el que decidí colaborar en la asociación. Desvié la mirada hacia el mueble donde estaba la pitillera.

—¿Ahí archivas los casos de todas las niñas que ayudas?

—Los de las que tenemos en la actualidad hospedadas en este recinto, ¿por?

—Ya me parecía, si tuviera que albergar todo los casos que has tratado, se te quedaría pequeño.

—Para eso está el archivo, si no, no sabría dónde guardar tanto expediente. Supongo que a ti te pasa lo mismo.

—Sí, mis casos resueltos también van a parar al mismo sitio.

—Solo tengo cinco minutos más para regresar con las niñas, así que por muy bien que esté, necesito vestirme.

—Yo también, dudo que les gustara recibir la clase conmigo desnuda.

—Mmm, esa resérvala para mí.

Me dio un beso rápido y nos pusimos a vestirnos. El edificio era grande, necesitaba averiguar dónde estaba el lugar del que me había hablado.

Margaret me dijo que teníamos que hablar. Un escalofrío trepó por mi columna, pensé que querría decirme que se había dado cuenta de que no era compatible con su vida, que lo de ser pareja era una gilipollez, que había conocido a otra persona o yo que sé.

—No pongas esa cara.

—Acabas de decir que tenemos que hablar.

—Hay que desmitificar que todo lo que empieza así es malo.

—¿No es malo lo que me tienes que decir? —Negó y me inundó el alivio.

—Tengo que hacer un viaje en breve, el día 10 debo estar en Hawái.

—¿Hawái? ¿Tenéis una asociación allí?

—No, debo ir por un asunto casi familiar.

—¿Casi? —cuestioné sin comprender.

—Unas de mis chicas me necesitan, perdona que no pueda decirte más sobre el caso.

—¿Secreto de sumario?

—Más bien de terapeuta, pero sí.

—Vale, lo comprendo, aunque te echaré de menos.

—La cosa es que quería preguntarte si me quieres acompañar.

Eso sí que me sorprendió y me gustó a partes iguales.

—¿Quieres que vaya contigo? —pregunté incrédula.

—Eso he dicho. Lo que voy a hacer solo me mantendrá ocupada una hora al día, a lo sumo dos, y he pensado que podrías esperarme en el *bungalow* y después que disfrutáramos de la isla. Con la presión que tienes últimamente, te vendrían bien unos días de descanso. Imagínalo, tú, yo, un paraíso tropical, playas paradisíacas, cócteles al atardecer. —Emití un suspiro largo—. ¿No te gusta la propuesta?

—Demasiado, pero ya sabes que estoy en mitad de una investigación importante, no puedo irme sin más.

—No te irías sin más. Tus chicos pueden sobrevivir una semana sin ti, y hay una palabra preciosa que se llama delegar. Volverías con las pilas cargadas, además, no te digo que te descuelgues del caso, podrías conectarte con ellos *online* mientras yo estoy fuera, tú misma me dijiste que este año no has disfrutado ni de un solo día de vacaciones y solo van a ser siete. Tengo el alojamiento pagado para una o dos personas, así que solo tendrías que pagar tu vuelo, lo demás corre a mi cargo.

—Es demasiado tentador… —murmuré.

—Solo se vive una vez, inspectora, y estarías preciosa desnuda y con un collar de flores. —La imagen era demasiado evocadora.

—Deja que vea qué puedo hacer…

—¡Hermana Margaret! —gritó una de las niñas, correteando hacia nosotras.

—¿Qué hacéis aquí, pequeñas? —preguntó mi chica, poniéndose de cuclillas

—¿Es verdad que la semana que viene verá a Kiara, a Ranya y a Trayi? —Ella arrugó el ceño y alzó la barbilla hacia la religiosa que correteaba para atrapar a aquel par de diablillos, que rondaban los diez y los doce años.

—Lo siento, no sé cómo se han enterado, pero ha corrido como la pólvora.

Margaret hizo un gesto con la mano restándole importancia.

—Está bien, hermana Cecile, no pasa nada. —Miró a las pequeñas con afabilidad—. Así es, voy a verlas.

—¿Podría pedirles que nos firmen estas camisetas? Las hemos dibujado nosotras mismas cuando nos enteramos, nos haría mucha ilusión.

Miré las prendas de algodón blanco, cada una había dibujado cuatro figuras, una con una batería, dos con guitarras, y una con un micro con rotuladores de colores y purpurina. Arriba estaba escrito el nombre de la banda: Shiva's Riff, enmarcado con un corazón rojo. Todos llevaban collares de flores y abajo ponía Hawái.

Mi pulso se aceleró, eso solo podía querer decir una cosa, que a quien iba a visitar Margaret era a mis sospechosas principales.

Ya había averiguado dónde estaba el archivo, esa noche me quedaría a dormir en su habitación del edificio porque le tocaba custodia, por lo que tenía planeado hacerme con los archivos y leer el historial de las chicas; dependiendo de lo que descubriera, el viaje a Hawái cobraría un sentido mucho más amplio.

Cada vez me apetecía más la idea.

CAPÍTULO 57

Marlon

Lo primero que hice cuando vi a Ravi al llegar a San Francisco fue pedirle si tenía un momento y podíamos hablar para disculparme.

Él me miró ladeando la cabeza y aceptó a regañadientes. No era de extrañar, tenía un golpe bastante feo en el pómulo, fruto de la caída, y el labio partido.

Me sentía como el culo y, aunque mis disculpas eran sinceras, dudaba que él las percibiera de la misma forma, si las aceptaba, no era de corazón, sino porque quien le atizó era uno de los componentes de la banda para la que trabajaba y debía tener bastante contacto conmigo.

Su mirada era huraña mientras le pedía perdón.

—Lo siento, no debí meterme, no era asunto mío, y si no hubiese ido tan pasado…

—¿No me habrías golpeado por besar a Kiara?

Reflexioné la respuesta antes de darla. No estaba seguro de si lo hubiera hecho volar por los aires o no, presa de los celos. Más allá de que fuera drogado, ver su boca presionando encima de la de ella me sacó de quicio.

—Por lo menos lo hubiera pensado dos veces. Soy consciente de que no debí atacarte, a mi favor diré que a ella no le gusta que la toquen.

—Eso ya lo sé, llevo con vosotros toda la gira, por si no te has percatado de mi presencia hasta anoche.

—Ravi, no soy tan capullo como para ignorar tu trabajo, te hemos visto casi cada día.

—Pues no se notó cuando me lanzaste por el pasillo como si fuera un despojo, no tenías derecho a atacarme —musitó, apretando los puños.

—Ya te he dicho que lo lamento.

—Tú no estuviste con nosotros, te recuerdo que te fuiste con Lorraine a su hotel. No tienes ni idea de si ella quería ese beso o no, o si ya nos habíamos besado unas cuantas veces en el bar. —Al imaginarlos, se me retorcieron las tripas. ¿Se habrían besado?—. Conectamos y me permitió tocarla antes de que nos topáramos contigo, por eso me atreví a darle las buenas noches.

Mi estómago se anudó fruto de los celos.

—Aun así, tendrías que haberle preguntado, por su tono de voz, no quería.

—Prefiero que lo dejemos aquí. Tú a lo tuyo y yo a lo mío.

—Entonces, ¿me perdonas?

—Trabajamos juntos, basta con que podamos tener una comunicación fluida.

Se dio media vuelta y se marchó al interior del tráiler. Menos era nada.

Los días transcurrieron tan deprisa como siempre, quizá incluso más.

Las chicas me dijeron que no iban a dejarme solo y cumplieron.

Después de que Ravi nos leyera la planificación de los compromisos a los que debíamos acudir, nos quedamos los cuatro en el salón.

Kiara me comentó que había hablado con la Hermana Margaret y que esta se ofreció a darme terapia *online* hasta que llegáramos a Hawái, que una vez allí lo haríamos en persona para reforzar.

Reconozco que me acojonó y me alivió a partes iguales, nunca se me pasó por la cabeza acudir a un psicólogo, soltarle mis mierdas a un desconocido era algo que me aterraba, no obstante, si tomaba como referencia lo bien que les había ido a las chicas con ella, tras los traumas que tuvieron que soportar, me pareció buena idea. No iba a poder superar mi adicción solo, y que Kiara se interesara en buscar una solución para sacarme del pozo significaba que le importaba, que no quería dejarme atrás.

—Me ha dado unas pautas que seguiremos los cuatro al pie de la letra y nos hará llegar tu medicación, no queremos que la gira termine para ti, así que seremos muy cuidadosos con tu estado de salud, ¿estás dispuesto?

Kiara extendió la mano sobre la mesa, al igual que Trayi y Ranya, las cuales me contemplaban con afabilidad. Sumé la mía a las de ellas.

—Lo estoy.

—Bien, porque ninguna de las tres vamos a dejar de vigilarte, eres uno de los nuestros y, como te dijimos, nos cuidamos entre nosotros.

Mi sonrisa se unió a la de ellas, era imposible que me negara a una invitación así, a corazón abierto, sin otra pretensión que ayudarme a salir del hoyo que yo mismo me había cavado.

—Estos días hasta el concierto deberías ir reduciendo el consumo, y cuando acabemos de tocar, dejarlo del todo.

Negué.

—En cuanto llegue la medicación, empiezo.

—No puedes hacer eso, vas a sentirte como el culo e igual no puedes ni tocar.

—Soy fuerte y esa mierda no va a poder conmigo, si yo digo que lo dejo, lo dejo. Voy a poner todo de mi parte.

—Sabemos que eres fuerte, es solo que la Hermana Margaret nos ha dicho… —Trayi no pudo terminar su frase.

—Venga, que tenemos un día cargadito de cosas que hacer, espabilemos —las espoleé.

Era de los que, si se proponía algo, lo lograba sí o sí, además, estaba convencido de que podría reducir el consumo sin demasiado esfuerzo, no podía ser tan complicado.

Los cuatro días que tuvimos por delante no fueron muy distintos a las otras ciudades, visitas pactadas, sesiones de fotos, entrevistas…

Aunque reconozco que la cabeza me jugaba malas pasadas y el saber que tenía que reducir el consumo me tenía más ansioso que de costumbre, por lo que, en cuanto llegaron las medicinas, me dije que iba a dejarlo de manera radical, me daba igual lo que me dijeran. Muerto el perro, se acabó la rabia.

Les daría una sorpresa a las chicas superándolo antes de tiempo. Les demostraría que era digno de la confianza que habían depositado en mí.

Me daba igual el dolor físico, los temblores, o el deseo continuo que me empujaba a consumir. No pensaba ceder

Lo que más me preocupaba era que las personas que nos seguían pudieran reconocer mi malestar.

Cada vez nos costaba más desplazarnos sin ser reconocidos. En cuanto aparecíamos en algún lugar, una nube de fans se cernía a nuestro alrededor buscando capturar el instante, conseguir un autógrafo o entregarnos regalos.

Era el momento más tenso para Kiara, quien debía pedir que, por favor, no la tocaran. No todo el mundo se tomaba igual de bien la petición. Vi más de una mala cara o comentarios tipo: «Y esa qué se cree», «cómo se le ha subido la fama a la cabeza», o «menuda estúpida, yo a esa ya no me acerco más ni aunque me paguen».

Lo que me dolía es que tampoco podías contarle a todo el mundo lo que le ocurría, muchos no se lo creían, y contentar a la mayoría de nuestros seguidores era bastante complejo, porque cada uno veía las cosas de un modo distinto y era imposible que los que no lo comprendían quedaran satisfechos.

A Kiara no parecía afectarle o, si lo hacía, no daba muestras de ello, ya estaba habituada, era a mí a quien más fastidiaba que no se dieran cuenta de lo maravillosa que era, porque bajo aquella coraza de mujer firme, segura y echada para adelante, se escondía un corazón lleno de bondad y espacio para aquellos que merecieran formar parte de él.

Mi intentona de dejarlo sin más fracasó, los temblores, la ansiedad y las ganas de consumir me sacudían como un puto sonajero, y devorándome las entrañas, impidiéndome concentrarme o tocar como de costumbre. No quería que las chicas sospecharan que lo estaba haciendo a mi rollo, así que me dije que quizá debería tomármelo como dejar de fumar, tomar algunos tiritos al día, cuando la angustia era más bestia y me impedía pasar los dedos por las cuerdas.

Sí, estaba convencido de que era lo mejor, al fin y al cabo, no todos éramos iguales y yo me conocía más que nadie. Mientras lo tuviera controlado, todo iría bien.

El concierto tuvo lugar en la sala más pequeña de todos los conciertos, era una velada más intimista, no cabían más de trescientas personas, el precio de las entradas eran mucho más caras, sobre todo, porque la discográfica quería dar un plus de sentido a la banda y que todo lo recaudado en ese concierto fuera en beneficio de la asociación a la que pertenecían las chicas, puesto que Wings of Life tenía su sede principal en esa ciudad.

No terminamos envueltos en polvos Holi, ya que tocaba desplazarse y acudir a una fiesta con los asistentes, el alcalde y varias celebridades.

La misma tarde de nuestra llegada, acudimos a una sastrería para adecuar los trajes que nos habían estado preparando con las medidas que les facilitó el modisto de la gira.

Nos llevaron en limusina a la sala Tonga, en el prestigioso hotel Fairmont, donde estaba hospedada nuestra representante.

Lorraine llegó a San Francisco dos días antes del concierto, me sorprendió que no reclamara mis servicios. Lori no apareció por el tráiler, quizá se encontró mal, aunque cuando terminamos el concierto, vi una actitud distinta en ella, no se acercó como siempre para meterse en mi camerino y manosearme, se limitó a felicitarnos y decirnos que nos veíamos en el hotel.

Hubo un sospechoso cruce de miradas entre las chicas y ella, parecía que hubiera ocurrido algo a lo que era ajeno. No tuve tiempo de preguntarles porque rápidamente fueron a cambiarse para la gala.

Cuando las tres aparecieron, me cortaron el aliento, estaban preciosas, sobre todo, Kiara.

Vestía un top asimétrico de lentejuela negra, con una manga larga y el otro brazo descubierto. Una tira de la misma tela de unos tres centímetros de ancho salía de debajo del top para cruzarle la tripa en diagonal por delante y unirlo a la falda de cadera muy baja, hasta el suelo y con un corte de vértigo que ascendía hasta su cresta ilíaca.

¡Era una puñetera fantasía andante! El pelo revuelto me hacía pensar en cómo se veía en mi cama, con ese vestido puesto y mi mano buceando entre sus muslos.

¿Llevaría bragas?

Con toda la piel que se veía, dudaba que pudiera ponerse unas. Tenía la libido desatada, no había vuelto a consumir desde antes de subir al escenario, aunque no lo necesitaba, sentía la adrenalina disparada por mis venas.

—Estáis preciosas, voy a ser la envidia de toda la jodida fiesta —masculló.

Las tres me sonrieron. Trayi con un traje de corte masculino de lentejuela morada abrochado por un botón delantero y el pelo engominado hacia atrás. Y Ranya con un envolvente vestido de gasa fucsia, de escote corazón, falda vaporosa y bordados en el pecho.

—Tú tampoco estás nada mal, Rizos.

Su mirada oscura se paseó por la americana negra, la camisa blanca indecentemente desabrochada hasta casi el ombligo, arremetida por el pantalón de pinzas.

Le ofrecí mi brazo, ya que Trayi y Ranya se habían adelantado unos pasos en dirección al vehículo que nos llevaría al hotel.

—Ojazos, dime que bajo esa falda llevas bragas —murmuré en su oído. Ella no respondió, se limitó a mirarme torturadora y yo hice un ruidito de masculina consternación cuando se acercó a mi oreja.

—Lo haría si pudiera. —Mi polla dio un brinco.

—Sabes que ahora no voy a ser capaz de pensar en otra cosa, ¿verdad?

Kiara emitió una risa ronca.

—Pues cuenta ovejas.

—Eso se hace para dormir y es en lo último que pensaría al imaginar lo que escondes ahí debajo.

—Ese es tu problema, no el mío.

Llegamos a la limusina y apreté los dientes cuando ella entró delante de mí y su culo quedó perfectamente enmarcado. Tuve que quitarme la chaqueta para plantarla encima de la bragueta y que no se notara mi erección.

Desde luego que tenía que centrarme en otra cosa, y al verlas juntas, hablando bajito, recordé en lo que había querido preguntarles antes de que se metieran en el camerino.

—Dejad que os pregunte algo. ¿Hay algo que deba saber sobre nuestra representante que no me estéis contando? —Las tres pusieron la misma cara que cuando jugábamos al póker—. ¿Qué habéis hecho? Mira que me extrañaba que Lorraine no me hubiera mandado llamar estando en la ciudad.

—La Hermana Margaret dijo que debíamos evitar situaciones que te llevaran a consumir, también personas que despertaran en ti esa necesidad, así que nos limitamos a actuar —comentó Kiara con un brillo demoníaco en la mirada—. Con nosotras estás a salvo, te dijimos que cuidaríamos de ti y lo estamos haciendo. No volverá a molestarte y, si lo hace, debes contárnoslo.

—¿Qué habéis hecho?

Las tres volvieron a mirarse con una sonrisilla traviesa, Ranya se arrancó con la última estrofa de *Ecos de Kali*, Trayi y Kiara se sumaron con los ojos puestos en mí.

Que nuestras canciones sean escudos,
y nuestras palabras la daga ardiente.
En el silencio de la noche,
cuando todo parece perdido,
Los ecos de Kali susurran,
nunca más estarás solo en el camino.

CAPÍTULO 58

Kiara

Dos días antes.

Marlon estaba durmiendo.

La medicación que nos facilitó el doctor para que, mientras reducía la ingesta de coca, le permitiera dormir como un tronco, funcionaba a las mil maravillas.

Tenía muy claro lo que iba a hacer. Unas horas antes, mientras Marlon estaba en la ducha, aproveché para hablar con Ravi.

Habíamos solucionado lo ocurrido, el pobre estaba algo mustio por lo que pasó.

Se disculpó conmigo al día siguiente de que Marlon lo golpeara, y por supuesto que acepté, lo que hizo fue aventurarse a plantarle un beso a la chica con la que creía haber conectado, solo se confundió y todos tenemos derecho a liarla.

Tras nuestra conversación, le quedó claro que yo no quería aquel tipo de atenciones por su parte, y la tensión que se estableció entre nosotros se alivió un poco.

—¿Te gusta Marlon? —me preguntó.

—¿A quién no le gusta Marlon? —respondí en tono de mofa. Tampoco es que quisiera meter el dedo en la llaga.

—Ya, pero me refiero a que entre vosotros…

—Somos amigos. Se preocupó porque sabe lo mal que lo paso cuando me tocan sin permiso e iba bastante pasado.

—Pues yo creo que le gustas. Que actuó así por celos. —En cuanto lo dijo, mi corazón golpeó con fuerza.

Quisiera reconocerlo o no, era más que evidente, para mí que nuestro guitarrista me hacía desearlo, que anhelaba cosas que nunca me hubiera planteado y que cada vez que me miraba, sonreía o acariciaba, me derretía por dentro y por momentos era más difícil detener las emociones que me exigían más.

Quería tontear con él, besarlo, lamerlo y que nos tocáramos de un modo más íntimo. Su olor me volvía loca y había imaginado en más de una ocasión lo que ocurriría si entrara en su cuarto, me desnudara y me ofreciera a él.

Estaba segura de que no sería igual que con mi marido, porque a Marlon lo deseaba con una fuerza que me dolía, que no dejaba de palpitar en zonas donde solo recibí dolor.

—Tonterías —musité. No me parecía oportuno hablar de Marlon con él—. Por cierto, ¿sabes cuándo llega Lorraine? Necesito comentarle unas cosillas en persona.

Se lo sonsaqué todo, la hora de llegada del vuelo, el tipo de habitación que había reservado, etcétera. Por eso no me costó nada llegar al hotel con las chicas, hacernos pasar por sus tres asistentas, ya que llevábamos un montón de paquetes en las manos, y tuvimos que coger un vuelo comercial anterior a la llegada de la señorita Fox para preparar la *suite* y que estuviera a su gusto antes de que llegara.

Parloteábamos entre nosotras para que el recepcionista, el cual nos miraba con cierto disgusto elitista, no dudara de nuestra palabra.

Suerte que solo había una *suite* Presidencial Fairmont, en la planta 23, y estaba reservada a nombre de nuestra representante, nos facilitó bastante las cosas.

La esperamos estiradas en la cama, comiéndonos los bombones de bienvenida y bebiéndonos la botella de champán que se estaba enfriando en la cubitera.

Cuando Lorraine entró, lo hizo despotricando, aguardamos pacientemente hasta verla aparecer con los brazos en las caderas y aspecto de no haber tenido el mejor de los vuelos.

—¡¿Qué es eso de que mis asistentes han venido a prepararme la habitación tal y como a mí me gusta?! ¡Porque el de recepción os ha descrito, que si no, ya estaba llamando a la policía!

—Deja que adivine… —musité—. Nos ha descrito como tres chicas de aspecto extranjero —por ser suave—, cargadas de bultos en las manos y aspecto de necesitar mucho un trabajo. ¿Me equivoco?

—Dado en el hotel en el que estamos y vuestra tendencia al pordioserismo en el vestuario, ¿qué queréis que piensen de vosotras? Os lo he dicho varias veces, tenéis que empezar a vestiros de manera acorde a lo que queréis transmitir. Una cosa es que deseéis reivindicar vuestros orígenes y otra muy distinta que, si alguien os ve por la calle, sienta que os tiene que dar un donativo por zarrapastrosas.

—Por suerte, estás tú para guiarnos —dije, escurriéndome por la cama para ponerme en pie.

Lorraine miró con disgusto la mancha de chocolate de la sudadera, o quizá fuera yo quien despertaba en ella ese profundo asco. Lo había notado desde que Marlon parecía más pendiente de mí que de ella.

—Lo siento, nos hemos terminado tus bombones y bebido tu champán, lo hemos hecho pensando en ti y en tu dieta, esa que tanto te preocupa. Al parecer, los kilos que Ranya ha bajado se te están acumulando a ti en las caderas.

Nuestra representante me miró con cara de espanto, sin embargo, no dudó en palpar el lugar indicado, no fuera a ser que se le hubiera hinchado.

—Pero ¡¿qué estás diciendo, insensata?! ¿Y qué hacéis aquí en lugar de estar durmiendo?

Trayi y Ranya se levantaron y se pusieron una a cada lado.

—Hemos creído conveniente venir a renegociar los términos de tu contrato como mánager, no estamos muy contentas, y si no cambias de actitud, vamos a despedirte.

—¡¿Os habéis vuelto locas de remate?! ¡Vosotras no podéis renegociar nada! ¡Sois lo que sois por mí!

—Ya lo creo que podemos, de hecho, vamos a hacerlo ahora mismo, y no te confundas, tú no has hecho nada por nosotras.

Las tres echamos mano a la parte trasera de nuestro pantalón para sacar las tres dagas de Kali, las que nos unían como hermanas, el símbolo de lo que éramos; renacidas, libres y justas.

Los ojos azules miraron con horror las armas que blandíamos. Cogí la mía por el filo y me puse a lanzarla sin mirar, el puñal daba vueltas en el aire para aterrizar en la palma de mi mano justo por el mango.

—¡¿Qué hacéis?!

—¿Nosotras? Esa pregunta deberías hacértela tú, ¿qué estás haciendo, Lorraine? —canturreé.

—Voy a llamar a la policía.

—Adelante, hazlo, diles que tus representadas se han colado en la habitación de tu hotel para renegociar los términos del contrato, a ver qué te dicen.

—¡Vosotras no habéis venido a eso, vais armadas!

Chasqueé la lengua y la miré alzando las cejas.

—¡¿Te refieres a esto?! —giré el cuello para avistar a Trayi y a Ranya, cuyos labios sonreían.

Mi movimiento fue rápido, certero y veloz.

En un visto y no visto, tenía a Lorraine inmovilizada contra mi cuerpo. Su espalda contra mi pecho y la hoja del cuchillo perfilando su garganta rellena de ácido hialurónico.

El cuello era uno de los lugares donde se acusaba más la edad y nuestra querida representante lo llevaba inyectado hasta el límite para que en su piel habitara la tersura en lugar de la flacidez.

Fue a gritar. No pudo, la mano de Trayi se lo impidió. El ojo bueno de mi batería estaba clavado en los suyos.

—No grites, Lorraine, ya sabes lo mal que va forzar las cuerdas vocales cuando una se dedica a la música, aunque sea una vieja gloria que últimamente tiraba de *playback*, y relájate, esto que taaanto te asusta —alargué la a— no son armas —musité en su oído—, son un regalo, un recuerdo de quienes fuimos y en quienes nos convertimos, de lo que formamos, de a quién nos debemos. Seguro que tú tienes algún símbolo, algún amuleto de la buena suerte, este es el nuestro.

Ella ahogó un lloriqueo cuando notó que presionaba y la piel se abría un poco, una perla de sangre roja brotó de su piel. Y yo que pensaba que supuraría bótox. Volví a acercar mis labios a su oreja.

—Kali nos salvó a todas, a ella nos debemos, su justicia es nuestra justicia y resulta que tú no estás siendo muy justa con uno de los nuestros. Ranya, ábrele el bolso a nuestra querida Lori —usé su apodo adrede—, me da la impresión de que necesita un poquito de ese aporte extra que tanto le gusta para prestar atención y escuchar todo lo que tenemos que decirle.

Mi amiga no tardó demasiado en dar con un compartimento en el que la zorra de Lori camuflaba su pequeño arsenal de drogas: coca rosa, Viagra y un gotero del que Marlon me habló. Era un compuesto sintético que estimulaba el deseo sexual y el cual desataba la necesidad imperiosa de follar.

—Vaya, mira, justo tienes aquí lo que a la poli le encantaría encontrar. Seguro que se ponen muy contentos si los llamas para contarles de dónde has sacado toda esta cantidad de estupefacientes. Menudo festival que te ibas a montar. ¡Nuestra señorita Fox sí que sabe divertirse! —espeté—. Por no hablar de los jefazos de la discográfica, o la prensa, les encantará saber que obligas a uno de tus componentes a drogarse y a mantener relaciones sexuales contigo bajo coacción para no revelar su pasado. ¿Sabes que el padre de Marlon es de la mafia? Puede que no le guste mucho que su hijo le haya desobedecido, pero menos todavía que una zorra vieja y sin escrúpulos como tú lo esté violando. Deberías ver los valores de los calabreses antes de

440

meterte con uno de sus cachorros, así que, evaluando todas las posibilidades, creo que somos el menor de tus problemas y que deberías plantearte si de verdad no quieres renegociar con nosotras, teniendo en cuenta que tu función es velar, cuidar y proteger a tus representados.

»Ni Ranya ni Trayi ni yo tenemos cosas importantes que perder, salvo a nosotras mismas, pero tú, tú puedes perderlo absolutamente todo…

Le hice un gesto a mi batería para que quitara la mano de su boca.

—¡Todo esto es por Marlon, ¿verdad?! ¡Porque te pica el coño cada vez que lo ves!

—Lo que me pican son los dedos cuando cojo el puñal. No será la primera vez que libre al mundo de escoria como tú, alguien lo tiene que hacer.

Le di un empujón y Lorraine salió proyectada hacia delante.

Nos miró a las tres y más allá de nosotras, buscando la huida con movimientos oculares rápidos, igual que haría una rata al sentirse atrapada.

—¡¿Qué queréis?!

—Muy simple, lo primero que tomes un poquito de lo que Ranya te ha preparado con tanta amabilidad.

Sus párpados encapotados estaban tan abiertos que la expresión de su cara era grotesca.

—¡No puedo con todo eso!

—¿En serio? Pero si no es ni la mitad de lo que le has hecho tomar a Marlon… Seguro que puedes, haz un esfuerzo, o seré yo misma la que te lo meta a la fuerza.

Sabía que no íbamos de farol, se notaba en cómo se contraían los pocos músculos que podía mover del rostro.

—Podría sufrir una sobredosis —se quejó.

—Nah, eres una mujer fuerte y acostumbrada, lo soportarás… Hazlo.

—¡Marlon era un puto, no follaba solo conmigo, lo hacía con cientos de mujeres cada noche!

—Puede que se vendiera durante un tiempo, lo que no significa que, cuando quiso dejar de acostarse contigo, tú lo tuvieras que presionar, chantajear y dejarle de pagar porque te debía ser nuestro guitarrista. Me consta que Marlon te dijo que no quería seguir con eso y tú lo forzaste. Lo obligaste a meterse en la cama contigo al terminar cada concierto, y como no podía, como no funcionaba, le hacías consumir todo tipo de drogas para saciar tus apetitos. Lo has convertido en un adicto y eso dice muy poco de ti.

—¡Me lo debía! —vociferó ajena a que Trayi había sacado el móvil y la estaba grabando sin enfocarnos a nosotras, solo la mesa llena de drogas y a Lorraine—. Marlon no era nada sin mí, un estríper que tocaba la guitarra en el SKS, al que me follaba por unos cuantos cientos de dólares siempre que me daba la gana, alguien al que metí en el grupo para poder seguir tirándomelo a voluntad y porque vosotras solas no habríais llegado a ninguna parte. ¡Me necesitabais, tanto vosotras como Marlon! ¡Los cuatro sois mi producto y me lo debéis todo! ¡Tenéis que hacer lo que yo quiera! ¡Lo que os diga!

—¿También quieres que nosotras consumamos? —le pregunté.

—Pues, visto lo visto, igual no os iba mal, ¡a ver si os relajáis un poco!

—Suficiente —dije, mirando a Trayi, que detuvo la grabación.

Lorraine giró la cara hacia ella y se dio cuenta de lo que había ocurrido.

—¡Seréis zorras!

—Esa eres tú, que lo llevas en el apellido. A partir de hoy dejarás en paz a Marlon, cumpliremos contigo hasta el fin de la gira y después ya puedes inventarte lo que te dé la gana para dejar de ser nuestra representante; si no lo haces, haremos lo que haga falta para destruirte, y dudo mucho que el país sea benévolo con una exestrella venida a menos que abusa, droga y amenaza a sus representados.

»¡Buenas noches, Lorraine! Disfruta de la fiesta que te hemos montado y búscate un pañuelo y una gargantilla bonitos, los vas a necesitar por unos días —musité antes de que las chicas y yo nos marcháramos guardando nuestras armas bajo las sudaderas.

CAPÍTULO 59

Marlon

La sala Tonga era un lugar increíble.

Tenía una laguna central en la cual se desataba una tormenta tropical, con lluvia, truenos e incluso relámpagos, mientras una banda de músicos tocaba en un barco instalado en la misma.

El área del bar contaba con una elegante barra de granito y lujosos bancos de cuero de color rojo, el de la buena suerte para los tiki, que invitaba a sentarte para pedir uno de sus maravillosos cócteles.

Los coloridos revestimientos tribales de las paredes, el mobiliario en madera, bordeando el agua, además de la barandilla que parecía estar hecha con cañas, bambú o un material similar, añadían la sensación de que te habías desplazado a otro lugar que poco tenía que ver con San Francisco.

Algunos invitados estaban sentados en las mesas, mientras otros paseaban para charlar entre ellos.

En lo único que podía pensar era en Kiara, mis ojos la perseguían allá donde estuviera, no era capaz de estar más de un minuto sin buscarla.

Era la única persona que me había defendido con uñas y dientes, que se había enfrentado a la persona que me arrastró al fango más profundo. Bueno, ella, Trayi y Ranya, las tres habían

444

tenido los santos ovarios de conseguir algo que ni yo mismo me planteaba, librarme de Lorraine.

Cuando me contaron lo que fueron capaces de hacer, no pude sentir otra cosa que no fuera orgullo, me sentí querido, valorado, protegido, aunque no sea una palabra que se espere escuchar de labios de un hombre, porque la sociedad siempre nos había impuesto ese rol, como si no necesitáramos de vez en cuando que alguien lo hiciera por nosotros, presuponiendo que éramos los fuertes y que nada ni nadie podía hacernos sentir vulnerables, porque eso no era de tíos.

Pues bien, no siempre tiene que ser así, y acababa de recibir un baño de realidad de la mano de tres fantásticas compañeras de camino de las cuales no podía sentirme más orgulloso.

Mis ojos reptaron por el perfil de Kiara. Dios, tenía tantas ganas de besarla que ni siquiera sabía cómo estaba siendo capaz de contenerme.

Lorraine se mantuvo en su sitio, interpretando su papel, el que debió tener siempre. Apenas cruzamos algunas palabras y ninguna fuera de lugar, todas en conversaciones con terceros, bajo la atenta mirada de las chicas, que la observaban vigilantes.

En un par de ocasiones, tuve ganas de echarme a reír al verla tragar con dificultad. Era muy afortunado de formar parte de un grupo en el que me sentía querido, respetado y apoyado.

La escuché despedirse del grupo en el que estaba alegando que su vuelo salía temprano, mi corazón se sobresaltó y se puso a latir como un loco esperando su: «Marlon, vete despidiendo», o un «Acompáñame al hotel». No ocurrió, se limitó a marcharse y la ansiedad que se desató en mi pecho, la necesidad de tomarme una raya para soportar lo que vendría minutos después, fue menos acuciante, aunque estaba ahí.

Noté un roce en la mano, y cuando me di la vuelta, era Kiara quien pasaba la yema de sus dedos por los míos.

—Necesitas ir al baño —musitó cerca de mi oído.

Sabía lo que significaba eso, era el momento de mi dosis.

—¿Me disculpan? —pregunté al alcalde, su mujer, su hija y un par de celebridades que estaban en mi grupo.

—Claro, adelante —asintió el alcalde. Kiara se agarró a mi brazo y me acompañó hasta la puerta. Llevaba la dosis prescrita por el médico en el interior de la chaqueta.

—¿Necesitas que entre? —preguntó.

—Tranquila, puedo hacerlo solo.

La miré y me sonrió.

—Te espero en la barra.

Me miré en el espejo.

La Hermana Margaret había sido muy clara conmigo explicándome el proceso por el que iba a pasar.

Mis nuevos vecinos se llamarían ansiedad, depresión, irritabilidad, insomnio, pánico, agitación, nauseas, taquicardias, intolerancia a la luz, temblores, frío, rabia; frustración, ansia de consumir, alucinaciones, delirios, sudoración, enlentecimiento, alteraciones sensoriales y demás. Muy majos todos, lo sé, pero tenía que pasar por ello.

Durante la primera fase de la abstinencia, predominaría el deseo de consumo, sobre todo, los primeros días, por eso apostaban por una desintoxicación pausada y gradual.

A partir de la segunda y tercera semana, descendería el deseo de consumo y predominaría el abatimiento y la apatía. Las chicas me dijeron que ellas se ocuparían de levantarme el ánimo, y no lo ponía en duda. Esas tres podrían lograr lo que se propusieran en la vida. El problema era que justo en esa fase podía aparecer la necesidad compulsiva de consumir sin ningún estímulo externo. El *craving* era el responsable de la mayor parte de recaídas, por lo que debía estar atento a cualquier signo de que eso pudiera suceder.

No iba a ser fácil, pero estaba dispuesto a poner todo de mi parte para eliminar toda esa mierda de mi organismo.

La cocaína a largo plazo ocasionaba un déficit de dopamina, noradrenalina y serotonina, por eso el médico me recetó un antidepresivo tricíclico que mejoraba el síndrome de abstinencia, además de diazepam para relajarme y que pudiera conciliar el sueño.

No perdí el tiempo, tomé la medicación, me lavé la cara y salí a su encuentro con un leve temblor en las manos y la sensación de frío calándome los huesos.

—¿Todo bien? —me preguntó Kiara, ofreciéndome un coco—. Son dos cócteles sin alcohol.

—No hace falta que dejes de beber por mí. —Las chicas incluso habían ido a por Limoncello sin alcohol para no romper nuestro ritual de la buena suerte antes del concierto. Con lo que tomaba, era mejor no mezclar.

—No lo hago por ti.

Algunos de los invitados se habían comenzado a ir, ya no quedaban más que unas sesenta personas. La barra estaba desierta, solo nosotros dos y el camarero.

Entrecruzó los dedos de su mano libre con los míos, brindamos y bebimos.

Pasó su pulgar de manera relajante por mi palma, estaba convencido de que podía sentir el leve temblor que me sacudía.

—Si no estás bien…

—Ahora que tú estás aquí, estoy mucho mejor —confesé.

—¿Lorraine te ha dicho algo que te ha incomodado?

—No, creo que la asustasteis lo suficiente como para que se le quiten las ganas en varias vidas.

—Tendrías que haber visto la cara que puso cuando le acerqué el cuchillo a la garganta, Trayi y Ranya dicen que se le arrugó como una pasa.

—Joder, ¿te he dicho ya que a mi padre le encantarías? —Ella rio.

—Sí, aunque no sé yo, he escuchado que los italianos suelen preferir italianas para sus hijos.

—Mi padre está casado con una irlandesa. Igualmente, con que me gustes a mí me basta, y ahora mismo me gustas muchísimo.

447

—Creo que es culpa del coco loco. Dicen que las bebidas sin alcohol producen alucinaciones —bromeó.

—Entonces es por eso que me alucina ese vestido, tu insinuación de falta de ropa interior, tus ojos, tu pelo, tu boca y esa forma tuya de arrugar la nariz cuando me miras mal.

—¡Yo no te miro mal!

—Oh, sí, por no hablar de cómo me pateas las costillas cuando lo merezco.

—Eso solo pasó una vez —aclaró, sorbiendo de su bebida para dejarla en la barra.

—No necesito más para saber que me gustas en todas tus versiones. Me arden los dedos de necesidad por tocarte.

—Pues yo los siento bastante fríos.

—Eso es porque no están en el lugar adecuado.

Estábamos bastante cerca el uno del otro, Kiara alzó las cejas y me miró con osadía.

—¿Y cuál es ese lugar?

—No querrías saberlo.

—¿Y si quiero?

—No puedes torturarme así ahora, Ojazos.

—No lo estoy haciendo, quizá me apetezca calentártelos. —Mi pulso se aceleró. Kiara soltó mi mano sin dejar de mirarme—. Hazlo. Deseo calentártelos.

—No sabes lo que estás diciendo —musité ronco.

—¿Qué te hace pensar que no?

—De la forma que quiero acariciarte escandalizaría a todos los presentes y tengo serias dudas de si después querrías ayudarme o mirarme a la cara. —Kiara arrugó el ceño. Me acerqué a su oído para susurrar—. Tengo más necesidad de meter mis dedos por esa raja que de meterme una raya. Me tiemblan las manos solo de imaginar tu textura, tu humedad, o si sería capaz de excitarte lo suficiente para llenar tu garganta de jadeos. Llevo deseando escuchar tus gemidos desde hace demasiado tiempo y sé que seguramente esto es lo más inapropiado que alguien te ha dicho alguna vez, que en cuanto me aparte querrás cruzarme la cara, pero joder, Ojazos, tengo la polla tan dura que ni la medicación que tomo parece haberle afectado.

No me dio tiempo a apartarme porque su mano tiró de mí para ser ella quien alcanzara mi oído.

—Tócame.

Era imposible que Kiara hubiera dicho eso, tenía que ser un efecto secundario, en vez de perder las erecciones, como me comentó la Hermana Margaret que podía ocurrir, habían arrancado las alucinaciones auditivas.

—¿Cómo? —pregunté incapaz de asimilar la petición.

—Quítate la chaqueta, ponla en mi brazo para que nadie vea lo que haces y tócame.

La boca se me hizo agua y secó al mismo tiempo.—No puedes jugar así con mis emociones.

—No lo estoy haciendo. O me tocas, o me largo.

Mi cara de estupefacción debía rozar lo absurdo, aunque remonté. Me quité la chaqueta esperando el casi ansiado bofetón, lo prefería a un rodillazo. Temía su reacción en cuanto cruzara la frontera de lo indebido.

Colgué mi americana en su brazo y la miré con la posibilidad abierta de que me detuviera en cualquier momento.

La situación no podía ponerme más cachondo. Aunque no estaba seguro de que el lugar fuera idóneo para algo tan íntimo.

—Kiara, ¿estás segura de que…? —Ella hizo el amago de irse y la detuve—. Vale, pero si en algún momento este experimento no te gusta, me lo dices.

Ella asintió. A mi mano no le costó nada encontrar la sensible piel expuesta.

Kiara había subido el pie a la barra de acero que quedaba en el suelo provocando que la prenda se abriera para darme paso.

¡Joder! Estaba en su muslo, palpando la carne tibia que allí se escondía, suave, tersa, caliente…

Su boca se abrió, fue soltando el aire muy despacio mientras su pecho descendía. Los dedos me temblaban, toda la experiencia acumulada en esos años se había esfumado por el corte de su vestido.

—Sigue —murmuró. Su lengua se asomó para lamer los labios resecos.

Ninguna jodida droga era tan potente como aquel maldito subidón.

Seguí ascendiendo hasta el pliegue de la ingle, donde constaté que no había una sola capa de tejido que la cubriera.

—No llevas bragas —gruñí.

Ella tragó con suavidad, esperando mi avance.

Toqué con lentitud su monte de Venus, lo tenía totalmente depilado, y noté como Kiara separaba los muslos en una potente invitación que no quería declinar.

—Me vuelves loco —confesé antes de dar el paso definitivo. Y entonces ocurrió.

—¡Ay, perdón!

Una mujer que llevaba un par de copas de más pisó la falda de Kiara, descolgó mi chaqueta del brazo y casi nos tira la bebida encima.

Por suerte, reaccioné y aparté la mano antes de que nadie la pudiera ver.

—No pasa nada —respondió Kiara agitada.

En un santiamén, nos vimos rodeados de personas que yo solo quería hacer desaparecer y el momento se disolvió como si nunca hubiera ocurrido.

El frío en mi cuerpo cada vez era más desolador, apenas podía contener el temblor que me hacía tener metidas las manos en los bolsillos.

Las chicas se fijaron en la expresión de mi rostro, que debía estar un tanto descompuesta. Se acercaron a mí, les dieron las gracias a los pocos invitados que no renunciaban a irse y alegaron que estábamos agotados del concierto y necesitábamos descansar.

Una vez en la limusina, el frío se adueñó de mí, por mucho calor que hiciera, estaba tiritando. Kiara me abrazó para envolverme en su calidez, convirtiéndonos en un refugio el uno para el otro.

Solo había una manera de que pudiera entrar en calor, y cuando llegué al tráiler, les dije a las chicas que me iba a la sauna.

CAPíTULO 60

Marlon

Respiré un par de veces e inhalé el aroma a eucaliptus.

Pese al calor que me envolvía, el frío seguía instalado en mi cuerpo.

No podía sacarme de la cabeza lo que había estado apunto de hacer en el bar, que Kiara me hubiera pedido que la tocara, sentir su carne bajo la yema de los dedos, la de aquel lugar de difícil acceso que estaba cerrado al público, me tenía en *shock*.

Que hubiera dado un paso como aquel en el punto en el que yo estaba me daban ganas de darme de cabezazos porque mis cualidades como seductor se veían interrumpidas por los efectos secundarios de mi adicción.

Me obligué a seguir respirando, a combatir el deseo de ponerme en pie, ir a por un poco de coca y meterme una raya.

No era el momento, no para dormir, iba a seguir las pautas del médico. Sauna, ducha, pastilla y a descansar.

Apreté los labios.

Necesitaba relajarme, evadir el impulso, no pensar en que aquel maldito polvo rosa era la solución a mis males, porque no lo era, la dependencia hablaba por mí.

Una corriente de aire me hizo abrir los ojos y fruncir la expresión al ver que la puerta se abría. Ni siquiera me había dado

452

cuenta de que alguien había cambiado la lista de reproducción que había preseleccionado para que sonara en el interior de la sauna.

La melodía de *I'm Yours*, de Isabel de la Rosa, emergía sensual junto a la figura que se perfilaba en la puerta.

Por poco se me cayó la mandíbula a trozos al ver a una Kiara, visiblemente empapada, envuelta en una toalla escueta, de color blanco, que contrastaba con el color chocolate de su piel.

«Ñam», pronunció mi cerebro.

—¿Qué haces aquí? —pregunté alterado por su compañía.

No es que la sauna fuera la hostia de grande, estaba concebida para un máximo de dos personas, y mi polla, al verla, se había hinchado tanto que contaba como tres.

—Asegurarme de que estás bien, ya sabes lo que dicen, las saunas son propensas a bajar la tensión y no quiero que te pase.

—Ahora mismo mi tensión está por las nubes.

Ella sonrió, cogió el cazo y dejó caer el agua aromatizada sobre la resistencia, creando una nube de vapor.

—¿Has entrado en calor? —preguntó, soltando el utensilio.

—Ahora mismo no estoy seguro de nada —masculló, repasándola con avidez.

La Kiara de ese momento no tenía nada que ver con la mujer con la que arranqué la gira y tampoco con la de hacía dos semanas, su energía había mutado a una mucho más sensual, provocadora, capaz de pedirme que la tocara por debajo de la falda en un bar o colarse en la sauna.

Me miraba como si fuera el único plato de su menú, y yo me moría de ganas de serlo.

—Deja que compruebe tu temperatura corporal…

No esperaba que apoyara las manos en mis hombros y mucho menos que se sentara a horcajadas sobre mí. Puso sus labios en mi frente. Mis manos volaron a su cintura para abarcarla, sin dar crédito a la posición tan íntima en la que estábamos envueltos.

—Mmm, estás temblando, yo diría que necesitas calor humano.

No había un solo átomo en mi cuerpo que no se sacudiera ante el contacto.

No se movió, quien sí lo hizo fue mi erección, que empezó a empujar sin permiso.

—Necesitas que cuide de ti, Rizos —musitó en mi oído.

Tragué con dureza.

—Kiara…

—Bésame. —La desencajé un poco para poder mirarla a los ojos.

—¡Joder! Si pretendes que muera esta noche de un infarto, te advierto que estás muy cerca de conseguirlo…

—No quiero que sufras un fallo cardíaco, lo que quiero es que, por primera vez en la vida, sea yo quien elija al hombre que quiero que me bese, y quiero que ese hombre seas tú. No quiero unos labios que me hayan sido impuestos, sino unos que me muero por saborear, con todo mi corazón, así que si en algún momento has querido hacerlo, por favor, bésame.

«¿Si en algún momento he querido hacerlo? ¡No puedo pensar en otra cosa!».

Estaba tan guapa, tan mojada y yo tan incapaz de negarme a esa petición, que acuné su cara entre mis manos y recorrí sus labios con el pulgar, para separarlos y que me diera acceso ilimitado.

Sus párpados se cerraron y soltó un suspiro.

—Ojazos, mírame, si soy el elegido, quiero que veas cómo lo hago.

Obedeció. Me vi reflejado en sus pupilas oscuras, y solo entonces atrapé con delirio aquel labio inferior, me hizo falta una simple pasada de lengua para saber que ella era todo lo que estaba bien.

No fui rápido, por mucho que me apeteciera, Kiara merecía que alguien le demostrara que no todos los tíos éramos unos cerdos.

Lamí, tanteé y anhelé ser lo que ella merecía.

La besé a conciencia, con tiento, percibiendo el cambio de su estado anímico, sus manos buscaron mi pelo mojado, se enredaron en él y fue su lengua la que atravesó la barrera de mi boca, al principio con cierta timidez, pero al cabo de unos segundos…

¡Joder!

La torpeza dio paso a una fiebre enfermiza que la hizo contonearse sobre mi polla, enredar su lengua a la mía y guiar mis manos a su culo, para volver a hundir los dedos en mi cuero cabelludo.

Me agarré a ella para no caer redondo.

Frío, calor, anhelo, salvación. Kiara lo era todo, se había convertido en lo único que deseaba más allá de la música.

Su toalla se desató fruto del desenfreno, del movimiento de sus caderas contra mi rigidez.

Al percibir la piel descubierta, mi boca se escurrió en busca de piel húmeda y erizada.

Los firmes y pequeños pechos coronados por dos pezones protuberantes, tan oscuros como un par de moras, fueron un reclamo difícil de ignorar.

Me llevé el primero a la boca y succioné con avidez.

Kiara gimió, aquella nota iba a convertirse en mi sonido favorito, un si bemol perfecto, cálido, brillante y ligeramente oscuro. Volví a repetir la acción para que no cesara, que se licuara bajo mis atenciones.

Su espalda se curvó y yo vagué de un pecho a otro perdido en el sabor salado de su piel.

——Me gusta ——sonreí al escuchar su declaración.

No quería apartar la boca de mi gominola predilecta, aun así, no me quedó más remedio.

——A mí también ——me decidí a responder.

——No duele. Me lo habían dicho, pero… no creí que yo pudiera…

——Hay cosas que es mejor probar para asegurarse de que no pueden ser. Y te prometo que haré todo lo que esté en mi mano para que no puedas pensar en hacer otra cosa. Nada de lo que te haga te va a hacer daño, y si hago algo que te disguste o moleste, me lo dirás. ¿Entendido?

—Sí.

—Bien. Por si no te lo habían dicho nunca, desnuda ganas un montón, eres preciosa. —Kiara sonrió—. ¿Nos damos una ducha y seguimos en tu cama antes de que te arrepientas de querer acostarte con un cafre como yo? —Negó— .¿En la mía?

—¿Podemos hacerlo aquí?

Por mí no había problema, agradecía el ambiente caluroso y húmedo.

—¿Segura? Esta climatología no es la ideal.

—Me crie entre monzones.

—Tú mandas. Deja que me quite la toalla.

Kiara se puso en pie, yo la imité.

Era una sensación extraña, mi cuerpo estaba un tanto desajustado y, sin embargo, era mayor la necesidad que sentía por ella que por todo lo demás.

La prenda cayó y Kiara repasó mi cuerpo con avidez, al llegar a mi polla, la vi tragar.

—No va a hacer nada que no desees.

—¿Y si lo deseo? —preguntó.

—Entonces podrás hacer con ella y conmigo lo que te plazca.

Pasé mi mano por su nuca para a acercarla y poder besarla.

La segunda vez funcionó mucho mejor que la primera, nuestras lenguas se sincronizaron. Kiara se pegó a mi cuerpo y el roce de nuestras pieles, sin nada de por medio, me estremeció.

Mantuve la mano en la parte posterior de su cuello, mientras la otra se fue de ruta para reconocer su cuerpo, obviando la prisa acuciante que sentía por estar en su interior.

Quería estimularla, anhelaba que lo deseara tanto como yo.

Sus dedos estaban en mis hombros, los hundía de manera casi salvaje, llenándome de confianza, de que estaba en el camino correcto. Dejé de besarla.

—Ahora sí que voy a tocarte como me pediste, separa las piernas, Kiara.

Toda su piel estaba húmeda, resbaladiza, a mi mano no le costó llegar a su coño. Mis dedos patinaron escurridizos entre los labios inflamados y aquel clítoris que se intuía protuberante.

Se mordió con tanta fuerza el labio que temí que se lo dañara.

Le di un lametón juguetón para intentar relajarla y fui moviendo los dedos en un vaivén sin penetración.

Ella gimió liberando de nuevo ese sonido.

—Te gusta que te toque, ¿eh?

—Sí, yo no…, yo nunca… —Pasé el pulgar por el clítoris henchido y se retorció. Sus enormes ojos se abrieron muchísimo—. Aaah.

—Eso es, ojazos, aquí se concentra tu placer, deja que se libere, que fluya, no te reprimas.

Me puse a masturbarla, Kiara se retorcía, ninguno de los dos abandonaba las pupilas del otro. Sus pechos se rozaban contra mi torso y, por la reacción que tuvo cuando se los chupé, sabía que la fricción le ponía tanto como a mí.

Llevé el dedo corazón a su entrada y presioné solo un poco. Se puso tensa de inmediato.

—¿Te disgusta?

—No, yo… Es que…

Lo saqué.

—Está bien, ven, tranquila, no vamos a ir a ninguna habitación, solo quiero que estés cómoda.

La saqué de la sauna, por mucho que me dijera que estaba habituada a los monzones, hacía demasiado calor. Activé la ducha que quedaba fuera y regulé la temperatura para que fuera agradable.

Le pedí que pusiera las palmas contra la pared, para que la presión del agua le diera un sutil masaje en la espalda. Utilicé la boca para repartir mordiscos suaves, desde el cuello hasta los glúteos, y una vez allí, desplacé mi lengua por toda su abertura

457

hasta alcanzar mi ansiado destino. El agua se mezclaba con los fluidos, y los ruiditos que Kiara emitía eran de lo más sexis.

Ya no era solo yo el que temblaba, sus rodillas también lo hacían.

Recorrí sus labios famélico. Me senté en el suelo y me di la vuelta para poder disfrutar de ese clítoris sobresaliente. Succioné y pasé la lengua por él sin descanso, quería que gozara tanto que reemplazara cada mal recuerdo.

Volví a recorrer su entrada con el dedo, su cuerpo bloqueaba el agua de la ducha, por lo que pude mirar hacia arriba, recrearme con el movimiento de sus pechos y la expresión desatada que obligaba a Kiara a abrir la boca para poder respirar.

Me maravillaba verla así. Esa vez no se cerró, la primera falange entró, es más, la reclamó con un si sostenido que me empujó a meterle algo más.

Kiara se movía, espoleaba tanto a mi dedo como a mi boca, que no se cansaba de su sabor.

Los músculos vaginales me reclamaban y me constreñían, estaba tan apretada que meterme en ella sería delirante. Vi cómo le fallaban un poco las piernas y decidí que era momento de cambiar de posición.

—Baja aquí —murmuré.

Kiara se desplazó, cayó sobre mi regazo y mi polla se vio envuelta por su sexo.

No esperó a que yo la besara, ella fue directa a mi boca para toparse con su sabor. El ritmo de sus caderas se desató buscando una mayor fricción. No hizo falta que la guiara porque era una alumna aventajada y estaba encontrando su propio placer contra mi cuerpo.

La dejé actuar, enloquecido por su carne cálida, por el vaivén de sus caderas y cómo acunaba a mi polla entre sus labios, aumentó la velocidad hasta un ritmo tan demoledor que se rompió.

Sentí el instante exacto en el que el orgasmo la barrió por completo, se separó de mi boca para aullar mi nombre envuelto en pura lujuria.

La aferré a mí mientras se corría de manera feroz.

Era lo mínimo que podía hacer por la persona que estaba cuidando de mí, por la mujer que había logrado que sintiera por ella más que por ninguna.

El regalo de su orgasmo, de saber que había sido el único en lograrlo, me hizo gozar más que si yo también me hubiera corrido. Me daba igual tener las pelotas llenas a reventar.

Al culminar, se desplomó contra mi cuerpo.

Alcé la mano para cerrar el paso del agua y nos quedamos así, abrazados, sin movernos.

—Me he corrido.

Su voz era un susurro sorprendido.

—Ya lo creo, y ha sido un regalo increíble.

—¿Y tú? —Negué.

—No llevo condón.

Fue como si la revelación la pillara por sorpresa.

—Oh, por eso querías ir a la habitación, no pensé que… —Acaricié su pelo y sonreí.

—No ha sido solo por eso, tranquila, tenemos todo el tiempo del mundo por delante.

—Pero sigues duro —sentenció, removiéndose un poco.

—Es difícil no estarlo después de lo que hemos hecho y con una mujer encima como tú contoneándose.

—Deja que me ocupe. —Negué.

—Estoy bien. —Ella alzó las cejas incrédula—. Vale, quizá un poco rígido, pero si le damos al agua fría…

—Soy capaz de darle solución.

—Kiara, no es que piense que no puedes, es solo que…

Callé cuando su boca imitó a la mía para lamer mis pezones y juguetear con los *piercings* que los mantenían atravesados.

Mi polla dio un brinco y la noté reír en mis tetillas.

—¿Decías?

459

—Que hagas lo que quieras conmigo —farfullé.

Llevó la palma de su mano a mi polla y se puso a masturbarme. Estaba tan cachondo que no le costaría demasiado llevarme al límite. Kiara buscó la hendidura de mi glande y lo saboreó.

Me di un cabezazo involuntario contra las baldosas al verla lamer, con esa mirada felina y hambrienta. Ella sonrió y pasó los dientes con suavidad.

—Me vuelves loco.

Fue saboreándome, paseando la lengua por todo mi grosor, ensalivándome sin dejar de presionar la palma, aumentando el ritmo, sorbiendo la punta, desesperándome por segundos. Esa vez fui yo quien buscó algo a lo que aferrarse y tiré de su pelo con suavidad para que me mirara.

—Estoy a punto, voy a estallar —mascullé sin aliento.

—Hazlo —me invitó desafiante. No me pude controlar, dejé que ocurriera.

Mi corrida impactó contra su pecho, su vientre y también en el mío.

Kiara sonrió al vernos, empapados y manchados por mi descontrol.

—Ahora sí. No me digas que no lo necesitabas.

—Tú siempre tan atenta...

—Toca lavar este desastre, Rizos —murmuró, alborotándome el pelo. Se puso en pie y accionó el mando sin tener en cuenta que el agua ya se había enfriado.

El agua helada impactó contra mí, ella se apartó muerta de la risa y yo me alcé sin titubeos para arrastrarla y que sufriera las consecuencias de su osadía.

Gritó y rio a partes iguales, y yo la silencié enredando de nuevo nuestras lenguas. El agua se fue calentando a medida que nuestras caricias se intensificaban. Los latidos de mi corazón coreaban su nombre.

Ya estaba convencido de que todo lo que había pasado hasta encontrarla era porque la vida me estaba preparando para Kiara, ella y la música eran mi destino y no pensaba perderlos nunca.

CAPÍTULO 61

Kiara

Me sentía más feliz que nunca.

Tras limpiarnos, Marlon no me dejó volver a mi habitación, tampoco es que yo lo quisiera.

Se tomó la pastilla para dormir y nos tumbamos en la cama, sin ropa. Volvió a llenarme de caricias, de besos, hizo que nos pusiéramos de lado y me tocó, solo con los dedos, con muchísima paciencia, mimo y dedicación, para terminar penetrándome con uno de ellos.

Susurró en mi oído que necesitaba que me sintiera cómoda, que quería que perdiera todo el miedo antes de enfrentarme a algo más grande.

Mientras me hablaba, yo me relajaba y excitaba, dejaba que entrara, me explorara, me reconociera. Ya no había sequedad como con Gabbar y no era fruto de la ducha o la sauna. Era mía, la destilaba por él, porque mi cuerpo lo quería, lo anhelaba y le gustaba todo lo que me hacía.

Subí la pierna encima de las suyas para darle un mayor acceso y Marlon siguió tocándome, estremeciéndome, hasta que me corrí de nuevo.

Llevó el fruto de su determinación a mi boca, me pidió que separara los labios y saboreara lo que era el placer.

Lo hice, me paladeé, succioné con avidez mientras Marlon me decía lo preciosa y valiosa que era para él, cuánto lo llenaba, lo que lo excitaba y ocurrió algo que ninguno de los dos nos esperábamos, volví a correrme así, sola, con sus dedos en mi boca y sus palabras haciéndole el amor a mi cerebro. Fue mágico, reconozco que me sentí un pelín avergonzada, aunque se me pasó rápido al ver su cara de satisfacción.

Quise volver a complacerlo, pero esa vez me lo impidió, me dijo que le bastaba con todo lo que le había regalado y que, aunque quisiera, la pastilla ya había ejercido su función.

Cuando me levanté, él seguía dormido, me puse una de sus camisetas para salir del cuarto y me topé con mis compañeras, parecía que me estuvieran esperando. Charlaban tranquilamente en el pasillo.

Sus miradas y sus sonrisas se iluminaron en cuanto me vieron aparecer. Hablaban de mi aspecto más de lo que me gustaría.

—¿Has pasado buena noche? —cuestionó Trayi con picardía.

Hice rodar los ojos y cerré con cuidado.

—Yo apenas pegué ojo, escuché bastantes gritos, venían de la zona de la sauna, lo sé porque abrí la puerta y no veas, el tráiler vibraba, estuve a puntito de ir por si Marlon estaba siendo poseído por un espíritu maligno, pero entonces recordé que me pareció verte abrir justo esa puerta cuando fui a beber un vaso de agua. Por cierto, esa es una de sus camisetas, ¿no? —Era una cabrona cuando le daba la gana.

—Eres una…

—¿Hija de Shiva? —bromeó, y no pude más que sonreír.

—Déjala en paz, Trayi —la riñó Ranya—. Nos alegramos mucho por ti —musitó acercándose—. Hoy brillas, venga, vamos a tomar algo abajo y nos lo cuentas.

—Tengo que cambiarme.

—¡Ni de broma! —espetó nuestra batería—. Tú no te vas a ninguna parte sin contarnos qué pasó anoche, así que pon tu culo en marcha y vamos a la cocina, tienes cara de necesitar reponer fuerzas.

—Lo haría, pero sentarme en el banco donde comemos y cenamos sin bragas no creo que sea de lo más higiénico.

Las dos se miraron y soltaron una carcajada.

—Higiénico no, pero es una gran noticia que no las lleves puestas —profirió.

No quería ocultarles lo sucedido con Marlon, sobre todo, porque ellas sabían lo mal que lo había pasado, además, me sentía demasiado bien como para callarlo, eran mis amigas.

—Fue maravilloso —admití. Ambas se inundaron de alegría.

—¡Vale! ¡*Stop*! Tienes que profundizar sobre eso, tienes permiso para ponerte ropa interior, pero te esperamos y bajas con nosotras, necesitamos que actualices datos y nos cuentes cómo de maravillosa.

—Os haré un resumen, lo prometo.

Las dos rieron y me animaron a no tardar más de diez segundos o irían a por mí.

Me las puse en tiempo récord. Bajé descalza y con la camiseta de Marlon a modo de camisón, me encantaba su olor.

Como era de esperar, no pararon de hacerme preguntas, respondí a casi todas, con el corazón acelerado y mi mirada llena de fuegos artificiales. Estos volvieron a estallar cuando el responsable de mi dicha apareció vestido y con una sonrisa pilla difícil de borrar.

La mirada que nos echamos dejaba poco espacio a la imaginación.

—Buenos días, chicas —nos saludó sin apartar la vista de mí.

Deshizo nuestra distancia con paso firme y no dudó, atacó mi boca con un beso lento y sentido que me hizo alzar las manos y agarrar su camiseta.

—Menuda ola de calor —farfulló Trayi.

Marlon se separó de mi boca sonriente, ocupando la parte del banco que quedaba vacía a mi lado.

—Pues sí, hace mucho calor —aseveró.

Pasó su mano por mi espalda para llevarme hacia él todavía más y susurrar en mi oído que su ropa me quedaba mejor a mí que a él.

Estaba despejado y un pelín eufórico, supuse que por lo ocurrido entre nosotros.

—Entonces ya es oficial, ¿sois pareja? —preguntó Ranya sonriente, mientras él dejaba las carantoñas para fijarse en ella. Yo me puse un pelín nerviosa porque no era algo que él y yo hubiéramos hablado y todo era muy reciente.

—¿Qué tal si nos dejas un poco de espacio y que vayamos a nuestro ritmo? —musité.

La idea de que fuera mi pareja me gustaba, salvo que me asustaba un poco el concepto de estar ligada a alguien, todavía había cosas que tenía que trabajar.

—Yo soy un mandado. —Marlon alzó las manos—. Voy a ser todo lo que mi Ojazos quiera, a mí me tiene a sus pies. Pero una cosa os diré, le guste o no, no pienso dejar que otro la conquiste.

Me apartó el pelo y pasó su nariz por mi cuello para después plantarme un beso en él que me erizó la piel de los brazos.

—¡Para de hacer esas cosas! —dije, dándole un empujón leve.

—Imposible, creo que, después de probar tu sabor, me he vuelto adicto a ti.

Empezaron las bromas, unas a las que Trayi y Ranya se sumaron. Fui incapaz de no participar, y cuando Benan llegó para servirnos el desayuno, me tensé de inmediato. Nos contempló sin decir nada, pero había algo en su mirada que no me gustaba. Se detuvo más de lo necesario, analizando la ropa que yo llevaba mientras nos preguntaba qué queríamos tomar. Mi mano y la de Marlon estaban agarradas encima de la mesa. Abrí los dedos al ver que apretaba los labios con las pupilas puestas en ellas.

Sin decir nada se retiró a la cocina y a su vuelta nos trajo el desayuno.

—Gracias —musité, esperando que hiciera algún comentario al respecto. No lo hizo.

—De nada.

Llamaron a la puerta y Benan se acercó a abrir.

Ravi entró con una revista del corazón, la dejó caer sobre la mesa, en el hueco donde no había comida. En la portada aparecía una foto, era de Marlon y mía, mientras estábamos en la barra del bar.

Alguno de los periodistas tuvo que hacérnosla cuando él me estaba acariciando, porque mi cara era de puro goce y a él le ardía la mirada.

Sobre la imagen un titular:

«Marlon se equivoca de instrumento y toca los bajos».

Se nos veía muy juntos, casi pegados y las expresiones de nuestra cara hablaban por sí solas, casi podía intuirse lo que estaba pasando. Uno de los brazos de Marlon estaba desaparecido indicado por una flecha.

—Tenéis un reportaje precioso en el interior —masculló Ravi, pasando un par de hojas, había una ráfaga de imágenes y un montón de globos de diálogo inventados con bastante picardía y mala leche.

En el artículo se daba casi por anunciada nuestra relación, además de insinuar que nos iba el sexo en público.

—Salimos muy guapos, ¿no crees? —preguntó Marlon burlón.

—Los jefes están que trinan, dicen que una cosa es que se especule con una posible relación entre vosotros y otra que practiquéis sexo en una fiesta con el alcalde. Quieren que os haga llegar que os pasasteis de la raya, no quieren un lío entre vosotros dos.

—Demasiado tarde —se escuchó murmurar a Benan.

Ravi desvió la mirada hacia el mayordomo.

—¿Perdona? —preguntó Ravi sin comprender.

—Ayer follaron en la ducha de la sauna, se escuchaban los gritos por todas partes.

Cerré los ojos ante el instante tierra trágame, el calor me abrasaba por dentro.

Ravi no sabía a quién mirar hasta que Marlon abrió la boca.

466

—La próxima vez lo haremos en el estudio, que está insonorizado, siento si nuestros decibelios te molestaron.

—Entonces, ¿es verdad? ¿Estáis juntos? —cuestionó Ravi mirándonos.

—Seremos discretos, si es lo que les preocupa a los jefes —prosiguió Marlon sin ocultarlo.

—Debo informar a Lorraine de inmediato.

—No creo que nuestra representante quiera meterse, está de acuerdo en todo lo que hagamos —le di un pellizco por debajo de la mesa, Marlon estaba descarrilando. Sabía que parte de su actitud era fruto de la euforia, que en parte la coca hablaba por su boca, ya apreciaba la diferencia, antes no. Marlon dio un pequeño respingo y me contempló con el ceño apretado—. Es una tontería que disimulemos, Ojazos, es una evidencia que gritamos demasiado.

Mi pulso se aceleró. Pero ¡¿qué demonios le ocurría?!

No me gustaba el camino que estaba llevando la conversación. Al margen de lo que tuviera con Marlon, tenía una misión que cumplir, no era buena idea tener en contra a los de la discográfica y que nos rescindieran el contrato por saltarnos sus reglas.

Como líder, debería recuperar las riendas de la situación.

—No hay nada por lo que la discográfica deba preocuparse, diles de nuestra parte que todo está bien, que la prensa sensacionalista solo va en busca de carnaza. ¿Querían tonteo? Pues les dimos carne.

—Yo sí que te di carne —susurró Marlon muy flojito.

Ravi dio un respingo, Benan negó y Paul, que acababa de entrar, le dedicó una sonrisa de suficiencia que no me gustó nada.

Ya está, se acabó, no iba a seguir tolerando sus salidas de tiesto en algo tan íntimo.

Tenía que hablar con él antes de que se complicaran más las cosas.

—Tú y yo nos vamos a la habitación.

Estaba enfadada, ese tipo de comentarios no me gustaban.

¿Dónde estaba el Marlon cariñoso, atento y cuidadoso con el que me sentía tan cómoda?

Recordé lo que me dijo la Hermana Margaret, que durante el tratamiento podía sufrir episodios de euforia, otros de depresión, en los que se sentiría una puñetera mierda y podía recaer, que debía tener paciencia y ayudarlo a gestionar sus emociones. Necesitaba hacerle ver que lo que estaba haciendo no era bueno para ninguno de los dos.

Marlon se puso en pie.

—Claro, Ojazos, ya he cargado las pilas y estoy listo para lo que quieras —me guiñó un ojo.

El pecho me ardía. Ravi permanecía callado, al igual que mis amigas, las dos me conocían lo suficiente para saber que la situación me incomodaba.

¡Se estaba portando como un capullo integral!

Pasó por el lado de Ravi y le palmeó la espalda.

—Oye, colega, no te lo tomes a mal. Seguro que por ahí hay una chica que te haga feliz, si necesitas ayuda, solo me la tienes que pedir.

Y entonces lo comprendí, Marlon estaba volviendo a marcar lo que él creía su territorio, del mismo modo que hizo la noche que golpeó al pobre Ravi.

¿Podía ser el asistente uno de los activadores? ¿Igual que Lorraine? Tenía que sacar a Marlon de allí.

Me puse en pie.

—No necesito tus consejos, yo solo estoy haciendo mi trabajo.

—Lo sabemos —interrumpí—, y lo haces muy bien, te agradecemos que nos hayas hecho llegar el mensaje. Diles a los jefes que lo tenemos todo controlado, que no hace falta que activen las alarmas, anoche se nos fue de las manos, y reconozco que sí, nos divertimos, pero eso no va a afectar a la gira ni a nuestro contrato con ellos, sabemos separar las cosas.

Marlon iba a abrir la boca, pero yo se lo impedí llevándomelo de la estancia.

Conseguí avanzar lo suficiente para alejarnos de la improvisada reunión y que no pudieran oírnos.

—¿Fui solo diversión? —me preguntó irritado a unos metros de las escaleras. Lo enfrenté cruzándome de brazos.

—¡¿A ti se te va la olla, o qué?! ¡¿Qué ha sido eso?! ¿Por qué te comportas como un capullo? —Él chasqueó la lengua, enfrentó mi mirada y tuve ganas de darme con la mano abierta por no haberlo percibido antes. Sus pupilas estaban muy dilatadas. No podía ser. Marlon ya no consumía. ¿O sí? Pregunté con miedo a la respuesta—. ¿Estás así porque acabas de meterte una raya? —Su mirada se volvió opaca.

—¿De qué demonios hablas?

—¿No te das cuenta de las cosas que has dicho? ¿De cómo te has comportado? ¿Por eso le soltaste a Ravi todas esas mierdas? «¿Te di carne?». «¿Estoy listo para lo que quieras?». ¡Incluso le has ofrecido clases para ligar!

—Estaba jugueteando, ya sabes como soy…

—Exacto, sé cómo eres y creo que ahora puedo separar al Marlon que consume del que no. Si le has hablado así a Ravi es porque te has metido e ibas de machito.

—Le he hablado así porque sigue queriendo algo contigo —respondió a la defensiva, aunque bajó la mirada, lo que me advirtió lo que ya sabía—. No te das cuenta de que se ha plantado con esa revista porque está celoso de lo que hicimos, no por la discográfica. Ahí estaba el tío al que le partí la cara por darte un beso y quiere alejarnos.

—¡Ravi es un crío que se equivocó! ¡Es un recadero que cumple con su trabajo!

—No lo veo del mismo modo.

—Porque la coca habla por ti. Por eso has querido marcarme delante de todos.

Se pasó las manos por el pelo nervioso.

—Oye, siento si te has sentido así, no era mi intención, pero era de idiotas esconder lo que pasó, todos nos oyeron.

—Lo que hagamos tú y yo es cosa nuestra, de nadie más. Asumo mi parte de culpa, no debí pedirte que me tocaras en el bar, no medí las consecuencias, y si tenemos que ser más discretos en público por el bien del grupo…

Marlon estrechó la mirada y volvió a dirigirla a mí ofendido.

—Te preocupa que se sepa… —murmuró dolido—. No te ha importado que tus amigas lo supieran, pero en cuanto a los demás… Te avergüenzas —analizó.

—¡No! —Miré en dirección donde estaban todos reunidos—. Es solo que, si lo nuestro va a significar un problema para el grupo, deberemos gestionarlo de otra manera. Sigamos la conversación arriba, tenemos que hablar sobre lo que has hecho.

Su sonrisa se volvió triste.

—Por que pueden escucharnos y te avergüenzas de mí, es eso…

—No es eso, es que quiero que lo entiendas y que me cuentes por qué te has metido otra vez.

—Da igual.

—No da igual. Marlon, estás en tratamiento, tus sentimientos son volátiles y te has drogado.

Emitió una risa seca.

—Claro, todo esto es porque no sé lo que hago porque soy un puto drogadicto.

—No hables así de ti mismo —murmuré con suavidad—. Tienes un problema y estamos solucionándolo.

—Mis sentimientos no son volátiles, Kiara, sé demasiado bien lo que siento por ti y no tiene nada que ver con la medicación o la puta coca. ¿Puedes decir lo mismo? ¿Sabes qué sientes por mí?

—Abrí y cerré la boca, necesitaba pensar muy bien mis palabras para darles el sentido que Marlon necesitaba—. No te esfuerces. Soy el tío que está bien de puertas para dentro, pero de puertas para afuera es otra cosa… Puede que me equivocara y no esté a la altura de lo que necesitas.

Su reflexión me dejó temblando. En lugar de ir hacia las escaleras, tomó la dirección opuesta.

—¡¿Qué haces?!

—Voy a tomar el aire.

—Marlon, espera, no estás en condiciones, necesitamos hablar y…

—Puede que tú lo necesites, yo no.

Le dio igual que gritara su nombre, porque salió del tráiler, quise ir detrás, de hecho, llegué a poner los pies en el asfalto, el problema era que seguía en bragas e iba descalza.

¡Mierda!

Subí al cuarto todo lo deprisa que pude, me puse los primeros pantalones que pillé, unos zapatos y corrí en la dirección que lo vi tomar, pero no lo encontré. Volví al tráiler. Ravi ya no estaba. No podía quitarme la sensación de que la había liado, que no supe estar a la altura ni decir lo que Marlon necesitaba.

Era pésima. Fui a buscar a las chicas, las necesitaba. Las encontré en la sala de juegos.

—¿Qué pasa?

—He discutido con Marlon y necesito encontrarlo, no sé dónde está, se ha marchado y no lo encuentro, creo que antes ha consumido.

—Tranquilízate —me dijo Trayi.

—La Hermana Margaret dijo que no podíamos perderlo de vista, que podía recaer.

Ranya sacó el móvil y lo llamó, daba tono, pero no respondía.

—Puede que no se lo haya llevado —anunció Trayi.

—¿Y dónde ha podido ir? —murmuré con el corazón en la garganta—. ¿Y si hace una tontería?

—Venga, salgamos a buscarlo, no puede andar muy lejos —sugirió Ranya, tomándome de la mano. Me la apretó con fuerza.

—Lo encontraremos —se sumó Trayi.

Eso esperaba.

CAPÍTULO 62

Sepúlveda

Tenía que ser ella, lo había hablado con Martínez, y si hubiera apostado a un nombre, hubiera sido al suyo, todas las evidencias estaban ahí, y aunque todas tenían motivos, estaba casi segura de que, si fuera un número y un color, lo apostaría todo al suyo.

Volví a revisar las páginas de los informes que había conseguido fotografiar.

La noche que pasé con Margaret en su habitación del edificio de la asociación fue una de las más tensas de mi vida. No porque la habitación fuera pequeña o la cama demasiado estrecha para acogernos a las dos, era la culpa por lo que iba a tener que hacer la que martilleaba mi conciencia.

Engañar a Margaret había sido una de las decisiones más difíciles que había tenido que tomar. Ella era una mujer abierta y cariñosa, y me encontraba a punto de traicionar esa confianza.

Su respiración era acompasada, estaba dormida y lo único que me impedía moverme eran mis propios pensamientos, sin embargo, sabía que tenía que hacerlo, que no había otra posible vía para obtenerlos, nunca me los daría por voluntad propia y la entendía, se debía a su secreto profesional y yo a librar al mundo de un asesino más.

Me levanté despacio, no quería que el crujido de la cama me delatara, contuve la respiración hasta tener los dos pies en el suelo. La miré, era tan guapa, tan deseable, tan perfecta, que no daba crédito a que me deseara con tanta vehemencia.

Tragué con fuerza y me desplacé sigilosa, haciendo el mínimo ruido. Sabía dónde estaba el lugar al que quería ir, solo tenía que llegar.

La puerta se cerró con un suave clic y aguardé unos segundos por si el sutil sonido la había despertado. No fue así.

Avancé, el edificio estaba en silencio, las niñas dormían apaciblemente en las habitaciones contiguas. Tenía que aprovechar esa oportunidad. Mi mente no dejaba de dar vueltas a la posibilidad de que alguna de las integrantes de Shiva's Riff pudiera ser Kali. Necesitaba ver los documentos para confirmar mis sospechas.

Mientras me deslizaba por el pasillo oscuro, no podía evitar sentir una punzada de culpa en el pecho.

Cada paso que daba me hacía cuestionar si estaba haciendo realmente lo correcto. ¿Era necesario? ¿Podría haber otra manera de obtener la información sin tener que recurrir a la mentira? Pero cada vez que esas dudas surgían, recordaba a las víctimas, a las vidas que Kali había destrozado. Necesitaba respuestas.

Cada crujido de la vieja estructura me hacía contener la respiración. La única luz que me guiaba era la de emergencia. Estaba encendida por si se producía un incendio y necesitaban evacuar el edificio con rapidez. También por si alguna de las niñas quería levantarse para ir al baño o sentía terror por la oscuridad.

Bajé varias plantas pegada a la pared, y confieso que, en uno de los tramos, tuve la tentación de llevar la mano a mi espalda para sacar el arma, solo que lo único que podría encontrar en la parte trasera de mi cuerpo era el iPhone.

Me dije a mí misma que tenía que relajarme.

Margaret no era la única adulta en el edificio, algunos de los cuidadores estaban de guardia y también el conserje, que vivía en él.

Llegué a la puerta de la sala de archivos y me detuve, escuchando con atención. No había nadie. La cerradura era antigua, no tenía la llave, pero tampoco la necesitaba, podría abrirla con facilidad, era de las primeras cosas que aprendíamos en la academia, cómo abrir puertas sin dejar rastro, incluso hacíamos competiciones con los compañeros. A mí no se me daba nada mal.

Saqué el pequeño juego de ganzúas portátil del otro bolsillo y sonreí al escuchar el suave clic. ¡A la primera! Mis dedos seguían siendo tan ágiles como siempre.

Entré en la sala y cerré la puerta detrás de mí. Era el turno de la linterna del móvil. Enfoqué hacia delante y crucé los dedos mentalmente esperando que no me costara una eternidad encontrar lo que buscaba. No podía correr el riesgo de que Margaret se levantara y no me encontrara a su lado y mucho menos que se pusiera a buscar.

La habitación estaba llena de estanterías repletas de cajas, carpetas y documentos. Por suerte, estaban ordenadas por años y en orden alfabético. Así que solo necesitaba hacer memoria del vídeo que vi cuando conocí a mi chica. ¿Con qué edad dijeron que habían llegado las componentes del Shiva's Riff a Estados Unidos? ¿Qué años tenían en la actualidad?

Hice una búsqueda rápida en Google, lo que me facilitó bastante la tarea.

Había seleccionado cinco posibles cajas que me cuadraban por fechas, mis ojos las recorrieron rápido.

¿Por qué no las estaba encontrando? ¿Qué se me escapaba? «¡Piensa, joder, piensa!».

Y entonces lo recordé.

—*Les dimos otra identidad cuando las trajimos aquí. Lo hacemos con los casos más peliagudos* —me comentó Margaret el día que le pregunté por sus niñas.

Tuve que entrar carpeta por carpeta, buscar las imágenes que acompañaban con los informes y cruzar los dedos para que mi facilidad para retener caras y asociar no me fallara.

474

Volví a empezar desde el principio, el tiempo no jugaba a mi favor, no obstante, cuando identifiqué el rostro de la batería de las Shiva's Riff, con su característico ojo blanco, supe que iba en la dirección correcta.

No tenía tiempo para leer lo que ponía, solo hice fotografías y me fijé en que la letra no saliera borrosa, estaban escritos a mano, por lo que igual me costaba descodificar algunas palabras, por suerte, no estaba en hindi, aunque tampoco en inglés. Alcé las cejas al reconocer la lengua materna de mi padre. Español.

Mi corazón latía con fuerza.

Los informes de las otras dos componentes, la bajista y la cantante, estaban justo detrás.

Me quedaban unas pocas hojas cuando, de repente, escuché un ruido fuera de la sala. Apagué la linterna del móvil y me quedé muy quieta, conteniendo la respiración. Los pasos se acercaban. ¡Mierda! Si alguien entraba, vería las cajas desordenadas y sabía que una persona metódica como Margaret sería incapaz de dejar la sala así.

¿Y si era ella? ¿Qué explicación le daría? Había cruzado una línea muy peligrosa en cualquier pareja, la de la confianza, y dudaba que romperla fuera algo que ella perdonara.

Apreté los dientes. El sudor frío bajaba por mi espalda. Me escondí detrás de una estantería mientras mi mente trabajaba a toda velocidad. Si me descubrían, todo podría estar perdido, sin una orden, lo que pudiera obtener sería una gran cagada. Repasé todos los cargos a los que me podría enfrentar.

Allanamiento de morada. Aunque el edificio pertenecía a la asociación y Margaret me había invitado, mi acceso a la sala de archivos sin permiso específico podría considerarse ese delito.

Acceso ilegal a información. Obtener documentos sin autorización podría imputarme cargos por acceder a material confidencial o privado.

Violación de la privacidad. Revisar los archivos personales de las chicas sin su consentimiento constituiría una violación de la privacidad.

Y abuso de autoridad. Como inspectora, utilizar mi posición para obtener información de manera no oficial podría interpretarse como que la empleaba para ello.

Por no hablar de que un abogado hábil podría llegar a decir que había manipulado y contaminado la documentación.

No solo estaba poniendo en riesgo mi carrera, sino también mi libertad.

Los pasos se detuvieron justo fuera de la puerta. Podía escuchar el latido de mi corazón rápido, pesado, agónico.

¿Quién estaría ahí fuera?

«Por favor, que no sea ella, por favor, que no sea ella, por favor, que no sea…».

Después de unos momentos que parecieron eternos, los pasos se alejaron.

Solté el aire que había estado conteniendo y volví a encender la linterna.

Hice las últimas fotografías con los dedos temblorosos, mirando sin ver.

Devolví los documentos a su lugar, coloqué las cajas del mismo modo en que las encontré y salí de la sala con el mismo cuidado con el que había entrado.

Volví a la habitación con mi mente dando vueltas y la necesidad extrema de echar un vistazo a lo que había encontrado.

Había estado un buen rato fuera, no podía perder más minutos leyendo lo que tenía en el teléfono, además, cada minuto que pasara fuera de ese cuarto corría mayor riesgo de que me pillaran.

Cuando accioné la maneta, tuve miedo de encontrarla sentada en la cama, con cara circunspecta, enfocando su mirada inteligente sobre mí. No quería que pasara.

No pasó.

Margaret seguía en la misma posición, ajena a mi huida, a mi traición. Dejé el móvil en el bolsillo de mi bolso, al igual que el juego de ganzúas, y volví a hundir el colchón bajo mi peso. Este cedió y ella se dio la vuelta. Traté de calmar mi respiración.

Margaret soltó un ruidito y me abrazó. La brisa nocturna acarició mi rostro y tragué con dificultad cuando escuché su voz amodorrada.

—¿Dónde estabas?

—Me-me entró un apretón, de-demasiada comida saludable, tengo un intestino sensible a la fibra, en exceso me produce gases y descomposición. Tranquila, ya estoy mejor. —Me daba la impresión de que en cualquier instante abriría los ojos y me llamaría mentirosa.

Margaret suspiró sin abrir los ojos y pasó una pierna sobre las mías.

—La próxima vez cenamos en el *burger*. Duérmete, inspectora, yo cuidaré de tu tripa —puso su mano en ella y su respiración volvió a ser suave.

Yo estaba algo rígida, era incapaz de relajarme a sabiendas de que Kali podía estar en mi iPhone, de que cada vez estaba más cerca de la verdad y también del peligro, el de dar con el asesino que buscaba y el de perder a aquella magnífica mujer en el camino.

Por la mañana, me fui temprano alegando que tenía que trabajar. No mentía, tenía el pulso revolucionado por lo que pudiera encontrar.

Fui directa a la comisaría, me encerré en el despacho y me puse a descargar las imágenes en el ordenador para poder imprimirlas.

Leí los informes con minuciosidad y mis tripas se revolvieron en las páginas que incluían el estado en el que fueron rescatadas las niñas.

Dos de las tres daban miedo verlas, estaban tan golpeadas, ensangrentadas e hinchadas que solo te daban ganas de matar al animal o animales que hubieran sido capaces de eso.

Tuve náuseas.

Los leí con minuciosidad y detenimiento, igual que estaba haciendo en ese momento.

Había decidido releer los informes antes de mi reunión con César y con Parker, por si me había saltado algo importante que pudiera llevarnos en otra dirección.

Eran las únicas dos personas en las que confiaba para que me ayudaran, sabía que no me juzgarían y que no me delatarían.

Había pasado a limpio los datos más importantes con la misma fotografía que se adjuntaba en los informes originales.

Era una lástima que aquellas chicas hubieran pasado por tanto, no obstante, no podía olvidar lo que me había llevado hasta ellas.

La puerta de mi despacho se abrió.

Ethan Parker fue el primero en llegar, seguido de César, quien me traía una taza de humeante café, como siempre.

Los miré a los ojos y ellos a mí.

—Buenos días, jefa —me saludaron.

—Buenos días, sentaos, por favor, creo que por fin tenemos algo importante.

Les di una breve explicación sobre lo que había hecho y hasta dónde había llegado en mi pesquisa.

—Sabe que lo que ha hecho… —inició Parker.

—Soy consciente, ahórreselo. —Él se limitó a asentir—. Ahora quiero que leáis estos informes y me deis vuestra opinión, ¿estáis listos?

—Siempre, jefa —asumió César.

—Por supuesto —añadió Ethan.

Alargué las hojas hacia ellos.

Nombre real:	**Lakshmi Patel**
Nuevo nombre:	**Ranya Kumari**
Edad:	**15 años**
Fecha del ingreso:	**5 de junio de 2013**
Motivo de ingreso:	**Encontrada en un callejón,**

golpeada y maltratada después de haber sido abusada en un burdel. Atacó a uno de los clientes.

Historia clínica

Ranya fue encontrada en un estado crítico, con múltiples contusiones y signos de abuso físico y sexual. Fue tratada por uno de nuestros médicos y recibió atención inmediata. Durante su recuperación, mostró signos de estrés postraumático severo y episodios de agresividad.

Evaluación psiquiátrica

Ranya presenta un cuadro de estrés postraumático complejo. Ha experimentado pesadillas recurrentes, flashbacks y una hipervigilancia extrema. Su agresividad se manifiesta principalmente en situaciones donde percibe una amenaza, lo que sugiere una respuesta de supervivencia profundamente arraigada. Le cuesta abrirse, hablar y confiar en los demás. No tolera la presencia masculina llegando a orinarse encima.

Observaciones

- Ranya es una niña reservada, que apenas habla y se muestra huidiza. Ante la presencia de hombres, suele mostrar una intolerancia extrema .
- Ha mostrado una notable capacidad para defenderse en situaciones de peligro, como se evidenció en el ataque a uno de los clientes del burdel llegándole a arrancar parte de su miembro.
- Su desconfianza hacia figuras de autoridad y su tendencia a actuar de manera impulsiva podrían ser indicativos de un trauma profundo.
- Ha expresado un fuerte deseo de justicia y venganza hacia aquellos que la han dañado, lo que podría ser un factor motivador en su comportamiento.

Conclusión

Ranya necesita un entorno seguro y terapias continuas para abordar su trauma. Su capacidad para la violencia en defensa propia y su deseo de justicia podrían hacerla susceptible a comportamientos extremos si no se maneja adecuadamente.

Nombre real:	**Naysha Ram**
Nuevo nombre:	**Trayi Metha**
Edad:	**16 años**
Fecha del ingreso:	**20 de enero de 2014**
Motivo de ingreso:	**Atacó a su superior en una**

cantera cuando este intentó abusar de su hermana menor, clavándole un cincel. Huyó después del incidente.

Historia clínica

Trayi creció trabajando en una cantera, donde fue sometida a condiciones laborales extremas. Perdió la visión de su ojo derecho debido a una infección fruto de un accidente laboral. Su vida cambió drásticamente cuando defendió a su hermana menor de un intento de abuso, resultando en un ataque violento contra su superior.

Evaluación psiquiátrica

Trayi muestra signos de estrés postraumático y una fuerte respuesta de lucha ante situaciones de amenaza. Su historial de trabajo en la cantera ha dejado secuelas físicas y emocionales significativas.

Observaciones

- Pese a lo sucedido, Trayi tiene un carácter alegre y siempre está dispuesta a ayudar a los demás.
- Tiene una fuerte inclinación protectora hacia los más vulnerables, especialmente si se trata de chicas.
- Su ataque con el cincel indica alta capacidad para la violencia cuando se siente acorralada o cuando alguien cercano está en peligro.
- Ha mostrado una notable resiliencia y una capacidad para sobrevivir en condiciones adversas, lo que sugiere una fortaleza mental considerable.
- La he puesto a compartir habitación con Ranya, creo que se harán bien mutuamente.

Conclusión

Trayi necesita apoyo psicológico para procesar su trauma y aprender a manejar sus respuestas pasivo-agresivas. Su capacidad para la violencia en defensa de otros y su resiliencia podrían hacerla una candidata para comportamientos extremos si no se aborda adecuadamente.

Nombre real:	**Kalinda Chamar**
Nuevo nombre:	**Kiara Sharma**
Edad:	**14 años**
Fecha del ingreso:	**8 de junio de 2014**
Motivo de ingreso:	**Encontrada en pésimas condiciones**

tras caer por un acantilado al río Kali. Acabó con su marido, víctima de un matrimonio infantil y años de abuso.

Historia clínica

Kiara fue rescatada en estado crítico después de caer por un acantilado. Fue casada con once años y fue sometida a años de abuso tanto físico como emocional, a manos de su marido. Kiara declaró que lo degolló en defensa propia, esa misma noche, el socio de su marido la persiguió porque ella quiso liberar a otras niñas y ambos cayeron por el acantilado del río Kali.

Evaluación psiquiátrica

Kiara presenta un cuadro de estrés postraumático severo, con síntomas de depresión y ansiedad. Su experiencia de abuso prolongado ha dejado profundas cicatrices emocionales que le impiden ser tocada o recibir muestras de afecto por parte de los demás. Le cuesta confiar en las personas y sus conversaciones giran en torno a la venganza.

Observaciones

- Kiara presenta una fobia intensa a que la toquen o abracen; no soporta que las personas la rocen.
- Sufre pesadillas y terrores nocturnos, habitualmente pierde la voz fruto de los gritos.
- Siente una profunda aversión hacia los hombres y el sexo. No soporta a los hombres que muestran interés en mujeres jóvenes.
- El acto de matar a su marido en defensa propia y enfrentarse a su socio, en defensa de otras víctimas, indica capacidad para la violencia cuando siente amenazada su integridad o la de otras personas vulnerables.

Conclusión

Kiara necesita un entorno seguro y terapias continuas para abordar su trauma. Su capacidad para la violencia y su deseo de no volver a ser víctima podrían hacerla susceptible a comportamientos extremos si no se maneja adecuadamente.

César dio un silbido y sonrió. Parker siguió repasando los informes.

—¿Hay más documentación? —preguntó. Asentí—. Me gustaría verla para analizarlas con mayor profundidad.

—Lo hará, pero si no la tuviera, ¿diría que Kali puede ser una de ellas?

Sus ojos buscaron los míos y, nada más verlos, supe la respuesta.

CAPÍTULO 63

Marlon

Cuando salí del tráiler, no estaba seguro de hacia dónde me dirigía, solo tenía ganas de morir, de evaporarme, de ponerme tan ciego que el mundo desapareciera junto a mi malestar.

El corazón me latía a mil por hora y mi cabeza estaba hecha un lío. El sol de la mañana me cegaba, pero no me importaba. Solo quería alejarme de todo, de Kiara, de Ravi, de mis propios demonios. Había querido dejar de consumir a mi manera, pero no estaba funcionando.

Cuando me levanté, después de tomarme el tranquilizante por la noche y pasar las mejores horas de mi vida, estaba hecho mierda, apenas me mantenía en pie y no quería estar así para ella.

Me dije que si me metía una raya pequeña sería justo la dosis perfecta para que el tío alegre, divertido y sexualmente activo, volviera, sin embargo, el que regresó no parecía gustarle a Kiara, la había vuelto a liar, la avergonzaba. ¿Qué me pasaba?

Me sentía como un fracaso total.

Cada paso que daba me hundía más en mi mierda. ¿Por qué siempre lo arruinaba todo? La relación con mi padre, la relación con ella…

Kiara merecía algo mejor, alguien que no estuviera roto por dentro, alguien de quien sentirse orgullosa porque estuviera a su lado, no quería que me escondieran, ya no. Pensé en su mirada, decepcionada y dolida, después de cada una de mis intervenciones. No era por Ravi, era por mí, no la hacía feliz. Los celos y la inseguridad me cegaban, me sentía indigno de su amor, de cualquier amor, ese sentimiento estaba ahí clavado, abriéndome en canal.

Las calles de San Francisco pasaban borrosas a mi alrededor. No tenía un destino claro, ni siquiera llevaba el móvil encima para buscar, solo la cartera, me tocaría preguntar.

Vi a unos tíos que tenían pinta de consumir; cuando uno se mete, sabe reconocer a sus iguales. Ni me lo pensé, fui directo hacia ellos, los saludé.

—Oye, sabéis donde puedo pillar —me miraron huraños, después a nuestro alrededor, uno de ellos respondió de malos modos.

—¡Pírate!

—En serio, tío, necesito unos gramos.

—¿Eres poli, o qué? ¿Nos has visto pinta de drogatas? ¡Que te las pires, joder!

No iba a sacar nada de ellos, sentía frío, desazón, angustia y nada que llevarme a la nariz.

Me masajeé las sienes, estaba temblando, arrastraba los pies, mi condena pesaba demasiado.

Quizá acabé en Tenderloin por instinto, o porque mi destino sabía que terminaría consumido como uno de esos muertos vivientes, en el barrio más oscuro de San Francisco.

Verlos me impactaba incluso a mí.

Las calles estaban atestadas de personas que parecían sombras de lo que alguna vez fueron. Por eso llamaban al fentanilo la droga zombi, un opioide sintético cincuenta veces más potente que la heroína y cien veces más potente que la morfina. Con solo dos miligramos, lo que equivaldría a diez o quince granos de sal de mesa, se consideraba una dosis letal, por eso morían tantos, era difícil calcular.

Sus miradas vacías, sus cuerpos frágiles y temblorosos, eran un reflejo de mi propio estado interior, muerto por dentro, arrasado por mis propias decisiones.

Vi a una mujer joven, apenas reconocible, con la mirada perdida y una jeringa en la mano. La droga zombi se consumía en todas sus formas, líquida, en polvo como la coca o sólida en formato pastilla. Yo nunca lo había tomado y, aunque en ese momento podría llegar a sentirme tentado debido a mi estado, no quería caer en ese pozo.

Un hombre mayor, encorvado y tembloroso, buscaba desesperadamente algo en el suelo. Eran imágenes que se grababan en mi mente, como un espejo que me mostraba mi posible futuro.

No, yo no iba a ser uno de ellos, solo necesitaba un poco de coca para remontar, para olvidar, para…

¡Joder!

Tenía ganas de darme cabezazos contra la pared.

Vi un movimiento en la esquina, un tipo le pagaba a otro con un billete y este le pasaba material.

Me puse a salivar, necesitaba paladear la acidez de la coca en mi garganta.

Me acerqué al tío cuando el otro se fue, este me miró con las cejas alzadas.

—¿Tienes coca? —le pregunté.

—Lo siento, tío, solo fenta.

—¿Y sabes dónde puedo pillar?

—Pregunta por allí —cabeceó en dirección a un bar.

La calle olía a vómito, orín y suciedad.

Los cuerpos se amontonaban por todas partes, jóvenes, viejos, la droga no tenía edad, te devoraba de manera indiscriminada sin importarle quién eras o a qué te dedicabas.

Pasé por el lado de una mujer que me ofreció una mamada por diez pavos.

Sentí náuseas, negué con la cabeza y seguí andando, entre cartones, deshechos y vidas derrumbadas.

Me detuve frente a al bar, uno de esos lugares donde el tiempo parecía haberse detenido. Entré y me senté en la barra, no era el lugar más limpio del universo, aunque tenían suficiente alcohol para adormecer mi necesidad. Pedí una copa, a los cinco segundos otra y a los diez otra.

—¿Tienes cómo pagar? —me preguntó un hombre rudo y poco confiado. Puse cien pavos sobre la barra.

—Cuando se me acabe el límite, tengo más —dije, mostrándole la billetera. Este asintió y dejó a mi lado la botella.

—Ey, amigo, ¿me invitas a una? —Dos banquetas más allá había una mujer, con un vestido que dejaba poco libre a la imaginación. Cabeceé al camarero para que le sirviera también a ella, y esta se acercó—. ¿Buscas compañía?

—No de la que piensas —masculló, apurando la tercera para servirme otro *whisky*.

—No se ven muchos por aquí como tú.

—No consumo fentanilo.

—¿Y qué consumes? Quizá tenga.

La mujer bebió la copa que le sirvió el camarero.

—Coca. —Sonrió.

—¿Cuántos gramos?

—¿Tienes?

—Te la puedo conseguir, dime la cantidad y espérame en esa mesa…

Le susurré lo que quería en la oreja y ella me sonrió.

—Si es rosa, mejor.

—Claro, cariño, a ti te consigo lo que quieras.

Se puso en pie, sus pechos rebotaron y el charol de la ropa se me antojó desgastado.

—Ahora mismo vuelvo, ve donde te he dicho.

Se alejó, subida en aquellos tacones infernales que daban paso a unas piernas envueltas en medias de red.

—Voy a sentarme ahí —informé al camarero, llevándome los dos vasos y la botella.

El alcohol no solucionaría nada, pero al menos adormecería el dolor por un rato, mientras mi nueva amiga me traía el pedido. Miré mi reflejo en el espejo picado que quedaba en la columna al lado del banco de *skay* en el que me aposenté, estaba agrietado y la mesa un tanto rayada. Apenas me reconocí. ¿Quién era ese tipo? ¿Un guitarrista talentoso, o un adicto, un desastre ambulante incapaz de despertar amor en alguien como Kiara?

Volví a llenarme el vaso y tragué. La imagen de Lorraine acaparó castigadora mi cerebro.

—*Te lo dije, cariño, solo yo sé lo que te conviene, lo que necesitas, drogas y sexo. Drogas y sexo.*

El asiento que quedaba justo a mi lado se hundió.

Abrí los ojos y allí estaba mi nueva mejor amiga.

—Hola, ricura, ¿por qué no me metes la mano entre las tetas?

Le sonreí con amargura.

—Las tienes muy bonitas, pero quiero otra cosa.

—Hazlo, quizá te sorprendas.

Metí los dedos, estaban calientes, sudadas, blandas y entremedio escondían aquello que más anhelaba. Susurró en mi oído el precio que debía pagarle.

Encerré la bolsita en la palma de la mano y saqué la cartera, le di lo que me había pedido.

—Deja que te prepare una —murmuró, arrebatándome la bolsa para poner algo de polvo en sus tetas, me dio un cilindro plateado y la esnifé, después pasé la yema del dedo y se la di para que la lamiera.

Me la dejó limpia. Me dejé caer en el respaldo desvencijado, agarrando de nuevo el vaso entre mis dedos.

—Me llamo Nurlyn —musitó, acurrucándose contra mi pecho.

—Encantado, Marlon.

—Sé quién eres, encanto. ¿Puedo ponerme otra copa?

—Sírvete tú misma.

La culpa y la vergüenza me consumían a la velocidad que el alcohol descendía. Sabía que tenía que cambiar, pero, en ese momento, todo parecía imposible. Solo quería que el dolor se detuviera, aunque fuera por un instante. Y así, con cada trago, me hundía más en la oscuridad, esperando que, de alguna manera, pudiera encontrar una salida que no parecía llegar.

CAPÍTULO 64

Kiara

Salimos del tráiler con el corazón en un puño, tres gorras de béisbol caladas hasta las cejas y gafas de sol. Lo que menos necesitaba en ese momento era que nos reconocieran.

Me sentía responsable de lo que acababa de ocurrir, no supe manejar la situación y ninguna de las tres teníamos idea de dónde podía estar Marlon o, lo que era peor, qué podía estar haciendo en un estado de fragilidad emocional.

La Hermana Margaret hizo mucho hincapié en que no estuviera solo, porque podría darle por cualquier cosa.

Había desaparecido y cada minuto corría en nuestra contra.

Trayi, Ranya y yo nos miramos, compartiendo la misma preocupación.

—¿Por dónde empezamos? —preguntó Ranya, su voz tembló ligeramente.

—No lo sé, pero tenemos que hilar fino para dar con él, pensemos —respondí, tratando de mantener la calma.

San Francisco no era nuestra ciudad, en una extensión de 121 km2 se encontraban más de siete millones de personas. Era como encontrar una aguja en un pajar, pero no podíamos rendirnos.

—¿Pensáis que ha podido ir a ver a Lorraine? Ella era la que le daba la coca —sugirió Trayi.

489

—Lo he pensado, pero Ravi dijo antes de irse que ya no estaba en la ciudad y que no la volveríamos a ver hasta la vuelta de Hawái, que le había encargado que se ocupara de todo y él nos iba a acompañar —aclaró Ranya

—Vale, pues si ella no está... Igual solo ha ido a tomar el aire, no nos pongamos en lo peor.

Trayi siempre fue la positiva de las tres, no obstante, esa mañana no me servía.

—Pongámonos en marcha, es tontería seguir pensando y no mover los pies.

Anduvimos por las calles, entramos en cada bar, en cada lugar que creímos que Marlon podría haber entrado por cualquier motivo, por estúpido que pudiera parecer. Preguntamos a cada persona que vimos, mostramos su fotografía, dimos su descripción sin obtener ningún tipo de información. La mayoría nos ignoraba o simplemente no sabían nada.

Llevábamos más de una hora y media dando vueltas y ya me empezaba a desesperar. Le había dicho a Benan que, si aparecía por el tráiler, nos tenía que avisar. Llegamos al Theater District, Marlon dijo que le apetecía visitarlo, todavía nos quedaban tres días por delante hasta que saliera el avión, así que dijimos de hacer turismo por la ciudad, además de cumplir con la agenda, uno de los lugares que nos apetecía a los cuatro era ver los antiguos teatros de la ciudad, decían que los edificios eran muy bonitos y tan solo quedaba a cincuenta minutos andando del tráiler.

Me fijé en un grupo de chicos que rondaban los veintipocos años, apostados en una esquina, nos acercamos a ellos.

—Disculpad. ¿Habéis visto a un chico alto, con el pelo largo, oscuro, rizado, barba de dos días, pantalón corto negro y camiseta de manga corta? —preguntó Ranya. Ellos negaron y se pusieron a decirle gilipolleces sobre que, si queríamos pasar un buen rato con ellos, se hacían la permanente.

Nos separamos agobiadas.

—No podemos rendirnos —dije, tratando de mantener la esperanza, aunque, en el fondo, cada segundo que pasaba sin encontrarlo me sentía consumida por el miedo de lo que me podría encontrar.

¿Y si le daba por ir en busca de un camello y meterse tanto que terminaba con una sobredosis?

No quise decir en voz alta aquella posibilidad, tenía demasiado miedo de que se cumpliera, así que la dejé ahí, dinamitándome por dentro.

Era un secreto a voces que la ciudad estaba poniéndose fatal en cuestión de drogadicción.

Empujé a las chicas a seguir buscando, me daba igual el calor, que estuviera sin aliento o que mi pulso se acelerara cada vez más. Necesitaba a Marlon, necesitaba hacerle ver que me importaba de verdad, estaba enfermo y requería nuestra ayuda.

Recorrimos calles, callejones, tiendas, bares, con la sensación de querer dar con alguien que no quería ser encontrado.

Preguntamos a cualquiera, daba igual que estuviera dispuesto a ayudarnos o no. La desesperación crecía con cada negativa, incluso llegué a tocar a un desconocido por la espalda creyendo que era él y después de eso me puse a temblar como una hoja.

—Necesitamos hidratarnos para no sufrir alucinaciones —sugirió Trayi.

Entramos en un Seven Eleven para comprarnos unas botellas de agua.

Estábamos en la caja cuando un chico que no llegaría a los treinta atravesó el umbral. Se desplazaba de forma rara, con la cabeza descolgada en una posición extraña, parecía que estuviera en trance y le costara mover los pies. El tendero negó.

—Esa mierda está fuera de control, va a acabar con la ciudad y el gobierno no hace lo suficiente. El cártel de Sinaloa se frota las manos con el negocio que está haciendo en nuestro país. El Chapo es responsable de los superlaboratorios del cártel, transforma los precursores comprados en China, todo es cuestión de política, y nosotros somos los que pillamos siempre.

491

—¿Perdón? —cuestioné. Él cabeceó.

—Disculpa, niña, estoy tan cansado de esta porquería que me como partes de la conversación. Me refiero al fentanilo —dijo, apuntando la barbilla hacia el hombre—. No dejan de consumirlo por aquí, San Francisco cada día está peor y el barrio zombi amenaza por devorar toda la ciudad. Estáis a dos calles de un lugar que no le conviene a nadie, es mejor que no vayáis por ahí.

—No tenemos ninguna intención —anuncié—. Estamos buscando a un amigo, ¿no le habrá visto usted?—Saqué el móvil. El tendero miró la pantalla.

—No me suena—respondió sin interés—. ¿Vive en el barrio?

—Em, no, nos hemos separado y ahora no lo encontramos, se ha dejado el móvil y… En fin, da igual, gracias.

Le pagamos las bebidas y salimos a la calle otra vez y busqué de reojo al tipo que había entrado en el establecimiento. Tenía un mal presentimiento.

—¿Pensáis que Marlon ha podido…?

Me tensé de inmediato ante la simple idea de que hubiera podido recurrir a algo así. Trayi y Ranya siguieron la dirección de mis ojos.

—No, él no haría eso —afirmaron con contundencia. La mirada de Ranya se mostraba más dubitativa que la de su chica.

—Necesito comer algo o me muero —murmuró Ranya, echándole un ojo a un vasito de mango recién cortado que vendía una mujer de un puesto callejero. ¿Queréis algo?

—No —contesté mientras que Trayi negaba.

Ranya se alejó.

—Oye, ¿y si le preguntamos a la vendedora ambulante? No perdemos nada.

—¿Tú crees?

—Venga —tiró de mí.

Finalmente, nos acercamos y, mientras Ranya pagaba, saqué el móvil para mostrarle la foto de Marlon, como hice con el tipo del Seven Eleven.

492

—Disculpe, ¿ha visto a este chico por aquí? —pregunté, tratando de mantener la voz firme. No me salió demasiado bien. No recordaba cuándo me había sentido tan preocupada por alguien, era todo tan nuevo, tan distinto, que yo tampoco sabía muy bien cómo lidiar con todas mis emociones.

Ella me miró con curiosidad.

—¿Por qué buscas a ese chico? —preguntó, levantando una ceja.

Nos miramos entre nosotras, sin saber qué decir. Era la primera que nos pedía el motivo.

—Es... un amigo. Estamos preocupadas por él —respondió Trayi, esquivando la pregunta. ¿Sería una fan? No, imposible, nos habría reconocido también a nosotras, aunque fuéramos camufladas.

—Se fue esta mañana pronto y no lo hemos vuelto a ver, estamos preocupadas —completó Ranya.

La mujer nos observó detenidamente, tenía la sensación de que notaba que estábamos nerviosas.

—Si es un asunto de drogas, deberían buscar por allá —dijo finalmente, señalando hacia las calles que quedaban detrás de su parada—. Aquí viene mucha gente a consumir.

—Pero ¿lo ha visto? —insistí. Ella hizo una mueca.

—No estoy segura, vi a alguien similar, quizá solo se le parecía.

¿Lo decía en serio? ¿Quién se parecía a Marlon? Era de esos tíos que dudas de si son reales cuando los ves en redes sociales, no digamos en persona.

—Hay pocos hombres con esta cara y este cuerpo —aseveré cabreada.

—Quizá si me dieran algo para poder recordar... —extendió la mano.

¡Tendría morro!

Trayi ni lo dudó, le dio un billete, la mujer sonrió.

—Sí, ahora que lo dice creo que era él, lo vi cruzar hacia Tenderloin, parecía angustiado, me fijé en él porque no me sonaba, por aquí suele cruzar siempre la misma gente. Habló con uno de los tíos que venden fenta.

—¿Y vio si le compró? —inquirí titubeante.

—Déjeme pensar... —volvió a extender la mano.

Trayi sacó otro billete que la mujer agarró sin dudar.

—No vi que sacara la cartera, pero sí que el camello le daba alguna indicación, señaló hacia el interior del barrio.

—¿Cuánto hace de eso? —inquirí agobiada.

—No sé, una hora y media, puede que dos.

—Gracias —musité, llamando a mis amigas para irnos.

—Les recomiendo que no entren en esa zona, que su amigo no las arrastre, ahí solo van los que están metidos en drogas. Si es el caso de su amigo, es mejor que no se metan. —Subió el tono de voz para que la oyéramos mientras nos alejábamos en la dirección que nos había indicado.

CAPÍTULO 65

Kiara

En cuanto atravesamos la calle, fue como saltar en un agujero que nos llevó a una dimensión paralela. Ni siquiera en la India habíamos visto algo parecido. Una cosa era verlo en las noticias y otra verte frente a frente con la realidad.

Nos adentramos en el barrio con el corazón en la garganta.

Nos cogimos de la mano y avanzamos con tiento, me maldije por no llevar el puñal. Era buena golpeando, pero mucho más con el arma.

El hedor nos hizo arrugar la nariz a todas. No podíamos rendirnos, Marlon nos necesitaba, le prometimos que era de los nuestros y que haríamos lo que fuera necesario por él.

Esa mañana le había fallado, debería haber estado a la altura y no fue así, no obstante, lo estaría entonces; si lo encontraba, se lo demostraría.

Entramos en el primer bar que nos alcanzó la vista. Atravesamos una calle de innumerables cuerpos agónicos para alcanzar la puerta. Ojalá pudiéramos sonsacarle algo al camarero.

Apenas había gente. El tipo de la barra atendía a un par de clientes. En el rincón poco iluminado, un tío tenía la cabeza hundida en el busto de una mujer que reía de manera desaforrada.

495

No les presté demasiada atención porque la tenía puesta en el camarero, o era exconvicto o exmotero, por lo menos, tenía toda la pinta.

Me apoyé en la barra y los brazos se me pegaron, seguramente fruto del vertido de alguna bebida azucarada. No me importó.

—Perdone, ¿ha visto a este chico?

Estaba emocionalmente exhausta, necesitaba que alguien nos diera una buena noticia de una maldita vez.

—Por aquí pasa mucha gente. —Su mirada era desconfiada.

—Es nuestro amigo, llevamos toda la mañana buscándolo… —se explicó Ranya. Él pasó de nuestra cara y siguió a lo suyo.

—No vamos a sacar nada de aquí —farfullé, y entonces escuché aquella risotada.

Giré la cabeza con el pecho encogido, sin dar crédito a que aquel sonido hubiera brotado de alguna parte del local.

Escudriñé las mesas y entonces me fijé mejor. El dueño de la cara ahogada en el busto femenino no era otro que Marlon. Estaba riéndose con los ojos cerrados, se limpiaba la nariz pinzando el índice y el pulgar, para justo después ser abrazado por aquella mujer adicta al charol.

Me dolió, no solo por estar recibiendo el afecto de otra persona, si es que podía llamarlo así, sino por la botella medio vacía que quedaba entre los vasos y su estado de embriaguez, por no hablar de otra cosa. Iba muy pasado.

—Tenemos que sacarlo de aquí.

El camarero, que vio peligrar su negocio, vino hacia nosotras.

—Oye, si es tu novio, ¡no quiero una escena de celos!

—No la va a haber, dudo que quiera un muerto en su local, que es lo que va a tener si sigue consumiendo. —Estaba convencida de que estaba al día de cuánto se había puesto Marlon—. Puede ayudarnos y llamar a un Uber, o dar explicaciones a la poli de por qué uno de los guitarristas del grupo de moda estuvo poniéndose hasta el culo en una de sus mesas y no lo detuvo.

—No soy una puta niñera.

—Desde luego que no, pero hasta donde yo sé, en los antros como este no está permitido el consumo.

El hombre gruñó. Tuve suerte de que no me temblara la voz.

Nos miró a nosotras, después a él, y se echó el trapo a la espalda.

—Solo porque se ha dejado una buena pasta lo voy a hacer.

—Gracias.

Nos plantamos frente a la mesa.

—Se acabó la fiesta, campeón —musité, llamando la atención de su compañera de fiesta.

—Nurlyn, ¿has oído esa voz, o ha sido mi jodida cabeza? —preguntó con los párpados cerrados y la boca pastosa.

—Rizos, hemos venido a buscarte. —Fue entonces cuando los abrió.

Tenía las pupilas muy dilatadas y estaba hecho un desastre.

—¿A buscarme? ¿Qué es esto, el patio del colegio? —rio. Su amiga también lo hizo.

—Cariño, ¿pido otra botella? —preguntó Nurlyn.

—Por favor… ¿Queréis uniros a la fiesta? Pide tres vasos.

—¡Ralph! —gritó ella con voz pastosa.

—Ralph, ni puto caso —intercedí sin apartar la mirada de Marlon.

—Eres una aguafiestas, ¿por qué no te piras?

—Ya te lo he dicho. He venido a por ti.

—No te lo he pedido.

—Me da igual que no lo hayas hecho, siempre vendré a por ti.

Dejó salir una risa sin alma que me heló por dentro.

—Entonces siéntate y bebe, ¿quieres una raya?

—Quiero que te levantes y que te vengas con nosotras.

—No quiero.

—Me da igual.

Fui a cogerlo y la mujer intentó cogerme las muñecas.

—¡No me toques! —proferí.

—Pues no lo toques tú a él, está conmigo.

497

—No lo está —le dije con tono de advertencia. Intenté volver a cogerlo. Y ella a apartarme.

Trayi le hizo una llave de bloqueo.

—Te ha dicho que no la toques.

—¡Suéltame, animal! ¡¿Quiénes sois, las tres mosqueperras?! —preguntó Nurlyn.

—Algo mucho peor, sus amigas y compañeras —escupió Ranya.

La respiración de Marlon era errática, sus ojos eran dos puntos negros brillantes.

—No os necesito, soy lo que ves, es lógico que no quieras saber nada de mí, que te avergüence.

—Tú no me avergüenzas y siento muchísimo si te he hecho sentir así. Hoy no estuve acertada, aunque tú tampoco te comportaste de la mejor manera, no debí quedarme callada, tuve que responder cuando tú necesitabas tanto mis palabras.

Sabía que me lo estaba jugando todo a una carta y que no podía equivocarme otra vez.

—Olvídalo —balbuceó.

—No, he venido para que vuelvas conmigo y darte una respuesta.

—No me pienso mover.

—Como quieras, te la daré aquí.

Nurlyn le pidió a Trayi que la soltara y esta la alzó del banco para sacarla del lado de Marlon, le dijo que se largara y yo volví a centrarme en lo importante. Puse mi mirada en la suya.

—Me preguntaste si sabía qué sentía por ti y la respuesta es no. —Marlon bufó.

—Y para esto tantas molestias.

—No lo sé, porque en cuanto llegaste a mi vida, con tu paciencia y tus sonrisas, rompiste todos mis esquemas. —Mi reflexión llamó su atención—. Despertaste en mí sentimientos y necesidades que no existían, has inventado notas nuevas en mi pentagrama que me hacen vibrar en una sintonía desconocida.

»Jamás pensé que fuera capaz de excitarme, de anhelar otro cuerpo o desear unos besos que nunca tuve la necesidad de recibir. Cuando me acaricias, mi corazón arde, mi cuerpo se llena de calor y solo puedo pensar en ti.

»Me da igual que seas arrogante, soberbio, celoso, presumido, contestón, irreverente e inoportuno. Porque también eres divertido, paciente, cariñoso, creativo, respetuoso y tocas la guitarra que lo flipas.

»Puede que de vez en cuando te ataquen las inseguridades, las mismas que te hacen creer que para seguir adelante necesitas consumir, las que te llevan a creer que eres un espejo roto y que no mereces que nadie una tus partes, pero yo estoy aquí para demostrarte lo contrario, que quiero ser la persona que las una por ti.

»Seguramente, lo que te esté diciendo no sea lo que querías oír, siento no expresarme todo lo bien que mereces, pero soy nueva en esto de que me guste un chico lo suficiente como para quererlo todo con él.

»No puedo ponerle nombre a todo lo que me haces sentir, pero sí quiero que sepas que tener una relación contigo jamás podría avergonzarme y que lo que más deseo es pasar todo el tiempo que pueda contigo. Solo quería que comprendieras que igual teníamos que ser algo discretos para que la discográfica no disolviera el grupo, pero bajo ningún concepto quiero renunciar a ti.

»Hoy te fallé, debería haberme despertado y quedarme a tu lado, estar ahí en tus momentos bajos. No lo hice, lo lamento mucho, muchísimo, quizá, si hubiera estado ahí, no habrías consumido y todo habría sido distinto.

»Así que por favor, Rizos, vuelve al tráiler conmigo, con nosotras.

Sus ojos vidriosos se pasearon por las tres, soltó un suspiro largo.

—¡Está aquí el Uber! —voceó Ralph, con Nurlyn mirándonos desde la barra.

Marlon me miró, yo lo miré y él movió la cabeza de un lado a otro.

—No creo que me pueda mover.

—Nosotras te ayudamos.

Lo levantamos entre las tres. Nos aseguramos de pasar sus brazos por nuestros hombros para poder llegar al vehículo y meterlo.

Marlon dejó caer su cabeza sobre mí. No lo aparté, al contrario, pasé mi mano por su rostro llenándolo de caricias, quería que percibiera todo el cariño que sentía por él.

—Lo siento —musitó cerca de mi oreja, y volví a percibir al Marlon que me volvía loca, estaba ahí, bajo aquellas sustancias que opacaban su esencia y no la dejaban aflorar.

—Lo sé —respondí.

Él cerró los ojos y se quedó traspuesto el resto del trayecto.

No le había mentido, no pensaba renunciar a él, encontraría la manera de poder seguir con la misión y con Marlon a la vez.

CAPÍTULO 66

Marlon

Tras mi apoteósica caída desde la planta 23, pasé tres días sin salir del tráiler, custodiado a sol y sombra por las chicas, para que no cometiera ninguna estupidez.

Apenas recordaba lo que ocurrió en el bar, era como una mancha de alquitrán espesa y maloliente que me dejó como si el maldito tráiler me hubiera pasado por encima.

Cuando desperté, tiritando, en mitad de una pesadilla, fue Kiara quien me abrazó, me calmó y me llevó a la ducha, no dudó ni un instante en meterse bajo el chorro de agua caliente conmigo. Le dio igual que me hubiera comportado como un capullo, estaba ahí, a mi lado, ofreciéndome su soporte, sujetándome con calma, con el pelo empapado pegándose a su preciosa cara.

Apenas podía hablar, ni siquiera sabía qué decir más allá de «lo siento».

Me desmoroné y ella se aferró a mi cuerpo en un sentido abrazo que me provocó más temblores de los que ya tenía.

—No te preocupes, yo también siento no haber estado a la altura, lo superaremos juntos.

No recordaba haber salido del bar, ni haberme tumbado en la cama. Me secó con vigor, y cuando le pregunté cómo consiguieron sacarme de allí, ella se limitó a sonreír y responder que a peso entre las tres.

Kiara hizo que me sentara en la silla mientras cambiaba las sábanas cargadas de humedad, no podía hacer otra cosa que no fuera mirarla y sentirme mal.

Ella me miró sonriente cuando la tuvo lista y me ofreció sus manos para que me levantara.

Me dejé caer a plomo en la cama, creí que se iría a su cuarto y tendría que suplicarle que se quedara, no hizo falta, me tapó y se acurrucó a mi lado. Como si leyera mis miedos, me tomó del rostro, lo recorrió con sus pulgares y murmuró con los ojos puestos en los míos:

—No pienso irme a ninguna parte, duerme tranquilo.

Arrebujé mi cara sobre su pecho, cubierto por una de mis camisetas, y me sentí agradecido.

Fueron setenta y dos horas de absoluto delirio, de temblores, sudoraciones y terapia.

La Hermana Margaret se conectó a diario durante más de dos horas para hablar conmigo, para darme soporte y explicarme que un adicto no deja de serlo jamás. Que sufriría bajonazos como el del bar, que tendría días en los que la tentación de mandarlo todo a la mierda para devolverle el control a la droga y recuperar la fase del subidón en la que me creía el puto amo del universo me dominaran. Tenía que ganar la batalla más dura a la que me había enfrentado, ganarle a mi propia mente, no podía dejar que me gobernara y tenía que estar listo para que me jugara malas pasadas. Estaba más en el lodo que nunca.

Kiara durmió abrazada a mi cuerpo cada una de las noches, si es que a eso se le podía llamar dormir. Me arropó, cambió las sábanas, acunó mis lágrimas cuando me rompía preso de la necesidad, recogió mis trozos y los sostuvo con paciencia.

Estaba allí, en mi infierno personal, sin soltarme de la mano como me había prometido, demostrándome que no iba de farol y que de verdad apostaba por lo nuestro, aunque yo estuviera en mis horas más bajas y demasiado inestable como para entenderlo.

Perdí la cuenta de las veces que le dije lo siento, de las que ella respondió que ella también y que no importaba lo que pasó. Nos besamos muchísimas veces, las mismas que me acarició o entrecruzó sus dedos con los míos.

Los momentos de lucidez se combinaban con los de auténtico delirio, en los que podía mantener conversaciones con el tipo del espejo que me contemplaba con una barba demasiado espesa, ojeras de varios días y un rostro decrépito.

El grupo tenía que cumplir con la agenda, las chicas hablaron con Ravi y la estrategia a seguir fue decir que estaba enfermo, cuando ellas debían ausentarse, Margaret aparecía en la pantalla del móvil, mientras que Benan y Paul me custodiaban desde fuera, por si me daba el siroco y me atacaba la sensación de cagarla otra vez.

Fue muy jodido, muchísimo, no me sentía con fuerzas de responder a las llamadas de Janelle o de mi madre, no quise cogerles el teléfono, me comunicaba con ellas a través de mensajes cuando los temblores me permitían teclear.

Margaret y su amigo el doctor decidieron subirme un poco las dosis de los calmantes, que me dejaban como un puto zombi la mayor parte del tiempo. Según ellos, para que pasara el mono lo antes posible.

No había vuelto a intimar con Kiara, tampoco es que se me pasara por la cabeza con lo hecho mierda que estaba, físicamente era imposible incluso que se me levantara. Ella no parecía darle importancia y se conformaba con los pocos instantes en los que estaba medio lúcido y podíamos mantener una conversación en la que no se me cayera la baba.

Al cuarto día, no me desperté tan mal, debíamos ir al aeropuerto y pillar dos aviones, ocho horas de vuelo con dos escalas, tampoco es que me enterara mucho gracias a que la medicación me tenía dormitando la mayor parte del tiempo.

La Hermana Margaret me dijo que la reduciríamos progresivamente en la isla.

El resort Montage Kapalua Bay estaba ubicado junto a las pintorescas aguas de la bahía Namalu de Maui.

Un complejo cinco estrellas con jardines tropicales, piscinas de ensueño y una zona de villas privadas separada del hotel.

Las chicas, Ravi y yo estaríamos en la villa Wailohia, una fastuosa casa con tres habitaciones dobles en suite, piscina y *jacuzzi* privados en el exterior, varios salones, cocina *full equip* y aparcamiento para el coche que la discográfica nos había alquilado.

Paul y Benan no nos acompañaban esa vez, ellos se quedaban en el tráiler para tenerlo listo a nuestro regreso y volver a reemprender la ruta para el próximo concierto en Portland, Oregon.

¡Menudas puñeteras vacaciones que iba a pasar en Hawái!

Yo que había planeado románticos paseos y que el único sudor de mi cama fuera debido a grandes batallas de sexo…

Me quedaban un mínimo de tres días de arresto domiciliario, en los que Margaret desaconsejaba que saliera del complejo.

Me fastidiaba joderles el viaje a los demás, que se perdieran las excursiones por mi culpa. Me daba igual que Kiara me repitiera cien veces que no le importaba, a mí sí, y por ello le sugerí que fuera con las chicas y me dejara, que yo solo me dedicaría a dormir, que le daba mi palabra.

—No pienso dejarte solo.

—No estaré solo. Puedes ir haciéndome videollamadas y me enseñas todas esas cosas bonitas que vas a ver. Además, alguien se ha ofrecido a ser mi carcelero mientras tú te diviertes con Ravi y las chicas.

—¿Ya no te importa que esté con Ravi?

—Te mentiría si dijera que no, aunque he comprendido que todo está en mi mente y es fruto de mi inseguridad, no quiero perderte.

Ella sonrió y se sentó a horcajadas encima de mí, que estaba tumbado en la cama.

Todavía no habíamos deshecho las maletas.

504

—Es imposible que me pierdas, porque a mí solo me apetece encontrarte. —Kiara me besó, su lengua se enredó en la mía y mis impúdicas manos volaron a su trasero.

Jadeé cuando la muestra de afecto fue ganando intensidad.

Alguien llamó a la puerta y yo maldije a todos los dioses de Hawái, no había conseguido una erección completa, pero la cosa se empezaba a hinchar. Lo peor de todo era que yo había llamado a la persona que estaba al otro lado.

—Llegan los refuerzos —masculló la Hermana Margaret en cuanto Kiara abrió.

Las vi fundirse en un abrazo gigante. Se notaba a la legua el cariño que había entre ellas. Todavía no conocía a la salvadora de Kiara en persona y ahora que lo hacía me quedaba claro que era de esas mujeres que, cuando entran en cualquier sitio, son difíciles de no mirar.

Vestía un top palabra de honor y una falda larga a conjunto, ambos en color crema y estampado de flores tropicales en naranja.

Me levanté de la cama para saludarla.

—Por fin te conozco en persona, Marlon, ¿cómo te encuentras? —me saludó.

—Me gustaría decir que bien, pero he tenido momentos mejores, ¿qué tal, Margaret? —Fui a estrecharle la mano, pero ella me abrazó.

Tenía una energía tan potente que me recorrió una sacudida por todo el cuerpo, igual que si hubiera recibido una descarga. A los pocos segundos, me vi envuelto por algo similar a una profunda relajación. ¿Qué demonios…?

Kiara me miraba expectante.

—¿Lo has sentido? —me preguntó. La hermana Margaret se separó de mí.

—¿Cómo lo sabes? —farfullé alucinando y sus labios me ofrecieron una sonrisa enorme.

—Porque a todas nosotras nos pasó la primera vez, sus abrazos te llenan el alma de serenidad y te hacen sentir esa seguridad incomparable que no puedes sentir en ninguna otra parte del mundo. Tiene la capacidad de resetear tu energía.

—No seas exagerada, Kiara.

—Es verdad, yo doy fe, hermana, podría vender sus abrazos y se forraría.

—Si cobrara, no sería lo mismo, tú lo sabes mejor que yo. —Puso la palma de su mano sobre mi corazón y la dejó ahí—. Todo lo que se entrega con amor y de manera voluntaria viene cargado de la energía universal, solo hay que estar abierto a ella y dejarla fluir, es incomprable y me alegro de que tú hayas sido capaz de sentirla, es buena señal. —Quitó la mano y la dejó a un costado de su cuerpo—. Ya tenemos la suficiente confianza para que me tutees, así que espero que lo hagas a partir de ahora.

—Como quieras. —Ella asintió.

Apenas tenía arrugas, solo algunas finas líneas, marcas de expresión, parecía mucho más joven de la edad que Kiara me dijo que tenía y se notaba que en su cutis no había habido bisturí.

Se dio la vuelta y se dirigió a Kiara.

—Venga, vete, Marlon ya está a salvo conmigo y tú tienes una excursión a la que asistir.

—¿Has dejado la maleta abajo? —preguntó Kiara—. Puedo hacerte espacio en este armario. Pediremos que coloquen una cama supletoria en…

—No voy a hospedarme aquí, reservé una habitación en un hotel muy cercano.

—¿Por qué? —preguntó mi chica—. Te dije que había espacio.

—Lo sé, pero no he venido sola —Margaret se mordió el labio con una sonrisita pícara—. Me acompaña alguien especial.

La noticia cogió por sorpresa a Kiara, que no pudo evitar soltar una exclamación.

—¡¿Sales con alguien?! —Ella sonrió.

—¿Quién sale con alguien? —Se asomaron Trayi y Ranya, que ya se habían cambiado.

—Yo estoy con alguien —asumió la hermana y las chicas se sumaron a la algarabía y la batalla de preguntas.

«¿Quién es? ¿Cómo os habéis conocido? ¿Le conocemos? ¿Cuándo le conoceremos? ¿Por qué no ha venido contigo? ¿Cuánto tiempo lleváis?».

—Dejad que os responda alguna antes de lanzar la siguiente. En primer lugar, por supuesto que tengo intención de presentaros a mi pareja; en segundo, llevamos poco, nos conocimos en la gala benéfica donde me dieron aquel premio, nos presentó un amigo en común y surgió la chispa, y no hemos sido capaces de separarnos desde hace un mes y medio. Se llama Mary, aunque casi todos la llaman Sepúlveda porque es inspectora de homicidios en Nueva York.

Se hizo un silencio cortante, las chicas se quedaron mudas, se miraron entre ellas como si no dieran crédito a la información.

Me sonaba muchísimo aquel apellido, ¿sería la misma que intervino en el caso de Raven?

—Creo que la conozco —admití—, es una mujer concienzuda y eficiente. Ayudó a resolver un caso de homicidio que involucró a uno de mis compañeros del SKS.

—Exacto, ella es —admitió—. ¿Y a vosotras qué os pasa? —la pregunta las hizo regresar del trance.

—N-nada, es solo que no te hacíamos con, bueno, no sé... ¿Una inspectora de homicidios? —preguntó Trayi.

Margaret se encogió de hombros.

—Es su oficio, con quien salgo es con Mary, aunque suela llamarla inspectora, le pone bastante que lo haga. —Les guiñó un ojo a las chicas.

Ellas se miraron las unas a las otras, pero no dijeron nada más, la euforia se había disipado dejando espacio a otro tipo de emoción más esquiva, aunque desconocía el motivo.

—Oye, ¿no teníais una excursión programada? —preguntó, mirando su reloj.

—Sí —terció Ranya—. Ravi ya nos estará esperando abajo.

—¿Y a qué esperáis? Venga, que yo me quedo con Marlon, disfrutad.

Kiara se acercó a mí para darme un beso suave al que yo respondí.

Margaret suspiró y la miró mientras se iba un pelín reticente, cuando cerró la puerta y nos dejó a solas, mi psicóloga se dirigió a mí.

—No tienes ni idea de lo que has hecho por Kiara, hace tres meses era impensable que hiciera algo así, te estoy muy agradecida, de verdad.

—Yo no he hecho nada —me froté la nuca.

—Ya lo creo que sí, aunque todavía no seas consciente de lo que hiciste, has colaborado activamente en su sanación, ayudaste a Kiara a recorrer el último tramo del camino que empezó cuando entró en la asociación, verla interactuar hoy contigo, su esfuerzo para ayudarte a salir, ha sido como presenciar un milagro. La has curado y, no solo eso, le has devuelto la capacidad de sentir amor y deseo. Gracias. —Sus palabras eran reconfortantes—. Os hacéis mucho bien el uno al otro.

—¿En serio te gusta la idea de que esté conmigo? Soy un puto adicto.

—Eres un chico muy especial, sensible, afectuoso, compasivo y paciente que ha tenido un tropiezo en la vida, como la gran mayoría, hace falta tocar el suelo para poder despegar. ¿Estás listo para nuestra sesión? —Asentí reconfortado por sus palabras—. Muy bien, pues bajemos al jardín, un poco de aire fresco y vistas al océano nos sentarán bien a los dos.

CAPÍTULO 67

Sepúlveda

Margaret se había marchado, se pasó toda la semana anterior haciéndole terapia a Marlon, el hermano de Janelle, la chica del SKS con la que César y Nancy estaban liados. El mundo era un puto pañuelo, o es que todos los caminos me llevaban a Kali.

Estaba comiendo con Margaret en casa cuando recibió una llamada de emergencia.

Kiara la llamó porque Marlon se había puesto hasta el culo de coca y no estaba segura de si era mejor llevarlo a un hospital o cómo actuar.

Como estábamos solas en el piso, se escuchaba todo, me ofrecí a irme de mi propio salón para darle privacidad, pero ella negó.

Así fue como me enteré de que Kiara y Marlon habían empezado a mantener una relación.

Cuando colgó, me miró a los ojos.

—*Sé que has podido oírlo todo.* —*Asentí*—. *Quiero que sepas que, como te dije, no suelo hablar de mis pacientes con nadie, pero dado que el viaje que vamos a hacer es para ayudar al chico, tampoco es que quiera mantenerte al margen, estoy confiando en ti, Mary, estamos construyendo algo bonito juntas y me gustaría que formaras parte de nuestra familia, la que tengo con las chicas.* —*No sabía qué responder a eso, me sentía mal porque la estaba traicionando y sabía cosas que no debería—. Nadie puede enterarse de lo de Marlon, él es muy importante para Kiara, y yo estoy muy unida a ella.*

—Lo entiendo, mis labios están sellados —afirmé.

—Gracias.

Me explicó que Kiara fue quien más secuelas había arrastrado a lo largo del tiempo, que nunca había tenido una relación sentimental, ni interés por el sexo, que el plano íntimo estaba descartado en su cerebro por lo mucho que sufrió. Había leído de su puño y letra las atrocidades que le hacía su marido, así que no me cogía por sorpresa que Kiara no hubiera querido saber nada sobre aquello que produjo tanto dolor en ella. Por eso estaba tan contenta de que hubiera dejado espacio a Marlon.

—¿Piensas que un adicto a las drogas le hará bien? —cuestioné.

—Puede parecer lo contrario, lo sé, pero Marlon, pese a sus flaquezas, le ha dado algo que le arrebataron hace años, poder confiar en que alguien del sexo opuesto nunca le hará daño. Le ha hecho sentir, desear y plantearse aprender a disfrutar, todo con infinita paciencia y respeto. Creo que Marlon merece ser ayudado, solo por lo mucho que ha hecho por Kiara sin pedir nada a cambio. Todos tenemos derecho a equivocarnos, a flaquear y a ser perdonados. ¿No crees? —Asentí.

¿Sería ella capaz de perdonarme cuando supiera lo que había hecho?

Mientras mi chica seguía hablando, mis neuronas seguían desgranando todos los papeles que encontré. No en el resumen que yo les ofrecí a Parker y a Martínez, sino el completo, donde estaba todo el historial de las chicas.

Los había analizado milímetro a milímetro y lamentablemente todo apuntaba hacia una persona como la sospechosa que estaba buscando.

Kalinda y el alias de nuestro asesino eran demasiado coincidentes para pasarlo por alto. Su historia de abuso y venganza encajaba a la perfección con el perfil de Kali, y si a eso le sumábamos que cayó al río, que llevaba el nombre de la diosa y sobrevivió, cuando era algo altamente improbable, tras usar un cuchillo con su imagen para degollar a su abusador, ella pudo interpretarlo como una señal.

Tras debatirlo con Parker, estaba convencido de que para alguien nacido y criado en el misticismo de la India lo habría tomado como un resurgimiento, una bendición y que las muertes podrían estar siendo su ofrenda, por eso dejaba la imagen de la diosa.

Matar a pederastas era su nueva misión vital y fue tomando fuerza a lo largo de los años.

Su conexión a otras víctimas de abuso, a través de la fundación, podía haber pulsado el botón del interruptor, quizá algún caso en concreto similar al suyo o la suma de todos ellos ejercieron de detonante.

En el informe ponía que estudió Ingeniería Informática, lo que le daba las habilidades necesarias para rastrear a sus víctimas a través de Internet, el coto de caza predilecto de los abusadores infantiles. Les daba el anonimato que tanto les gustaba.

Le pedí a César que hablara con su amigo, a ver si podíamos rastrear los lugares en los que Kiara navegaba. O acceder vía remota a su sistema informático y así constatar nuestras suposiciones. Por el momento, sería de manera extraoficial, después ya vería como me las ingeniaba para conseguir las órdenes oportunas.

Lo que seguía manteniéndonos en jaque era cómo se hacía con la sangre de vaca y la succinilcolina.

Martínez dijo que Marlon podía ser la pieza que nos faltaba entre Kali y el proveedor del SKS, podría haber sido él el eslabón que nos faltaba. Sin embargo, no me cuadraba, los asesinatos comenzaron antes de que Marlon entrara en escena y no teníamos noticias de que las chicas fueran clientas.

Si Marlon no era el enlace, ¿de dónde obtenía la droga?

Parker lanzó la posibilidad de que no estuviera actuando sola, tendría sentido que sus compañeras de grupo, Trayi y Ranya, estuvieran involucradas. Ambas tenían historias de violencia en defensa propia y un fuerte deseo de justicia, tal y como se detallaba en los informes.

Además, Kiara era la líder del grupo, no solo porque llevara la voz cantante en las entrevistas, se notaba la adoración que despertaba en sus compañeras, era una cabecilla por elección, no por imposición. Una mujer altamente persuasiva, que promovía con su música algunos conceptos que arrasaban en las mentes de los jóvenes. Tal y como habían comentado a la prensa, ellas no eran solo un grupo musical, Shiva's Riff era la melodía del cambio, uno que dirigía a la población mundial hacia una auténtica revolución social, igual que hacía Kali con sus seguidores.

Todo encajaba, Kiara, con su inteligencia y habilidades con la tecnología, podría haber rastreado a las víctimas y planificado los asesinatos. Trayi y Ranya eran sus secuaces, podrían echarle una mano tanto consiguiendo las sustancias necesarias como para trasportar la sangre y preparar la escena del crimen. Juntas formaban un equipo letal, cada una aportando sus habilidades y recursos únicos.

Por eso las tres estaban en el parque de Philadelphia, a la misma hora y en el mismo lugar que una de las víctimas.

Podían parecer tres chicas inofensivas, pero lo cierto era que en Wing's of Life no solo les dieron apoyo psicológico, las tres recibieron entrenamiento. El padre Miguel les impartió clases de un arte marcial filipino para que pudieran protegerse y ganar confianza. Cuando llegaron a Estados Unidos, siguieron entrenando durante años. Se empleaban palos, cuchillos y otras armas blancas, todo era susceptible a convertirse en una, esa era la principal filosofía, se llamaba… K.A.L.I.

Cuando leí el nombre, solté una risotada, me pareció el sumun de la desfachatez. Un arte marcial con el nombre de la diosa y de mi asesina. Porque cada vez estaba más convencida de que era una mujer, o tres.

Solo necesitaba pruebas para confirmar mis sospechas y desentrañar la verdad sobre mi objetivo y su red de cómplices.

El amigo de César logró averiguar que Kiara participaba en un juego *online* que era el favorito de los cazadores de menores, en cuanto arrancara la próxima partida, Parker entraría y le daría motivos suficientes para que fuera a por él.

Mi experto en perfiles sería el señuelo perfecto, le daría el suculento manjar que a Kali más le gustaba: se haría pasar por un pederasta.

Nuestra justiciera llevaba un tiempo sin actuar, me cuadraba porque tenía un entretenimiento nuevo que le había nublado la mente, los primeros días del enamoramiento eran absorbentes. Que me lo dijeran a mí, que era incapaz de quitarle las manos de encima a Margaret.

Al pensar en ella, volví a estremecerme por dentro, que detuviera a sus chicas podría significar el fin de nuestra relación y darme cuenta de ello dolía demasiado.

La había visto entrar en el hotel, le dije que iría a dar un paseo por la isla en cuanto supe que las chicas se iban de excursión, le pareció una gran idea porque no iba a abandonar a Marlon hasta que ellas volvieran y así yo podría seguirlas.

Quizá no descubriera nada, pero prefería estar al acecho, una siempre tiene que estar dispuesta a cazar a un asesino.

CAPÍTULO 68

Kali

Llevaba bastante tiempo sin actuar.

Tampoco es que esperara pillarme por alguien, creía que no ocurriría y mis hormonas eran un festival de las emociones.

Cada vez que veía su boca, sus ojos, sus manos, obviaba la caza, y eso no podía ser. Debía hacer una pausa en mis vacaciones.

Tenía que reconectar con Kali de nuevo, buscar al siguiente cabrón que recibiría su justicia divina.

Encendí el ordenador y entré en la red. Los dedos me hormigueaban, como siempre ocurría cuando accedía al juego.

Mi avatar se puso en marcha.

Galletita avanzaba deseosa de ser mordida, en busca del cabrón que quisiera hincarle el diente.

Llevaba media hora de juego cuando alguien, con un nick sospechoso, despertó mi interés, apenas tardó en querer hablar conmigo, como solía ocurrir con los abusadores, ellos eran los que lanzaban la primera piedra.

Los niños de doce, tal y como afirmó tener Cute_Boy12, no solían adular el juego de las niñas, estaba segura de que se trataba de un depredador.

Hice crujir mis dedos y me empleé a fondo en la conversación para despertar su interés.

Se notaba que no era la primera vez, lo cual me asqueó profundamente. Tenía que hacerme pasar por la niñita desvalida que estaba en las puertas de la adolescencia, eso era lo que él buscaba.

Tras veinte minutos interactuando y avanzando en el juego, me lanzó el segundo señuelo, eran tan previsibles que me daban ganas de atravesar la pantalla, sacudirlos y decirles, «¿es que no te das cuenta de que te voy a matar, puto cerdo?».

(07:07P.M) <Cute_Boy12> Seattle, ¿y tú?
(07:08P.M) <Galletita> Tb.
(07:09P.M) <Cute_Boy12> En serio? Igual vamos al mismo colegio.
(07:10P.M) <Galletita> No creo, me acabo de mudar con mi familia.

Cute_Boy12
Galletita

(07:14P.M) <Cute_Boy12> Nos estamos conociendo. ¿Yo no te gusto?
(07:16P.M) <Galletita> No sé. No te he visto.
(07:18P.M) <Cute_Boy12> Quieres que hablemos por una app y nos conozcamos mejor? Puedo mandarte fotos y tú a mí.
(07:19P.M) <Galletita> No sé...

Cute_Boy12
Galletita

516

[07:20P.M] <Cute_Boy12> Solo es para conocernos.
[07:21P.M] <Galletita> Vale, cuál es la app?
[07:22P.M] <Cute_Boy12> SSecret. La conoces?
[07:23P.M] <Galletita> No.
[07:24P.M] <Cute_Boy12> Va genial y es anti
control parental, tus padres no sabrán que la
tienes.

[07:25P.M] <Cute_Boy12> Será nuestro secreto.
[07:26P.M] <Galletita> Suena divertido.
[07:27P.M] <Cute_Boy12> Sabía que te gustaría.
[07:28P.M] <Galletita> Vale, luego la pongo.Me
tengo que ir.
[07:29P.M] <Cute_Boy12> Ok. cuando la instales
pon mi nick y te saldré. By Galletita.

Apagué el ordenador, fuera se escuchaban las voces de Marlon y las chicas, que estaban jugando una partida de cartas.

La semilla ya estaba plantada.

CAPÍTULO 69

Kiara

Salí del cuarto y fui interceptada por Marlon, que me dio un susto de muerte porque no lo esperaba, me arrastró y atrapó contra la pared.

—¿Qué haces? —pregunté sonriente con el corazón en la garganta.

—Tenía ganas de besarte, y con esta ropa que te has puesto, es muy difícil alejar las manos de ti.

—He estado a punto de tirar la puerta abajo, ¿qué hacías tanto tiempo ahí metida? —preguntó sugerente.

—Roma no se construyó en un día.

—Tú no necesitas construirte, eres perfecta en todas tus formas…

Sus ojos volaron por la franja de piel desnuda que iba desde mi cuello hasta mi ombligo. Gruñó.

—No llevas sujetador debajo de esa americana, ¿verdad?

—¿Quieres comprobarlo?

Tras cuatro días en la isla, recibiendo terapia intensiva, se le veía mucho mejor.

—Si meto ahí la mano, no respondo de lo que pueda ocurrir…

Llevaba un pantalón de pinzas de corte masculino, una americana con solapa de pedrería, arremangada hasta el codo, abrochada con un simple cierre a la altura del ombligo, y el pelo engominado hacia atrás.

Busqué su boca juguetona. Nos besamos lenta y profundamente. Adoraba la manera en la que capturaba mis labios, como si los necesitara para seguir viviendo.

Mi cuerpo se despertaba cada vez que lo tenía cerca. Ya habíamos pasado la fase de lo siento, la del no lo volveré a hacer y la del no te merezco. Aunque tenía que seguir con los refuerzos positivos y, según la Hermana Margaret, hacerle sentir a Marlon la importancia que tenía en mi vida.

Su cuerpo comenzaba a reaccionar, a inflamarse y a ponerse tenso en cierta parte de su anatomía a la que cada vez le tenía más ganas.

Se alejó de mi boca para recorrer mi mandíbula hasta llegar al lóbulo de la oreja.

—Quiero que hoy te diviertas mucho con las chicas, pero guarda fuerzas para cuando vuelvas, porque necesito seguir donde lo dejamos antes de que la liara.

Me separé de él y lo contemplé con una ceja alzada.

Sabes tan bien como yo que, si salgo con las chicas, al volver, ya estarás roncando. Sé que no es por falta de ganas, sino fruto de la medicación.

—Puedo aguantar sin tomar…

—Ni hablar.

Él suspiró resignado y presionó los labios sobre los míos.

—Está bien. Otro día será.

Casi fui incapaz de aguantar la carcajada que me estaba naciendo al ver su expresión de perrito apaleado. No solo era Marlon quien quería una mayor intimidad, yo apenas podía quitármelo de la cabeza, por eso no pensaba salir esa noche.

Crucé los dedos con los suyos y lo miré a los ojos.

—¿Qué dirías si te dijera que ese otro día es hoy? —Él arrugó el ceño.

—No te entiendo.

—Ya lo harás, dúchate y cámbiate, tienes una cita conmigo.

Me encantó su expresión de estupor.

—¡Disfrutad de la noche, chicos! —exclamó Trayi desde la puerta, acto seguido, esta se cerró.

—Pero ¿qué demonios…? —Le sonreí.

—El servicio de habitaciones vendrá en diez minutos, es el tiempo que te doy para que te cambies y cenemos solos en el jardín.

Su expresión se iluminó.

—Pero ¿no era hoy cuando Margaret iba a presentaros a su chica?

—Bueno, a mí ya me la presentará otro día. Llevamos cuatro días en la isla y no he dejado de ir a lugares sin ti, cuando en realidad me habría encantado estar en cada uno de ellos contigo.

—Soy un capullo por…

—Shhh, lo hecho hecho está, lo importante es lo que pase a partir de ahora entre nosotros, y sabes que lo quiero todo contigo.

Marlon buscó mi boca para saquearla, enredé mis manos en su pelo y sonreí contra sus labios.

No mentía, visitar la isla y ver todos aquellos lugares mágicos estaba bien, pero habría estado mejor si hubiera sido con Marlon.

Todavía teníamos un par de días por delante en los que Margaret sugirió que mi querido Rizos hiciera alguna que otra visita con nosotras, siempre y cuando no fuera demasiado agotadora.

Yo me moría de ganas de tener una noche para los dos, a solas, las chicas lo sabían y fueron quienes me propusieron que aprovechara para cenar con él.

—No te haces a la idea de cuánto he deseado algo así —confesó.

—Te aseguro que tengo las mismas ganas que tú, mereces que celebremos tus logros, te espero en el jardín.

Se separó de mí a regañadientes.

En el tiempo que tardó en bajar, encendí las antorchas que rodeaban la piscina, la brisa marina permitía que pudiera vestir de esa forma y no sentir calor.

Los chicos del servicio de habitaciones llegaron a la hora indicada, sirvieron la comida mientras yo sincronizaba el hilo musical del jardín con el bendito Spotify, nada podía fallar.

Pedí varios platos típicos de la isla, *poke* de atún, *lomi-lomi*, *kalbi ribs*, que le flipaban a Marlon, y *lau-lau*. El postre era una pequeña *fondue* de chocolate con brochetas de fruta recién cortada.

Margaret le había restringido a Marlon el consumo de alcohol, decía que era mejor para no asociarlo con su consumo de drogas, por lo que pedí agua de fruta.

Despedí al servicio y me perdí en mis propios pensamientos, admiré cómo la noche había teñido el cielo para engalanarlo con una luna llena increíble acompañada de multitud de estrellas.

Una fugaz pasó ante mis ojos, contuve el aliento al notar el calor de su cuerpo envolviéndome por detrás.

—Directo de la estrella fugaz, para que después digan que los deseos no se cumplen. Tú y yo vamos a tener una cita estelar —musitó en mi oído.

—¿Eres el de Tinder? —bromeé.

—Soy el hombre de tu vida, el que quiere poner el firmamento a tus pies.

Me di la vuelta y pasé mis manos por su cuello.

—Eso no lo pongo en duda.

Estaba guapo, aunque eso no era difícil, incluso en su peor versión, Marlon era arrebatador.

—No creí que llegaría el día en que le dijera esto a una mujer, sobre todo, sin haberme acostado con ella al cien por cien, pero es que creo que estoy jodidamente enamorado de ti.

La declaración me calentó por dentro y me hizo reír de dicha. Puede que no fuera la más romántica del mundo, pero me bastaba que la hubiera pronunciado él. Solo eso ya me hacía inmensamente feliz.

Marlon era el hombre de las primeras veces.

El primero al que quise besar, el primero con el que quise entregarme y el primero que me había dedicado una declaración de amor.

—¿Me estás diciendo que me quieres?

—Sí, y no solo eso, Ojazos. Te estoy diciendo que estoy loco por ti, que sería capaz de hacer cualquier cosa por ti.

—¿Y si te pido que no dejes de quererme nunca?

—Te aseguro que eso no me va a costar nada, dudo que pudiera llegar a hacerlo. Quiero a mi padre que es un capullo, imagínate a ti.

—¿Y si te dijera que soy una asesina en serie? —lo tanteé.

—Iría a por una pala y pensaría lugares imposibles para enterrar los cuerpos.

Su respuesta me hizo feliz.

—Así que esas tenemos, ¿eh?

—No vas a librarte nunca de mí, aunque eso me suponga tener que ser tu cómplice.

Me puse de puntillas y volvimos a besarnos al ritmo del latido de nuestros corazones.

—Cenemos, o no respondo de lo que voy a querer hacerte —musitó, llevándome con él.

Marlon apartó la silla para que me sentara, y cuando lo hice, se acomodó delante de mí.

La cena fue muy amena, era imposible aburrirse con él. Siempre tenía temas de conversación, me hacía reír con sus guiños y provocaciones, además de que estaba muy predispuesta a entrar al trapo y provocarle. Me gustaba la Kiara que desataba en mí.

Cuando llegamos al postre, quería seguir con aquel tira y afloja *sexy*, por lo que, en lugar de coger la brocheta y llevarla a la fuente, metí directamente el dedo para llevármelo a la boca y succionar. Los ojos de Marlon centellearon, llevaba toda la cena mirándome el escote con apetito, y en ese instante esa mirada era descomunal.

Despertó en mí la voluntad de ser más osada, él azuzaba mi lado más descarado, uno que decía que podría hacer cualquier cosa a su lado y nunca estaría mal.

—¿Quieres postre? —pregunté tentadora.

—¿Y si lo que se me ha antojado tiene muy poco que ver con la fruta?

—Quizá te lo pueda dar…

—Quítate la chaqueta, Ojazos.

Sabía que podía optar por no obedecer, por quedarme con ella puesta, que era su manera de llevarme al otro lado de la línea que estaba deseosa por cruzar.

Marlon me hacía sentir segura, deseada, venerada y, aunque su tono de voz era impositivo, no era más que un juego a dos bandas, ambos lo sabíamos.

Llevé mis dedos al cierre, con el interior de mis muslos hormigueando ante mi muestra de exhibicionismo privado.

Desplacé la prenda sin prisa, exponiendo mi torso a la luz de las antorchas, colocando la americana en el respaldo de la silla, alzando la barbilla, sintiéndome orgullosa de lo que se prendía en sus pupilas.

—Ahora lleva el chocolate a tus pezones. —La orden contrajo mi útero.

Estiré el dedo. Ya los tenía duros antes de dejar caer las gotas dulces sobre el primero. El segundo se constriñó de anticipación y una corriente de placer los tensó todavía más que hacía unos instantes.

—¿Te gusta la sensación?

—Me gustaría todavía más si tu boca estuviera en ellos —respondí con descaro.

—¿Solo en tus pechos? —Negué—. Necesitaré un mapa visual del camino que quieres que sigan mi boca y mi lengua, marca todo aquello que quieras que recorra.

Me puse en pie, me descalcé, desabroché el pantalón y lo dejé caer sin un ápice de pudor.

Metí los dedos en los laterales del tanga y este cayó en el mismo lugar que el resto de las prendas.

Arrastré la silla hasta colocarla justo delante de Marlon. La piscina quedaba a mis espaldas, las llamas de las antorchas bailoteaban sobre mi piel y la mesa estaba a mi izquierda. Solo necesitaba alargar la mano para llegar a la fuente con comodidad.

Ahora podría ser un pecado capital, uno de los que actuaban en el SKS, y si tuviera que elegir uno, siempre sería Soberbia, porque así era como Marlon me hacía sentir.

Ocupé el asiento, acerqué la yema para empaparla bien, y la levanté dejando caer un reguero sinuoso entre mis pechos, repetí la operación hasta que un pequeño riachuelo descendió por mi abdomen formando un lago en el ombligo.

—Muy apetecible… —murmuró Marlon. Fue a levantarse.

—Espera —lo frené. Se detuvo en seco.

Si había una palabra que definía cómo me sentía era osada.

Esta vez no me contenté con meter un dedo en el chocolate templado, llevé mis dos manos hasta hundirlas en la espesura y una vez las tuve totalmente ungidas, separé las piernas y aguardé unos segundos, dejándole a mi invitado el tiempo suficiente para que contemplara mi excitación.

La nuez de Marlon bajó y subió precipitada, me sentí penetrada por sus retinas anhelantes y solo entonces me permití alzar las palmas y acariciarme, desde las rodillas hasta trazar toda la cara interna de los muslos, ascendí por las ingles y dibujé un corazón en el pubis. Rematé la obra de arte con una flecha que apuntaba la zona más latente y brillante de mi cuerpo.

—¿Necesitas más indicaciones? —pregunté.

—Me las sabré apañar para llegar a destino.

Su voz se había engrosado, al igual que la zona central de su pantalón.

Marlon no aguantó más tiempo sentado, se arrodilló ante mí para desplazar toda la superficie de su lengua en cada trazo de mi piel.

A cada avance el calor me inundaba y eso que evitaba las zonas que no estaban manchadas, lo cual me llenaba de frustración y me daban ganas de coger la fuente para arrojar el contenido y bañarme por completo.

Por otra parte, adoraba que no tuviera prisa, aunque el deseo me consumiera. Subía y bajaba rodeando lo primordial, soltando exhalaciones en mis puntos de mayor necesidad, volviendo el anhelo en extremo.

Los pezones y el clítoris me palpitaban a lo bestia, reclamando la atención que les estaba negando.

Cuando bajó por mi abdomen, mi respiración se alteró, por muy ofendidos que estuvieran mis pezones, prefería que se dirigiera a la zona enmarcada por el corazón. Lo desdibujó por completo, mientras yo me agarraba a los laterales de la silla, mis nudillos debían estar blancos.

Le tocó el turno a la flecha, la cual succionó, mordisqueó y lamió provocando que mi coño lagrimeara de anticipación.

El pulso me iba a mil, no podía estar más mojada. Marlon se enfrentó a mi sexo abierto y después a mí. Tenía la cara manchada de chocolate y los ojos desafiantes.

Tragué con fuerza al ver que se relamía. Sabía lo que estaba por llegar.

Descendió, aspiró el aroma que destilaba y, en lugar de hundir la boca en mí, regresó a las piernas.

Me sentí como la protagonista de *Inside Out*, llena de ira, ansiedad y frustración. Mi mano voló hasta sus rizos y lo agarré para tirar de él con violencia.

—¡Ni hablar! No se te dan bien las flechas. Recalculando ruta.

Marlon alzó de nuevo la barbilla para mirarme con una sonrisa desvergonzada.

—¿Ocurre algo?

—¡Que te estás saltando lo más importante! Tanto borrar y borrar las indicaciones te has despistado.

—¿En serio? Vaya, igual es que soy más auditivo que visual. ¿A dónde quieres que me dirija, Ojazos? —me provocó.

Si pensaba que no lo iba a decir, iba listo.

—Quiero que me comas los pezones, que los muerdas, que los succiones…

—¿Y qué más?

—Que te metas entre mis piernas y me saborees hasta que esté a punto de estallar, pero no quiero correrme en tu boca.

—¿Y eso por qué?

—Porque hoy quiero que terminemos los dos contigo en mi interior, quiero sexo con penetración. Dime que llevas condones.

—Los llevo. —Sentí alivio al escucharlo, aunque yo llevara algunos en el bolsillo interior de la americana por si acaso.

—¡¿Y a qué demonios esperas?!

—A que escuches esto, puede que haya estado con muchas mujeres, pero ahora sé que eres la única con la que quiero estar no solo en cuerpo, también en alma, eres única para mí.

—Perfecto, porque tú también lo eres para mí. Jamás he querido, deseado y necesitado a nadie como a ti. ¿Quieres algo más? —pregunté ansiosa.

—Solo a ti.

Marlon prácticamente se arrancó la ropa, después hizo a un lado los platos, me tomó en volandas y me sentó en la mesa.

Esa vez fueron sus manos las que se llenaron de chocolate para acariciarme mientras acercaba los labios a mis pechos. Arqueé la espalda para ofrecérselos llenando la noche de gemidos y ansia.

Los Gnarls Barkley cantaban *Crazy*, y a cada instante que pasaba yo estaba más loca por él.

Marlon agarró mis tobillos, colocó las plantas de los pies en la mesa y bajó para darse un festín entre mis pliegues, dilatándome con sus dedos, enterrándolos en mí al mismo tiempo que espoleaba a mi clítoris sediento, que no dejaba de crecer, de hincharse, de recibir el estímulo de su lengua.

—Eso es, cariño, déjate ir así.

Noté cómo me abría, cómo le daba espacio, cómo mis caderas empujaban buscando mayor profundidad. Querían algo más grueso, más íntimo, que colmara y atravesara el último escollo que Marlon podía sanar. Estaba tan lista que estallaba de necesidad.

—Por favor —supliqué—. Te quiero dentro.

Debió estar de acuerdo, porque fue a por el condón. Se lo puso con muchísima destreza y colocó el glande en mi abertura sin penetrarme, solo lo dejó ahí y me tomó de la barbilla.

—Te quiero, Kiara.

—Y yo a ti, Rizos, como jamás he querido a nadie.

Los dos lo sabíamos, daba igual lo rotos que estuviéramos porque nuestros pedazos encajaban formando el puzle perfecto, el de un alma mucho más fuerte que latía al ritmo de nuestros corazones.

Fue entrando en mí con lentitud, estaba preparada para albergarlo, para aceptarlo en mí. Lo acogí sin dolor, llena de entusiasmo, aceptación y placer, como siempre debería ser entre un hombre y una mujer. Cuando casi estuvo dentro, en toda su totalidad, enredé las piernas en su cintura y Marlon tiró de mí hacia él, hasta que ni si quiera el aire cabía entre nuestros cuerpos.

Me aferré a sus hombros colmada, Marlon aguardó lo justo para que me adaptara, y en cuanto le pedí que me hiciera suya, un dulce vaivén ahondó en mi interior, cálido, complaciente, constante, generoso.

Sonreí y él me devolvió la sonrisa, no dolía, me elevaba. Nuestras lenguas se enredaron ávidas la una de la otra. Adoraba cómo nos complementábamos, cómo reaccionaba mi piel a la suya. Quería llenarme de su esencia.

El mimo inicial dio paso al frenesí, al desenfreno, a la necesidad extrema. Las acometidas se volvieron más profundas, más sólidas, más salvajes, igual que los sonidos de nuestros cuerpos, que entrechocaban sin piedad.

La fuente volcó fruto del énfasis y me vi siendo follada sobre un mar de chocolate que no restó intensidad al momento.

Éramos un nudo apretado que amenazaba con romperse de un momento a otro. Estábamos al límite, mis gemidos eran cada

527

vez más agudos, los de Marlon más roncos, me gustaba cómo sonábamos.

Mi vagina se contrajo, el aire en mis pulmones escaseó, su boca dejó de besarme para conectar nuestras miradas.

—Eso es, cariño, dámelo, córrete.

No hicieron falta muchas más acometidas para que atravesara la barrera de lo desconocido, grité su nombre una y otra vez, era la primera vez que tenía un orgasmo con penetración y no podía sentirme más plena. Él lo sabía, vi el orgullo llenando sus pupilas justo antes de que se dejara ir por la presión de mi vagina, acompañándome en este nuevo viaje de emociones a flor de piel.

Nos quedamos abrazados varios minutos, hasta que Marlon perdió la totalidad de la erección, entonces nos besamos y, sin que saliera de mi interior, me cargó fuera de la mesa.

—¿Qué haces?

—Habrá que lavarse, ¿no?

—No pensarás... —Al ver la dirección que tomaba, tuve claras sus intenciones—. Marlon, ¡el condón!

—El cloro lo mata todo, no sufras porque termine alguna embarazada.

Fue lo último que oí antes de que termináramos engullidos por el agua. Eso y nuestras risas.

CAPÍTULO 70

Sepúlveda

—Decidme que la tenemos.

Fue lo primero que dije al entrar en comisaría.

Martínez estaba en su mesa, llevándose un donut glaseado a la boca mientras Parker le mostraba unos documentos.

Lo dije lo suficientemente bajo como para que el bullicio de los demás ocultara lo que acababa de decirles.

—Buenos días a ti también, jefa, se nota que las vacaciones te han sentado igual de bien que si hubieras estado de luna de miel.

—No me jodas, Martínez.

Le hice una peineta arrebatándole la taza de café que estaba delante de los papeles, me la llevé al interior de mi oficina.

—Creo que quiere que la sigamos —lo oí murmurar.

Sí, estaba malhumorada, no me gustaba nada la idea de joder a Margaret después de los días que habíamos pasado y mucho menos después de ver la relación que tenía con las chicas y conocerlas.

No estaba segura de si haber pasado los últimos días con ellas, formando parte de su círculo, viéndolas interactuar, había sido buena idea.

Tenía la sensación de estar cagándola a base de bien, de que los cimientos de mis creencias se desmoronaran como una casa hecha de arcilla en plena tormenta.

Tuve que repetirme en más de una ocasión que no era por ellas, que estaba haciendo mi trabajo, que su pasado no implicaba que se tomara la justicia por su mano. Que daba igual lo encantadora que resultara Kiara, que me enterneciera verla relacionarse con Marlon llena de amor. Aunque hubiera tenido una vida de mierda, no tenía derecho a degollar a esos hijos de puta, decidir quién moría y quién no.

Me dejé caer en la silla con el estómago hecho un batiburrillo, di un trago largo al café de Martínez mientras este y Parker cerraban la puerta y ocupaban los asientos que quedaban delante de mí.

Miré a uno y a otro.

—Casi la tenemos —murmuró Ethan para romper el hielo.

Lancé un gruñido que le desajustó las gafas sobre el puente de la nariz. Estaba cansada por las horas de vuelo y frustrada por lo que supondría la detención de Kiara en mi vida sentimental.

Me centré en sus palabras, que era lo que se esperaba de mí.

—¿Qué quiere decir ese casi?

—Bueno, pu-pues que por fin se conectó desde Hawái. No quisimos decírtelo para que desconectaras un poco, tampoco es que tuviéramos demasiado, solo un primer contacto.

—¿Y es seguro que era ella?

César arrastró la silla hacia delante y me contempló con fijeza.

—A ver, mi colega hizo todo el seguimiento, dijo que el ordenador estaba superencriptado y la señal se desviaba a muchísimos servidores extranjeros para despistar, pero logró que Ethan entrara en ese maldito juego *online* y establecer contacto, Kiara se hace llamar Galletita.

—Un nick muy suculento —bromeé ácida.

—En estos días ha vuelto a jugar un par de veces más y debo decir que fue todo un acierto echar el señuelo de Seattle, ella dijo ser de la misma ciudad, lo que encajaría a la perfección con su *modus operandi*, tras el concierto de esta noche, es el lugar al que se dirige la banda para tocar.

Volví a beber mirándolos al uno y al otro.

—Bien, eso nos deja unos días de margen para preparar el operativo, tendríamos que hablar con el comisario, que a su vez hablara con el juez para que tuviéramos lista la orden judicial que nos dé acceso a Wings of Life el mismo día del operativo, no quiero que Margaret pueda intentar proteger a las chicas destruyendo información. —Ambos se miraron—. ¿Y ahora qué pasa? —pregunté cabreada.

—Hemos pensado que igual te gustaría que otro se ocupara de la investigación dada tu implicación sentimental con la Hermana Margaret.

Que César sugiriera algo así me sentó como un tiro.

—¡Kali es mía! ¿Pones en entredicho mi profesionalidad porque me acueste con su salvadora? ¿Quieres dejarme fuera?

—Lo decimos por tu bien, jefa —masculló mi amigo.

—Mi bien es atrapar a la asesina que me ha llevado de cabeza todo este tiempo, sé separar las cosas.

—Solo era una sugerencia —añadió Parker.

—Declinada. Siguiente tema, ¿qué sabemos de la succinilcolina?

—Hemos descartado a la transportista y al extrabajador del SKS, no hemos encontrado un solo indicio de que estén conectados con Kiara, pero Ethan y yo tenemos una nueva teoría.

—Adelante —musité—, espero que sea mejor que vuestra propuesta de que abandone el caso.

—Tiene que ver con la asociación de tu chica —dijo César con la boca pequeña. Fruncí el ceño sin comprender.

—¿A qué os referís?

—Pensamos que igual hemos estado mirando en la dirección incorrecta, la succinilcolina se emplea mayoritariamente en hospitales, así que lo más fácil sería conseguirla en uno de ellos. En la asociación colaboran varios médicos que tratan a las niñas, podría tratarse de alguno de ellos, que entablara cierta amistad con Kiara —sugirió Martínez.

—Lo dudo —farfullé.

—O podría tratarse de uno de los voluntarios, hay un celador en el hospital de Nueva York que encaja con el perfil y también un par de enfermeras, he estado siguiendo todos los hilos a favor de Kali en la red X, cruzando datos con el amigo de César, encontramos que los tres están en el bando del justiciero.

—Cómo no —exhalé—. ¡Aquí todo el mundo parece ser su fan! Investigad si en los hospitales que trabajan han echado en falta cantidades moderadas de dicho medicamento.

—Me pongo a ello, jefa —aseveró César.

—¿Y respecto a la sangre?

—Pues ahí también tenemos un avance. —Vaya, todo eran buenas noticias, debería pasar una semana fuera todos los meses—. Un matadero de las afueras de la ciudad ha reportado un robo, no se habían dado cuenta hasta ahora porque la sangre se guarda en unas cubas frigoríficas para mantenerla en condiciones óptimas que solo salen fuera bajo demanda para ser empleada en la industria cárnica. Aunque para nosotros casi doscientos litros por víctima sea mucho, ellos ni lo notaron. Eso sí, cuando el camión cisterna llegó a destino y la empresa que había hecho el pago por la cuba recibió menos cantidad de la que debería haber, hubo una investigación interna con los empleados que no llevó a ninguna parte. Faltaba sangre y ninguno parecía tener idea de dónde había ido a parar, al principio pensaron que se trataba de un accidente o un error humano, pero después de intentar dar con el culpable sin éxito, el dueño se decidió a denunciar el robo. La buena noticia es que la cantidad coincide con el número de víctimas.

—Por fin algo a lo que agarrarse, así que si la intención de Kali es matar a Ethan. No te ofendas. Deberá ir a surtirse y ahí la podríamos pillar.

—Sí, sería una opción, aunque yo optaría por atraparla cuando vaya a por Parker, con la sangre y la jeringuilla lista para inyectar. Si no, los únicos cargos que pesarán sobre su cabeza serán robo, apropiación indebida, asalto a la propiedad privada y llevar encima sustancias cuya obtención debería demostrar, no obstante, todo serían pruebas circunstanciales, puede que incriminatorias, pero al no tener huellas o material biológico de Kiara en las escenas del crimen, un buen abogado la podría librar.

Sonreí.

—¡¿Cuándo te has convertido en un agente tan jodidamente brillante?!

—Ya te lo dije, aprendo a diario de la mejor —me guiñó un ojo.

—Enhorabuena a los dos, habéis hecho un gran trabajo, ahora solo falta lo principal.

—Atrapar a nuestra asesina —terció Parker.

—Exacto, podéis retiraros, tengo que pensar en el operativo. Voy a plantearme seriamente tomarme descansos más a menudo si eso va a significar que resolváis los casos sin apenas ayuda. Buen trabajo.

Ethan abandonó el primero mi despacho, César, sin embargo, se quedó en la puerta mirándome.

—Oye…, ¿seguro que estás bien con todo esto? No va a ser fácil contárselo a Margaret cuando se destape todo el pastel y te veo muy pillada.

—Agradezco tu preocupación, pero es mejor que eso me lo dejes a mí. ¿Qué tal os va a ti y a Nancy con Janelle?

—Nosotros tenemos claro que lo que nos une es pura diversión y sexo. Lo hemos hablado en más de una ocasión, ella es una chica libre a la que le gusta experimentar, hemos congeniado, nosotros necesitábamos un poco de pimienta y ya.

—¿Nada más? ¿No hay posibilidad de poliamor?

—No.

—Me alegra que lo tengáis tan claro, pues nada, a disfrutar. ¿Algo más? —Él negó—. Entonces sigue en tu mesa, que yo tengo que hacer varias llamadas.

—Sí, jefa.

Podía intentar disimular con él, pero lo cierto era que estaba jodida. Sabía que, por mucho que quisiera a Margaret, nuestra relación no soportaría mi traición, así que iba a aprovechar los últimos días a su lado, esos en los que todavía me latía el corazón.

Alcé el móvil y la llamé.

—Hola, cariño, ¿ya me echas de menos?

—Siempre te echo de menos. ¿Cenamos juntas y te quedas a dormir esta noche?

—Claro, yo me ocupo de llevar comida y ese vino que tanto te gusta —suspiré. Iba a echar de menos esos momentos cuando no los tuviera.

—Nos vemos luego, te tengo que dejar.

—¿Ocurre algo? Te noto como triste.

—Es lo que pasa cuando vuelves a la oficina después de pasar una semana con una mujer increíble en Hawái.

—Tú también eres increíble, quizá sea pronto para decirte algo así, pero estoy en una edad que no me gusta perder el tiempo. Te quiero.

Cerré los ojos aterrorizada, sobre todo, porque yo tenía ese mismo sentimiento.

—Yo también —confesé.

—Si es que somos un par de intensas, esta noche lo celebramos, ¿vale?

—Vale.

Colgué sintiéndome peor que antes, no obstante, sabía que estaba haciendo lo correcto.

CAPÍTULO 71

Janelle

—Corey, ¿estás bien? —chasqueé los dedos frente a él.

Esa noche había decidido que iba a tomarme una cerveza con él en lugar de ir al piso con Nancy y César.

Desde que había vuelto de sus vacaciones, estaba un poco raro, solo a él se le podría ocurrir en lugar de irse a un *resort* todo incluido, largarse a un pueblecito en las montañas de Missouri, en pleno mes de julio, con el calor que hace.

Además de aclarársele más el pelo con unos reflejos platino naturales, debían habérsele fundido las neuronas, porque últimamente no dejaba de meter la pata, tan pronto nos duplicaba, como si pudiéramos desdoblarnos para cubrir varias zonas al mismo tiempo, como nos daba fiesta a dos pecados y algún que otro puesto quedaba sin cubrir.

Si a eso le sumábamos que Jordan y él habían tenido que renovar prácticamente la plantilla, o bien porque tuvieron que despedir a alguno de los chicos, o porque voluntariamente se habían ido, digamos que el club no estaba atravesando por su mejor momento.

—Sí, es solo que… Da igual.

Hizo un aspaviento con la mano.

—No da igual, venga, va, ¿qué pasa? Sabes que me lo puedes contar. No te he invitado a unas pintas para que ahora te quedes callado y ya está.

535

—Son mierdas familiares —zanjó.

—Uy, de eso tengo un máster —me froté las manos—. A ver por dónde empiezo… Mi padre nos invitó a irnos de casa, a mi hermano y a mí, en cuanto cumplimos los veintiuno, por no seguir con el legado familiar.

—Me suena. Bueno, a mí no me invitaron, me fui, pero también tenían esperanzas con que siguiera la tradición.

—Vale, voy con un imperio del transporte y reciclaje de basura neoyorquina. Papá quería nombrar a Marlon príncipe de los escombros y, al decirle que no, puedes imaginar por donde le dijo que se metiera la partitura, la guitarra y las notas musicales. —Corey arrugó la expresión—. Exacto, nuestra herencia apesta, es maloliente, nauseabunda y compleja.

—No sabía que tu hermano y tú fuerais los príncipes del vertedero, habría dicho cualquier cosa menos eso. Vale, subo la apuesta y digo que mi futuro era estar rodeado de bisturís.

—¡¿Querían que fueras cirujano plástico?!

—Casi aciertas, quítale el plástico.

—¿Cirujano? No tienes pinta de salvar vidas.

—¿Y la tengo de aumentar tetas y enderezar narices?

—Bueno, si tuviera que optar por una rama de la medicina para ti, sería esa o ginecología, dudo que triunfaras como urólogo con esos dedos tan grandes. —Corey los hizo crujir y soltó una risotada.

—Bueno, pues ese es mi gran secreto familiar.

—Así que desobedeciste a papá y mamá y estudiaste… Deja que lo adivine, a ver… —chasqueé la lengua—. Patrón de barco mercante. Con tu aspecto de vikingo te veo como patrón de barco surcando los mares del norte en busca de cangrejos australes.

—Frío frío.

—Vale, pues si no te enfrentas a olas enormes, quizá tu futuro pasara por mover hierro y dar órdenes. Esos bíceps llaman a gritos algo como… ¿Gestión deportiva? ¿He acertado?

—Ni de puta broma. Estudié Medicina.

—¿Un año?

—Terminé la carrera.

—¡No fastidies! ¿Urología? —Volvió a reír.

—Ya te he dicho que cirujano.

—Entonces es que la liaste parda con alguno de los pacientes que te mandó a tomar por culo y le cosiste el ojete.

—Deberías dedicarte a hacer monólogos, como esos hombres y mujeres que suben al escenario sin guion y se meten con el público.

—Me lo apunto por si mi jefe me echa del curro.

—¿Podemos dejar de hablar sobre trabajo?

—Claro, si me cuentas qué se te perdió este verano en Missouri. ¿Querías convertirte en cazador de tornados?

—Mientras estuve, no pasó ninguno.

—Suerte, solo le faltaba eso al *boss,* que se te llevara un vendaval y aparecieras en Dinamarca, sin memoria y cuidado por una mujer llamada Gertrude.

—¡¿De dónde sacas esas cosas?!

—Soy de mente inquieta y tengo mogollón de hermanos, seguir la historia del otro era un buen pasatiempo en casa.

—Pues me fui a Missouri porque necesitaba unos días alejado de todos y de todo. Una amiga que conocí en una fiesta universitaria me lo recomendó. Es un lugar pintoresco llamado Saint Valentin Falls. Si pasamos por alto que todo está pintado de rosa y gira en torno al amor, tiene un hotel precioso en el que se come de puta madre y unas habitaciones con vistas al lago que lo flipas. Además… —Las comisuras de sus ojos se arrugaron y se calló de golpe.

Mi intuición maquiavélica me decía que callaba lo más suculento.

—¿Además…? Te liaste con alguna autóctona, es eso, ¿no? Te acostaste con alguna belleza sureña que te ha sorbido el cerebro por la punta del cipote y por eso estás así de desconcentrado, si es que los tíos sois tan básicos, una buena mamada y la queréis para siempre.

Cogió el botellín de cerveza para llevárselo a la boca.

—Mis labios están ocupados —masculló, dando un trago largo.

—Oh, venga ya, ¡ahora me lo cuentas!

—Soy un caballero, solo diré que no sé cómo me vi envuelto en aquella alocada despedida de soltera.

—Madre mía, si es que no sabes hacer otra cosa que dejar la impronta de tu rabo por allá donde pasas, aunque estés de vacaciones.

—Mujer, fue casi una obra benéfica.

—¡¿Actuaste sin mi vestuario?!

—Fue un favor y creo que no le dieron mucha importancia a lo que llevaba puesto, sino a cómo me lo quitaba.

—Seguro que te arrancaron la ropa a bocados.

—Qué quieres que te diga, se casaba la *sheriff*, no podía arriesgar a negarme y terminar en el calabozo.

—Visto así…

—Deja de sonsacarme información, ¿qué me dices de ti? Un pajarito me ha dicho que te van los matrimonios de maduritos, que te vieron el otro día comiéndote la boca con el segundo al mando de la inspectora de homicidios. A la que le hiciste el bailecito era su mujer, ¿no?

—¡¿Cómo sabes eso?!

—Se dice el pecado, no el pecador. Solo te advierto que meterse en medio de un matrimonio en el cual el tío usa arma para currar puede terminar fatal.

—¡No me seas Marlon! Abre la mente, soy una mujer liberal.

—Puedes ser liberal, pero ese tío duerme con la pistola cargada y no me refiero a la que tiene entre las piernas. ¿No ves las noticias? Cada dos por tres la poli pierde la cabeza..

—César no —sonreí pensando en él. Era un trozo de pan—. Me siento muy bien cuando estamos los tres, nos compenetramos genial en la cama y ya está.

—No pongo en duda que os com-penetrais. —Suspiré pensando en el último polvo que eché con ellos hará un par de días.

Fue en su piso, Nancy me invitó a uno de sus asados y después de cenar quiso enseñarme un nuevo juguetito para el cual me tuve que desnudar.

Terminamos los tres en la cama, yo entre los dos, rollo sándwich.

Nancy se había colocado un cinturón de penetración para ensartarme por detrás, se lo tomaron muy enserio cuando les dije que una de las cosas que más me gustaba era sentirme llena.

Me tumbé sobre su cuerpo y César se ocupó de prepararme, de lubricarme y encajar el consolador atado a su mujer. Mi espalda reposaba en los pechos de Nancy y así ella podía torturar los míos mientras él separaba mis muslos y se introducía en mí.

Fue una auténtica locura. No dejamos de darnos placer hasta que me corrí, y cuando terminé, me di la vuelta para hundir mi boca en el sexo anegado de Nancy. César se quitó el condón, y se introdujo en la boca de su mujer hasta descargar en ella, y yo no dejé de mover la lengua y los dedos hasta hacerla terminar.

Desnudos y saciados, nos besamos y dormimos juntos toda la noche.

Fue brutal.

—Pues entonces será mejor que pases de mí y te vayas con ellos, seguro que te divertirás más. Yo estoy agotado y mañana tengo *casting* para la nueva selección de pecados capitales.

—Si quieres, te echo una mano con los candidatos.

—Te lo agradezco, pero prefiero cagarla solo que arrastrarte al lodo. ¿Has hablado últimamente con tu hermano? ¿Está contento? ¿Cómo le va?

—Si tú no lo sabes, yo tampoco, está desconectadísimo de la familia con la gira, apenas responde a mis llamadas, y si lo hace, es vía WhatsApp, lo mismo con mamá —admití fastidiada.

—Bueno, puede que esté ocupado con la cantante, he leído por ahí que están liados.

—Ojalá, ya era hora de que dejara a la Dolly Parton trasnochada, no sé qué pudo ver en ella.

—Billetes y una oportunidad. No nos engañemos, aunque Marlon tenga talento, los dos sabemos que esa lo colocó a dedo para poder tirárselo.

—Ya, bueno, pero si por fin la ha dejado, me alegro, esa mujer era de lo peor.

—No lo juzgues, si en algo os parecéis es en lo cabezotas e impacientes que sois. En cuanto se os mete algo entre ceja y ceja, vais a por todas.

—Eso nos viene de familia, también lo de desobedecer. Mi padre está que trina, mi otra hermana la ha liado pero bien.

—¿Qué otra hermana?

—La que va después de mí, se suponía que iba a Calabria a conocer al hombre designado por la familia para que se casara y...

—No le ha gustado.

—Supongo que no, todavía no tengo claro lo ocurrido, solo sé que la ha liado, y eso que es el ojito derecho de mi padre.

—Al final los hijos venimos a este mundo para vivir nuestras vidas, no las que ellos desean.

—Amén a eso —musité, levantando la cerveza para entrechocarla con él y que los dos las apuráramos.

—¿Te acerco al piso? Me pilla de paso.

—No voy a decirte que no.

Dejé un billete sobre la barra y sonreí al pensar en lo contentos que se pondrían mis vecinos cuando llamara a su puerta.

CAPÍTULO 72

Sepúlveda

El operativo ya estaba en marcha.

Galletita, quien se presentó como Mandy, empezó a confiar en Cute_Boy12, el supuesto crío que ligaba con ella a quien llamamos Ryan. Ya tenían su cita programada, a las cinco de la tarde en La Gran Noria de Seattle, ubicada en el Muelle 57 de Elliott Bay.

Y a mí me habían dejado fuera.

Seguía sin dar crédito a lo que había pasado.

Como era lógico, tuve que hablar con el comisario, por mucho que lo hubiera retrasado, llegó el momento de la verdad, ya que era una operación compleja que quedaba, en parte, fuera de nuestra jurisdicción, por lo que necesitábamos colaboración con los de Seattle además de la orden judicial para entrar en Wings of Life.

Accedí al despacho del comisario con César y Ethan a mi lado. La reunión no sería fácil, pero era necesaria. Conocía a ese viejo cascarrabias y, aunque iba a ganarme una regañina de las buenas, estaba dispuesta a ello si me llevaba a Kali.

El comisario levantó la vista de sus papeles y nos miró con una mezcla de curiosidad y desagrado.

—Comisario, ¿tiene un momento? Necesitamos hablar con usted, creemos que por fin hemos dado con Kali —comenté, ofreciéndole la carpeta con el informe minuciosamente detallado.

—¿Tienen a Kali?

—Eso he dicho, pero lea esto antes de que sigamos hablando, por favor.

Se ajustó las gafas. De la presbicia no iba a librarnos nadie. Sus ojos fatigados se pasearon por cada línea hasta llegar al final. Cuando lo hizo, cerró la carpeta marrón con fuerza.

—Sepúlveda, ¿qué es esto? ¿Por qué necesito leer un informe sobre pruebas obtenidas de manera ilegal?

—Si hubiera habido otra manera, lo habría hecho mejor. Comisario, necesitamos su permiso para crear un operativo que detenga a Kali. Las pruebas que tenemos no son utilizables en un tribunal, pero nos han dado una dirección clara que antes no teníamos.

—¿Clara? ¿Me está diciendo que esa banda de chicas que cantan sobre la libertad y el empoderamiento femenino en realidad son una especie de asociación de asesinas en serie? Mi nieta tiene la camiseta del grupo y está deseando que la lleve a su concierto, que hayan tenido un pasado traumático no significa que vayan degollando pederastas —farfulló indignado—. Además, lo que ha hecho es contaminar la investigación. ¿Por qué no lo hizo bien desde el principio?

—Tengo mis motivos.

—Comisario, pese a que le cueste imaginarlas, las chicas tienen el perfil perfecto. Hemos trabajado muy duro para no perder tiempo. Si no actuamos rápido, podríamos perder nuestra oportunidad —intercedió Ethan a mi favor.

—Parker, eso no justifica saltarse los protocolos. ¿Qué clase de mensaje creen que estamos enviando? ¿Todo vale para hacer justicia? —La pregunta me escoció porque sabía que iba dirigida especialmente a mí—. Lo podría haber esperado de cualquiera, pero de usted no, Sepúlveda.

—Entendemos su preocupación —se sumó César—. Por eso estamos aquí. Queremos hacer las cosas bien. Necesitamos su autorización para proceder de manera correcta y obtener las pruebas de forma legal, tenemos un plan cojonudo.

Tomé aire y lo miré de frente, sabía que se mosquearía, aunque no tanto.

—Comisario, sé que esto no es lo ideal. Pero si no actuamos ahora, podríamos perder a Kali. Estoy convencida de que son las tres, que Kiara se ocupa de los asesinatos, mientras que Ranya y Trayi ejercen de cómplices, por eso está todo calculado al milímetro, cada una tiene su función. Son peligrosas y necesitamos detenerlas antes de que hagan más daño. Le pido que confíe en nosotros una vez más.

—Respóndame una pregunta, ¿cómo se coló en el archivo de la tal Hermana Margaret?

—Me quedé a dormir en la asociación. —Él arrugó el ceño.

—Mantuvo relaciones sexuales con esa mujer para obtener la documentación. —Abrí y cerré la boca. El comisario era perro viejo y me conocía demasiado bien.

—No es lo que piensa…

—Salen juntas —intervino Parker, y yo quise quitarle un zapato para enterrárselo en su bocaza.

El comisario se quedó en silencio por un momento, mirando el informe en sus manos. Podía ver la reticencia en su rostro, pero también sabía que entendía la urgencia de la situación. Yo aproveché para mirar mal a Ethan, el cual hizo una mueca y vocalizó un lo siento que no llegó a pronunciar.

—No me gusta esto, Sepúlveda. Pero entiendo la gravedad del asunto que tenemos entre manos. —Noté el alivio inundándome, al final no había ido tan mal; pese a la regañina, el Comisario era un hombre que atendía a razones—. Les daré el permiso que necesitan, yo mismo hablaré con el juez para ocuparme de que emita la orden y hablaré con Seattle, no obstante, dada su implicación, la quiero fuera del caso —masculló sin que le temblara la voz.

—¡¿Cómo?!

—Lo siento, ha tomado un camino muy poco ortodoxo, y si todo esto es cierto, además de que sale con la psicóloga de las chicas, necesito que esté fuera para que la mierda no nos salpique a todos. No creo que necesite que le recuerde lo que podría ocurrir con su carrera y cómo quedaría esta comisaría si todo esto sale a la luz. Por ende, creo conveniente que Martínez sea quien se ocupe, y el señor Parker actuará de señuelo, como hasta ahora. Estoy con usted en que es el más capacitado para lidiar con Kali dado sus estudios. Me reportarán cada avance, no quiero más secretos o salidas de tiesto. Quiero que sigan cada protocolo al pie de la letra. No más atajos.

—¡No puedo creerlo! —espeté indignada.

—El que no puede creerlo soy yo. Si quiere ser la comisaria algún día, debe aprender que las normas no están para saltárselas, y que si lo hace, debe atenerse a las consecuencias. —Hervía de la indignación—. Ahora pónganse a trabajar, les advierto que voy a vigilar cada paso que den.

El comisario nos miró a los tres, aún con una expresión de desaprobación en el rostro. No podía oponerme a su sentencia. Había esperado que se pusiera de culo, pero no que me apartara.

Iba a volver a intervenir, pero César me dio un apretón. Pillaba el mensaje, era mejor no seguir insistiendo o las consecuencias podrían ser todavía peores.

En cuanto salimos del despacho, le di una patada a una papelera.

—Cálmate, jefa.

—¡¿Que me calme?! ¡Me ha apartado de mi puto caso, no me pidas que me calme! Y tú podrías haberte metido la lengua por el culo —le reproché a Parker.

—Solo pretendía ayudar, lo lamento muchísimo, de verdad.

—Ey, jefa, relájate, Ethan no lo ha hecho con mala intención. Sé que es una putada, pero si lo miras con perspectiva, puede que sea lo mejor. Si estás fuera, quizá lo que tienes con Margaret no peligre y así no la pierdas. Te garantizo que te daré todo el mérito, y si quieres ayudar, podrías preparar una escapadita para el día en que tengamos que entrar en la asociación. ¿Cuánto tiempo hace que no visitas a Ana y tus sobrinas? Siguen en Washington, ¿no? Eso está muy cerca de Seattle, así podríamos estar conectados con facilidad.

—¿Ahora lo planificas todo por mí? ¡Sí que se te ha subido rápido el puesto a la cabeza! —César bufó con fastidio.

—¡Oh, venga ya! El puesto sigue siendo tuyo, y el caso…

—El caso está claro que no.

—Jefa, no voy a pasarte por encima, sabes que te necesito, y aunque el comisario quiera que estés totalmente al margen, yo no —murmuró Martínez. Sabía que decía la verdad, salvo que me daba igual porque estaba demasiado ofendida—. Nuestra amistad está por encima de todo.

—Nuestra amistad no puede estar por encima de la ley.

—Jefa… —intervino Parker con cara de perrito apaleado—. Lo que César quiere decir…

—Ahora mismo me importa una mierda lo que me digáis. Dejadme, ¡necesito asimilar que estoy fuera! Necesito una cerveza.

Salí de comisaría dejándolos atrás.

Fui al bar de siempre, quedaba cerca de la comisaría y no tendría que dar explicaciones a nadie por mi coma etílico. Kali era mía y me la querían arrebatar.

Confieso que las cervezas cayeron una tras otra, me puse tan ciega que Armando no quiso servirme una pinta más.

—¿A quién llamo para que venga a recogerte?

—No voy tan pedo.

—¿Cuántos dedos tengo? —Los puso delante de mis ojos, yo vi dos muñones que bailaban la conga.

—Pfff, diez, como todo el mundo.

—Voy a telefonear a Martínez.

—¡No! Prefiero un Uber.

—En tu estado, no acertarás con la llave en la cerradura. ¿No querrás que alguien suba a redes sociales a la inspectora de homicidios durmiendo en la calle?

—Peores cosas se han visto.

—No opinarás lo mismo cuando te apriete la vejiga y necesites mear.

—¡Vale, lo pillo! —farfullé pastosa.

Empujé mi móvil sobre la mesa.

—Ten, busca a.a. Margaret y dile que no se preocupe, que estoy bien.

—Ya...

Apoyé la frente sobre los brazos y creo que me quedé traspuesta, porque lo siguiente que recuerdo fue su cuerpo envolviendo el mío con fuerza.

—Hola, cariño, ¿un mal día?

—Seguro que mejora contigo, el comisario es un capullo.

—¿La ayudo?

—Tranquilo, yo me ocupo —le respondió—. Arriba, campeona, vamos a casa.

—¿Te quedarás conmigo aunque apeste a cebada?

—Adoro que mi chica huela a cereal. —Hice un ruidito de bochorno.

—No te merezco.

—¿Qué le debo?

—No se preocupe, tiene cuenta, solo llévesela.

—Gracias por llamar.

Arrastré los pies hasta su coche y Margaret se ocupó de que llegara a casa para meterme en la cama y tumbarse a mi lado.

—Te quiero —murmuró en mi oreja—, descansa, que yo te cuido.

Me sentí fatal, pero estaba tan bebida que le hice caso y lo único que salió de mi boca fue un ronquido.

CAPÍTULO 73

Marlon

Lorraine quería reunirse conmigo, a solas. Ravi había venido para decirme que me esperaba en su hotel, que estaba a las afueras de la ciudad.

Estábamos en Seattle, rodeados de naturaleza por los cuatro costados, aunque poco tenía que ver con la belleza paradisíaca de Hawái.

Tras pasar la noche con Kiara, no habría querido salir de la cama, y confieso que tuve que arrastrarla a más de un lugar apartado en plena excursión, me costaba quitar las manos de su cuerpo o los labios de su boca. Sin lugar a duda, lo mejor de la isla era su compañía.

Mi proceso de desintoxicación me restó cierto bienestar, no obstante, no cambiaría mi estancia en la villa por nada del mundo.

Volver el 16 y tener que enfrentarnos al concierto de Portland el 17 fue todo un reto.

Era la primera vez que tocaba a pelo y sé que no estuve todo lo bien que debería, aunque las chicas se ocuparon de que no se notara, o por lo menos lo hiciera lo mínimo.

Margaret tenía razón, seguía teniendo momentos en los que mataría por una raya, en los que mi mente era mi mayor adversaria. Sabía que debía confiar en el proceso, que era lo más importante, tener fe, no flaquear y celebrar cada día que pasaba limpio como el mayor de los logros. Cuando llevara un par de semanas con la coca fuera del organismo, me sentiría mejor, y aunque siempre tendría que convivir con el impulso de que si consumía todo iba a mejorar, era lo suficientemente listo como para saber que era una mentira, un espejismo y no estaba dispuesto a pagar el precio de la droga. No me refería a lo que costaba el gramo, sino lo que podría perder si la consumía.

Las chicas habían salido.

Tarde de chicas, dijeron.

Sabía que Kiara tenía alguna que otra reticencia, por lo que suponía dejarme solo, sin embargo, le prometí que me comportaría, además, estaban Paul y Benan conmigo.

Me mandaron una captura desde el muelle de Elliot Bay, subidas en la noria. Debajo habían escrito, en el chat del grupo, un «Te vemos, pórtate bien».

Al que respondí con un *gif* de un angelote.

Aproveché para por fin telefonear a mi madre y a Janelle, asegurarles que estaba bien y que mis compañeras no me habían arrojado como sacrificio a un volcán.

Cuando por fin pude colgar, tras casi una hora suspendido en la línea, fui al estudio a ensayar.

Quería seguir trabajando en el tema sorpresa que había compuesto para Kiara, todavía no lo tenía terminado, quedaban algunos arreglos, pero esperaba poder tenerlo listo para regalárselo al final de la gira.

En él estaban puestas todas mis emociones, lo mucho que la admiraba, la necesitaba y lo agradecido que me sentía por tenerla en mi vida.

Anoté el último acorde en la partitura antes de que la puerta se abriera.

¡Menudo susto! Por poco se me salió el corazón por la garganta al pensar que me habían pillado regresando antes de tiempo.

Falsa alarma, era Ravi.

—Hola, vengo a buscarte, Lorraine quiere que vayas al hotel para que os reunáis.

—Las chicas no están.

—La reunión es solo contigo.

Hice una mueca de disgusto.

—Dile a nuestra representante que entre nosotros está todo hablado.

—Mira, lo que haya pasado para que estéis de culo con ella me la sopla, yo solo soy el recadero, el intermediario que os lleva la agenda, como comprenderás, no puedo decirle eso, no quieras joderme el trabajo.

Solté un bufido. Mi relación con Ravi no era de las mejores y era consciente de que mayormente era por mi culpa. Fui yo quien le dio una paliza y encima me quedé con la chica.

—Me ha dicho que te comentara que es importante —insistió—. Tienes un Uber esperándote.

—¡Menuda eficacia! Vale, está bien. —Dejé la guitarra a un lado y me puse en pie. No sabía qué me iba a encontrar, pero estaba dispuesto a dejarle las cosas claras si no le bastó con las chicas.

—Las chicas están fuera, se preocuparán si no me ven, además, no me gustaría que Kiara malinterprete mi visita.

—Yo me ocupo, no tengo nada que hacer, así que las esperaré y les diré que no ha sido cosa tuya.

Miré a Ravi frente a frente. Me gustara o no, cumplía con su trabajo, nunca me había soltado algo inoportuno. Se mantuvo al margen en Hawái y sabía que estaba de culo con él por unos celos que solo existían en mi cabeza.

Me acaricié la nuca al pasar por su lado.

—Sé que ya te lo he dicho unas cuantas veces, pero siento lo que pasó entre nosotros, tío, de corazón, no merecías lo que te hice, ni las cosas que dije cuando viniste con la revista para explicarnos lo que te dijeron los jefes. Sé que no era cosa tuya, que es tu curro, lo haces lo mejor posible y yo no tenía derecho a comportarme como un imbécil.

—Ya está olvidado, olvídalo.

—No puedo, si quieres, puedes darme un puñetazo.

—Si lo hiciera, los de la discográfica me matarían.

—Hazlo en un lugar que no se vea.

—No te ofendas, pero no me gusta la violencia, prefiero dejarlo y ya. Está olvidado.

—Como quieras, eres un buen tío.

—Eso dicen, ¿tú estás mejor de lo tuyo?

—Sí, gracias por preguntar.

Palmeé su espalda y me encaminé fuera del tráiler, me sentía mejor después de aclarar las cosas con él, quizá, si hubiera tenido ojos en la espalda y hubiera visto su mirada de triunfo en cuanto me vio salir, me habría planteado si estaba haciendo bien y el buen tío no era tal.

CAPÍTULO 74

Sepúlveda

—Cariño, llevas unos días muy nerviosa, ¿es por el trabajo? ¿O porque no te apetece presentarme a tu hermana mañana? —me preguntó Margaret mientras paseábamos.

No podía contarle la verdad, no podía decirle que ese día era el operativo, que Parker estaría aguardando a sus chicas en la noria de Seattle con una enorme nube de algodón de azúcar, tal y como habían quedado en el juego *online*.

No sabíamos el modus operandi de Kali, aunque, a juzgar por las muertes, sospechábamos que no se enfrentaba a ellos directamente, quizá quedaba en un punto, los identificaba con el objeto que pedía que llevaran y después los seguía hasta su casa, por eso teníamos un piso franco que nos había dejado la policía de Seattle. Ellos solían emplearlo para operaciones encubiertas, así que estaba amueblado y con el nombre del buzón cambiado por uno de nuestra lista de pederastas.

Había recibido un mensaje de César hacía unos minutos diciéndome que todo estaba listo.

Le apreté la mano a Margaret y le ofrecí una sonrisa tensa.

—No, no es eso, bueno, que me hayan apartado del caso de Kali por tomarme unas vacaciones no me ha sentado demasiado bien.

Algo tuve que inventarme después de la cogorza que me pillé. Le dije a mi chica que el comisario había delegado mi puesto a Martínez y que, como me debían demasiados días, me invitó a alargarlo un poco más.

Obvié mi paso por comisaría al día siguiente, cuando Margaret ya se había ido, para decirle al jefe que si no me devolvía al lugar que me correspondía, quizá prefería seguir descansando, y él me mandó al rincón de pensar.

Margaret frenó el paseo, me tomó de la cara y me miró a los ojos.

—Mira la parte positiva, así podemos alargar la luna de miel. —Buscó mi boca para besarla, y yo acepté de buen grado sus atenciones.

Estábamos frente a una tienda de artículos para mascotas, lo cual me hizo pensar en Rambo, echaba de menos a mi perrete.

Mi móvil sonó y la ansiedad que estaba sintiendo se disparó.

—Mira, una tienda de lencería, ¿te apetece que me compre algo para esta noche?

—Sí, claro, por qué no entras, eliges un conjunto y…

—¿Y te espero con él puesto en el probador para que me des tu opinión? —agitó las cejas. La situación que me planteaba era de lo más morbosa, no pude más que asentir mientras metía mano al bolso para ver el nombre de César en la pantalla—. Te espero dentro, no tardes.

Descolgué precipitada.

—¿Qué pasa? ¿Las estáis siguiendo ya? ¿Han aparecido? —contesté, tratando de mantener la voz firme.

—Sí, las tres están aquí, se han subido a la noria.

Miré a mi alrededor, asegurándome de que nadie estuviera prestando atención a mi conversación. Margaret me había dejado sola, confiaba en que solo sería una llamada rápida.

—¡Lo sabía!, sabía que tenían que actuar juntas, igual que pasó en Philadelphia, por eso había fotos de las tres en el parque.

—¿Hago que entren ya en Wings of life?

—Espera un rato, a ver qué hacen las chicas.

—¿Y si no hacen nada?

—Que Parker se encamine hacia el piso franco como dijimos, dadles media hora de margen, es el máximo que alguien esperaría para una cita. No las perdáis de vista. Estoy solo a un par de horas en coche, si la cosa se pone fea, dímelo, no he quedado con mi hermana hasta mañana, mis sobrinas tenían un torneo de gimnasia deportiva e iban a llegar cansadas como para liarse con una cena.

—Está bien, jefa, me encantaría que estuvieras aquí al mando.

—Relájate, Martínez, lo estás haciendo bien, además, tengo una corazonada —le dije, tratando de sonar más segura de lo que me sentía.

—Espero que sea eso y no un infarto, a mí está a punto de darme uno. —Esbocé una sonrisa nerviosa—. Deséame suerte.

—No la necesitas. Parker está bajo la noria, listo para el encuentro, ¿verdad?

—Parece una jodida estatua, una mujer ha estado a punto de lanzarle un billete.

—No bromees ahora.

—Espera, jefa —el tono de voz de César cambió de golpe.

—¿Qué pasa?

—La noria se ha detenido y las chicas están bajando ahora mismo —respondió.

Miré el móvil. El reloj marcaba las cinco y veinte de la tarde. Sentí un nudo en el estómago mientras imaginaba la escena en Seattle. Quería estar allí, dirigir el operativo en persona, pero el maldito del comisario me había dejado fuera. No podía presentarme y desobedecer sus órdenes de nuevo.

—César, mantén la calma. Que nadie actúe todavía, repito, que nadie actúe —insistí, más para tranquilizarme a mí misma que a él—. Necesitamos que ellas hagan el primer movimiento

—Las veo, se dirigen hacia Parker —dijo César, su voz estaba más tensa que nunca.

—Dime qué ves, ¿alguna ha sacado una jeringuilla? —Era una posibilidad, que lo drogaran antes de meterlo en un coche.

Escuché a César discutir, supuse que sería con los de Seattle. Yo miré hacia el interior de la tienda, Margaret estaba escogiendo varios conjuntos de ropa interior y me dedicó una sonrisa desde dentro.

—¡¿César?! —espeté agobiada.

—Perdona, jefa, querían intervenir ya, los he frenado.

—Bien.

—No veo que lleven una jeringuilla, por lo menos desde aquí. Están hablando con Ethan. Él parece no saber qué hacer —informó Martínez.

Tenía el pulso a mil. Quería gritar, dar órdenes, estar allí para controlar la situación.

—Espera, una se ha llevado la mano al bolsillo, está sacando… —Se oyeron gritos de los otros agentes, mi estómago se tensó.

De repente, sentí un golpe en la espalda. El teléfono se me resbaló de las manos y cayó al suelo, cortando la llamada.

—¡No! —grité, girándome para ver quién me había golpeado.

Era un transeúnte que se alejaba rápidamente, sin mirar atrás. Me agaché para recoger el teléfono, pero la pantalla estaba rota. La llamada se había perdido y no tenía forma de saber qué estaba pasando en Seattle.

Miré hacia la tienda donde Margaret había entrado. Necesitaba ir a una de móviles con urgencia para comprarme uno y poder volver a comunicarme con César.

La tensión me consumía, y cada segundo que pasaba sin noticias aumentaba mi desesperación.

Entré lo más deprisa que pude, me dirigí al probador donde la suculenta de mi novia me esperaba con un conjuntazo de ropa interior. Estaba desencajada y no por el motivo que debería.

—¿Te gusta? —Agitó las cejas.

—Te lo llevas puesto, corre, cámbiate, voy a pagar todo lo que has cogido, te espero en la caja.

—¿Qué ha ocurrido?

—Se me ha roto el móvil en plena conversación, tengo que comprar uno ya, es urgente. ¿Puedes cambiarte rápido, por favor? —Sentía el corazón en la garganta.

—Sí, claro, tardo dos segundos.

Corrí con las otras prendas entre las manos, le dije a la cajera que nos lo llevábamos todo y le pregunté por una tienda de telefonía, había una a solo una manzana; cuando llegamos, por poco mordí a los clientes que había delante de mí.

Margaret se mantuvo en un segundo plano, cosa que agradecí.

Cuando el dependiente, con signos de haber dejado la pubertad hacía tan solo unos meses, se puso a explicarme las maravillas del último modelo de iPhone para intentar convencerme y yo le respondí que lo único que me interesaba era que tuviera batería y aguantara, me miró como si estuviera loca.

—Todos vienen cargados al 50 % para que pueda…

—Me lo quedo, ¿puedes cobrarme ya?

—¿De verdad no quiere que le explique…?

—Cuando una clienta quiere algo ya, limítate a cobrar y a sonreír, Ralph —dije, leyendo su plaquita.

—Sí, señora.

Salí de la tienda y nos metimos en la cafetería de la esquina para que pudiera poner mi SIM y configurar el móvil, los dedos me temblaban.

—Cariño, ¿ocurre algo por lo que me deba preocupar? —Alcé la barbilla y me fijé en la mirada de Margaret, en ese momento no podía ni poner mis ojos en los suyos.

—Es trabajo, perdona… —Ella asintió captando el mensaje.

¡¿Cuánto tiempo tardaba el maldito último modelo en pillar que solo quería poder enviar y recibir llamadas?!

¡Joder!

Por fin lo tuve listo, la pantalla me dio la bienvenida, tenía varias llamadas perdidas de César y un mensaje de voz en el contestador.

Sabía que no podía llamarlo yo, así que me limité a poner el contestador.

—Jefa, se ha cortado y no he podido hablar contigo, seguimos con el operativo, no sé si es una puta broma o el *modus operandi* para acechar a la víctima, pero le han dado a Parker un móvil para que les hiciera una foto a las tres y después se han alejado.

—Apreté los dedos formando un puño. O César tenía razón y les gustaba tantear a la víctima, o no tenía ni idea de por qué habían hecho eso. Menos mal que no intervinieron. El mensaje estaba a punto de concluir cuando el móvil volvió a vibrar, me estaban llamando.

Cuando vi el nombre que aparecía en la pantalla, fruncí el ceño y respondí de inmediato.

—¿Sí? —La voz sonaba entrecortada, agitada y el estómago se me retorcía a medida que la persona al otro lado de la línea hablaba histérica. Una ira sin precedentes me envolvió por dentro, me mareé, sentí náuseas.

¡No, no, no, no! ¡No podía ser! Mi cuerpo se puso a temblar sin control.

—¿Mary? —me preguntó Margaret, convirtiéndose en un borrón—. ¿Qué pasa? ¡Mary!

CAPÍTULO 75

Kiara

Cuando llegué al tráiler, ya había oscurecido, las chicas habían querido quedarse a cenar en la ciudad y yo prefería estar con Marlon, así que me pillé un taxi y vine para hacerlo con él.

No esperaba ver a Ravi en el exterior, caminando de un lado a otro, mirándome con una expresión que no pude descifrar.

—Hola —lo saludé—. ¿Qué haces aquí?

—Lo siento, Kiara.

—¿Que sientes qué? —pregunté sin comprender. Tuve un mal presagio.

—Marlon se ha ido al hotel con Lorraine. Intenté detenerlo, pero iba muy pasado otra vez, dijo que estaba harto de tanto buenismo y que necesitaba divertirse un rato. Quise frenarlo, le pedí que no tirara todo por la borda, que a ti no te gustaría que él se viera con ella sabiendo lo que tenía que hacer para que le diera droga, pero me dijo que no me metiera. Mira —señaló su pómulo. Entonces me di cuenta de que lo tenía hinchado.

—¡Dios! ¿Estás bien?

—Es muy violento, Kiara, le dije que no se fuera, que si lo hacía, te perdería, que no soportarías que volviera a ser su amante y a drogarse, me acusó de meterme donde no me llamaban, de actuar así solo porque me gustas y quiero protegerte. Me amenazó con que tuviera la boca cerrada y me dijo que, si te veía, te dijera que había sido Lorraine quien lo había llamado para hablar con él y aclarar las cosas. Te juro que no pude hacer nada más. No tenía el móvil encima y no pude llamarte. ¿Tan malo es que me preocupe por si alguien te hace daño?

No sabía ni cómo sentirme respecto a lo que me había contado. Pensé en la Hermana Margaret, en lo que me contó sobre las recaídas, no quería juzgar a Marlon, aunque me enfureciera lo que había hecho y que pudiera llegar a volver a acostarse con Lorraine para conseguir droga. Nuestra representante siempre tuvo un interés malsano en Marlon, y la idea de que él pudiera recaer me llenó de pánico.

—Lo siento muchísimo, Ravi, él no es así, es la coca.

—Ya, bueno… Supongo que tú lo conocerás mejor que yo y que a ti no te importa lo que haga.

—¡Claro que me importa! ¿Cuánto hace que se ha ido? —le pregunté, tratando de mantener la calma mientras mi mente se llenaba de imágenes de Marlon desnudo, su examante en la cama, cayendo en viejos hábitos. Sentí un nudo en el estómago.

—Hará una hora —respondió Ravi, cabizbajo—. Si me quedé, es solo por ti, imaginé que necesitarías que alguien te llevara al hotel y que no querrías dejarlo en la estacada.

—Eres demasiado bueno —me encogí de hombros—. De verdad que valoro mucho que estés aquí.

—Entonces, ¿quieres que te acerque?

—Sí, por favor.

No tenía tiempo para dudar. Ravi me abrió la puerta y subí al asiento del copiloto, mi mente era un torbellino de preocupación.

Mientras conducía, sentía cada segundo como una eternidad. No me di cuenta de la trampa en la que estaba cayendo, ni que cada vez estábamos más lejos de la ciudad.

Movía la pierna inquieta.

—Toma, bebe un poco de agua. Te ayudará a calmarte —dijo Ravi, ofreciéndome una botella. Lo miré sin ver. Tenía la garganta seca, así que la abrí y bebí.

Tomé un sorbo sin pensarlo dos veces. El agua tenía un sabor un pelín amargo, pero mi mente estaba demasiado ocupada como para darle importancia. No era una marca que volvería a comprar por su sabor, aunque en la India bebiéramos cosas peores, esa ya no era mi realidad.

—¿Dónde se hospeda Lorraine?

—En un *resort*, a las afueras, estamos a punto de llegar. No te preocupes.

—Me atormenta lo que pueda hacer Lorraine con Marlon, creía que estaba haciendo las cosas bien, que ya estaba casi desenganchado... —Mi voz tembló.

—No te preocupes. Estoy aquí para ayudarte —respondió Ravi, alargando su mano para ponerla sobre la mía.

Lo dejé. Tenía la palma algo sudada, disimulé el disgusto y me recliné en el asiento apretando los ojos.

Poco a poco, comencé a sentirme mareada. Mi visión se nubló y mi cuerpo se volvió pesado, estaba segura de que se trataba de la tensión, había comido poco y el disgusto que llevaba me la estaba jugando. Volví a beber, pero apenas podía sujetar la botella. Intentaba mantenerme despierta, pero las fuerzas me abandonaron.

—Ravi... No-no sé qué me pasa —logré murmurar antes de que todo se volviera oscuro.

CAPÍTULO 76

Marlon

La conversación con Ravi me había dejado inquieto. Lorraine quería verme a solas en el hotel, y aunque no confiaba del todo en ella, no podía ignorar la posibilidad de que algo importante estuviera en juego.

Mientras estaba en el Uber, mis pensamientos volvieron una y otra vez hacia Kiara. Ella era mi ancla, la persona que me había ayudado a mantenerme firme en medio de la tormenta. No quería perderla, no después de todo lo que habíamos pasado juntos. Su amor era lo único que me daba fuerzas para seguir adelante, y esa vez iba a hacer las cosas bien.

El trayecto al hotel fue un torbellino de emociones. Recordé los momentos difíciles con mi representante, las veces que me había sentido utilizado y manipulado, lo diferente que había sido todo con mi chica. Ella siempre me vio por quien realmente era, no como una herramienta, una cara bonita o un físico.

Llamé a la puerta de Lorraine con el corazón latiendo con fuerza. Al abrirse, me encontré con su mirada fría y calculadora, llevaba puesta una de sus batas con transparencias y plumas que me causó bastante repelús.

—El niño pródigo ha vuelto, pasa, sabía que al final te darías cuenta de lo que te conviene.

—Por supuesto que me he dado cuenta de que lo que me conviene no eres tú —masculté entrando en el interior de la *suite*.

Lorraine tenía uno de sus discos puesto, en una de las mesillas podían verse varias rayas listas para ser consumidas, un par de copas y una botella de champán enfriándose en la cubitera.

Cerró la puerta, me observó con una sonrisa que no alcanzaba sus ojos.

La tensión en el aire era palpable.

—¿Qué querías decirme, Lorraine? —pregunté, tratando de mantener la calma.

—Primero disfrutemos un poquito, he preparado lo que más te gusta para nuestra noche de despedida. —Extendió la mano y mostró la mesa—. Confieso que tenía la esperanza de que tu semanita en Hawái te hubiera abierto los ojos sobre lo que te esperaba si seguías con esa perdedora, pero… Se ve que los Vitale siempre habéis tenido un pésimo gusto para elegir pareja. De tal palo, tal astilla.

—¿Te refieres a mi padre? Que yo sepa, no lo conoces como para juzgarlo.

Ella me ofreció una sonrisa críptica y suspiré.

—Siempre he sabido quién eras, Marlon, a diferencia de ti, yo lo sé todo de ti. Desde que te vi en el club, quitándote la ropa por primera vez, con los dedos temblorosos y aquella tensión en los labios por si alguien te pudiera reconocer. Estabas aterrorizado de que alguien pudiera irle con el cuento a papaíto —comenzó. Su voz estaba cargada de resentimiento.

Se acercó a la cubitera y llenó dos copas.

—¿Seguro que no quieres? Creo que la vas a necesitar. —Negué—. Muy bien, pues allá vamos. No te negaré que tienes cierto talento para la música, pero como tantos otros muchos que pueblan el mundo, no eres un caso especial y nunca fue eso lo que de verdad me interesó de ti, igual que mi talento musical tampoco fue lo que le gustó a tu padre de mí.

—¿De qué demonios hablas? —No comprendía nada.

—Tu padre y yo teníamos una relación antes de que la idiota de tu madre apareciera y se metiera entre nosotros dos. Yo cantaba en uno de los clubes del amigo de tu abuelo, uno al que solía ir. Me conquistó con su don por la palabra, su acento italiano que mamaba desde casa y aquella apostura innata. Yo era una chica sureña probando suerte en la gran ciudad, mi vida era como la de otras muchas, había tenido suerte de que me contrataran como camarera y me dejaran cantar.

»No dejó de venir cada noche hasta que me conquistó, me prometió el cielo, me dijo que era el amor de su vida y así se metió entre mis piernas, le entregué lo único que me quedaba, mi virginidad. A los Vitale siempre se os ha dado bien la cama. Me dijo que tu abuelo conocía a gente, que movería hilos para convertirme en una estrella y él viviría para adorarme, para acompañarme en mis giras. Por supuesto que no cumplió.

—No tenía ni idea.

—No, claro que no, porque en cuanto tu madre apareció en el horizonte, se olvidó de cada una de sus promesas, incluso de venir al club a decirme que se estaba viendo con otra e iba a casarse. Me enteré de casualidad, no podía creerlo, así que me presenté en su casa. Le dieron igual mis lágrimas, mis súplicas, que me arrodillara como una idiota rogando para que no me dejara. Me pidió que me levantara, me dijo que lo lamentaba y tuvo la desfachatez de decirme que se había enamorado. Enamorado… Que ahora sabía lo que era el amor, que lo nuestro solo fue deseo.

»¡Ja! Lo que pasó es que le convenía, que a su padre le iba bien para sus negocios casarlo con la puñetera pelirroja. Y yo terminé en un rincón, abandonada como una colilla, rota, deshecha. Lo perdí todo, incluso mi puesto de trabajo porque era mejor mandarme lejos, no fuera a ser que tu padre se arrepintiera.

»Una semana después de que cada noche me pasara por la casa de tu padre llena de lamentos, apareció un productor que me prometió lanzarme al estrellato. ¿Te suena la historia?

»El dueño del club me dijo que ni me lo pensara, que aceptara, que tu padre nunca se casaría conmigo, que su abuelo no lo dejaría, que solo fui un entretenimiento. No tenía a nadie, ¿qué iba a hacer? Tampoco sabía que aquel productor era un amigo de tu abuelo y este le había pagado para que se ocupara del pequeño inconveniente que acechaba a los Vitale.

»Desde que me largué, sufrí todo tipo de vejaciones, aquel cabrón me drogaba, me pegaba, me follaba y me trataba de moneda de cambio. Me hacía bailar y cantar desnuda en las fiestas con sus amigos y después me utilizaban entre todos. Era un maldito juguete roto.

—Yo… Lo siento, no sé qué decir. Creo que mi padre no sabía eso, que, de haber tenido conocimiento de ello, lo habría impedido.

—¿Y qué importa? Si la mosquita muerta de tu madre no hubiera movido las pestañas con su cara de ciervo degollado, habría tenido mi vida soñada a su lado, o puede que tu abuelo nunca nos hubiera dejado. Lo que sí sé es que pasé más de un año tocando fondo, sufrí varios abortos, hasta que uno de esos tíos a los que le comí la polla vio algo en mí y me compró. Me prometió que haría de mí una estrella y lo cumplió. Resurgí de mis cenizas y me convertí en lo que soy.   La miré, confundido. No había esperado algo así.

»Me dije que no iba a volver a necesitar a un hombre, que yo sería la dueña y señora de mi vida, que le demostraría a tu padre lo que se había perdido. En el fondo, llegué donde llegué por él, en eso no se equivocaba, mi odio hacia su persona me impulsó a subir como la espuma. Creí que, en cuanto viera lo que había dejado escapar, vendría a por mí, pero nunca lo hizo. Él era feliz copando de vez en cuando algún que otro titular en la prensa, como el joven empresario que erradicaba la basura de Nueva York. Siempre aparecía con su familia feliz. Creo que el último que leí fue el de la revista Forbes, salías tú con una guitarra y la periodista te preguntaba si querías seguir los pasos de tu padre.

—Lo recuerdo, yo contesté que no, que quería ser músico. Después de eso, tuve una gran bronca con papá. Tenía diecinueve años.

—Sí, y un tatuaje demasiado reconocible para alguien que tenía fijación por vuestra familia. Me recordaste muchísimo a él cuando nos enamoramos. ¿Sabes que me cantaba al oído? Siempre tuvo una voz muy bonita y le encantaban mis gemidos, decía que eran la mejor balada de amor que había escuchado nunca. Menuda imbécil fui. Ahora da igual, al fin y al cabo, la vida es justa y me sirvió mi venganza en forma de pecado capital. Te reconocí por la tinta, Soberbia —señaló—, siempre he sido de quedarme con los pequeños detalles —confesó, su voz llena de amargura—. Imaginaba a tu padre coincidiendo con nosotros en alguna de las fiestas a las que te llevaba, quería que nos pillara follando. ¿Crees que le hubiera gustado vernos?

—Estás enferma y herida. —Las palabras de Lorraine me habían golpeado como un mazazo. Todo lo que había creído saber se desmoronaba ante mí—. Me asquea que me usaras para tus propios fines —dije, tratando de mantener la compostura.

—Pues bien que te corrías para darte asco, incluso eso lo hacías como tu padre, la misma cara en el orgasmo. Espero que haya disfrutado de mi regalo, le he mandado algunas imágenes de mi propia cosecha para que se joda.

—¡¿Qué has hecho?!

—Bueno, ya que voy a ser despedida y tú ya no quieres lo que teníamos…, qué menos que despedirme por todo lo alto y con mi venganza completada. Ahora tu papi sabe que me comías el coño, que te drogabas en mis tetas, y que no te importaba ponerte a cuatro patas para que uno de mis amantes te comiera el culo si había un buen fajo de billetes debajo de ti —respondió con una sonrisa cruel—. Salías muy guapo, por cierto.

Me levanté, abrí la mano y la golpeé con fuerza, su rostro rebotó y ella rio con el labio partido.

La cogí del cuello, la levanté de la silla y apreté pensando en que todo el maldito calvario que había pasado solo era fruto de una venganza pasional contra mi progenitor.

Lorraine me miró con ojos exorbitados.

—¿Quieres matarme, Marlon? —murmuró sin aire—. Hazlo, seguro que tu padre se sentiría muy orgulloso de tener un hijo asesino en el corredor de la muerte, antes matón que músico, ¿no crees?

La solté arrojándola con violencia contra el suelo.

—Me das asco. No mereces que acabe con tu agonía, eres una amargada y lo serás toda tu vida.

—Tú también me asqueas, eres igual que él, no sabéis valorar lo que tenéis.

Las manos me temblaban de necesidad de meterme una raya y percibir el sabor ácido de la coca bajando por mi garganta y, para rematar, me corroía por dentro. Sin embargo, apreté los puños y me alejé.

No iba a hacerlo, no iba a traicionar a Kiara y lo mucho que se había esforzado en mí.

Me daba igual que mi padre creyera que era el peor hijo que había podido concebir, que se avergonzara de lo que había llegado a hacer, porque ahora había una persona cuya opinión me importaba más que la de cualquiera.

—No tienes a nadie, Lorraine, y si no supiste gestionar que mi padre se enamorara de otra mujer, no fue culpa suya, tuviste que mandarlo a la mierda en lugar de suplicar por algo que no te pertenecía. Siento lo mal que lo pasaste y lo que te ocurrió, pero no tenías derecho a convertirme en tu propia venganza. Te deseo lo peor, seguro que eso también lo logras por ti misma.

Salí de la habitación dando un portazo.

No usé el ascensor, corrí escaleras abajo para refugiarme cuanto antes en los brazos de Kiara y decirle que era el amor de mi vida, salvo que, cuando llegué, no estaba y nadie parecía saber dónde se había metido.

CAPÍTULO 77

Sepúlveda

La Falla de San Andrés se había abierto bajo mis pies hacía un buen rato, y eso que estaba a bastantes millas de distancia. Mi sangre se volvió lava en cuanto sentí el primer estallido de dolor que atravesó mi pecho al escuchar el relato de mi hermana. Había silencios rotos que los tuve que recomponer sin demasiada dificultad. No daba crédito a lo que me contaba, cuando no quieres té la vida se encarga de servirte dos tazas.

—Es culpa mía, ¿cómo no lo supe ver? ¡Todos los signos estaban allí! ¡Si incluso lo invité a pasar con nosotras el 4 de julio el año que Peter estaba de servicio y pasó la noche en casa porque bebimos demasiado! —La voz se le quebró. Su marido era militar, un alto cargo, y apenas estaba en casa porque adoraba la acción, no era de los que miran pantallas en el Pentágono. Si no actuaba yo, lo haría él, no sabía qué era peor. No quería ver a mi cuñado en la cárcel, era lo que le faltaba a Feith.

Las palabras me fallaban y el corazón no podía latirme más rápido, ni con más furia.

—¿Dónde está ese cabrón? —murmuré.

Margaret me observaba sin entender nada, el pulso me iba tan rápido que la mano me temblaba. Temí que el móvil se me cayera, a mí nunca me fallaba el pulso.

—Ha venido al campeonato, y cuando se ha acercado a Shelly en el tapiz, Feith se ha empezado a poner nerviosa, a decir «no» por lo bajo. Yo pensaba que era por la niña que estaba compitiendo, que le sacaba unas décimas de ventaja a Shelly, pero entonces el entrenador Sommers ha apoyado las manos sobre las piernas de Shel, ha comenzado a bromear con ella y nos ha saludado a las dos desde el tapiz, agarrándole la manita para que lo hiciera con él, y Feith se ha llevado las manos al cuello, su respiración se ha hecho irregular y ha comenzado a suplicarme que lo apartara de ella. Yo no entendía nada… ¡Dios, Mary! Le ha dado un ataque de epilepsia, sabes que hacía varios años que no sufría ninguno. —Era cierto, el médico le dijo a mi hermana que había mejorado tanto que creía que era de ese 70 % de los casos que remiten en la edad adulta.

Mis sobrinas se llevaban diez años, entre las ausencias de mi cuñado y que mi hermana no estaba segura de tener otra niña, Shelly vino de manera inesperada.

—Las piezas del puzle encajan, mejoró a raíz de que él aceptó aquel puesto en Minnesota y se fue. Los ataques se espaciaron hasta desaparecer… ¡¿Cómo he podido estar tan ciega?! ¡¿Qué mierda de madre soy?! —voceó.

—¿Dónde estáis? —intenté calmarme, aunque, dadas las circunstancias, era muy difícil que lo consiguiera.

—En el hospital. Shelly no ha podido terminar su rutina. Ese maldito cerdo me ha dicho que, si quería, se quedaba con ella, que no me preocupara, que éramos como de la familia, que la llevaría al piso que había alquilado para el campeonato. Menos mal que he dicho que no. No sé qué habría podido hacerle en mi ausencia.

—Dime el hospital, yo me ocupo de todo.

—¿Qué vas a hacer? Feith no quiere…

—Mi sobrina no está en condiciones de querer o dejar de querer, dile de mi parte que lo único por lo que deberá preocuparse a partir de hoy es por ser feliz, que su tía no va a pasar por alto lo que le ha ocurrido y que ese malnacido va a pagar muy caro todo lo que le ha hecho.

—Mary…

—Shhh, yo estoy al mando.

Colgué con un nudo en el esófago que volvía mi respiración artificial, y cuando enfoqué la mirada, me topé con una cargada de empatía. Margaret abrió los brazos y me estrechó entre ellos.

—Lo siento —fue lo primero que susurró en mi oído.

—¿Lo has escuchado? —pregunté.

—Lo suficiente.

—Tengo que ir a Seattle y ocuparme de ese tío.

Ella se separó de mí y me cogió de las manos.

—¿Lo quieres detener?

—Ahora mismo no estoy de servicio y estoy fuera de mi jurisdicción.

—¿Entonces?

Callé.

—Necesito ir a ver a mi hermana.

—Iré contigo.

—Es mejor que te quedes, no es al único sitio al que pienso ir, y prefiero que te mantengas al margen.

Las dos nos miramos, no quería hacerla partícipe de lo que me rondaba por la cabeza. Tampoco es que hiciera falta, su mente era tan aguda que supo de inmediato lo que me guardaba.

—Tú no eres Kali —dejó caer como una losa—. Odias lo que hace, lo que representa, ¿recuerdas? —¿Cómo iba a olvidarlo? Si me había llenado la boca de ello incluso frente a los medios.

—Sí, pero…

—Que tu sobrina sea una víctima de abuso infantil no cambia las cosas. Eres una mujer íntegra, que cree en la justicia, cuyos valores…

—Mis valores pueden irse un poquito a la mierda, ¿no te parece?

——Comprendo tu angustia, el dolor que ahora mismo te corroe, pero esa no eres tú, si te tomas la justicia por tu mano, no te lo perdonarás.

——Ya lo veremos.

Sus manos atraparon mi cara.

—Mary…

——Lamento decepcionarte, al parecer, no soy tan honorable como ambas pensábamos. Me marcho.

——Voy contigo.

—No, esta vez no.

Mi mirada se volvió inflexible, quizá perdiera a Margaret por lo que iba a hacer, iba a doler, pero más lo haría si dejaba a ese hijo de puta campando a sus anchas.

——Por lo menos, piénsalo y prométeme que primero hablarás con tu hermana, con tu sobrina, ellas son lo que de verdad importa, permanecer al lado de tu familia, que es la que te necesita, tomar perspectiva, darte cuenta de que sois unas supervivientes...

La bilis del estómago ascendió por mi garganta.

——Ese cabrón fue el entrenador de mi sobrina desde que tenía tres años hasta los doce, solo pensar lo que me ha contado mi hermana que le hizo a Feith durante todo ese tiempo… Respiré con fuerza——. Mi sobrina le ha confesado que la fotografiaba haciendo posiciones de gimnasia, que le decía que sin el maillot podría verla mejor, corregirla y convertirla en una estrella, que no se preocupara, que lo hacía con todas las niñas que merecían la pena como ella. —Me costaba incluso vocalizarlo——. La grababa realizando los ejercicios, para después pasar sus manos y aleccionarla. —Tuve una náusea y un mareo—. No eran correcciones, su intencionalidad era sexual, lasciva y nada tenía que ver con el deporte. —El asco tiñó mi voz——. La ponía frente a un espejo, se colocaba tras ella y la tocaba en los ejercicios de elasticidad. Ese cerdo le decía que, si llegaba a sentir una explosión de energía entre las piernas, era porque su maleabilidad se volvería ultrasónica. Que era su pequeño secreto, un entrenamiento especial para su favorita, su pequeña estrella. Así era como la llamaba. —Margaret permanecía estoica apretándome las manos para consolarme—. Le hizo prometerle que, si lo guardaban solo para ellos, funcionaría como los deseos y las estrellas fugaces. Según él, ¡sería la nueva Simone Biles! ¡Lo único que consiguió fue que quisiera dejar la gimnasia en cuanto él se fue y mi hermana pensaba que era porque lo echaba de menos! ¡Que adoraba a su entrenador! ¡Feith ha soportado abusos y tocamientos durante nueve años! ¡Y tanto sus padres como yo hemos estado ajenos! Ahora tiene quince y posiblemente un trauma de por vida.

Margaret me miraba imperturbable mientras mi ira crecía exponencialmente.

—El abuso infantil es horrible, un mal endémico que no deberían sufrir ni las víctimas ni sus familias. Sabes que comprendo tu dolor porque yo convivo a diario con ello. Puedo ayudaros a superar esta situación que no le deseo a nadie, ni a tu hermana, a tu sobrina, a su hermana o a ti misma… Déjame que os ayude.

—Esta vez no —masculué, sintiéndome más lejos que nunca de ella.

Su intención era buena, quería que no olvidara quién era yo, darme soporte, que no me perdiera en el camino de la rabia, del desconsuelo, salvo que era demasiado tarde, una bola de venganza se enroscaba en mi bajo vientre haciéndolo saltar todo por los aires.

—Lo siento, murmuré alejándome. No voy a permitir que ese cabrón del entrenador Sommers se largue de la ciudad sin saldar su deuda.

—Mary… —susurró, podía leer en su mirada lo que estaba pensando porque era el consejo que yo misma le daría a cualquier persona.

Hablar con la víctima, que esta denunciara, llevar a ese cabrón a juicio y que pagara era lo que se esperaba de mí, salvo que en ese momento… En ese momento…

La oí gritar mi nombre mientras yo me alejaba hacia el coche de alquiler.

¡El mundo podía irse a la mierda! No siempre iba a hacerlo todo bien.

CAPÍTULO 78

Kiara

Pestañeé todavía adormilada, había perdido la noción del tiempo o del espacio, cuando abrí los ojos, estaba en una habitación que no reconocía, era cutre, para qué mentir, como las típicas de uno de esos moteles de carretera en los que puedes esperar cualquier cosa.

Olía a rancio, la moqueta estaba llena de lamparones y las cortinas tenían varias capas de mugre que no impedían el paso de una luz parpadeante procedente del exterior.

Todo el cuerpo me pesaba y me costaba moverme.

Vislumbré una silueta masculina sentada a los pies de la cama y entonces recordé lo sucedido.

—¿Ravi? —pregunté con voz pastosa.

Él se giró hacia mí y me sonrió.

¿Has descansado?

—¿Qué hacemos aquí?

—Volvemos a casa. —Fruncí el ceño sin comprender.

—¿Qué?

—A la India, vas a convertirte en mi mujer y me darás el reconocimiento que mi padre no quiso darme.

¿Se había vuelto loco, o sufría un trastorno de la personalidad múltiple?

—¿De qué narices hablas?

Su expresión era de fastidio, se acercó más a mí y se sentó en el lateral del colchón. Pasó su mano por mi pelo y sonrió, igual que haría un padre con una niña pequeña llena de dudas.

—¿Por qué piensas que te di todas aquellas ofrendas tras los conciertos?

—¿Eran tuyas?

—¡Quería conquistarte, Kalinda! ¡La chica de la que te hablé siempre fuiste tú!

Un momento, ¿me había llamado Kalinda?

La cabeza me daba vueltas, pero no tantas como para no comprender que acababa de utilizar mi antiguo nombre. ¿Por qué Ravi lo conocía?

El esófago me ardió fruto del ascenso de la bilis. Lo miré exorbitada, mi respiración se habría acelerado si no estuviera drogada.

—Nunca te habló de mí, ¿verdad? —preguntó.

—¿Quién?

—Mi padre, tu difunto marido. Soy Ravi Singh, el único descendiente de Gabbar Singh, aunque todavía no tenga su apellido porque mi padre nunca me reconoció.

—¡¿Cómo?!

Hice el esfuerzo de que el cuerpo me respondiera, pero era imposible.

—No te alteres, yo no soy como él. Tuve que darte algunas de las pastillitas que se toma Marlon para que te relajaras, tardarás en poder moverte bien. Siento haberlo hecho, es que necesitaba que habláramos a solas, sin que ese prostituto-drogadicto nos interrumpiera —masculló con desprecio—. Ahora ya debe estar puesto hasta las cejas y acostándose con Lorraine.

—Marlon no estará haciendo nada con ella.

Su sonrisa condescendiente me erizó el vello de la nuca.

—Lo que tú digas. Ahora debe importarte poco lo que le pase, en unas horas estaremos en el aeropuerto, tengo los billetes, algunas de tus pertenencias que cogí para que estuvieras cómoda en el viaje y el pasaporte.

—¡No pienso ir contigo a ninguna parte!

—Ya lo creo que sí, me lo debes, Kalinda, sabes tan bien como yo que, cuando un hombre fallece, su mujer es heredada por su familiar masculino más directo, por lo que eres mi herencia. Me perteneces, reconozco que me hubiera gustado que te enamoraras de mí, eso habría hecho las cosas más fáciles. Lo puse todo de mi parte, pero claro, tú tuviste que fijarte en el chico malo, como todas. No es algo que me preocupe, ya me querrás. Como te he dicho, no soy como el cabrón de mi padre.

—No entiendo nada, ¡yo no le pertenezco a nadie! —grité. Él chasqueó la lengua y pasó la palma de su mano por mi brazo.

—Sabes tan bien como yo que, según nuestra cultura, sí. —Mi respiración se volvió algo más superficial, tenía razón, salvo que yo ya no era esa mujer que reclamaba, Kalinda murió.

—¡Ahora soy Kiara!

—Puede que para los americanos lo seas, pero no para mí. No tienes ni idea de por lo que he pasado.

»Mi madre servía junto a mi abuela en casa de los Singh, ya sabes el gusto de Gabbar por las menores. Abusaba de ella cada vez que le venía en gana hasta que la embarazó.

»No era algo que se pudiera ocultar con facilidad. Tu suegra decidió expulsarla de la casa en cuanto la tripa fue más que evidente, tanto a mi madre como a mi abuela. Vivíamos solo a unas manzanas de ti, en la absoluta miseria. A esa zorra le dio igual que yo fuera su nieto.

»Nací y crecí sin saber quién era mi padre, aunque cuando ese cabrón decidió casarse contigo, escuché una conversación entre mi madre y mi abuela. Ninguna de las dos comprendía cómo la madre de Gabbar consintió que su hijo se casara con una Dalit, ellas pensaban que lo haría con una mujer de una casta superior, ¿qué sentido tenía cuando mi madre había dado a luz un hijo suyo? Así fue como me enteré de quién era él.

—Yo-yo no tenía ni idea.

—Lo sé, por eso no te culpo, lo que no quita que sintiera rabia por las penurias que estábamos pasando. Mi abuela estaba muy enferma y murió a los pocos meses. El día de tu boda yo estaba en la calle, mirándote entrar en el templo, aunque era imposible que pusieras tu atención en aquel niño harapiento de mirada enfadada.

La historia de Ravi era la de muchos niños en la India. Los embarazos no deseados fruto de violaciones estaban a la orden del día. Un horror por el que muchas mujeres tenían que pasar.

Necesitaba hacer tiempo y pensar, que mis neuronas conectaran de una maldita vez.

Lo mejor era que Ravi pensara que estaba de su parte, que se confiara, y en cuanto pudiera, escapar de él, para eso necesitaba tiempo y recuperar mis facultades físicas.

—¿Cómo me encontraste? Todos creyeron que había muerto —pregunté.

—Yo también, pero tenía tu cara grabada en el cerebro. Mi vida dio un vuelco. Vino un tipo a la ciudad en busca de trabajadores, y ya sabes... Necesitábamos el dinero. Me llevó a Mumbay, estuve trabajando en uno de esos sótanos pestilentes para una empresa de objetos de regalo. Comía, dormía y trabajaba en apenas 3 m², y una asociación parecida a Wing's of Life, especialista en derechos humanos, me sacó de aquel agujero.

»Tuve suerte —entrecomilló los dedos—. Me adoptó una familia de americanos porque en mi ausencia mi madre había muerto de una neumonía. Me trajeron a los Estados Unidos, me criaron como a uno de ellos, pero siempre quise hacer justicia. Y cuando te vi en redes sociales... —El sonido que hizo provocó un escalofrío en mi cuerpo—. Fue una de esas casualidades tontas, cuando el grupo empezaba a arrancar, no daba crédito. Estoy seguro de que mi madre y mi abuela me guiaron hacia ti. Te investigué, te seguí, recopilé información suficiente como para saber que no me equivocaba y que eras la persona que buscaba, la que podría poner las cosas en su sitio y hacerme recuperar lo que era mío por derecho de nacimiento.

»Por eso entré a trabajar en la discográfica, les dije que aceptaba el trabajo por la mitad del sueldo de cualquiera de los otros candidatos, que era muy fan del grupo y entregaría mi cuerpo y mi alma para serviros.

»Les importó una mierda mi discurso, solo pensaban en la pasta que iban a ahorrarse con el indio. ¿Migrante a mitad de precio? ¡Perfecto! Y entonces te conocí. No a través de una pantalla, sino de verdad, y supe lo que vio mi padre en ti. Te quería para mí.

—Ravi, sabes que lo que dices no tiene sentido, ¿verdad? Aunque nos hubiéramos enamorado, lo cual no pasó, y que regresáramos a la India, daría igual, no obtendrías lo que quieres porque las mujeres no heredan el dinero de sus maridos cuando fallecen, solo son usufructuarias de las propiedades. El dinero de tu padre debe tenerlo cualquier miembro masculino vivo.

—¡Las cosas están cambiando! ¡Tú misma cantas para que lo hagan! Podemos pedir una prueba de ADN, así demostraré que soy su heredero, dirás que mi padre quería reconocerme justo cuando lo mataron, nos casaremos y todo su imperio será nuestro. Seremos una pieza del cambio —dijo eufórico—. Tú me gustas y sé que, si Marlon no se hubiera entrometido, podría haberte hecho las mismas cosas que él en el jardín de Hawái, sé dar placer a una mujer, puedo demostrártelo.

Se abalanzó sobre mí para besarme. Pude girar el rostro y apoyar débilmente las manos en su pecho.

—¡No! ¡¿Qué haces?! ¡Nos viste! ¡No tenías derecho!

Él agarró mi cara para fijarla en la almohada. La expresión de su mirada había cambiado.

—Los dos sabemos que sí lo tengo, necesitaba entender qué era lo que él te hacía que te gustaba tanto, ahora lo sé. Eres mía, yo seré quien a partir de ahora te haga esas cosas.

Su aliento era caliente y pegajoso. Tenía que darle la vuelta a la situación.

—Ravi, eres un tipo maravilloso, como bien has dicho, no eres tu padre, no debes parecerte a él…

—No lo hago —me interrumpió—. Si pusieras de tu parte, lo comprenderías. Desde el principio he sido amable, comprensivo, te he hecho regalos para que vieras que mis intenciones siempre fueron honestas. Quería y quiero casarme contigo. —Todo cobraba sentido, por eso recibía regalos nupciales—. Seremos felices, Kalinda, seremos un ejemplo, un eslabón para el cambio.

—No te quiero de esa manera, Ravi, eres un buen chico que sufrió la injusticia de Gabbar Singh y su familia, pero yo estoy enamorada de Marlon, le quiero a él. No quiero regresar y no puedes forzarme a ello, no puedes meterme en un avión si no lo deseo.

—Vas a desearlo.

—¡No! —vociferé.

—Si no lo haces por las buenas, me ocuparé de que la familia de mi padre sepa tu paradero. Vendrán a por ti, Kalinda.

—No lo harán.

—Ya lo creo que sí, cuando te dieron por muerta, mi abuela no reconocida estaba convencida de que no os habían atacado, que fue tu sangre Dalit la que mató a su único hijo, solo te salvó que te creyeran muerta y pasto de los cocodrilos.

Intenté alzar los brazos para hacerle una llave de inmovilización, no me salió bien y, aunque él fuera delgado, lo tenía tumbado encima.

—Ahora, bésame, verás que todo cambia después de que lo hagamos —murmuró, descendiendo sobre mi boca. Apreté los labios, no le costó nada hundir su lengua entre ellos y separarlos.

Me agarró las muñecas y las puso encima de mi cabeza. Se apartó antes de llevarse un mordisco.

—Sabes tan bien como imaginaba, ahora te haré mi mujer.

—¡No puedes hacer eso!

—¡Claro que sí! ¡Ya lo eres! Verás cómo te gusta, te lo haré mejor que él y los dioses bendecirán nuestra unión, quizá incluso con un bebé.

Su mano se metió entre nuestros cuerpos, necesitaba recuperar mi movilidad antes de que me violara.

—Ravi, eh, Ravi, mírame... —Lo hizo—. Así no va a gustarme, apenas siento nada, es imposible que consigas que esto me complazca.

—Te irás despertando cada vez más, según lo que leí en internet, por las cantidades que te puse en el agua, en media hora ya deberías estar bien. Tú solo relájate, haré que dure.

Besó mi cuello, mi escote...

¡Quería patearle las pelotas!

Miré a un lado y a otro nerviosa. Si pudiera quitármelo de encima, alcanzar el bolso, coger el teléfono y hacer una llamada, o por lo menos coger mi daga de Kali...

Apreté los ojos y pensé en Marlon. La boca de Ravi seguía recorriendo parte de mi piel mientras la furia de la diosa crecía en mí.

La necesitaba más que nunca, que su fuerza me inundara y tomara posesión de mí.

«Kali, ven a mí», supliqué.

CAPÍTULO 79

Marlon

—¡Te juro que no me ha dicho nada! —respondió Benan agitado.

—Es muy raro que no esté de vuelta ni responda al teléfono.

—¿Has probado a localizar a Trayi y a Ranya? Se marcharon las tres juntas.

—Sus móviles están apagados.

—Bueno, puede que estén cenando en algún lugar sin cobertura o se hayan fundido la batería con tanta foto y TikTok, eso funde los recursos de cualquier móvil.

—El de Kiara sí da tono de llamada, es solo que no contesta —respondí frustrado.

—¿Has hecho algo para mosquearla?

Puse cara de circunstancia. Era imposible que Kiara supiera que había ido al hotel para reunirme con Lorraine. Benan suspiró con fuerza.

—¿Qué ha sido esta vez? ¿Otra rayita?

Iba a soltarle una fresca cuando nos interrumpió la voz de Paul.

—Yo la vi irse con Ravi.

Bajaba de la segunda planta del bus.

—¿Nos estabas escuchando? —preguntó Benan.

—No, imbécil, es que por ese hueco se oye todo y estaba haciendo unas dominadas.

—¿Cuándo fue? —Me importaba bien poco lo que estuviera haciendo mientras supiera dónde encontrar a Kiara.

—Pfff, creo que hará cincuenta minutos o puede que una hora. Estaba en el baño, fui a abrir la ventanilla para airear, cuando los vi alejarse y meterse en un coche de alquiler.

—No jodas que lo has vuelto a atascar —refunfuñó Benan. Paul puso cara de suficiencia—. Pues esta vez serás tú quien quite el mojón, ya te dije que si te entraba el apretón, lo hicieras fuera, con tanta proteína tus mierdas son como ladrillos.

—¡Podéis dejar de hablar de estupideces y centraros! —Desvié la atención hacia Paul.

—¿Cómo sabes que era un coche de alquiler?

—Pues porque llevaba la típica pegatina de Hertz, mi cuñado trabaja en esa empresa.

—No me gusta… —Tuve un mal presentimiento.

—Ya sabemos que Ravi no es santo de tu devoción —confirmó Benan. Los dos se miraron con cara condescendiente.

—No es eso… ¿Por qué iba a irse Kiara con él sin avisar a nadie? ¿Por qué no contesta a mis llamadas?

—Suenas un pelín tóxico, Vitale —rio Paul por lo bajo.

—¿Cómo se apellida Ravi? —Los miré a ambos—. ¡¿Que cómo cojones se apellida?! —golpeé la mesa.

—Tío, estás de la olla —musitó Benan—. ¿Y eso qué tiene que ver?

—¡Tú dímelo!

—Se apellida Kaur, en las nóminas va justo después de mí cuando nos paga la de recursos humanos. Yo me largo, que he quedado con un pibón del Tinder. Te quedas al cargo —dijo, cabeceando hacia mí.

Busqué el número de Hertz, para averiguar si podían darme la matrícula del coche que había alquilado Ravi o si había manera de localizar su ubicación. Le dije que era por un asunto familiar grave, de vida o muerte, que mi amigo no respondía al móvil y me temía lo peor, pero no quisieron darme ningún tipo de información debido a la ley de protección de datos. Miré a Paul de soslayo.

—Tú.

—¿Qué?

—Llama a tu puto cuñado y averigua si los coches de la flota llevan localizador.

—Pero ¡¿tú quien mierdas te crees que eres, Matt Damon en *El Caso Bourne*?!

—En todo caso sería el hijo de *El Padrino* y *El Irlandés*, si hubieran tenido uno. Ya lo estás averiguando o atente a las consecuencias. —Paul se cruzó de brazos—. Nunca he querido pedir favores a la familia, pero siempre hay una primera vez.

Eso sí que pareció dar resultado. Mi apellido estaba demasiado unido a la mafia para que alguien como Paul fuera ajeno a él.

Soltó un montón de imprecaciones, sacó su teléfono del bolsillo y veinte minutos después tenía geolocalizado el puto coche en el que Ravi y Kiara se marcharon. Según las coordenadas, estaban en La Hacienda Motel, en el barrio de SoDo, cerca del río Duwamish.

Paul me miró con las cejas alzadas.

—Ahórrate lo que estás pensando, no están ahí por eso.

Él levantó las manos y se encogió de hombros.

—Dios me libre de opinar.

Sabía que cualquiera que pillara a su chica con otro tío en un motel se estaría poniendo en lo peor, yo también lo habría hecho hacía unas semanas, ya no.

Estaba convencido de que había algo mal con ese tío, que la intuición no me había fallado, y me preocupaba lo que pudiera estar pasando con Kiara. ¿Y si era un puto loco obsesionado? ¡Mierda!

Salí cagando leches del tráiler.

—¡Eh, que estás a mi cargo! —rugió Paul. Le hice una peineta y paré a un taxi.

—Le pago el doble si no respeta ni un puto semáforo y arranca antes de que ese gorila se nos eche encima —masculló.

El hombre de aspecto mexicano miró por el espejo retrovisor.

—La multa y los desperfectos que pueda causar su amigo…

—Que sea el cuádruple y una propina cuantiosa por conducción temeraria.

—Agárrese fuerte, señor, en mi país no me llamaban Speedy Gonzales porque tuviera cara de ratón.

Pisó a fondo el acelerador y Paul pasó a ser un borrón en la carretera.

Llegamos a la dirección que le indiqué en la mitad del tiempo previsto y cumplí con mi palabra.

En cuanto descendí, vi el coche oscuro con la pegatina de Hertz de inmediato, estaba en la zona central del aparcamiento de cemento, pegado a una de las habitaciones de la planta baja. Tampoco es que el establecimiento estuviera muy concurrido, apenas había cuatro vehículos.

Uno en la zona de recepción, dos a los extremos y el que Ravi había alquilado.

El edificio tenía forma de ele y la luz del cartel oscilaba con ganas de fundirse. La pared de la primera planta estaba recubierta en piedra de color gris, la segunda solo ostentaba una capa de pintura color teja bastante desgastado y con algunos desconchones. Desde luego que de las dos estrellas que tenía debía haber perdido una.

Solo salía luz de tres habitaciones, dos ubicadas en la zona que yo estaba, una al lado de la recepción, la otra en el extremo opuesto y la tercera en la planta superior, a la cual se accedía a través de una escalera metálica.

Estaba justo encima de donde se encontraba aparcado el coche, por lo que lo más probable era que esa fuera en la que estuviera Ravi. Ni me molesté en pasar por recepción.

Subí los peldaños de dos en dos, me asomé a la ventana para ver si podía observar lo que ocurría en el interior para hacerme una idea de cómo actuar.

El corazón me iba a mil y se me habían cruzado miles de posibilidades por la cabeza, ninguna me preparó para lo que sentí.

Aunque las cortinas de color morado estaban echadas, quedaba un espacio suficiente entre ellas para poder mirar al interior.

Vi dos cuerpos en la cama, uno encima del otro, no me costó nada dilucidar a quienes pertenecían teniendo en cuenta que conocía a la perfección las piernas de Kiara.

Ella estaba debajo y Ravi la estaba besando, sujetándole las muñecas por encima de la cabeza. Parecía que Kiara se intentaba mover, pero que apenas pudiera.

Quizá cualquier otra persona habría visto traición, yo estaba convencido de que ese malnacido la estaba forzando a algo que no deseaba.

Lo único que fui capaz de hacer fue patear la puerta con todas mis fuerzas para entrar sin pedir permiso.

¡A la mierda!

La puerta de madera rebotó en un gran estruendo.

—¡Sácale las putas manos de encima! —rugí y, sin pensarlo dos veces, me abalancé hacia ellos.

CAPíTULO 80

Kiara

La habitación del motel estaba en penumbra, solo la luz de la mesilla permanecía encendida y el olor a humedad impregnaba el aire. Intenté moverme por undécima vez, pero mi cuerpo seguía sin tener la fuerza de siempre.

Odiaba la sensación de un cuerpo no deseado encima del mío, con los ojos brillando de locura y determinación.

¿Cómo había podido estar tan ciega?

Ravi no era mi amigo, era el hijo del hombre que más daño me hizo en la vida y quería devolverme al lugar del que hui.

—Para, por favor —supliqué dirigiéndome a él. En lo único que podía pensar era en hundir mi puñal en su garganta como hice con su padre. Podía llenarse la boca diciendo que no era como él, pero me estaba demostrando lo contrario—. ¡Para!

Shhh, ponme las cosas fáciles.

—¿Qué dirán tus padres cuando vean que no regresas a casa?

—Les dará igual, fallecieron en un accidente, hace dos años, no tengo a nadie salvo a ti.

—A mí no me tienes.

—Ya lo creo que sí —musitó, besándome de nuevo.

Los dedos me hormigueaban, ¡¿por qué no se me despertaban de una maldita vez?!

Escuché un estruendo. La puerta del motel rebotó, y el sonido me dejó sin respiración. ¿Era posible que alguien hubiera llamado a la policía?

Giré el cuello y me topé con el rostro convertido en una máscara de furia de Marlon. Resollaba, su pecho subía y bajaba de manera brusca, y nos miraba como si quisiera matar a alguien, al parecer, no era la única poseída por el ansia de sangre.

—¡Sácale las putas manos de encima! —bramó.

Su voz resonó en la pequeña habitación y a mí me sonó mejor que cualquiera de nuestras canciones.

Ravi se giró, sorprendido, pero no se movió.

Tampoco le hizo falta, dos segundos después de la advertencia, Marlon ya estaba encima de él.

—¡Lárgate! ¡Esto no te concierne! ¡Kalinda es mía por derecho! ¡Es mi mujer!

—¡Yo no soy nada tuyo, malnacido!

Al proferir aquel término, sus ojos se clavaron en los míos, no le dio tiempo a hacer o decir nada porque salió volando sin necesidad de tomar ningún avión.

Su cuerpo delgado se estrelló contra la pared desnuda y rebotó en el mueble en el que estaba mi bolso, tirándolo al suelo.

—¿Estás bien? —me preguntó Marlon intentando levantarme.

—Me ha drogado, todavía no puedo moverme bien.

—Tranquila, ya estoy aquí, lo siento, tuve que ir a solucionar las cosas, pero ya está todo bien.

—Yo no quise venir aquí, me engañó, tienes que creerme.

—Lo sé. —No había dudas en su mirada o en su voz—. Venga, voy a sacarte de aquí, nos vamos.

Fue a pasar mi brazo por su espalda para alzarme cuando empezó a sacudirse contraído de dolor. Lo vi convulsionar sin poder hacer nada.

El mierda de Ravi le estaba dando una descarga eléctrica, ¿de dónde había sacado el arma? No dejaba de apretar el botón, y si seguía dándole descargas, podría causarle un paro cardíaco.

—¡Para! —grité—. ¡Lo vas a matar!

El cuerpo atlético cayó al suelo y Ravi aprovechó para darle una patada.

—¡Ahora no eres tan valiente!, ¿eh?—profirió con desprecio. Se movió lentamente a su alrededor y golpeó de nuevo sus riñones con un puntapié.

¿Es que nadie vendría a ayudarnos?

Miré a mi alrededor, el lugar en el que estábamos parecía bastante dado a las trifulcas y la gente discreta que no se metía en problemas que no fueran suyos.

Ravi se acuclilló a su lado, sin apartar la mirada de él.

—No entiendes nada, ella me pertenece. Es la mujer de mi padre, y en nuestra cultura, las mujeres se heredan. Ella debe regresar a la India conmigo para ser mi mujer y alumbrar a mis hijos.

Marlon frunció el ceño, su confusión evidente además del dolor que debía estar sintiendo.

—¿Qué demonios estás diciendo? —farfulló.

—Que ella es…

—¡¿En serio piensas que eso me importa?! —profirió con dificultad—. No se trata de un objeto que puedas reclamar. —El esfuerzo con el que hablaba era más que evidente—. Es una persona, y tiene derecho a decidir sobre su propia vida.

—En nuestra cultura, las cosas son diferentes —insistió Ravi. Su voz estaba llena de convicción—. Y a la vista está que elegir se le da mal, yo soy su destino. Kalinda debe cumplir con su deber y darme el lugar que me corresponde.

Sentí una oleada de náuseas al escuchar las palabras de Ravi, su estancia en Estados Unidos no le había enseñado nada, estaba cegado por un futuro que jamás le sería concedido. Odiaba escuchar mi antiguo nombre en sus labios.

Con un esfuerzo titánico, moví la mano, necesitaba bajar de la cama, ir hacia el bolso, donde aguardaba Kali lista para ser usada.

No tenía dudas de que Ravi no dejaría que me marchara y que estaba dispuesto a cualquier cosa. Aun así, intenté que recapacitara.

—Ya te he dicho que no pienso ir contigo a ninguna parte, tu plan es una locura que no pienso cumplir, ambos sabemos que, si no me hubieras drogado, no estaría aquí.

Logré sacar una pierna fuera del colchón e intenté incorporarme. Me costó muchísimo, pero lo logré. Tuve una fuerte náusea fruto del esfuerzo.

—Si no vienes conmigo, freiré a este cabrón hasta que su corazón deje de latir —me amenazó, acercando la Táser al pecho de Marlon.

Este me miró, su preocupación era evidente, aunque no creí que fuera por su vida por lo que temiera, sino por lo que ocurriría si Ravi lograba llevar a cabo su plan. Apretó los puños, su furia palpable.

—No dejaré que eso suceda —masculló. Yo tragué con fuerza.

Ravi se rio, un sonido frío y sin humor.

—No vas a poder evitarlo.

Me puse en pie, pero me fallaron las piernas y caí al suelo.

—Si lo matas, ¡te condenarán a cadena perpetua!

—Eso no pasará, porque cuando lo descubran, ya estaremos en la India. Los dioses están de mi parte y saben que eres mía. Él no te merece —apostilló lleno de rabia. No vio cómo me arrastraba porque estaba acuclillado al otro lado de la cama. Se dirigió a Marlon con desprecio mientras yo buscaba alcanzar el bolso con todas mis fuerzas—. Eres un drogadicto que se vendía por dinero. Yo puedo darle a Kiara el futuro que merece, el que los dos merecemos.

—No tienes idea de lo que estás diciendo. Ella no es un premio que puedas ganar. Tiene voluntad propia, ha escogido y te ha descartado, no te quiere.

—¿Piensas que eso me importa? A ti tampoco debería porque ya estás muerto.

—¡No! —grité, metiendo la mano en mi bolso.

Por fin sentí el frío metal entre los dedos. Trastabillé poniéndome en pie de nuevo para dejarme caer sobre la espalda de Ravi. Fui a hundirle el puñal en el cuello, pero fallé, apenas le hice un rasguño, los músculos me fallaban, él dio una fuerte sacudida hacia atrás, mi arma cayó al suelo y él la cogió, se puso en pie, se dio la vuelta, vino a por mí, yo intenté reptar hacia atrás.

—¡Maldita zorra! —rugió, acercando el cabezal de la Táser a mí.

—No soy de nadie —dije, mi voz ganaba fuerza—. Y no volveré a la India por mucho que insistas.

Ravi me miró, sus ojos estaban llenos de rabia.

—Ya lo creo que vendrás.

Antes de que pudiera reaccionar, Marlon se lanzó hacia él, derribándolo al suelo. Ravi intentó emplear sus armas, aunque los movimientos de Marlon fueran erráticos por la descarga, su superioridad física seguía siendo evidente.

El hijo de mi difunto marido intentó darle otra descarga, pero se topó con un rodillazo en la muñeca lo suficientemente poderoso como para que le hiciera soltarla.

Un aullido de dolor escapó de sus labios, moví las piernas para colaborar y que Ravi cayera al suelo, pero la realidad se giró en mi contra y lo vi alzar el puñal para clavármelo en el pecho.

—Si no serás mía, ¡no vas a ser de nadie!

CAPÍTULO 81

Marlon

Todo fue muy deprisa, la hoja se hundió en la carne de Kiara, sentí el pinchazo lacerante abriéndose paso como si fuera a mí a quien atravesara.

Ella movió las manos para impedir el avance y el filo cortó la palma de sus manos. Todo empezó a teñirse de rojo.

Fue su sangre la que noté fluir por mis venas, la que hizo bombear mi corazón, la que movió cada fibra de mi cuerpo que seguía sintiendo los coletazos de la electricidad dándome pequeños espasmos.

Mi rugido tronó por encima de nuestras cabezas y, antes de que el arma penetrara todavía más en el pecho de Kiara, atrapé la cabeza a Ravi.

Vi el reflejo de sus ojos poblados de locura en el cristal picado del espejo de la habitación, el suyo y el mío justo antes de que le hiciera crujir el cuello como una ramita.

Solo necesité un gesto seco para arrebatarle la vida, sin necesidad de emplear otra cosa que no fueran mis manos, tal y como me enseñó la mano derecha de papá cuando era pequeño.

—*Precisión, pequeño Vitale* —*murmuró mi padre con orgullo tras el ejercicio que había dejado a un muñeco de trapo con la cabeza colgando*—.

Es lo único que se necesita para acabar con la vida de alguien de una manera limpia e indolora.

—Sí, papi.

—Ser limpio siempre es bien, te hará tener una buena mujer al lado y te ayudará a no terminar con el culo en la cárcel.

—Vincenzo, ¡no le digas eso al niño!

—¿Acaso miento, mujer? —preguntó mi padre, palmeándome con orgullo, mientras se ponía en pie para arrebatarle un beso.

Los dedos de Ravi dejaron de ejercer fuerza y el cuerpo inerte cayó al suelo como un saco vacío.

Kiara sacó la parte del cuchillo que permanecía clavada en ella sin un gesto de dolor. Me miró estoica y no vi horror por lo que acababa de presenciar, solo el amor más puro y absoluto que alguien puede sentir por otra persona, y lo peor de todo era que yo no me sentía mal.

Aparté a Ravi, presioné la herida y la besé.

—Ojazos… —murmuré con su sangre en la mano.

—Es superficial, estoy bien.

Apoyé mi frente contra la suya, estaba sudando, mi respiración estaba visiblemente alterada y la suya también.

—No te preocupes, ha sido en defensa propia, la policía nos creerá —murmuró. Nuestros ojos se encontraron.

—¿Piensas que ahora me importa eso? ¡He estado a punto de perderte! —proferí—. ¡Me da igual lo que me pase, lo importante es que estás viva!

—Estoy bien, Marlon —susurró como si todavía yo no hubiera tomado conciencia de ello.

—No lo estás.

—Sí lo estoy. Escucha, es importante, tenemos qué pensar qué vamos a decirle a la policía, los medios son muy cabrones y se van a frotar las manos en cuanto huelan la sangre. Son como tiburones.

Ni siquiera había pensado en eso.

—Joder, ¡la gira! ¡Voy a hundir al grupo!

—De eso nada, ¡tú solo me has defendido!

Estaba aterrizando, tomando conciencia de las consecuencias de mi acción. Era extraño, no me sentía mal por haber matado a aquel cabrón, sino por lo que su muerte podía conllevarnos.

—Mírame, sé por lo que estás pasando, yo maté a mi marido, ¿recuerdas?

—No estoy pensando en eso.

—¿Entonces? ¿En qué piensas?

Solté el aire con fuerza porque tenía claro lo que debía hacer.

—En que ha llegado el momento de pedir ayuda a mi familia.

Lo primero que hice fue levantar a Kiara y acomodarla en la cama, cogí un par de toallas del baño que parecían limpias, una la usé para lavar sus heridas y la seca para que la pusiera sobre su piel.

Me asomé al pasillo, en la calle no había un alma y no sonaban sirenas, me daba a mí que no habían llamado a la poli. Ajusté la puerta y puse una silla para bloquearla.

Cogí el teléfono y, tras unas cuantas respiraciones, busqué el móvil de mi padre. Allí ya era de madrugada y, conociéndolo, ya estaría durmiendo.

Un tono, dos, tres, cuatro…

—¿Qué ha pasado? —preguntó seco al otro lado de la línea.

—¿Por qué ha tenido que pasar algo?

—Porque son las dos de la madrugada y hace años que no me llamas.

Tenía sentido. Muy bien, allá iba.

—Papá, he matado a un tío y necesito deshacerme del cuerpo.

—Si se trata de algún tipo de broma…

—¡No es ninguna broma! —espeté mientras Kiara me observaba desde la cama. Yo paseaba nervioso arriba y abajo.

—¿Ha sido un accidente?

—No, le he matado a conciencia, le he partido el cuello y volvería a hacerlo mil veces si ese *figlio di puttana* resucitara. —Hubo silencio—. ¿Papá?

—¡Joder! ¡Por fin! ¡Creí que nunca llegaría el momento! —proclamó lleno de felicidad. Mi corazón dio una sacudida.

—¿Te alegras de que sea un asesino?

—Me alegro de que seas un Vitale de pura cepa, qué pubertad más larga has tenido. ¿Por qué lo has matado?

—Ha intentado violar, secuestrar y matar a la mujer que quiero.

—Es un buen motivo. ¿Ella está bien?

—Tiene una herida, pero sobrevivirá.

—Es bueno saberlo. ¿Y qué opina de lo que has hecho? —Miré a Kiara.

—Mi padre quiere saber qué piensas sobre cómo he actuado.

—Dile que yo maté al padre de este bastardo hace años.

Lo dijo lo suficientemente alto como para que su voz se filtrara a través del móvil. Papá soltó una carcajada.

—Cariño, despierta, haz las maletas, nuestro hijo nos necesita para sacar la basura y presentarnos a nuestra nuera. —Hice rodar los ojos y Kiara emitió una risita.

—¿En serio que acabas de decir eso? —lo reñí.

—Gajes del oficio. Ahora escúchame bien, Marlon, no te muevas, no salgas de esa habitación de motel y bajo ningún concepto abras a nadie hasta que yo golpee la puerta como te enseñé de pequeño, ¿estamos? Estaré en Seattle con los chicos antes de que te des cuenta. Yo me ocupo, solo preocúpate de que tu futura mujer esté a salvo, deja lo demás en mis manos, has hecho bien en llamarme y confiar en la familia.

—Cómo sabes que…

No pude seguir preguntando porque mi padre ya había colgado.

Hundí el colchón bajo mi peso al desplomarme en él incrédulo.

—Parece majo —musitó Kiara.

—¿Me tomas el pelo? —cuestioné.

—No sé, me lo habías pintado de un modo que… Me ha sorprendido, es todo, se nota que se preocupa por ti, y eso es bueno.

——¿Conoces a algún padre que se alegre de que su hijo mate? —Las comisuras de sus labios se alzaron.

—Por lo que parece, lo conoceré en unas horas. A quien sí conozco es a una mujer que no puede estar más enamorada del hombre que tiene al lado, eres soberbio, Marlon Vitale.

—Y tú eres la hostia, Ojazos.

Busqué su boca para besarla.

CAPÍTULO 82

Sepúlveda

El motor del coche rugía mientras yo aceleraba por la autopista, Margaret ya estaba a varias millas de distancia y la negrura de la noche envolvía todo lo que creía conocer. Mis manos temblaban sobre el volante, no solo por la velocidad, sino por la rabia y la impotencia que me consumían. La llamada de mi hermana resonaba en mi mente como un eco interminable. Feith, mi querida sobrina, había sufrido en silencio durante años, y yo, la gran inspectora Sepúlveda, no había visto nada.

El paisaje pasaba borroso a mi alrededor, pero mis pensamientos eran claros y punzantes.

¿Cómo no me di cuenta? ¿Cómo pude estar tan ciega? La imagen de mi sobrina, vulnerable y asustada, me atormentaba. Y en ese momento, ese monstruo estaba cerca de Shelly. No podía permitir que le hiciera daño también.

Margaret había intentado detenerme, pero no podía escucharla. No ahora. Su voz, normalmente calmante, solo me irritaba más. ¿Cómo podía entender ella lo que sentía? Vale, sí, era psicóloga, trataba a muchas víctimas, pero no era lo mismo, no podía ponerse en mi piel ni sentir la frustración que en ese instante me envenenaba.

Mi mente voló a Kali, nunca me había sentido más cerca de su causa. Yo siempre había estado en el segundo grupo, en el que consideraba que sus actos no eran de justicia, sino de alguien que se creía con el poder divino de saltarse las normas con total impunidad, pero ya, después de saber lo que le había pasado a Feith, una parte de mí se veía ahogada por ese impulso asesino. Quería hacerle pagar a ese hombre lo que le hizo a Feith, quería verlo sufrir como él había hecho sufrir a mi sobrina.

«No puedes, no debes, tienes que mantener la cabeza fría», murmuraba mi voz interior.

—Puedes irte un poquito a la mierda, guapa, de poco me ha servido hacer las cosas bien —proclamé en voz alta.

Mi corazón ardía de ira. Margaret me había dicho que no cometiera ninguna estupidez, y aunque no quería admitirlo, sabía que en el fondo tenía razón, que las emociones estaban nublando mi juicio.

El móvil sonó, lo había vinculado al *bluetooth* del coche, por lo que el nombre de Martínez iluminó la pantalla. Tenía varias llamadas perdidas suyas, no podía seguir ignorándolo teniendo en cuenta lo que había en juego.

—Martínez —dije, tratando de mantener la voz firme.

—¡Por fin, jefa!

—¿Qué ocurre? ¿Tenéis a Kali? —Mi amigo lanzó un bufido al otro lado de la línea.

—Ojalá, el operativo ha sido un puto fracaso —dijo con un tono de frustración—. Las sospechosas solo se acercaron a Parker para que les tomara una foto al bajar de la noria. Después de eso, nada.

—¿Nada? —pregunté sin dar crédito.

Todo era muy extraño, pero tenía la cabeza en otra parte.

—No, nadie siguió a Parker, hemos estado esperando horas y parte del equipo siguió a las chicas, Kiara volvió al tráiler, las otras dos se fueron a cenar y hace nada también han vuelto. No han salido de allí y el comisario está hecho un basilisco, ha pedido que cancelemos la operación, está que se sube por las paredes.

—Lo más probable es que alguno de esos idiotas haya hecho algún tipo de movimiento que las haya alertado. No atacarán.

—Eso mismo ha dicho el comisario. Joder, ¡estábamos tan cerca! —protestó.

—Martínez, no puedo pensar en eso ahora. Algo ha ocurrido en mi familia y estoy conduciendo en dirección al hospital.

—¿Al hospital? ¿Hacia cuál? ¡¿Qué ha pasado?! ¿Es tu hermana? ¿Las niñas? ¿O tu cuñado? —Siempre vivíamos con el alma en vilo por él.

Le conté rápidamente lo que había sucedido con Feith, de manera superficial, solo para que se hiciera una idea.

Hubo un silencio al otro lado de la línea antes de que Martínez hablara de nuevo.

—¡Maldito cabrón! —ladró con rabia—. Lo siento mucho, jefa. Ya me había dirigido al hotel, pero puedo ir al hospital para acompañarte si lo necesitas.

—Gracias, pero es mejor que te quedes allí y descanses, voy a intentar que mi sobrina denuncie, aunque no sé si lo conseguiré, ahora mismo solo puedo pensar en cargarme a ese hijo de puta.

—Yo lo haría —soltó sin pensar—, si necesitas que…

—No lo digas, sé que puedo contar contigo para lo que precise.

Agradecí su oferta, aunque sabía que no podía pedirle algo así.

—Gracias, Martínez, estaré bien. Solo necesito llegar al hospital lo antes posible.

—Entiendo. Pero ¿estás segura de que no necesitas ayuda? —insistió—. Puedo encargarme de lo que haga falta. No tienes que hacerlo sola.

Otra vez esa maldita duda se instaló en mi mente. Parte de mí quería aceptar su ayuda, pero sabía que no podía arrastrarlo a eso. No podía permitir que se involucrara más de lo necesario.

—Martínez, lo mejor que puedes hacer es mantenerte al margen. Esto es algo que tengo que manejar yo misma.

—Jefa, no tienes que ser la heroína solitaria. Estamos en esto juntos. Si necesitas que haga algo, cualquier cosa, solo dímelo.

Apreté el volante con más fuerza, sintiendo la tensión en mis músculos. Sabía que tenía razón, pero también sabía que no podía arriesgarme a que alguien más saliera herido.

—Agradezco tu apoyo, de verdad. Pero, ahora mismo, en lo único que puedo pensar es en asegurarme de que mi sobrina esté bien. Necesito que confíes en mí y que sigas en el hotel, tómate unas cervezas con Parker y relajaos; si algo cambia, te lo haré saber.

—Está bien, pero prométeme que tendrás cuidado. No quiero que te pase nada. ¿Margaret está contigo?

—No, la he dejado en la ciudad, necesito estar sola.

—Bueno, cuídate, y si me necesitas…

—Lo sé. Gracias por entenderme.

La silueta del hospital apareció a lo lejos, y sentí una mezcla de alivio y temor. Aparqué el coche y respiré hondo, intentando calmar los latidos frenéticos de mi corazón. Tenía que ser fuerte. Más que nunca tenía que ser la inspectora Sepúlveda, la mujer que siempre había sido, pero, sobre todo, la tía que Feith necesitaba y la hermana mayor que se ocupaba de los problemas cuando las cosas se ponían feas.

Cuando di el nombre de mis familiares en el mostrador de recepción, el corazón me latía con fuerza en el pecho. Sentía una mezcla de ansiedad y determinación al encaminarme al ascensor.

Tenía un nudo en el estómago y necesité respirar varias veces antes de golpear la puerta y entrar a la habitación. Al hacerlo, busqué a mi hermana y a mi sobrina con la mirada. Mi hermana tenía el rostro pálido y los ojos llenos de preocupación, sostenía la mano de Feith, que estaba tumbada en la cama, a su lado, con la mirada perdida. Shelly dormía acurrucada en el sofá, por lo que bajé el tono de voz.

—¡Ana! —dije con suavidad, acercándome rápidamente.

Mi hermana soltó la mano de Feith, se levantó de un salto y me abrazó con fuerza. Sentí sus lágrimas en mi hombro y la abracé con igual intensidad.

—Gracias a Dios que estás aquí, Mary —dijo entre sollozos.

Me separé un poco de ella y miré a Feith. Mi sobrina parecía tan frágil, tan vulnerable. Me senté en un lateral de la cama y pasé mis nudillos por su mejilla. Estaba despierta, aunque se notaba que iba medicada.

—Feith, cariño, estoy aquí. Todo va a estar bien —le dije con la voz más suave que pude.

Ella levantó la mirada y, por un momento, vi el dolor y el miedo en sus ojos. Me rompió el corazón. Los tenía rojos, hinchados de tanto llorar.

—Tía Mary... —susurró, y las lágrimas comenzaron a rodar por sus mejillas.

La abracé con cuidado, sintiendo su pequeño cuerpo temblar contra el mío. Quería decirle tantas cosas, pero no sabía por dónde empezar. Finalmente, me separé un poco y la miré a los ojos.

—Sé que esto es muy difícil, pero quiero que sepas que estoy aquí para ti, que te admiro profundamente, que has sido una chica muy valiente todo este tiempo y que vamos a superar esto juntas. No estás sola, Feith, tú no has hecho nada malo, todos te queremos muchísimo y sabemos lo duro que ha sido para ti, nadie te culpa de lo ocurrido. ¿De acuerdo?

No quería llenarla de reproches, ni de preguntas sobre por qué no nos había contado nada, suficiente mal lo debía haber pasado como para echar más peso a sus espaldas.

Ella asintió lentamente, y volví a abrazarla.

—Intenta dormir, yo me ocupo de todo. —Sus ojos volaron hacia su hermana—. No te preocupes, a Shelly no le pasará nada. Yo me encargo. —Ella asintió y cerró los ojos como le había pedido.

Me volví hacia mi hermana y le dije que me acompañara a la máquina de café que había en el pasillo.

—Ana, ¿qué ha dicho el médico? —pregunté, tratando de mantener la calma. Ella echó unas monedas y seleccionó la bebida.

—Dijeron que fue una crisis provocada por el estrés, que eso era lo que seguramente desataba la epilepsia. Le han dado medicación para controlarla, y quieren que se quede en observación por un tiempo —respondió, secándose las lágrimas.

Asentí, tratando de procesar toda la información. Sentí una oleada de ira al pensar en el hombre que había causado todo eso.

—Ana, necesito que me cuentes todo lo que Feith te dijo sobre ese hombre. No voy a permitir que se acerque a Shelly ni a ninguna otra niña más en su miserable vida —dije con determinación.

Mi hermana asintió y comenzó a relatarme lo que Feith le había confesado en el hospital. Cada palabra era como una daga en mi corazón, pero sabía que tenía que escucharla.

—Se hizo pis encima, justo antes de que le diera el ataque —sorbió por la nariz.

Volvía a sentir la necesidad de acabar con el hombre que le había provocado tanto dolor a Feith.

Maldije y le di un puñetazo a la máquina que tiró el vaso de papel y manchó el suelo de negro.

Ana se encogió del susto.

—Lo lamento. —Ella negó.

—Mary, ¿qué vas a hacer?, ¿lo vas a detener? —preguntó mi hermana, con preocupación en la voz.

—Voy a hacer todo lo que esté en mi poder para que ese hombre pague por lo que ha hecho. Pero necesito que confíes en mí y que sigas las indicaciones del hospital, que te ocupes de las niñas y llames a tu marido, no puedes dejarlo al margen.

—Me asusta lo que pueda llegar a hacer, lo matará. —«No si yo lo hago antes»—. No quiero que termine en la cárcel, sería devastador para Feith.

—No pasará, ya te he dicho que yo me encargaba. ¿Sabes dónde se aloja el capullo del entrenador?

Mi hermana asintió.

—Me lo dijo cuándo se ofreció a quedarse con Shelly, no dejo de pensar en lo que podría haberle hecho si hubiera aceptado.

—Lo importante es que no ha ocurrido, no le des más vueltas, tus hijas te necesitan más que nunca.

Ana asintió, aunque veía la duda instalada en sus ojos. Sabía que estaba preocupada por lo que podría hacer, pero también que confiaba en mí.

—Gracias, Mary. No sé qué haríamos sin ti —dijo, abrazándome de nuevo.

—Ni yo sin vosotras. Siempre estaré aquí —respondí, sintiendo una renovada determinación.

Mientras la abrazaba, supe que tenía que ser fuerte, que tenía que actuar, aunque eso me supusiera ir en contra de mis principios. No podía permitir que el miedo y la ira me dominaran. Lo único que debía importarme era que mi familia estuviera a salvo.

CAPÍTULO 83

Kali

Ya estaba hecho.

Contemplé al hombre que tenía en el plato de la ducha. Al cerdo miserable que yacía borboteando tirado en el suelo.

No me gustaba improvisar, no me gustaba precipitar las cosas, aunque esa vez debía ser así.

Compré las velas y los guantes en un pequeño comercio de los que no cierra un solo minuto al año.

No me costó dar con el lugar en el que se escondía aquella rata, tan solo una llamada de teléfono y a los cinco minutos tenía en el móvil toda la información que necesitaba.

El silencio de la noche siempre era mi aliado, sabía dónde estaban ubicadas las cámaras, la del cajero, la del propio edificio, por suerte, siempre llevaba unos pantalones anchos negros, la amplia sudadera oscura con la que proteger mi identidad y unas zapatillas Made in China, de las que se fabrican a millares.

Sabía que estaba solo. La adrenalina corría por mis venas, pero mi mente estaba fría como el hielo. Había hecho eso muchas veces antes, aunque nunca tuvo tanto sentido como en ese momento, porque no solo iba a hacerlo por las víctimas, también por ella.

Respiré con fuerza y pensé en Mary.

Cuando propicié la presentación con la inspectora, lo hice porque deseaba estar cerca de la investigación, la había visto en prensa, y sí, me pareció una mujer atractiva, pero lo que de verdad prendió algo en mí fue nuestro primer encuentro, hacía años que nadie suscitaba en mí el anhelo de vincularme.

Era tan distinta a Érika y a Víctor, quizá era una fusión de ambos y era justamente eso lo que más me atraía de Mary.

Yo también tuve que morir en España para renacer. Reconozco que a veces echaba de menos mi identidad, tanto que, cuando estaba a solas, pronunciaba en voz alta mi verdadero nombre para recordarme que seguía siendo yo, Nicole.

Paladeé cada una de las siglas antes de entrar al edificio aprovechando que un repartidor de comida a domicilio, con servicio 24h, acababa de acceder al mismo.

Subí las escaleras con precaución, no deseaba cruzarme con algún vecino que hubiera decidido sacar al perro de madrugada, aunque a esas horas era poco probable.

Cada paso resonaba en mi mente como un recordatorio de por qué estaba allí. Había intentado mantener a raya el impulso que desataba a mi justiciera interior, sabía que, como me dijo Joan en aquella isla del Pacífico, lo más prudente era dejar mis impulsos a un lado y hacer una vida alejada de todo lo que había conocido, la misma que me hizo abandonar Madrid.

Lo logré durante algunos años, pero tras lo visto en la India, lo vivido dándoles soporte a las niñas y la ola enfermiza que parecía sacudir a los Estados Unidos, convirtiendo a los pederastas en una maldita plaga difícil de erradicar, no me dejaron otra opción.

Cuando llegué a su puerta, saqué la jeringa de succinilcolina del bolso, siempre llevaba mi kit oculto en el doble fondo de la maleta, junto a la daga ritual y mis imágenes de la diosa. No iba a poder hacerme con la sangre de vaca, así que esa vez nada de purificación para ese cerdo.

La sustancia actuaría rápido, dejándolo fuera de combate en unos momentos, aunque, al ser deportista, debía tener cuidado.

Llamé al timbre varias veces, me quité la capucha y preparé la mejor de mis sonrisas, según la información, varios de los pisos se rentaban a turistas, por lo que no tenía por qué extrañarle mi llamada.

Le costó abrirme y lo hizo visiblemente soñoliento.

—Disculpa, soy la inquilina del piso de enfrente, me he dejado las llaves dentro y este piso lo alquila mi amiga Johanna, tiene una copia de mis llaves en el baño, en una baldosa que se mueve. Siento la molestia, pero es que no tengo otra opción para entrar en casa, y como me dijo que había alquilado el piso para estos días…

—Pasa, mujer, pasa… —Se notaba que lo único que quería era que lo dejara en paz.

—Ay, gracias por tu amabilidad.

Cerró la puerta, lo escuché bostezar y seguirme de cerca.

—Te juro que lo lamento muchísimo —parloteé acelerada.

—No pasa nada, a todos nos puede suceder.

—Serías tan amable de ayudarme, la baldosa está ahí arriba —dije una vez llegamos al baño. Él se estiró y frunció el ceño.

—No parece que se mueva, ¿seguro que es esta?

—Quizá sea la de al lado.

Aproveché el momento para clavarle la jeringuilla y patearle las pelotas con la suficiente fuerza como para dejarlo fuera de combate.

—¡Hija de puta! —espetó, doblándose por la mitad.

—Señora hija de puta, y no te haces a la idea de cuánto, puedes llamarme Kali.

Cayó al suelo, sus ojos estaban llenos de sorpresa y miedo. Cerré la puerta detrás de mí con el pie y aguardé unos segundos hasta que dejó de colear. Saqué los guantes del bolsillo y me los puse. No había tocado nada, estaba segura de ello.

Pesaba bastante, me costó moverlo, aunque, dado el espacio, no fue tan complicado. Ahí estaba el plato de ducha y mi falta de sangre que me harían improvisar.

Lo coloqué en él, y me puse a canturrear mientras sacaba las velas del otro bolsillo y la daga ritual de mi espalda, bajo la goma del pantalón.

Mis movimientos eran meticulosos, cada paso una parte esencial de la justicia divina. Me daba igual que algunos me vieran como una asesina, o que Mary no comprendiera que necesitaban ayuda, esa vez iba a dársela más que nunca. Sabía que se estaba acercando a mí, la seguí la noche que entró en el archivo en busca de información, aun así, la amaba, a mi manera, todos tenemos una parte por descubrir, y esa era la mía. Para mí, acabar con monstruos como aquel era necesario.

Esos hombres habían destruido vidas, liquidado almas inocentes y seguían libres, en un sistema que fallaba por falta de medios y maldad humana.

Pensé en Mary, tenía que actuar rápido, sabía que estaba en el hospital con su sobrina y su hermana, una parte de mí deseaba estar allí con ella, apoyándola. Pero sabía que mi mejor apoyo era no dejarla sucumbir a las sobras, y para ello debía adelantarme y ofrecerle mi prueba de amor.

Para ella, Kali solo era una criminal, no podía ver la justicia en mis acciones y no la culpaba por ello, era una buena mujer y así debía seguir siendo.

Completé el ritual, disfrutando la sensación de estar librando al mundo de una de sus pesadillas, admiré mi trabajo y me quedé un momento observando al hombre en el plato de la ducha, desangrándose. Su rostro estaba pálido, sus ojos abiertos y sin vida. Sentí una mezcla de satisfacción y tristeza. Satisfacción porque uno de los malos había sido eliminado, tristeza porque sabía que eso nunca terminaría. Siempre habría más.

No estaba en su piso, pero los pederastas nunca viajaban sin una buena dosis de lo que más les gustaba, y el entrenador no era menos.

Busqué el portátil en su habitación, también había un disco duro externo en uno de los cajones, junto a una caja de pañuelos de papel y lubricante.

Sentí un asco profundo al tocarlos.

Los coloqué en el baño sabiendo que la policía sabría encontrar mi motivación, ¿estarían ahí dentro las imágenes de la sobrina de mi inspectora? Esperaba no causarle más dolor del necesario.

Salí del baño del mismo modo que había entrado, dejando atrás una escena que solo yo entendía.

Y cuando me encaminé a la salida, escuché un sonido que procedía de la cerradura, me asomé a la mirilla.

¡Mierda!

CAPÍTULO 84

Sepúlveda

El aire nocturno era cálido y pegajoso mientras me acercaba al edificio del entrenador. Cada paso resonaba en mis oídos, amplificando la tensión que sentía en mi pecho. No podía dejar de pensar en Feith, en su rostro pálido y asustado. La ira y la determinación me impulsaban hacia adelante. Tenía que hacer algo, tenía que proteger a mi familia.

Miré a un lado y a otro para asegurarme de que nadie iba a verme, no era estúpida, esa no era mi zona, di una vuelta para fijarme por dónde entrar, el mejor lugar era el callejón que daba a la parte trasera del edificio, tenía una pequeña ventana lateral que no me costó romper y a través de la cual pude entrar en la zona de los contadores.

Me había costado mucho tomar la decisión, sabía que matar a aquel tipo significaba un paso de no retorno hacia el lado opuesto. Que tras su muerte tendría que dejar el cuerpo y mis pretensiones de llegar a ser comisaria jefa se iban a ir al garete.

No importaba, lo que de verdad tenía valor era cumplir mi promesa de que a partir de ese día mi sobrina se sentiría a salvo. Subí las escaleras y me detuve delante de la puerta, saqué las ganzúas del bolsillo, había hecho una parada muy concreta; cuando eres poli, sabes dónde ir para este tipo de cosas, aunque no estés en tu ciudad. Por eso tenía una pistola procedente del mercado negro en la parte trasera del pantalón.

Muchas cosas podían salir mal esa noche, pero, ocurriera lo que ocurriese, no sería porque no hubiera intentado hacer las cosas de la mejor manera para todos.

Pensé en Margaret, en lo decepcionada que se sentiría en ese momento, apreté los ojos con fuerza y me limité a apartarla ofreciéndole un beso de despedida que nunca sentirían sus labios.

Solté el aire, con manos temblorosas pero decididas, trabajé en la cerradura hasta que escuché un clic familiar. Empujé la puerta y entré en el apartamento.

El sonido más ensordecedor era el de mi corazón, ni siquiera el silencio reinante lo podía opacar. Llevé la mano a mi cintura, tenía el arma lista. El lugar estaba oscuro, excepto por una tenue luz que provenía del baño.

El baño...

Tuve una sensación de mal augurio. Avancé con cautela, mis sentidos en alerta máxima. No sabía si aquel hombre estaría solo o acompañado, no me planteé que hubiera alguien más porque mi hermana me dijo que estaba solo, o eso le había dicho él.

Hubo una oscilación en la luz, como si parpadeara, abrí con muchísimo tiento, envolviendo mi mano con la camisa para no dejar huellas. Entonces vi las velas encendidas, el olor del incienso seguía flotando en el aire. Mi corazón se aceleró mientras empujaba la puerta y entraba.

Lo que vi me dejó paralizada. El entrenador yacía en el plato de la ducha, su cuerpo inerte, pálido, degollado, en mitad de un charco de sangre, y lo más importante, la imagen de Kali, solo que esa vez estaba colocada con precisión sobre su pecho.

La confusión y las dudas me inundaron. ¿Qué demonios? ¿Por qué Kali había ido a por él? ¿Por qué no había una bañera? ¿Por qué había cambiado su modus operandi? ¿Y la sangre de vaca? Tal vez fuera un imitador. Nada tenía sentido.

De repente, un ruido rompió el silencio. El ruido de una ventana abriéndose. Mi instinto se activó y salí corriendo hacia el pasillo, siguiendo el sonido entré en la habitación del entrenador, la ventana estaba abierta, agitando las cortinas. Me asomé a través de ella.

Vi una figura encapuchada bajando por la escalera metálica de emergencia a toda velocidad. Mi corazón latía con fuerza, no lo pensé, ¿y si era Kali?

Me lancé tras ella empuñando el arma.

—¡Alto! —grité, pero la figura no se detuvo.

Aceleré la carrera, no tenía un buen ángulo para disparar y no deseaba alertar a los vecinos.

Fuera Kali o no, estaba segura de que se trataba de la persona que había matado al entrenador.

Sentí cierto alivio al entender que no iba a necesitar aniquilarlo porque ya estaba muerto, fue como si mi cerebro se ubicara de golpe y volviera a su lugar.

No perdería a Margaret y puede que por fin atrapara a mi asesino.

Bajé las escaleras a toda velocidad, el eco de nuestros pasos resonaba en la noche. La figura era rápida, pero yo estaba decidida a no dejarla escapar. La adrenalina corría por mis venas, impulsándome a seguir adelante, a no dejarla huir.

La figura giró en un callejón oscuro, y yo la seguí, apunté, mi arma estaba lista. La tensión era palpable, cada segundo contaba. No podía permitir que se fuera.

—¡Detente o dispararé! —la amenacé, pero siguió corriendo, adentrándose en una zona de aspecto industrial.

El pulso me iba a mil cuando el asesino se coló a través de una chapa, por lo que antaño fue una puerta en una fábrica abandonada. Varias personas sin hogar estaban hacinadas en su interior, olía a orín, podredumbre y falta de limpieza.

Arrugué la nariz, aun así, seguí corriendo.

¡Mierda!

¿Dónde estaba?

Miré a un lado y a otro desorientada.

Un movimiento zigzagueante a mi izquierda seguido de un salto hizo que me moviera en aquella dirección sin dudar y volviera a correr.

La figura trepaba en dirección hacia una ventana que carecía de cristal. Empleó una escalera de dudosa resistencia; si no disparaba, se evaporaría por aquel hueco, no tenía intención alguna de detenerse.

Llegó al último peldaño y se asomó a la ventana, la vi dudar. Calculando la distancia, deberían ser algo más de dos metros al suelo, puede que un poco más.

Volví a darle el alto con el mismo resultado que las veces anteriores, ni siquiera me miró, por la forma que adoptaba su cuerpo, iba a saltar. Tomé la única decisión que podía, apunté y disparé.

El cuerpo se perdió en la negrura.

Corrí con el corazón en la garganta, hice la misma ruta, apreté los dientes en cada chirrido oxidado cruzando los dedos para que no se partiera y, una vez me asomé al exterior, vi el cuerpo.

Mis cálculos fueron certeros, había un par de metros hasta el suelo.

Kali se alejaba renqueante, con la mano en el hombro. No le había dado a ningún órgano vital, ni siquiera sabía si le había dado de lleno o era solo un rasguño, quizá simplemente hubiera caído mal.

Di un salto, mi tobillo se resintió en la caída, no obstante, no me detuve, no podía abandonar.

Sonreí al ver que la zona por la que pretendía huir estaba tapiada. No tenía escapatoria.

La figura se detuvo, estaba acorralada, era un callejón sin salida. Respiraba con dificultad, y yo también. Apunté con el arma, mi mano temblaba ligeramente por el esfuerzo físico.

—Se acabó, Kali, eres mía —farfullé lo suficientemente alto como para que me escuchara—. ¡Quítate la capucha, pon las manos en alto y date la vuelta antes de que te vuele los sesos! —ordené con voz firme.

La figura no se movió. Sentí una oleada de frustración y cabreo.

¿Por qué narices no obedecía? ¿Quién cojones era?

—¡Última advertencia! —grité, con el dedo puesto en el gatillo.

La figura hizo un movimiento brusco, que me hizo pensar en un arma, tomé la decisión en un solo segundo, apunté a su muslo y disparé.

La detonación resonó en el callejón, y la figura vestida íntegramente de negro cayó al suelo.

Me acerqué rápidamente, mi corazón latía con fuerza. Cuando llegué a su lado, lo primero que hice fue agacharme, clavar la rodilla en sus lumbares para inmovilizarla, bajarle la capucha y apartarme para darle la vuelta.

Mi mundo se detuvo, se rompió en mil pedazos, se desintegró convirtiéndose en polvo y fuego.

Allí, en el suelo, estaba Margaret.

Su rostro pálido y anguloso era el de la persona a la que había estado persiguiendo. Tenía el pelo oscuro pegado a su cara, fruto del sudor, los ojos negros estaban puestos en mí, ahogados por el dolor y la tristeza.

Sentí que el suelo se desmoronaba bajo mis pies.

—¡Margaret! —grité. Mi voz se quebró.

Era imposible que se tratara de ella. ¿No?

Las preguntas me llenaban de desesperación, intentaba dar con una respuesta que la exculpara, pero solo había más preguntas.

No tenía ninguna pistola, como había intuido por el movimiento de su mano. Sus labios se tensaron en una sonrisa suave.

—Al final me has atrapado… —susurró.

La realidad me golpeó con fuerza.

No había disparado a la mujer que amaba, a la mujer que creía conocer, sino al asesino que estaba buscando.

Apenas podía respirar mientras ella se desangraba.

Mierda, había un charco enorme de sangre, le había atravesado la femoral.

Intenté taponar la herida con mis manos mientras se llenaban de sangre roja.

—¡No, no, no, no! ¡Joder! —Por una vez, me hubiera gustado fallar o darle más abajo—. ¡Ayuda! ¡Un médico! —vociferé.

Nadie respondió a mi llamada. Conociendo a los sintecho, habrían huido despavoridos al primer disparo.

—Shhh, no pasa nada, está bien, has hecho tu trabajo.

¡Cómo iba a estar bien que matara a la persona que quería!

—¡¿Te has vuelto loca?! ¡No puedes hacerme esto! —rugí—. ¡Kali no puedes ser tú!

Ella tosió y volvió a sonreír, miré a mi alrededor, no había nada ni nadie. Necesitaba sacarla de allí cuanto antes, aunque lo primero era cortar la hemorragia.

Me arranqué la manga de la camisa para improvisar un torniquete. Una vez lo tuve asegurado, intenté ponerla en pie pasando mi brazo por su cuerpo.

—Arriba, venga, ¡tengo que sacarte de aquí, te estás desangrando!

—No te esfuerces más. Las dos sabemos que este es mi final, Mary.

—¡No digas tonterías!

—No lo son. Tienes buena puntería —señaló su pierna. Me maldije por dentro—. ¿Te han dicho alguna vez que te pones muy guapa cuando persigues asesinas?

—¡Haz el favor de callarte! ¡¿Cómo se te ocurre ser tú?!

—Digamos que la vida me llevó a ello, intenté dejarlo una vez pero… No se me dio muy bien.

—¡Soy una imbécil! ¡Todo esto era un juego! ¡Todo este tiempo te has estado riendo de mí! —espeté superada por la situación.

—Puede que al principio sí fuera un juego, tampoco entraba en mis planes enamorarme de ti y lo que hemos vivido como pareja, siendo yo Margaret, no ha sido mentira nunca. Te quiero,

611

inspectora, Kali no ha supuesto ningún impedimento para que pueda resistirme a tus encantos. —Negué.

—No me jodas, Margaret. ¡¿De verdad que eres Kali?!

—Lo soy, y solo me he arrepentido de serlo porque sabía que, cuando te enteraras, te rompería el corazón —masculló con dificultad.

—Pero el entrenador no estaba en una bañera, no había sangre de vaca.

—Hoy he tenido que improvisar, no podía dejar que me quitaras mi papel. Tú no eres yo, Mary, ya no hay peligro de que tus manos estén manchadas de sangre.

—¡¿Y esto qué es?! —pregunté, mostrándole las palmas.

—La mía no importa, desde que empecé con esto conocía los riesgos, sabía cuál era mi final desde el principio.

—¡¿Que no importa?! ¡A mí sí me importa! ¡No voy a perdonarte que nos hayas hecho esto! ¡Me he enamorado de ti como una idiota!

—Cariño, y yo de ti —susurró, alzando la mano para acariciar mi rostro—. Eres de las pocas cosas buenas que me han pasado en la vida, que no han sido muchas. Antes me dijiste que no sabía por lo que había pasado tu sobrina, ahora te diré que sí. No me queda mucho tiempo más, pero quiero que conozcas algo de mi historia.

Que dijera eso me hizo apretar los labios.

—Mejor me lo cuentas desde el hospital. —Hice el amago de ponernos en pie.

—No, no llegaré, deja que lo haga aquí y ahora, respeta mi voluntad y no estés triste, solo hacías tu trabajo, no me has disparado a mí, lo has hecho contra Kali, así que no te sientas culpable ni por un instante, pude elegir girarme y no lo hice. — Tragué con fuerza, no respondí porque no podía. Margaret retomó la conversación con dificultad—. Los primeros recuerdos que tengo de mi infancia son en una gruta húmeda, de aire viciado, que apestaba a sudor y a sexo. El sonido que se oía era el de los gritos, los llantos y los jadeos. Mi función, al igual que la de otras niñas, era dar placer a los tipos de la secta a la que pertenecían. Hombres y mujeres ricos, asquerosamente poderosos que podrían vivir tres vidas sin mover un solo dedo.

»Te estoy hablando de políticos, empresarios, jueces, altos cargos de la policía. Esa era mi realidad y la de otras muchas niñas, nos criaban para complacer desde que éramos bebés.

—¡Dios mío!

—Si hoy estoy aquí es porque fui rescatada, un agente me sacó de aquel agujero. Fueron muchos años de terapia para convertirme en quien soy.

—Tuvo que ser horrible.

—Lo fue, no te voy a mentir, pero no sientas pena, años después acabé con aquellos cerdos, elegí convertirme en quien fui, en quien soy, para ti una asesina, para mí una ejecutora de aquellos que no merecen vivir. —Tosió, su respiración cada vez era más errática. La apreté con suavidad contra mi cuerpo sentada en el suelo—. Fingí mi propia muerte y unos amigos me ayudaron a salir del país. En realidad, no me llamo Margaret, soy Nicole.

—Nicole... —murmuré agobiada por lo que acababa de relatarme. Cada vez estaba más pálida.

—Mi nombre en tu boca suena demasiado bien. No te haces una idea de las veces que te imaginé pronunciándolo mientras te corrías.

—Y me vas a oír hacerlo. —Sorbí por la nariz, no me había dado cuenta de que mis lágrimas empezaban a caer sobre su cuerpo.

—Las dos sabemos que no, quizá en otra vida pueda ser la mujer que merezca estar a tu lado, en esta no. Quiero que sepas que me has hecho muy feliz. —El corazón se me encogió—. Me marcho de este mundo en paz, y aunque las dos veamos las cosas de un modo distinto, comprendo tu sentido de la justicia y no me arrepiento de nada de lo que he hecho. Volvería a hacerlo una y mil veces, por eso no podemos estar juntas, porque no podría haber dejado de matar. Dile a tu hermana y a tus sobrinas que lamento no haber podido conocerlas, que me hubiera encantado.

—No digas eso. —La última palabra sonó demasiado aguda.

—Es la verdad. ¿Por qué piensas que fui a por ese cerdo? Yo no actúo sin una planificación exhaustiva, si lo hice fue porque era mi manera de demostrarte que te quiero, que me importas lo suficiente como para hacerlo por ti, porque no deseaba que hundieras tu carrera por ese cabrón, que perdieras el norte. Sé que nunca podrás perdonarme quién soy y no importa, en serio, valoro tu sentido del honor, eso siempre me gustó de ti, por eso te pido que me superes, que sigas tu vida y no abandones el camino correcto. Solo había una manera de que pudiera dejar de blandir el cuchillo, si alguien tenía que acabar con Kali era justo que fueras tú. Quería que fueras tú, por eso desoí tus órdenes, tanto mi final como mi amor te pertenecen.

—Calla y guárdate las fuerzas.

—Necesito aclarar las cosas antes de irme. Mi último deseo es que luches, que trabajes para convertirte en esa futura comisaria que cuelgue a toda esa panda de cabrones en la cárcel, no espero menos de ti, inspectora. Y diles a mis chicas que las quiero, que siempre estaré en sus corazones y que han sido mi motor durante estos años.

El aire me faltaba ante la posibilidad de que muriera.

—No voy a dejarte ir, ¿me oyes? —la sacudí levemente.

—Debes hacerlo.

—Ni se te ocurra.

—¿Y qué harías si sobreviviera? ¿Me entregarías para que terminara en la cárcel? ¿Encubrirías quién soy y lo que he hecho? —Sentí una bola presionando mis tripas—. Las dos sabemos que, si sobrevivo, lo único que me espera es la perpetua, volveré a estar privada de libertad, igual que cuando tenía tres años. Prefiero terminar aquí, ahora, en tus brazos, y no ponerte en esa encrucijada. Mary, deja que me vaya sintiéndome querida por ti. No te despidas de Kali, hazlo de la mujer que te ha vuelto a hacer sentir y que te protegerá hasta que, en otra vida, nos volvamos a reunir.

Negué, notaba los ojos llenos de lágrimas, no podía, no quería…

La cargué en ellos y me puse en pie, mirando a un lado y a otro desesperada.

Notaba cómo se evaporaban sus fuerzas.

—¡Que alguien me ayude! —grité desesperada.

—No quiero que me lloréis —siguió ella ignorándome—. Mis chicas sabrán cómo celebrar mi muerte, y pídele perdón a Parker por jugar con él desde el ordenador de Kiara, dile que tiene una mente brillante, que fui yo quien les pidió a mis tuteladas que se hicieran una foto para que me la mandaran. Me enviaron una desde la noria, mientras tú hablabas con Martínez, y les dije que se lo pidieran al tipo que estaba justo debajo, a un lado, para confundiros. Ellas no saben nada.

—No puede ser que hicieras todo esto tú sola…

—Yo soy la única responsable y ya tienes mi confesión, inspectora.

—¡Cállate! Tenemos que encontrar una salida. —Di apenas dos pasos. La adrenalina hacía que no me pesara más que una pluma.

—Bésame —musitó suave.

La miré sin poder frenar el torrente que empapaba mis mejillas, sus labios jugosos se veían resecos, ¿y si era la última vez que podía besarlos?

Descendí la cabeza y presioné mi boca sobre la suya, que apenas se movía.

—Siempre en tu corazón, inspectora —fue lo último que pronunció antes de desplomarse.

CAPÍTULO 85

Sepúlveda

Martínez me encontró abrazada a ella.

Tras no encontrar ninguna vía de escape, lo llamé, le mandé la ubicación y le pedí que no avisara a nadie, al fin y al cabo, era demasiado tarde para poder reanimarla. Los médicos no podrían hacer nada, Margaret, Nicole, o cómo demonios se llamara, ya no estaba.

La manga de mi camisa solo había alargado su vida durante unos minutos.

Un disparo que atraviesa la femoral era sinónimo de muerte casi segura, un cuerpo humano podía aguantar entre dos y cinco minutos antes de desangrarse por completo, tal vez un poco más con el torniquete y la presión adecuados, pero no mucho más.

Escuché cómo me llamaba, su salto retumbó en el suelo y finalmente se acuclilló a mi lado.

—Jefa, hey, jefa —musitó. Alcé un poco la cabeza y lo miré.

—Está muerta.

No le había dicho demasiado por el móvil, solo que necesitaba su ayuda. No quería decir nada hasta que estuviera delante, a solas, conmigo.

—¡Joder, jefa, ¿es Margaret?! ¡¿Por qué no me has dicho que llame a una ambulancia?! ¿Qué hace ella aquí? ¿Os han asaltado?

Casi podía escuchar cada hipótesis que se iba forjando en su cabeza.

—No hubieran podido hacer nada por ella, la bala le ha atravesado la femoral —musité, sintiendo que las palabras se me hacían bola—. Margaret era Kali.

Vi las mismas emociones en su rostro que las que debieron cruzar el mío.

—Eso es imposible… —Nada más decirlo, calló, al darse cuenta de que tenía todo el sentido que yo no había querido ni podido ver.

Sin soltarla le expliqué lo ocurrido, desde cómo me encontré al entrenador muerto, la persecución, mis disparos y su confesión.

—Lo siento tanto, jefa. No puedo imaginar lo que estás sintiendo ahora mismo.

—No, no puedes. —Los dos nos quedamos en silencio.

Aunque había tenido tiempo para pensar, minutos en los que se me pasó por la cabeza volarme la tapa de los sesos para reunirme con ella, no lo había hecho.

—Escucha, podemos encubrirlo. Podemos decir que recibiste un soplo de un informante anónimo, que estabas con ella y decidisteis ir a echar un vistazo, le pediste que se quedara en el coche, pero no obedeció. Esta zona no es de las mejores de la ciudad, podemos decir que Margaret sufrió un asalto mientras tú perseguías al verdadero asesino. No tienes que cargar con la culpa, ni dar explicaciones sobre ella, tú solo hacías tu trabajo.

—¿Lo hacía? —pregunté—. Te recuerdo que estaba fuera del caso, que mi intención era muy distinta y que la he terminado matando.

Su cara era una mezcla de horror y tristeza.

—Tú no sabías que Kali era Margaret, ni que ibas a atravesarle la arteria. En ese momento, eras una inspectora de homicidios persiguiendo a su asesino, le diste dos veces el alto. ¡No puedes culparte!

—Ahórrate la charla y no me digas lo que puedo o no puedo hacer. —Mi amigo puso cara de circunstancia—. Acabo de explicarte que si fue a por el entrenador lo hizo para protegerme, porque sabía lo que haría. Lo mató por mí, si ella no lo hubiera hecho… —callé desviando la mirada hacia el rostro pálido.

—No sabes lo que habrías hecho tú.

Reaccioné al momento.

—¡Tengo una puta pistola procedente del mercado negro carente de registro! Creo que podemos hacernos a la idea de lo que habría hecho —dije, estrujando a Margaret contra mí—. Ella evitó que yo cruzara al otro lado, que enviara mi carrera al garete, aunque lo hubiera preferido antes de que terminara así —mascullé sin poder librarme del dolor que me consumía.

—Lo entiendo, pero ahora mismo en lo que tenemos que pensar es en lo que vamos a decir. Centrémonos, que no tenemos mucho tiempo. Os visteis perseguidas por alguien que quería asaltaros, limpiaré el arma y la dejaré en algún contenedor cercano. Durante la carrera, Kali se esfumó, oíste los disparos y…

—No.

—¿No te gusta? Vale, bien, pensemos en otra cosa. Lo más importante es que no tienes por qué revelar que Margaret era Kali, podríamos marcarnos un Jack el Destripador. Vale que mataba a pederastas, pero también hacía cosas muy buenas en su asociación…

—Si encubro esto, estaré traicionando todo aquello por lo que ella luchó, estaría volviendo a perder mi integridad, esa que Margaret quiso salvaguardar pagando con su vida.

Martínez me miró, su expresión era una mezcla de comprensión y respeto.

—¿Estás segura de que eso es lo que quieres?

—Ahora no estoy segura de nada, salvo que ella no querría que mintiera. —Asintió.

—Lo haremos como tú quieras, jefa. Pero quiero que sepas que estoy aquí para ti, pase lo que pase. Decidas lo que decidas.

Asentí agradecida por su apoyo.

—Te lo agradezco, aunque tengo que hacer lo correcto. No puedo permitir que su muerte me empuje a hacer las cosas mal, eso era lo que ella no quería, deseaba que fuera comisaria.

Martínez me contempló triste.

—Y lo conseguirás, jefa. Venga, voy a sacaros de aquí.

CAPÍTULO 86

Kiara

Miré con una sonrisa tímida a los padres de Marlon. Ya estaba despejada del todo, entraron en el hotel con un par de hombres y una cadencia de golpes en la puerta que pusieron a mi chico en pie.

Ella era pelirroja, de ojos claros y mirada afable. No dudó en abrazar a su hijo y decirle que todo estaba bien. El señor Vitale podría ser Marlon con unos años más, sin su cuerpo atlético, con una expresión algo más dura, aunque no me pasó por alto el orgullo que destelló en sus pupilas al ver el cuerpo de Ravi sin vida. Estaba claro que su familia era de lo más peculiar, pero lo querían.

Lo primero que dijeron era que tenían un coche preparado, que los acompañáramos, que los chicos se ocupaban de la basura.

Ya había amanecido, el sol se filtraba por las ventanas y me hizo entrecerrar los ojos cuando puse un pie en el exterior. No tenía idea de lo que los padres de Marlon pretendían hacer, pero no me cabía duda de que sería lo mejor para su hijo.

Dijeron que dejábamos las presentaciones para más tarde, dos minutos después éramos engullidos por el tráfico y unos quince más entrábamos en el *hall* de un lujoso hotel en el que subimos directamente a la *suite*.

620

La noche anterior les mandé un mensaje a las chicas para tranquilizarlas, les dije que estaba con Marlon, que pasaríamos la noche fuera, que no se preocuparan y que hoy les contaría.

—Daos una ducha, pediremos el desayuno y algo de ropa que podáis poneros de la *boutique* que hay abajo.

—Creo que estaba cerrada —murmuré, ella me sonrió condescendiente.

—Eso déjamelo a mí, eres una 6, ¿verdad? —Asentí—. Con tantas hijas en casa, una aprende de qué talla es cada una con solo mirar —aseveró—. Por cierto, estamos encantados de conocerte, Kiara, las condiciones son poco ortodoxas, pero, aun así, bienvenida a la familia.

—Gracias.

Ella me sonrió, era de esas mujeres que caían bien con solo mirarlas, o por lo menos a mí. Le hizo un gesto a su hijo en dirección al baño.

—Hay dos, si lo preferís, podéis usar el nuestro —nos informó su padre—, el otro baño está dentro de esa habitación —apuntó a la puerta que quedaba al otro lado de la estancia.

La *suite* presidencial estaba compuesta por una sala de estar con salida a una inmensa terraza y dos habitaciones con baño incorporado.

—Nos gusta compartir espacio, así que nos quedamos con la nuestra. —Marlon tiró de mí y ellos se mantuvieron al margen.

—¿Vamos a ducharnos juntos con tus padres fuera? —musité, entrando en el cuarto.

—Es una ducha, dudo que ahora mismo ninguno de los dos estemos como para pensar en sexo, además, su intuición les dice que ya lo hemos hecho. No esperan que traiga una virgen a casa, prefieren una mujer que sea capaz de degollar a un hijo de puta abusador y a la mañana siguiente zamparse un buen desayuno con ellos.

Le sonreí.

—Tus padres me gustan.

—Y tú a ellos, Ojazos, si no, no estarías aquí, venga, vamos.

La ducha fue reconfortante, habíamos tenido el tiempo suficiente, solos, en la habitación, con el cuerpo inerte de Ravi, como para hablar del asunto y cómo Marlon se sentía al respecto. No era un hombre de naturaleza violenta, pero sí que no toleraría que alguien me hiciera daño, aunque eso supusiera sesgar su vida. En eso nos parecíamos y sabía cómo ayudarlo a lidiar con lo ocurrido.

Cuando salimos envueltos en un par de mullidos albornoces, teníamos el desayuno servido en la mesa de la terraza y un par de porta trajes colocados en la cama.

Eso sí que era eficiencia. Marlon me dijo que ya nos cambiaríamos después.

Los señores Vitale nos esperaban sentados fuera. Ocupamos los asientos vacíos y las tripas me rugieron ante tal despliegue de comida, ni él ni yo cenamos.

—Servíos y me explicáis todo lo que ha ocurrido para que a mi hijo por fin se le haya despertado el instinto —comentó el señor Vitale, paseando sus ojos entre nosotros.

—Lo tuyo es de libro —masculló Marlon, yendo directo a por el café—. ¿Qué te parece si primero nos cuentas cómo sabías que estábamos en el motel? ¿Llevo un microchip de nacimiento rollo perro? ¿O es que tienes contratado un satélite que te dice exactamente mi posición?

Su padre se limpió las comisuras de los labios y torció una sonrisa. Su mujer lo tomó de la mano.

—Vini, es justo que lo sepa.

Este alzó las manos, se notaba que haría y diría cualquier cosa que le pidiera ella.

Fue así como Vincenzo Vitale le confesó a su hijo que siempre estuvo pendiente de cada uno de sus movimientos, desde que se fue de su casa. Que si no intervino fue porque su querida esposa le dijo que sería contraproducente, que si empujaba a Marlon hacia un camino que no deseaba este haría justo lo contrario y lo terminarían perdiendo para siempre.

Decidieron que mi chico tomara sus propias decisiones, que se enfrentara a la vida solo, aunque vigilado. La señora Vitale estaba convencida de que, si su hijo lo precisara, los terminaría llamando.

—Entonces, ¿estás al corriente de todo lo que he hecho? —Vincenzo se reclinó sobre su silla.

—¿Necesitas que hablemos sobre ello?

—No —dijo tragando con fuerza—. ¿Y Janelle?

—¿Qué pasa con tu hermana? —preguntó, frunciendo el ceño.

—¿A ella también la supervisas?

—Reconozco que durante un tiempo, no me gusta demasiado ese club, pero trabajar de modista tampoco es algo que haga saltar mis alarmas. No es como enseñar el rabo o follar por dinero. —Desvió la mirada hacia mí—. Perdón.

—No lo habría hecho de no ser porque me hubieras echado e impedido que persiguiera mi sueño…

—Disculpa por haberte empujado a ser procurador de orgasmos.

Vale que estaba en mitad de una discusión, pero la expresión me hizo reír, y que el señor Vitale recibiera un puntapié por parte de su mujer bajo la mesa, también.

Los dos me miraron.

—Perdón. —Me llevé una fruta a la boca.

—¿También es culpa mía que te esnifaras medio Nueva York?

—No, pero sí que tu examante quisiera tramar una venganza para hundir al hijo del hombre que la dejó tirada para casarse con mamá.

Los Vitale se miraron y Vincenzo se frotó el rostro.

—Lo mío con Lorraine nunca fue amor, lo comprendí al conocer a tu madre, traté de explicárselo, pero ella nunca lo asumió.

—¿Sabías que el abuelo le arruinó la vida? —Negó.

—Ella desapareció y yo solo tenía ojos para tu madre, años después vi que triunfaba y me alegré por ella.

—Pues Lorraine no estaba muy contenta, podrías haberme avisado…

Vincenzo se encogió de hombros.

—Tu vida, tus decisiones, no iba a meterme si querías tirarte a una mujer que por edad podría ser tu madre.

—¡Vini! —lo reprendió ella.

—Me puteó bastante, ¿sabes?

—Algo me dijo Paul.

—¿Paul? —preguntó.

—Tanto él como Benanzio trabajan para mí. Ya te dije que te tenía vigilado. —Marlon bufó—. Solo te diré que tu escarceo con las drogas fue lo que casi provoca que cruzara el país. Lo único que quería era agarrarte de los rizos e internarte en una clínica de desintoxicación. Paul intervino y me dijo que no lo hiciera, que esta chica —me señaló— y tus compañeras de grupo iban a conseguir mucho más que yo. Que habías iniciado un tratamiento para desintoxicarte y que la psicóloga dijo que eran normales las recaídas, pero que estabas mucho mejor.

—¡Joder con el puto Paul! —protestó.

—Para tu información, no tiene ningún cuñado trabajando en Hertz, me llamó a mí para que tirara de contactos y diera con el coche.

—*Sei uno stronzo!* [5] —espetó Marlon—. ¿Y por qué, si son tus hombres, no intervinieron cuando Ravi secuestró a Kiara?

—¡Háblale bien a tu padre! —protestó Vincenzo—. Ellos no sabían que la había secuestrado, Paul los vio irse por propia voluntad.

—Bueno, podían hacerse una idea después de contemplar lo desesperado que yo estaba.

—Tampoco ha sido para tanto, te enseñé cómo sacarte a un impresentable de encima y era lo mínimo que podías hacer por Kiara, demostrarle que el hombre que había elegido no era un flojo, que estaría a la altura si ella lo precisaba. Y lo has hecho,

---

[5] *Sei uno stronzo!*: ¡Eres un cabrón!

me siento muy orgulloso, he criado a un Vitale que se viste por los pies, y aunque en su funda de guitarra lleve una en lugar de un rifle de asalto, ambos sabemos que dispararías si Kiara lo necesitara. —Giró la cabeza hacia mí—. Sabe hacerlo, aunque no quiera —apostilló en mi dirección.

—Prefiero que su instrumento lleve cuerdas en lugar de gatillo. Yo también sé manejar armas y, sin embargo, prefiero el micro, ya me entiende, la fuerza de las palabras, se asombraría lo lejos que se llega cantando.

La madre de Marlon rio por lo bajo, su padre hizo rodar los ojos y mi chico me cogió la mano por encima de la mesa para apretármela.

—Me gusta la música, papá, amo a Kiara y los dos queremos seguir tocando.

—Supongo que no te lo puedo impedir, llevas años haciendo lo que te da la gana y ya me he hecho a la idea de que tendré que delegar el negocio a otra persona... —Hizo tamborilear los dedos sobre la mesa—. Respecto al asuntillo que hoy nos compete y del que nos hemos ocupado... ¿Hay algo que deba saber?

—Ravi no tenía familia aquí —murmuré—, tampoco en la India, que era al lugar al que pretendía llevarme. Su intención era meterme en un avión con él porque en mi país natal las mujeres se heredan. Ravi era el hijo ilegítimo del hombre con el que me casaron cuando era una niña.

—¡Qué horror! —exclamó la madre de Marlon.

—Le dio igual que le explicara que lo que pretendía era imposible, que nadie lo reconocería ni se llevaría una sola rupia de su padre, pero estaba enloquecido. Incluso se hizo con mi pasaporte y el suyo, estaba convencido de que me iría con él, de que me convencería. Se metió en la empresa cobrando la mitad que cualquiera solo para estar a mi lado y conquistarme.

—Bueno, eso es algo positivo, haremos ver que el muchacho estaba descontento con su trabajo y decidió largarse. Nadie lo buscará, nadie preguntará por el chico indio mal pagado y sin familia. Asunto resuelto, voy a hacer algunas llamadas.

Vincenzo se puso en pie y entró en la sala.

—No le tengas en cuenta a tu padre lo que ha hecho, nadie nos enseña a ser padres y sabes lo difícil que es nuestro mundo.

—Lo sé —aseveró.

—Por cierto, el otro día llegó una carta a casa… Quiero que sepas que la tengo yo, pensaba que querrías saberlo.

—Gracias.

—Y respecto a lo que hace tu hermana en ese club…

—¿Lo sabes?

—Cariño, soy vuestra madre, sabía cuándo era pedo o caca y tocaba cambiar el pañal. Mejor no se lo digas a tu padre.

¿He dicho ya que me encantaba esa mujer?

—Mis labios están sellados.

—Igual que los de Lorraine —sentenció—. Esa mujer no va a volver a molestaros nunca, nadie jode a mis polluelos y sale indemne de ello —masculló críptica para después ofrecernos una sonrisa deslumbrante—. Si me disculpáis, la que necesita una ducha ahora soy yo.

La madre de Marlon se alejó hacia el interior de la habitación.

—¿Qué ha querido decir con eso? —pregunté.

—Cualquier cosa es posible tratándose de ella. Menuda primera reunión con los suegros, ¿eh?

—Yo creo que no ha estado mal —afirmé, buscando sus labios—. Bésame, Rizos.

—Eso no tienes ni que pedirlo.

CAPíTULO 87

Marlon

Cuando regresamos al tráiler, no esperaba que Trayi y Ranya nos recibieran llorando, tampoco que hubiera un par de agentes de la policía.

Las chicas se arrojaron a los brazos de Kiara y esta preguntó qué ocurría.

Los polis se miraron con rictus serio mientras mis padres se mantenían en un segundo plano.

—Es la Hermana Margaret —las oí mascullar. Mi padre se dirigió a los agentes.

—Disculpen, ¿qué ha pasado?

—Nos han pedido que vengamos a informar que la tutora de las señoritas ha fallecido.

—¿Cómo? —pregunté. Que supiera no estaba enferma, debía haberse tratado de un accidente. La noticia me sentó muy mal, no solo por mis amigas o Kiara, le había cogido cariño después de todo lo que había hecho por mí.

—No estamos en disposición de contar lo ocurrido, simplemente debíamos personarnos para darles la noticia. El cuerpo está en espera de que le sea realizada la autopsia.

—¿Puede decirnos por lo menos el motivo de la muerte? —Los agentes se miraron y uno de ellos asintió.

627

—Falleció en un tiroteo.

—¡¿Un tiroteo?! —gritó Kiara dándose la vuelta—. ¡¿Cómo que un tiroteo?!

Conociendo la bondad de la Hermana Margaret, igual se encontraba en un lugar poco adecuado.

—Disculpe, señorita Sharma —comentó el que había hablado—, no podemos facilitarle más información, como les he comentado a sus amigas, hay una investigación en curso.

—¿Y cómo saben que se trata de ella y no es un error? —intervino Trayi—. ¿No necesitan que identifiquemos el cuerpo o algo así? Igual se trata de una confusión.

—No hay confusión alguna, la persona que estaba con ella ha reconocido el cuerpo.

—¿Podemos verla? —inquirió Ranya.

—Lo lamento —negó.

—¡¿Que lo lamenta?! —rugió enfadada Kiara—. ¡Llévennos de inmediato! ¡Queremos verla!

Yo la abracé con todas mis fuerzas antes de que cometiera una imprudencia. Kiara hundió la frente en mi pecho llenándolo de lágrimas.

La apreté contra mí queriendo absorber su dolor.

—No hay forma de que las chicas pudieran… —intervino mi padre.

—Ya se lo hemos dicho, señor, nuestra función era la de informar, si nos disculpan, debemos seguir con nuestro trabajo, sentimos la pérdida.

Los agentes se marcharon y nos dejaron solos.

—Que alguien llame a Sepúlveda —dijo Kiara, sorbiendo por la nariz—. ¿Vosotras tenéis su número de la vez que fuisteis a cenar en Hawái? —Ellas negaron.

—Podríamos llamar a homicidios —sugirió Trayi.

Pensé en mi última llamada con mi hermana, en la que me dijo que la pareja con la que se acostaba, la de los vecinos, resultaba que él era el ayudante de la inspectora. Si alguien podía hablar con Sepúlveda y mover hilos era él.

—Yo me ocupo —masculle.

Me aparté momentáneamente del grupo para telefonear a Janelle.

Las chicas se abrazaban desconsoladas mientras mi madre se ofrecía a prepararles alguna infusión que las aliviara.

Mi padre se había hecho a un lado para hablar con Benan y Paul.

—¡Dichosos los oídos! —respondió la voz de Jane al otro lado de la línea.

—Escucha esto, es serio —murmuré grave—, necesito el teléfono del tío al que te tiras.

—¿Porque quieres rendir cuentas con él y que me pida matrimonio? Te recuerdo que ya está casado. ¿O quizá quieras pedirle algún consejo sobre cómo complacer a dos mujeres al mismo tiempo? ¿A tu chica le van los tríos? Esos puedo dártelos yo si me apuras.

—No estoy de broma, ya te he dicho que es serio, ha muerto una persona, la tutora de las chicas, que resulta ser la novia de la jefa de tu rollete al que le van los sándwich.

—¡Hostia!

—Los polis que han venido a avisarnos no han querido darnos información, tampoco les dejan ver el cuerpo, por eso tenemos que comunicarnos con Sepúlveda.

—Vale, deja que busque el número de César mientras hablamos y te lo mando por WhatsApp, este fin de semana tenía un operativo en Seattle, ¿no es en la ciudad en la que estáis? Lo sé por Nancy. Mira a ver si te ha llegado.

Observé la pantalla.

—Sí, ya está.

—Vale. ¿Tú estás bien?

—Podría estar mejor, papá y mamá han venido de visita.

Mi madre ya no estaba en mi campo de visión, debía haber ido a la cocina con las chicas.

—¡No fastidies! ¡¿Han ido al concierto?!

—Digamos que yo los he llamado para solucionar las cosas y de paso que conocieran a Kiara. —Prefería no hablarle a Janelle sobre mis instintos homicidas.

—Así que lo vuestro va en serio, pues menuda puntería has tenido.

—Oye, te dejo, ya hablaremos en otro momento.

—Sí, claro, ya sabes que puedes contar conmigo para lo que necesites, soy tu hermana y, aunque a veces me odies un poquito, estoy aquí.

Eso me hizo pensar en lo que dije en el desayuno, quizá hubiera puesto en alerta a mi padre sobre ella.

—Los más de veinte años que llevo aguantándote han dado buena fe de ello. Por cierto, ten cuidado, puede que a papá le dé por ir a verte las tetas y no me refiero a acompañarte a realizar una mamografía.

—¿Qué le has dicho?

—¿Yo? Nada, pero, por si acaso, búscate un buen par de cubre pezones. Nos vemos a mi vuelta.

La oí gritar mi nombre antes de colgar.

Lo siguiente que hice fue llamar al rollo de mi hermana, el cual no respondió. Le dejé un mensaje en el contestador y fui a reunirme con las chicas. Verlas desmoronarse de dolor me mataba.

La tele estaba puesta de fondo a un volumen muy bajo.

Mi padre se acercó a mí, los dos observamos cómo mamá hacía gala de su comprensión maternal.

—¿Piensas que podemos ir al hospital y mover algunos hilos?

—Hay cosas que incluso escapan a mis competencias, sobre todo, si hay una investigación policial de por medio. —Asentí.

—Tenía que intentarlo.

—Yo también lo haría por la mujer que amo. Me gusta esa chica, ahora apóyala y mantente a su lado.

El tráiler se quedó momentáneamente en silencio. Trayi tenía los ojos puestos en la tele y subía el volumen a marchas forzadas.

La reportera del canal 24h. aparecía en el *hall* de un hotel que me sonaba, mientras una camilla era arrastrada por dos sanitarios. El cuerpo estaba cubierto hasta la cabeza. ¿Sería la Hermana Margaret?

Todos pusimos el foco en lo que estaba aconteciendo.

—Noticia de última hora. La exestrella del *country* y actual representante del grupo Shiva's Riff, Lorraine Fox, ha sido hallada muerta, esta misma mañana, en la habitación del hotel en el que se hospedaba.

»Las alarmas saltaron cuando la señorita Fox no abrió al botones que había solicitado para que le recogiera las maletas a las seis de la mañana.

»Tras llamar a la puerta en reiteradas ocasiones, nadie la abrió. Según una fuente fehaciente, todo apunta a que la señorita Fox pudo morir fruto de los excesos. —La periodista entrecomilló los dedos—. Ya me entienden.

»Es una lástima que el mundo de la música siempre se vea ensombrecido por el de las drogas.

»Nuestras condolencias para los allegados a la señorita Fox. Les ha informado Inma Sawyer, para el canal 24h.

Mis ojos se desviaron hacia los de mi madre, que se limitó a alzar las cejas. Las palabras que me dedicó en el desayuno tronaron en mi cabeza: «Esa mujer no va a volver a molestaros nunca, nadie jode a mis polluelos y sale indemne de ello». ¿Era posible que fuera la causante de la sobredosis de mi representante? Por supuesto que era capaz de ello.

—Benan, por favor, apaga el televisor, ya está bien de muertes por hoy —murmuró mi padre.

Mi madre les pidió a las chicas que se cogieran de las manos para dedicarle unos bonitos pensamientos a la Hermana Margaret y me invitó a que me sumara.

Pasamos un rato hablando sobre lo que hizo por las chicas, cómo había ayudado a otras niñas, incluso a mí.

—Me hubiera encantado conocerla y darle las gracias por lo que hizo —asumió mi madre.

—Seguro que le hubiera caído muy bien —confirmó Kiara, sorbiendo por la nariz.

—Prepararé un generoso donativo de nuestra parte para la asociación —se ofreció mi padre—. Cariño, nuestro avión sale en dos horas, deberíamos ir al aeropuerto.

—¿Estarás bien? —preguntó mi madre.

—Sí, tranquila, iros, cualquier cosa os llamo.

No emprendimos el viaje, nos quedamos aparcados. Los de la discográfica nos llamaron un par de horas más tarde, nos dijeron que habían recibido un *mail* desde el móvil de Ravi despidiéndose por sus condiciones laborales y que no respondía a las llamadas.

Me informaron que trabajarían lo más rápido posible para que los conciertos pudieran seguir su curso, con normalidad tras la muerte de Lorraine, que retrasarían el próximo unos días como acto de condolencia y que se ocuparían de todo, que no nos inquietáramos.

Trayi y Ranya fueron a su habitación para tumbarse un rato, yo me quedé con Kiara en el salón, mi móvil sonó y me di cuenta de que quien me devolvía la llamada era César Martínez.

—Hola, tengo una llamada perdida de este número.

—Soy Marlon Vitale, el hermano de Janelle —masculló.

—¿El músico?

—Sí, le he pedido su número a mi hermana porque un par de agentes se han personado esta mañana para comunicarnos el fallecimiento de alguien muy importante para el grupo, el de la mujer que salía con su jefa, la Hermana Margaret. ¿Le suena? —Martínez carraspeó al otro lado de la línea.

—Sí, bueno, la inspectora Sepúlveda fue quien pidió que les avisara, yo mismo les pedí el favor a los agentes de Seattle para que los informaran.

—¿En serio? Entonces, ¿saben lo que le ha ocurrido a Margaret? ¿Es seguro que es ella? ¿Podemos ir a verla? —cuestioné algo desesperado. Kiara no me quitaba los ojos de encima.

—Lo lamento, el fallecimiento está dentro de una investigación policial en curso, por lo que no puedo hacer nada para que vean el cuerpo. Confíen en mi palabra, se trataba de ella, yo lo vi.

—¿Y puede decirnos por lo menos qué ha pasado?

—No entra dentro de mis competencias, lo lamento.

—Pero…

—Señor Vitale, solo por el cariño que me une a su hermana le diré que quizá no conocían tan bien como creían a la hermana Margaret.

—¿A qué se refiere?

—Lo siento, tengo que colgar, en cuanto la investigación avance, les daremos más noticias, procure tener el móvil cerca y dígales a sus compañeras que tanto la inspectora como yo lamentamos su pérdida. Buenos días.

—Buenos días —me despedí.

Miré de soslayo a Kiara, quien estaba muy seria.

—He hecho todo lo que he podido, pero no lo he convencido para que nos dejaran ir a verla.

—Está bien, lo importante es que lo has intentado.

—Me ha dicho algo como que quizá no conocíamos tan bien a la hermana Margaret como creíamos. ¿Tiene algún sentido para ti? —No dijo nada, se mantuvo callada hasta que volvió a abrir la boca.

—Abrázame, ¿quieres?

Lo hice, me limité a tomarla entre mis brazos, besarle el pelo e intentar que se sintiera a salvo. Lo único que me importaba era erradicar el dolor que habitaba en ella.

EPÍLOGO 1

Sepúlveda

Levanté la décima copa de *whisky* con esfuerzo. Apenas podía despegar la cabeza de la barra que estaba pegajosa, fruto de algunas copas derramadas y mis propias babas.

¡Puta Margaret! Ya sé que se llamaba Nicole, pero para mí siempre sería ese su nombre.

Ni siquiera mi ex me había dejado tan destrozada cuando se llevó consigo a Rambo.

Era incapaz de aplacar el dolor, solo lo aliviaba un poco cuando caía inconsciente fruto del alcohol.

Lo que ocurrió tras su muerte fue como una bruma densa y espesa de la cual no me podía desprender.

Los días se sucedieron igual que los fotogramas de una película muda.

Odié cada felicitación recibida por capturar al asesino más buscado del momento. Solo sentía ganas de desaparecer.

Tras hablar con mi jefe y pedirle que mantuviera en secreto la identidad de Kali, me dijo que lamentaba mucho que hubiera resultado que era mi pareja, pero que algo así no se podía ocultar, que se mantendría a mi lado y que el final que había tenido, a mis manos, solo hablaba de mi pundonor, que mi relación con ella era lo único que podía maquillar, como si me hubiera aproximado para que Kali se enamorara y cayera en la trampa.

Su sugerencia me dio náuseas.

¡Podía meterse el maldito pundonor por el culo!

Incluso el alcalde me concedió una puta medalla al mérito que me opuse a recibir. No podía ser premiada por matar al amor de mi vida.

Fui a su funeral porque el no ir me hacía más daño. Aunque me mantuve lo suficientemente alejada para que nadie supiera que estaba allí.

Los medios de comunicación recibieron ese día, por un remitente anónimo, un vídeo de Margaret exponiéndose como Kali.

En todas las cadenas estaba su rostro, arañándome por dentro.

Se dirigía con mirada firme a toda la población. Estuve tentada a apagar el televisor, no pude hacerlo, necesitaba oírla, aunque ello me despedazara. Estaba tan guapa, serena y parecía tan viva.

———*Hola a todos* —*comenzó, su voz temblaba ligeramente*—. *Si estás viendo esto, significa que ya no estoy aquí, quizá sí en espíritu, pero mi corazón habrá dejado de latir.* —*Hizo una pausa*—. *Antes que nada quiero agradecer a los medios por permitirme la oportunidad de despedirme a nivel nacional y explicar lo que me llevó a convertirme en Kali, para muchos, la justiciera, para otros, la asesina.*

Respiró profundamente antes de continuar.

———*Desde muy joven, fui víctima de abusos que marcaron mi vida de manera irreversible. Durante años, viví con el dolor y la impotencia de no haber podido detener a quienes me hicieron daño de pequeña, los que vejaron, vulneraron y dañaron mi inocencia de manera irreversible. Esa experiencia me llevó a dedicar mi vida a ayudar a otras víctimas y a asegurarme de que los abusadores no quedaran impunes.*

Las lágrimas comenzaron a rodar por mis mejillas, Margaret siguió adelante.

———*Sé que mis métodos no han sido los esperados para mucha gente y con ellos no pretendo animar a que otros sigan mi legado, aunque sí espero que la justicia sea más rápida, destinen más medios y comprendan que la protección al menor es un derecho inquebrantable.*

»*En un mundo donde tantas veces las víctimas son ignoradas y los culpables quedan libres, sentí que debía actuar. No busco justificación ni perdón, ni siquiera comprensión, solo la oportunidad de explicarme.*

»*A todas las niñas y mujeres que ayudé a través de la asociación Wings of Life, quiero que sepan que siempre creí en su fuerza y valentía. Vosotras solas sois y seréis siempre mis heroínas. Mi mayor deseo es que la vida les devuelva lo que les arrebataron.*

»*Por favor, que nadie retire su apoyo a la asociación. Ellos se dedican a dar una oportunidad vital a las víctimas, necesitan nuestra ayuda más que nunca y mis actos individuales no deben ensombrecer la labor que los trabajadores y voluntarios desarrollan en ella.*

Margaret hizo una pausa, su mirada se suavizó mientras hablaba de las personas que más amaba.

—*Sé que cada uno verá en mí a alguien distinto, muchos a una criminal, otros a una mujer que intentó hacer lo correcto en un mundo injusto. Mi historia es solo una entre muchas, y espero que sirva para abrir los ojos sobre la necesidad de proteger y apoyar a las víctimas de abuso.*

Finalmente, con una voz quebrada llena de determinación, concluyó.

—*Si mis actos han dañado a las personas que más quiero, les pido perdón desde el fondo de mi corazón. Soy la única culpable de mis acciones y exonero a todos los demás de cualquier responsabilidad que jamás han tenido, yo soy Kali y asumo las consecuencias. Mi vida termina aquí, pero espero que la semilla que he plantado en las conciencias de algunos dé su fruto y convierta este mundo en un lugar más justo, protegido, donde los niños jamás estén en peligro. Gracias por escucharme.*

El vídeo terminó, dejando mis ojos, y los de la mayoría de telespectadores, con lágrimas y una profunda reflexión sobre la vida y las decisiones que Margaret tomó.

Su mensaje resonó en los corazones de muchos, recordándoles la importancia de la justicia y el apoyo a las víctimas.

No solo consiguió que nadie retirara las donaciones a la asociación a la que pertenecía, sino que también multiplicaron por tres los ingresos recibidos.

Su muerte fue un punto y aparte para todos.

Tras el vídeo, a algunas cadenas les pareció bien poner mi imagen, sobre todo, las que eran detractoras de la justiciera.

Mi cara asomó como la brillante inspectora que persiguió y abatió a Kali tras su último asesinato.

No fue buena idea.

Margaret despertaba tanto odio como pasión, y sus apasionados localizaron mi vivienda, mi coche y el bar en el que desayunaba para increparme, hacerme pintadas, manifestarse y lanzarme todo tipo de objetos. Uno me partió una ceja. No lo denuncié, no hice nada, porque en el fondo creía que lo merecía, era lo mínimo que podía pasarme tras acabar con la mujer que quería.

Después de varios días de intensas investigaciones y declaraciones, el comisario me llamó a su oficina, intenté mantenerme lo suficientemente sobria para acudir.

—Sepúlveda, siéntate, por favor —dijo el comisario, señalando una silla frente a su escritorio—. Quiero hablar contigo sobre cómo estás llevando lo ocurrido. He recibido algunas quejas de los chicos sobre tu higiene y el estado en el que vienes a comisaría.

—¿En serio? —resoplé—. A esos tíos les apesta el aliento a aros de cebolla y yo nunca me he quejado. Tranquilo, pasaré por la ducha para no ofender a sus narices, ¿algo más?

El comisario me miró con preocupación.

—Sé que has pasado por mucho, y quiero que sepas que todos aquí lo entendemos. Has demostrado una gran valentía y profesionalidad, pero también eres humana. Lo que has vivido no es fácil de superar.

Fruncí el ceño, sintiendo una oleada de irritación.

—¿Y qué quiere que haga, comisario? ¿Cómo estaría usted si hubiera matado a su mujer y le condecoraran por ello?

—Sepúlveda, no te pases. —Reí seca—. Solo quiero ofrecerte una baja temporal. Tómate el tiempo que necesites para recuperarte. No es una señal de debilidad, sino de fortaleza, reconocer cuándo uno necesita un descanso.

—¿Un descanso? —repliqué, mi voz cargada de sarcasmo—. ¿Cree que un descanso va a arreglar todo esto? ¡Margaret está muerta, y yo soy la que la mató! ¿Cómo se supone que un descanso va a cambiar eso?

El comisario suspiró, manteniendo la calma.

—*Entiendo tu frustración, pero necesitas tiempo para procesar lo que ha pasado. No puedes seguir adelante sin cuidar de ti misma primero, y te necesitamos al cien por cien.*

Me levanté bruscamente, mi silla chirriando contra el suelo.

—*No necesito tiempo, comisario. Necesito que ella vuelva y eso es imposible. Así que prefiero seguir trabajando, no puedo quedarme en casa sentada sin hacer nada.*

—*Sepúlveda* —*dijo el comisario con firmeza*—, *esto no es una sugerencia. Es una orden. Tómate la baja. Habla con alguien, quizá un psicólogo pueda ayudarte, tenemos uno muy bueno para casos de estrés postraumático, ya lo sabes. No puedes seguir así.*

Lo miré con furia.

—*Pues si no puedo seguir así, quizá tenga que dejar toda esta mierda. Aquí tiene.* —*Dejé mi placa y mi pistola encima de la mesa*—. *Renuncio.*

—*No puede hacer esto, no permitiré que arruine su carrera, estoy a punto de jubilarme y mi puesto es para usted.*

—*Ya no lo quiero. Que le vaya bien, comisario.*

—*¡No acepto tu renuncia!* —*exclamó mientras yo abría la puerta*—. *Esperaré a que recapacites y te sientas mejor.*

Eso no iba a pasar en la vida.

Cerré la puerta desoyendo la llamada de César, de Parker y del mismísimo comisario.

¡Que les dieran a todos!

Alguien tocó mi espalda en la barra, era el puto Martínez de los cojones.

—Arriba, jefa, te llevo a casa.

—¡Olvídame!

—Eso es imposible.

No recuerdo más, solo despertarme a la mañana siguiente con un dolor de cabeza terrible, el mismo que los últimos días.

Olía a café recién hecho y una voz molesta tarareaba el último éxito de *La Bichota*.

Lancé un gruñido desde la cama. La voz calló y Martínez se asomó al cuarto.

—Por fin despiertas, venga, mueve el culo, jefa, que la ducha te reclama.

—Y una mierda.

—O te duchas tú, o yo te enjabono las tetas.

—¡Dos mierdas!

—¡Esa es mi chica! —Odiaba su buen humor.

Finalmente, pasé por agua y me tomé el café junto al paracetamol que tenía sobre la mesa.

—No respondes a mis llamadas, ni a los correos electrónicos, tu apartamento parece un vertedero y el único yogur de la nevera lleva semanas caducado. Creo que ha llegado el momento de espabilar un poco, en comisaría te echamos de menos.

—No pienso pisarla, renuncié.

—Creo que nadie escuchó esa renuncia, ¿por qué no nos haces un favor a todos y vuelves? Por muchos *whiskies* que te metas, no vas a conseguir patrocinador. —Le hice una peineta—. El jefe me ha pedido que mires el correo electrónico, el mismísimo presidente ha dicho que dotará de más recursos para poder atrapar a los indeseables que vulneren los derechos de los niños y abusen de ellos.

—¿Y qué quieres?, ¿que le mande una carta de agradecimiento?

—No, solo que comprendas que la muerte de Margaret no fue en vano, mira.

Giró la pantalla de mi portátil para que lo viera.

—¿Cómo has sabido la contraseña?

—El nombre de tu perro es de las fáciles, podrías probar por cómo le llamas a tu chichi. —Puse cara de disgusto.

—¿Tu contraseña es el nombre de tu polla? ¿Por qué no me sorprende?

—Porque me conoces lo suficiente como para saber que soy capaz. Mira tu bandeja de entrada, doscientos mensajes, no está nada mal.

—La mayoría son de entrevistadores de pacotilla que buscan hurgar en la herida, o de suscripciones que no pienso abrir.

—¡Mira! ¡Ahí está el del comisario! —exclamó.

Solo que mis ojos no estaban puestos en él porque había otro, en la bandeja de entrada, que había llamado mi atención.

«**SisDaisyNYC**» era el emisor, ¿de qué me sonaba ese nombre?

Moví el ratón hasta él y lo pulsé, no tenía asunto, pero sí un archivo adjunto.

—¿Qué es eso? —preguntó Martínez.

—No estoy segura.

—A ver si va a ser uno de esos virus que te funden el ordenador o un nigeriano pidiéndote colaboración para cobrar una herencia.

—El nombre me suena, ¿a ti no? —Los dos lo miramos y César chasqueó los dedos.

—¡Sí! Era una de las usuarias de X, de las que siempre comentaba los *post* de Kali, iba a favor de que la justicia estuviera en manos de la poli… ¿Cómo habrá conseguido tu *mail*? Será un mensaje de ánimo.

Fuera lo que fuese, algo me dijo que abriera el archivo, y cuando lo hice, no daba crédito.

Di un manotazo y la taza de café salió volando hasta el suelo. ¡Era Margaret!

Su rostro estaba iluminado por una luz suave, y sus ojos reflejaban una mezcla de determinación y cariño.

—Hola, mi amor —comenzó, su voz temblando ligeramente—. Si estás viendo esto, significa que algo salió mal después de que haya ido a por el cabrón que dañó a Feith. No busques una explicación de cómo te he hecho llegar este mensaje, solo escúchame.

Las lágrimas comenzaron a rodar por mis mejillas mientras la contemplaba.

—Quiero que sepas que te amo más de lo que las palabras pueden expresar, siempre se me ha tachado más bien de fría, pero tú despertabas en mí todo el calor que era capaz de albergar. No quiero que pierdas tu camino por mi culpa, si fui a por él es porque estaba convencida de que era lo mejor para las dos. Mi último deseo es que te conviertas en la mejor comisaria que Nueva York haya tenido jamás. Sé que tienes la fuerza y la determinación para lograrlo. Has trabajado siempre muy duro para ello, y una mala decisión, tomada en caliente, no puede apartarte de tu destino.

Hizo una pausa, respirando profundamente antes de continuar.

—Desde el otro lado, me ocuparé de protegerte. Siempre estaré contigo, cuidándote y guiándote. Y cuando me reencarne en mi próxima vida, porque Kali nos lo concederá, te prometo que te buscaré y esta vez haré las cosas bien. Encontraré la manera de estar contigo y no te soltaré.

Apenas podía respirar.

—Mientras tanto, no me llores. Vive tu vida al máximo y asegúrate de que la justicia prevalezca por encima de todo. Esa es mi última petición para ti. Sé que puedes hacerlo, y sé que harás lo correcto. Te quiero, futura comisaria, nunca lo olvides.

El mensaje terminó, dejando un vacío en mi corazón. La mano de César se apretó en mi hombro para consolar los sollozos que empezaban a emerger de mi pecho.

Margaret, incluso en sus últimos momentos, había pensado en mí y en mi futuro.

—No puedes defraudarla, jefa —masculló César a mi oído—. Ahí está su última voluntad. Encuentra la fuerza que necesitas en su amor por ti y sigue adelante, demuéstrale que no murió en vano y honra su memoria, la de Margaret.

Asentí y sorbí por la nariz. Si ese era su último deseo, me dejaría la piel en ello, y como dijo en su mensaje, se lo pondría fácil para que me encontrara en nuestra siguiente vida. Tocaba remontar y no decepcionarla más.

EPÍLOGO 2

Marlon

No había una mejor manera que terminar la gira en la ciudad que me vio nacer. Rodeado de mi familia, por fin mi padre había accedido a vernos tocar; mis amigos; mis excompañeros de trabajo, y mi novia compartiendo conmigo escenario.

Jordan había cerrado el SKS y todos los pecados capitales, con sus acompañantes, estaban en el mismísimo Madison Square Garden coreando nuestras canciones.

Por primera vez, teníamos artistas invitados en el concierto, la discográfica había accedido a donar íntegramente todos los beneficios a Wings of Life, después de que nosotros mismos y todo el equipo renunciara a su sueldo de este día en pos de ello.

Dakota, la novia de Raven, fue quien lo abrió con una balada al piano que nos puso el vello de punta.

Ver los rostros de las personas que más quería corear nuestras canciones, bailar al ritmo de nuestra música y disfrutar con el grupo me llenó de emoción.

No había vuelto a consumir, aunque confieso que estuve tentado a hacerlo en más de una ocasión. Margaret tenía razón en una cosa, o en muchas, la verdadera batalla la tenía con mi propia cabeza, por eso cuando terminara la gira iría a una clínica de desintoxicación para seguir las pautas que me dieran, necesitaba estar bien, quería estar bien, tanto por mí como por todos los que me querían.

El funeral de la hermana Margaret no fue triste y la noticia de que Kali, la justiciera, era ella, no supuso un shock para las chicas, quizá lo intuyeran desde el principio, no era algo que me importara, mi familia siempre fue muy fan de sus actos y mis padres los primeros en donar una brutalidad de dinero después del vídeo que difundieron los medios.

Aunque la investigación determinara que la hermana Margaret fue la única responsable, tanto del robo de sangre como de la obtención de succinilcolina, la cual la consiguió en el mercado negro, tal y como apuntaban algunos archivos encontrados en su ordenador, algunas garrafas de sangre fueron halladas en un doble fondo de una de las neveras industriales donde se guardaban los alimentos de la asociación.

Sepúlveda no fue invitada a la ceremonia, que estuvo llenísima de gente, no obstante me pareció verla en las cercanías del cementerio, junto a un árbol. Muchos adoraban a Margaret. No solo personas a las que ayudó, también seguidores venidos de todas partes que quisieron rendirle homenaje.

Sabía por Jannelle que la inspectora estaba hecha mierda, las chicas no habían hecho por verla al enterarse de que fue ella la autora de los disparos que acabaron con la vida de su tutora. No las culpaba por ello, seguramente yo tampoco habría querido saber nada de su persona, por mucho que estuviera haciendo su trabajo, como decían. Mi hermana me explicó que César le dijo que no sabía que era ella cuando disparó y que le dio el alto dos veces, pero que Margaret se negó.

Fuera como fuese, Kiara, Trayi y Ranya, quisieron mantenerla al margen.

Mi hermana seguía tirándose a los vecinos, según ella, porque los tres lo pasaban de vicio, no se trataba de amor, solo de disfrute, aunque quizá ahora que Nancy se había quedado embarazada las cosas cambiaran.

Lo importante era que estaba feliz, Jordan la valoraba cada día más, se había convertido en la veterana del club, junto con Corey, y juntos funcionaban a las mil maravillas.

Por fin el jefe había podido dejar de bailar, solo cubría bajas o festivos, y los nuevos trabajadores estaban funcionando bastante mejor de lo previsto, se notaba que Lujuria y Soberbia habían hecho un buen *casting*.

Estábamos tocando el último *single*, *Ecos de Kali*, después de que Kiara hiciera una conmovedora presentación del tema.

—*Por todos aquellos que ya no están, por los que cayeron en la lucha, por los que nos enseñaron que el resurgir era posible y nos invitaron a crear la vida que se nos había arrebatado.* —*El público aplaudió y Kiara se sacó una daga de la espalda para apuntar al cielo, la hoja destelló*—. *Por ti, que nos proteges y custodias desde nuestros corazones. Siempre tus hijas.* —*Después la lanzó hacia una diana haciendo pleno, y la imagen de la diosa se encendió en mitad del escenario para que Trayi arrancara con sus baquetas haciendo enloquecer a los allí presentes.*

Cuando terminamos, lo esperado era que empezara la lluvia de polvos *holi*, pero esta vez no fue así.

Todas las luces se apagaron sumiéndonos en la oscuridad, y un único foco me iluminó a mí, había llegado el momento para el que me había estado preparando el último mes.

Kiara me contempló extrañada, las chicas no, que estaban al corriente de todo lo que iba a ocurrir, fueron mis cómplices en la elaboración y ahora estaba muy nervioso, necesitaba que saliera bien.

Me acerqué a ella y le cogí el micro.

—Me lo prestas un minuto, ¿por favor?

¿Cómo iba a negarse delante de miles de personas?

—¡Buenas noches, Nueva York! —grité y el público rugió—. Esta noche es muy especial. En primer lugar, porque tocar aquí es un privilegio, sobre todo, para mí, que llegué a este grupo de bellas, potentes e inigualables mujeres de rebote. —Todos rieron—. Aunque he sabido integrarme, ganarme un hueco y que no me relegaran a tocar el triángulo.

Kiara me miró mordaz porque hice referencia al primer día en que nos conocimos.

Trayi hizo un redoble, Ranya un pequeño *riff* y mi novia hizo rodar los ojos cruzándose de brazos.

—Ella siempre tan expresiva —cabeceé hacia la propietaria de mis anhelos causando más risas—. Pues bien hoy es su cumpleaños y no, no estoy aquí para pediros que le cantemos el cumpleaños feliz, o le regaléis una crema para las arrugas, desde que me conoce, no para de fruncir el ceño, y si sigue así, va a necesitar una muy potente. —Más risas y Kiara espantándome para alisarse la frente y demostrar que mentía como un bellaco.

»Estoy aquí para confesar que esta mujer me vuelve loco, que, si pudiera, pondría el mundo a sus pies y que todavía no doy crédito a que tenga la jodida suerte de estar saliendo con ella. —Hubo silbidos y aplausos—. No sé si os habéis dado cuenta de que no se me dan bien demasiadas cosas, pero hay una que no se me da mal del todo, la única que me va a permitir hacerle un regalo de los especiales, una canción que he compuesto en exclusiva para ella, la musa de mis días y la que me hace jadear por las noches. —Más risas—. Para ti, ojazos —murmuré, dirigiéndome a Kiara y besándole la mano.

»*Amor infinito* —anuncié, rasgando las cuerdas y cabeceando hacia mis compañeras para la intro.

Caminos que se cruzan en la oscuridad.
El Sol de tu mirada ilumina la verdad.
No era dueño de mí mismo hasta que te conocí
y rompiste las cadenas para ligarme a ti.

No hablemos de amor porque somos más que eso.
Un sentimiento hondo con sabor a eterno.
Me enseñaste tus heridas y curaste las mías.
Tus ojos son destellos en los que me pierdo y navego.
La voz de tu garganta la manta de nuestros besos,
nunca quiero despertar cada vez que sueño.

Haces que el cielo azul se muera de celos.
Que el negro de tus pupilas sea el color perfecto.
Valiente, inquebrantable, apasionada y única.
Quiero ser tu compañero de viaje y no bajarme nunca.

Junto a ti anhelo cada verbo.
Deseo cada emoción, cada desvelo.
Los acordes se vuelven galaxias que iluminan nuestro universo.
Todo es mejor cuando estás junto a mí, Kiara.

No quiero callar, solo gritar a los cuatro vientos.
Que todo mi amor siempre será para ti.
Que tus sonrisas alzan mi vuelo, tus caricias llenan mi mar.
La vida solo es vida si estás junto a mí.

No hablemos de amor porque somos más que eso.
Un sentimiento hondo con sabor a eterno.
Me enseñaste tus heridas y curaste las mías.
Tus ojos son destellos en los que me pierdo y navego.
La voz de tu garganta la manta de nuestros besos,

Bajo la que quiero despertar cada vez que sueño.

Al terminar, los ojos de Kiara brillaban más que nunca, tenía las mejillas húmedas y las manos le temblaban.

Pude escuchar la voz de mi hermana por encima del resto del público reclamando un «Que se besen», al que se sumó todo el mundo.

Por supuesto que la besé, porque sus labios eran el aliento que necesitaba para afrontar mi día a día, el alimento que jamás me cansaría de degustar.

Y cuando terminé, con la promesa de seguir más tarde, saqué una cajita de terciopelo que nada tenía que ver con los regalos que le mandaba Ravi. Ojalá se pudriera en el infierno.

El público se arrancó a cantar *Cumpleaños Feliz*, acompañado por los instrumentos de Trayi y Ranya, y yo saqué de la caja un colgante de una manzana de color azul, que se había vuelto un símbolo entre los pecados capitales.

Cada vez que uno de nosotros nos enamorábamos, le entregábamos la joya del color de cada pecado a nuestra pareja, en mi caso, la que le entregué a Kiara era de lapislázuli, la piedra de la comunicación y la intuición; una herramienta perfecta para hablar con nuestra alma y con nosotros mismos, para conectar con los anhelos más profundos y tomar fuerzas para materializar cada uno de nuestros sueños.

Yo los quería todos con Kiara.

Los polvos *holi* estallaron llenándolo todo de color igual que hacía ella con mi mundo.

—Te quiero, ojazos —murmuré, abrochándole el colgante alrededor del cuello, ella acarició la piedra y sonrió.

—Y yo a ti, rizos, pero que sepas que esa maravilla de tema lo quiero en el disco, y en cada concierto, quiero escuchar tu particular manera de decirme te quiero, cada vez que subamos al escenario.

—¿Ese es tu deseo de cumpleaños? —Asintió—. Deseo concedido.

Kiara volvió a besarme sin pudor, desoyendo aquellos que nos aconsejaban que mantuviéramos nuestra relación en modo oculto, como si fuera algo que no pudiera ser visto u oído. Pues que se prepararan, porque yo pensaba convertirlo en disco de platino. No había nada malo en amar y ser amado, y yo iba a dedicarme en cuerpo y alma a venerar a Kiara.

Ella era mi acorde perfecto, la mujer más soberbia que había conocido nunca y la que convertía el ritmo de mi corazón en puro pecado.

EPÍLOGO 3

Corey

—¡Mierda! —espetó Janelle, dejando caer su pecho sobre la barra.

—¡¿Qué pasa?! —El club estaba hasta los topes y teníamos más trabajo que nunca.

—Dime que llevo bien puestas las pezoneras. Mi hermano tenía razón y mi padre nos ha mandado a una misionera para llevarme a África.

—¿De qué demonios hablas?

—De la vendedora de biblias que acaba de atravesar la puerta. Tiene los ojos de los corderos de Dios, a punto de salírsele de las cuencas, incluso lleva un rosario en la muñeca. No me extrañaría que llevara una sulfatadora a la espalda y se pusiera a rociarnos con agua bendita para expulsar al diablo de nuestras almas.

Me asomé por encima de la barra y entonces la vi, con el vestido negro de tela austera que caía hasta más abajo de las rodillas. Tenía que estar asándose con el calor que hacía, la manga larga y el cuello abotonado hasta arriba.

Su pelo color trigo estaba recogido en dos trenzas que pendían a los laterales de la cabeza y un gorrito tipo cofia cubría la parte superior de la misma.

Como decía Jane, sujetaba un rosario de perlas rojas y pasaba los dedos por cada una de ellas, nerviosa.

Fruncí el ceño, su cara me sonaba, pero veía a tantas mujeres a diario que no lograba asociarla.

Entonces el corderito miró en nuestra dirección, y aquellos ojos que naufragaban entre el gris y el azul se posaron sobre mí.

Mi polla dio un respingo, no me llamaban Lujuria porque sí.

Tuve una especie de *déjà vu*. Aquella mirada nublándose de placer, los labios sonrosados abriéndose como una flor, los jadeos emergiendo de su garganta mientras clavaba sus uñas cortas en mi espalda.

Aquellas piernas ocultas, cubiertas por unas suaves botas de piel rodeando mi cintura, a la par que yo empujaba en la suavidad de aquellos muslos cremosos como la leche.

No era excesivamente delgada, más bien de las que tiene carne para ofrecer y agarrar.

La chica avanzó temblorosa hacia la barra.

—¡Que viene hacia nosotros! ¡Sácate la chorra, a ver si asustas a la beata y se va por patas!

—Ho-hola —murmuró ella con un acento sureño muy marcado.

—Cariño, te has equivocado de sitio, si buscas reconvertirnos y llevarnos a tu rebaño, pierdes el tiempo, dile a mi padre que hace tiempo que enseño las tetas y no pretendo dejar de hacerlo.

Ella miró a Janelle con extrañeza.

—Lo-lo siento, no tengo el gusto de conocer a su familia, no venía por usted, ni a coartar su libertad de mostrar lo que quiera.

—Ah, ¿no?, ¿y a por quién vienes?

La chica giró la cabeza en mi dirección.

—Por él.

Janelle alzó las cejas, y yo tuve un pálpito de que algo no iba bien.

—A este tampoco vas a convertirlo.

—No vengo por eso.

—¿Quieres un baile privado?

—Tampoco.

—Entonces, ¿qué es? No tengo toda la noche para jugar a las adivinanzas, hay bastante trabajo y poco tiempo que perder —señalé el local. Ella lo miró y asintió nerviosa.

—Y…, ¿no podemos hablar en un lugar más privado?

—Lo que tengas que decirme puedes hacerlo aquí —la azucé—. ¡Vamos!

—Yo… Em… Soy Mary Kate.

—Un nombre precioso, ¿algo más? —Me estaba impacientando.

—¿No me recuerdas? —se mordió el labio.

—¿Debería?

No estaba por la labor de ilusionar a ninguna mujer, por bonita que fuera. Daba igual que me la hubiese tirado, eso ocurría a diario. No buscaba complicaciones ni ataduras.

Le temblaron las manos y sus ojos brillaron como si estuviera conteniendo las lágrimas.

Me sentí mal.

—Perdona, es que con mi curro conozco a muchas todos los días y ya te he dicho que voy fatal de tiempo. ¿Qué querías? —le pregunté, dejando de lado la coctelera. La vi dudar—. Preciosa, o lo dices ya, o te largas, tú decides.

—Estoy embarazada y eres el padre —soltó de sopetón.

—¡Hala! Pues al final va a resultar que en lugar de sacar la chorra tuviste que guardarla —masculló Janelle, que seguía escuchando—. Os dejo a Laura Ingalls y a ti, si eso, ya me avisáis del próximo capítulo de *La Casa de la Pradera*, porque a este ritmo, te veo recogiendo huevos en lugar de enseñarlos.

—¡Largo! —escupí irritado.

—Ya me voy —respondió Jane, agarrando la bandeja repleta de bebidas.

—Tú no, ella —masculló en dirección a la corderita—. ¡Fuera de aquí!

Mary Kate me observó incrédula.

—Pero…

—¡Que te vayas y coloques el mochuelo en otro olivo más crédulo! Lo siento mucho, bonita, pero yo no voy haciendo barrigas a las chicas, siempre follo con condón, y si te lo hice a ti, seguro que fue con protección.

—Pero…

—¡Que no hay peros! —vociferé impacientándome—. ¡Que te largues! ¡Que no vas a sacar nada! ¿O quieres que llame al de seguridad para que te eche?

Ella negó y salió corriendo. En su huida, se le cayó el rosario y Janelle lo recogió.

—¡Espera! —gritó mi amiga.

Mary Kate no se detuvo y Jane se giró hacia mí.

—Cuando quieres, tienes el tacto de un puto vikingo. Esa chica, además de perder las bragas, también ha extraviado la fe en Dios después de cruzarse contigo —susurró, balanceando la reliquia para colocarla sobre la barra—. Supongo que volverá a por esto.

—Más le vale que no, odio a los mentirosos y a las mujeres que pretenden encasquetar responsabilidades a gente que no le corresponde.

—¿Estás seguro de que ese bebé no es tuyo?

—Estoy seguro de que nunca la meto sin envasarla al vacío.

—Si tú lo dices…

—Olvídala, yo ya lo he hecho, y sigue currando, que a este ritmo nos piden la hoja de reclamaciones por falta de alcohol en las mesas.

Esa vez sí que Janelle agarró la bandeja para contonearse entre las clientas, mientras mi mirada se perdía en el mismo punto por el que la mujer había desaparecido.

«Embarazada de mí, ¡y una mierda! Ni ella era la virgen María ni yo el puto Espíritu Santo». Que nuestros caminos volvieran a cruzarse sería un maldito milagro.

Agarré el rosario, me lo metí en el bolsillo del pantalón y lo apreté con fuerza.

Esperaba que no regresara nunca, aunque la lujuria y el pecado siempre encontraban el camino para volver, y si lo hacían, esa vez estaría preparado.

LA AUTORA

Rose Gate es el pseudónimo tras el cual se encuentra Rosa Gallardo Tenas.

Nació en Barcelona en noviembre de 1978 bajo el signo de escorpio, el más apasionado de todo el horóscopo.

A los catorce años descubrió la novela romántica gracias a una amiga de clase. *Ojos verdes*, de Karen Robards, y *Shanna*, de Kathleen Woodiwiss, fueron las dos primeras novelas que leyó y que la convirtieron en una devoradora compulsiva de este género.

Rose Gate decidió estudiar Turismo para viajar y un día escribir sobre todo aquello que veía, pero, finalmente, dejó aparcada su gran vocación.

Casada y con dos hijos, en la actualidad se dedica a su gran pasión: escribir montañas rusas con las que emocionar a sus lectores, animada por su familia y amigos.

Si quieres conocer las demás novelas de la autora, así como sus nuevas obras, no dejes de seguirla en las principales redes sociales. Está deseando leer tus comentarios.

https://www.facebook.com/ROSEGATEBOOKS
https://www.instagram.com/rosegatebooks

¿Dónde puedo comprar los libros?

Todos los libros están a la venta en Amazon, tanto en papel como en digital.

BIBLIOGRAFÍA

SERIE STEEL

1. Trece fantasías vol. 1

http://amzn.to/2phPzuz

2. Trece fantasías vol. 2

http://amzn.to/2FWjUct

3. Trece maneras de conquistar

http://amzn.to/2pb86ta

4. La conquista de Laura

http://amzn.to/2HAWGFT

5. Devórame

http://amzn.to/2FULyGK

6. Ran

http://amzn.to/2FD3sOM

7. Yo soy Libélula azul

http://amzn.to/2FwWhDF

8. Breogán, amando a una libélula

http://amzn.to/2DhLewl

9. Ojos de Dragón

https://amzn.to/2wb5kdk

10. Koi, entre el amor y el honor

https://amzn.to/2NNbtRk

SERIE KARMA

1. El Karma del Highlander

relinks.me/B07FBMJ68H

2. La magia del Highlander

relinks.me/B07L1SBM2V

3. Los Dioses del Karma
relinks.me/B092RCH8HC

SERIE SPEED

1. XÁNDER: En la noche más oscura, siempre brilla una estrella

https://relinks.me/1092888659

2. XÁNDER 2: Incluso un alma herida puede aprender a amar

https://relinks.me/1095485814

3. STORM: Si te descuidas te robará el corazón

https://relinks.me/107532971X

4. THUNDER: Descubre la verdadera fuerza del trueno y prepárate para sucumbir a él

https://relinks.me/1692776584

5. MR. STAR: Siente la ley de la pasión hasta perder el juicio.

https://relinks.me/B081K9FNRP

6. LA VANE: Soy sexy de nacimiento y cabrona por entretenimiento

https://relinks.me/B085RJMT1F

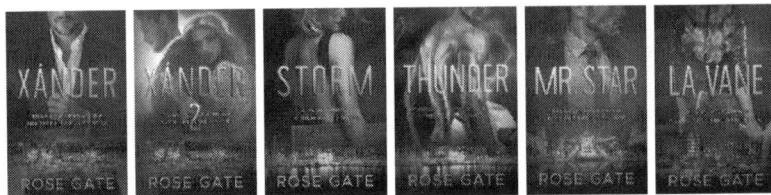

COMEDIAS ROMÁNTICO-ERÓTICAS:

Lo que pasa en Elixyr, se queda en Elixyr

relinks.me/B07NFVBT7F

Si caigo en la tentación, que parezca un accidente.

relinks.me/B081K9QNLH

No voy a caer en la tentación, ni a empujones

https://relinks.me/B08T1CFGWG

Hawk, tú siempre serás mi letra perfecta

relinks.me/B087BCXTWS

¡Sí, quiero! Pero contigo no.

https://www.azonlinks.com/B08PXJZHQC

THRILLERS-ERÓTICOS:

Mantis, perderás la cabeza

https://relinks.me/B0891LLTZH

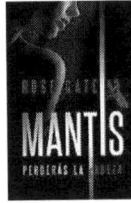

Luxus, entre el lujo y la lujuria

https://relinks.me/B08HS5MMRC

ROMÁNTICA BASADA EN HECHOS REALES:

Viviré para siempre en tu sonrisa

relinks.me/B08XXN2Q3D

SERIE HERMANOS MILLER:

Hermano de Hielo

relinks.me/B098GQSPYP

Hermano de Fuego

relinks.me/B098KJGTYF

Hermano de arena

relinks.me/B09F18VL6V

Hermano de viento

relinks.me/B09L9TL5KQ

SERIE GUARDIANES:

Los Guardianes del Baptisterio

relinks.me/B09K9QKT28

La Elección de la Única

relinks.me/B0B1P24WC4

La Gran Colonización

relinks.me/B0BCSCZP8W

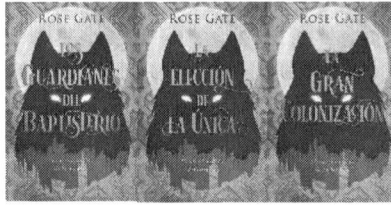

SERIE ENTRE MAFIAS:

Koroleva.

relinks.me/B098GQSPYP

Capuleto

relinks.me/B09ZB778JJ

Vitale

relinks.me/B0BM3NHDC3

Kovalev

relinks.me/B0BW2RSP68

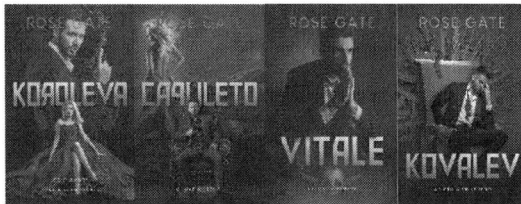

En tu cuerpo o en el mío

relinks.me/B0BY3N42T5

Todo Incluido

relinks.me/B0C3JC2V7Q

Jodido Cupido

relinks.me/B0CSZQHCKY

SERIE KAPITAL SIN:

Ira.

relinks.me/B0CF2TJCL8

Pereza.

relinks.me/B0CKFBHDYW

Gula.

relinks.me/B0CP2DPWQS

Avaricia

relinks.me/B0CX1X8P8X

Déjate de Rodeos

relinks.me/B0D3ZT8XYD

Made in the USA
Las Vegas, NV
17 October 2024

97013676R00386